우화등선
羽化登仙

三界導師님의 易, 「실제周易」

박영철 편저

효림

머 리 말

우화등선羽化登仙.

저는 『주역』의 체계를 기본으로 정하고, 「박형」 박상신 도사님과 그분의 가르침으로 이 책을 채워갈 것입니다.

왜냐하면 「박형」 박상신 도사님은 우화등선羽化登仙·교역交易되신 실체이시며, 「박형」의 가르침은 아무 때나 만날 수 없는 고귀하고 불가사의한 '삼계도사三界導師의 역易'이기 때문입니다.

「박형」께서 두 번씩이나 '세상에 아는 사람이 아무도 없다.'는 우화등선·교역을 시현하셔서, 교역되는 법과 교역되면 어떻게 되는지를 깨우쳐주셨기 때문입니다.

「박형」의 고귀한 가르침은 누구나 배우기만 하면 인생길에 밝은 등불이 될 수 있는 '실제주역'이며, 그 가르침에는 『주역』의 건괘乾卦처럼 4차원 내지는 고차원의 천상天上세계로 승화昇華하는 길이 환히 보입니다. 그 가르침을 따라서 최후에는 우리도 교역되어 성스러운 영(聖靈)으로 세상 모든 번뇌에서 벗어나고 천상세계의 '빛'과 합일해야 되겠기 때문입니다.

몇 천 년 전에 오셨던 성인께서 남겨두신 가르침…. 아마도 오랜 세월 많은 사람의 손을 거치면서 사람에 의하여 와전되거나 스스로 오해하였거나, 혹 아무도 모르게 누락되거나 의도적으로 첨삭添削되고 오염 되었을 가능성이 있는, 경전經典보다 더 현실적이고 쉽고도 분명하게 '교역의 길'을 「박형」께서 보여주셨기 때문에, 「박형」의 가르침을 내세우는 것입니다.

　그리고 먼 훗날까지 교역되신 「박형」이 아니면 어느 누구도 이렇게 중요한 교역의 실상을 밝히고 증명해줄 수 없었을 것 같기 때문에,

　또 「박형」 박상신 도사님의 귀한 가르침은 고단한 우리 삶에서 절대 놓쳐서는 안 될 마지막 빛이요, 우리 손에 쥐여준 생명줄이요, 딛고 오를 수 있는 사다리가 될 수 있기 때문에, 저는 「박형」 박상신 도사님과 그 가르침을 책의 중심으로 내세우는 것입니다.

　「박형」의 가르침은 분명 『주역』의 궁극적인 가르침이기도 하며, 도사님의 광대원만한 지혜이며 대자대비한 사랑입니다.

　삼가 불·법·승 삼보에 귀의하며, 이 책을 석가모니부처님을 위시한 여러 불보살님과 항상 우리와 함께하고 계신 하나님·예수님·공자님, 「실제주역」으로써 저를 이끌어주신, 뭐라고 말로 다 할 수 없이 고마우신 「박형」 박상신 대도사님께 삼가 받들어 올립니다.

　그리고 환생한 고故 백화자님과, 밝은 세상 만드시려고 애쓰시는 존경하는 어른들의 발 앞에 이 한 책을 놓아드리고 싶습니다.

　「박형」 박상신 대도사님의 지극한 가르침이 온 세상에 가득 퍼지기를 기원하면서 정성을 모아 합장 기원합니다.

　"우리들 모두가 「박형」 박상신 '도사님의 역'에 통달하여, 「박형」께서 시현하신 것처럼 아무도 모르게 성인·군자가 되고, 변역 되고, 우화등선羽化登仙·성령聖靈이 되어, 삼계三界의 중생을 '광명의 세계'로 인도하는 위대한 대도사님

이 되시기를!"

스스로 '광명의 세계'로 나아가시면서, 함께 가자시며, 자신의 안락을 뒤로하고 앞장을 서신 존경스러운 모든 스님과 성직자님과 어른들께 진심으로 존경의 마음을 보냅니다.

끝으로 이 책을 출판하여 주신 불교신행연구원 김현준 원장님과 편집장을 위시한 모든 분께 거듭 감사드립니다. 또 책표지를 디자인해주신 박병진님에게는 큰 감사의 마음을 보냅니다.

부디 저의 불찰로 잘못된 부분이 있으면 바로 잡아 주시고, 지도편달하여주시기를 당부드리옵니다.

그리고 저에게 시간이 허락된다면, 나머지 곤괘坤卦를 위시한 괘를 풀 것을 기약합니다.

모두모두 건강하시고 가내 두루두루 행복하시기를 기원하면서….

2022년 설날 아침
충북 단양에서
박영철 올림

차 례

제1장 교역交易
'도사님 역'의 최종목표

제2장 무극無極
교역으로 가는 베이스캠프

차 례

제3장 윤회輪廻
무극이 되지 못한 중생의 삶
지혜와 사랑을 배우는 여행길

차 례

제4장 건괘乾卦
무극의 참마음 · 열반에 이르는 사다리
우화등선의 계단

차 례

제5장 기제旣濟 · 무망无妄 · 서합噬嗑
『주역』 64괘 중에서
「박형」 박상신 대도사님께서 짚어주신
3가지 괘卦 ~ 각론各論

「박형」박상신 도사님

〈찬탄의 시〉

태초에 하늘은
지각知覺이 잠든 무념無念의 땅에
비룡飛龍의 꿈을 심었다

비천飛天의 용틀임은 금강金剛의 모습

당신께서는
우주로 달려와
지구별에 연緣 이은 큰 빛이리니

새해에도
사계四季로 빛나는 무지개로 솟아
모든 가슴에 벅찬 희망希望이소서

　「박형」박상신朴尙信 대도사大導師님을 잘 아는 사람은 누구나 그분을 부처님의 환생이라고 생각할 만큼「박형」박상신 대도사님께서는 부처님처럼 어지셨고 전지전능하셨습니다.

　분명「박형」께서는 우화등선하신 성령의 모습과, 대보살님이나 신선처럼 변신하고 현신하시면서, 아무도 모르게 사람농사 지으시는 대도사의 삶을 시현하셨습니다.

어느 날 아침 예불禮佛을 드리면서,

'영산당시靈山當時 수불부촉受佛咐囑 십대제자十大弟子 16성十六聖…'이라는 구절을 외우고 있었다.

그런데 '16성'을 외는 순간, 어느 분이 나의 마음으로 한 줄기 빛을 비춰주셔서, 「박형」박상신 도사님이 '16성자聖者'의 한 분이셨다는 사실을 깨우쳐주셨다. 만약 그때 깨우침을 받지 않았더라면, 나는 「박형」박상신 도사님을 석가모니부처님의 재탄생이라고 믿었을 것이다.

왜냐하면 「박형」께서는 부처님의 재탄생이라고 생각될 만큼 어질기도 하셨지만, 실제로 부처님에게나 있을 법한 불가사의하고 전지전능한 능력을 전부 나타내면서 사람들을 향상의 길, 깨달음의 길로 인도하셨기 때문이다.

또 「박형」께서 발휘한 전지전능한 능력과 언행言行과 가르침은 내가 경전이나 스님들의 법문이나 많은 서적에서 만나 뵌, 부처님의 전지전능한 능력과 언행 내지는 가르침과도 정확하게 일치했기 때문이다.

그래서 나는 그 분을 「박형」이라고 칭하는데, 그 호칭의 뜻 역시 불가사의하다.

「박형」박상신 도사님은 박씨朴氏 성姓을 쓰는 분으로, 각자覺者, 곧 깨달은 분이시고, 마음대로 현신하고, 변형하시기 때문에 「박형朴形」이라고 부르며, 또 사람을 바른길로 인도하는 분이시다. 그래서 호칭呼稱을 달리하여 나는 「박형」박상신 도사님이라고 칭한다.

분명 「박형」은 세간에서 흔히 연장자에게 쓰는 호칭인 「박형朴兄」이기도 하지만, 「박형」의 바른 의미는 박씨朴氏 성姓을 쓰는 분으로 마음대로 변형하고 현신하며 신출귀몰神出鬼沒하셔서, 「김형金形」이나 「이형李形」으로 어느 때라도 다른 어떤 모습으로 나타날 수 있는 「박형朴形」이라는 뜻이다.

참으로 「박형」께서는 신통한 능력으로 중생제도하신 대도사님이셨으며, 2,500여년 전 석가모니부처님 당시의 16나한 중 한 분이셨다.

「박형」 박상신 도사님께서는 1938년 호랑이해 경기도 양평군 단월면에서 '호랑이 태몽'을 보이시고, 박영배朴永培 어른의 둘째 아들로 이 땅에 오셨다. 그리고 6.25 한국전쟁이 일어나기 몇 달 전에 부모님을 따라 경북 영주시 풍기읍 - 도참예언서인 『정감록』에 계시되어 있는 사람이 살만한 열 곳인 십승지지十勝之地 중에서 첫 번째로 지목되어 있는 - 풍기읍 금계동으로 때를 맞춰 이주하게 되셨다.

어느 날 「박형」께서 말씀하셨다.

"나중에 보니, 거기(양평)에 남아 있던 사람들은 전부 개죽음하고 말았어."

그리고 또 금계동의 마을에 대해 언급하셨다.

"여기는 임실이고, 저 건너 마을은 북어밭이라는데, 복전福田, 복의 밭이야. 임실은 맡길 임任자 임실任實하면 열매를 맡길 곳이라는 뜻이며, 아이밸 임妊자 임실妊實하면 '열매를 밴 곳, 장차 나와 같은 부처가 태어날 곳'이란 의미다. 부처는 불타佛陀, 비B·유u·디d·디d·에이치h·에이a, 붓다(Buddha)는 곧 각자覺者, 깨달은 분이란 뜻이야."

나는 무지하여, 그 당시에 「박형」께서 스스로 자신이 이미 붓다라고 밝히신, 마땅히 놀래서 까무러칠 폭탄선언을 듣고서도, 살아 계신 부처님을 직접 마주하게 된 엄청난 감동과 무한한 기쁨을 전혀 느끼지 못하였다.

순간 '임실이 그런 의미구나! 수행하면 부처님이 될 수 있구나! 「박형」께서는 부처님이 태어날 (이미 예정된) 곳으로 바로 오셨구나!'

감탄을 하면서, 나는 한편으로 다른 생각을 했다.

'부처님은 불타佛陀이고, 붓다이며, 영어로는 비B·유u·디d·디d에 에이치h·에이a, 붓다(Buddha)구나, 부처님은 곧 각자覺者, 깨달은 분이구나. 「박형」께서는 무엇을 깨달았을까? 깨달음의 내용은 어떤 것일까? 소백산 수행하셔서? 물어볼까? 대웅전의 부처님 모습과는 다르군.'

정말 「박형」 박상신 대도사님이 여기 오셔서 붓다·각자가 되실 것을 미리 알고, 금계동 그 마을을 '열매를 밴 곳, 장차 부처님이 태어날 곳이란 뜻인 임실'이라고 이름 지으신 옛어른들의 안목은 놀라웠다.

이미 준비된 최고의 수행자요 최상근기最上根機셨던 「박형」은 고등학생 때부터 주경야독晝耕夜讀으로 향상向上하는 공부를 하였는데, 저녁 밥숟가락 놓자마자 '한문선생'이라고만 알려진 문수사리보살과 같은 분에게로 달려가서 밤늦도록 공부하여, 사서四書와 삼경三經을 모두 통달하여 마쳤다.

고등학교를 졸업하고 3년간 입산入山하여 목숨걸고 수행하며 수많은 난관을 통과하셔서, 마침내 유儒·불佛·선仙을 하나로 관통貫通하고 신해행증信解行證하셨으며, 삼명三明·육신통六神通·팔해탈八解脫을 성취하고 비룡飛龍의 여의주를 얻어 하산하셔서, 전지전능한 신통력으로 마치 시골농사꾼인양 '사람농사'를 하며 사셨다.

그렇게 하시는 중에 잠룡潛龍(숨은 용)인 우리들을 변역變易시키고 교역交易시켜 비룡으로 탈바꿈시키시려고, 비룡의 신통한 능력인 변신·현신·부활·영생永生 등등, '우화등선·교역'된 모습을 시현하셔서, 우화등선·교역이 우리 삶의 첫 번째 목표가 되어야 한다는 엄중한 사실과, 우화등선·교역이 빛의 세계로 가는 생명길이라는 것을 깨닫게 해주셨다. 그러므로 도사가 되는 길이요, 부처님·하나님과 합일合一하는 길인 우화등선·교역은 「박형」 박상신 도사님의 역易이요, 우리들의 실제주역 공부의 주제主題이며, 궁극의 목표이다.

어느 날 「박형」께서 교역을 말씀하셨다.

"변역은 일어나기 쉽지만, 교역은 일어나기 어렵다. 교역을 아는 사람은 한 사람도 없어. 자네가 『주역』을 공부하여 이것을 알게 되거든, 나에게 꼭 알려주게."

그때 나는 그 말씀이 이상하고 어떤 의미인지를 몰라 어리둥절해하고 있자, 한 번 더 말씀하셨다.

"나에게 꼭 좀 알려주게."

그러고 나서 얼마 후에 「박형」께서는 돌아가셨고, 장사를 지낸 지 10여 년이 지난 어느 날에 변신하여 나타나셔서, 나에게 '실제주역 공부의 최고 목표인 교역'이 어떤 것인지를 깨닫게 해주셨다.

물론 「박형」께서는 미리 나에게 귀띔해 두셨다.

"도사의 마지막 비밀은 죽은 후에 제자에게 알려준다."

'죽은 후에 제자에게 알려준다'는 도사의 마지막 비밀은 우화등선한 도사님만이 시현하여 알려줄 수가 있다.

이러한 「박형」 박상신 도사님의 역은 (차츰 밝혀지겠지만) 시중의 모든 『주역』보다 한 단계 업그레이드(Upgrade)된 '도사의 역易' 내지는 '삼계도사님의 역'이라고 말할 수 있다.

가끔 사람들은 질문한다. '도인道人이 되어 삼명三明* · 육신통六神通**하는 것 등이 자신에게 어떤 도움이 될 수 있는가?'

'교역되는 것이 자신에게 어떤 도움이 될 수 있는가?'

이러한 질문들은 '사람의 실체가 광명光明'이라는 사실을 전혀 모르고 하는 질문이다. 또 우주를 다 집어삼킬 만큼 심량心量이 넓고, 세상을 마음대로 움직일 수 있는 능력이 있으신 불보살님이나 교역되신 예수님께서 얼마나 대단한 것을 성취하셨는지 전혀 모르고 하는 질문이다.

---

* 삼명三明 : 육신통 가운데 전생을 아는 숙명통, 먼 곳의 일도 능히 아는 천안통, 번뇌를 다한 누진통의 셋을 '세 가지 밝은 지혜'라 하여 삼명이라고 함.

** 육신통六神通 : ①보통 사람이 보지 못하는 것을 꿰뚫어 보는 천안통天眼通 ②보통 사람이 못 듣는 것을 듣는 천이통天耳通 ③남의 마음을 꿰뚫어 아는 타심통他心通 ④전생의 일을 꿰뚫어 아는 숙명통宿命通 ⑤걸림없이 어디든지 오갈 수 있는 신족통神足通 등의 5가지 신통력에 ⑥번뇌가 완전히 사라진 누진통漏盡通을 더한 것. 다섯 가지 신통은 불교 이외의 선인이나 범부도 얻을 수 있으나, 누진통은 불교의 성자만이 얻을 수 있다고 함.

교역되어 성령이 되면 우리도 불보살님이나 하나님·예수님과 같아질 수 있다. 「박형」박상신 도사님께서는 그것을 보여주셨다.

차츰 밝혀지겠지만, 우리의 실체는 우리 몸속에 있는 광명이고, 육체는 옷이다. 「박형」께서는 성령이 되셨으며, 지혜와 능력은 우리와는 차원이 달라서 지금으로서는 그 내용을 상상할 수조차 없다(초등학생이 대학교 교육과정을 따라갈 수 없고, 3차원의 세계에서 4차원의 세계를 이해하기 어렵듯이).

우리도 노력하여 실제주역, 공부를 모두 끝내고 더 높은 곳으로 승화하여, 마침내 삼계도사가 되면 얼마나 좋을까?

어느 날 「박형」께서 이렇게 말씀하셨다.

"(사람)농사를 지으려면 나와 같이 지어야 돼."

> 「박형」박상신 도사님의 역은 '삼계도사의 역'이며, 실제주역이다. 그리고 나의 『주역』공부는 세상이치에 어둡고, 어리석은 나를 깨우쳐주시려는 「박형」의 특별한 배려에서 시작되었다.

어느 날 나는 아주 이상한 꿈을 꾸었다. 잠을 깨기 직전 꿈속에서 흰 종이에 붓으로 쓴 한문漢文 편지 한 장을 받았는데, 그 글을 아무리 해석하려 해도 해석을 하지 못하겠고, 외우려 해도 외워지지가 않았다.

그런데 그날 나는 「박형」께서 부르기라도 한 듯 풍기읍 금계동 「박형」댁을 찾아갔다. 마침 「박형」께서는 마당에 계셨는데, 거처하시는 사랑방 문이 열려 있었다.

그때 나는 누가 시킨 것처럼 얼른 그 방안을 들여다보았는데, 방안 작은 책상 밑에 벼루와 먹이 눈에 번쩍 들어왔다.

「박형」께서 그러한 나의 행동을 보시고, 그날 새벽에 '한 장의 한문편지를 받은 나의 꿈'을 아시는 것처럼 무엇인가를 암시하려는 듯이 말씀하셨다.

"나는 내 마음대로 글을 써."

'그렇다면 혹시 어젯밤 꿈에 본, 붓으로 쓴 한 장의 한문편지는 「박형」께서 써서 보여주신 편지는 아닐까? 마음대로 써서 꿈속에서 보여주는 편지? 도대체 이런 일이 어떻게 일어날 수 있단 말인가?'

그리고 나는 안방으로 들어가 「박형」과 마주 앉았고, 그 전부터 경험한 「박형」의 여러 가지 능력이 정말 신기하고 불가사의하고 부럽기도 하여, '공부하면 미래에 일어날 일을 미리 알 수 있다'고 하는 『주역周易』책을 부탁드렸다.

"나도 『주역』공부를 하고 싶어. 주역책이 있으면 좀 빌려주게."*

그때 「박형」께서는 그날의 모든 것을 당신께서 기획하신 일인 것처럼, 그리고 책을 이미 손에 들고 기다리고 계셨던 것처럼, 내 말이 떨어지기가 무섭게 나의 무릎 앞으로 책 한 권을 무심으로 던졌다.

"이 책은 별것 아니야. 빌려 달라니까 주기는 하네만."

사실 나는 그때까지 주역책을 한 번도 본 적이 없었다. 생전 처음 보는 그 책을 읽을 수 있을지 없을지는 생각하지 않고, 던져 준 책을 들고 얼른 한 페이지를 열었더니, 까만 것은 한문漢文이고, 흰 것은 종이였다. 하지만 내심 나는 뛸 듯이 기뻤다.

'드디어 나도 앉아서 천리千里, 서서 구만리九萬里, 미래지사未來之事를 알 수 있다고 하는 『주역』을 공부할 수 있게 되었다'고…. 어떻든 그날 밤은 그 책 속에서 살았다.

그 책은 『주역전의대전周易傳義大全』24권의 총목總目으로, 그 책을 왕의 칙명勅命으로 만들게 되었다는 것과 만든 관리의 이름들을 길게 나열하는 것을 시작으로, 하도河圖와 낙서洛書, 무극과 태극, 음양陰陽, 그리고 복희팔괘伏羲

---

* 「박형」께서는 나와 초등학교와 중학교 동창인데다가, 그때까지 나는 「박형」께서 얼마나 훌륭한 어른인지를 깨닫지 못하였을뿐 아니라, 「박형」께서도 우리를 항상 동창생으로 대하셨기 때문에 나의 말투가 늘 이러했다.

八卦와 『주역』의 64괘 등등, 선인先人들은 무엇을 어떻게 만들었고, 공자孔子(Confucius)님을 비롯한 현인賢人·선비들이 어떻게 풀이했는지가 상세하게 적혀 있는 것 같았다.

다음날 일찍 「박형」댁을 다시 찾아간 나는 방에 들어가 앉자마자 간절한 마음으로 청하였다.

"주역책을 전부 좀 빌려주게."

「박형」께서 말없이 『주역전의대전』 24권 중 나머지 전부를 다락에서 꺼내 오셨다. 그리고 보자기에 싸더니, 그 큰 책 보따리를 묵묵히 나에게 내주셨다. 그리고 앞날을 미리 아시고 작게 말씀하셨다.

"이 책은 자네 것일세."

「박형」께서 주역책을 주실 줄은 상상도 하지 않았기에, 마음속으로 깜짝 놀람과 동시에 정말 감격하였다. 그 책에는 알지 못하는 한문漢文 글자가 많았기 때문에 내가 자세한 뜻을 알지 못한다는 것을 알고 계실 「박형」께서 그것을 문제 삼지 않고 귀중한 책을 내어주셨으니….

나는 그날부터 밤낮으로 열심히 주역책을 읽었다. 내가 하던 약국의 일들은 문제가 아니었다. 진짜로 할 일이 생긴 것이다.

그렇게 3일이 지나갔는데, 어떤 동자童子가 책을 받쳐 들고 나에게 걸어오는, 실제처럼 생생한 꿈을 꾸었다. 꿈에서 그 동자를 보자마자

'저 동자는 분명 보통 사람이 아니다. 문수동자文殊童子나 신선神仙을 시봉하는 동자일 것이다.'

동자는 두 팔을 직각으로 굽힌 채 책을 공손히 받쳐 들고 단정한 모습으로 내게 다가왔다.

그리고 다음 순간, 정신이 번쩍 들면서 따뜻하고 밝은 빛이 나를 압도했다. 동자의 단아하고 우아한 모습과 절도 있는 행동을 보았다고 생각하는 순간, 온 세상이 확 밝아지면서 그 빛이 나를 덮쳤고, 나는 밝고 황홀한 그 빛속에서

사라졌다.

한편 「박형」께서는 『주역전의대전』 24권을 읽고 있던 나에게 깨우쳐주셨다.
"그것은 공자의 역易이다."

아마도 그 말씀은 시중에 통용되는 『주역』은 공자님께서 단전彖傳 상·하편, 상전象傳 상·하편, 계사전繫辭傳 상·하편, 문언전文言傳, 설괘전說卦傳, 서괘전序卦傳, 잡괘전雜卦傳 등, 십익十翼*을 지어 붙이셨고 통용되는 바, 거의 공자님이 보신 세상이고 공자님의 정신이요 가르침이라는 의미일 것이다. 그리고 전지전능하셔서 저승과 이승을 자유자재 넘나드는 「박형」 당신의 한 수 위의 '삼계 도사의 역'이 있다는 말씀 같았다.

당연히 직접 당해보기 전에는 「박형」 박상신 '도사님의 역'은 지향하는 목적과 방법은 물론 '공자의 역'보다 고차원적이고 너무 고준한 내용이어서 성스러운 령靈, 즉 성령의 실상을 모르는 우리에게 거의 불가사의하다.

「박형」 박상신 대도사님의 역은 일상생활에서 바로 배우는 실제주역이다. 내가 주역을 읽고 있던 당시 「박형」과 선배가 이야기하는 중에 실제주역이라는 책이 있다고 하셨다.

그래서 어느 날 「박형」을 찾아가서 청하였다.
"다른 주역책이 있다는 것 같았는데…. 실제주역책? 그걸 좀 보여주게."
"보여주지. 실제주역 24권이 있으니, 앞으로 보도록 하게."

「박형」의 이 말에 나는 실제주역이라는 제목의 주역책 24권이 정말로 어디엔가 있는 줄로만 알았다.
"꼭 좀 보여주게."

---

* 십익十翼 : 새의 날개처럼 『주역』을 돕는 10편의 책이라는 뜻. 죽간竹簡을 꿴 끈이 닳아서 3번이나 끊어질 정도로 힘써 궁리하고 익혔던 공자님께서 후학을 위하여 『주역』의 깊은 뜻을 알기 쉽게 풀어주신 책 10편.

"그러지."

또 며칠이 지났으나 「박형」은 책을 빌려주지 않으셨다. 나는 다시 「박형」을 찾아가서 청하였다.

"전번에 실제주역책이 있다는 것 같았는데, 책이 있으면 좀 보여주게."

"그래, 책은 얼마든지 있어. 앞으로 보여 줄 테니 실제주역을 잘 보도록 하게."

「박형」께서는 이렇게 대답하였는데, 이상한 것은 이렇게 대답하시고 나서도 책을 보여주지 않으셨다. '거짓이 없는 「박형」께서 어찌하여 책을 보여주지 아니하실까? 혹시 없는 책을 있다고 하신 것은 아닐 테지.'

내가 속으로 안달을 하자 「박형」께서 깨우쳐 주셨다.

"책은 방편方便, 방책方策을 말하는 것이야."

「박형」께서 '책은 얼마든지 있어.'라고 한 것은 '실제주역' 책, 곧 이 세상의 모든 상황으로 사람을 가르치는 방책은 얼마든지 있다는 뜻이었다. 그러니 '실제주역' 책은 글로 된 책冊이 아니라, 책策 즉, 실제상황에서 사람을 가르치는 방편과 계책[方策]의 책이라는 뜻으로, 세상의 모든 상황이 사람을 가르치는 책이라는 의미였다.

「박형」께서는 그날 이후 10여 년에 걸쳐, 변역·교역되는 길과 세상의 생노병사하며 희노애락하는 모든 것이 곧 '실제주역 24권'이고, 우리의 의식을 향상의 길로 인도하기 위한 방책이며, 우리에게 주어진 '시험문제'라는 사실을 깨닫게 해주셨다.

그리고 도인의 전지전능한 신통력으로 『주역』공부에서 꼭 짚고 넘어가야 될 무극無極과 음양陰陽, 『주역』64괘와 건괘乾卦의 비룡飛龍 되는 법, 세상 사람 누구도 모르고 있는 우화등선·교역을 가르쳐주셨고, 『주역』에 있는 '벗어나는 길' 기제괘既濟卦와 '사주팔자의 이치' 무망괘无妄卦, 그리고 '사랑의 회초리' 서합괘噬嗑卦를 간단하고 명확하게 풀어주셨다.

어떻든 「박형」박상신 '도사님의 역'은 우리를 신분상승·한 차원 높이 향상하는 길로 안내하며, 변역되어 천상에 태어나고, 교역되어 성령聖靈이 되게하는 실제주역이다.

　실제주역의 모든 것은 실제상황이기 때문에 누구나 쉽게 깨우칠 수 있고, 형이상학적 공론空論이나 지엽적인 이론에 빠질 걱정이 없다.

　이제 본론으로 들어가자.

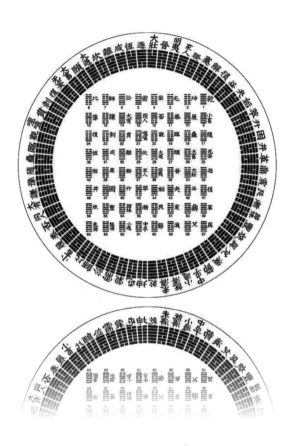

제1장 교역交易
'도사님 역'의 최종목표

우화등선 · 교역은 운명 바꾸기, 세상 바꾸기.
살아서 성인되고, 죽어서 성령되기입니다.

I
변해야 산다

번데기가 나비로 변하듯이
*
교역되어 성령·신선 되다

차 례

1. 신선·성령은 불사신不死身

「박형」께서 「사후死後의 비밀」을 알려주셨다.

그리고 세상 사람 아무도 모른다는 교역되신 어른의 참모습, 불사신의 모습을 시현하셔서, 교역되면 어떻게 되는지를 확실하게 깨우쳐주셨다.

어느 날 백척간두百尺竿頭에서 진일보進一步해야 될 절체절명의 순간에 다다랐다고 느낀 고故 백화자 님(집사람)이 「박형」에게 간절한 마음으로 여쭈었다.

"사람이 죽으면 어떻게 되는지 알려주세요."

나도 알고 싶은 것을 집사람이 물었기 때문에 순간 긴장을 하였는데, 「박형」께서는 짐짓 말씀하셨다.

"죽으면 그만이지, 왜 뒷일을 걱정하십니까?"

"꼭 좀 알려주세요. 꼭요."

간절히 청하자 「박형」께서 잠시 침묵하다가, '하루 빨리 현생을 끝내고 다시 와서 도사가 되겠다'는 집사람의 결심을 읽으셨는지,

"아, 그렇게 하시려구요?" 하시더니, 분명하게 「사후死後의 비밀」을 말씀하셨다.

"사람이 죽으면 금세 없어지는 사람, 하루나 이틀 사흘 만에 나가는 사람, 한 달·50일·백일·1년·2년·3년 만에 나가는 사람, 그리고 영원히 가는 사람도 있어요."

그때 나에게는 그 말씀이 이상하다는 생각들이 지나갔다.

'아! 사람이 죽으면 금세 없어지는 사람? 참으로 이상하구나. 어떻게 금세 없어진다는 말인가? 그리고 또 하루나 이틀 사흘 만에 나가는 사람, 한 달, 50일, 백일, 일 년, 2년, 3년 만에 나가는 사람은 어디로 나간다는 말씀인가?'

'사람이 죽어 제사 지내는 날과 나가는 때가 일치하는구나. 49재를 지내고 3년상을 치루는 뜻이 여기 있었구나. 제사 지내는 날 떠나갈 수가 있구나. 제사를 지내면서 죽은 분에게 참회하고 서로서로 용서하는 것이 중요하구나.'

「박형」께서 말씀하신 「사후死後의 비밀」은 불가사의하였는데, 어느 날 「박형」께서 '사람이 죽으면 금세 없어지는 사람'의 모습을 시현하셔서, '죽으면 금세 없어지는 사람'이 어떻게 되는지를 보여주셨다. 놀랍게도 「박형」께서는 죽지 않는 신령, 곧 불사신이셨다.

어느 날 「박형」께서 어떤 한 사람과 나를 데리고 금계동의 앞산으로 올라가셨다. 그 사람은 「박형」에게 묏자리에 대하여 몇 가지를 질문했고, 그 사람이 언제 뒤로 처졌는지 「박형」과 내가 산 중턱에 이르렀을 적에 「박형」께서 혼잣말로 중얼거리셨다.

"나를 죽이려 하는구나."

내가 화들짝 놀라는 순간, 조금 전의 그 사람이 산 아래에서 「박형」을 불렀다.

"「박형」, 「박형」."

그때 「박형」께서 낮은 목소리로 나에게 은근하게 당부하셨다.

"여기 잠깐만 지금처럼 그대로 서 있어. 움직이지 마. 갔다가 올테니."

「박형」은 그가 부르는 아래로 내려가셨다. 나는 어리둥절해하며 「박형」의 지시대로 거기에 그대로 서 있었는데, 그 아래쪽에서 갑자기 그 사람의 외침소리가 들려왔다.

"앗, 피다. 피! 「박형」, 「박형」! 정신 차려, 정신 차려. 왜 그래?"

잠시 후 그 사람이 황급히 뛰어 올라와서 소리쳤다.

"「박형」이 죽었어! 「박형」이 죽었어!"

그는 그렇게 외치고 정신없이 아래쪽으로 내달렸다.

바로 그때 아무 일 없다는 듯이 나타난 「박형」께서 나에게 다가와 평상시와 같이 말씀하셨다.

"저쪽으로 가 볼까?"

「박형」과 내가 그쪽으로 내려가려는 중에, 아래쪽에서 그 사람의 당황하고 기겁한 외침소리가 또 들려왔다.

"「박형」! 「박형」이 어디 갔어. 낫! 낫!"

내가 「박형」을 따라 산 아래로 내려가면서 얼핏 보니, 그 사람은 정말 미친 듯이 산 아래로 내달리고 있었다. 그리고 그곳에는 한 기基의 무덤이 있을뿐, 아무런 흔적도 시체도 피도 낫도 보이지 않았다.

「박형」과 내가 걸어 내려와 산 밑의 길로 나섰을 때, 그는 뒤도 돌아보지 않고 얼마쯤 앞에서 정신없이 「박형」 댁으로 달려가고 있었다.

「박형」께서는 이미 그 사람이 준비한 낫으로 찍을 것을 아셨고, 그 앞에서 피를 흘리며 죽었다가, 그 사람이 나에게 뛰어와서 「박형」이 죽었어'라며 외치고있을 때 살아나, 그 사람에게는 보이지 않고 나에게는 보이는 몸으로 다시 나타나셨던 것이다.

이러한 것이 '사람이 죽으면 금세 없어지는 사람'이며, 죽지 않는 신령·불사신의 모습이며, 신선·도인의 능력이다. 참으로 세상 사람 아무도 모르는 우화등선·교역되신 어른의 능력이다.

이렇게 '사람이 죽으면 금세 없어지는 사람'의 '금세 없어진다'는 뜻은 「박형」과 같은 성령은 죽음이 없고, 방편으로 죽은척하다가 시체고 뭐고 남김없이 금세 사라질 수가 있다는 의미이다.

그리고 '하루나 이틀 사흘 만에 나가는 사람, 한 달·50일·백일·1년·2년·3년 만에 나가는 사람'의 '나간다'는 의미는, 죽어서 간 저승에서 그만큼 머물다가 육도윤회六道輪廻를 하거나 이승으로 '다시 나온다'는 뜻이다.*

'그리고 영원히 가는 사람도 있어요.'라고 하셨는데, 나중에 알고 보니 '영원히 가는 사람'은 극락왕생하여 영원한 행복을 누리는 신령이 되거나, 악업을 지은 과보로 지옥에 곧바로 가서 문득 화생(化生; 어머니의 태를 거치지 않고 홀연히 생겨남)하는 지옥의 혼령들이다.

저승과 이승을 자유자재로 왕래하시는 삼계도사 · 불사신이시며, 모든 것을 다 아시는「박형」께서 사람이 죽으면 그의 실체가 이렇게 된다는 사실을 가장 확실하고 분명하게 밝혀주셨다. *

신학자이자 유체이탈하여 수시로 영계靈界를 왕래하였다는 에마누엘 스베덴보리(Emanuel Swedenborg;1688~1772)의 증언에 따르면, 천국도 3층이고 지옥도 3층이며, 사람이 죽으면 제일 먼저 천국과 지옥의 사이에 있는 중간영계로 가며, 중간영계에서 심사를 받고 천국의 천사天使가 되느냐 지옥 영인靈人이 되느냐가 결정된다고 하였다.

또,『성리대전性理大全』5권「귀신鬼神」편을 보면, 주자朱子의 문인門人 용지用之가 귀신에 대해 묻고 주자가 답을 하는 장면이 있다.

〔용지〕"유혼遊魂이 변화가 되는 것은 성인聖人이나 어리석은 사람이나 모두 마찬가지입니까?"

〔주자〕"그렇다."

〔용지〕"사람이 천지 산천에 비는 것은 나에게 있는 것으로, 저에게 있는 것을 감동시키는 것입니다. 자손이 선조에게 제사를 받드는 것은 나에게 있는 것으로, 저에게 없는 것을 감동시키는 것입니다."

---

* 불교에서는 사람이 죽은 뒤 다음의 생을 받을 때까지 지니는 몸을 영가靈駕 또는 중음신中陰身이라고 하며, 그 기간이 보통 49일이기 때문에 49재를 지낸다고 한다. 그러나 선한 업을 많이 짓고 죽으면 곧바로 극락 또는 천상에 태어나고, 극히 악한 업을 지은 사람은 곧바로 지옥에 떨어지므로 중음신의 기간이 없다고 한다.

〔주자〕 "천신天神·지기地祇(땅의 신)의 기는 항상 움츠리고 펼치면서 그치지 않지만, 사람이 죽은 귀신의 기는 흩어져 사라져서 남은 것이 없다. 다만 흩어져 사라짐에는 늦고 빠른 차이가 있다. 자신의 죽음을 받아들이지 않는 사람이 있으니, 그런 사람은 이미 죽었더라도 기가 흩어지지 않아서 요괴가 된다. 예컨대 불길하게 죽은 사람과 스님·도사와 같은 경우는 이미 죽었어도 대부분 기가 흩어지지 않는다. 만약 성현 같으면 죽음이 편안하니 어찌 흩어지지 않고 괴이한 신령이 되겠는가?"

유교儒敎의 경우에는 제사를 모시기는 하지만, 이처럼 더 이상 신령계를 거론할 여지를 남겨두지 않고 있다.

다른 한편으로 불교의 하늘은 정말로 크고 넓고 불가사의하다. 천상계는 욕계6천·색계18천·무색계4천 등의 삼계천三界天이 있다. 욕계에서는 음욕이 적어질수록 더 높은 하늘로 올라가고, 색계의 18천은 산란한 마음을 가라앉히고 주의를 집중하여 일체의 생각·번뇌를 끊고, 절대적정絕對寂靜의 삼매인 선정禪定을 닦아야 갈 수 있으며, 출가자가 수행을 잘하면 무색계 4천四天에 이르며, 한 단계 더 나아가 삼계를 온전히 벗어나서 성불하는 길이 있다.

그리고 탐진치貪瞋痴에서 온전히 벗어나지 못한 사람이 가는 지옥地獄·아귀餓鬼·축생畜生·아수라阿修羅·인간人間으로 가는 윤회의 길이 있다.

사람이 죽으면 3일간 이승에서 머물다가 사자의 인도를 따라 염라대왕을 위시한 명부冥府 시왕十王을 차례로 만나게 되는데, 49일 동안 7일마다 한 분의 대왕을 만나 일곱 분의 대왕에게 생전의 언행에 대해 심판을 받으며, 죄가 무거운 사람은 더 큰 고통을 받으면서, 죽은 후 100일이 된 날에 제8 평등대왕, 만 1년이 되는 날에는 제9 도시대왕, 3년째(만 2년)에는 제10 오도전륜대왕에게 심판을 받는데, 3년에 걸친 심판이 끝나면 다음 생을 받게 된다고 한다.

그리고 『티베트의 사자死者의 서書(The Tibetan Book of The Dead)』에도 이런저런 모습의 사후세계가 있다. 죽는 순간에 잠들지 않으면 '중음길에서 첫 번째로 나타나는 눈부신 섬광인 투휘광체透輝光體(Clear Light)'가 나타나고, 그 속으로 들어가는 사람은 하루나 이틀, 3일만에 나가는 어른들이다.

이 종교들의 「사후의 비밀한 내용」과 함께 「박형」께서 '사람이 죽으면' 하고 말씀하셨던 것을 통합해보면, 「박형」께서 밝혀주신 사후의 비밀한 내용이 얼마나 엄청난 가르침인지 느낄 수 있을 것이다.

2. 부활하여 변형하고 헌신하는 교역交易

「박형」께서 특별히 알려주신 교역이야기이다.

1980년 겨울에 「박형」의 집 앞 텃밭에서 교역되신 분이 아니고서는 할 수 없는 10년의 긴 세월에 걸친 최고의 가르침이 시작되었다.

문득 「박형」께서는 의외의 질문을 나에게 던졌다.

"자네 해부를 영어로 뭐라 하는지 아나?"

"잘 생각나지 않는데…."

나는 답을 몰랐지만, '모른다'고 대답하기보다 생각나지 않는다고 하는 편이 무식한 사람이라는 인상을 주지 않을 것 같아서, '생각나지 않는데….'라고 대답했다.

그리고 언제나 구수한 옛날이야기를 해주시는 할아버지 같은 「박형」께서 갑자기 해부의 스펠링을 알고 싶어 하는 것이 이상스럽다 여겼는데, 「박형」께서 자답自答을 하며 당부하셨다.

"지오로지(Geology)야. 이것을 잘 기억해 두게. 나중에 내가 다시 물어볼 테니까."

그 말씀을 듣고 나는 생각했다.

'해부가 지오로지라고? 지오그라피가 지리地理이니, 지오(Geo)가 첫머리에 들어간 단어는 지리와 관계있는 말 아닐까? 해부가 그런 말과 어떤 관련이 있는가?'

나는 '지오로지라면 지리와 같은 계통의 단어가 아닌가'를 물으려 하였다. 그런데 나의 말은 다르게 나갔다.

"지오로지라면 지리… 뭐, 그쪽 같은데?"

돌연 나의 말끝이 어떤 힘에 의해 변해져 나갔다.

"거기에 무슨 뜻이 있는가?"

분명 어떤 힘이 저의 혀를 놀려서 다른 말을 하게 한 것이다.

'이것이 「박형」의 힘인가?'

나는 이미 어느 정도 「박형」의 능력을 눈치채고는 있었지만 두려웠다. 그때 「박형」께서 한 번 더 당부하셨다.

"해부가 영어로 지오로지라는 내 말을 꼭 기억해 두게. 내가 나중에 다시 물어볼 테니까."

사실 나의 말이 '거기에 무슨 뜻이 있는가?'로 나간 것은 '지오로지야. 이것을 잘 기억해 두게. 나중에 내가 다시 물어볼 테니까.'라고 하신 「박형」의 말씀에 어떤 뜻이 담겨 있는지를 질문한 것 같았다.

그리고 「박형」께서 재차 '내 말을 꼭 기억해 두게. 내가 나중에 다시 물어볼 테니까.'라고 한 것을 듣고서, 그 말씀 또한 이상하다고 생각했다.

'왜? 해부가 영어로 지오로지라는 것을 꼭 기억해 두어야 하며, 「박형」께서는 왜 나에게 그것을 다시 물어보시려는 것일까?'

그때 「박형」께서는 나의 마음속을 다 아는 듯이 진지하게 당부하셨다.

"그때 가 보면 내가 그렇게 말한 이유도 다 알게 돼. 꼭 기억해 두게."

모두가 참 이상한 대화였다.

그리고 그날따라 내가 '「박형」에게 존댓말을 사용해야 된다'고 마음속으로 자각을 하고 있었는데도, 숫기가 없고 멍청해서 냉큼 존댓말로 고치지 못하고 계속 말끝을 흐리면서 언행이 엉거주춤했던 것이 지금도 생각이 난다.

다시 세월이 흘렀다. 그동안 「박형」께서는 '다른 농사를 지으시려고' 1981년 4월에 큰 산山으로 돌아가셨고, 이승에서 외견상 「박형」의 시신은 3일 후에 동리 사람들에 의해서 장사 지내졌다.

「박형」께서 가신 1981년, 그 1년 동안 나는 고향인 풍기읍에서 약국을 경영

했고, 1년 후인 1982년에 충북 단양으로 와서 동업으로 약국을 열었고, 충주댐 때문에 단양丹陽이 수몰되면서 1984년에 다시 지금의 신단양으로 이주하였다.

그리고 나는 「박형」께서 '잘 기억해 두게. 내가 나중에 다시 물어볼 테니까.' 하며 당부하셨던 말씀을 까맣게 잊고 말았다. 그렁저렁 10년이라는 세월이 흘렀기 때문이다.

그런데 「박형」께서 서거하신지 10년이 지난 1991년쯤, 나는 「박형」을 주인공으로 하는 『대웅전주인』이라는 소설을 쓰기 시작했다. 그런데 반쯤 썼을 때였다. 「박형」을 주인공으로 한 그 소설에 입산수도하던 박상신 청년의 일화와 여러 가지 신통한 장면을 써넣고 싶었는데, 입산수도의 경험이나 신통이 없는 내가 진짜 도사가 되는 방법을 어떻게 써야 좋을지를 몰라 고민에 빠지고 말았다. 중도에 글을 끝낼 수도 없었고….

그때 「박형」께서 직접 오셔서 부활하며 죽음이 없는 불사신으로, 변신하고 현신하는 삼계도사의 모습을 보여주셨다.

1991년 그 여름 어느 날 오전이었다.

그날은 마침 단양 장날이어서 우리 약국 앞에는 사람이 많았다. 나는 큰 유리창을 통하여 밖을 내다보며 컴퓨터 앞에 앉아 있었는데, 어떤 체구가 큼직한 사람이 우리 약국 앞을 두어 번 왔다 갔다 하고 있었다. 그는 「박형」만큼 큰 덩치에다가, 이상하게 내 눈에 얼른 띄는 그 무엇이 있는 사람이었다.

'공부를 많이 한 사람인가?'

그렇게 잠깐 생각하는 사이에 그 사람이 우리 약국을 향해 걸어오는 모습이 유리창 너머로 보였다. 그는 성큼성큼 우리 약국으로 걸어오더니, 약국 출입문을 빠끔히 열고 서서 좀 이상한 것을 다짜고짜 큰소리로 물었다.

"해부解剖가 영어로 지오로지(Geology)입니까?"

나는 생각나는 게 없었다. 한참 동안 대답할 수가 없어 망설이고 있으니까, '알고 있는 것을 빨리 말하라는 듯이' 더 크게 물었다.

"저, 해부가 영어로 지오로지입니까?"

나는 다시 생각할 수밖에 없었다.

"해부라고요?"

그 순간 약국 벽에 있는 인체해부도에 영어로 크게 휴먼아나토미(Human Anatomy)라고 쓰인 것이 생각났다. 하지만 해부는 해부도解剖圖와 다르기 때문에 그에게 자신 없는 목소리로 대답했다.

"글쎄? 아나토미(Anatomy)일걸요."

그때 그 사람이 말했다.

"그래요? 난 지오로지인 줄 알았는데."

다음 순간 그는 잡았던 출입문의 손잡이를 놓고 돌아섰다. 잠시 후, 나는 밖으로 뛰어나가 저만치 가는 그를 따라가서 말했다.

"사전을 찾아보시지요."

"예, 사전을 찾아보면 다 알 수 있지요."

그는 별것 아니라는 듯이 말했다. 나는 시큰둥한 그의 태도에 자못 실망을 했다.

'방금 그렇게 열심히 큰 소리로 묻더니….'

그가 가고 나서도 나는 해부가 영어로 뭐라고 하는지? 그에게 가르쳐주지 못한 것을 마음에 두고 계속 생각을 했다. 그리고 얼마 안 되었는데, 불현듯 이러한 상황을 소설 『대웅전주인』에 써넣으면 되겠다는 생각이 들었다.

"박상신 청년을 가르치셨던 격물치지格物致知* 할아버지께서 청년에게 '자네해부를 영어로 뭐라고 하는지 아나?' 하고 묻는다. 그리고 '해부는 영어로 지오로지다.'라고 알려준 다음, '나중에 꼭 다시 물어볼 테니 잊지 말라.'고 당부한

---

* 격물치지(格物致知) : 중국 사서四書인 『대학大學』에 나오는 말로서 모든 사물과 하나가 되고서 그 바른 이치를 안다는 뜻임. 온전히 해탈한 사람이 모든 것을 '있는 그대로 알고 봄'으로, 그 밝고 맑은 지혜가 사물의 이치와 하나가 된다는 의미이리라.

다. 그리고 돌아가신다. 장사까지 지낸 후에 몇 년 후에 홀연히 나타나셔서 다시 '해부가 영어로 지오로지인가?' 하고 물으면 세상의 가장 신통한 일, 곧 '부활과 변신·현신하는 신통과 죽음이 없음'을 박상신 청년에게 보여주는 것이 되겠구나!"

이 아이디어가 떠오르자 나는 소설로 급히 돌아갔다. 그리고 격물치지할아버지께서 청년 박상신에게 '해부를 영어로 무엇이라고 하는지 아는가?'를 묻는 장면부터 쓰기 시작하였다. 신들린 사람처럼 생각이 저절로 외골수로 나아갔다.

"지오로지야, 나중에 내가 다시 물어볼 테니까 잊지 말고 꼭 기억해두게."

"지오로지? 거기에 무슨 이유가 있습니까?"

"하여튼 그때 가보면, 이유도 알게 돼." 『대웅전주인』 262쪽

여기까지 줄줄이 생각나는 대로 써내려갔다.

그때였다. 놀랍게도 10년 전에 실제로 「박형」과 텃밭에서 대화를 나누던 기억과 그때의 장면이 조금씩 머릿속에 떠오르는 것이었다.

「박형」께서 해부가 영어로는 '지오로지'라고 자문자답하셨을 적에 '지오로지'는 '지오그라피(Geography)'와 비슷해서 지리地理와 관련이 있을 것이라면서 나 혼자 끙끙댔던 그 장면을 시작으로, 조금씩 기억이 떠오르더니 계속해서 '해부는 지오로지야, 나중에 내가 다시 물어볼 테니까 잊지 말고 꼭 기억해두게.' 당부하셨던 사실, 이어서 「박형」이 '그때 가 보면 내가 그렇게 말한 이유도 다 알게 돼.'까지가 줄줄이 기억나는 것이었다.

"앗! 그때 그랬었구나!"

나는 마음속에 강한 충격을 받았다.

"방금 그 사람은 「박형」이 아닌가! '꼭 기억해두게. 내가 나중에 다시 물어볼 테니까.' 하셨던."

순간 마음속 깊은 곳으로부터의 떨림이 있었다.

오! 마이 갓!

'예수님의 부활·변형과 꼭 같은 「박형」의 부활과 변형이구나! 와! 이것은! 이것은! 「박형」이 예수님 같다! 그동안 어디 계시다가….'

그런데 그런 생각도 잠시뿐, 곧 나를 압도한 것은 전율과 공포였다.

'이승과 저승, 삶과 죽음이 이렇게 가까이 연결되어 있구나. 사후세계·저승이 바로 지금 여기 있구나. 내가 이대로 살다가는 틀림없이 죽어 잘못되겠구나.'

순간 끔찍한 어떤 느낌이 뇌리를 스치고 지나갔다.

'이런 일이 코앞에서 일어났는데, 「박형」은 저렇게 되셨는데, 그의 가르침을 받은 나는 지금 이런 꼴로 살 수밖에 없단 말인가!'

나는 그전에 「박형」께서 가르침을 주실 적에 있던 '따뜻한 밝음'마저 지금은 없다는 자각이 밀려와 두려웠고, 「박형」의 자상한 가르침을 다시는 받을 수 없다'는 사실 때문에 절망과 후회가 밀려왔다.

죽어 장사지냈다는 「박형」의 출현으로 놀란 나의 가슴은 계속 쿵쿵 뛰었고 나 자신이 안타까워 연신 독백을 했다.

"이를 어떡하나! 이를 어떡하나! 정말 이를 어떡하나!"

「박형」의 출현이 나에게 더욱 안타까웠던 이유는, 「박형」께서는 저렇게 부활하셨는데, 「박형」께서 돌보아 주실 적에 미역국만 먹은 내가, 이제는 죽었다가 다시 깨어나도 혼자 힘으로 「박형」처럼, 아니 지금보다 더 나은 내가 될 수 없겠다'고 생각하며 낙심했기 때문이다.

이미 「박형」께서 돌아가신 날의 일이다.

"금계동 「박형」 박상신씨가 나에게 '꼭 새한약국에 가서, 내가 혼자 흰 고무신 신고, 큰 산 쪽으로 가더라고 이르라.'고 해서 전하러 왔어요."

어느 아주머니가 나의 약국에 와서 분명히 전해주었지만, 나는 「박형」께서 그렇게 되신 줄 꿈에도 몰랐다. 또 나는 불사신으로 '죽으면 금세 없어지는'

「박형」의 능력을 직접 보았지만, 그때까지 〈교역의 실체〉를 모르던 나로서는 「박형」께서 어떻게 하여 그렇게 되셨는지를 알 수 없었다.

하지만 나는 「박형」의 굉장한 신통력, 곧 방 안에 가만히 앉아 있으시면서 옆자리에 앉은 사람에게 몸을 숨기셨던 일과 다른 사람으로 변한 신통, 키가 약간 크고 말랐으며 허름한 50대의 남자로 변하여 나에게로 와서 돈 1만 원을 빌려 가셨던 일 등을 분명히 기억하고 있었다. 나에게 이런 경험이 없었더라면, 그 사람이 「박형」이라 생각할 수도 없고, 오늘 그렇게 큰 충격을 받지 않았을지도 모른다.

그런데 나는 「박형」의 부활과 출현에 자극받아 더욱 열심히 수행하여 더 높은 곳을 지향하겠다는 결심을 하지 못하고, 그 옛날에 「박형」께서 나에게 가르쳐 주신 '서로 크게 사랑하라.'를 잘 지키면서, 죽는 날까지 바르게 살아야겠다고 마음속으로 굳게굳게 다짐하는 수밖에 다른 길은 없겠다고 생각했을 뿐이었다.

＊

'지오로지'는 국어로 지질학地質學이다. 그런데 왜 「박형」께서 해부를 지오로지라고 하셨을까? 혹시 「박형」 같은 어른은 전지전능全知全能하셔서, 의사가 사람의 몸을 해부하듯이, 이승의 모든 것과 저승인 욕계·색계·무색계의 모든 상황을 주제하시고 마음대로 변화시키시며, 언제나 우리의 앎(정신)을 향상시키시려고 애쓰시는 능력을 갖춘 신령이기 때문은 아닐까?

- 어떻든 10년에 걸친 이런 「박형」의 가르침 덕분에, 불보살님과 예수님께서 부활하고 변형하며 영생永生하는 등등, 이 모든 것이 생생한 사실의 기록이며, 이런 변화가 모든 사람에게도 먼 훗날 일어날 수 있는 실제상황이라는 것을 알게 되었다.

그러니 어떻게 하면 하루라도 빨리 곧바로 위를 향해서 나아가는 출가수행자 같은 삶을 살고, 죽음이 없이 영생하는 불보살님이나 예수님 같은 성령이 될 수 있을까를 진심으로 깊이 고민하지 않을 수 없다. 여기 모든 이야기는 절대로 내가 지어낸 허구虛構나 남의 이야기가 아닌, 실제상황이기 때문이다.

3. 두 번째 교역 이야기 … 부활하신 예수님처럼 오신 「박형」

☀

여기 실제로 「박형」께서 (마치 예수님처럼) 교역되신 성령으로 오셔서 '교역은 이렇다.'고 실제상황에서 깨닫게 해주신 이야기가 또 있다. 「박형」께서 이처럼 두번씩 교역을 시현하신 것은 교역이 그만큼 중요하기 때문에, 교역을 꼭 깨우쳐 주시려는 의도가 있으셨다고 생각된다.

두 번째 교역이야기는 1994년 7월 8일 오후 청량리역 매표소 앞에서 시작된다. 나는 그날 상경했다가 귀향하는 표를 사기 위해 청량리역 야외 임시매표소 앞에 서 있었다. 기차는 오후 4시 새마을호였다.

내가 기차표를 사려고 만 원을 내었더니, 매표원이 단양행 차표 한 장과 함께 일천 원과 백 원짜리 동전 몇 개를 거슬러주었다. 내가 표를 확인하고 돌아서려는데, 내 뒤에 있던 키가 작고 예쁘장한 여학생이 매표원에게 천 원짜리 몇 장을 들여보내면서 말하였다.

"안동 한 장 주세요."

매표원이 돈을 세어보더니 마이크로 말하였다.

"2천 원을 더 줘야겠어."

그때 여학생이 손에 돈 2천 원을 찾아 들더니 매표원에게 부탁했다.

"그 돈 돌려주세요."

나는 그녀가 이상하다고 생각하고 있는데, 매표원이 물었다.

"버스를 타고 가려고?"

"안 되겠어요. 버스를 타고 가야겠어요."

여학생이 버스를 타고 가야겠다는 말을 듣는 순간, 여학생의 집이 안동에서 시골로 더 들어갈 것이라는 느낌이 들었다. 나는 방금 창구에서 받은 천 원짜리와 주머니 속의 동전을 전부 꺼내어 그 여학생에게 내밀었다. 그 시각에 버스를 타고 안동까지 가서 다시 시골로 가려면 너무 늦을 것 같았기 때문이다.

"이 정도만 있으면 될까?"

여학생이 돈을 받지 않고 머뭇거렸다.

"버스는 너무 늦었어. 기차로 가는 게 좋아. 기차로 가요. 기차로."

나의 돈을 받아서 꼭 안동행 기차표를 사라고 몇 번이고 강하게 권하였다. 그때 여학생이 말하였다.

"그만하면 되겠어요. 예. 그 정도면 되겠어요."

그런데 이상하게도 '그 정도면 되겠어요.'라던 여학생의 말에는 돈보다 그 정도로 열심히 권하니 되었다고 허락하는 의미? 그런 느낌이 조금 있었다.

결국 여학생이 나의 돈을 받으면서 조용히 '고맙습니다.'라고 말하였다.

"그럼, 기차로 가야지. 잘 가요."

참으로 잘 되었다고 생각했다. 그리고는 근처의 백화점에 들렀다가 출발시간이 되어 기차를 탔고, 좌석에 앉아 매점에서 산 『리더스 다이제스트』를 펼쳤다. 먼저 눈에 들어온 '직감을 활용하라'는 글을 읽다가 고개를 드는데, 그 여학생이 이쪽으로 오는 것 같더니, 내 좌석 한 칸 건너 뒷좌석으로 갔다.

알은체를 했더니, 여학생도 알아보고 인사했다. 그리고 다시 책을 읽고 있었는데, 문득 어디에선가 여자의 말소리가 들렸다.

"오늘 저하고 같이 앉아 가요."

'같이 앉아 가자.'는 예상치 않았던 말에 놀라며 얼른 위를 쳐다보니, 조금 전 그 여학생이 제 옆에 서 있었다. 잠시 엉거주춤하고 있는 나에게 여학생이 다시 말하였다.

"저 뒤에 와서 같이 가요."

그런데 그때 제 귀에 여학생의 말과는 별도로 「박형」의 말소리가 분명하게 들렸다.

"이 뒤로 와서 앉아. 오늘 나하고 같이 가지."

꿈에도 생각지 못했던 「박형」의 목소리…. 생전에 「박형」께서 친구들에게 했던 어투로 '나하고 같이 가지.'라고 하셨다. '가지.'에 악센트가 들어가는 「박형」의 말투였다.

분명하고 크게 들린 「박형」의 그 말소리는 어디에서 온 것일까? 얼른 일어나서 주위를 둘러보았지만, 십여 년 전에 서거하신 「박형」께서 거기에 계실 리는 없겠고, 실제로 「박형」은 물론 그런 말을 했음직한 남자는 한 분도 근처에 보이지를 않았다.

'혹시 누가 「박형」의 말소리를 녹음했다가 그 녹음기를 틀었나?'

다른 한편으로는 「박형」께서 이 여학생과 같이 가라고 시키신 것 같기도 했다.

"그래. 같이 앉아 갈까? 같이 가면 좋지. 이야기도 하면서….."

나는 즐거운 듯 말하면서, 뒷좌석으로 갔고 여학생의 옆에 앉았다.

여학생은 손에 수준 높은 교양서적을 들고 있었는데, 여학생에게서 뭐라고 꼬집어 말할 수는 없지만, 훌륭한 점이 있을 것 같은 좋은 인상을 받았다. 여학생의 옆에 앉아 물었다.

"어느 학교에 다녀요?"

"제7일안식일예수재림교회를 아세요? 거기서 운영하는 학교에 다녀요."

"안동에 집이 있어요?"

"예… 안동에서 더 가요. 길안면吉安面이라고, 조금 전에는 안동이라고 해야 아실 것 같아서, 안동이라 했어요."

"길안면에는 내 대학동창이 한 사람 있지요. 길안은 안동에서 먼가요?"

"가까워요."

"참, 그런데 오늘은 일요일이 아닌데?"

"중간시험이 끝났어요. 부모님께 잠시 다녀오려고요."

"서울에서는 누구네 집에?"

"기숙사에 있어요."

그때 돌연 그 여학생이 전혀 예상하지 못했던 말을 던졌다.

"이야기를 해주세요!"

「박형」께서 '자네가 『주역』을 공부하여 이것(교역)을 알게 되거든, 나에게 꼭 알려주게.'라고 하셨기 때문에 당시에 나는 누구에게 꼭 「박형」의 교역을 말하고 싶었다. 그런데 우연일까? 그 여학생에게 내가 말하고 싶었던 교역의 실상인 '예수재림'을 말할 수 있을 것 같았다.

나는 잠시도 망설이지 않고 일단 그 여학생이 이해할 수 있고 흥미가 있을 만한 내용부터 말하기 시작했다.

"「박형」 박상신 도사님의 이야기가 재미있을 거예요. 「박형」은 나의 동창이었는데, 도사 되신 분이지요."

나는 초등 5학년이었던 「박형」을 처음 본 나의 어머님께서 '너도 그렇게 되었으면 좋겠다. 마음가짐이 어른 같았어. 꼭 찾아보고, 그 아이와 친하게 사귀도록 해라. 분명히 앞으로 훌륭한 사람이 될 게다.'라고 하셨던 이야기를 시작으로, 중학교 체육시간 선생과 제자가 충돌할뻔한 위기의 상황에서 '손으로 하늘을 가리키며 헛둘헛둘 걸었어 모두를 웃게하여 그 위기를 모면하게 했던 사건'과 수업료를 까먹은 춘식이란 친구를 구해준 일 등, 「박형」의 큰사람다운 풍모를 이야기했고, 이어서 말하였다.

"「박형」은 중학교 시절부터 주경야독晝耕夜讀했어요. 말이 주경야독이지, 낮에도 집안 농사일하고 밤에도 농사일에 골몰하였지요. 농사 때를 놓치지 않기 위해 밭에서 밤새워 김을맨 적도 허다했었고, 틈을 내서 밤에 책을 읽었는데, 나중에 말했어요.

'내가 마음만 먹었으면 1등이지. 그런 공부에는 관심이 없어서….'

그리고 고등학생때부터는 저녁 밥숟가락 놓자마자 한문선생이라고만 알려진 문수사리보살 같은 분에게 달려가서 사서와 삼경을 모두 배워 마치셨고, 연이어 서울 유명한 대학교에 밤차로 올라다니면서 동양철학과 서양철학을 마스터하였지요. 어느 날 「박형」이 말했어요.

'밤기차를 타고 다니며 여러 대학교 유명한 강의를 찾아가 들었지. 그 중에 '박종홍* 교수가 제일 공부를 많이 했어. 서철西哲, 동철東哲을 통틀어…, 내 생각과 같았어.'

고등학교 졸업 후에 3년간 소백산에 입산수도하였고, 마침내 도사님이 되셨어요."

"정말 그렇게 훌륭한 분이 실제로 계셨어요?"

"물론이지요, 전부 사실이지요."

연이어 나는 여학생에게 「박형」께서 입산수도하며 치르셨던 기상천외하고 흥미진진한 이야기들

· 겨울 바위굴에서 잘 적에 이불이 바닥에 얼어붙었고 몸이 떠 있었다는 이야기

· 호랑이가 오른쪽 왼쪽 산에서 크르릉크르릉 울적에 '이놈, 나한테 한번 당해봐라.'면서 문밖으로 썩 나섰다던 깜짝 놀랄 이야기

· 매일 쌀이 먹을 만큼 바위 사이에서 나왔다는 이야기

· 깜깜한 밤에 산에서 여자가 우는 소리를 이겨내고 길 잃은 여대생을 구해주었던 당찬 이야기

· 억수같이 비가 퍼부어 갑자기 물이 불어나 한 길이 넘는 열두 개의 개울물을 건너서 한밤중에 두 개의 산을 넘었던 이야기

· 「세상의 유혹에서 벗어나는 길은 오직 이것 한 길」을 가르쳐주셨던 이야기 등

수행자 박상신 청년 이야기를 그녀에게 해주었다. 그런데도 단양역에 도착할 시간이 많이 남아 있기에 「박형」께서 나에게 준 '3가지 숙제'인 태몽의 이치와 최고의 명당찾기를 차례로 말하였고 계속해서 교역을 이야기하기 시작하였다.

"어느 날 「박형」께서 말씀하셨지요.

---

* 박종홍(朴鐘鴻) : 전 서울대 철학과 교수; 열암 박종홍(1903-1976) '한국철학 연구의 개척자'로 평가되는 그는 서양의 철학사상을 우리나라에 올바로 소개했고, 한국사상연구를 본격적으로 체계화했으며 퇴계 이황李滉선생과 율곡 이이李珥선생의 학문에 정통했습니다. 그리고 실학實學을 깊이 수용했기에 「박형」께서 '내 생각과 같았다.'고 인정하셨습니다.

"변역變易은 일어나기 쉽지만, 교역交易은 일어나기 어렵다. 교역을 아는 사람은 한 사람도 없어. 자네가 『주역』을 공부하여 이것을 알게 되거든, 나에게 꼭 알려주게."

그때 나는 그 말씀이 이상하고 이해할 수가 없어서 잠시 멍청하게 있었는데, 다시 말씀하셨지요.

"나에게 꼭 좀 알려주게."

이상하지요? 「박형」께서는 이 세상에 모르는 것이 없으신 분이고, 나에게 『주역』을 가르쳐 주신 분인데 어째서 '교역을 알게 되거든, 나에게 꼭 좀 알려주게.'라고 하신 것일까요?

가령 「박형」께서 교역을 모르셨다면, '변역은 일어나기 쉽지만, 교역은 일어나기 어렵다. 교역을 아는 사람은 한 사람도 없다'고 말씀하실 수가 없는 것이거든요.

『주역』책에서는 교역을 '봄이 변하여 가을이 되고 여름이 변하여 겨울이 되듯이 아주 바뀌는 것'이라고만 설명했더라고요. 그러니 그게 또 무슨 소리인지 알 도리가 없었지요.

그런데 어느 날 『화엄경』을 읽다가 문득 '변역생사變易生死'라는 말을 발견했어요. 눈이 번쩍했지요. 변역생사는 '사람의 마음이 조금씩 발전하여 욕계欲界에서 벗어난 후에 모든 번뇌와 생사를 초월한 해탈의 경계인 열반涅槃으로 나아가기 전까지 받는 생사生死'라는 의미였어요. 그렇다면 교역은 과연 무엇이기에 아는 사람도 없고 일어나기도 어렵다는 것인가요?

그리고 「박형」께서는 왜 꼭 나에게 '자네가 『주역』을 공부하여 이것을 알게 되거든, 나에게 꼭 알려주게.'라고 하신 이유는 과연 무엇일까요?*

『성경』에 보면 예수님께서 죽은 자 가운데서 부활하셨는데, 그 내용이 이상

---

* '도사님의 역'의 태극에서 음陰이 변하여 양陽이 되는 것이 교역입니다. 닭이 변하여 용이 되는 계화위룡鷄化爲龍이 우화등선·교역이다. 기독교식으로 말하면, 마귀의 권속인 우리가 예수님처럼 모든 마귀의 시험을 이기고, 죽어서 부활하고 마침내 영생하는 성령 되는 것이 교역이다. 해탈·열반이고, 성불成佛에 버금가는 교역이다.

하지요. 예수님의 시체가 없어졌어요. 참, 학교가 기독교 계통이니까 『성경』의 내용을 잘 알겠네요.

예수님이 부활하신 것을 처음 본 사람은 마리아라는 여인이었지요?

마리아가 예수님의 무덤을 찾아갔을 때, 예수님께서는 무덤 안에 계셨는데, 마리아가 알아보지 못했어요. 왜 그랬을까요?

이유는 예수님께서는 이미 동산지기 같은(?) 어떤 모습으로 변화되어 있었기 때문이지요."

마리아는 무덤밖에 서서 울고 있더니, 울면서 구부려 무덤 속을 들여다보니, 흰 옷 입은 두 천사가 예수의 시체 뉘었던 곳에 하나는 머리 편에, 하나는 발편에 앉았더라. 천사들이 가로되,

"여자여, 어찌하여 우느냐?"

가로되,

"사람이 내 주를 가져다가 어디에 두었는지 내가 알지 못하나이다."

이 말을 하고 뒤로 돌이켜 예수의 서신 것을 보나 예수이신 줄 알지 못하더라. 예수께서 가라사대,

"여자여, 어찌하여 울며 누구를 찾느냐?"

하시니, 마리아는 그가 동산지기인 줄 알고 가로되,

"주여, 당신이 옮겨갔거든 어디 두었는지 제게 이르소서. 그리하면 제가 가서 가져가리이다."

예수께서 "마리아야."

하시거늘, 마리아가 돌이켜 '히브리'말로,

"랍오니여!"

하니, 이는 선생님이라는 뜻이라.   「요한복음 20;11」

"시신이 없어진 것은 누가 가지고 간 것이 아니고, 부활하셨기 때문입니다.

죽었다가 다시 사신 것이지요. 그런데 부활하신 예수님은 변형도 하셨고, 우리와 같은 육체를 가지고 있으면서, 벽을 그냥 통과했어요.

당시에 제자들은 자기들도 잡혀갈까 두려워서, 다락방에 모여 있었어요. 아마도 문을 잠그고…. 예수님은 그 다락방에 홀연히 나타나셨지요. 현신하셨지요. 제자들이 놀랄 적에 말씀하셨습니다.

"어찌하여 두려워하며, 어찌하여 마음에 의심이 일어나느냐? 내 손과 발을 보고 나인 줄 알라. 또 나를 만져보라. 영靈은 살과 뼈가 없으되, 너희 보는 바와 같이 나는 있느니라."

그리고는 먹을 것을 달라고 하셨고, 구운 생선 한 토막을 그 앞에서 잡수셨어요."

이 말을 할 때에 예수께서 친히 그 가운데 서서 가라사대,

"너희에게 평강이 있을지어다."

하시니, 저희가 놀라고 두려워하여 그 보는 것을 영靈으로 생각하는지라 예수께서 가라사대,

"어찌하여 두려워하며 어찌하여 마음에 의심이 일어나느냐?

내 손과 발을 보고 나인 줄 알라. 또 나를 만져보라. 영靈은 살과 뼈가 없으되, 너희 보는 바와 같이 나는 있느니라."

이 말씀을 하시고 손과 발을 보이시나 저희가 너무 기쁨으로 오히려 믿지 못하고 기이히 여길 때에 이르시되,

"여기에 무슨 먹을 것이 있느냐?" 하시니, 구운 생선 한 토막을 드리매 받으사 그 앞에서 잡수시더라.　　　　　　　　　　「누가복음」 24;36~43

"그렇다면 홀연히 벽을 뚫고 나타날 수 있는 것은 분명 신령과 다름없는데, 신령과는 다르게 실제로 음식을 잡수셨어요.

나에게는 기독교 신자이신 마음 착한 누나가 있어요. 자형姊兄은 장로이고,

아들들이 목사인 기독교 집안이지요. 그 누나에게 물었습니다.

'부활하신 예수님께서는 벽을 통과해서 마음대로 나타나실 수도 있는데, 어째서 음식을 보통사람처럼 먹을 수가 있으며, 모습이 어떻게 되어서 다른 사람으로 보일 수가 있는가요?'

누나가 대답했어요.

'부활하신 예수님께서는 그렇게 되신 것이지.'

그렇습니다. 그렇게 되신 것입니다. 정답입니다. 교역되어 양신陽神·성령이 되면 그렇게 됩니다. 부활합니다. 몸이 마음대로 변합니다. 벽을 통과합니다. 어디든지 순식간에 달려갑니다.

이제 교역이 되면 어떻다는 것을 아시겠지요?

그렇게 『성경』을 다시 읽어보세요. 「박형」께서 말씀하신 교역이라는 것은 보통사람이 이런 양신, 곧 부활하신 예수님처럼 보통사람의 몸으로도 변형하고 현신하는 성령 되는 것을 말하는 것이지요.

그런데 교역을 알고 나서 가장 절실하게 말하고 싶었던 것이 있었어요. 양신, 그 성스러운 령의 행적을 우리가 이해하지 못하는 것일 뿐, 그 언행을 기록한 『성경』 내용은 틀림없다는 것이었어요.

교역되신 예수님께서 이미 어디에 재림再臨하셔서 다른 여러 모습으로 변신하시며 추수하고 계신다고 믿어집니다.

"내가 너희에게 분부한 모든 것을 가르쳐 지키게 하라. 볼지어다. 내가 세상 끝날까지 너희와 항상 함께 있으리라 하시니라."

물론 불경에서도 마찬가집니다. 이미 교역되신 불보살님의 불가사의한 능력을 우리가 이해하고 온전히 받아드리지 못하는 것이지, 불경에 나오는 신통하고 불가사의한 행적들은 모두 사실이라는 것입니다.*

---

* 이미 성령이시며, 여러 곳에 출현하셔서 중생을 제도하신 문수보살님과 관세음보살님을 위시한 여러 보살님들의 수많은 이야기, 또 부처님께서 어머님을 위하여 도리천忉利天으로 올라가 석 달 동안 설법하고 3도三道의 보계寶階를 타고 승가시국國으로 내려오셨다는 이야기 등등

그리고 교역되신 분은 전지전능하셔서 원하신다면, 이 세상 무엇이든지 마음 대로 하실 수가 있지요."

바로 그때, 이제까지 침묵하고 있던 여학생이 불쑥 말하였다.

"그러면, 세 가지 숙제를 다 풀으셨네요."

오! 정말! 나는 이제까지 '그것은 이것이다.' 이해하고는 있었지만, 「박형」의 세 가지 숙제를 다 풀었다고 확신할 수는 없었다.

그런데 그 여학생의 말을 듣고 나서, 「박형」의 세 가지 숙제를 모두 풀었다 는 것을 깨달았다.

나는 이미 그 여학생에게 「박형」께서 저에게 주신 '자네가 『주역』을 공부하 여 이것(교역)을 알게 되거든, 나에게 꼭 알려주게.'라고 하셨던 교역에 대한 숙 제를 포함하여, 3가지 숙제 중에서 '태몽의 이치'와 '최고의 명당'이야기를 했었 기 때문에, 그 여학생의 '그러면, 세 가지 숙제를 다 풀으셨네요'라는 그 말 한 마디가 나에게는 화두話頭를 깨친 승려에게 인가認可해 주시는 큰스님의 말씀 이나 다름없이 느껴졌다.

정말로 펄쩍 뛸만큼 기뻤다. 가슴 뭉클한 이 기쁨! 당장 크게 만세삼창이라 도 외치고 싶었다. 아니, 이미 내 속에서는 만세를 크게 외쳤다. 이렇게 좋을 수가 없다!

그때 놀랍게도 내 속에서 「박형」께서 말씀하셨다.

"자네와 내가 오늘 마음이 서로 통하니, 우리 악수나 한 번 하세."

그러나 그 말씀을 따라서 악수할 여학생에게 '자네와 내가'라고 말하려니까 이상하였다. 그래서 속으로 '자네와를 빼고 말하면 좋겠다'고 제안했더니, 마치 내 몸속에 들어와 계신 것처럼 「박형」께서 아주 또렷하게 '자네와'를 빼라고 허 락하셨다. 정말로 「박형」께서 제 몸속에 들어와 계신 것 같아 잠깐 어리둥절해 하면서, '자네와'를 빼고 여학생에게 말하였다.

"나와 오늘 마음이 서로 통하니, 우리 악수나 한 번 하세."

그리고 힘차게 악수를 했는데, 와! 어찌된 일인지 나는 두툼하고 큰 손을 잡고 흔들고 있었다. 이것은 「박형」의 손이 아닌가! 나는 「박형」의 손처럼 큰손을 내 손에 가득히 잡고 흔들고 있었다.

너무나 의외였다. 내가 잡은 손은 크고 억센 「박형」의 손이 틀림없었다. 「박형」은 남달리 체격도 우람했지만, 손 또한 부처님이나 농사꾼의 손처럼 크고 두툼했었다.

어리둥절해진 나는 무언가 이상하기는 했지만, 그 이상 어떤 이야기도 할 수가 없었다. 기차가 막 단양역 승강장으로 들어서고 있었기 때문이다. 나는 바삐 짐을 챙겼다. 그리고 다시 말하였다.

"우리 정말 오늘은 마음이 서로 통하니, 악수를 한 번 더하자."

마침내 기차가 단양역에 정차했고 나는 기차에서 내렸다.

✽

우리는 이제 「박형」께서 "변역은 일어나기 쉽지만, 교역은 일어나기 어렵다. 교역을 아는 사람은 한 사람도 없어. 자네가 『주역』을 공부하여 이것을 알게 되거든, 나에게 꼭 알려주게." 하셨고, 그때 내가 그 말씀이 이상하여 잠시 멍청해 있으려니까, 다시 "나에게 꼭 좀 알려주게."라고 부탁하신 이유와, 한 번 더 '꼭 알려주게.'라고 강조하셨던 의도를 알 수 있게 되었다.

「박형」께서는 그렇게 부탁해 놓고, 서거하신지 십여 년이 지난 1994년 7월 8일에 보이지 않는 몸으로 오셔서, 나로 하여금 교역을 말하게 하셨고, 여학생의 입을 통하여 인가하시고, '크고 두툼한 손'으로 악수하셔서, 이 세상 아무도 모르는 교역의 실상, 위대한 사람(출가수행자·보살)이 죽어서 성령이 되는 하늘의 기틀[天機]을 알려주시려는 목적이 있었던 것이다.

「박형」 박상신 도사님께서 이번에 특별히 영원한 생명으로 가는 길, 우리 삶의 최고 목적지인 우화등선·성령으로 거듭나는 교역을 이렇게 10년이 걸린 가르침으로써 알려주셨다. ✽

혹시 「박형」께서 지구상의 모든 종교를 한 차원 업그레이드(Upgrade) 시키시려고 이런 가르침을 주신 것은 아닐까? 분명 실제로 보여주신 이것 이상의 높은 가르침은 아직 세상에 없다.

「박형」께서는 분명하게 세상사람 아무도 모른다는 교역의 실상, 위대한 사람(수행자·보살)이 대보살·성령으로 바뀌어서, 마음대로 변형하고 현신하는 교역의 실제상황을 두 번에 걸쳐서 모두 보여주셨다.

*

「박형」께서 선서善逝(생사해탈하여 열반의 저 언덕으로 잘 가심)하신지 10년 후에 나에게 깨우쳐주신 도사님의 마지막 비밀은 교역이며, 교역은 대보살·성령이 되는 것이며, 「박형」께서는 교역되셔서 예수님처럼 부활하시며, 부처님이나 대아라한·대보살님들처럼 마음대로 변형하시고 어디에나 나타나실 수 있다는 비밀, 그 교역을 이렇게 시현해주셨다.

분명히 「박형」께서 말씀하신 것처럼, 성인으로 향상하는 수행자의 삶인 '변역은 일어나기 쉽지만, 교역은 일어나기 어렵다.'.

변역생사變易生死와 분단생사分段生死.

분단생사는 윤회하는 몸이 각각의 그 업業에 따라 수명과 형체에 차별이 있음을 말한 것으로, 생사에서 벗어나지 못한 범부의 몸〔凡身〕을 일컫는 말이다. 변역생사의 변역은 과거의 형상을 변하여 딴 모양을 받는다는 뜻으로, 삼계三界의 생사하는 몸을 벗어난 뒤로 성불成佛하기까지의 성자聖者가 받는 삼계 밖의 생사生死를 말한다.   『수능엄경』에서

사람은 생사윤회하는데 근본이 되는 번뇌요 밝은 불성에 미迷한 생사의 근원인 무명無明과 목마르게 사랑하는 갈애渴愛를 원인으로 나고 죽는 분단생사를 하며, 대자비大慈悲·대원大願에 의해 나고 죽는 변역·원력생사願力

生死한다.

그리고 궁극에는 육도윤회에서 벗어나 눈부신 대보살·성령으로 바뀌는 교역이 있다. 교역은 성불에 버금가는 완성으로, 「박형」 박상신 도사님과 같은, 전지전능하고 무소부재無所不在한 대도사가 되는 것이며, 비룡飛龍이 되는 것이며, 온전히 탈피脫皮하는 것, 즉 먹여 살리고 입히고 잠재워야 하는 육신이라는 굴레에서 완전히 벗어나는 것이다.

건괘의 초구 잠룡潛龍(물속에 잠긴 용)이 성장하여 구오九五의 비룡飛龍으로 날아오르는 것이 극락왕생이다. 그러므로 우리 삶의 목표는 살아서는 성인되고, 죽어서는 교역되는 것일 수밖에 없다.

4. 교역되신 「박형」 박상신 대도사님의 능력

이승의 반대편은 저승 즉 신령계이며, 성령은 우리 눈에 보이지 않는 강력한 에너지(정신적 능력)을 가진 4차원적* 내지는 고차원적 존재로서, 시공時空을 초월하여 어떤 모습으로든 변신하고, 만물을 만들고 또 없애며, 사람 몸에 들어가 감각을 지배하며 마음대로 부릴 수가 있지만, 그분들이 원하시기 전에는 그분들이 어디에 계신지, 어떤 모습인지, 무엇하고 계신지를 사람들은 알 수 없다.

정말 고차원적 존재였던 「박형」 박상신 대도사님께서는 시공을 초월하여 신출귀몰하셨고, 어떤 모습으로든 변신하고, 만물을 만들고 또 없애며, 사람 몸에 들어가 감각을 지배하여 마음대로 부릴 수가 있으셨다. 세상일에도 빈틈없었고, 경영하시는 모든 일이 완벽하였다.

보이지 않는 사람, 친구의 몸속에 들어가 함께 바둑 두다

「박형」과 교역되신 성령의 존재, 그리고 그분들의 능력을 만나보게 된다면 그

---

* 4차원적 : 현대우주의 성질을 규명하는 첨단이론들에 따르면, 우리 우주는 3차원 공간(가로*세로*높이)과 1차원 시간으로 구성되어 있는 것이 아니라(학자에 따라 다소 차이는 있지만) 적어도 10~12개의 차원으로 이루어져 있다고 한다. / 상위차원의 생물은 우리의 상상을 넘어서는 시공간 행적을 보일 것이 틀림없고, 3차원 공간空間에 구속되어 있는 우리 눈으로는 그러한 생물의 전체상을 파악할 수 없을 것이다. 이는 만약 2차원 생물이 있다면 높이(또는 수직)의 공간을 넘나드는 3차원 생물을 도저히 이해할 수 없는 것과 같다. / 4차원 공간에 사는 존재는 우리처럼 3차원 공간에 사는 생물의 신경계를 한 눈에 꿰뚫어볼 수 있으며, 내장을 들여다 보는 것은 물론이고, 피부를 가르지 않고 뇌에서 종양을 제거할 수 있다고 한다. 우리가 지닌 시간 감각과 공간 방향성은 그들에게 전혀 장애물이 되지 못한다는 의미다. (인터넷 발췌.)

것은 마치 우리가 새로운 세상을 만나는 것과 같이 경이롭고, 한편으로는 향상
하려는 우리들 인생길에 엄청난 보탬이 될 수 있을 것이다.

「박형」께서 친구의 몸속으로 들어가서 함께 바둑을 둔 신통한 이야기부터
시작한다.

어느 날 집사람이 '아기를 안아다가 「박형」 댁에 맡기는 귀한 꿈'을 꾸었다.

아침에 꿈이야기를 하더니, '저, 오늘 금계동에 좀 다녀오겠어요.'라고 말하
고 집을 나갔다. 그런데 저녁이 되어도 돌아오지 않기에 집사람을 데리러 금계
동으로 가다가, 풍기에 사는 선배댁에 들러보고 싶어졌다. 그 댁에 들어가자
선배는 이미 내 마음속을 아는 것처럼 말했다.

"우리 금계동 「박형」을 한번 불러 볼까?"

「박형」 댁에는 전화기가 없으니까, 그는 「박형」의 형님댁으로 전화를 걸었
다. 거기에도 안 계신지 다른 전화번호로 전화를 걸었는데, 끝내 통화하지 못
하였다. 그런데 이심전심以心傳心 텔레파시(Telepathy)가 있었는지 전화를 걸던
선배가 싱글벙글 웃었다.

"이제 됐어. 곧 오실 거야."

이상하다고 생각하는 중에 정말 「박형」께서 오셨다.

"집에 손님이 와서 잠깐 지체되었어. 여자가 와서⋯."

그 여자 손님은 집사람이었다. 바로 그때 밖에서 주인을 찾는 소리가 들렸다.

"○형, ○형."

"불청객이 왔구먼요. 「박형」, 한번 숨어 봐요."

선배가 일어나서 문쪽으로 나가면서 말했다.

나는 왜 그가 「박형」에게 숨으라고 했는지 이해가 되지 않았는데, 더욱 이상
한 것은 「박형」께서 숨기는커녕 그 말을 듣지 못하기라도 한 듯이 묵묵히 자리
에 그냥 앉아 계시는 것이었다.

새로 방안에 들어온 사람은 머리는 스님처럼 깎았고 차림은 허름했지만, 눈

동자가 또렷또렷하고 이마가 반들반들 조화를 이루어 아름답게 느껴지는, 기氣가 살아 있는 것 같은 건강한 사람이었다. 그는 방안에 들어와서 「박형」과 선배 사이에 앉았다.

"이 사람이 소백산에서 12년 참선공부를 했다네."

선배 말을 듣고도 저는 별로 할 말이 없었기에 조용히 앉아 있었는데, 선배가 새로 온 사람과 몇 마디 말을 주고받더니 자꾸 싱글싱글 웃으면서 새로 온 사람에게 이렇게 말하였다.

"그래, 「박형」, 금계동 「박형」…, 옆에 앉아 계시잖아. 바로 옆에…."

새로 온 사람은 사방을 계속 두리번거리면서 「박형」을 찾으며 말하였다.

"어디 있어? 어디? 괜히 장난하지 마."

"거기 바로 옆에 앉아 계시잖아. 금계동 「박형」이…."

"에이, 참. ○형은 장난도 심해."

끝내 「박형」을 못 보자 실망한 그는 잠시 후에 자리에서 일어섰다. 내가 보니 「박형」은 계속 그 자리에 돌부처 같이 앉아 계셨다.

문밖으로 나간 그 불청객이 말하였다.

"잘 있어요. 언제든지 금계동 「박형」이 오거든 나에게 꼭 알려 줘요."

그 사람이 그렇게 가고 나서, 집 밖으로 나선 우리 세 사람은 어떤 착해 보이는 할아버지를 방문했고, 방 안에 들어가 앉자마자 선배가 「박형」에게 청하였다.

"오늘 바둑이나 한판 둬 봐요."

"나는 그런 거 싫은데…."

「박형」께서는 선배 말이 무엇을 의미하는지를 다 안다는 듯이 작은 소리로 대꾸했다.

"꼭 한 번만 부탁해요."

선배가 다시 졸랐다. 그때 「박형」께서는 마침 뒤편에 있던 이불에 몸을 눕히시더니, 잠을 청하는 사람처럼 눈을 감으셨다.

그런데 또 이상한 것은 「박형」에게 '오늘 바둑이나 한판 둬 봐요.'라며 졸랐던 그 선배가 바둑판 앞으로 냉큼 다가앉더니, 주인 할아버지보다 젊은데 선배가 바둑돌의 백白을 잡고 주인 할아버지가 흑黑을 잡는 것이었다.

마침내 주인 할아버지와 선배는 바둑을 두기 시작하였는데, 어찌나 바둑을 빨리 두는지 바둑 수를 생각하는 것 같지가 않았다.

그런데 반쯤 두었다고 생각될 즈음, 이상하게도 정신이 번쩍 들면서 나의 눈이 갑자기 밝아졌다. 백白이 바둑판 중앙, 천원天元에 놓으면 흑黑의 대마大馬의 연결이 끊겨서 전부 죽게 되는 게 보였다.

재삼 확인해 보았더니 확실했다. 그런데 백을 쥔 선배는 그것을 아는지 모르는지 그 천원에 두지 않고 다른 데만 두고 있었다. 몇 수 뒤에 흑이 거기를 잇고 그럭저럭 바둑을 끝냈는데, 그 순간 나는 선배가 일부러 져주었다고 생각했다. 모든 상황이 끝나고 주인할아버지와 헤어져서 우리들 세 사람은 다시 큰길로 나섰다.

그때 「박형」께서 나에게 다가와 은근하게 속삭이셨어요.

"내가 저 친구 속으로 들어가서, 둘이서 그렇게 하면, 조치훈趙治勳이 와도 안 될 걸. 그까짓…."

나는 어리둥절했다. 「박형」께서 나를 놀리시는가? 놀리시는 게 아니라면, '저 친구 속으로 들어가서, 둘이서 그렇게 한다'는 말씀은 무슨 뜻일까?

또 그 당시에 일본바둑계를 휩쓸고 있던 조치훈씨보다 「박형」이나 선배 중에서 누가 바둑을 더 잘 둔다는 것인가? 뭐가 뭔지를 몰라 당황하고 있을 때 「박형」께서 제 속을 읽으셨는지 분명하게 한 번 더 말씀하셨다.

"내가 저 친구 속으로 들어가서, 둘이서 그렇게 하면…,"

「박형」께서는 그날 계속 뒷전에 누워만 계셨는데, '내가 저 친구 속으로 들어가서, 둘이서 그렇게 하면…,'이라고 두 번 확언하셨다.

불가佛家에서는 사람의 죽음은 몸이라는 옷을 벗는 것이고 출생은 새로운 옷을 입는 것이라고 하는데, 실제로 다른 사람 몸에 드나들기도 하고 그 사람과 함께 작용할 수도 있으며, 몸을 어떤 사람에게 보이지 않게 하는 「박형」의 실체는 신령일 수밖에 없는 것은 아닐까 싶었다.

「박형」께서는 또 다른 곳에서 그렇게 몸을 보이지 않게 했던 사실이 있다. 선배와 나와 「박형」이 함께 풍기에 사시는 향토문화자료수집가이었던 송○○씨 댁을 방문했을 때였다. 정말 놀랍게도 그분은 바로 옆에 서 있는 「박형」을 못 보고, 많이 준비해둔 향토자료를 보여 달라는 선배에게 '이 자료는 한 번도 남에게 보여준 적이 없는 귀한 것일세.'라면서 물었다.

"자료를 보여 달라고 청한 사람이 누구라고 했는가?"

"금계동에 「박형」 박상신 도사님….'

"아! 그러면 박영배 어른의 둘째 자제분이신가?"

내가 보니, 「박형」께서는 바로 선배의 옆에 서 계셨고, 나는 자료가 있는 곳으로는 가지 않고 응접실의 입구쪽에서 의자 너머 세 사람의 행동과 모든 정황을 살펴보고 있었다. 처음에 어리둥절해하던 나는 깜짝 놀랐다. 그 집주인이 「박형」을 못보는 것이 확실했기 때문이다.

'왜 직접 「박형」에게는 아무것도 물어보지 않는가? 어떻게 바로 앞에 있는 「박형」을 못 볼 수가 있는가? 처음부터 서로 인사도 안 한 것으로 봐서 「박형」께서 저분에게 보이지 않게 하고 있는 것 같다!'

정신과 육체의 분리. 정신분리 精身分離

> 혹시 그렇게 두 번씩 「박형」께서 다른 이에게 보이지 않는 신통을 보이신 것은 유체이탈하셨기 때문일까? 아니라면 어떻게 하신 것일까? 「박형」께서 분명하게 그 답을 주셨다.

「박형」께서 소백산 입산수도 3년 째 되는 해에 집으로 다니러 오셨는데, 마침 징집영장이 나왔다. 갓 시집와서 서방님만 믿고 사는 새댁에게는 날벼락 같은 징집영장이어서 속수무책으로 애만 태우고 있었다. 「박형」께서 소집일에 집을 나서시며 부인에게 조용히 이르셨다.

"아무 걱정하지 말고 잘 있어요. 사나흘만 기다리면 돌아올 테니까."

눈물만 흘리고 있던 부인은 '이상하게도 그 말을 들으니 절로 안심이 되었다.'고 했는데, 「박형」께서는 약속했던 4일째 되는 날 저녁에 정말 귀가하셨다.

지금 생각해보니 나도 그 여름 「박형」과 같은 날에 논산훈련소로 징집되어 갔었는데, 논산행 기차 객실 안에서 잠깐 「박형」을 본 동창친구가 '저기 박상신이 온다.'고 소리치기에 작정하고 「박형」을 찾았다. 그런데 이상하게도 「박형」을 볼 수가 없었다.

우리가 징집된 날은 짜증이 날만큼 햇볕이 따갑고 더웠다. 징집된 장정들이 입소식 시작하기 전에 논산훈련소 연병장에 모여 서성이고 있었을 때, 갑자기 한 모퉁이로 장정들이 웅성거리면서 몰려갔고 누군가가 말하였다.

"사람이 쓰러졌나 봐. 무슨 병인가?"

그리고 쓰러진 사람이 의무실로 들려갔다는 말을 들었는데, 잠시 후 누구인지 나의 옆을 스쳐 지나가며 낯선 목소리로 전혀 믿기지 않는 말을 던졌다.

"저기에 박상신이 쓰러져 있어."

순간 나는 그를 쳐다보았는데, 그는 처음 보는 얼굴이었다. 정말 이상했다. 그가 누구이기에… 전혀 모르는 사람이 알지도 못하면서… 무슨 의도로, 왜 나에게 「박형」이야기를 하면서 지나간 것일까?

「박형」께서 너무나 건강하였기 때문에 '불합격' 판정을 받아 입대를 면하게 되었다는 사실에 대해 나는 항상 의문을 가지고 있었는데, 나중에 「박형」께서 논산훈련소에서의 일을 「박형」 댁 앞길에서 집사람과 나에게 이야기하셨습니다.

"그때 군의관은 처음 보는 사람인데, 몇 마디 말을 해보니 아는 사람 같았지.

내가 '어디 좀 갔다 오겠다.'고 말한 다음, 사람이 죽으면 마지막으로 나가는 곳을 뚫고 나갔다가 얼마 후에 다시 그리로 뚫고 들어왔더니, 나를 척 알아보더라고."

그리고 잠시 후에 '어디를 뚫고 나갔을까?' 어리둥절해하는 우리에게 알아듣게끔 더 상세하게 설명해주셨다.

"사람이 죽으면 마지막으로 나가는 곳, 깜깜한 데로 뚫고 나갔다가 얼마 후에 다시 깜깜한 데로 뚫고 들어왔어. 그 군의관은 나이도 많고 공부를 많이 했더군. 사람도 좋고 아는 것도 많아."

정말 '사람이 죽으면 마지막으로 나가는 곳, 깜깜한 데로 뚫고 나갔다가 얼마 후에 다시 깜깜한 데로 뚫고 들어왔다.'면, 「박형」의 의식체가 「박형」의 몸을 나갔다가 다시 들어왔다는 의미로, 겉모습만 보는 우리의 눈에는 「박형」께서 한때 죽었다가 다시 살아났다는 것 같았다.

한편 「박형」께서 '사람도 좋고 아는 것도 많아'라고 칭찬해주신 것을 보면, 당시 그 군의관은 도인道人의 능력을 잘 이해하고 있던 분으로, 도인이 몸과 의식체를 분리하는 정신분리와 의식과 감각이 마비되고 근육이 경직되어 자기 마음대로 움직일 수 없게 되는 증상인 강경증强硬症Catalepsy을 잘 알고 있었기에, 「박형」에게 정신분열증 '불합격' 도장을 꽝 찍어 귀가시켰던 것이다.

실제로 '사람이 죽으면 마지막으로 나가는 곳, 깜깜한 데로 뚫고 나갔다가 며칠 후에 다시 깜깜한 데로 뚫고 들어왔다.'는 「박형」의 말씀도 놀랄 만한 사실인데, 그 얼마 후에 「박형」께서 아주 확실하게 유체이탈보다 차원이 더 높은 정신과 육체의 분리分離를 말씀하셨다.

"나는 정신분리精身分離야. 정신과 육체의 분리. 정신분리야. 그것도 일종의 정신분열이라면, 나는 정신분열증精身分裂症이지."

*

「박형」의 '나는 정신과 육체의 분리. 정신분리야.'라는 말씀은 정신이 육체와 상관없이 「박형」 모습으로 활동한다는 뜻으로, 「박형」께서 신선처럼 변신하고 현신하는 능력이 있는 성스러운 령靈, 즉 성령이라는 사실을 처음 밝혀주신 말씀이다.

점점 이야기가 불가사의해지지만, 「박형」께서는 이미 교역되신 어른(성령)이라는 말씀이다.

그리고 유체이탈과 「박형」의 '정신과 육체의 분리'는 그 능력이 엄청나게 다르다. 보통 유체이탈한 의식은 혼령일 뿐이며 별다른 능력을 나타낸 적이 없다. 그러나 「박형」처럼 교역된 실체는 사람의 모습을 나타내며, 전지전능한 능력이 있어서 불가능이 없는 불가사의한 존재, 살아 숨쉬는 도인이며 신령神靈이라는 사실이다. 「박형」께서는 이미 그렇게 교역되셔서 육체라는 굴레를 벗어난 온전한 신령이셨다.

어느 날 「박형」께서는 나에게 말씀하셨다.

"나는 남의 옷은 입지 않는다. 자네도 남의 옷 입지 말고 나와 같이 되었으면 좋겠는데."

이처럼 육체를 가지고 있는 듯하면서도 육체의 굴레를 벗어난 신령은 고차원적이어서, 3차원적인 과학으로 증명된 것만 신봉하며 사는 우리에게는 정말 불가사의할 수밖에 없다.

교역되셨기 때문에 「박형」께서는 우리와 똑같은 모습으로 우리와 같은 삶을 사시면서, 그렇게 마음대로 변형하며, 사람의 몸속으로 들어가기도 하며, 신출귀몰하며, 몸이 보였다가 때로는 몸이 보이지 않게도 되시는 것이다.

「박형」께서는 주자朱子가 말했던 것처럼, '스님·도사와 같은 사람은 죽어도 대부분 기가 흩어지지 않는다.'는 경우와 같고, 교역되어 '예수님의 부활'처럼 부활하셨으며, 대아라한大阿羅漢이 되어 능히 날아다니고 변화할 수도 있으며 무한 겁劫의 수명을 누릴 수가 있어서 천지도 움직이는 능력을 성취하신 것이다. *

방광放光과 천지창조

> 석가모니부처님께서 방광放光하셔서 딴 세상을 열어 보여주셨던 것처럼, 「박형」께서는 소백산 비로봉 정상에서 사방으로 동쪽에 태백산, 서쪽에 월악산, 남쪽에 학가산, 북쪽에 백덕산. 그렇게 4개의 큰 산봉우리를 열어 보여주셨다.

1979년 「박형」네 식구와 우리집 식구 모두는 산골짜기에 흰 눈이 듬성듬성 쌓여 있는 겨울 소백산을 오르기 위해 길을 나섰다.

일행이 금계동을 출발하여 삼가동을 향하여 걸어가고 있을 때 「박형」께서 소백산줄기 능선을 넘어오는 세 무더기의 구름을 보시고 말씀하셨다.

"저렇게 물이 넘어온다."

미래의 어느 날에 물이 산을 넘어오는 상황을 보신 듯이….

멀리 소백산줄기 능선 위에 세 무더기의 구름이 보였는데, 정말로 신기했다. 그 구름의 모양이 마치 튀어 오른 물이 산을 넘어오는 것 같았다. 그 말씀을 듣는 순간, 소백산 넘어 단양쪽의 남한강이나 영월 동강에 소행성이 떨어져서, 그 충돌 때문에 강물이 튀어 해발 1,300~1,400m 높이의 소백산 줄기를 넘어오는 것 같은 불길한 느낌이 들었다. 순간 「박형」의 예언이 무서웠고, 그것이 지구 대제앙의 시작이 아니었으면 했다.

그리고 우리 일행이 삼가동을 지나 오르막길로 막 접어들려고 할 무렵, 〔입산금지〕라는 팻말이 앞을 가로 막았다. 길 가운데 떡 버티고 선 그 팻말을 무시하고 앞으로 나가려는 순간, 어떤 젊은이가 어디선가 숨차게 뛰어와서 일행의 앞을 막으며 단호하게 큰소리로 말했다.

"이곳은 입산금지 구역입니다. 등산을 할 수 없으니 돌아가세요!"

「박형」과 나는 일행의 제일 앞에 서 있었는데, 나는 순간 당황했다. 무엇보다 「박형」께서 하시는 일은 언제나 모자라지도 넘치지도 않고 딱딱 맞아떨어지는데 오늘은 어찌 이렇게 난처하게 되었나 생각하며 「박형」의 기색을 살폈다. 그때 「박형」께서는 잠깐동안 고개를 숙이고 계시다가 고개를 드시면서 젊은이에게 물었다.

"자네 산림청 직원인가?"

그러자 방금까지 큰소리치던 젊은이가 「박형」을 쳐다보더니 얼른 모자를 벗고 머리를 깊숙이 숙여서 절을 했다. 그리고 금세 상관上官을 대하는 부하처럼 공손히 말하였다.

"등산을 하시게요? 그럼 안녕히 다녀오십시오."

"어, 수고하게."

「박형」이 다시 산으로 향하기에 나도 따라 나섰더니, 그 젊은이가 실눈을 뜨고 나를 노려보았다. '너는 무엇이기에 따라 나서려는 거야.' 하는 눈초리로 얄미운 개를 흘겨보듯 나를 째려보았다. 그거야 어찌되었건, 혹시 「박형」께서 내가 책에서 본 누구처럼 '다른 사람의 모습'으로 변신하신 것은 아닌가 하는 생각이 들었다. 왜냐하면 평소에 아무리 잘 아는 산림청 직원이라고 하더라도 농사꾼인 「박형」에게 그처럼 공손하게, 마치 자기의 상관처럼 대하면서 길을 터줄 상황은 아니었기 때문이다.

그리고 일행이 산길로 들기 전에, 소백산 비로봉 아래의 비로사毘盧寺에서 쉬었는데, 그곳에는 길옆에 부도浮屠 한 기基가 있었다. 철책이 둘러쳐 있었고, 안내문에 그 부도는 비로사를 창건하신 진공대사眞空大師(855-937)님의 부도이며 보물로 지정되어 있다는 내용이었다. 그때 「박형」께서 말씀하셨다.

"곧 이것이 없어져. 도둑맞는다."

나는 도둑맞아서 없어진다고 하신 「박형」의 말씀을 생각하며, 잠시 석등石燈처럼 여러 단으로 되어 있는 그 부도*를 살펴보았다.

---

* 진공眞空대사님 부도浮屠 : 1980년대 초반에 반출되어 사라졌습니다.『신라와 고려시대 석조부도』저자 엄기표님 증언. "2002년 8월 안내를 받아 원래위치를 찾아가 본 결과 전혀 흔적이 없었

일행은 다시 등산길에 나서려는데, 집사람이 대열에서 빠지더니 비로사 법당 쪽으로 갔고, 잠시 후 「박형」께서 말씀하셨다.

"법당에서 누가 나를 부르는군. 잠깐 여기에서 기다려. 곧 갔다 올테니."

「박형」께서 그렇다니 그런 줄 알 뿐. 법당에서 부르는 소리를 들은 사람도 없거니와, 법당까지 꽤 멀어서 소리를 내질러도 들리지 않을 거리에 우리 일행이 있었다. 「박형」께서는 법당 쪽으로 가셨다가 언제 돌아오셨는지도 모르게 제자리에 와 계셨고 집사람도 왔다.

비로사를 떠난 우리가 비로봉을 향해서 가다가 중간에서 잠시 쉴 적에, 「박형」께서 그냥 옛날이야기를 하시는 것처럼 자신의 불가사의한 능력을 너무나 태연하게 말씀하셨다.

"어떤 동리에 낫, 망치 등속을 장대 위에 높이 달아두고…, 미친놈이 나와서 사람들을 꼼짝 못하게 하더군. 온 동리사람들이 다 무서워서 벌벌 떠는 거야. 아무래도 안 되겠기에 내가 나섰어. 아무도 모르게 뒤로 돌아가서 집어 던졌더니, 그 후에는 내가 나온다는 말만 들어도 벌벌 떨어. 소련에서."

'낫, 망치 등속을 장대 위에 높이 달아둔 곳'이라고 하여 그런 이상한 동리가 있나? 했는데 「박형」께서 말끝에 '소련에서.'라고 하셔서, 나는 더 어리둥절해졌다. 그렇게 헤매니까 「박형」께서 다시 말씀하셨다.

"나중에 알 게 될 게야. 깃발 같은 것 있잖아. 낫이 그려져 있고, 소련이 분해 돼."

구소련, 소비에트연방(USSR) 국기國旗에는 낫과 망치가 그려져 있었다. 소련은 1993년 러시아·카자흐스탄·크로아티아·우크라이나·아르메니아·우즈베키스탄 등등의 많은 나라로 분해되었는데, 「박형」께서 1979년에 '소련이 분해 돼.'라고 예언하셨다.

다." 부도浮屠는 부처나 고승高僧 사리나 유골을 넣은 탑.

그런데 지금도 불가사의하고 궁금한 대목은 「박형」께서 '아무도 모르게 뒤로 돌아가서 미친놈을 집어 던졌다'는 말씀이다. 사실 소련이란 국가를 집어던질 수는 없겠고, 미친놈으로 비유하신 소련의 최고 독재자 스탈린(1879~1953)을 그렇게 했다는 말씀 같다. 그의 뒤집힌 생각을 바로잡았다는 말씀 같기도 하다. 그 잔인한 독제철권통치 아래에서 '다 무서워서 벌벌 떠는' 인민들이 불쌍해서… 그대로 둬서는 '아무래도 안 되겠기에….'

다시 우리 일행이 비로봉 정상에 거의 다다라 멀리 국망봉이 바라보이는 곳까지 올라갔을 때, 「박형」께서 그쪽 멀리 보이는 큰 바위들을 손으로 가리키시며, 거기서 공부할 때에 '처음 얼마 동안은 날마다 쌀이 바위 사이에서 먹을 만큼 나왔다.'는 기적奇蹟을 말씀하셨다.

"저기에서 공부했어. 아래쪽에 바위굴이 있지. 할머님이 한 달에 한 번씩 일용할 양식을 날라다 주셨어. 몸이 아파서 한 번 거른 것을 제외하고는 단 한 번도 거르지 않으셨어. 물도 그 아래로 흘렀어. 지금은 없지만, 처음 얼마 동안은 날마다 쌀이 바위 사이에서 먹을 만큼 나왔었어."

그리고 일행은 곧 산의 가파른 곳을 오르게 되었다. 나는 「박형」의 발자국을 따라 딛으며 뒤에 바짝 붙어 올라가고 있었는데, 「박형」 몸에서 보통 땀냄새와 확실히 구별되는, 은은한 향기가 풍겼는데, 그때까지 한 번도 맡아본 적이 없는 향기였다. 지상의 향기가 아닌 것 같았다. 천상의 향기인가? 몇 번 그 우아한 향기가 풍겼다.

드디어 일행은 목적지인 비로봉 정상에 도착했고 바람 덜 부는 곳에서 함께 모여 앉아서 점심을 먹었다.

그리고 「박형」께서 나를 부른 것처럼 나는 급히 비로봉 정상에 올라섰는데, 그곳에서는 「박형」께서 이미 집사람에게 무엇을 설명하고 계시다가, 문득 동쪽을 가리켰다.

"태백산"

내가 그쪽을 바라보니 거기에 큼직한 산봉우리가 솟아 있었는데, 이상하게
도 산봉우리만 우뚝 솟아 있을 뿐 주위가 온통 구름의 바다, 운해雲海였다. 그
때「박형」께서 다시 서쪽을 가리키셨다.

"월악산"

그런데 거기에도 구름의 바다에 두 개의 산봉우리가 삐죽삐죽 솟아나 있었
다.「박형」께서 남쪽을 가리키셨다.

"학가산"

거기에는 흰 구름바다 위로 솟아오른 높은 봉우리가 낮은 봉우리 두 개와 연
결되어 나란히 뫼 산山자 모양을 하고 옆으로 길게 뻗쳐 있었다.「박형」께서 북
쪽을 가리키셨다.

"백덕산"

거기를 보니 구름바다 위에 큰 봉우리 하나가 솟아 있었다. 나의 발밑에는
땅이 없고 내가 구름 위에 있는 듯한 착각을 하였는데, 참으로 장관이었다. 발
밑부터 눈길 닿는 곳까지 광대무변한 구름의 바다인데, 우뚝 솟은 사방의 산봉
우리는 섬 같고, 나는 마치 근두운술로 구름에 올라탄 손오공처럼 발아래로 사
방 구름바다의 물결을 내려다보고 있었다. 정말 눈길 닿는 곳까지 온통 흰 구
름의 바다였다. 어마어마한 광경이었다.

석가모니부처님께서 가끔 방광을 하셔서 딴 세상을 열어 보여주신 것처럼,
「박형」께서 소백산 비로봉 정상에서 사방으로 동쪽에 태백산, 서쪽에 월악산,
남쪽에 학가산, 북쪽에 백덕산. 그렇게 광대무변한 구름의 바다 위에 4개의 큰
산봉우리를 열어 보여주셨다.

그때 나는 북쪽에 있는 산 이름을 잘못 들었다. '백덕산'이라고 했는지 '배덕
산'이라고 했는지 아리송했는데,「박형」께서 깨우쳐주셨다.

"치악산 중의 백덕산이야. 나중에 지도를 보면 알 수가 있어."

나중에 지도를 찾아 확인했더니, 소백산 비로봉의 동서남북 사방에 정확하

게 태백산·월악산·학가산·백덕산이 있었다. 정녕 「박형」의 능력이 아니라면 구름바다 위에 섬처럼 떠 있는 4개의 산봉우리를 절대로 볼 수 없었을 것이다. 믿을 수 없는 상황이었다. 나는 여러 번 비로봉 정상에 올라갔었지만 단 한 번도 그 어느 한 봉우리도 본 적이 없었다.

호랑이 코처럼 붉은 코 신선

우리 내외가 걷기운동을 할 때의 일이다. 그 걷기운동은 '토정 이지함 선생은 하루에 2백리를 걸었어.'라고 하셨던 「박형」의 말씀으로 시작되었는데, 집사람은 단번에 200리를 걸었고, 처음에 실패했던 나도 재도전하여 그럭저럭 하루에 영주에서 안동安東까지 옛날 길을 따라 왕복 200리 길을 걸었다.

그리고 이번에는 죽령을 넘어 충북 단양까지 갔다가 올 작정으로 새벽 5시경에 내외가 함께 영주집을 나섰다. 어둠이 걷히고 집에서 30리쯤 왔다고 생각되는 곳에 이르니, 오리온 별자리에서 유난히 반짝이던 별들도 차츰 사라지고 아침 해가 떠올라 우리 앞길을 비추기 시작했다.

우리는 단숨에 풍기읍을 지났고, 창락이라는 죽령 아랫동네를 지나서 막 죽령고개를 올라갈 때였다.

문득 산비탈 쪽에서 섬뜩한 느낌을 받았다. 나는 얼른 그쪽을 보았는데, 까무러칠 정도로 놀랐다. 바로 거기 산비탈에 검은 스타킹을 신은 젊은 여자가 아카시아나무 밑동에 걸린 듯이 땅에 누운 채 손을 우리에게 뻗치고 있었다. 입가에 피가 묻은 채 그녀는 작은 소리로 애원했다.

"살려주세요. 살려주세요."

놀란 나는 온몸의 힘이 쭉~ 빠지면서 그 자리에 주저앉고 말았다. 어찌된 일인지 하늘이 노랗게 보이면서 정신이 가물거렸고, 가슴이 답답하고 토할 것 같고 어지러웠다. 이런 경험은 난생처음이었다.

그때 집사람이 그 여자를 산비탈에서 받아 내렸는데, 그 살려달라던 여자는 길가에 다시 쓰러졌다. 그녀를 땅에 내려놓은 집사람은 저 멀리 일하러 가려고 모여 섰던 사람들에게 달려가서 구원을 청하였다.

그들이 트럭을 이용하여 문제의 여인을 병원으로 실어 보내려는 순간, 집사람은 급하게 나에게로 와서 말하였다.

"만 원만 주세요."

집사람은 돈을 받아 트럭 기사에게 주었다.

"병원으로 꼭 좀 잘 부탁드립니다."

트럭이 떠난 후에 인부들을 지휘하던 이가 산에서 내려오며 말하였다.

"저 위에도 사람 시체가 있어. 남자는 죽었구먼. 에잇, 몹쓸 것들. 어젯밤에 여기 와서 죽으려고 약을 먹은 모양이야."

정사에 실패한 여자를 태운 트럭이 영주 쪽으로 내려가는 것을 보고도, 내가 금세 기운을 차리고 걷게 된 것이 이상했지만, 우리는 꼬불꼬불 죽령에 올라섰다가 다시 꼬불꼬불한 내리막길을 걸어서 드디어 단양의 어느 마을 앞 콘크리트 다리가 있는 곳에 도착을 했다.

낮 12시쯤에 다리 옆 공터에 잠시 앉아 쉬고 있었는데, '뚝, 뚝, 후두두' 소리를 내며 빗방울이 떨어져 아스팔트길 위에 빗방울자국을 하나둘씩 만들기 시작했다.

혹시 많은 비가 올까 걱정되어 사방을 둘러보았는데, 우리가 왔던 길을 따라 저 멀리서 어떤 사람이 걸어오는 게 보였다.

그런데 점점 가깝게 다가온 그 사람의 행색이 정말 가관可觀이었다.

헐렁한 흰 바지저고리 차림에다가 이상하게도 고무신을 벗어 머리 위에 올려놓고 맨발로, 거기에다 양손으로 뒷짐을 진 채 걸어가고 있었다. 아! 많은 사람이 이 모습을 보았으면 얼마나 좋았을까?

정말 우리에게 자기를 잘 보아두라고 그렇게 걷는 것 같았다. 그런데 비록 차림새는 그랬지만 그가 걸어가는 모습은 분명 신선의 걸음이었다. 가뿐가뿐

가볍게 허심하게 휘적휘적… 전혀 힘들이지 않고….

그리고 더욱 나의 눈길을 사로잡은 것은 매섭게 추운 겨울날씨도 아닌데 그 사람의 코끝이 마치 호랑이 코끝처럼 발갛게 물들어 있다는 사실이었다. 우리는 넋을 잃고 신선처럼 걸어가는 사람을 쳐다볼 수밖에 없었다. 우리 시야에서 저 멀리 사라질 때까지.

나는 호랑이 코처럼 붉은 그의 코를 보는 순간부터 저 사람이 혹시 「박형」은 아닐까 하고 생각했는데, 집사람도 어떤 느낌이 있었던지, 나에게 차를 잡으라고 재촉했다.

"택시를 잡아요. 어서요."

때마침 지나가던 빈택시가 있어 얼른 잡아타고 금계동 「박형」 댁으로 곧바로 달려갔다.

역시 「박형」께서는 집에 계시지 않았다. 부인이 사람을 시켜 동리 안을 찾게 했는데, 한참 후에 찾던 사람이 돌아와서 아무 데도 계시지 않다고 전했다. 한번 더 찾아보게 했는데, 얼마 후에 그가 다시 와서 말하였다.

"동리 안에는 아무 데도 안 계셔요."

그 말이 떨어지자마자 「박형」께서 어디로 오셨는지 훌쩍 몸을 나타내셨는데, 나에게는 「박형」의 발갛게 물든 코가 제일 먼저 보였다.

「박형」의 코끝은 단양에서 우리 옆을 신선처럼 걸었던 사람과 똑같은 색으로 발갛게 물들어 있었다. 데자뷰(dejavu ; 既視感)를 본 것 같은 묘한 기분에 사로잡혀 있을 때, 고무신 두 쪽을 머리위에 올려놓고 맨발로 뒷짐 지고, 허심하게 휘적휘적 신선처럼 걸었을 「박형」께서 확인을 했다.

"단양 쪽에도 비가 좀 오지?"

전에 「박형」께서는 비를 내리게 할 수 있다고 암시한 적이 있다. 「박형」과 걸으면서 나는 낮에 까무러칠 뻔했던 나약함을 부끄럽게 생각하며 고백했다. 존댓말을 써야 합당하다고 느끼면서….

"나는 순간 정신을 잃었던 것 같아."

이렇게 한마디 했더니, 「박형」께서는 이미 모든 것을 다 아시는 듯 말했다.

"그런 일도 많이 당해 보면 괜찮아져."

나는 그 말씀에 많은 위안을 받았다. 그리고 다시 말했다.

"나도 시골에 와서 살면 좋을 것 같아."

"기분으로? 자네는 언제부터 그런 사상思想을 가졌나?"

「박형」께서는 그 한마디로 나에게 사상이라는 것이 그렇게 뿌리 없이 허망한 것임을 확실히 깨닫게 하셨다.

＊ 호랑이처럼 빨갛게 물든 코를 하고 양손으로 뒷짐을 진 채 신선의 걸음새로 가뿐가뿐 가볍게 허심하게 휘적휘적 걸었던 능력은 「박형」께서 어떤 모습으로든 변신하실 수가 있고, 어디든지 현신하실 수 있다는 또다른 증거이다. 「박형」께서는 이렇게 대단한 어른이셨는데, 나는 천지도 모르고 살고 있었다. 살다 죽으면 무엇이 될는지도 모르면서 내 삶과 아무 상관 없는 TV속 세상 돌아가는 일에 신경 쓰면서, 별것도 아닌 허망한 여러 가지의 욕망에 휘둘리는 속물로, '우물 안 개구리'처럼 살고 있었던 것이다.

공주에 사신다는 할아버지

계룡산으로 옥봉玉峯을 찾아갔다가 만난 공주에 사신다는 할아버지로 변신하셨던 「박형」께서 참나물 한 접시를 공간空間 이동移動(?)시킨 일, 참나물 한 접시를 우리 밥상으로 보내주셨던 이야기이다.

당시에는 이미 우리가 금계동으로 이사하였던 때이다. 어느 날 「박형」께서 말씀하셨다.

"옥봉이 저쪽 어디에 있는 모양이야. 옥봉은 나도 아직 가보지는 못했지만, 자네 부인이 먼저 가면 자네도 금세 뒤따라가도록 하게."

그리고 남쪽을 슬쩍 가리키시면서 말끝을 흐리며 귀띔하셨다.

"나는 대전 아래 공주에 한 번 가볼까도…."

당시에 나는 옥봉의 참뜻을 몰랐고, 「박형」께서 '대전 아래 공주에 한 번 가볼까'라고 하셔서 '충남 공주公州에 볼일이 있으신가?' 했다.

한편 나는 박정희대통령이 서거한 후 큰 탈 없이 조용한 것을 생각하며 말했다.

"요즘 신문이나 텔레비전이 조금 잠잠한 것 같아."

"사람들이 자숙自肅하고 있어."

「박형」께서 조금 강한 어조로 또 말씀하셨다.

"내가 보니, 신문과 텔레비전이 진실만을 보도하지 않아. 진실을 감추고, 대개 자기들에게 유리한 것만 많이 내."

그런 대화가 있고 나서, 이틀 후에 집사람의 제안으로 우리는 옥봉을 찾아 길을 떠났다. 대전 아래 어디쯤을 향해 정처 없이 떠난 발길이 계룡산을 찾아들게 되었다.

어찌된 일인지 우리가 버스에서 내린 곳은 계화위룡鷄化爲龍, 닭이 변하여 용이 된다는 계룡산의 갑사甲寺 입구였다. 거기 길가에 큰 관광안내판이 있었는데, 그 안내판 지도를 아무리 살펴보아도 옥봉이라는 봉우리는 찾을 수 없었다. 안내판 지도에는 갑사와 동학사가 계룡산 양쪽에 있어서, 갑사에서 출발하여 계룡산을 넘으면 바로 동학사로 내려갈 수 있게 되어 있었다.

갑사에 들렀다가, '이왕에 옥봉을 찾으러 왔으니 계룡산에라도 오르면 어떨까' 생각하는 중에, 집사람이 누구의 지시를 따르듯 나를 다그쳤다.

"이쪽으로."

그러더니 앞장서서 작은 나뭇가지를 헤치고 등산로를 찾아 계룡산을 오르기 시작했다.

등산길에는 아무도 없었고, 우리가 대략 2 ~ 3분 정도 올라갔을 때쯤에 우리 앞에 할아버지 한 분이 앉아 쉬고 계시다가 우리를 기다리셨던 것처럼 아주 반갑게 맞아주셨다.

"어서 오시오. 어디서 오는 길이오?"

"예, 경북 풍기에서 왔습니다. 산을 넘어 동학사 쪽으로 가보려구요."

"그러면 초행인 것 같은데, 나와 같이 올라갑시다."

"그래요. 고맙습니다. 그런데 오늘은 등산객이 별로 없는 것 같군요. 박대통령 서거 때문인지…,"

"요즘 사람들이 좀 자숙하느라고 그래."

저는 그 할아버지가 자숙이라고 하셨기 때문에 언뜻 며칠 전에 「박형」께서도 자숙이라고 하셨던 것을 생각하게 되었다.

'어쩌면 이렇게 일치된 단어를 사용할까? 혹시 이 할아버지가 「박형」 아닐까?'라고 생각하는 중에, 할아버지가 얼른 앞장을 섰다. 우리는 부지런히 할아버지 뒤를 따라 걸었다.

그런데 그 할아버지는 숨도 차지 않은지 쉽게 산을 걸어 올라가면서 말했다.

"젊은이들도 자주 등산을 하는 모양이지? 나는 한 달에 한 번씩 여기를 오르곤 하오. '지난달에도 올라갔는데 이번 달에 못 올라가려고.' 하며 올라가니 힘이 덜 들어."

"그러세요? 참 좋은 생각이시네요. 정말 그럴 것 같아요."

우리는 할아버지와 이런저런 이야기를 하면서 올라가는데, 할아버지는 가파른 곳에 이르러서는 걸음이 더욱 빨라졌다. 할아버지께서 힘을 내시니 우리도 아무 소리 못하고 땀을 뻘뻘 흘리며 따라 올라갔다.

나는 할아버지 뒤에 바짝 붙어서 할아버지 발자국을 밟으며 산을 오르고 있었다. 그때 옛날 「박형」과 함께 비로봉을 올라갈 때, 「박형」의 몸에서 풍겨 나왔던 것과 똑같은 오묘한 향기가 할아버지 몸에서 풍겨 나왔다.

이상했다. '왜 「박형」 몸에서 났던 향기와 꼭 같은 향기가 이 할아버지에게서 도 나는 것일까?' 세상의 어떤 향기와도 다른 고귀한 천상(?)의 향기가!

결국 우리는 산 정상에 도착했는데 할아버지께서 말씀하셨다.

"나는 산나물을 뜯어 가지고 내려가곤 해. 지금 저 아래에는 나물이 다 쇠었지만 여기는 아직 괜찮아."

집사람이 여쭈었다.

"무슨 나물을 뜯으세요?"

"참나물이라는 것인데…, 다른 이름도 있어."

"저희는 그런 나물을 모르는데, 좀 가르쳐주시겠어요?"

"바로 이거야. 이렇게 생긴 잎이야. 처음 나오는 잎은 맛이 더 좋아."

"저희도 좀 뜯어 드릴게요."

"괜찮아, 길이 바쁘면 그냥 가지."

나는 별 관심이 없었는데, 집사람 행동을 보니 '나물을 뜯어 드리는 것이 옳겠다'는 생각이 들었다. 그래서 나물을 뜯고 있던 집사람에게 물었다.

"어떻게 생긴 거야?"

나도 달려들어서 참나물을 뜯기 시작했는데, 갑자기 할아버지 말소리가 어디에선가 들려왔다.

"부인은 참 마음도 곱고 그렇게 정성을 들이니 감사하군. 이제 그만하면 됐으니, 내려가지. 나는 이쪽에 볼일이 있어서 이리로 가야 해."

나는 할아버지 그 말을 듣고서야 연하게 생긴 어린잎을 골라서 뜯기 시작했다. 그리고 마음속으로는 '어떻게 그 할아버지가 집사람이 정성들여 참나물을 뜯고 있다는 것을 알았을까' 의아했다. 서로 보이지 않는 곳에서 참나물을 뜯고 있었던 것 같았는데….

할아버지와 헤어질 때에 집사람이 여쭈었다.

"저, 옥봉玉峰이 어디에 있는지 아세요?"

"글쎄, 찾아보면 알 수 있겠지. 삼불봉三佛峰이라고 하는 곳은 여기에 있어.

거기서 오늘 성대하게 재齋를 지내니 오라고 초대하더군. 나는 가는 길에 거기에 잠깐 들를 참이라오. 이제 내려가다가 세 갈래 길이 나타나면 왼쪽으로 가지 말고 곧장 아래로만 내려가면 돼. 꼭 바로 가, 옆으로 꺾어 나가지 말고."

"그런데 할아버지 댁은 어디세요?"

"공주에 살아."

우리가 가르쳐준 대로 길을 따라 산을 내려가기 시작할 때, 할아버지는 보이지 않고 그분의 음성만 뚜렷하게 들려왔다.

"잘 가게. 나중에 참나물 한 접시 보내줄 테니 먹어 보도록 하게."

우리는 해가 아직 많이 남아 있을 적에 동학사 쪽에 당도했다. 하지만「박형」께서 말씀하신 옥봉을 찾지 못해 못내 서운했다.

산 아래에는 자동차도 많고 음식점도 많았는데, 한 바퀴 둘러보니 조금 크고 마음에 드는 음식점에서 몇 사람이 나오고 있었다.

"저기로 가지."

나와 집사람은 그 음식점 안으로 들어갔다. 그리고 방금 나간 사람들이 앉았던 빈자리를 차지하고 앉았다. 그리고 줄줄이 여러 가지를 생각했다.

'도대체 나중에 참나물 한 접시 보내줄 테니, 먹어 보도록 하게 라고 말씀하신 그 뜻은 무엇일까? 또 그 공주에 사신다는 할아버지는 어떤 분이시기에「박형」과 똑같이 '자숙'이라 하셨고, 그의 몸에서「박형」과 꼭 같은 정말 고귀한 천상(?)의 향기가 났는가?「박형」께서 '나는 대전 아래 공주에 한 번 가볼까…'라고 하셨던 말씀과 어떤 연관이라도 있는 것일까?'

그때 바쁜 식당 주인아주머니가 우리 밥상으로 와서는, 먼저 먹은 사람들의 상을 치웠다. 우리 상위에 나물 한 접시가 있었는데, 나물접시를 다른 그릇과 함께 치우려고 집어 들었다가 치우지 않고, 주방 쪽으로 소리쳤다.

"누가 나물을 갖다 놓았어?"

"아니요. 갖다 놓은 사람 없어요. 혹시 볼일보러 간 ○○엄마가 갔다 놓았나?"

주방에서 일하던 아주머니가 분명히 대답하자, 식당 주인아주머니가 그 온전한 나물접시를 그냥 우리 밥상에 다시 내려놓았다.

우리는 시장하던 참에 즐거운 마음으로 밥을 먹기 시작했다.

그런데 유독 그 나물은 깜짝 놀랄 만큼 연하고 맛이 있었다. 입 안에서 살살 녹는다고 말해도 지나치지 않을 정도로 감칠맛이 났다. 절로 손이 자꾸 그 나물로 갔다. 둘이서 서로 권하며 얼른 그 접시를 비우고 주인아주머니에게 청했다.

"여기 이 나물 한 접시만 더 주세요. 참 맛있네요."

주인아주머니가 나물이 가득 담긴 큰 그릇에서 한 접시를 옮겨 담아 가지고 왔다. 그런데 주인아주머니가 가져온 나물은 그전 나물처럼 살살 녹는 감칠 맛이 나지 않았다. 나는 주인아주머니에게 물었다.

"이 나물 이름이 무엇입니까?"

"참나물이에요. 높은 산에서 나는…."

와! 그것은 충격이었다. 왜냐하면 그 순간, '나중에 참나물 한 접시 보내줄 테니 먹어 보도록 하게.'하셨던 할아버지께서 정말 살살 녹는 감칠 맛 나는 '참나물 한 접시'를 보내주셨다고 생각되었기 때문이다.

사실 물건을 보내는 것과 반대(?)이기는 하지만, 취물법取物法이라고, 다른 데 물건을 가져오는, 신통한 이야기를 들은 적이 있다.

나의 고향 풍기에 강기종이란 분이 있었는데, 소백산꼭대기에 앉아서 전국 어느 곳의 요리든지 마음대로 사다 먹은 적이 여러 차례 있다고 했다. 십여 명의 친구들이 보는 앞에서 돈을 내놓으면, 사람 수에 맞춰서 음식이 각 사람 앞에 놓였다고 했다.

우리는 점심을 끝내고 식당을 나섰다. 그리고 조금 내려와 마을이 멀리 내려다보이는 한적한 시골길에서 버스정류장을 찾아냈다. 어느새 해는 서산으로 뉘엿뉘엿 넘어가고 있었다.

그때 무척 어질게 생긴 할아버지가 약초를 캐러 산에 갈 적에 갖고 다니는 칡덩굴로 엮은 망태기를 메고 정류장 앞을 지나가다가, 우리에게로 와서 친절하게 말을 붙였다.

"조금만 기다리면 버스가 올 거야."

그분의 느낌이 인자하고 행동마저 우아했기 때문에 '지금 계룡산에 계신 산신령을 만나고 있는 것은 아닌가' 하고 생각했다.

그리고 '이분을 따라가면 사람을 바로 치료할 수 있는 약을 배울 수 있겠다'는 생각을 계속하고 있었다.

그때 그분께서 말씀하신 아주 인상 깊은 한 마디가 지금도 생각난다.

"옛날에는 마음이 착하여, 죽은 사람을 되살리기도 했어. 몇 마디 말로."

그 순간 나는 몇 마디 말로 죽었던 나사로를 살리신 예수님을 생각했다. 그분은 정말 보통 할아버지가 아닌 것이 확실했다.

✱

어떻든 「박형」께서 우리에게 '옥봉을 찾아 가보라'고 했던 때부터 우리로 하여금 옥봉의 의미를 깨닫게 해주실 계획이셨던 것 같았다.

실제로 공주에 살고 삼불봉에 초대받고 오신 할아버지가 미리 우리에게 '대전 아래 공주에 한 번 가볼까도'라고 하셨던 「박형」이라면, 그 '공주'는 「박형」께서 항상 머무는 곳, 불교인의 상주처常住處이며, 청정하게 텅 빈 마음인 공주空州이며, 거기가 열반의 땅·모든 이의 이상향인 옥봉이라고 할 수 있겠다.

또 옥봉은 「박형」께서 여러 가지 모습으로 변신하며 신통을 마음대로 내는 여의주如意珠이고, 공주는 청정한 마음자리요, 우리의 성품, 무극·열반 내지는 우리 모두의 마음바탕이라고 할 수 있다.

돈 만원을 빌려간 아저씨

집사람이 서울 큰 병원에 입원해 있다가, 병세가 호전되어 흑석동에 있던 처갓집으로 나와 통원치료를 받고 있던 때였다. 나는 상경할 생각이었는데「박형」께서 미리 말씀하셨다.

"나는 별로 가고 싶지 않지만 언제 한번 서울에 갈 거야. 자네도 아는 사람…."

그때 나는「박형」께서 '서울에 아는 친척 집에 가시려는가?' 했다.

그 다음 날 저는 집사람을 데려오려고 서울로 갔다. 흑석동에 있는 처갓집에서 하룻밤 자고 다음날 새벽, 집사람이 나를 깨웠다. 그리고 사람들이 아침 운동하는 공원으로 함께 나갔다. 한강 옆에 있는 그 공터에서는 아침 일찍부터 사람들이 배드민턴을 치고 있었고, 우리는 그냥 거닐다가 처갓집으로 되돌아가고 있었다. 그런데 집사람이 문득 제안을 했다.

"우리 거기 공원을 좀 쓸어요."

"그러지."

"그럼 제가 집에 가서 비를 가지고 올테니, 여기에 계세요."

처갓집은 흑석동 입구쯤에 있었는데, 나는 노량진에서 동작동 넘어가다가 중앙대학교로 가는 세 갈래 길모퉁이에 있는 파출소 앞에서 비를 가지러 간 집사람을 기다리며 길에 서 있었다.

바로 그때 50대쯤 되는 어떤 허름한 차림의 사람이 나에게 다가왔다. 이상하게도 그가 돈을 요구할 것 같아서 피하려다가 다시 생각하고 그냥 서 있었더니, 그가 제 앞에 다가와 손을 내밀었다.

"돈 만원만 빌려주십시오."

순간 어안이 벙벙했다. 그 당시에 만원이면 제법 큰돈이었다.

'부산~서울 기차요금이 7천 몇 백원… 도대체 만원씩이나 빌려 달라니? 말은 빌려 달라고 하지만, 나로서는 그냥 주는 것인데….'

그런 생각을 하다가 「박형」께서 작용하셨는지 갑자기 마음이 바뀌었다.

'50대는 되셨는데, 연세도 많으신 분이 새벽부터 구걸하는 데는 피치 못할 사정이 있을지도 모르겠다.'

이런 생각이 들어 만원을 지갑에서 꺼내 건넸다.

그랬더니 그 사람이 다시 청했다.

"돈이 있으면 만원만 더 빌려주십시오. 꼭 돌려드리겠습니다."

나는 어처구니없고 또 싫다는 생각을 하면서 망설였는데, 그 사람이 내 속을 안다는 듯이 말했다.

"집도 알고 있어요. 거기에 있잖아."

언덕 위에 있는 시골 우리 토담집을 가리키기라도 하듯이 내민 손을 위쪽으로 치켜들어 보였다.

나는 속으로 뜨끔했다. 그렇지만 설마 그가 우리 시골집을 알 수도 없을 것이고, 지금 헤어지면 그만이었다. 돈도 아까웠다.

"돈을 만원이나 주었는데, 무슨 돈을 만원이나 더 달라는 거요?"

그랬더니, 그가 퉁명스럽게 내뱉었다.

"싫으면 그만 두던가……."

그가 뒤돌아 몇 발자국 가고 있을 때 집사람이 비를 가지고 도착했는데, 이상하게 집사람이 제 옆으로 바짝 다가와서 저의 귀에 입을 대고 속삭였다.

"윤수아버님이 여기에 웬일이세요?"

'어허, 이 사람이 아침부터 어째서 헛소리를 하는가.'

윤수아버님은 바로 「박형」이다. 나의 눈에는 「박형」이 보이지 않았기 때문에 거기에 「박형」은 없었다. 혹시나 하며 나는 돈 만원을 빌려간 사람을 뒤돌아보았다. 키가 약간 크고 마른, 그리고 옷이 허름한 그 사람이 10미터 정도 떨어진 곳에서 걸어가는 뒷모습이 보였다. 그는 분명히 당당한 체격의 「박형」은 아니었다.

"가요. 비를 가지고 왔으면…"

나는 집사람의 손을 잡고 당기면서 재촉했다. 그런데 집사람은 「박형」께 인사라도 하려 했는지, 고개를 돌려 그 사람의 뒷모습을 계속 쳐다보면서 머뭇거리다가 마지못해 나를 따라왔다. 당시에 집사람은 내가 그 사람에게 1만원을 준 사실을 알지 못했다. 그리고 우리는 공원으로 가서 그곳을 쓸었다.

서울에서 그런 일이 있었고, 우리는 시골 언덕 위 토담집으로 왔다.

그 며칠 후 나는 방안에 앉아서 책을 읽고 있었는데, 집사람이 밖에 나갔다가 들어오며 말하였다.

"윤수아버님이 빌려간 돈이라며 만원을 주셨어요."

나는 어리둥절해하면서 말했다.

"무슨 돈을? 나는 「박형」에게 만원을 빌려준 일이 없어. 거 참 이상하다. 어서 되돌려 드려요."

그때에 집사람이 말했다.

"돈 2만원을 빌려 달라고 했는데, 만원만 주셨다고. 윤수아버님이 그러셨어요. 왜? 만원만 빌려 주셨어요?"

서울 흑석동에서의 그날 아침에 「박형」께서는 일부러 집사람에게는 윤수아버님으로 보이셨고, 나에게는 걸인으로 오셔서 돈 2만원을 빌려 달라고 하시다가 돈 만원을 빌려 가신 것이었다.

이 상황은 「박형」께서 제일 처음으로 나에게 분명 무엇인가를 나타내 보여주신 것인데, 나는 이런 일을 당하고서도 「박형」의 진면목을 손톱만큼도 눈치채지 못하였다. 「박형」께서 옛날이야기 속에 나오는 신선이나 천신 내지는 대보살님 같다고 잠시 생각했을 뿐이다.

사실 이런 상황을 전해 들은 사람 중에 그 누구도 그런 사실을 믿으려하지 않았다. 아마도 「박형」께서 어떤 어른인지를 몰랐기 때문이 아닐까 싶다. 물론 같은 수행자였던 분들은 어느 정도 눈치를 채셨겠지만, 동리사람이나 친구들, 학교동창이나 일가친척과 형제자매들은 물론 한집에 살던 식구들조차도 「박형」께서 어떤 능력이 있는 얼마나 대단한 어른이신지 정말 전혀 모르고 있었다.

『성서속의 불가사의』와 『세계진문기담』, 그리고 『韓國奇人傳 靑鶴集』등을 다 훑어보았지만 부활하신 뒤의 예수님을 제외하고, 「박형」처럼 신출귀몰하고 전지전능하신 어른은 만나지 못했다.

「박형」께서 무엇을 암시하려고 그러셨는지 어느 날 말씀하셨다.

"투표를 하러 가보면 누가 투표를 했는지, 벌써 투표를 했다고 해. 몇 년간 계속 그랬어."

몸에서 햇빛보다 밝은 빛을 발하시다

> 1981년 어느 아침, 나는 「박형」께서 아침 태양보다 밝은 빛으로 빛나는 것을 보았다. 높은 천상의 신神들도 빛나는 몸이라고 하는데, 부처님 정도 되신 분은 태양보다 더 밝은 빛을 발하신다고 누가 말했다. 그런데 정말 「박형」께서는 실제로 태양처럼 눈부신 빛을 밝게 발하셨다.

그 당시에 나는 풍기읍 오거리 부근에서 약국을 하고 있었다. 나의 초등학교 동창의 부친께서 고혈압으로 중풍을 앓고 있었는데, 그분은 나의 선친과 서로 잘 알고 지내던 분인지라, 열심히 그 집에 드나들면서 애를 써보았지만 어떤 효험도 보지 못했고, 그분은 결국 돌아가시고 말았다. 그 어른의 장례식이 있던 날은 이미 봄이 문턱에 와 있었건만 꽤 쌀쌀한 날씨였다.

그런데 나의 동창은 의리 있는 사람으로 남의 집 궂은일을 잘 봐주었기 때문에 부친이 돌아가시자 문상객이 줄을 이었다.

나는 그의 부친의 중풍치료에도 실패했고, 문상객도 생각보다 많아서 장지

葬地에는 따라가지 않기로 했다. 골목길을 빠져나가는 상여를 먼발치에서 보내고, 약국으로 가는 조용한 골목길로 접어들어 걸어가고 있었는데, 갑자기 나의 뒷등에 따뜻하고 환한 빛이 힘차게 뻗어 오는 뚜렷한 느낌이 있었다.

겨울 아침 햇볕이 제법 따뜻하게 느껴진다고 생각하면서도 너무 확실하고 강한 느낌이어서, 뒤돌아보지 않고는 도저히 그냥 지나칠 수가 없을 것 같았다. 그렇지만 나는 뒤돌아보기 전에 망설였다. '평소와 다르다는 느낌은 나의 착각이겠지' 하고 그냥 걸었더니, 그다음 순간 더 강한 빛이 뻗쳐오는 확실한 느낌이 있었다.

마침내 나는 뒤를 돌아보았는데, 거기에 언제 오셨는지 「박형」께서 조용히 아침 태양보다 밝게 빛나면서 서 계셨다.

「박형」께서는 조용히 나를 주시하고 아무 말씀이 없으셨고, 나도 말없이 「박형」과 마주 대하고 섰다. 그 따뜻하고 밝고 인자한 빛은 눈부신 햇살처럼 계속 뻗쳤나왔다.

그리고 잠시 후 이미 모든 것을 아시는 「박형」께서 나에게 다가왔다

"자네가 약도 갖다 주고 애도 썼지만, 모든 것이 운명대로 그렇게 되었어."

'운명대로'라는 「박형」의 말씀에는 이 육신을 아무리 치료해도 죽어 한 줌의 흙으로 돌아가고 말면 그만, 영원히 이어갈 의식을 바로 잡아야 바른 치료가 된다는 뜻이 깃들어 있는 듯했다.

나는 황금빛으로 찬란하고 눈부셨던 「박형」을 더 이상 나의 친구라고 생각할 수 없을 것 같았기에 머뭇거리다가, 존댓말을 써야 된다고 분명히 느끼면서도 정말 외람되게 말했다.

"문상객도 많고 별로 할 일도 없고 해서…. 장지葬地에는 따라가지 않기로 했어."

"나도 그렇다네."

그리고 헤어지면서 「박형」께서 나에게 물으셨다.

"지금 약국에 가려고?"

나는 속으로 뜨끔했다. 「박형」의 그 말씀은 먹고 사는 것 외에 나의 인생에 아무 도움을 줄 수 없는 약국을 왜 하려했느냐고 힐책하는 말씀 같았고, 영혼으로 죽고 사는 이 마당에 육체를 먹여 살리기 위해서? 또 재혼할 욕심으로? 그런 삶을 살기로 작정한 내 잘못된 선택의 정곡正鵠을 찌르는, 조용하면서도 안타까워하는…. '지금 방광하는 모습을 보여주어도 정말 아무 깨달음도 없느냐?'라고 묻는 말씀 같았다.

『성경』「마태17;1~2」에 있는 글이다.

엿새 후에 예수께서 베드로와 야고보와 그 형제 요한을 데리시고 따로 높은 산에 올라가셨더니, 그들 앞에서 변형變形되사 그 얼굴이 해 같이 빛나며 옷이 빛과 같이 희어졌더라.

예수님께서는 이렇게 스스로 방광하셨다. 방광은 성인의 밝음으로 진실이 드러나는 순간이고, 그분의 능력이다.

「박형」께서 예수님이 하셨던 것처럼 그날 눈부시게 찬란한 빛을 방광하셨을 뿐만 아니라, 소백산 비로봉 정상에서 구름 위에 네 개의 산봉우리인 태백산·월악산·학가산·백덕산을 나타내 보여주셨는데, 이것은 부처님께서 법화경을 설하실 때 삼매에 드셔서 미간의 백호白毫에서 방광을 하여 동방 일만 팔천 세계를 비추셨다고 하는 것과 같은 「박형」의 방광이다.

또 「박형」께서 '공자님'이라고 말씀하시면서 그때마다 따뜻하며 황금빛의 밝고 어진 본마음에 빛을 비추셨는데, 그 따뜻하며 밝은 황금빛의 성품이 곧 공자님의 어지심과 같은 우리 모두의 성품이라는 것을 바로 깨우치게 해주셨던 방광, 바둑 두는 사람의 뒤쪽에 누우셔서 나에게 갑자기 바둑판을 환하게 보이게 해주셨던 것, 몇 번씩 문득 허공에서 온 것처럼 머릿속으로 무엇인가를 가르쳐주셨던 방광 등등.

그리고 어느 날 내가 예불하면서, '십육성十六聖' 하며 예불문을 외는 그 순간에 누군가 나에게 한 줄기 빛을 비춰주셔서 「박형」이 석가모니부처님 당시에

16성의 한 분이라는 것을 게시啓示해주신 것 역시 어느 어른의 방광이다.

"나는 삼세三世까지는 알 수가 있어"

「박형」께서는 이미 삼세 즉 과거, 현재, 미래세를 다 아신다고 확언하셨다.
"나는 삼세까지는 알 수가 있어."

·어느 날 「박형」께서 길을 가다가 현장을 보고 계신 것처럼 말씀하셨다.
"이렇게 비도 오고 날씨도 나쁜데…, 이 친구가 아버지 이장移葬을 하려고 하네."

그 다음날 아버지 이장移葬을 했던 선배가 「박형」에게 '그의 부친의 묘소 이장한 사실'을 말하였다.

"비가 좀 왔지만, 어떻든 제가 할 일이니까요."

· 그리고 어느 날 아침에 내가 경영하는 약국에서 친구들이 지난밤에 일어난 끔찍한 살인사건에 대해 이야기하였는데, 그 사건의 내용인즉, '누구의 소행인지 모르지만, 무참하게 칼로 수도 없이 찔려 죽은 어떤 여자의 시체가 후미진 산모퉁이 길가에서 발견되었다.'는 것이었다.

그 살인사건을 이야기하던 친구들이 떠난 잠시 후에 「박형」께서 나에게 속삭였다.

"살인자가 오는구나."

그 말씀에 저는 순간 움찔했는데, 잠시 후 정말 살인자라는 느낌이나 어떤 낌새도 눈치챌 수 없는, 멀끔하게 생긴 한 남자가 약국 안으로 들어왔다.

이렇게 「박형」께서는 깜깜한 밤중에 일어난 살인사건의 범인까지 본 듯이 다 아시고 계셨다. 참 불가사의한 일이었다. 그는 내가 아는 사람이었고, 얼마 전에 그가 죽었다는 소문도 들었다.

'나는 아는 게 너무 많아.'라고 하셨던 것처럼 「박형」께서는 정말 모르는 것이 없었다. 남의 마음속을 아는 것은 물론, 언제 누가 무슨짓을 했는지 그의 능력이 어느 정도인지 또 그가 무슨 짓을 할 것인지도 훤하게 아셨다.

· 미래에 일어날 일에 대한 이야기이다.

1979년 10월 26일은 고故 박정희朴正熙 대통령이 비운悲運에 서거한 날이다. 그날에서 20일 전쯤의 추석날, 「박형」께서 미리 나에게 귀띔을 하셨다.

"박정희대통령이 곧 죽게 돼. 총살돼."

나는 「박형」의 그 예언을 듣는 순간 아찔했다. 어찌 보면, 그 사건이 나의 공부와는 아무 상관이 없어 보이기도 했지만, 정치나 권력 쪽에 문외한인 나로서는 어떤 뾰족한 수도 없어, 아무에게도 발설하지 않았다.

그리고 박대통령이 갑자기 서거하고 1980년에 전두환의 제5공화국이 수립되면서, 소위 3김씨인 김영삼·김대중·김종필 씨 등의 정치활동이 금지됐던 때였다. 누군가가 「박형」에게 여쭈었다.

"전대통령 시대가 끝나면 다음 대통령 선거에는 누구누구가 출마하게 될까요?"

「박형」께서 대답하셨다.

"김영삼, 김종필…. 뭐 그렇게 네 사람."

그러자 질문했던 사람이 다시 여쭈었다.

"대통령에는 누가 당선될까요?"

그 물음에 나는 잠시 긴장했다. 정말로 「박형」은 그렇게 모든 것을 아는 사람인가? 그때 「박형」의 대답이 들렸다.

"노태우 대통령 당선자."

물었던 사람은 말이 없었고, 나는 어안이 벙벙했다. 그때까지 이름 한 번 들어 보지 못했던 '노태우 대통령 당선자'라는 말씀 때문이었다. 결국 「박형」께서 예언하신 그대로 나는 4년 뒤인 1984년에 신문마다 대서특필된 '노태우 대통령 당선자'란 굵은 글자를 보게 되었다.

【참고】 예수님께서 말씀하셨다.
"너희에게는 머리털까지 다 세신 바 되었나니"　　　　　　「마태복음10;30」

「세 가지 밝은 지혜[三明智]와 왓차곳따의 경」
세존世尊께서는 3가지의 뛰어난 지혜가 있다고 직접 말씀하셨다.
세존께서 유행자 왓차곳따에게 계속해서 설명하셨다.
"왓차곳따여, 나는 원하는 대로 한량없는 전생前生의 갖가지 삶들을 기억할 수 있다. 나는 수십만 번 태어나는 동안 수많은 세계가 괴멸하고 생성하는 시간을 지나오면서, 어떤 이름과 성과 용모를 지니고, 어떤 괴로움과 즐거움을 겪고 어떤 삶을 살았는지에 대해 구체적으로 상세하게 기억합니다.〔宿命明〕

또 왓차곳따여, 나는 내가 원하는 대로 인간을 넘어선 청정하고 신성한 눈으로 중생을 관찰하여, 그들이 지은 업에 따라 죽거나 다시 태어나거나 천하거나 귀하거나 아름답거나 추하거나 행복하거나 불행해지는 것을 꿰뚫어 압니다. 몸으로 입으로 마음으로 악업惡業을 행하고, 성자聖者들을 비방하고 삿된 견해를 지닌 이들이 죽음에 이른 다음에 비참한 곳이요 파멸처인 지옥에 태어나는 것과, 몸으로 입으로 마음으로 선업善業을 행하고, 성자聖者들을 비방하지 않고 바른 견해를 지닌 이들이 죽음에 이른 다음 좋은 곳인 천상세계에 태어나는 것을 분명히 압니다.〔天眼明〕

또한 나는 모든 번뇌가 다하여 번뇌가 없는 마음의 해탈과 지혜의 해탈을 지금 여기에서 스스로 알고 깨닫고 성취합니다. 〔漏盡明〕

그러므로 왓차곳따여,

나에 대해 설명하면서 '3가지 밝은 지혜, 곧 천안명·숙명명·누진명를 지닌 자이다'라고 말한다면, 이는 사실 그대로를 말하는 것입니다."

『맛지마니까야』

"사람을 하나 쓰려고"

내가 영주 금계동에 살던 1980년 어느 날, 「박형」과 한 동네사람과 내가 셋이서 단양이 수몰되기 전, 지금의 (구)단양에 온 일이 있었다. 읍내에서 (구)단양역으로 가는 길에 있는 향교鄕校 앞을 지나가면서 「박형」께서 불쑥 저에게 말씀하셨다.

"자네, 단양에 와서 살아 보게."

나는 깊이 생각하지 않고 대답했다.

"별로 그럴 생각이 없는데? 내 생각에는 지금 있는 금계동이 제일 낫고, 다음은 풍기, 그 다음은 서울이든 어디든 전국 어디에서 살아도 다 마찬가지라고 생각해."

그때 「박형」께서 말씀하셨다.

"자네는 단양에서 살게 될 거야. 동업同業을 하게 될 거고."

나는 「박형」을 잠시 올려다보았다. 「박형」께서는 앞만 바라보시면서 걸어가고 계셨다. 그리고 덧붙여 말씀하셨다.

"2년? 1년 반? 나중에는 혼자 하게 돼. 혼자 하면 더 잘 돼."

그 당시 나는 동업을 한 번도 생각한 적 없었다. 이미 나는 약사藥師하지 않겠다고 약사면허증도 찢어버렸고, 약국은 물론 어떤 사업事業도 시작할 생각이 없던 때였으니까.

그 당시는 그랬는데…, 그해에 나는 「박형」께서 목적지는 된다고 하셨던 풍기읍 오거리에 새한약국을 개설하게 되었다.

그리고 얼마 뒤 그 약국에서, 내가 이해하기 어려운 것을 「박형」께서 말씀하셨다.

"나는 오늘 단양에서 10리쯤 되는 곳을 다녀왔어. 사람을 하나 쓰려고."

내가 어리둥절해하고 있자 「박형」의 말씀이 이어졌다.

"나중에 다 알게 돼. 그 사람은 대강면에 사는 순흥면順興面 출신이야. 단양에서 10리 쯤 가면 대강면이 있어."

순흥면은 풍기읍 바로 옆에 있는 면面이고, 나중에 보니 대강면은 풍기에서 죽령竹嶺을 넘어가면 있는 단양군에 속한 면소재지로, 단양읍에서 10리 쯤 되는 곳에 대강면소재지가 있었다.

그 당시에 나는 사람을 하나 쓴다는 게 무슨 뜻인지를 몰라 귀를 기울였는데, 「박형」께서 큰 소리로 더욱 이상한 말씀을 던지셨다.

"모두 다 자네를 위해서야."

정말 나에게 「박형」의 말씀은 반가웠으나 의문투성이였다.

'모두 다 나를 위해서라고? 사람을 하나 쓴다고? 그 사람이 대강면에 사는 순흥면 출신이라고?'

나는 앞뒤도 없는 그 말씀 때문에 고개를 갸웃거리지 않을 수 없었다. 그해 4월에 「박형」께서는 큰 산으로 가셨고, 나는 풍기읍에서 그해의 12월까지 1년 동안 약국을 했는데, 결국 내가 가지고 있던 돈 – 곧 「박형」께서 '급하게 팔면 7백 아니 8백은 받을 수 있다.'고 하신 그 논을 나중에 1200에 팔아서, 팔아준 집안사람에게 400을 주고 800만 받았었는데, 그 돈을 약국하면서 전부 날려 버리고 말았다.

나는 그 당시에 '내 힘으로 단 한 사람이라도 병을 낫게 해주겠다.'는 원願을 세우고 살았는데, 돈이 없으니 약국도 계속할 수가 없게 되었다.

바로 그때 어떤 사람이 나를 찾아와서 자기가 준비해둔 약국에 약사로 와 달라고 졸랐다. 두 번을 거절했다. 그는 다시 청하였고, 나의 처지도 그렇게 하지 않을 수 없게 되었기에, 허락하였다. 1982년 1월, 만부득이하게 단양으로 와서 「박형」의 예언처럼 그 어떤 사람과 동업으로 약국을 개업하게 되었다.

당시에 나는 그저 '바르게 살고 서로 크게 사랑하라.'는 「박형」의 가르침대로 살기로 했고, 또 '내 힘으로 단 한 사람이라도 병을 낫게 해주겠다.'는 소원을 가지고 있었기 때문에, 약국일이나 동업자에게서 어떤 불편함도 느끼지 않았다.

그런데 놀라웠다. 단양에서 동업한 몇 개월 뒤에 동업자의 부친이 약국에 왔었는데, 그때에 처음 알게 되었다. 저와 동업을 하게 된 사람이 「박형」께서 '사람을 하나 쓰려고' 라고 하셨던 '대강면에 사는 순흥면 출신'이었다.

물론 그는 「박형」을 전혀 모르는 사람이었다. 그는 지방전매관서 직원이었고, 의리의 사나이였는데, 1년(?) 전쯤에 승진문제로 상사와 크게 다투고 사직

했다는 것이었다. 「박형」께서는 어떻게 그 사람으로 하여금 미리 약국 차릴 준비를 시키시고 나에게 보내서 동업을 하게 하실 수가 있었는지? 아무리 생각을 해도 알 수가 없는 일이었다. 신화속에서나 만나볼 것 같은 이러한 신통한 능력을 나타내신 어른의 행적行跡은 내가 알기로 유사有史이래 단 한 번도 알려진 바가 없다.

"사람을 하나 쓰려고…."

몇 달 전에 준비하고, 돌아가신 후에도 일이 그렇게 되도록 하신다. 정말 「박형」의 엄청난 능력이시다.

어떻든 나는 그렇게 단양에 와서 동업으로 약국을 하게 되었는데, 얼마 후에 동업자의 부인이 미용기술을 배우더니 춘천에 미장원을 개업하게 되어서, 나의 동업자가 부인을 따라 춘천으로 가게 되었다.

그리고 어느 날 문득 '동업同業을 하게 될 거고. 2년? 1년 반?'이라고 하셨던 「박형」의 말씀이 생각나서 따져보았더니, 정말 「박형」의 말씀처럼 동업한지 꼭 1년 반 만에 나 혼자 하게 되었던 것이었다.

그리고 '혼자 하면 더 잘 돼.' 라고 하셨던 것처럼, 그 후에 약국은 아주 잘 되었다. 이유인즉 집집마다 충주댐 수몰 보상금이 나왔고, 새로 건설되는 신단양으로 이주移住하는 사람들이 모두 한꺼번에 새로 집을 지었기 때문에, 외지外地에서 일하는 사람들이 엄청 많이 몰려와 버스정류장 앞에 있던 약국 앞이 매일 아침저녁으로 일하러 가는 사람들로 시장바닥처럼 북적이게 되었기 때문이었다.

동업자가 떠나고 나 혼자 약국을 하여 1년 정도 사이에 번 돈으로 대구에 32평짜리 아파트 한 채를 장만할 수 있었다.

이 모든 것이 「박형」의 덕분인데, 정말로 경탄할만한 사실은 「박형」의 '사람을 하나 쓰는' 불가사의한 능력이었다.

「박형」께서는 육신통은 물론이요, 온갖 우주 속의 물심物心 현상에 대하여 알지 못하는 것이 없는 일체지一切智와 사람을 조복調伏 제어制御하고 바른 길로 인도하는 능력과 삼계를 드나드는 능력, 등등 수없이 많은 불가사의한 모습을 보여주셨다.

이 모든 것이 교역되어 전지전능하게 되신 「박형」 박상신 도사님과 모든 교역되신 신령의 참모습이다.

제2장 무극無極

교역으로 가는
베이스캠프

I
성인은 무극無極

*

"모든 것은 이理다."

차 례

1. 무극無極과 태극太極

「창세기」최초의 인간 아담과 이브(하와)가 뱀의 유혹에 넘어가 선악과를 따먹은 죄로 하나님의 에덴동산(Garden of Eden)에서 쫓겨나는 이야기와 대비對比 되는 이야기가 있는데, 그 속에 무극이 있고 태극이 있다.

사람이 거기 에덴동산에서 하나님과 함께할 때는 무극이고, 아담과 이브(하와)가 뱀(마귀)의 유혹에 넘어가 선악과를 따먹는 죄를 짓고 쫓겨난 곳은 '무극이다가 태극'이라고 할 수 있다.

그리고 또 마음이 불보살님이나 하나님과 함께 할 때는 무극이고, 유혹에 넘어가서 잡념雜念을 짓기 시작할 때부터 음과 양이 생겨나니, 그것은 태극이라고 할 수 있다.

예를 들자면 예수님께서 "너희 원수를 사랑하며, 너희를 박해하는 자를 위하여 기도하라."고 하셨는데, 원수마저 사랑할 수 있는 한량없이 큰마음일 때는 무극이고, 나라사랑·집안사랑·자식사랑하는 마음들은 태극이라고 할 수 있다.

실제로 나의 집사람이 「박형」의 가르침과 가피력加被力으로 더 높은 곳으로 승화한 직후, 「박형」의 도움으로 나 또한 하나님의 보호 속에 에덴동산에 살던 아담(Adam)과 이브(Eve)처럼 어떤 근심도 없고 행복했다.

분명 나는 이미 병든 아버지를 저버린 지옥에 떨어져야 마땅한 불효자였는데, 「박형」의 위신력威神力과 지극한 가르침 덕분에 일시적이기는 하지만 해탈의 행복과 무극·열반의 기쁨을 맛볼 수 있었다.

그 당시에는 머리가 맑아 몸마저 가벼웠으며, 욕심 없는 디오게네스(Diogenes : BC412~323)처럼 햇볕만 있으면 얼마든지 살 수 있을 것 같았다. 당장 죽어도 좋고 이렇게 살아도 좋고 저렇게 살아도 좋고… 마음과 몸이 가벼워서 그냥 훨훨 날아다닐 수 있을 것 같았다.

그래서 그랬는지 잠을 자려고 누우면 근심의 덩어리인가 무언가 배에서 아랫배 쪽으로 '툭' 하고 떨어져 내려갔고, 몸이 저절로 허공에 뜰 것 같은 느낌이었다.

그렇게 지내던 어느 날 아이가 학교 가는 길에서 말하였다.

"아빠, 아빠가 주무시는데 몸이 떠 있는 것 같았어요."

"그래?"

"물어보려고 생각하고 있었어요."

"난 전혀 모르겠는데….."

"자리에서 조금 떠 있는 것 같았어요."

자면서 몸이 떠 있었는지 아닌지 나는 알 수 없었지만 당시에 몸이 새털처럼 가벼웠고 날 수 있을 것 같아, '날자날자' 하면서 두 팔을 벌리고 미친놈처럼 큰길에서 뛰어다닐 정도였다. 정말 잡념이 없고 몸이 가벼웠다.

그러던 어느 날 초등학교 동창친구네 잔치가 있어서, 「박형」과 함께 참석하였는데, 추운 겨울이라 초등학교 동창 10여명이 작은 방에 붙어 앉아 이야기를 나누고 있었다. 한 사람이 이야기하면 다른 사람이 이야기를 되받으면서….

그때 「박형」의 도움으로 귀가 뚫려 깨닫게 되었다. 잡념이 없고 한 마음이니, 남의 말이 전부 자비심에서 나온다는 사실을 이해하게 되었던 것이다.

'누구든지 남을 배려하는 마음이 없으면 말 한마디라도 할 수 없구나. 모든 평범한 말 속에 아가페(agape)*적인 사랑·자비심이 있구나!'

그리고 며칠 후에 또 이런 생각이 떠올라 머리를 끄덕였다.

'그래! 바로 이거야. 모든 사람은 본래 다 부처님이라더니, 정말로 한 사람도

---

* 아가페(agape) : 인간에 대한 신神의 사랑, 또는 신神이나 이웃에 대한 인간의 무조건적無條件的인 사랑. 세속적世俗的인 사랑=에로스(eros)와 다른, 상구보리上求菩提 하화중생下化衆生하는 보살의 보리심菩提心 같은 넓고 큰 사랑.

빼놓지 않고 전부 귀중한 존재인 부처님이로구나! 한 사람 한 사람 모두 세상의 모든 좋은 것을 다른 이에게 다 넘겨주고, 이런 지금의 모양으로 와서 이런 지금의 역할役割을 수행하고 있구나!'

그러던 하루는 문득「박형」께서 『주역』의 기제旣濟를 알려주셨다.

"기제는 이미 기旣, 건널 제濟. '이미 물을 건넜다.'는 뜻이다. 이는 사람을 살리고 건강을 되찾는다는 뜻으로 의학의 이치다."

그리고 연이어서 말씀하셨다.

"자네에게 마귀의 시험이 올 것이니, 행동을 신중히 하게나. 꼭 신중히 생각해서 행동하게."

『주역』의 기제는 도피안到彼岸이라는 의미구나. '요단강 건너가 만나리.'와도 같은 뜻일까? 했는데, 마귀의 시험이라는「박형」의 말씀이 조금 이상한 울림으로 귀에 들어왔다.

'마귀의 시험이라고 하시네.'

그래서 그날 나는「근신謹愼」이라고 써서 벽에 붙이고, 행동을 신중히 하겠다고 스스로 다짐했다.

그런데 며칠 후, 갑자기 나의 에덴동산처럼 행복뿐인 마음에 은근히 조그만 핑계가 고개를 내밀었다. 나는 분명, 한 생각이 자라나오는 것을 느낄 수 있었다. 야릇한 무엇이 마음속에서 식물의 새싹처럼 움터서 자라났다.

'내가 이제까지 살면서 의처증으로 집사람을 고생시켰는데, 지금 같은 마음이라면 절대로 두 번 다시 의처증을 일으키지 않고 잘 살 것 같다. 그것을 실제로 실행해보면 어떨까? 그래, 재혼을 해보자.

그렇지, 여자를 의심하는 마음이 일어나지 않는다면 나의 공부 성과도 확인되겠지. 맞아, 내가 이제 이만큼 고생했고 참회했고 깨달은 바가 있는데 또다시 의처증이라는 잘못된 생각의 노예처럼 살지는 않겠지.'

이러한 아주 조그맣고 은근하며 정당하고 좋은 생각이 아주 조금씩 조금씩 머리를 내밀었다.

이것이 지혜로써 마음 챙기는 위빠사나(Vipassana Meditation)수행하는 중에 한 생각 일어날 때, 그 생각을 따르면 본성품本性品과 완전히 어긋나게 된다고 하는, 바로 그 한 생각의 일어남이다.

또 이 순간이 무극이태극無極而太極, 즉 무극에서 갈려 음과 양이 나타나 태극이 시작되는, 그 갈리는 순간이며, 이런 한 생각이 하나님의 에덴동산에서 이브(Eve)로 하여금 선악과를 따먹도록 유혹하던 뱀의 실체이다.

그 한 생각이 「박형」께서 말씀하신 마귀이다. 안타깝게도 나 역시 이브(Eve)처럼 은근한 유혹 - 그 핑계에 넘어갔고 나중에 정신차려보니, 이미 '싫고 좋고'가 있고 '너와 나'라는 분별이 있는, 인생의 고생길에 들어서 있었다.

은근하고 정당하고 좋은 생각이라는 것은 핑계이고, 유혹하는 자이고, 욕심의 존재인 마귀이다. 마귀는 이렇게 인간을 타락의 길로 이끌고 간다.

그러므로 계戒(五戒·十誡)를 굳게 지키며, 마귀의 유혹을 알아차리며, 그 달콤한 속삭임의 유혹이 일어나기 전의 상태인 무극에 계속 머물 수 있는 깨끗한 마음과 지혜가 필요하다. 계戒·정定·혜慧가 꼭 필요하다.

✽ 결국 불보살님이나 하나님과 함께 할 때는 무극이고, 유혹에 넘어가서 잡념을 짓기 시작할 때부터 음과 양이 생겨나니 그것을 태극이라고 할 수 있다.

아담과 이브가 유혹에 넘어가 선악과를 따먹은 죄로 하나님의 에덴동산에서 쫓겨나기 전은 모두 한 마음으로, 열반이고 무극이며, 뱀(마귀)의 유혹에 넘어가 선악과를 따먹는 죄를 짓고 쫓겨난 그곳, 선악이 있는 그곳은 '무극이다가 태극'이라고 할 수 있다.

그러므로 에덴이나 무극으로 되돌아가려면 당연히 '태극이다가 무극'이 되어야 한다. 출가수행자나 성인의 대열에 들어서야 한다.

2. "끝. 끝. 끝.은 태극이무극太極而無極, 곧 열반涅槃이야."

☀

부처님께서 『금강경』에서 '응무소주이생기심應無所住而生其心, 응당 머무는 바 없이 마음을 내라'고 하면서 도피안·열반을 설하신 것과 똑같이, 「박형」께서는 '끝. 끝. 끝.은 태극이무극 곧 열반'이라고, 『주역』의 무극이 곧 열반이라고 말씀하셨다.

어느 날 「박형」과 함께 어떤 사람의 집을 방문한 일이 있었는데, 그 집 방에 한 폭의 족자簇子가 걸려 있었다.

내 온 정성과 이 생명 남김없이 다 바쳐, 살기 좋은 삼천리금수강산 이룩하여, 계절 따라 고운 꽃피는 아름다운 세상으로, 사랑하는 후손에게 아낌없이 물려주리라. 끝. 끝. 끝.

그 글의 내용은 대단히 원대하고도 아름다웠다. 자신의 온 정성과 생명마저 남김없이 다 바쳐 살기 좋은 삼천리금수강산을 이루고, 철따라 고운 꽃피는 아름다운 세상으로 만들어 사랑하는 후손에게 아낌없이 물려주겠다는, 바로 홍익인간弘益人間의 정신이었다.

그런데 글 끝이 이상했다. 보통 문장 끝에는 마침표를 찍거나, 때로는 '끝'자를 써서 글이 끝났음을 나타내는데, 그 글의 끝에는 '끝. 끝. 끝.' 이렇게 세 개의 끝이라는 글자가 쓰여 있었기 때문이다.

그 방을 나와 마당으로 나섰을 때 「박형」께서 나에게 말씀하셨다.

"끝. 끝. 끝.은 태극이무극, 곧 열반이야."

사실 열반은 부처님 가르침의 진수眞髓중 진수인데, 「박형」께서 그 열반의 뜻을 바르게 알 수 있도록 (아마도 나의 속에 들어오셔서) 이끌어주셨다.

'끝. 끝. 끝.'이라고 쓴 3개 '끝'자 중에서 처음 '끝'자는 그 문장이 끝났다는 의미의 '끝'이다.

두 번째 '끝'자는 그 글의 내용대로 온 정성과 이 생명 남김없이 다 바쳐, 계절 따라 고운 꽃피는 아름다운 세상, 살기 좋은 삼천리금수강산 이룩하여 사랑하는 후손에게 아낌없이 물려주는 것을 마쳤다는 행동의 종료를 의미하는 '끝'자이다.

세 번째의 '끝'은 그렇게 큰일을 다 마치고 나서도 자기가 그렇게 했다는 생각마저 끝냈다, 다른 생각 없다는 뜻이다. 그래서 「박형」께서, '끝. 끝. 끝.은 태극이무극 곧 열반이야.'라고 말씀하셨던 것이다.

자신의 온 정성과 이 생명 남김없이 다 바쳐서 계절 따라 고운 꽃피는 아름다운 세상을 만들어 사랑하는 후손에게 아낌없이 물려주는 것을 마치고, 자신이 그렇게 했다는 생각마저 없는 그런 분은 해탈한 어른이며, 광대원만한 그 마음은 무극이요 열반이다.

그 마음이 모든 근심·걱정에서 벗어나서 언제나 청정무구할 때에는 어떤 번뇌도 일어남이 없으니 열반이요, 우리의 성품性品·자성自性·마음바탕은 본래 그렇게 무극이다.

그래서 마음만 바로 쓰면 지금 이 자리에서 '성령으로 교역되는 길'로 힘들이지 않고 나아갈 수 있다. 우리가 무극인 마음바탕에 이르는 것이 교역의 시발점이므로, 무극이 교역되는 베이스캠프이다.

그리고 항상 계속 무극의 마음을 쓰면 도인이고, 육체를 벗어났을 때는 성령이므로, 불보살님이나 하나님이나 승천하신 예수님과 함께한다.

3. 직지인심直指人心 견성성불見性成佛

※

> 「박형」박상신 대도사님께서 나의 가슴을 가리키시며 말씀하셨다.
> "직지인심 견성성불, 직지直指, 바로 가리켜 알게 하는 그 방법이 제일이다."

어느 겨울날 나는 「박형」을 찾아갔다. 찾아간 이유는 『금강경』 첫머리에 있는 '여시아문如是我聞' 때문이었다.

신소천申韶天(1897~1978)대인大人*께서 『금강경』 첫머리의 〈여시아문如是我聞, 이러히 내가 들었다.〉를 해설하면서, '이러히'의 '이'속에 부처가 되는 길이 있고, 거기서 부처가 나온다고 했는데, 나는 그 내용을 도저히 알 수 없었다.

나는 금계동으로 「박형」을 찾아 가서, 그 '이러히'의 '이'도 물어보고, 「박형」의 생활모습과 행동을 훔쳐보며 배우고 싶었다.

오래간만에 금계동에 온 나는 옛날 기억을 더듬어 「박형」집을 찾아다녔는데, 이상하게도 집은 그대로 있었지만 대문을 찾을 수가 없었다. 「박형」께서 소백산에서 공부하던 겨울에 내가 찾아갔던 그 집 대문이 있던 곳에는 분명히 돌담이 있었다. 만져 보니 매끈하고 튼튼하게 쌓아올린 돌담뿐이었다. 집을 한 바퀴 더 돌아보았지만 어디에도 대문이 없었다.

어쩔 수 없이 되돌아서 나오다가, 아무래도 아쉽고 이상하여 뒤돌아서 바라보니, 「박형」댁이 정미소精米所로 변해 있었다. 정미소의 피댓줄을 걸기 위해 높힌 지붕도 있고, 한편에는 왕겨를 받아내는 장소가 보였다.(「박형」께서 이러한 이적異蹟을 보이셨다.)

그래서 동리사람에게 「박형」댁이 어디 있는지 물어보아야 하겠기에 잠시 길

---

* 「박형」께서 신소천님과 『팔상록』의 편집인이신 고 안진호安震湖님을 대인이라고 특별히 칭하셨기 때문에 나도 대인이라고 칭한다.

에 서성이고 있었는데, 그때 「박형」께서 마치 다른 차원次元에서 뛰어드신 것처럼 불쑥 나타나시면서 나를 반기셨다.

"오! 웬 일이야?"

「박형」께서는 나를 새로 장만한 집으로 데리고 가셨는데, 「박형」댁 안방은 널찍했으나 장식이라고는 거의 없었다. 아주 조용하고 겨울 햇살이 문에 비치고 있어 아늑함을 느끼게 해주었다. 그런데 아랫목에 조금 온기가 있을 뿐, 방 안온도가 나에게는 약간 서늘했다.

부인께서 점심을 새로 지어서 들여왔는데, 시골의 밥상 그대로 내 입맛에 꼭 맞았고, 점심상을 물린 뒤 「박형」께서 초등학교 동창인 김도수에 관한 이야기를 꺼내셨다.

"그 친구가 방앗간에서 일을 했어."

"그래? 어느 방앗간에서?"

"구름밭(풍기읍과 봉현면 사이로 흐르는 시냇물 건너편의 지명地名)에 있는 방앗간에서…. 지금은 아파서 놀고 있지. 참 좋은 친구인데…."

그리고는 나의 반응을 보더니 참으로 이상한 말씀을 하셨다.

"김도수에게 방앗간 일을 시킬 거야. 자네는 그렇게는 안되고, 밖에서 쭉정이 담는 가마니 짜는 것 같은, 그런 것이나 생각해 보게."

얼른 이해할 수가 없었다. 조금 전에 「박형」의 옛집을 찾았을 때 그 집이 방앗간 같았는데….

'김도수에게 방앗간 일을 시킨다면, 혹시 수행자를 인도하는 도사로 만들겠다는 뜻? 참, 그런데 「박형」박상신이 어떻게 하나님처럼 서품敍品을 주는 자, 권세權勢 있는 사람처럼 말을 하는가!'

나는 한순간 당황했고 한편으로 억울했다.

'나도 김도수처럼 알곡 추수하는 방앗간 일을 했으면 좋겠는데, 나는 왜 밖에서? 그리고 정말 밖에서 쭉정이 담는 가마니 짜는 것은 무슨 뜻일까? 혹시

알곡과 반대되는 쭉정이는 덜 익은 사람?'

그때 「박형」께서 계속 말씀하셨다.

"옛날에 공자님께서 주유천하周遊天下 하시면서….'

와! 정말 이상했다. 「박형」께서 그 말씀을 하는 순간 나의 마음속에 황금빛

으로 빛나는 따뜻한 전등이 켜진 듯 행복한 감각이 생겼다가 사라졌다. 더욱 이상한 것은 「박형」께서 '공자님'이라고 말씀하시는 순간에만 그 감각이 생겼다가 사라지는 것이었다. 몇 번씩이나….

지금 생각해보니 그 느낌은 존경스럽고 어진 분을 뵐 적에 인품에서 느끼는, 밝고 행복한 따뜻함과 같았는데, 당시의 느낌은 그런 어른의 밝고 행복한 따뜻함과는 비교할 수도 없이 강해서, 확실하게 느낄 수 있는 '황금빛의 따뜻함'이었다.

'이것이 혹시 공자님의 마음, 인仁인가?'

공자님과 그 감각 사이에는 어떤 연관이 있었기에 나는 그것을 다시 확인하고 싶었다. 그래서 「박형」께서 다시 '공자님'이라는 말씀하시기를 긴장하며 기다렸는데, 마침내 이야기 중에 다시,

"공자님께서….'

라고 하셨다. 그 순간 역시 밝고 행복하고 황금빛의 따뜻함이 확실하게 나의 가슴 중앙부분에서 느껴졌다.

그 따뜻함은 역시 「박형」께서 나에게 느끼게 해주신 '공자님의 밝고 행복하

고 황금빛의 따뜻함(仁)'이었다.

그렇다면 과연 「박형」은 누구시기에 이런 일이 가능할까? 나는 불가사의한 「박형」의 능력에 놀라며 여러가지 생각이 많아 「박형」의 말씀이 제대로 귀에 들어오지 않았는데, 「박형」께서는 내가 금계동으로 찾아올 때의 마음속을 아셨는지 불쑥 말씀하셨다.

"이름이 금강경에…."

나는 정신이 번쩍 들었다. 「박형」께서 이미 내 속을 훤하게 꿰뚫고 계시지 않은가! 도대체 어떻게 내가 『금강경』〈여시아문如是我聞, 이러히 나는 들었다.〉의 '이' 속에 부처가 있고 부처 되는 길이 있다고 했던, 그 뜻을 물어보러 왔다는 사실을 아실 수가 있단 말인가!

그날 「박형」께서는 나에게 광명光明을 비추어 밝고 행복하고 황금빛의 따뜻함을 드러내셔서, 이것이 곧 공자님의 밝고 행복하고 황금빛의 따뜻함이며, '이러히'라고 말하는 모든 사람의 실체라는 것을 바로 가리켜〔直指人心〕 사람의 본성품, 지혜와 자비인 따뜻함, 명당·성품·본심·물속에 잠겨 있는 용〔潛龍〕을 바로 깨닫게 해주셨다.

지금도 수없이 많은 수행자가 목숨 걸고 찾아 증득하려고 애쓰고 있는, 아미타부처님과 하나 되는 기쁨과 희열의 본성품을 「박형」께서는 이렇게 무지한 나에게 이렇게 간단하게 바로 가리켜 깨닫게 하셨다.

사람의 본성품은 무극이며, 참마음이라고 불심佛心이라고 보살의 지혜·자비심이라고 성품이라고 인仁이라고 성誠이라고 효孝라고, 해탈·열반·본래면목·자성自性·대아大我·영성靈性이라고 불러도 되는, 부처님 같고, 예수님 같고, 공자님 같은, 광대원만하고 무애대비한 사람의 마음바탕·성품聖品인 성性이다.

분명 우리는 모든 성인과 같은 '황금빛 성전聖殿의 밝고 따뜻한 주인'이며, 대자대비 관세음보살·지혜제일 문수사리보살·크고 밝고 충만한 부처·무량수無量壽 무량광無量光 아미타불과 조금도 다르지 않다.

〈너희는 너희가 하나님의 성전인 것과 하나님의 성령이 너희 안에 계시는 것을 알지 못하느냐. 누구든지 하나님의 성전을 더럽히면 하나님이 그 사람을 멸하시리라. 하나님의 성전은 거룩하니 너희도 그러하니라.

『성경』 말씀 「고린도전서 3;16」〉

무극無極

⇙   ⇘

양의陽儀（ー）: 음의陰儀（--）

신령계神靈界 : 현상계現象界

태극太極

（양의兩儀）

Ⅱ

양의陽儀

*

☯ 양의는 신령의 세계

차 례

1. 사람의 마음바탕 · 무극에서 음과 양의 세계가 펼쳐지니

> 마음바탕 · 무극에서 음과 양으로 갈리면 태극을 이룬다.
>
> 그런데 「박형」 박상신 대도사님의 역에서는 일반 주역책보다 한 차원 높은 신령의 세계가 포함되기 때문에, 양은 신령계이고 신령계를 제외한 천지만물 · 현상계는 음이다. 결국 실체는 양의陽儀 · 신령계이다.

"無極而太極, 此五字添減一字不得.

"무극이면서 태극이다[無極而太極].라는 말은 한 글자도 더하거나 뺄 수 없다."

"極是道理之極至. 總天地萬物之理, 便是太極."

"극은 도리가 지극한 것이다. 천지 만물의 리를 총괄한 것이 바로 태극이다."

『성리대전』 1권 47쪽

이상은 '무극이태극'을 설명한 송나라 학자인 주자朱子의 말이다.

주자가 무극이태극을 설명한 내용을 따라가면, 격물치지格物致知 성의정심誠意正心하고 수신제가修身齊家 치국평천하治國平天下를 지향하며, 결국에는 충서忠恕로 일이관지一以貫之한 공자님의 가르침 그대로 무극[理 · 仁]으로 군자君子의 삶을 살자'로 귀착이 된다.

그런데 우리가 읽는 『주역』 책에서의 태극太極은 「박형」의 '삼계도사의 역'과 다르게, 전혀 성령과 신령계를 언급하지 않고 있다.

공자님께서 '未知生 焉知死' 즉 '삶을 모른다면 어떻게 죽음을 알겠는가?'하시면서, '지금 여기, 이승에서의 바른 삶을 강조하셨기' 때문에, 성인聖人의 가르침을 따르는 모든 『주역』책에서는 태극을 설명하면서 성령이나 신령계는 언급하지 않고 있다.

어찌 보면 석가모니부처님께서도 학인學人들에게 그렇게 하셨다.

'독 묻은 화살의 비유'를 통하여, '영혼은 육체와 같은가? 육체와 다른가?' '여래는 사후에 존재하는가? 존재하지 않는가?' 등등, 수행하여 번뇌·욕망을 없애는데 도움이 되지 않는 것을 알려고 하기 보다는, 당장 시급한 일, 곧 지금 자기 마음을 점령하고 있는 '욕망을 없애는 것', 죽기 전에 '자기 몸속에 박힌 독화살을 빼내는 것'이 더욱 시급하다고 설하셨고, 당장 욕망에서 벗어나는, 시급한 수행과 관련이 없는 학인들의 질문에 대해서는 응답하지 않으셨다.

그리고 「박형」 박상신 도사님께서는 일러주셨다.
"성현聖賢의 말씀도 반신반의半信半疑하라."
아마도 이 말씀은 성현의 가르침이라도 무조건 믿을 것이 아니라, 「박형」께서 하셨던 것과 같이 자기의 노력으로, 진리를 신해행증信解行證하라는 뜻일 것이다. 그렇지만 「박형」의 가르침도 '자기의 본마음을 찾아 바르게 사는 삶'이 가장 먼저 기본이 되고 매우 중요시되고 있다.

분명한 것은 모든 성현들의 가르침은 언제나 자신의 욕망을 이겨내고 자신의 마음바탕을 되찾는 것, 견성見性(깨달음, 자기의 본성에 도달)하여, 무극에 이르는 것에서부터 시작된다.

성현들께서 낮은 단계에서는 우리에게 본마음을 찾아 먼저 현상계의 괴로움에서 벗어나라고 가르치셨지만, 한 차원 높은 단계의 가르침에는 분명히 「박형」 박상신 '도사님의 역'에서와 같이 신령의 세계가 포함되어 있다.

그래서 사람의 마음바탕·무극에서 음과 양의 세계가 펼쳐지게 되면, 양은 신령계이며, 음은 현상계이다.

참으로 우리가 실재로 신령계가 존재한다는 것을 깨우치고 믿게 되면 '천하를 평화롭게 하는 진정한 평천하平天下'를 더욱 빨리 이룰 수 있을 것이다.

여기 이승 현상계의 다른 쪽인 저승 신령계를 여기저기 구경하고 왔던 사람의 확언이 있다.

"그 정도는 되어야 두 번 다시 의심이 없어. 이것을 다 알면 세상이 다 없어져."

2. 부처님 친견親見

─────── ☀ ───────

불보살님을 친견한다는 것은 환상이 아니라 실제로 있는 이야기이며, 신령계·
'빛의 세계'가 있다는 확실한 증거이다. 성령께서 항상 우리 곁에 계시며, 저승과
이승이 이렇게 가깝게 붙어있다.

✽ 불보살님이나, 성령을 실제로 만나 뵌 사람이 있는가?

우리 내외가 영주榮州에서 약국을 운영하고 있을 당시에 내 나이는 40 전이
었다. 그런데 어느 날 내가 영주시약사회에 참석하기 위해서 약국을 잠시 비운
사이에, 「박형」께서 나의 집사람에게 '금계동 사는 친구'라고 하면서 피곤한 할
아버지 모습으로 나타나셨다.

집사람이 정성스레 밥상을 차려드렸는데, 마침 내가 귀가를 했다. 집사람은
나의 친구를 방에 들이고 음식까지 대접하고 있다는 것을 내가 알게 되면 나의
의처증이 발동될까 걱정이 되었는지 조심스레 말했다.

"당신 친구분께서 오셨어요."

그리고 「박형」께서 방안에 계신 것으로 믿고 방문을 열던 집사람은 순간 당
황하면서 나를 뒤돌아보며 말하였다.

"안 계셔요. 어! 밥상."

그리고 밥상을 찾으러 부엌으로 갔다가 밥상마저 없으니까 당황을 했다.

"가셨는가 봐요. 저기 금계동, 당신친구시라던데…."

"금계동!"

나는 친구 상신을 생각하며 곧바로 밖으로 뛰어나갔다. 그리고 100여 미터
시외버스정류장을 향해서 숨차게 달려갔는데, 길에는 아무도 없었다. 집으로

되돌아왔을 때 집사람이 말했다.

"친구분께서 방금 나가셨는데, 못 만나셨어요?"

그리고 무엇인가 납득이 되지 않고 이상하다는 듯이 물었다.

"그런데 친구분이 나이가 그렇게 많으세요? 할아버지 같고… 아주 피곤해 보이셨어요."

"아니, 아마 나보다 두 살 정도 많을 걸."

나에게 의처증이 있다는 것을 알고 계셨을 「박형」께서 내가 귀가했을 때 집사람이 불안하여 어찌할 바를 모르는 것을 아시고, 내가 버스정류장으로 달려갈 때까지 신통으로 집사람이 방안에 차려드렸던 밥상과 함께 잠시 모습을 감추셨던 것이다.

"멀리 좀 다녀오느라고…."

나중에 「박형」께서 그렇게 말씀을 하셨지만, 실은 「박형」께서 그날 집사람의 됨됨이를 시험하시고, 성령의 능력 내지는 무엇인가를 집사람에게 깨우쳐주시려고 그렇게 하셨던 것이다.

불교경전 속에는 제석천왕을 비롯한 천신天神들이 부처님을 찾아뵙고 법문을 청하거나 대화하는 장면이 많이 있다. 또 옛날 고승들의 이야기에는 몇 년 몇 달씩 기도하고 소원하여 불보살님을 친견하는 장면이 있다. 그리고 얼마 전에 나의 집사람이 거제도 양덕암養德庵에서 부처님과 문수보살님을 친견한 이야기도 있다.

집사람이 불보살님을 친견했다는 사실은, 본인만이 아니라 두고두고 수많은 사람들에게 기쁨을 주고 입에서 입으로 전해질만한 엄청난 경사慶事이다.

여기서 집사람이 부처님을 친견할 자격이 있었다는 사실을 말씀드리기 위해 집사람의 이야기부터 먼저 하고자 한다.

집사람은 전생에 배운 것이 많아서인지, 운명처럼 다가온 정말 감당하기 어려운 최악의 시련과 고통을 최후의 순간까지 잘 이겨내었다. 마치 죄업을 녹이기 위해 심각한 시련과 고통이 먼저 주어졌고, 나중에 배움의 길에 들어서는 것이 허용되었던, 히말라야의 성자 밀라래빠님의 경우와 거의 같았다.

그래서인지 여러 번 「박형」께서도 "자네부인은 대단하네. 대단해!"라고 말씀하셨다.

집사람은 준비된 수행자처럼 「박형」께서 '도사가 될래요? 박사가 될래요?' 하고 질문하셨을 때 '도사가 되겠어요.'라고 약속했고, 굳은 믿음과 '도사가 되려는 원'을 가지고 「박형」의 가르침을 따르면서, 자신에게 주어진 삶의 문제, 누가 상상조차 할 수 없는 시련들을 100% 잘 풀어나갔다. 단 한 번도 다른 이를 위한 배려와 연민의 마음을 저버리지 않은채….

그리고 어떤 사람의 배신이나 능욕이나 유혹, 심지어 굶주림이나 외로움이나 어떤 병마病魔나 죽음의 두려움마저도 그녀의 믿음과 의지를 막지 못했다.

그녀는 이미 「박형」께서 말씀하셨던 것처럼, 겉으로는 부드럽고 순하나 속은 곧고 꿋꿋한, 진짜 외유내강外柔內剛한 사람이었고, 「박형」께서 내신 문제를 풀어나가면서 차츰차츰 거의 완벽한 출가수행자처럼 되어갔다. 그리고 마침내 부처님을 친견하였다.

▶저와 그녀의 첫 만남부터 범상치 않았다.

『술 취한 코끼리 길들이기』라는 책에 나오는 한 장면이다.

〈 몇 해 전 싱가포르에서 있었던 일이다. 결혼식이 끝난 뒤, 신부의 아버지가 사위가 된 신랑을 한쪽으로 데리고 갔다. 행복한 결혼생활을 오랫동안 지속하는 비결을 말해주기 위해서였다. 그는 젊은이에게 말했다.

"자네는 아마도 내 딸을 많이 사랑하겠지?"

젊은이가 큰 소리로 말했다.

"물론입니다."

장인이 말을 이었다.

"자네는 또한 내 딸이 세상에서 가장 아름다운 여성이라고 생각하겠지?"

젊은이가 역시 큰 소리로 말했다.

"맞습니다. 따님은 모든 면에서 완벽합니다."

장인이 다시 말했다.

"그러니까 내 딸과 결혼을 했겠지. 하지만 몇 년이 지나면 내 딸아이에게 결점들을 발견하기 시작할 거야. 그 아이의 결점들이 눈에 보이기 시작하면 이 사실을 꼭 기억하게. 만약 애초에 그런 결점들이 없었다면 내 딸아이는 자네보다 훨씬 나은 남자와 결혼했으리라는 것을."

우리의 배우자가 가진 결점들에 감사해야 한다. 만일 그런 결점들이 없었다면, 그들은 우리보다 훨씬 나은 누군가와 결혼할 수 있었을 테니까! 〉

정말 그랬다. 결혼식이 있기 며칠 전, 그녀의 인정 많은 작은 오빠댁에서는 신혼 이불을 꿰매고 있었다. 그날 그녀의 작은 오빠가 흐르는 눈물을 닦고 속으로 슬픔을 삼키며 나에게 말했다.

"솔직히 말해서 내 동생은 자네에게 과분하네. 동생은 정말 좋은 사람이야! 자네는 우리 동생을 정말 사랑하는가? 앞으로 어떤 일이 벌어지더라도, 동생에게 어떤 결점이 있더라도 변함없이 계속 사랑할 자신이 있는가?"

"물론입니다."

"절대로 그 마음 변하면 안 되네. 지금 약속했네!"

"예, 약속합니다. 절대 변하지 않겠습니다."

그녀는 나의 운명運命이었다. 사랑했으므로 그녀와 결혼했고, 그녀 때문에 참으로 행복했다. 마치 바보 온달이 평강공주를 아내로 맞이한 것처럼….

그녀는 정말로 겉으로는 부드럽고 순하며 남을 배려하며 상냥하기까지 했지만 속은 언제나 곧고 꿋꿋하고 진실했다.

우리가 처음 만난 곳은, 나의 대학 4학년 여름방학의 어느 덥고 쾌청한 날, 강릉행 열차 안에서였다. 사실 그 여름방학에 나는 초등학교 친구랑 강릉 경포대해수욕장으로 캠핑가기로 약속했었는데, 텐트가 없다면서 떠나기 3일(?)전쯤에 그 친구가 나의 집으로 찾아와 '못 간다.'고 통고하고 대문으로 나가면서, 혼자 엉뚱한 말 한마디를 중얼거렸다.

"박상신이 이렇게 만든 거야."

당시에 나는 그 엉뚱한 말에 아무런 것도 생각할 수 없었고, 속으로 '저 친구가 헛소리를 하는구나' 여겼다. 하지만 그때 이상한 감각, 곧 「박형」이 훌쩍 허공으로 다녀가는 강한 느낌이 내 머릿속을 분명하게 지나갔다. 그 순간 속으로 '이 느낌은 무엇인가!' 하고 외쳤다.

(큰언니에게 업혀서 피난을 가던 집사람의 어린 시절, 병이 들어 아무 것도 먹을 수가 없어서 영양실조로 아사할뻔했던 절박한 상황에, 나타나신 어느 스님이 건빵 한 봉지를 주셨다. 어쩐 일인지 그것은 먹을 수가 있었다. 덕분으로 기적적으로 목숨을 부지하게 되었는데, 그녀의 삶은 물론, 그녀와 나의 만남에 「박형」의 어떤 작용이 있었다는 확신이 든다.)

어떻든 나는 아무런 장비 없이 젊은 혈기로 '좋다, 그렇다면 나 혼자 가겠다' 하고 혼자 강릉행 기차에 올랐다. 열차 안에 사람들이 많았다. 마침 한 곳에 빈자리가 있기에 무조건 앉으려고 했더니, 옆에 앉아 있던 여학생이 그녀의 앞에 앉아 있던 여학생과 '소곤소곤'하더니, '이 자리에 임자가 있어요.'라고 했다. 나는 넉살 좋게 말했다.

'임자가 오면 비켜드리겠어요.'

그리고 그 여학생의 옆자리에 앉아버렸다. 나중까지 자리의 임자는 오지 않았고, 나는 두 여학생과 함께 묵호까지 가면서 이야기를 나누었으며, 강릉까지 간다던 두 여학생은 아쉽게도 먼저 묵호역에서 내렸다.

그렇게 그녀들과 헤어졌다. 나는 혼자 강릉 시내에서 일박하고 사진기를 챙겨, 새벽 일찍 택시를 타고 경포대해수욕장으로 향하였다.

그런데 경포대해수욕장 입구에 있는 큰 건물 위로 정말로 멋진 크고 붉은 아침 해가 힘차게 떠올라오고 있었다. 점점 커지면서 건물의 옥상을 가득 메우면서 이쪽으로 넘어올 것 같았다. '이렇게 가까이 저렇게 웅장하고 큰 해가 떠올라 점점 커지는 장관을 보다니!' 정말 생전 처음 보는 가슴 벅찬 광경이었다.

나는 택시기사에게 기쁨에 들뜬 목소리로 말했다.

"해가 떠오르고 있네요! 멋져요!"

"해가요? 어디요?"

"큰 건물 위로, 오른쪽을 보세요."

얼핏 밖을 바라보던 기사가 말했다.

"관광호텔이 보이려면 좀 더 가야합니다. 여기서는 보이지 않아요."

"어!"

그 순간 어리둥절하며, 택시 전조등 불빛 외에 아무 것도 보이지 않는 깜깜한 밖을 내다보면서 지형지물을 살피던 나에게 택시기사가 다시 차분하게 말했다.

"손님께서 꿈을 꾸신 모양입니다."

"분명히 해가 떠올랐어요. 아주 큰…."

훨씬 나중에야 나는 달리는 택시 안에서 잠깐 졸면서 평생 잊지 못할 멋진 일출日出하는 꿈을 꾸었다는 것을 깨달았다.

그리고 목적지에 도착하여 택시에서 내린 나는 얼른 동해의 일출을 보기 위해 서둘러 해변을 향해 모래사장을 걸었는데, 해가 아직 떠오르지 않았는지 수평선 저 멀리 구름이 붉게 물들고 있었다. 그때 누군가가 반가운 목소리로, 나에게 손을 흔들면서 소리치고 있었다.

"여기요. 여기요."

가까이 가서 보니 기차에서 처음 만났던 바로 그 두 여학생이었다. 뜻밖의 재회再會였다. 그들은 분명 묵호역에서 하차下車하였는데 다시 만나게 되다니…. 큰 해가 떠오르는 꿈은 곧 훌륭한 배필配匹을 만나게 되리라는 것을 알려주는 서몽瑞夢(상서로운 꿈)이라고 한다.*

그리고 우리들은 나중에 계속 만날 수 있게 만들었던 사진들을 함께 찍었고, 해변의 임시 매점에서 기념엽서 몇 장을 샀는데, 스탬프를 찍고 보니, 그날이 행운의 8월 8일이었다.

사실 집사람은 착하고 진실한 사람이었다. 언제나 다른 이를 먼저 배려했고 단 한 번도 거짓말을 한 적이 없었다.

우리가 결혼한 후에 나는 까맣게 잊고 살았지만, 집사람은 나와 결혼하기 전에 낳은 아이가 있었다는 것도 나에게 이미 밝혔었다.

그 옛날 둘이서 자주 만나던 어느 날, 그녀는 나를 흑석동 자기집으로 데리고 갔다. 우리가 현관문을 들어서는 순간, 두세 살 정도 된 아이가 방안에서 귀엽게 걸어 나오면서 그녀를 반겼다.

"엄마. 엄마."

그때 그녀의 큰언니가 급히 아이 뒤를 따라 나오면서 말했다.

"이제부터 고모라고 하랬잖아. 엄마가 아니고 고모야, 고모."

큰언니가 그렇게 말했는데, 그녀는 고개를 숙이며 분명하게 말했다.

"제 딸이어요."

우리가 결혼하기 전 장인께서도 나의 선친께 이 사실을 밝히셨다. 그래서 선친께서 결혼 전에 나에게 '아이가 하나 있다는 것을 알고 있느냐?'고 물으셨다. 그러나 나는 믿지 않았다. 사실 나는 그녀 결혼사진도 보았다.

천생연분인가? 그녀가 너무 좋았다. 그리고 나중에 나는 결혼 전의 일들은 무엇이든지 불문에 부친다고 약속했고, 의처증이 있었지만 그 약속은 거의 완벽하게 지켰다.

훨씬 나중에 둘이서 서로 과거의 잘못을 사과하며, '당신이 첫남자가 아닌 것을 용서해주세요.'라고 말했을 때, '아, 이런 것을 지금까지 생각하고 있었구나.'하며, 잠시 내가 부족했던 무엇인가를 아쉬워하였다.

우리 내외가 나의 고향인 영주로 내려와서 살 때 「박형」께서 찾아오셨고, 집사람의 착한 심성을 알아보신 「박형」께서 가르침을 주어 집사람은 나보다 먼저 밝은 세계에 대해 눈을 떴다. 그리고 (그녀는) '아기를 안아다가 「박형」 댁에 가져다주는 꿈을 꾼' 그날 금계동을 찾아가서, 그전의 모든 잘못을 남김없이 「박형」에게 고백하고 참회하였다.

그리고 '이 공부는 고시공부하는 것과 달라서 아무것도 얻을 것이 없다.'면서 짐짓 말리신 「박형」에게 열심히 공부하겠다는 약속을 하였다.

또 나와 함께 성불하겠다는 맹서의 재齋를 지낼 때, 마침내 '꼭 부처님처럼 되겠다'고 굳게 다짐하면서, 피아노를 위해 아끼고 아끼던 새끼손가락을 잘라 자신의 굳은 의지를 불보살님과 「박형」께 보여드렸다.

그러던 어느 날 아침에 문득 선언했다.

"단 하루도 더 이렇게 살 수는 없어요. 내가 먼저 올라갑니다. 정리하고 뒤따라오세요."

그리고 누가 부르기라도 한 것처럼 짐을 싸서 부랴부랴 저보다 먼저 「박형」의 금계동으로 공부하러 찾아 들어갔다.

▶ 차츰차츰 온전한 출가수행자처럼 변해가는 이야기들은 여기서 잠시 멈추고, 집사람이 부처님을 친견했던 이야기를 소개한다.

새벽에 서울 삼촌댁을 몰래 빠져나오면서부터 우리 내외의 여행이 시작되었다. 우리는 친척의 간섭이 없는 곳으로 가서 지내고 싶었다. 궁리 끝에 전부터 알고 지내던 스님을 찾아 경남 마산으로 내려갔다. 그 사찰을 들어서자 누각 樓閣에 걸린 현판이 가장 먼저 눈에 들어왔는데, 거기 「太極而無極」이라고 씌어 있었다. 마침 그 높은 누각에서 무언가를 하고 계시던 노스님이 물었다.

"어디서 오셨습니까?"

"경북 영주에서 왔습니다."

"누구를 찾아오셨는지요?"

"강석주 스님이 여기에 계신다고 해서요."

그때 노스님께서 승방을 향해 크게 외치셨다.

"상좌 승! 상좌 승! 손님이 오셨어. 차라도 한 잔 대접하게."

우리는 비좁은 승방에서 차를 마시며 석주스님과 이야기를 나누었고, 밖으로 나서려는데, 큰스님께서 분부하시는 말씀이 들려왔다.

"상좌, 오늘은 양덕암에 다녀왔으면 하네. 오다가 절에도 들르게. 다른 것은 별로 필요 없을 거야."

선견지명先見之明이 있으셨던 큰스님께서 우리들에게 말씀하셨다.

"이 스님과 함께 가시지요."

우리들이 탄 버스는 세찬 소나기를 맞으며 산허리를 몇 번씩 빙빙 돌고 돌아 큰 산을 넘더니 계속 달려 목적지에 도착했고, 마침 비가 그쳐 우리 일행은 걸어서 저물녘에야 어떤 암자에 도착했다. 석주스님은 떠나고 우리 내외는 양덕암養德庵이라는 그 암자에 남게 되었다.

우리가 거기에서 저녁을 얻어먹고 나니 완전히 날이 저물어 있었다. 그런데 처음에는 의식하지 못했던 많은 고양이 새끼들이 종이상자에 담긴 채 마루에서 '야옹 야옹'하며 울고 있는 게 보였다.

나는 이미 방에 들어가 쉬고 있는데, 그때 집사람과 부엌에 있던 보살님의 대화가 잠시 들려왔다.

"아, 새끼 고양이들이 참 예쁘네요!"

"글쎄, 어젯밤에 어미 고양이가 밖에 나갔다가 죽었는지 돌아오지를 않아. 그래서 배가 고파 우는 거야."

"어머, 불쌍해라! 뭐, 먹일 것 좀 없어요?"

"응, 있어. 좀 있다가 내가 줄게. 걱정 마."

그리고 집사람이 방으로 들어오더니 즐겁게 말하였다.

"오늘 참 좋게 되었어요. 어느 누가 와도 안 열어주는 문을 열고 부처님을 뵙는 날인데 우리가 마침 왔대요. 당신도 내일 새벽 예불시간에 나랑 같이 참석해도 된대요. 새벽 4시에요."

나는 반쯤 떴던 눈을 다시 감았다. 그때 밖에 있던 새끼 고양이가 아까보다 더 큰 소리로 '야옹 야옹'하고 울었다. 나는 그 순간 고양이가 불쌍하다는 생각이 들었지만, 어떻게 해주어야 좋을지 알 수가 없었다. 그때 집사람이 조용히 말했다.

"나는 다른 데 가 있을게요. 혼자 먼저 주무세요."

"저쪽 방에 가서 자려고?"

집사람은 대답하지 않고 방밖으로 나갔고, 나는 쏟아지는 잠을 이길 수가 없었다. 그런데 밖에서 고양이 우는 소리와 함께 보살님께서 걱정하시는 말소리가 또렷하게 들렸다.

"누가 고양이를 만지는 거야? 애기엄마, 무엇하는 거요? 캄캄한데 고양이는 그냥 놔두고 어서 들어가 자요. 이 방에서 자든지 그쪽 방에서 자든지. 여기에도 자리가 있으니까."

"예, 괜찮아요. 먼저 주무세요."

집사람이 '여기 아니면 그쪽 방에서 자겠지' 하고 나는 잠을 청했다.

"딱!딱!딱! … 딱!딱!딱!딱! …."

얼마를 지났을까 보살님이 목탁을 치며 경을 읽는 소리가 온 암자의 새벽을 뒤흔들고 있었다. 정말 청아하고 구성지고 힘차고 신명난, 그 천상天上에서나 들을 법한 멋진 독경소리였다.

'저렇게 훌륭한 음성으로 저렇게 신명나게 염불하는 사람도 있구나! 혹시 저분이 관세음보살님의 현신인가?'

나는 가물가물한 의식 속에서 그렇게 감탄하며 일어날까 말까 망설였는데, 독경을 잠시 멈춘 보살님께서 말씀하셨다.

"이렇게 해야, 잡것들이 다 물러가."

그리고 다시 한바탕 큰 소리로 경을 외고서는 조용해졌다. 잠시 후 내가 일어나려고 하는데 보살님과 집사람의 말소리가 들려왔다.

"시장에 좀 다녀오겠어요."

"힘들 텐데 그냥 두지."

"힘 안 들어요. 예불을 드리고 나니 힘이 나요."

"어젯밤에 비가 와서 물이 불었을 텐데…."

"괜찮아요. 갔다 올게요."

그러더니 집사람이 나에게 와서 말했다.

"여보, 저 어미 없는 고양이들이 불쌍해요. 제가 시장에 나가서 우유를 사와야겠어요. 같이 안 가셔도 돼요. 저 혼자 다녀올게요."

집사람이 나가자 밖에서 보살님의 말소리가 들려왔다.

"문수하고 갔다 오면 돼요. 학교 가는 길이니까. 애는 벌써 갔나?"

"저 혼자 갔다 올게요."

두어 시간쯤 뒤에 집사람이 돌아왔고, 우유를 먹은 새끼고양이들이 조용해졌을 때, 보살님이 고양이 상자를 들고 나가시며 말씀하셨다.

"고양이는 임자에게 데려다 줘야겠다. 애기엄마가 어제 밤새도록 마루에서 고양이하고 지냈지요? 왜 방에 안 들어오나 했더니…."

집사람은 어미 잃은 새끼고양이들을 가슴에 품고 무섭고 추운 밤을 지새우며, 자나 깨나 근심하고 그리워하던, 큰언니에게 맡기고 온, 엄마 잃은 딸에게 눈물로 그렇게 속죄贖罪하였다.

신령이 아니고서야 누가 다 알 수 있으랴. 수많은 시간 가슴에 묻고 홀로 애태웠던 그녀의 절절한 안타까움을….

보살님이 새끼고양이가 담긴 상자를 들고 나간 후에, 집사람이 나무 울타리를 손으로 가리키며 말했다.

"저 어제 부처님을 만났어요. 저기 울타리 부근에서…."

그렇게 말을 하다가 손으로 그쪽을 가리키는 것도 죄송스럽다는 듯이 손을 내리고 나에게 그 사실을 전부 말하는 것이 어떨지 생각하며 잠시 머뭇거리다가 말했다.

"차츰차츰 밝아지는 빛으로 오셔서 밤새도록 환하게 빛을 발하고 계시다가 날이 밝자 사라지셨어요. 부처님께서 윤회가 있다고…."

나는 그녀의 엄숙한 모습에서 그녀가 밤에 부처님을 친견했다는 엄청난 사실을 느낄 수가 있었다. 그리고 부처님께서 '윤회가 있다'고 확언하셨다는 말을 듣고서 무언가 후회하는 심정이 되었다.

"초저녁에는 비가 와서 무섭고 추워서 혼났어요. 부처님께서 담요를 주시기에 밤새 덮고 있었더니 추운 줄을 모르겠더군요."

참으로 이 부분 — 부처님께서 마루에서 새끼 고양이를 품고 밤추위에 떨고 있던 집사람에게 담요를 주셨고, 집사람은 밤새 그 담요를 덮고 있었더니 추운 줄을 모르겠다던 — 그 내용은 정말 불가사의하다.

어떻든 당시에 그녀는 눈부시게 찬란한 빛을 발하신 부처님을 친견했고, 부처님께서 주신 담요를 받아 덮어서 추위를 면했으며, '윤회가 있다'는 자비하신 부처님의 진실한 가르침을 직접 받았다.*

3. 문수보살님 친견

그리고 이어서 집사람이 말했다.

"오늘 시내로 나가다가 문수를 만났어요. 자기를 만났다는 이야기는 아무에게도 하지 말라고 했어요."

'아, 혹시 그 옛날 세조대왕의 등을 문질러드리고, '대왕께서도 개울에서 문수동자를 친견했다고 누구에게도 말씀하지 마십시오.'라고 말하여 자신을 확인시켰던 문수보살의 현신은 아닐까?'

그 순간 이런 무엇이 나의 뇌리를 스쳐 지나갔다. 그때 집사람 말소리가 다시 들렸다.

"개울을 건네주었어요. 비가 와서 개울물이 한 길이 넘었어요. 그런데 문수…보살은 학교 앞에서 사라졌어요. 이런 학교에서는 배울 게 없다면서 감쪽같이 사라졌어요. 아무리 찾아보아도 어디로 갔는지? 정말 감쪽같이 사라졌어요."

집사람이 부처님께서 오셔서 내어주신 담요를 덮었다는 이야기와 함께, 문수동자와 한 길 물속을 건넜고, 문수동자가 자기를 만났다는 이야기는 아무에게도 하지 말라면서 사라진, 실로 엄청난 상황을 증언하는 중에 보살님이 새끼고양이들을 임자에게 데려다주고 오셨다.

"어이, 시원하다. 괜히 마음을 졸였잖아. 진작 그렇게 할걸."

그리고 보살님께서 방안으로 들어오셔서 벽장에 있던 종이두루마리 여러 장을 꺼내어서 펴보이시며 집사람에게 설명을 했다.

"이건 사람 사는 이야기이고, 이건 극락 가는 이야기인 모양이던데… 아무거나 한 장 골라 가져요."

잠시 후에 집사람이 나에게 와서 말했다.

"한 장 골라 가지래요. 아무거나 맘대로 골라보세요."

'아무거나 맘대로 골라보세요.'라는 말을 듣는 순간, '여기서 한 장 골라잡는 것이 스스로 자기의 내생來生을 골라잡는 것과 같다'는 느낌이 들었다. 내가 가서 두루마리들을 살펴보니 모르는 한문이 많아서 해석을 하지 못하고 이것저것 만지작거리기만 하였다. 아무리 들여다보아도 내용을 알 수가 없었기 때문에 스스로 한심하다는 생각이 들었다.

"이 한문을 잘 모르겠는데…"라고 중얼거리다가, 혼자 생각에 빠져들었다.

'혹시 '사람 사는 이야기'라던 두루마리를 골라잡으면 부귀영화를 누리며 살수 있지나 않을까? 부귀영화하면서 사는 것 이상으로 이 세상에서 사람이 할수 있는 가치 있는 일이 뭐가 또 있겠나.'

그러면서 여러 채의 큰 기와집을 가진 부자로 사는 상상 속의 내 모습을 그려보며 스스로 부러워하였다. 그때 집사람이 두루마리 한 장을 집어주었다.

"이걸로 하세요."

그 글은 보살님이 '극락 가는 이야기'라던 두루마리 같았다.

집사람은 간밤에 어미 잃은 새끼고양이를 따뜻한 가슴에 품어 자신의 과거 잘못을 속죄했으며, 부처님을 직접 뵙고 윤회가 있다는 확신까지 얻게 되어 세상 번뇌에서 벗어나는 길에 어떤 장애障礙도 없게 되었을 뿐만 아니라, 아침에 문수동자와 함께 한 길 개울물을 건넜으니, 이것은 집사람에게 말할 수 없이 큰 공덕이 될 것이었다.

그러나 그녀가 '사람 사는 이야기'보다 '극락 가는 이야기'라고 했던 두루마리를 선택한 것은 정말 대단한 것이었다.*

내가 생각했던 것처럼 '부귀영화를 누리며 잘 사는 삶'을 버리고, 아무도 증명할 수 없는 극락으로 가는 두루마리를 선택한 것은 정말 '빛의 세계'에 대한 그리움, 부처님 같았던 「박형」에 대한 믿음, 처음 결심대로 반드시 도사가 되어 중생들의 괴로움을 덜어주고 이상향을 이땅에 실현하겠다는 투철한 깨달음과 서원이 있어야 그렇게 할 수 있을 것이기 때문이다.

우리은 거기를 떠나서 여기저기를 정처 없이 떠돌다가 금계동으로 돌아왔다.

그리고 이틀 뒤에 「박형」께서 우리 토담집에 오셨다.

"서울 삼촌댁에서 몰래 빠져 나와서 멀리 섬까지 갔다가 왔어."

그 말을 하자 「박형」께서 단호하게 외쳤다.

"자네는 거기서부터 잘못되었네!"

나는 그 말씀에 불길한 무엇을 느꼈지만, 왜 무엇이 잘못 되었는지를 알 수가 없었다.

생각을 해보니 서울 삼촌댁을 빠져나오기 전에 집사람과 나의 정신에는 큰 차이가 있었다. 집사람은 벗어나는 오직 한 길을 끝까지 추구했고, 도사가 되겠다는 확고한 의지를 가지고 행동했기 때문에 양덕암에서 물 만난 고기처럼 활기찼다. 나는 내 생각으로 세상 삶에서 가장 바람직한 삶, 내가 희생하더라도 다른 사람 걱정을 덜어주는 것이 옳다고 생각했다가, (삼촌께서 저희를 입원시키려고 했는데) 그나마 반대로 도망쳤던 것이다. 그 기회의 땅인 양덕암에서는 잠만 잤고….

나는 「박형」에게 양덕암에서 얻어온 두루마리의 글을 보아줄 것을 부탁드렸다. (이순량李順亮이라는 낙관落款이 있음)

「박형」께서 두루마리의 글을 보며 해석하셨다.

"적을 소少자 아래에 흙토土자를 더한 것은 신선 선仙자, 제일 끝에 사람 시체 같이 생긴 글자는 앎 앎자다."

그리고는 잠시 후에 나갈 출出자를 가리키며 질문하셨다.

"그런데 왜 위에 있는 뫼산山자는 흘려 썼을까?"

나중에 깨닫게 되었는데, 한 줌 흙 속에 사는 사람은 신선이다. 그러니까 양덕암 보살님께서 '극락 가는 이야기인 모양'이라던 두루마리 글 〔거선출앏〕은 '신선처럼 욕심 없이 살다 앏을 떠난다'는 뜻으로, 신선처럼 살다가 마침내 해탈하고 열반涅槃한다는 의미이다.

부처님·하나님과 같아지고, 극락 내지는 잃어버린, 하나님의 에덴동산으로 다시 되돌아간다는 뜻의 〔거선출앏〕이었다.

그 다음날 선배가 「박형」과 함께 와서 글을 보여달라더니, 거선출앏의 마지막 앏자의 오른쪽에 있는 점을 가리키면서 말하였다.

"여기에 세 사람은 어디로 가나?"

(위의 그림에는 잘 나타나지 않고 있지만, 앏자의 오른쪽에 있는 점에는 사람 셋이 구름을 타고 출자의 위의 흘려쓴 뫼 산山자 쪽으로 날아가는 형상이 있음)

당시에 나는 왜 위에 있는 뫼산山자는 흘려 썼는지 그 이유를 어림짐작도 할 수 없었다. 「박형」께서 보여주신 변신하여 현신하는 신출귀몰한 능력들을 경험했으면, 왜 위에 있는 뫼산山자는 흘려 썼는지를 알아차릴만 했었는데도….

나는 출㠾자의 위에 있는 흘려 쓴 산山자처럼 자유자재한 불보살의 존재와 그분들의 차원 높은 신령계가 있고, 출㠾자의 아래의 투박한 산山자처럼 물성物性대로만, 업業대로만, 작용하는 현상계·이승이 있다는 사실을 깨닫지 못하고 있었다.

정말로 신령의 세계를 인정하고 깨닫는 것은 나에게 어려운 일이었다. 부처님이나 보살님의 존재는 나와 상관없다고 생각했고, 이승과 함께 있는 저승을 남의 이야기로만 생각하고 있었기 때문이다.

두루마리의 출㠾자의 위에 있는 흘려 쓴 뫼산 자는 자유자재한 신령들의 세계이며, 인간의 오감을 초월한 4차원 내지 고차원의 신령한 세계이기 때문에 흘려서 쓴 것이다.

「박형」께서는 아래의 뫼산山자인, 우리의 현상계와 신출귀몰한 신령의 세계가 함께 붙어 있다는 사실을 깨우쳐주기 위해서 '왜 위에 있는 뫼산山자는 흘려 썼을까?'라고 물으셨던 것이다.

「박형」께서 입산수도하실 당시에 사후세계를 스스로 체험해서 확인하겠다는, 오직 지극한 한 생각으로 '먹으면 죽는다는 열매를 따 드시고 신령세계를 한 3일 구경 잘하고 왔다'고 하셨다.

"산에 있을 때인데 어떤 할아버지가 약초藥草인가를 보여주시면서, '이 까만 열매를 먹으면 절대 안 돼, 죽는다!'고 하셨어. 무엇이 궁금해서, 내가 그중에 제일 큰 것으로 골라 따 먹었더니, 정말 아무 것도 안 보여, 깜깜해졌어."

그리고 얼마 지난 후에 「박형」께서 한마디를 던지셨다.

"그 후에 한 3일 구경 잘하고 왔다."

또 어느 날 약간 피곤한 모습으로 집 대문을 들어서면서 우리 내외에게 말씀하셨다.

"하늘만큼 먼 곳에 다녀왔어. 3일 동안 굶으면서…."

물론 하늘만큼 먼 곳은 천상이다. 「박형」께서는 본인 스스로 이렇게 천상세계를 다녀오셨으며, 당신께서 삼계(욕계·색계·무색계)를 수시로 넘나드는 삼계도사임을 그렇게 담담하게 일러주셨다.

도사의 경지

▶ 완전히 해탈한 사람을 우주의 큰 스승이란 뜻으로 삼계도사라고 한다. 음으로 양으로 중생들이 마음을 깨치게 하는 일에만 전력하시는데, 하나하나의 일거일동을 환하게 아시며, 몇 광년 밖에서 일어나는 일도 다 듣고 보시며, 중생이 생각하는 마음과 과거 현재 미래를 훤히 아시기도 하며, 물에 들어가도 가라앉지 않고 불에 들어가도 타지 않으며, 육신을 가지고도 지구 밖 다른 항성까지 날아다닐 수 있지만 좀처럼 그런 것을 나타내지 않는다. 보통은 발이 약 20~30센치 가량 떠서 날아다니기 때문에 가까이서 보면 알 수 있으나 멀리서 보면 모를 정도다. 　　　　　오영구 스님의 『진리의 문』에서

4. 신령계의 실세實勢, 생사를 넘나든 문수보살

『불교성전』(1989년/ 邦文社)에 있는 글부터 소개를 한다.

❀

그 때 문수사리文殊師利 법왕자法王子는 세존께 말씀드렸다.

"세존이시여, 먼 옛날 조명照明이라는 시대에 나는 360억 세世에 걸쳐서 독각獨覺의 가르침으로 열반涅槃에 들었던 것을 기억하고 있습니다." (중략)

이에 사리불이 여쭈었다.

"세존이시여, 일단 열반에 들기만 하면 다시는 이 세상의 생활로 돌아와 생사生死를 계속할 까닭이 없다고 생각합니다. 지금 문수사리가 열반에 들어갔는데, 또 다시 세상에 나온 것은 어찌된 까닭입니까?"

"너는 문수사리에게 묻도록 하여라. 그 자신이 대답해 줄 것이다."

하여 사리불이 문수사리에게 물었다.

"만약 열반에 들어갔다면, 어떤 세계에도 다시 태어나는 일이 없을 것이다. 그런데 당신은 세존께 '나는 먼 옛날 조명이라는 시대에 360억 세世에 걸쳐서 독각의 가르침으로 열반에 들었다.'고 말하였소. 어찌된 까닭입니까?"

문수사리는 말하였다.

"여래께서는 지금 여기에 계십니다. 그리고 그 분은 모든 것을 알고 있는 분이며, 모든 것을 투시하는 분이며, 진실을 말하는 분이며, 사람을 속이는 일이 없는 분이오. 또 세간의 하늘이나 사람들 누구도 속일 수 없는 분입니다. 내가 말한 것은 부처님 스스로 증명하고 인지해 주셨습니다. 만약 내가 틀린 말을 한다면 부처님을 속이는 것이 될 것입니다.

사리불이여, 그 조명이라는 시대에 불사라는 이름의 부처님이 세상에 출현하시어 세간의 천인天人들을 이롭게 한 다음, 열반에 드셨습니다.

이 불사불께서 열반에 드신 후, 10만 년까지는 불법이 행하여지고 있었으나, 그 법이 멸한 뒤에는 독각의 가르침에 의하여 제도濟度되는 인연이 있었습니다. 그들은 비록 백천 억의 부처님이 이 사람들에게 설법한다 할지라도 믿고 받아들이려고 하지 않았습니다. 다만 독각의 모습이나 위의威儀, 교법敎法에 의해서만 해탈을 얻을 수가 있었던 것입니다.

그래서 이들 중생은 모두 독각의 도를 지향하고 있었으나, 이때 독각이 세상에 출현하지 않고 있었으므로 당연히 이들 중생은 선행을 쌓을 인연을 발견하지 못하였습니다. 나는 그때, 그들을 교화하기 위해 '나는 독각이다'라고 자칭自稱하였으며, 모든 나라와 도시와 취락에서 누구나가 나의 모습을 독각으로 인정하였습니다.

그때 내가 그들을 위해서 독각의 모습, 위의를 보이면, 그들은 깊이 공경하고 내게 음식을 공양했습니다. 나는 공양을 받고 그들의 옛날 인연을 고려하여 들려주어야 할 가르침을 그들을 위해 설했습니다. 그런 다음 기러기처럼 허공을 날아올랐습니다. 그때 그들은 크게 환희하고 공경하며 머리를 지면에 대고 나를 향해 예배했고, 미래세에도 모두 지금 이 사람과 더불어 법의 이익을 얻을 수 있게 되기를 발원했습니다.

사리불이여, 나는 이와 같은 사정으로 무량무수한 중생에게 선행을 쌓게 하였습니다. 그리고 그들이 내게 음식을 공양하는 일을 권태롭게 생각하는 것을 알았을 때, 나는 열반에 들 때가 왔다고 알렸습니다. 백천의 사람들은 이 말을 듣고 각각 꽃과 향 잡향雜香 소유蘇油를 가지고 내게로 찾아왔습니다.

나는 그때 멸진정滅盡定*에 들어갔습니다. 이것은 중생을 구하기 위해서였을 뿐, 정말로 멸진정에 들어간 것은 아니었지만, 그들은 내가 숨을 거두었다고 생각하고 나를 공양하기 위해 향과 장작으로 내 몸을 태웠고, 내가 참으로 입멸入滅했다고 생각했습니다.

---

* 멸진정滅盡定 : 번뇌가 거의 소멸된 상태의 선정. 이 경지는 거의 무여열반無餘涅槃의 적정寂靜과 비교되는 소승의 최고 선정.

그 뒤, 나는 다시 다른 나라의 대도시로 가서 독각이라고 자칭하였으며, 그 도시의 사람들 역시 음식을 가지고 와서 내게 공양했습니다. 나는 거기서도 열반에 드는 것을 시현했고, 그들도 또한 내가 입멸하였다고 생각하고 모두 모여서 공양하고 내 몸을 다비茶毘했습니다.

사리불이여, 이렇게 해서 일소겁一小劫이라는 세월이 지나 360억 세世 동안, 독각의 모습이 되어 열반에 드는 것을 시현했습니다. 수많은 대도시에서 나는 항상 독각의 가르침으로 36억의 사람들을 제도했습니다. 사리불이여, 보살은 이와 같이 독각의 가르침으로 열반에 들더라도 진실로 열반에 들어가는 일은 없습니다."

문수사리가 이와 같이 말했을 때에, 삼천 대천세계大天世界는 여섯 가지로 진동하고 광명은 두루 세계를 비추었다. 천억의 천인들은 문수사리를 공양하여 갖가지 천화天華(하늘꽃)를 비처럼 뿌리고 다음과 같이 말했다.

"참으로 희유한 일입니다. 우리들은 오늘 커다란 이익을 얻었습니다. 불세존을 만나 뵙고 문수사리를 만나 수능엄삼매의 설법을 들을 수가 있었습니다."

「박형」의 능력도 이와 같았다. 「박형」께서 몇 번 귀띔하셨다.

"다른 농사하러 가야겠다."

그리고 얼마 후에 '풍기 오거리에서 지상 최고로 성대한 부활절復活節행사가 있다.'던 날에 돌아가셨고, 몸을 감추셨다. 그리고 10년 후에 오셔서, '나중에 꼭 다시 물어볼 테니 잊지 말라.'하셨던 "해부가 영어로 지오로지입니까?"를 물으셨던 일 등, 다른 사람의 모습으로 몇 차례 오셨는데, '흰 고무신 신고 혼자 큰 산 쪽으로 가신'「박형」께서는 지금 문수사리 대보살님처럼 어디에서 '다른 농사'하고 계실 것이다.

신령계의 실세이신 성령의 전지전능한 능력을 사람들은 보고도 믿지 않고 듣고도 실감하지 못한다. 오직 자신의 눈과 귀로 보고 들은, 오랫동안 현상계에서 경험한 것만을 실재한다고 받아들이기 때문이다.

사람이 볼 수 있는 색이나 가시광선可視光線의 영역이 얼마나 협소하고, 사람이 들을 수 있는 주파수의 범위〔가청범위〕가 얼마나 보잘것없는지를 알지 못하기 때문만은 아닐 것이다.

5. 큰스님께서 신령(나한)을 만나다

☀

우룡큰스님의 기도성취영험담 모음집인 『기도이야기』를 통하여, 신령의 세계에 계신 신령을 간접적이긴 하지만 우리도 한 번 만나보자.

❀

수십년 뒤 나는(우룡스님) 강화 보문사에 가서 7일 동안 나한羅漢 기도를 했습니다. 그때는 은사이신 고봉古峰스님을 모시고 글을 배우는 시절이었으므로 나의 원願도 경전공부와 관련이 있었습니다.

"부처님의 경전을 공부하는 동안 나의 지혜가 남에게 뒤지지 않게 하옵소서."

그때는 강화 보문사에 요즘처럼 많은 사람이 오지 않았습니다. 기도객도 많을 때는 대여섯 분, 어떤 때는 혼자서 기도를 하는 그런 시절이었습니다. 주지를 맡은 노스님이 기도객 각각에게 다기와 목탁을 나누어주면, 부처님 앞에 올리는 다기물을 각자가 받아서 올리고, 목탁도 각자가 쳤습니다. 다만 제일 먼저 와서 터를 잡은 사람의 목탁소리에 자기의 목탁소리를 맞추어야했습니다.

당시만 해도 나는 무슨 일을 하든지 누구에게 지기 싫어했던 시절이었으므로, 특별한 가르침을 줄 만한 어른이 있으면 악착같이 찾아가 배우고 익혔습니다. 나한羅漢 기도를 할 때도 마찬가지였습니다. 남에게 지기가 싫어 남보다 먼저 일어나서 법당으로 갔고, 남보다 늦게까지 법당에 남아 목탁을 두드리며 독하게 '제대성중諸大聖衆'을 외쳤습니다.

그런데 7일 기도의 마지막 날 밤이었습니다.

그날도 늦게까지 기도를 하고 내려와 잠깐 누웠는데, 잠결에 목탁소리가 들려왔습니다. '아차 늦었다'는 생각에 앞도 뒤도 돌아보지 않고 간단히 세수를 한 다음, 다기물을 떠서 법당에 올라가보니 아무도 없었습니다. 한밤중인지 새벽이 되었는지도 알 수가 없었습니다.

그러나 법당에 올라왔으므로 천수경을 외우고 정근을 시작했습니다. 시간이 지나자 기도객들이 들어왔고, 그 사람들에게 밀려 불단 바로 앞에서 목탁을 치며 '제대성중, 제대성중'을 불렀던 것까지는 분명히 기억이 납니다.

그런데 '아차' 하는 짧은 순간이었습니다. 내 몸이 함께 정근하고 있던 사람들의 머리 위를 날아, 법당문 밖에 떨어진 것입니다. 가사 장삼을 입은 채로 마당으로 날아가 엉덩방아를 찧으며 넘어졌고, 그렇게 한 참을 있다가 일어났습니다.

어떻게 된 영문인지 도무지 생각도 나지 않고 상상도 안 되는 일이 일어난 것입니다. 그때 목탁은 놓아버렸는지 들고 나왔는지, 어떻게 날아갔는지 전혀 기억이 나지 않았습니다.

'기도를 잘못하여 나한님이 꾸지람을 하고 벌을 주는 것인가?'

대중방에 내려와 미닫이문에 등을 대고 무릎을 부여잡고 앉아 있으니 주지스님이 와서 달래주셨습니다.

"기도 잘했는데 왜 그러고 있느냐? 기도 성취했다."

"성취가 어디 있습니까? 벌 받았는데요."

순간 나는 설움이 복받쳐 훌쩍훌쩍 울었습니다.

"벌 받은 게 아니다."

그러나 주지스님의 말씀도 귀에 들어오지 않고 그저 부끄럽기만 했습니다. 그러다가 나도 모르는 사이에 앉은 채로 잠깐 잠이 들었는데, 잠 속에서 어떤 노스님이 오셔서 손으로 턱을 톡톡 쳤습니다.

"얼굴 좀 들어봐라. 이놈아, 네가 미워서 그런 게 아니다. 하도 코 밑까지 다가와서 '제대성중'을 외쳐대니 귀가 얼마나 따가웠겠느냐? 그래서 너를 살짝 밀었더니 그만 그렇게 되었구나. 네가 잘못한 것이 없으니까 걱정하지 말아라. 기도 잘했다."

나는 그와 같은 가피를 입었을 뿐만 아니라, 보문사 주지스님이 회향할 준비를 다 해주셔서 무사히 기도를 마쳤습니다.

기도를 잘하면 부처님의 가피력으로 여러 가지 묘한 영험이 나타나게 되어 있습니다. 중생심으로는 추측도 상상도 할 수 없는 것이 대우주의 신비이고 대우주의 모습입니다.

§

조금도 의심할 여지가 없다. 분명 신령계의 실세이신 문수사리보살 같은 대보살님들과 나한님들 같은 성령이 우리와 항상 함께 계신다.

6. 신령계를 보는 눈, 영시靈視

어느 날 내가 「박형」과 함께 길에 서 있었는데, 「박형」을 「박형」이라고만 부르는 선배가 누가 초대라도 한 듯이 불쑥 나타나서 「박형」을 보자마자 여쭈었다.

"「박형」, 내가 그 전에 산에 가 있을 때 수염이 하얗고 신선처럼 풍채가 좋은 할아버지 한 분이 오셔서 이것저것 이야기를 하시다가 가시곤 하셨는데, 언제쯤 오시겠다고 하시면 어김없이 그때 나타나셨어요.

보통 사람과 똑같이 말씀도 하시고 놀다가 가셨는데, 그게 어떻게 된 일인가요?"

「박형」께서 대답하셨다.

"약간 안개眼開가 있었던 모양이구먼."

그때 나는 '혹시 나타나셨던 신선처럼 풍채가 좋은 분이 「박형」은 아닐까'하면서 선배와의 대화가 끝나기를 기다렸다가, 내가 당했던 알 수 없는 일에 대하여 자신 없는 소리로 「박형」께 여쭈었다.

"잠을 자는데 비몽사몽간에 머리 정수리에서 바람처럼 쉿- 쉿- 소리를 내면서 무엇이 길게 나가는 것 같았는데, 잠시 후에 그것이 용천혈湧泉穴 부근으로 스멀스멀 들어왔어. 그게 어찌된 것인지…?"

"자네도 약간 안개가 있었던 모양이구먼…."

'안개? 뿌옇게 눈앞을 가리는 작은 물방울? 아니면 새끼강아지가 시간이 흘러 눈을 뜨듯이 내가 잠시 신령의 세계를 느끼는 눈을 떴다는 뜻의 안개眼開란 말인가?'

어리둥절해진 나는 「박형」을 다시 쳐다보았고 나의 정황을 간파한 「박형」께서 재차 확인을 해 주셨다.

"자네도 분명히 조금 안개가 있었네."

그 '안개'는 내가 혼령의 세계를 느꼈다는 뜻이 분명했다.

「박형」께서는 사람 몸속에 깃들어 있는 무엇(영혼·魂魄)이 머리 정수리의 백회百會와 발바닥의 용천혈湧泉穴을 통하여 밖으로 나갔다가 들어갔다 한다는 것과, 수행이 깊어지면 도사님께서 직접 나타나 가르침을 주신다는 사실을 이렇게 알려주셨다.

히말라야 성자 밀라래빠님께서는 신령을 볼 수 있으려면 수행하여 영시靈視가 되어야 한다고 밝혀주셨다.

"천신天神들 중 많은 존재들은 아나함阿那含의 경지境地 및 그에 상응하는 경지에 도달해 있단다. 이들을 보기 위해서는 무명無明의 업장業障이 거의 걷히어 완전히 영시靈視가 되어야 한다. 만약에 천신들의 우두머리인 사천왕四天王이나 제석천왕 등을 보게 되면 그에 딸린 천인天人들도 볼 수 있게 된다."

7. "벗어나는 길은 오직 이것 한 길뿐이다."

모든 성인께서 이 세상에 오셔서 우리에게 행동으로 보여주셔서 본받게 하시고, 깨우쳐주신 가르침의 진수眞髓는 '욕망의 속박에서 벗어나 자기가 주인 되는 오직 이것 한 길'이다.

석가모니부처님의 팔만사천가지 절절한 가르침이 바로 이것이며, 예수님께서 죽음으로 보여주셨던 희생 속에 깊이깊이 묻어둘 수밖에 없었던 말씀도 이것이고, 인생살이의 윤리도덕을 강조하시던 공자님께서 마음속으로 짚어주신 깊은 가르침 역시 결국에는 모든 욕망을 이기고 '그 속박에서 벗어나 자기가 주인 되는 오직 이것 한 길'로 함께 가자는 말씀과 별로 다르지 않다.

모든 길은 로마로 통한다는 말처럼 '욕망이라는 것(마귀)의 속박에서 벗어나는 길은 오직 이것 한 길뿐'이기 때문이다.

「박형」께서는 '벗어나는 길은 오직 이것 한 길'을 비유로써 알려주셨다.

❀

젊은 「박형」께서 어느 절에서 공부를 하던 때, 하루는 공양시간이 되어서 방을 나서는데, 정말 마음에 드는 아가씨를 만나게 되었다. 아름다운 용모, 맑고 다정한 목소리, 교양 있는 행동까지 그녀는 모든 것이 나무랄 데 없는 매력 넘치는 규수閨秀였는데, 가끔 밖에 나왔다가 만나서 이야기를 해 보니, 한문이나 동양철학은 물론이요 불교에 대해서도 아는 것이 많고, 마음씨도 착하였다. 그야말로 모든 것이 참으로 훌륭하였다. 그래서 몇 번 대화를 나누었는데 대화를 나눌수록 점점 더 그녀에게 마음이 끌리는 것이었다.

한 마디로 그녀는 「박형」께서 그 한문선생에게 배운 『시경詩經』에 나오는 가장 이상적인 여성이라고 하는 요조숙녀窈窕淑女였다.

나중에는 그녀 생각 때문에 공부는 뒷전이 되었다. 마치 사람들이 세상의 감각적인 욕망과 행복만을 추구하는 것처럼, 그녀만을 생각하게 되고 말았다. 아름다운 모습과 귓가에 쟁쟁한 다정한 목소리, 생각하면 할수록 교양 있는 인품, 그녀에게는 모든 것이 있고, 자신을 행복하게 만들 수 있는 존재는 오직 그녀뿐일 것 같았다.

심지어 밥상에서도 그녀 얼굴이 떠오르고, 책장을 넘기면 책장마다 그녀 얼굴이 떠올랐다. 창문에서도, 천장에서도, 나중에는 창밖 나뭇가지마저 모두 그녀 얼굴이었다. 시간이 지날수록 점점 더 그녀 생각이 머릿속에 꽉 차서 공부를 포기해야 될 형편이 되었다.

「박형」은 번민하기 시작했다.

'공부를 중단할 것인가? 아니면 계속할 것인가? 이대로 나가면 모든 것이 끝이다.'

거기까지 생각이 미쳤을 때 그는 결심을 했다. 방문을 안으로 닫아걸고 불철주야로 책을 읽기 시작했다. 먹지도 않고 자지도 않고 책만 읽었다.

처음에는 아무리 애를 쓰고 정신을 집중하고 책을 읽어도 그녀 얼굴만 떠올랐고, 책 내용이 머릿속에 들어오지 않았다.

하지만 그렇게 이틀 삼일 불철주야 책읽기를 계속하였더니 차츰 생각이 정리되고, 사흘 닷새 지나자 맑은 정신이 들어 책 내용이 조금씩 머리에 들어왔으며, 열흘이 되어서는 완전히 제정신으로 돌아와 그녀의 환영幻影에서 풀려나게 되었다.

"그리고 난 뒤에 문 밖에 나가서 다시 그녀를 만났더니 덤덤하더라."

"거기서 벗어나는 길은 오직 이것 한 길뿐이다."

라고 하시며 특별히 힘주어 말씀하셨다.

8

「박형」의 이 말씀은 젊은 남녀 사이에 있는 '그 행복이나 그리움이라는 감정에서 벗어나는 길은 오직 이것 한 길뿐'이라고 일러주신 것 같지만, 그 참뜻은 비유比喩로써, 세상의 욕망에서 벗어나는 바른 한 길을 들어내신 것이다.

'창밖 나뭇가지'마저 자신의 욕망에서 그려낸 환영幻影이며, 청정한 마음에 자리 잡은 유혹의 실체이며, 불가佛家에서 말하는 108번뇌이고, 자기 욕망이 지어낸 요조숙녀일 뿐이며, 그렇게 욕망이 만든 세상의 부귀영화라는 망상과 그것에 사로잡힌 구속에서 '벗어나는 길은 「박형」처럼 그렇게 수행하는 이것 한 길'뿐임을 밝히신 가르침이다. 석가모니부처님처럼 목숨 걸고 수행하여 해탈하는 수밖에, 거기서 벗어나는 다른 길은 없다는 말씀이다.

'문을 닫아걸다'는 것은 출가出家하여 조용한 곳(무극)에 가서 밖으로 달리는 마음을 안으로 돌리라는 말씀이다.

'열흘이 다 되어서'는 그렇게 덤덤하게 될 때까지 열 번 죽었다가 다시 열 번이라도 태어나서, 오직 이것 한 길, 해탈·성불하는 길로만 나아가라는 간절한 가르침이다.

결국에 '덤덤하더라.'는 걱정거리〔煩惱〕가 없어졌다는 뜻으로, 청정한 본마음을 되찾았다·해탈했다·벗어났다는 의미이다.

그 옛날 카필라국에 왕자로 태어나 장차 왕좌를 물려받아 임금이 될 싯다르타(Siddhartha)태자께서 쾌락과 부귀영화를 버리고 왕의 궁성宮城을 뛰쳐나와 설산雪山 수행하셔서 해탈·성불하신 것처럼, 영원한 행복과 대자유를 성취하는 길은 욕망을 떠나서 마음 비우는 길, 무극에 이르는 길, '오직 이것 한 길뿐'이라는 귀중한 가르침이다.

모든 것을 보신 「박형」께서는 이르셨다.

"세상에는 빨간 불과 파란불이 전쟁터 총알처럼 오고간다."

또 이미 불타는 집으로 비유된 인간세상 모습에 대해 이르셨다.

"높은 곳에서 내려다보니, 암수호랑이가 싸운 곳이 마치 전쟁터 폐허廢墟같더라."

8. 쉽게 벗어나는 법

아무도 없는 곳에서 하나씩 상대해서 이겨 나가다.

「박형」께서 부모님과 함께 금계동으로 처음 이주해 왔을 때, 「박형」께서는 동네 토박이들의 괴롭힘을 받았다. 그들의 텃세 때문이었다. 「박형」의 심성이 어진지라 웬만하면 그냥 참고 지나가자, 동네아이들은 그게 재미가 있었던지 마주치기만 하면 「박형」을 놀려먹거나 괴롭히는 것이었다.

「박형」께서 초등학교 전학을 하고 가만히 생각해보니, '이대로는 안 되겠다' 싶었다. 하여 등교하거나 하교를 할 때 일부러 동네아이 하나씩과 동행을 했다.

금계동에서 학교까지 등하교登下校길은 약 2Km 정도인데, 둘이서 아무도 보지 않는 한적한 곳에 이르면 「박형」은 일대일로 상대하여 괴롭히던 아이들을 하나하나씩 항복 받기 시작했다.

물론 「박형」께서는 또래 중에서 몸집도 좋고 힘도 셌다. 그러니 한 아이씩 상대할 적에는 그 누구도 적수가 되지 못하였다. 차례로 하나씩 이겨 나갔다. 나중에는 금계동에서 제일 힘세고 싸움 잘한다는 아이마저 이겼다.

그리고 나니, 「박형」을 놀릴 사람도 괴롭힐 사람도 없었다. 나중에는 「박형」이 세다는 소문이 퍼져서 전교 학생 중에 제일 힘세고 싸움 잘하는 아이까지 「박형」과 겨루려고 날을 잡아서 금계동으로 쳐들어갔었다고 한다.

그때 그는 「박형」이 어디 있는지 찾을 수 없었다. 이 이야기는 힘세고 싸움 잘했던 그 사람이 직접 들려준 이야기이다.

사실 「박형」께서 이렇게 동네아이들을 항복 받는 이야기는 석가모니부처님께서 수행하실 때 마군중과 마왕魔王을 항복 받는 상황들과 대비對比되는데. 「박형」께서 동네아이들을 비유로 삼아 욕심을 항복 받는 쉬운 방법을 말씀하셨던 것이다.

"내가 처음 이 동리로 이사를 오니까 텃세가 심했어. 이래서는 안 되겠다 생각하고, 학교에 갈 때나 집으로 올 때 아무도 없는 곳에서 하나씩 상대해서 이겨 나가니, 그렇게 힘들게만 느껴지던 것들을 쉽게 이길 수가 있게 되었어."

이 비유는 「박형」께서 자기를 괴롭히는 동네아이들을 '아무도 없는 곳에서' 하나하나씩 상대하여 항복 받았듯이, 모든 번뇌煩惱에서 벗어나 성불하기를 원하는 사람은 다섯 가지 본능적 욕망*과 성내는 마음과 어리석은 마음, 그리고 교만驕慢과 거짓말, 원망하는 마음과 비방하는 마음, 바르지 않은 소견所見, 의심疑心, 게으름 등등을 '자신의 마음바탕에서 하나씩 상대하여 항복받으라.'는 말씀이다.*

성인들께서는 왜 세상 모든 것에서 욕심(특히 성욕)을 버리라고 하셨을까? 감각적 욕망, 곧 감각적 욕망이 포함된 탐진치貪瞋痴가 적을수록 더 행복한 삶, 향상하는 삶, 천상으로 향하기 때문이다.

지금은 아니지만 그 옛날에 감명 깊게 읽으며 분명히 그럴 것이라고 내가 철석같이 믿었던, 미국의 베스트셀러『신념의 마력魔力(Magic of Believing)』(클라우드 브리스톨 저著)에는 '잠재의식에 닿는 강력한 염원念願은 반드시 이루어지므

---

* 다섯 가지 욕망 : 재물욕財物欲 · 색욕色欲=性欲 · 음식욕飲食欲 · 명예욕名譽欲 · 수면욕睡眠欲의 다섯 가지 본능本能을 일컬음. 또 다섯 가지 감관感官;눈, 귀, 코, 혀, 몸으로 그 대상인 객관을 대하여 좋은 것, 싫은 것 등을 따라 욕망을 일으키게 되는 바, 눈은 좋은 빛깔이나 모양을 보면 좋아하고, 코는 좋은 향내를 좋아하며, 입은 맛있는 음식을 즐겨하며, 몸은 부드럽고 뜻에 맞는 촉감을 좋아하며, 다섯 가지 본능적 욕망을 일으키므로 이것은 인간을 맹목적인 데로 이끌고 무명無明을 증장增長시키는 다섯 가지 욕망이라 함.

로, 누구든지 소원성취를 하려면 스스로 자신에게 암시를 주고 강한 신념으로 소원이 성취되기를 염원하라'고 권하고 있다.

이는 자기 능력이나 주어진 여건與件을 생각하지도 않고, 돈이 사람을 따라야 되는 인과因果마저 무시하면서, 그 소원이 무엇이든 결국에는 이루어진다는 신념을 가지고 계속 추구하라고 부추기는 것이다.

한편으로는 그럴싸해 보이는 주장인 것 같지만, 모든 것을 보셨던 부처님 가르침은 이것과 조금 다르고 더욱 지혜롭다.

교역되고 성불해야하는 우리의 인생에서 꼭 필요한 지침서 같은 내용을 간결하게 축약하여 설법하신 순일스님의 TV법문이다.

✿

"부처님께서는 성공하는 것은 탐욕을 가지고 성공하는 것이 아니라, 계戒를 지키며 나태하지 않고 열심히만 하면 모두 성공한다 하셨어요.

계율戒律을 잘 지키는 자는 방일放逸, 거리낌 없이 제멋대로 놀지 않고 열심히 하므로 살아서 많은 재물을 모을 것이며, 어떤 회중(모임)에 들어가더라도 떳떳하고 당당할 것이요, 죽을 때에 여행하듯이 깨끗하게 준비하고 죽습니다.

그리고 죽은 뒤에 바로 천상세계에 태어나 있게 됩니다.

'잘 먹고 잘 살자.' 여기까지는 기존의 많은 종교와 똑 같습니다.

그런데 부처님께서는 '마침내 초월超越하자. 높은 단계의 신神을 포함하여 탐욕이 있는 존재存在 자체가 괴로움이다.'라고 선언해버렸습니다.

눈치챘겠지만 '마침내 초월하자.'는 것은 브라만교나 힌두교 등등 기존 종교의 패러다임(paradigm;틀)을 바꾼 것입니다.

그런데 초월하면 성취되는 것이 무엇인지를 그들은 이해하지 못했습니다. 이 세상에서 경험하고 성숙해야 되는데, 초월해야 한다고 하니 그들이 오히려 부처님을 성숙파괴론자成熟破壞論者라고 비판했어요.

윤회에서 초월超越함이 궁극이고 해탈입니다, 윤회하면서 더 높은 천상으로 가는 법칙의 첫 번째는 '탐진치가 적을수록 높은 세계로 간다.'는 것입니다.

그러면 탐진치가 완전히 소멸한 자가 있다면, 이분은 허물이 있나요? 없나요?

허물 제로(Zero).

죄가 있나요 없나요?

죄가 제로(Zero), 100% 깨끗하겠지요?

그렇다면 제일 깨끗한 분이 제일 높은 분이어야 이치에 맞나요?

조금 전에 나는 신神들도 탐욕이 있다고 말했습니다. 천상가려는 목적이 있으니까. 신들의 탐욕이 인간만큼 많지는 않지만…. 그리고 화(성냄)도 조금 있어요.

만약 신들보다 탐진치를 완전히 소멸한 분이 있다면, 허물이 없고 죄도 없다면 신보다 더 깨끗한 것 아닙니까?

그분이 누구인가? 바로 붓다(Buddha)입니다. 그래서 그분을 신들의 스승 '삼계三界의 도사導師'라고 하는 것입니다.

사실 신들의 세계가 없다면 여기서 종교를 한다는 게 이상한 짓입니다. 그냥 100년 안팎의 삶을 잘먹고 잘 살면 그만이지요.

중간 결론을 쉽게 이야기하면 탐진치가 적을수록 이 삶에서 많은 재물을 모아 잘 살고, 죽은 다음에 바로 높은 천상세계로 가고, 수명壽命·명성名聲·명예名譽·행복幸福이 다 커집니다.

다른 한편 탐욕이 커지면 명성보다 악명惡名이 쉬울 것이고, 이번 삶에서 욕심은 채우게 될지는 몰라도, 내면은 불행하고 주위와 싸움이 많이 벌어질 것이고 죽어서 천상에 못갈 것입니다.

III

음의陰儀

*

☯ 음의는 현상계

차 례

1. 음의는 현상계 · 이승의 모든 것

어느 날 「박형」께서 떠나실 때가 된 것을 알려주려고 그러셨는지는 모르겠으나, 음양의 두 세계가 다 보인다고 하셨다.

"요즘 며칠 사이에 한 개가 두 개로 보여. (손으로 기둥을 가리키면서) 예를 들면 기둥 한 개가 기둥 두 개로, 신발 두 쪽이 넷쪽으로 보여. 음양, 이승과 저승이 있는 것 같이. 죽을 때가 가까웠는지."

그 당시에 나는 「박형」께서 많이 늙으셔서 '기둥 한 개가 두 개로 보이고 신발 두쪽이 넷쪽으로 보인다'는 말씀을 하셨다고도 생각했고, 다른 한편으로는 「박형」께서는 그렇게 '음양, 이승과 저승'이 다 보인다고 하셔서, 우리 내외로 하여금 저승과 이승이 실제로 존재한다는 사실을 깨우쳐주시려고 그렇게 말씀하신 것 같다고 생각했다. 「박형」이라면 그렇게 말씀하실 수 있을 것이다.

어떻든 여기 현상계는 「박형」께서 말씀하셨던 '공자의 역'이 적용되는 이승이다. 각각 자신의 이익을 위하여 목숨 걸고 경쟁하는 곳이고, 돌고 도는 인간사가 펼쳐지는 무대이며, 세상이치를 배우는 실습학교이다. 동시에 이승은 천상으로 가는 사다리가 있는 곳이며, 마침내 「살아서는 성인, 죽어서는 성령」으로 탈바꿈하는 곳이다.

✱ 성령께서 우리에게 현상계의 실상을 어떻게 보라고 가르치셨을까?

그냥 보면 현상계의 모든 것은 물질, 그 자체인 것 같은데, 전지전능하신 「박형」께서 다섯 살 어린아이의 입을 통하여 현상계의 본질이 어떤 것인지 알려주셨다.

정말 놀랍게도 다섯 살 어린아이가 또렷하게 「박형」처럼 말했다.

"이 세상 모든 것은

첫째, 빨강 파랑 노랑이다.

둘째, 네모(□).

셋째, 겁주는 것이다."

· '이 세상 모든 것은 첫째, 빨강 파랑 노랑이다.'

이 세상 모든 것이 빨강 파랑 노랑〔삼원색〕이라는 말이 의미하는 것은 빛〔光明〕을 반사하며 물질의 성질대로 만들어진 형체가 있는, 그래서 본질은 광명이고 현상계는 허망한 것이라는 뜻일 수도 있다. 신령의 세계는 '빛의 세계'이고 본질적으로 광명光明인 반면에, 현상계는 빛을 흡수하고 반사하여 나타나는 〈색色의 세계〉이기 때문이다.

분명 색이 이 세상 모든 것의 본질이므로 거기에 집착하지 말라는 뜻이기도 하다. 불교에서는 〈물질의 세계〉인 현상계는 허망한 것으로, 각자의 생멸 변화하는 색온色蘊·수온受蘊·상온想蘊·행온行蘊·식온識蘊의 오온五蘊이 만들어 낸 허상이라며, 거기에 이끌리고 집착하지 말라고 설한다.

각자의 감각과 생각대로 받아들이고 모아둔 오온은 실체가 아닌 것으로, 꿈 같고 환상 같고 물거품 같고 그림자 같고 이슬 같고 번갯불 같으며, 무상無常하여 항상 변화한다. 그런고로 현상계의 어떤 것에도 욕심내지 말고 집착하지 말라고 한다. '각자各者'는 어느 분의 말씀처럼 각각 자기가 만든 가상현실假想現實 같은 자신이 만든 세상에 살고 있다는 의미이다.

실제로 우리의 실체가 광명(신령)이라고 확신한다면, 또 세상이 육체속에 들어와 있는 영혼의 체험학교라고 믿는다면, 눈·코·귀·입·감촉과 같은 육체의 감각기관에서 받아들인 정보는 두뇌라는 물질 속에 뿌려진 가상의 정보일 수 있겠다.

「박형」께서 깨우쳐주신 것처럼, 창밖의 나뭇가지나 요조숙녀마저 자기의 생각이 만든 "허망한 것"일 수 있으며, 때로는 그것이 우리가 풀고 나가야 하는 시험문제이거나, 인간의 욕망을 자극하는 마귀의 달콤한 유혹이거나, 내지는 끈적한 함정이고 덫일 수 있다.

한 걸음 더 나아가서 생각하면, 현상계에 존재하는 무엇이 잠재의식이나 무의식세계, 고차원의 '빛의 세계' 곧 신령계에는 존재하지 않을 수도 있기 때문이다. 설사 존재하더라도 존재가치가 없을 수도 있기 때문이다. 이 세상의 모든 것들, 인간이 추구하는 이 세상의 명예나 부귀영화나 돈이나 재물이 저 밝은 천상에서는 전혀 어울리지 않고 필요 없는 것처럼.

실제로 이 세상 모든 것을 빨강 파랑 노란색으로만 바라볼 수 있으면 어떨까? 욕심을 부릴만한 대상이 없어지지는 않을까?

(최근 양자역학(Quantum mechanics)에 따르면, 사람이 관찰하기 전에는 물질이 존재하지 않는다고 했다, 또 누구는 주장했다. "우리가 어쩌면 단지 오감을 통해서 받아들이는 정보에만 의지하여 세계를 인식하는 것은 아닐지도 모른다", 그리고 「홀로그램 우주」를 말한다.)

· (이 세상 모든 것은) '둘째, 네모(□)'

이 세상의 모든 것, 현상계가 네모(□)라는 의미는, 모든 사물事物이 법칙과 물성物性대로만 작용하기 때문에 방정方正하므로 네모(□)라고 말한 것이다.

「박형」께서는 단언하셨다.

"모든 것은 이理다."

『주역』에서도 하늘은 둥글고 땅은 네모(□)라고 하는데, '이 세상 모든 것은 네모'라고 하는 뜻은 현상계의 모든 법칙, 곧 물리학, 화학, 생물학, 지질학, 천문학 등등의 법칙이 반드시 이미 정해진 물성대로만 작용한다는 의미이다.

그리고 물론 대도사님의 말씀처럼 '모든 것은 이理'기 때문에, 우리는 이치대로 바르게 살고 이치가 가르치는 길을 따라 향상일로로 나아갈 수 있다. 말씀은 세상사에 휘둘리지 말고, 자신이 주인이 되어서 향상의 한길로 나아가라는 가르침이고….

곤괘坤卦 육이六二는 직방대直方大 불습不習 무불리无不利 (바르고 방정하고 크다. 익히지 않아도 이롭지 않은 것이 없다.)이다.

여기 현상계는 네모(□)이며, 모든 것이 이치대로 물성대로 작용하므로 이치에 합당하게 순리順理로 행하면 이롭지 않은 것이 없다. 그러므로 누구나 그 마음씀씀의 크기에 따라 그에 합당한 능력과 지위와 삶이 주어진다.

「박형」께서는 "책들 중에 『명심보감明心寶鑑』이 제일 잘된 책이다."라고 정리하셨는데, 그 『명심보감』의 첫장 첫구절에는 이 말씀이 있다.

"착한 일을 하는 이에게는 하늘이 복을 주고, 악한 일을 하는 이에게는 하늘이 화를 내린다."

공자님의 이 말씀처럼, '착한 일을 하는 이에게는 하늘이 복을 주고, 악한 일을 하는 이에게는 하늘이 화를 내린다.'는 이치가 틀림없이 있다는 뜻의 바르고 방정하고 큰, 이 현상계의 법칙이다.

· (이 세상 모든 것은) '셋째, 겁주는 것이다.'

이 말씀은 담대하게 용기를 내어 '욕망의 유혹과 마귀의 협박을 이겨내라'는 응원의 메시지이다. 영원히 흐르는 삶에서, 우리에게 날이면 날마다 주어지는 현상계의 온갖 문제는 겁주는 것에 불과하다는 가르침이다.

우리는 무량광無量光이고 무량수無量壽이며, 영원하고 생멸이 없으므로, 우리가 세상에서 생노병사生老病死하면서 당하는 모든 무섭고 괴로운 상황이 우리에게 그냥 겁만 주는 것에 불과하다는 귀띔이다. 향상하는 오직 한 길로 목숨을 걸고 용기를 내어 앞으로 나아가라는 말씀이다.

아주 엄청난 천기누설이지만, '이 세상 모든 것은 겁주는 것에 불과하다'는 말씀은 진실한 응원가應援歌이다. 욕망의 유혹을 이기기만 하면 곧 무극·열반이므로, 담대하게 용기를 내어 '욕망의 유혹과 마귀의 협박'을 이겨내라는 격려사이다.

세상살이에는 생·노·병·사의 4가지 괴로움과 사랑하는 사람과 헤어지는 고통, 두 번 다시 만나고 싶지 않은 원수와 다시 만나는 고통, 간절하게 구해도 얻지 못하는 고통, 쓸데없는 욕망이 자꾸 부풀려져 서로 갈등하는 고통 등등을 합해서 8가지의 괴로움[八苦]이 있다고 한다.

하지만 신령계를 포함해서 보면 우리의 모든 괴로움은 우리의 성장 양식이고, 죽음마저 우리의 영혼이 옷을 갈아입는 일이다. 정말 우리가 수행자처럼 향상하는 삶을 살고 있다면 죽음을 당해서 죽음마저 오히려 새로운 출발이라며 기뻐해야지, 겁을 먹을 일이 아니다.

이 세상은 양신陽神께서 알곡을 추수하는 밭이요 방앗간이며 우리들의 배움터요 수련장이며, 음과 양이 합작해서 사람을 가르쳐 성령을 만드는 '영적 성장을 위한 체험학교'이기 때문이다.

그러므로 주어진 운명이 시키는 대로만 살지 말고, 용기를 가지고 향상의 길로 나아가야 한다. 그래서 어떤 어려움이라도 이겨낼 수 있는 큰서원과 믿음과 사랑이 필요하다. 빛의 세계를 향한 소망과 성령에 대한 믿음과 언제나 변함없는 사랑이 필요하다.

예수님께서 〈빛의 세계를 향한 소망과 성령에 대한 믿음과 언제나 변함없는 사랑을 가지고〉 가혹하고 처절한 시련(시험)을 받고 이겨내지 못하셨다면 오늘날 인류의 위대한 스승으로, 인류에게 본을 보여주신 구세주로, 성령으로 추앙推仰 받으실 수가 있었을까?

이 세상 모든 상황은 겁주는 것 뿐이라는 사실, 현상계는 꾸며진 무대라는 사실과 우리의 실체가 하나님과 동일하다는 것을 깨우친다는 것은 참으로 중요하다.

누구나 그런 마음바탕을 가지고 있으므로, 희노애락의 웃고 우는 모든 세상사가 실제상황의 시험문제이고, 그것이 가상현실과 같아서 허상이므로, 지금 어떤 상황에 처했더라도 이 세상 모든 것은 겁주는 것이라는 사실을 투철하게 믿고 있다면, 그저 뚜벅뚜벅 향상의 길로 수행자처럼 갈 수 있을 것이기 때문이다. 높은 곳에 올라선 「박형」처럼 어떤 세상사든지 그냥 허허허… 하고 허심탄회하게 웃을 수도 있을 것이기 때문이다.

그런데 참으로 안타까운 것이 있다. 어떤 사람은 너무 현상계의 세상사에 집착하여 세상 모든 것을 '너와 나'로 나누고 모든 이를 경쟁자로 보면서 손톱만큼의 빈틈도 남에게 보이지 않으려고 무진 애를 쓴다는 것이다.

긴장하며 살거나, 모두 놓아버리고 살거나, 그 삶이 빛을 발하고 내공을 모을 수 있는 청정한 수행자의 삶이 아닌 보통사람의 삶인 이상, 이 세상의 성공이나 실패는 그냥 거의 오십보백보이다.

왜냐하면 우리가 아무리 몸부림을 쳐도, 그러한 삶은 이미 향상의 길에서 물러난 삶, 미역국을 먹은 삶이고, 생노병사로 윤회하는 삶이며, 우리들은 반드시 욕망의 굴레에서 벗어나야 할 중요한 시점에 와 있기 때문이다.

2. 현상계의 실세實勢; 신령계에서 내려온 호랑이

음의陰儀 즉 이 세상 현상계에는 강건剛健한 대인大人·성현聖賢들과 유약柔弱한 범부凡夫·소인小人들이 있다.

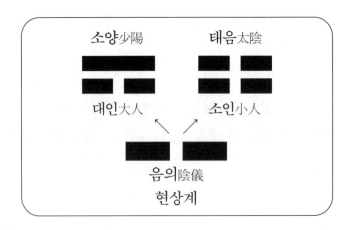

강건한 대인·성현들은 이미 마귀의 유혹을 이긴 어른으로, 중생을 구제하려고 현신하신 성령이다.

그 반대편의 범부와 소인들은 유혹에 넘어간 자들이며, 자기의 욕망을 채우려고 힘으로 다투는 자들이다. 무지와 욕망으로 서로 다투어 전쟁터의 폐허처럼 변한 세상에 사는 사람들이다.

그렇다면 강건한 대인은 여기 사는 보통사람과 무엇이 어떻게 다를까?

「박형」께서는 호랑이를 신령에 비유하여 말씀하셨다.

"산 위에서 내려와 앞서가는 호랑이는 길을 인도하려는 호랑이이고, 산 아래에서 올라오면서 사람의 뒤를 밟는 호랑이는 먹으려는 놈이야."

여기 '산 위에서 아래로 내려와 앞서가는 호랑이'는 천상에서 오셨으니 당연히 성령으로, '재림예수' 내지는 세상의 두려움과 괴로움을 다 아시고 우리를 바른길로 인도하려고 오신 신령이다.

반면 '산 아래에서 올라오면서 사람의 뒤를 밟는 호랑이'는 땅 아래, 지하에서 올라와서 뒤를 따르며 사람을 먹으려는 마귀이며, 현상계를 뒤덮고 있는 모든 유혹과 욕망의 실체라는 말씀이다. 이렇게 현상계에는 '길을 인도하려는 신령'과 '사람을 먹으려는 마귀'가 섞여 있다.

종이상자에 담겨 버려졌던 아저씨와 복분자

여기서 산 위에서 내려온 호랑이로 비유되는 성령들을 만나보자 .

나중에 보니 그분은 결코 불쌍한 아저씨가 아니었던, 그래서 깜짝 놀랐던 이야기이다.

나에게 이웃사랑을 가르쳐주시고, 나를 시험하시려고 현신하신 어느 불보살님? 아니면 천신天神? 수준 높은 어느 출가수행자?께서 나를 독려하려고 오셨던 것 같은 불가사의한 이야기이다. 그리고 무능했던 나의 정말로 부끄러운 이야기이다.

때는 1983년 겨울, 충주댐 때문에 단양이 수몰되기 전의 구舊단양에서의 일이다.

찬바람이 쌩쌩 불던 추운 겨울 어느 날, 시외버스가 막 도착했는가 싶었는데 금방 떠났고, 누가 그 사람을 버스에서 내려놓았는지, 그 사람 스스로 차에서 내려왔는지, 혼자서 추운 맨땅에 꼼짝도 하지 않고 무슨 석고상처럼 책상다리를 하고 앉아 있는 사람이 눈에 들어왔다.

뛰어가 보았더니 그 사람은 뼈만 있는 앙상한 몸에 두 팔 두 다리가 책상다리로 고정된 불구의 몸인 것 같았고, 아무도 돌보아줄 이가 없는, 누구인가가 버리고 간 사람 같았다.

그를 안고 (뼈만 남아 있어서 가뿐히 들렸다.) 약국에 와서 보니, 대변을 가리지 못했는지 아랫도리가 젖어 있었다. 먼저 약국에 커튼을 치고 난로 위의 더운 물로 몸을 씻기고 옷을 갈아 입히려는데, 바지는 자기가 입겠다고 하면서 스스로 바지를 입었다.

지금 생각해보니 참으로 이상한 점이 있었다. 그는 분명히 추운 땅바닥에 앙상한 다리로 책상다리하고 앉아 있었다. 내가 보기에는 결가부좌結跏趺坐*한 자세였는데, 펼 수가 없을 것 같았던 다리로 어떻게 바지를 입었는지?

그때 나는 요양원 같은 것을 운영하는 사람(원장)에게 연락을 했더니, '한 달에 50만원을 받고서 그 사람을 데려가 돌보겠다'고 하였다.

그리고 원장이 그 사람을 택시에 태워서 요양원으로 데리고 갔었는데, 며칠 후에 연락이 왔다. 도저히 데리고 있을 수가 없으니 어떻게 하겠느냐고….

지금 생각해도 별다른 방법이 없기는 마찬가지지만 당시에 나는 단양에서 동업으로 약국을 하였고, 또 수몰 예정지역이라 임시로 약국 안의 좁은 방에서 잠을 자야하는 처지였던 까닭에 그 사람을 데려올 수 없었다. 안타깝게도 그 사람의 삶을 포기할 수밖에 다른 방법이 없었다.

"저도 어쩔 수가 없습니다. 알아서 처리하십시오."

"어디에 버려야겠어요. 그래도 괜찮겠어요?"

아! 충격! 순간적으로 가슴이 먹먹하고 눈앞이 깜깜했다. 정말로 어떻게 이런 일이!!

이런 일로 나중에 불쌍한 사람 수용할 수 있는 곳을 찾아보았는데, 안타깝게도 1980년쯤 당시에는 주민등록증이 없는 정말 불쌍한 사람을 받아주는 그런 시설은 전국 어디에도 없었다. (공설기관이 아닌 사설기관은 어디 있었겠지만 나는 찾지 못하였다.)

그리고 봄이 지나고 늦은 여름 즈음에, 자기가 복분자라는 아주머니 한 분을

---

* 결가부좌結跏趺坐 : 부동좌不動坐라고도 함. 오른 다리를 왼다리 넓적다리 위에 얹어놓고 다시 왼발을 꼬아서 오른 넓적다리 위에 얹어놓고 반듯하게 앉는 법, 이렇게 앉아서 허리를 펴면 척추가 팽팽하고 정신을 통일하는데 가장 좋은 효과를 가져오게 되므로 참선할 때에는 이렇게 앉는 것을 원칙으로 함

죽령고개에서 만나 불쌍한 그분의 소식을 듣게 되었다.

내가 단양으로 이사했던 당시에는 생각하며 혼자서 걷는 것이 좋아서 가끔 풍기까지 50리 길을 걸었다. 죽령고개를 넘어 풍기로 가는 지름길이 있다. 하루는 막 죽령 고갯마루를 넘어 그 지름길로 들어섰는데, 갑자기 피곤하여 잠시 쉬려고 한적한 산길에 그대로 벌러덩 누웠다.

그리고 1~2분이 지났을까 인기척이 있더니, 어느 아주머니가 소리를 버럭 질렀다.

"아이쿠! 깜짝이야. 여기 웬 사람이 누워 있네. 집에 있는 돼지 작대기를 가져왔으면 엉덩짝을 그냥 때려주었을 텐데."

엉겁결에 벌떡 일어나서 되물었다.

"누구십니까?"

"복분자요. 이거 말이야 이거."

하면서 아주머니가 순간 주먹을 내밀어 보였는데, 나는 아무 것도 볼 수가 없었다. 산딸기인 복분자는 한방에서 약으로 쓰면 '소변 줄기가 강해져서 요강을 뒤엎는다는 의미'로 복분자覆盆子라고 한다. 나는 복분자를 직접 보고 싶었다.

"어디 좀 잘 보여주십시오."

그녀는 한참 자루 속을 뒤적이다가, 산딸기를 생각하고 있던 나에게 얼핏 무엇인가를 내밀었지만, 제대로 볼 수가 없었다.

하지만 더 뭐라고 하기도 멋쩍어서 입을 다물었는데, 어쩐지 그 아주머니가 나의 내력을 훤히 다 아는 것 같았다. 아주머니는 내가 어떤 반응을 보일까 알고 싶었던지, 묻지도 않은 말을 했다.

"저쪽 골짜기에 종이상자 안에 사람이 버려져 있었어."

그 순간 나는 양심의 가책으로 뜨끔해하면서 분명 '그 사람일 것'이라 짐작했다. 왜냐하면 그 요양시설이 죽령 근처에 있었기 때문이다.

그때, 마음 약해서 큰 소원도 용기도 없는 나를 보면서 아주머니가 책망을 했다.

"나쁜 사람들. 산 사람을 버리다니!"

그리고는 엉거주춤하고 있는 나에게 물었다.

"돈이 있느냐?"

마침 나의 주머니에는 그 전날 아침에 그냥 주는 셈 치고 헐값에 집터(땅)을 넘겨주고 받은 돈이 9만 여원이 있었다.

"돈은 있는데요."

기분 좋게 대답을 했더니 다시 물었다.

"아이들은 몇이나 되느냐?"

"2명이 있고, 또 3명이 더 있어요."

라고 대답했더니, 자기가 복분자福分者(복을 나누어 주는 사람)인 듯이 말하였다.

"그렇게 살면 되겠네. 나 먼저 가야지."

그리고 몇 발자국을 떼는 것 같았는데, 어떤 기척도 흔적도 없이 수풀 사이로 사라졌다. 복분자! 참 재미있는 이름이다. 나는 지금도 그분이 복을 나누어 주는 사람·복분자가 아닌가 싶다.

어떻든 그 복분자 아주머니를 만난 날 나는 그 '불쌍한 아저씨가 종이상자에 담겨서 죽령의 어디쯤에 버려졌다'는 기막힌 사정을 알게 되었고, 마음에 큰 가책과 죄책감을 가지게 되었다.

그리고 지금은 상황이 그렇지 않지만 그 당시의 상황에 나는 속이 많이 상하였다.

'왜 이 나라에 가진 것 없고, 몸이 불편하여 도저히 혼자서 살 수도 없고, 추운 땅바닥에 버려질 수밖에 없는 어른을 받아줄 시설이 없단 말인가!'

혼자서 어떤 대책이라도 내고 싶었지만, 무능하고 가진 것도 없어 나는 방도를 찾지 못하였다.

나는 언제나 그 일이 찜찜하게 마음에 걸려 아침마다 예불하고 기도할 때 종이상자에 담겨 버려졌을 그이도, 그를 버린 원장도 '이제는 극락왕생하고 이고득락離苦得樂하고 성불하라'고 기원하였다. 이제는 30여 년이 지났기 때문에 아침기도할 때에 그렇게 기원하는 것 외에는 그 사건을 거의 잊어가고 있었다.

그런데 어느 날 저녁 나이가 50을 조금 넘어 보이고 키가 조금 크고 마른 체격의 사람이 나 혼자 근무를 하고 있는 약국으로 들어섰다. 그는 나를 쳐다보면서 조금 엄숙한 표정으로 물었다.

"나를 알아보겠습니까?"

모르는 사람이라 망설이고 있자니, 그가 다시 물었다.

"나를 알아보겠습니까?"

내가 아무런 대답도 못하고 있으니까 그가 외쳤다.

"구단양! 구단양!"

내게 어떤 것을 일깨워주기 위해 '구단양'이라고 한 것이다. 그런데도 나는 아무것도 생각나는 것이 없어서 어리둥절하고 멍청해했다.

"거 있잖아. 구단양, 구단양에서…."

라고 다시 잘 생각해보라는 듯이 말했지만, 역시 나는 생각나는 것이 없었다. 그런데 다음 순간, '혹시 이 사람이 구단양에서 우리에게 버림받은 그 사람인가?'라는 생각이 문득 떠올랐다.

그러고 보니 그 사람과 인상印象이 그와 아주 비슷했다. 세월이 흘렀지만 그 사람처럼 50대 쯤 되는 사람이었다.

'만약에 그 사람이 살아 있고 팔다리를 폈다면 아마도 여기에 서 있는 사람처럼 길고 마른 사람이 될 수 있겠구나…. 불구였던 그의 팔다리를 고쳤다면 바로 이런 사람일 것이다.

하지만 그 사람은 분명히 죽었을 것이고, 저렇게 스마트하게 고쳐줄 수 있는 의술도 없을 것인데…. 혹시 그분이 변신하신 신령이라면 이런 일이 가능하겠지만.'

이렇게 혼자 머리카락이 쭈뼛 일어설 것 같은 이적異跡을 생각하는 중에, 그가 무엇인가를 암시하려는 듯이 나를 손으로 가리키면서 불안한 나의 속을 느꼈는지 문득 인상을 부드럽게 하고 웃더니, 나를 향해서 엄지를 척 치켜세웠다.

"착한 사람. 착한 사람이야. 당신…."

오! 마이 갓! 그리고 나에게 악수를 청했고, 엉거주춤하며 끽소리도 못하고 서있는 나에게 '이 사람이 정말 그 사람일까'라는 의문만 남긴 채로 악수를 나눈 뒤에 약국문으로 나갔다.

그가 구단양에 나타나서 불쌍한 사람으로 버려졌던 아주 특별한 사람이라고 나는 생각하지 않을 수가 없다. 왜냐하면 그가 능력 있는 특별한 사람이 아니었다면 어떻게 다시 멀쩡하게 성한 모습으로 나타날 수가 있으며, 그의 나이와 인상이 그 당시와 비슷할 수가 있으며…,

그것도 아니라면 구단양 1년 6개월 동안에 누가 나와 어떤 인연이 있었기에 '나를 알아보겠습니까? 구단양, 구단양에서….'라고 할 수가 있으며,

불쌍한 사람을 잠시 맡았던 시설의 원장도 아주 오래 전에 돌아가셨고, 그러한 비밀을 아는 사람은 나 혼자 밖에 없는데, 그가 '상자에 담겨 버려졌던 그 불쌍한 사람'이 아니라면, 그 나이의 어른이 일부러 나를 찾아와서 '거 있잖아. 구단양, 구단양에서'라고 하여 옛날을 상기시키고, 나를 '착한 사람'이라며 엄지를 치켜세울 분은 절대 없기 때문이다.

사실 나는 그분을 특별한 사람일 수도 있다고 감히 추론하는 근거는 그전에도 그런 경험이 있었기 때문이다.

몇 년 전 어느 날 50대쯤 되어 보이는 낯선 아주머니가 아주 무심하게 나에게 말하였다.

"요즘은 많이 좋아졌네. 그전에는 돈 천 원도 아까워서 벌벌 떨더니! 영주에 있을 적에 약국에서."

와! 소름! 나는 그 아주머니가 내 과거의 아픈 약점을 바로 찔렀다고 하더라

도 그렇게 놀라지는 않았을 것이다. 그날은 정말 어리둥절했고 속으로는 깜짝 놀랐다.

사실 「박형」께서 일부러 우리 내외를 찾아오셔서 가르침을 주시기 전, 내가 처음 고향에 내려와서 영주에서 약국을 하고 있었을 때는 좀 지나칠 정도로 자기밖에 모르는 이기주의자였고 불효막심한 사람이었다.

하지만 그 평범한 아주머니가 그 옛날 언제 나에게 돈을 구걸했으며, 그렇게 천원마저 아까워서 손을 내밀지 못하는 나를 왜 (10여년이 넘게) 기억하고 있었으며, 천원도 아까워했던 그가 지금의 나인지를 어떻게 알며, 지금은 내가 그렇게 인색하게 살지 않는다는 것을 또 어떻게 안다는 말인가!

지금도 그렇지만 정말로 우리의 일거수일투족을 관찰하고 모두 기억하며 걱정해주시는 그런 어른들이 보통사람의 모습으로 우리 주위에 존재한다는 사실은 당시의 나에게는 불가사의한 충격이었다. 우리는 언제나 혼자가 절대로 아니라는 사실 때문이다.

누에를 치신다는 아주머니

그때는 「박형」께서 돌아가신 지가 얼마 되지 않았기 때문에 깜깜한 한 밤중에 제법 높은 산 중턱에 있는 「박형」의 산소를 겁 없이 혼자 찾아가곤 했다. 「박형」께서, "하나는 바로 묻고 하나는 옆에 두고 가끔 생각나면 찾아와 보게." 라고 하셨기 때문에 「박형」이 생각나면 산소를 찾아갔었다.

그랬는데, 어느 날 한밤중에 느닷없이 도락산道樂山 어느 암자에 계신 스님을 찾아가고 싶어졌다. 약국 근무가 끝나고 저녁 먹을 때쯤에 길을 나섰는데, 마침 가는 길모퉁이에 불쌍하게 앉아 있는 젊은 아주머니가 눈에 띄었지만 무심코 그냥 지나쳤다.

그런데 그날은 어쩐 일인지 일년에 한번 절에도 잘 가지 않는 내가 걸어가며 누가 시키기라도 한 것처럼, '관세음보살, 관세음보살, 관세음보살…'하며 '관세음보살'을 계속 염송念誦하게 되었다. 그러다가 문득 '관세음보살님은 어디에 계신가?'하는 의문이 생겼다.

사실 나는 아무리 열심히 생각해도 그분이 어디 계신지를 알 수가 없었는데, 문득 '내 마음속에 관세음보살이 있고 내가 관세음보살처럼 사는 것이 제일 마땅한 게 아닐까'라는 생각을 하게 되었다. 그리고 나 스스로 이렇게 생각하는 것이 신령의 능력을 몰랐던 당시의 나로서는 제법 바르게 생각한 것 같이 느껴졌다. 어떻든 그날 길을 가면서 그렇게 계속 '관세음보살'을 염송하면서 관세음보살만을 생각했다.

그런데 도락산에 있는 그 스님의 암자에 도착해보니 이미 모두 잠이 든 것 같았고, 왠지 그 암자로 찾아들기가 싫어서 산속에서 밤을 지새웠다. 다음 날 새벽에 산을 내려와 귀가하며 다시 그 길모퉁이를 돌아섰는데, 지난 저녁에 보았던 아주머니가 그 자리에 꼭 같은 모습으로 앉아 있었다.

'갈 곳이 없는 사람인가?'

불쌍하다고 생각되어 다가가서 물었다.

"아주머니는 어디 사세요?"

"저기 산 위에."

그 아주머니는 거기가 어디인지? 하늘인지 앞산인지를 손으로 가리키며 대답했다.

"하는 일이 있으세요? 무엇하고 사세요?"

"누에를 치며 살고 있어."

누에를 치며 살고 있다고는 했지만, 단양에서 그렇게 사는 사람이 있는지도 몰랐던 나는 그 아주머니의 무엇인가가 불쌍하다는 생각이 들었다. 나는 주머니에 있던 돈을 전부 꺼내어, 그 아주머니에게 주려고 했다.

"이것 받으세요."

"안 줘도 되는데, 나는 돈도 있고 집도 있어."

"그래도 받으세요."

나는 의례적으로 사양하며 받지 않으려는 것 같아서, 그 아주머니의 손에 돈을 억지로 쥐여주고 그 자리를 떠났다. 왠지 마음 날아갈 듯이 기뻤다.

그런데 나중에 생각해보니, 조금 이상한 것이 있었다. 그 자리에 있던 동네 아주머니들은 아무도 그 아주머니가 어제부터 계속 거기에 앉아 있는 것에 관심이 없었으며, 거기에 앉아 있던 아주머니를 전혀 모르는 사람처럼 대하였다.

그런데 더욱 이상한 것은 실성하지 않은 사람이 밤을 꼬박 지새우면서 한 자리에 꼭 같은 자세로 앉아 있을 수는 없을 것 같았다. 물론 산 위에 거기에는 뽕나무가 있을 수는 있겠지만, 당시에 거기 누에를 치며 사는 사람이 과연 있을까? 라는 생각도 들었다.

그 아주머니가 정신이 멀쩡한 보통사람이라면 또 왜 한밤을 꼬박 길에서 지냈을까? 돈도 있고 집도 있고 누에도 친다면서, 누에는 어떻게하고 이 한여름에… 혹시 이 아주머니가 관세음보살님은 아닐까?

그분이 말한 '누에를 치며 산다'의 뜻이 수행자를 향상의 길로 이끌고 있다는 의미일 수가 있다. 넉잠 자고 고치를 짓는 누에가 그 고치 속에서 나방으로 탈바꿈하여 새로운 세상을 맞는 것이 수행자가 몇 차례 변역생사하다가, 결국에는 교역(탈바꿈)되어 신령으로 화생하는 것과 거의 같기 때문이었다.

누에는 알 → 애벌레 → 번데기 → 나방으로 완전탈바꿈[變態]하는데, 알에서 나온 애누에가 자라면서 네 번 허물을 벗고, 큰누에가 되었다가 고치를 짓고 그 속에서 번데기로 변했다가 나방으로 탈바꿈하여 고치를 뚫고 나온다.

그렇게 알 → 애벌레 → 번데기 → 나방으로 탈바꿈하는 것이 수행자가 수다원·사다함·아나함·아라한 등의 성문聲聞 사과四果(부처님의 제자들이 수행으로 얻는 4단계 지위)를 거치면서 차츰 보살로 성장하고 마침내 탈바꿈하여 성스러운 신령, 내지는 부처님 되는 과정과 같이 느껴졌다.

그렇다면 아주머니가 '산 위에서 누에를 친다'고 했던 그 말뜻이 그렇게 수행자를 성장시키며 탈바꿈할 때까지 기른다는 의미가 될 수 있다.

성령에 비하면 우리는 누에(벌레)의 수준일까? 어느 날 「박형」께서 문득 말씀하셨다.

"아는 사람은 편지에 충성 충忠자 대신 벌레 충蟲자를 쓰기도 했어."

어떻든 알에서 깨어난 누에를 키우듯 수행자를 가르치시는 관세음보살님께서 나로 하여금 계속 '관세음보살, 관세음보살'하며 관세음보살을 염송하도록 하셨고, 그렇게 '관세음보살'을 계속해서 불렀기 때문에 약속하신 그분(관세음보살님)께서 오셨고, 그날 밤 산중의 한 길이 넘는 수풀 속에서 불쑥 나타나 마주하게 된 어느 낯선 사람을 만났었을 때나, 산에서 밤을 지새울 때도 잘 보호해주셨고, 그날 거기서 나를 기다려주셨던 것 같다.

지금 나는 '관세음보살님'을 세 번만 정성껏 부르면 반드시 관세음보살님께서 직접 오신다고 믿고 있다. 몇 년 전 영주 부석사浮石寺에서 '기도에 응하셔서 관세음보살님께서 오신 일'이 한 번 있었고, 최근에도 오셨던 일이 있다.

불구의 몸으로 나타나셨던 관세음보살님의 화신

사실 나는 부모님께 크게 불효를 했기 때문에 청개구리처럼 돌아가신 뒤에 사죄하는 심정으로 부모님 산소의 벌초伐草(풀깎기)를 좋아한다.

산소의 풀을 깎는 작업처럼 짧은 시간의 노력으로 그만큼 보람된 일을 찾기란 쉽지 않고, 깨끗하게 풀을 깎고 나면 그렇게 기분이 상쾌할 수가 없기 때문이다.

부모님의 산소는 흙이 좋아서 1년에 세 번 정도 풀을 깎으면 좋은데, 어느덧 새로운 예초기刈草機가 필요하게 되었다. 때마침 자식들이 돈을 보내주어서 새 예초기를 장만했고, 너무 기뻐 즉시 시운전하러 고향으로 달려갔는데, 큰길에서 가까운 집사람 산소를 먼저 찾았다.

그런데 새 기계가 생소하여 어색하더니, 작업 도중에 비탈진 곳에서 넘어져

뒹굴었다. 엔진을 끄고 일어섰더니, 어디에 부딪쳤는지 등의 고황혈膏肓穴 자리에 통증이 있었다. 나는 대수롭지 않게 생각하고 계속 작업을 끝내고 들뜬 기분으로 귀가를 했다.

그날 저녁부터 앉아 있거나 예불 드리고 기도할 적에 이상한 통증이 고황혈膏肓穴 자리에 있었다. 곧 사그라지려니 했는데, 시간이 지날수록 점점 더 못 견딜 만큼 아프더니, 결국에는 누워 있지 않을 때는 계속해서 아팠다.

갑자기 죽을 병인가? 어떤 이는 뼈에 이상이 있다고 겁을 주었다. 그래서 의사에게 진찰받고 3일분 진통제가 든 약을 먹었는데도 아무 효과가 없었다. 내가 아는 방법을 다 써보았지만 아무 소용이 없었고, 5일 동안 계속된 그 통증은 그대로였다.

'이게 혹시 암이 아닐까?'

심각하게 걱정을 하고 있던 어느 단양 장날이었다. 저희 약국 문 앞에 두 다리가 없고 몸통에 고무판을 깔고 땅바닥에 앉아서 손으로 몸통을 움직여 다니는 불쌍한 사람이 문득 보였다. 자세히 보니, 그는 누구에게 무엇인가를 외치고 있었는데, 아무도 그의 외침에 응대하는 사람이 없었다.

'복福 지을 인연이구나!'

나는 냉큼 뛰어가서 물었다.

"무엇이 필요하세요?"

"젓가락, 젓가락."

그가 청했다. 나는 얼른 나무젓가락을 찾아와서 그에게 건네고 보니, 뚜껑이 덮인 투명한 그릇에 쌀밥이 담겨 있었다.

'아, 젓가락으로 밥을 드시려고 그랬구나'

그 직후 나는 누가 시킨 것처럼 시장에서 생강과 감초를 샀다. 또 퇴근하고 집에 오니 운동을 많이 하여 근육통이 생길 때마다 사용하던 원적외선이 방출된다는, 찜질용 매트가 나와있었다. 그래서 그날 감초+생강으로 차를 만들어 마시고, 잊었던 자감초탕炙甘草湯 엑기스과립과 진통소염제를 먹고, 뜨겁게 달

군 찜질용 매트를 깔고 땀을 내며 일찍 잠을 잤다.

　다음 날 아침, 정말 신통하였다. 그렇게 심각하게 아프던 통증이 거짓말처럼 완전히 사라졌다. 어떻게 몇 시간 만에 이렇게 될 수가 있었을까?

　그때 그날 장에서 손으로 몸통을 움직여 다니던 사람은 순식간에 길을 건너 갔는가 싶었는데, 다음 순간 흔적 없이 사라졌다는 것이 생각나면서, 혹시?? 그때 문득 떠오르는 생각!!

　'아! 이 모든 것이 앉아서 다니시던 분에게 나무젓가락 보시한 공덕이구나.'

　그분께서 밥은 있으나 젓가락이 없어서 먹을 수 없었던 것처럼, 다른 병자病 者들도 그렇지만 나 역시 주위에 수많은 재료와 약이 있는데도 사용하지 못해 서 고치지 못하고 있었는데, 그분이 생각나도록 인도해주셨다는 생각(누구는 웃으시겠지만)과, 관세음보살님께 꼭 좀 낫게 해달라고 간청했었는데 고맙게도 그분께서 오셔서 이렇게 은밀하게 낫게 해주셨다는 생각과, 새로 예초기를 장 만하게 된 것부터 그 예초기와 함께 넘어지고 심하게 통증을 느끼고 약에는 아 무 효험이 없고 계속 아팠던 상황까지, 모든 것이 어느 분의 계획대로 된 것 같 았다.

　그 모든 것이 나에게 '성령께서 항상 사람과 함께 하시며, 성령께서 사람들에 게 작용하는 방법과 성령의 불가사의하고 전지전능한 능력'을 알려주시려는 의 도가 있었다는 생각과 그분들께서는 언제나 꼭 그 댓가代價(비록 나무젓가락이 지만 배려)를 받으신다는 것이 생각났다.

　「박형」께서는 '농사를 지으려면 나와 같이 지어야 돼.'라고 하셨는데, 그 말 씀은 아마도 관세음보살님이나 「박형」처럼 자신이 먼저 도사가 되어서, 신통력 으로 모든 것을 보시고, 실제상황에서 수행자를 시험하시며, 수행자의 지혜와 자비심을 증장增長시키고, 모든 능력을 보여주시며 더 높은 길로 인도하시어, 마침내 도사로 만드는 「박형」처럼 알곡을 추수하는 사람농사법…. 그래서 사 람농사하려면 자기가 먼저 도사導師가 되어야 한다는… 말로만 가르쳐서는 알곡을 추수할 수 없다는 의미심장한 내용의 말씀이 아닐까?

예수께서는 또 비유로 말씀하셨다.
"소경이 어떻게 소경의 길잡이가 될 수 있겠느냐? 그러면 둘이 다 구덩이에 빠지지 않겠느냐?" 『성경』「누가 6;39」

정말이지 이 세상에서 우리가 당하는 모든 상황이 다 성령의 몸짓이고, 하나하나 모두 성령의 진실한 가르침일 수 있다.

어느 날 「박형」께서 말씀하셨다. 하루는 스님 세 분이 길로 걸어오는 것을 보셨단다. 「박형」께서 짐짓 길옆 땅에 뒹굴며 심하게 아픈 사람처럼(실제로 심하게 아픈 사람이었겠지만) '끙끙'대며 신음하고 있었는데, 세 분 스님이 아무 말 없이 지나가고 말았단다. 「박형」께서 서운한 듯이 말씀하셨다.

"너희들이 아무 말 안하면 나도 아무 말하지 않겠다. 저희들이 찾고 있는 것을 알려주려 했는데…."

예수님의 말씀이 생각난다.

"너희가 여기 내 형제 중에 지극히 작은 자 하나에게 한 것이 곧 내게 한 것이니라." 「마태복음 25;40」

지극히 작은 자가 「박형」처럼 신통으로 농사하러 (혹은 복밭이 되려고) 오신 관세음보살님일 수 있고, 재림再臨하신 예수님일 수도 있다.

부처님께서는 『맛지마니까야』「천사의 경」에서 이르셨다.

갓난아기의 연약함, 병자의 아픔, 노인의 괴로움, 죄짓고 형벌받는 사람의 고통, 허망하게 죽은 시신의 모습이 곧 천사이며, 그들이 우리에게 선행善行을 하라고 일깨워주러 오신 천사의 출현이다.

'그 모든 이들을 보고서 선행을 할 생각을 하지 못하고, 살아서 선행을 실천하지 못하고 죽으면, 마왕의 심판을 받고 지옥의 고통을 받게 된다.'

그러므로 그들이 바로 다섯 천사(저승의 사자)의 출현이다.

여기서 나는 전지전능하신 「박형」께서 불쌍한 우리 내외의 앞날을 열어주신 것과 함께 식구들의 안위를 돌보아주신 것에 대해, 감격과 감사의 마음을 담아, 정말 뭐라고 말로 다 할 수 없이 고마운 「박형」의 행적에 대하여 증언한다.

「박형」께서 하루는 우리 토담집으로 와서 말씀하셨다.

"나는 3일간 잠을 자지 않고 자네 걱정을 했네."

'나는 단 10분도 남을 위해서 고민해 본 일이 없었는데, 3일씩이나?'

내가 놀라고 어리둥절해하자, 「박형」께서 이어서 말씀하셨다.

"옛날에 선비들이 자식을 서로 바꾸어서 공부를 시킨 일이 있었는데, 우리도 그렇게 한번 하세. 한 1년 정도."

「박형」께서 우리 아이에게 가르침을 주신다니 당연히 대찬성이었다.

그때 「박형」께서 참으로 이해하기 어려운 말씀을 던지셨다.

"그리고 1년 후에는 자네가 다 맡게. 우리 집사람까지도…."

그 순간 나는 대답 대신으로 저절로 중얼거렸다.

"땀나는데."

어떻든 그 뒤부터 우리 아이들이 「박형」 댁에서 학교를 다니게 되었고, 새벽에 영주로 기차통학하는 아이가 집앞을 지나갈 때면 꼭 대문 앞에 나서시어 '잘 갔다 오라.'고 배웅해주셨다. 한 번은 갑자기 내린 비로 불어난 봇도랑에 빠져 떠내려가던 아이를 구해서 업고 오신 적도 있었다.

이렇게 「박형」께서는 세상의 아무나 따라 할 수 없는 대자비大慈悲로, 3일간 잠을 자지 않고 우리를 걱정하셨고, '자네가 다 맡게. 우리 집사람까지도….' 하신 후에 다른 농사하러 떠나가셨다. 세상이 생긴 이래 처음 보는, 나와 같은 못난이마저 끝까지 감싸고 끌어안는 대자비를 보여주셨다.

참으로 그리운 「박형」박상신 도사님의 모습, 전지전능하고 대자대비하신 가르침, 그리고 그 황금빛의 밝고 따뜻한 마음.

"우리는 또한 우리 안에 이해 · 연민 · 사랑과 지혜로 이루어진 보물창고를 지니고 있습니다. 우리는 그런 요소들을 자유롭게 다룰 수 있기를 원합니다."

틱낫한 스님의 말씀; 『포옹』 김형민 옮김/ 현문미디어.

IV

사상四象 ➡ 팔괘八卦

*

대우주의 주인공들

건乾·태兌·이離·진震
손巽·감坎·간艮·곤坤

차 례

1. 사상四象 ➡ 팔괘八卦 … 대우주의 주인공들

공자님이 『계사전繫辭傳』에서 이르셨다.

"역에 태극이 있으니 양의兩儀를 낳고, 양의는 사상四象을 낳고, 사상은 팔괘를 낳는다."

그런데 이미 말한 바와 같이 '삼계도사의 역'에서는 저승인 신령계가 포함되기 때문에, 태극의 양은 신령계이고 음은 이승인 현상계이다.

그리고 신령계는 밝은 양신陽神들의 천상계天上界와 어두운 음신陰神들의 염라계閻邏(羅?)界로 나뉘는데, 그 천상계를 태양太陽이라 하고, 염라계를 소음少陰이라 한다.

다른 한편 현상계에는 강건한 대인大人과 유약柔弱한 소인小人이 있는데, 대인들은 소양少陽이라 하고, 범부凡夫 · 소인小人들은 태음太陰이라 한다.

그리고 신령계에서 갈린 천상계와 염라계, 현상계에서 갈린 대인들과 소인들; 이렇게 넷을 일러 사상四象이라 한다. 2쪽인 태극이 4쪽이 되어서 4상이다.

4상이 다시 각각 둘로 나뉘면 팔괘八卦이다. (다음 쪽의 그림 참조) 건乾 · 태兌 · 이離 · 진震 · 손巽 · 감坎 · 간艮 · 곤坤의 여덟 괘이다.

어느 날 「박형」께서 팔괘의 주인공이 모든 이야기책의 주인공이라는 사실을 아주 쉽게 일러주셨다.

"내가 이야기책을 보니, 부처님 이야기, 하나님이야기, 불타佛陀 나의 이야기, 신선이야기, 신선과 신선, 신선과 사람, 사람과 사람 이야기, 그리고 장군들의 이야기가 있더라."

「박형」께서 말씀하신 모든 이야기책의 주인공을 팔괘의 주인공에 대입代入해 보면, 『주역』 팔괘의 주인공은 곧 대우주의 주인공들이다.

분명히 '삼계도사님의 역'에는 신령계와 현상계가 모두 포함되기 때문에, 당연히 부처님, 하나님, 불타佛陀, 삼계도사이신 「박형」, 신선神仙, 신선과 신선, 신선과 사람, 사람과 사람, 그리고 장군들의 이야기가 다 있다. 팔괘의 주인공이 다 들어있다.

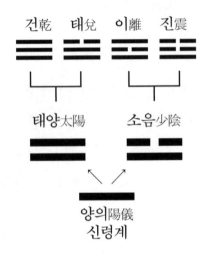

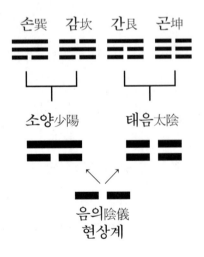

실제로 팔괘(건, 태, 이, 진, 손, 감, 간, 곤)의 여덟 괘가 세상의 모든 이야기책의 주인공이다. 주역의 모든 괘(64괘)가 전부 이 여덟 괘로 이루어진다.

건乾은 가장 강력하고 강건하고 밝고 밝은 괘이다.

그렇다면 신령계를 포함한 대우주에서 가장 강력하고 강건하고 밝고 밝은 건에는 제일 높은 어른이신 불보살님이나, 하나님·예수님이 계시며, 거기는 천당이고 더 나아가면 극락일 것이다.

태兌, 역시 천상계이므로 『주역』에서 연못이나 호수로 표현되는 곳이며, 기쁨으로 충만한 낙원樂園일 것이다. 천당의 입구 쪽에 있다고 하는, 복을 많이 지은 영혼이 간다는, 화창하고 온화한 봄날처럼 아름다운 꽃동산인 낙원이다.

반면에 복보다 죄를 더 많이 지은 사람이 가게 된다는 염라계가 있는데, 염라계에는 연옥과 지옥이 있다. 그중에서 좀 낫다는 이離에는 더 수행해야 할 사람이 가는 곳이라고 하는 연옥煉獄이다.

한편 염라대왕처럼 무섭고 우레와 번개를 의미하는 진震은 많은 죄를 지은 사람, 가장 하열下劣한 사람이 가는 곳, 거기는 지옥이다.

이렇게 저승 천상계는 건·태·이·진(천당·낙원·연옥·지옥)으로 나뉜다.

이승 현상계는 손巽, 감坎, 간艮, 곤坤이다.

「박형」께서 호랑이로 비유하여

"산 위에서 내려와 앞서가는 호랑이는 길을 인도하려는 호랑이이고, 산 아래에서 올라오면서 사람의 뒤를 밟는 호랑이는 먹으려는 놈이야."

라고 하셨던, 그 호랑이들이 있는 현상계이다.

손巽은 산 위에서 아래로 내려와 앞서가며 길을 인도하려는 호랑이인 대보살·신선이다. 바람처럼 나타났다가 사라지신다.

한편 육신을 지니고 오신 성현들이 계시는데, 바로 감坎이다. 인간의 몸으로 오신 성령·호랑이이다. 나면서부터 배우지 않아도 세상이치를 다 아시는 생이지지生而知之하는 어른들이다.

그리고 간艮은 보통 정도의 인걸, 아마도 그들은 풀어야 할 숙제, 즉 넘어야 할 산 앞에 선 사람·등산객이다. 간艮은 보통사람, 범부凡夫, 즉 잘난 사람과 못난 사람이다.

곤坤은 소인小人이다. 자신의 욕망을 위해서 싸우는 자이며, 「박형」께서 언급하셨던 장군들이다. 아마도 가끔 나타나는 음신陰神이 그들이다. 그들은 「박형」께서 이미 귀띔하셨던 '산 아래에서 올라오면서 사람의 뒤를 밟는 호랑이이며, 사람을 먹으려는 놈'이다.

결국 팔괘를 대우주의 주인공으로 나누어보면,
(1) 건~☰은 극락·천당에 계신 불보살님과 하나님과 예수님이며
(2) 태~☱는 낙원으로 갈 수 있을 만큼 복을 많이 지은 사람이며
(3) 이~☲는 연옥에서 더 공부해야 할 사람이며
(4) 진~☳은 죄를 많이 지어서 지옥에서 고통받을 사람이며
(5) 손~☴은 현상계에 내려오신 호랑이 신선과 신선이며
(6) 감~☵은 육신을 가지고 오신 성현聖賢이며
(7) 간~☶은 인걸, 즉 범부·잘난 사람과 못난 사람이며
(8) 곤~☷은 자기밖에 모르는 소인이고, 장군들이며, '사람의 뒤를 밟는 호랑이이며, 사람을 먹으려는 놈'이다.

(1) 건乾 ☰ 극락·천당의 부처님과 하나님

관세음보살님께 이끌려서 극락세계를 다녀온 관정(寬淨, 1924~2007) 큰스님께서는 극락세계유람기인 『극락은 있다』에서, 극락에 다녀온 소감을 술회하셨다.

"우리는 경전상에 나와 있는 불국정토佛國淨土로서의 극락세계가 실존實存함을 확인하게 되었으며, 십악十惡을 범한 어리석은 중생도 낙심하지 않고 지극한 마음으로 참회하면서, 극락왕생의 3가지 요소인 아미타불의 48대원大願에 대한 믿음과 극락세계에 태어나고자 하는 간절한 발원, 그리고 모든 선행善行과 염불수행을 실천하면 누구든지 극락왕생할 수 있다는 것을 알게 되었다."

그리고「극락세계를 방문하여 아미타불을 친견하다.」에 이런 내용이 있다.

❀

일말의 의심도 없이 우리는 이미 '서방 극락세계'의 중심에 도착하여 있었다. 관세음보살께서 손으로 가리키며 말씀하셨다.

"아미타불께서 네 앞에 있는데 그분이 보이느냐?"

나는 도리어 그분에게 물었다.

"어디에 계십니까?"

눈앞에 보이는 것은 단지 큰 석벽이 있을 뿐이었다.

관세음보살께서 말씀하셨다.

"지금 너는 아미타불의 무릎에 서 있느니라."

"아미타불의 몸이 이렇게 크고 높은데 내가 어찌 볼 수 있겠습니까?"

사실 이러한 경우는 몇 십층 높이의 건물 앞에 선 개미와 같은 형국이다. 관세음보살님은 '무릎을 꿇고 아미타불의 가피를 받으면 너를 서방극락 세계로 인도할 것이다.'라고 하셔서, 아미타불께 기원하니 갑자기 몸이 계속 높아지더니 바로 아미타불께서 나의 앞에 있음을 볼 수 있었다.

(관정 큰스님께서 경험하신 극락세계는 정토3부경淨土三部經의 하나인 아미타경에서 밝혀 놓은 극락세계와 거의 같다.)

⚱

나는 직접 천국을 가보지는 못했지만, 나의 믿을만한 친구가 직접 가본 천국을 나에게 증언해준 사실이 있다.

그 친구는 내가 다녔던 풍기성내교회에 나와 함께 다녔고, 그가 1981년에 고향 풍기의 약국에서 처음 그 천국을 증언했었는데, 내가 신단양으로 이주한 뒤 (아마 1985년경) 단양의 약국에서도 한 번 더 그때와 똑같은 내용을 한 마디 틀리지 않게 증언을 했다.

어느 날 그가 이렇게 말했다.

"내가 아주 「박형」 박상신과 다름없어. 뒹굴 때 함께 뒹굴고. 아주 한 몸같이. 내가 아주 「박형」 박상신과 다름없어."

그가 그렇게 말했기 때문에 혹시 그가 「박형」께서 변신하신 모습인가 싶기도 하였다.

「박형」께서는 (무엇이 궁금해서) 먹으면 죽는다던 까만 열매를 따서 드시고 '깜깜해져서 아무것도 보이지 않게 되었다.'고 하셨는데, 나중에 '그 후에 한 삼일 구경 잘하고 왔다.'고 말씀하셨기 때문에 나에게는 천국을 다녀왔다는 그의 이야기가 더 신빙성 있게 들렸다.

"나는 스스로 생각했어. 이왕에 천국 구경을 왔으니, 제일 중심부, 즉 하나님의 보좌가 있는 곳을 가보리라고. 그랬더니 순식간에 커다란 궁전 같은 건물이 있는 곳에 가게 되더군. 그 건물을 올려다보니, 너무너무 커서 마치 조그만 개미가 큰 산을 올려다보고 있는 것 같아. 까마득했어. 그런데 거기는 어른들만 살고 있는 것 같았어. 사람들이 모두 커. 거인巨人들이야. 어마어마하게 큰사람들이야.

그런데 그 사람들을 쳐다보니, 몸에서 빛이 나는 것 같고 무척 행복해 보였어. 가슴으로 전해오는 따뜻하고 밝고 즐거운 빛 같은 것이 느껴졌지. 나도 거인巨人이 된 것 같고."

라고 하였다.

그리고 분명히 그 친구는 '하나님의 보좌'를

"그 건물을 올려다보니, 너무너무 커서 마치 조그만 개미가 큰 산을 올려다

보고 있는 것 같아. 까마득했어."

라고 말했다. 그런데 1986년 10월 20일 초판된 홍의봉 역『내가 본 천국』이라는 책에서 저자인 펄시·콜레 박사는 이렇게 적었다.

"하나님의 보좌가 2천 마일 높이로 우뚝 솟아 있으며 천국 안에서는 어디서든지 하나님의 보좌를 바라볼 수 있다."

(2) 태兌 ☱ 천상의 낙원(The Paradise)

'내가 아주「박형」박상신과 다름없어.'라고 주장했던 그 친구의 천국 다녀온 이야기에는 낙원의 모습이 생생하게 나타나 있다.

✿

"며칠간 아팠지. 게다가 그날은 몸이 피곤할 만큼 일을 많이 했어. 집에 돌아온 나는 팔다리에 힘을 쭉 빼고 방에 누워 있었는데, 잠이 들었던 모양이야. 어떤 청년이 나타나서 나한테 '나가자'고 하는 거야. 내가 물었지.

'어디를 가자는 거냐?'고.

'그냥 따라오면 좋은 데를 구경시켜 드리겠다.'고 하더군.

나는 그 사람을 따라나섰는데, 문밖에 순금으로 만들어진 수레가 있어. 순금으로 된 수레인데, 차체는 순금이며, 반짝이는 다이아몬드로 아름답게 장식되어 있었어.

나 보고, '타라.'고 하기에 나는 탔지.

안에 들어가 보니까, 좌석은 빨간 비로도 같은 천인데, 지상의 것보다 더 훌륭했어. 내가 타니까 수레가 움직이기 시작하는데, 말로 형언하기 어려울 만큼 빠르게 날아가는 거야. 『성경』에 금수레를 타고 갔다는 구절이 있는데, 나는 정말로 금수레를 타고 날았어. '우주선이 있다더니 이 수레가 우주선이 아닐까'하는 생각이 들었어. 참 신기한 것은 바퀴도 없고 엔진도 없으며, 앞에서 끄는 말도 없는데 수레가 공중으로 살 같이 날아가더라고. '슛슛' 하고 바람 스치는 소리도 들려왔고….

지상에서 롤스로이스나 벤츠나 캐딜락을 타며 으스대는 것은 부끄러운 일이야. 지상에서 번쩍이는 고급차를 타고 뽐내는 것은, 참으로 여기에 비하면 어린아이가 장난감 차를 가지고 노는 정도라고 비유할까?

어떻든 점점 지상의 것은 보이지 않고, 나를 데리러 온 청년과 수레만 보이는 거야. 얼마 동안 그렇게 달려가더니, 수레가 어디쯤 스르르 내려앉았어.

그곳에서는 아이들이 소꿉장난을 하며 놀고 있었어. 너무 신기하여 주위를 둘러보니, 방금 피어난 듯 아름다운 꽃이 만발해 있고, 산은 푸르게 물들어 있었어. 기후는 따뜻하고 새들이 지저귀는 소리는 맑고 명랑하여 내가 마치 봄동산에 나들이 온 것 같았어. 먼 산에는 안개가 피어올라서 동양화를 연상케 하더군. 모든 것이 생기가 있고 정답고 아늑했으며 향내까지 그윽했어.

소꿉장난하는 아이들을 보니, 바람에 나부끼는 흰옷을 입은 그런 영혼이야. '꿈이 아닌가' 하고 나 자신을 내려다보니, 나 역시 구름 같은 바람에 나부끼는 영혼이었어. 몸이 붕 떠서 가는 것 같았고….

'아, 내가 영으로 여기 와 있구나.' 하는 생각이 들어서 손등을 꼬집어보았지. 아프더군. 아픈 거야.

그래서 그 청년에게 물었지.

'여기가 어딥니까?' 하고 물었더니

'낙원의 일부입니다.'라고 대답했어.

『성경』에 나오는 낙원이라는 거야. 내가 다시 물었지.

'여기가 천국이란 말입니까?'

'예, 그렇습니다. 시간이 되면 모시러 오겠습니다. 마음대로 구경하십시오.'

그때 뒤를 돌아보니, 수레와 청년은 사라지고 없었어. 그래서 여기저기 다니며 구경을 했지. 『성경』에 기록되어 있는 것과 똑같았어. 나무마다 향기롭고 좋은 열매가 달려 있더군. 지상에서는 생각할 수도 없는 과일이었어. 처음 보는 과일이 주렁주렁 달려 있는 거야. 포도 한 알이 수박만한데 포도송이가 너무 커서 두 사람이 메고 가는데, 그 끝이 땅에 끌릴 정도야.

아이들이 노는 곳에 가보았더니, 아이들이 너무 귀여웠어. 그런데 말이 틀려. 알아들을 수가 없어. 그렇지만 아이들이 무슨 생각을 하면서 노는지 마음으로 느껴지더라고."

§

『내가 본 천국』이라는 책에서 저자인 펄시·콜레 박사는 이렇게 낙원을 증언하고 있다.

"천국의 외부에 도착하면 에덴동산처럼 산과 들과 계곡 등의 아름다운 자연에 도착하게 되며, 첫 번째 문인 Outward Gate(외부의 문)을 통과하여 수천 마일을 더 지나 두 번째 문인 Inward Gate(내부의 문)에 이르게 됩니다. 하나님 아버지의 영광은 이 두 번째 문의 안으로 들어가야만 뵐 수 있습니다."

43쪽에서

(3) 이離 ☲ 연옥煉獄

모든 범죄에는 그에 상응하는 벌이 따르기 마련이므로, 가톨릭에서는 이승에서 다 갚지 못한 벌을 저승의 연옥이나 지옥에서 받는다고 한다.

이탈리아의 시인이자 정치가였던 유명한 단테(Dante 1265~1321)는 그의 저서인 『신곡神曲』의 「정죄계淨罪界」 연옥을 설명했다. 연옥은 천국에 들어가는 데 적합하게끔 의인의 영혼이 정화되는 곳으로, 이 세상에서 다 이루지 못한 죄값을 치를 때까지 의인의 영혼이 고통을 받는 장소라고 한다.

『내가 본 천국』이라는 책의 저자인 펄시·콜레 박사 역시 천국의 변두리에 연옥(나머지 공부하는 곳)이 있다고 했다.

그리고 '내가 아주 「박형」 박상신과 다름없어.'라고 말했던 그 친구의 이번 이야기는 '어디론가 떠나가는 역' 같은 곳을 보고 왔다. 아마도 거기는 축생畜生으로 가는 곳을 구경한 것은 아닐까 싶은데, 그 이야기를 만나보자. 혹시 연옥은 그런 사람을 가르치는 곳은 아닐까 싶기 때문이다.

❁

"조금 황폐한 곳이었어. 온종일 걸어가다가 좀 외진 곳에 이르러 사람들이 모여 있었어. 내가 그 사람들에게 '여기가 어딥니까?' 하고 물었더니, 겨우 대답을 하는데 잘 알아들을 수가 없었어. 그저 '역驛이오.' 라는 말만 알아들을 정도야. '이 역에서 어디로 가는데요?'라고 다시 물었는데도 대답이 신통치 않아.

내가 생각해 보니, 역이라면 레일(Rail)이나 길이 있을 터인데, 아무리 보아도 레일이나 길이 없어. 기차도 자동차도 없고…, 그래서 그 역이라는 곳 안으로 들어갔더니, 어렴풋이 철길 같은 것이 보이는 듯도 해. 까마득하고 곧게 뻗쳐있는데 끝이 안 보이는 거야.

사람들은 여러 가지 옷을 입고 서 있는데, 이상하게도 모두 가슴에 표를 한 장씩 달고 있었어. 누군가가 그 표가 있어야 차를 탈 수 있다고 알려 주더라고. 그런데 자세히 보니, 그 표라는 것이 사진이었어. 가족사진도 있고 독사진도 있고."

❀

그 사람들은 이상한 옷을 입고, 한 장의 사진을 가슴에 표처럼 달고 있었다는 그의 천상계 이야기를 듣는 순간 나는 이상한 감정을 느꼈다. 마치 그 가슴의 표는 그들에게 내린 판결문은 아닐까? 여섯 갈래의 윤회하는 길 중에서 축생으로 사는 사람들이어서 서로 말이 통하지 않은 것은 아닐까. 그가 계속 이야기했다.

❁

"궁금한 것이 너무 많아서 누구에게 물어보고 싶었는데, 그곳 사람들은 모두

무표정하고 대답을 시원하게 해주지 못해.

내 짐작에 사진은 전생의 기록 같았어. 사람들은 또 지상으로 나가려는 영혼은 아닐까 하는 생각이 들더라고. 그때 나도 집으로 가고 싶어서 표를 하나 달라고 했지. 누구인지는 모르겠는데, 표를 하나 주더라고.

그때 기차가 소리도 없이 바람같이 다가와 멎었어. 그런데 그 차에는 차장인지 뭔지는 몰라도 힘깨나 쓰게 생긴 사람이 동승하고 있는 거야. 사람들이 우르르 몰려가더니 그 차를 타더라고. 나도 지상으로 가고 싶어서 그 차를 타려고 했더니, 차장인 듯한 사람이 말을 하더군. 어쩐 일인지 그 사람의 말은 알아들을 수가 있었어. 그가 나를 보고,

'안 됩니다. 이 차를 타려면 표가 있어야 됩니다.'

라는 것 같기에, 내가

'표는 여기 있다.'

하고 좀 전에 얻어 둔 표를 보였더니,

'이곳으로 가는 차가 아닙니다. 이 표로는 못 탑니다.'

하더라고. 나는 고집을 부렸지.

'나는 타야겠소.'

'안 됩니다.'

하며 서로 밀고 당기며 옥신각신한 거야.

'나는 아직 할 일이 남아 있어서 꼭 가야 하오. 비키시오.'

'안 됩니다.'

'비키시오.'

'안 됩니다.'

결국에는 둘이서 밀고 당기기 시작했지. 그런데 그 사람은 보기에는 대단히 힘이 세고 우람하게 생겼는데도 나에게 맥을 쓰지 못했어.

그가 힘이 부치니까, 차를 출발시키더니 나를 붙들고 애원을 하는 거야.

'제발 이 일을 방해하지 마시오. 저로서는 큰일입니다.'

그러더니 후다닥 달리는 차에 뛰어올라서 눈 깜짝할 사이에 차와 함께 사라졌어."

8

어찌 보면 여기 이 친구의 이상하고 뭐라고 말할 수 없이 괴이한 증언은 짐승이나 날짐승이나 물고기나, 축생으로 갈 사람들이 역에 모였다가 떠나가는 장면은 아닐까 싶다.

(4) 진震 ☳ 지옥地獄

큰 죄를 지닌 채 죽은 자, 곧 죄의 사함을 받지 못하고 죽은 자의 영혼은 지옥으로 가게 된다고 한다. 그 죄에 상당한 벌을 받는다고 한다.

'사람이 죽으면' 하면서 「박형」께서 사후의 비밀을 말씀하셨던 내용처럼, 지옥으로 가는 사람과 극락으로 가는 사람은 죽는 즉시 지옥 갈 사람은 지옥으로, 극락에 갈 사람은 극락에 바로 가서 거기에 화생化生, 즉 자취도 없고 의탁할 곳도 없이 홀연히 생겨난다고 한다.

어느 날 「박형」께서 한 마디 무시무시한 것을 말씀하셨다.

"어떤 곳은 서로 싸우는 살육장. '쳐죽여라, 쳐죽여라.' 외치면서…."

아마도 「박형」께서 지옥의 끔찍한 장면을 보고 하신 말씀이 아닐까 싶은데, 그 순간 나에게는 그 옛날 『천국과 지옥』의 저자인 에마누엘 스베덴보리씨가 실제로 지옥에 들어가서 보았던, 무서운 지옥의 참상과 흉악하게 생긴 악령惡靈들이 다른 악령을 인정사정없이 괴롭히는 장면이 생각났다. 그 당시 나의 느낌으로는 마치 「박형」께서 '내가 지옥에 가서 그 장면을 보고 왔다.'라고 말씀하신 것 같았다.

🌼

안내천사는 말했다.

"스베덴보리씨, 따라오세요. 좀 거친 길을 내려가야 합니다."

그가 천사와 함께 암벽 쪽을 향하니, 조금 전까지는 보이지 않던 동굴문이 열려 있었다. 동굴 안은 몹시 어두웠다.

그리고 계단이 보였고, 그 계단을 조심스럽게 내려가니 눈앞에 광장이 나타났다.

그곳을 한참 걸어가니 인기척이 들려왔다. 어둠을 뚫고 가까이 가보니 남루한 의복을 입은 흉한 얼굴의 영인靈人들이 보였다. 그들은 원을 그리고 앉아 중앙에 서 있는 한 거인의 열띤 이야기를 듣고 있었다.

스베덴보리는 그들을 자세히 보기 위해 고개를 길게 내밀다가 '앗!'하는 외마디 비명과 동시에 눈을 감고 몸이 휘청하며 쓰러질 뻔했다.

이것이 사람의 모습인지 짐승의 모습인지 도대체 구분이 되지 않았기 때문이다.

거기에 둘러앉아 있는 지옥 영인들의 눈은 당장이라도 시뻘건 불을 뿜어낼 것만 같았다. 지상에서 마귀니 악마니 하는 소리도 들었고 또 그림으로 그려진 지옥의 모습을 보기도 했지만, 직접 목격한 광경은 상상을 초월했다.

그중에서도 제일 무서운 형상의 영인은 둘러앉은 사람들 중앙에 서서 열변을 토하고 있는 거인이었다. 그의 눈은 증오와 적의로 가득 차 있었다. 양쪽 귀까지 찢어진 입에서는 새빨간 긴 혓바닥이 뱀의 혀처럼 밖으로 날름거렸고, 그 입으로 미친 듯이 고함을 지르며 무엇인가를 말하고 있었다.

스베덴보리는 두려움 속에서도 그 중앙 거인이 뭐라고 말하는지 귀를 기울였다. 거인의 쇠를 긁는 듯한 거칠고 투박한 목소리가 동굴 안을 찌렁찌렁 울렸다.

"이놈들아! 너희들은 오늘부터 우리 지옥계의 영이 됐다. 너희들은 여기 지옥에서 영원히 살 수 있는 영광을 타고 난 행운아인 것을 아느냐 말이다. 너희들의 사명은 이제부터 우리를 본받아 지상에 있는 많은 인간들을 유혹하여 이

어두운 곳으로 끌고 오는 것이다. 그 일을 잘하면 너희들은 영원한 삶을 축복으로 받는 거야. 재미도 거기 있고 쾌감도 거기 있다. 그 맛을 알고 나면 네놈들은 이 지옥이 얼마나 좋은 곳인가를 알게 되지. 나는 너희들이 여기 지옥에 온 걸 환영하며 축하인사를 하는 바다!"

원을 그리고 앉아 있던 영인들은 거인의 말에 함성을 지르며 환호했다. 그때 갑자기 거인이 스베덴보리 쪽을 쳐다보고 손가락질하며 외쳤다.

"이놈들아, 저기 서 있는 저놈들을 봐라. 저놈들도 영은 영이지, 저놈들의 모습이 저렇게 흉악하게 보이지만 놀라지 마라. 저놈 같은 영을 잡아다가 너희들의 종으로 삼아 마음대로 부려 먹는 거야. 저놈들은 이제부터 우리 종이다. 알겠느냐!"

다시 지옥의 영들이 환호성을 지르며 스베덴보리와 안내천사들을 노려보았다. 그러자 그 악마 같은 거인은 스베덴보리를 향하여 다시 손가락질하며 외쳤다.

"야, 이놈아! 이리 와! 이 원의 중앙으로 오란 말이야. 내가 너를 좀 검사해 봐야겠다."

스베덴보리는 거인의 말에 공포심과 함께 굴욕감이 절정에 달했다.

악의 화신인 거인은 스베덴보리를 향해 또다시 외쳤다.

"너, 이놈! 안 나와? 이리 오라니까! 야 이놈들아! 너희들이 가서 저놈을 잡아오너라!"

거인의 말에 거기 있던 지옥의 영들이 벌떼처럼 스베덴보리를 향해 덤벼들었다.

'아! 내가 이제 죽는구나!' (중략)

일행은 다시 층층대 계단을 한없이 내려가 제2지옥에 도착했다. 그곳에는 연탄불 같은 붉은 빛이 희미하게 비치고 있었다. 그때 난데없이 한 괴상망측하게 생긴 지옥령이 튀어나왔다. 그 뒤로 방망이와 괴상한 연장을 든 지옥령들이 쫓아 나와 도망친 영을 붙잡아 갔다. 그리고는 흉폭하고 잔악한 방법으로 고문하는 것이었다.

방망이로 치고, 젓가락 같은 막대기를 입속에 쑤셔 넣고, 송곳으로 콧구멍과 눈을 찌르고…, 그러더니 이번에는 반대편에서 또 다른 지옥령들이 떼거리로 뛰쳐나와 서로 뒤엉겨 무자비한 싸움을 시작했다.

안내천사가 설명했다.

"이 지옥의 고통은 하나님께서 내리시는 형벌이 아닙니다. 서로가 서로를 치고받으며 고통을 줍니다. 지금 보시는 바와 같이 싸움이 지옥 전체에서 하루에도 수천만 번씩 벌어지고 있습니다. 이곳은 자기사랑, 이기주의, 정욕의 만족만이 가득합니다. 여기서는 욕망이 곧 하나님입니다."

스베덴 보리의 『위대한 선물』에서

&

그런데 부처님께서도 스베덴보리나 「박형」처럼 무서운 지옥의 실상을 말씀하셨다.

『맛지마니까야』 「저승사자경」에는 죄를 짓고 지옥에 떨어져서 고통받는 지옥중생의 이야기가 있다. 부처님께서 리얼하게 지옥에서 고통받는 지옥중생의 좌절과 공포, 그리고 끝없이 계속되는 고통과 괴로움을 제자들에게 설하시고 계셨다.

부처님께서 말씀하신 그 지옥의 고통은 '사람이 죽어서 끌려간 시왕전'에서 심판받는 사람들이 당하는 고통을 한데 모아놓은 것보다 훨씬 더 지독하고 처참하다. 평시에 우리가 거의 생각할 수조차 없을 정도로. 너무 참혹하여 여기에 아주 조금만 인용한다.

"비구들이여, 그런 그를 지옥지기는 다섯 겹으로 찌르는 고문을 한다. 그들은 시뻘건 쇠꼬챙이로 한 손을 찌르고, 시뻘건 쇠꼬챙이로 다른 한 손을 찌르며, 시뻘건 쇠꼬챙이로 한 발을 찌르고, 시뻘건 쇠꼬챙이로 다른 한 발을 찌르며, 시뻘건 쇠꼬챙이로 가슴 한복판을 찌른다. 거기서 그는 고통스럽고 살을 에는 듯한 격통을 느낀다. 그는 그 악업이 끝날 때까지 죽지도 않는다.

그러면 지옥지기는 그를 눕혀놓고 도끼로 피부를 벗겨낸다. 거기서 그는 고통스럽고 살을 에는 듯한 격통을 느낀다. 그는 그 악업이 끝날 때까지 죽지도 않는다.

비구들이여, 그러면 지옥지기는 그의 발을 위로 하고 머리를 아래로 매달아서 까뀌로 찍는다. 거기서 그는 오직 고통뿐인 극심하고 혹독한 느낌을 느낀다. 그는 그 악업이 끝날 때까지는 죽지도 않는다.

비구들이여, 그러면 지옥지기는 그를 마차에 매어서 시뻘겋게 불타는 뜨거운 땅위로 이리저리 끌고 다닌다. 거기서 그는 고통스럽고 살을 에는 듯한 격통을 느낀다. 그는 그 악업이 끝날 때까지 죽지도 않는다.

비구들이여, 그러면 지옥지기는 그의 발을 위로 하고 머리를 아래로 매달아서 시뻘겋게 불타는 뜨거운 가마솥에다 집어넣는다. 그는 거기서 끓는 물의 소용돌이 속에서 삶긴다. 그는 끓는 물의 소용돌이 속에서 삶기면서 한 번은 위로 떠오르고 한 번은 아래로 내려앉고 한 번은 옆으로 돈다. 거기서 그는 고통스럽고 살을 에는 듯한 격통을 느낀다. 그는 그 악업이 끝날 때까지 죽지도 않는다.

비구들이여, 그러면 지옥지기는 그를 대지옥으로 던져 넣는다.

비구들이여, 그 대지옥은 네모로 되어 있고 각각의 편에 네 개의 문이 있으며, 철벽으로 에워싸여 있고 철 지붕으로 덮여있다. 바닥도 철로 만들어져 불로 타오를 때까지 달구어진다. 그 지역은 모두 백 유순由旬(인도의 리수의 단위, 소유순은 40리, 중유순은 60리)이며, 전 지역을 뒤덮고 있다. (하략)

이렇게 무섭고 끔찍하여 소름끼치는 이야기가 중중무진하고 첩첩산중으로 수많은 작고 큰 지옥으로 계속 이어진다. 죄인은 인정사정없는 지옥지기에게 죽는 게 더 나을 극심한 고통을 당하면서, '그는 고통스럽고 살을 에는 듯한 격

통을 느낀다. 그는 그 악업이 끝날 때까지 죽지도 않는다.'는 것이다. - 나무
관세음보살 -

그리고 놀랍게도 길고 긴 설법 끝에 부처님께서 이 모든 게 실제임을 천명하
셨다.

"비구들이여, 나는 이것을 다른 사문이나 바라문婆羅門(인도 4성계급 가운데 제일
계급인 승려)으로부터 듣고 그대들에게 말하는 것이 아니다. 내가 스스로 알고 스스
로 보고 스스로 발견한 것을 그대들에게 말하는 것이다."

(5) 손巽 ☴ 신선

지금부터 손·감·간·곤, 현상계의 주인공 이야기가 시작된다.
「박형」께서 비유로 말씀하신 '산 위에서 아래로 내려와 길을 인도하려는 호
랑이'인 불보살님이나 신선께서는 우리에게 어떻게 작용을 할까?
손이 의미하고 있는 신선(기독교에서는 성령·불교에서는 대보살님)을 만나보
자. 신선(기독교에서는 성령·불교에서는 대보살님)은 천상계에서 오신 성스러운
령(성령)으로 현상계의 최고 어른이다.

▶달마達磨대사님 … 총령에서 나타나심

✿

달마대사는 동토에 인연이 있어 양무제梁武帝때에 중국에 와서 일화개오엽一
花開五葉의 열매를 남기고 위魏의 태화 19년 10월에 입적하여 그해 12월 28일

에 웅이산熊耳山에 장사하였다. 그때 위의 송운宋雲이라는 사람이 위의 사신使臣으로 서역에 갔다가, 달마대사 돌아가신지 3년만에 본국으로 돌아오던 도중에 총령이란 재를 넘어오다가, 달마대사가 신 한 짝을 단장에 꿰어 메고 가는 것을 보고 여쭈었다.

"스님, 어디를 가십니까?"

한즉

"동토에 인연이 다하여서 본국으로 돌아간다."

그리고는 작별할 때에

"너의 임금도 그동안에 별세하였다."

는 말까지 듣고, 작별하고 돌아와서 보니, 과연 임금도 돌아가셨고 또 달마대사도 벌써 돌아가셨다고 한다.

그것이 웬말인가 하고 총령에서 만나서 이야기한 것을 주달하고 나서, 장사한 광(壙-墓穴)을 열고 보니 신이 한 짝 밖에 없었다. 신 한 짝은 신표(信標-뒷날에 서로 알아보기 위해서 주고받는 물건)로 들고 가 버린 것이다.

이렇게 육체 위에서 보면 악인악과 선인선과로 육도의 거리에 윤회전생輪廻轉生하고, 불과佛果를 증득한 제불보살은 인연있는 중생을 제도하기 위하여, 연극배우가 가장하듯이 이 옷 입었다, 저 옷 입었다, 벗고 입는 것을 마음대로 하나니, 이 정신계를 불생불멸이라고 하는 것이다."

『영험실화전설집』 총령척리葱嶺隻履에서

▶ 보현 대보살님께서 현신하사 하은스님을 인도하다

❀

하은스님은 13세에 구월산 패엽사貝葉寺로 출가하여 20년 동안 경전을 연구하였고, 다시 20년 동안 참선정진을 하여 도를 깨쳤다. 대중들이 스님을 패엽사 주지로 추대하였지만, 스님은 조용히 정진을 하고 싶어 대중들 몰래 도망을 쳤다.

하루 종일을 걸어 스님은 그날 밤 패엽사에서 삼사십리 바깥에 있는 주막에 투숙하였다. 그런데 밤늦게 하은스님이 묵고 있는 방에 땡초 중 한 사람이 들어왔다. '손님은 많고 방은 없으니 스님끼리 같이 주무시라'는 생각에서 주막집 주인이 들여보낸 것이었지만, 하은스님이 볼때는 이 땡초 중이 영 마음에 들지 않았다.

사람에게 위압감을 주는 부리부리한 눈으로 하은스님을 힐끔힐끔 쳐다보면서 고기며 술을 시켜 거침없이 먹었다. 그러더니 곰방대에다 담배를 넣어 뻑뻑 피워대는데, 그 조그만 방안에 담배연기가 꽉 차서 코가 따갑고 눈이 따가워 견디기가 힘들었다.

그런데 담배를 다 피우고 나더니 주인에게 '물을 가져오라'고 하여 방안에 앉아 양치질하고 세수를 한 다음, 똑바로 앉아 큰 소리로 화엄경을 외우기 시작했다. 그 길고 긴 80권 화엄경을 처음부터 끝까지 청산유수라는 말 그대로 줄줄줄 막힘없이 외워나갔다. 화엄학의 대강백으로 추앙받았던 하은스님이었지만 온몸이 얼어붙었다. 나중에는 입에서 광명이 나오는 듯했다.

간혹가다가 그 스님이 하은스님쪽을 쳐다보는데, 하은스님은 두려움 때문에 꼼짝도 못하고 있었다.

경을 다 외웠을 때는 이미 새벽녘이 되어 있었고, 그때 땡초스님이 말했다.

"사람들이 '하은, 하은'이라고 하기에 제법인 줄 알았더니, 대수롭지도 않은 인물이로구먼, 다른 데 가봐야 별 수 있을까봐. 돌아가서 패엽사나 지키지, 가긴 어딜 가!"

그리고는 방을 나가 돌아오지 않았다. 이에 하은스님은 발걸음을 되돌려 패엽사로 돌아와 대중들에게 말하였다.

"보현보살께서 오셔서 나에게 수기授記를 주고 가신 것이야. 패엽사 대중이 그렇게 갈망하는데도 대중을 배신하고 나간 것을 꾸지람하러 오신 거야."

그 뒤 하은스님은 평생을 패엽사에 계시면서 후학들을 지도하셨다.

『불교의 수행법과 나의 체험』 우룡큰스님 지음 72쪽부터

▶「박형」 박상신 대도사님 변신하신 이야기

나는 「박형」께서 '목적지는 돼.'라고 하셨던 거기에 「박형」의 도움으로 고향 풍기에서 새로 시작할 약국자리를 잡게 되었다.

그런데 약국을 다시 차리려면 약장도 만들고 여기저기 손질을 해야겠는데, 좋은 방법이 떠오르지 않아 혼자서 속수무책이었을 때였다. 「박형」의 신통력을 미리 알고 있던 선배가 「박형」에게 청하였다.

"「박형」, 오늘 여기에 와서 일 좀 해주시지요."

그 순간 나는 농사만 하는 「박형」에게 어째서 목수일을 해줄 것을 청하는지 알 수 없었다. 이상하다고 생각하고 있는 중에 「박형」께서 응락을 하셨다.

"그렇게 하지. 조금 있다가 내가 와서 일해 줄께."

그러고 나서 「박형」께서는 곧장 밖으로 나가셨다. 나는 「박형」께서 언제 다시 오려나 기다렸는데, 「박형」께서는 오시지 않으셨다.

다소 시간이 지난 후에 금계동 사람 이李씨가 오더니, 이상하게도 스스로 나서서 저녁 늦게까지 열심히 일을 해주고 귀가했다. 끝내 「박형」은 오지 않으셨는데, 다음 날 「박형」께서 와서 당당히 말씀하셨다.

"어제 내가 와서 일했다."

그리고 정작 그날 일을 해주었던 금계동 이李씨가 약국에 들렀을 적에 인사를 했다.

"어제는 참 고마웠어요. 일을 해주셔서요."

"일은 내가 언제? 내가 해준 것이 뭐가 있어서."

그의 대답은 실제와 달랐지만, 나는 그 사람이 겸손해서 그렇게 대답한다고

생각했었다.

지금 나는 다시 한번 「박형」의 말씀을 되새겨 보게 된다.

"나는 이 세상에서 안 해본 일이 없어. 아마 전부 다 해보았을 거야."

하셨는데, 다른 사람의 모습으로 나타나서 목수일을 하셨다는 사실은 참으로 믿기 힘든 기막힌 일이지만, 「박형」은 거짓을 말하지 않는 분이므로, 그날 「박형」께서 변신하고 현신하셔서 목수일을 하셨다고 인정할 수밖에 없다.

「박형」께서 '나는 이 세상에서 안 해본 일이 없어. 아마 전부 다 해보았을 거야.'라고 하신 말씀에는 엄청난 뜻이 들어있다. 「박형」께서 스스로 자신의 전지전능한 능력이 수많은 전생을 통해서 습득하신 것이라는 사실을 이렇게 말씀하셨다고 생각되고, 또 「박형」처럼 아무도 모르게 작용하는 이런 사랑이 선신善神의 가호加護, 기독교인에게는 하나님의 은총恩寵, 불교도에게는 불보살님의 가피加被, 즉 자비를 베풀어 중생을 이롭게 함이며, 모든 성자의 능력이라고도 말할 수 있기 때문이다.

▶「박형」께서 산신령처럼 오신 이야기

나의 부친을 장사지내던 날, 선산에서 「박형」께서는 나의 어머님 산소 뒤에 있던, 작은 돌 두개 정도 되는 조그만 흙더미를 가리키며 말씀하셨다.

"나중에 합장合葬을 하게 되면, 저기 있는 저 흙을 쓰면 되겠네."

나의 어머님께서는 아버님보다 먼저 돌아가셨고 아버님이 나중에 돌아가셨는데, 어찌된 까닭인지 산소를 다 쓰고 난 뒤에 보니까 어머님 묘가 왼편에, 아버님 묘가 오른편에 자리하고 있었다.

원칙대로라면 묘 앞에 서서 바라보았을 때 밝을 명明자처럼 남자인 부친이 왼편에, 여자인 모친이 오른편에 안치되어야 맞는 것이다. 그래서 마음이 좀 꺼림칙하였다.

몇 해 뒤에 삼촌께서 가족묘를 조성한다기에 덩달아서 두 분의 자리를 서로 바꿔드리고 싶어 마침 산소에 들렀던 나는 초등학교 동창에게 합장이 어떨까를 물었다. 이상하게도 그 동창친구가 문득 「박형」께서 전에 지적했던 조그만 흙더미를 손으로 가리키면서 「박형」과 똑같은 말을 했다.

"합장을 하면 좋을 것 같아. 저기 있는 저 흙을 쓰면 되겠네."

그 말을 듣는 순간 갑자기 '그렇구나, 「박형」께서 합장하라고 그런 말씀을 미리 하셨었구나.'라는 생각이 들었다.

그래서 서둘러서 며칠 뒤에 부모님의 묘를 합장하기로 했다.

그리고 합장을 하던 날이었다.

합장이 끝나고 간단히 제사를 지내고 음복을 하려는 때에 언뜻 눈에 띄는 할아버지 한 분이 계셨다. 산소에서 10여 미터쯤 떨어진 곳에 어디서 오셨는지 알 수 없는 흰 수염 할아버지께서 혼자 앉아계셨다.

'공양을 받으시려고 오셨구나. 혹시 산신령이신가?' 싶어서 나는 얼른 과일을 가져다 드렸다.

그런데 이상한 것은 그분이 앉아 계시던 곳은 분명 우리들이 있던 곳보다 낮은 곳이었는데, 내가 공양을 드리려고 달려갈 당시에는 몰랐다. 그 순간에는 이쪽과 그쪽이 그냥 평탄하고 평평한 땅이었다.

나중에야 거기가 분명히 우리가 있던 곳보다 한참 아래쪽에 위치하고 있으며, 크게 몇 단계로 내려간다는 것을 알아차리게 되었다.

그리고 물론 정체불명의 그 할아버지는 공양을 들고 계셨는데, 언제 어디로 가셨는지 흔적 없이 사라지셨다. 당시에 나는 동리어른이 아니면 나의 공양을 받으려고 오신 산신령님이라고 생각했는데, 지금은 그 할아버지가 「박형」의 현신으로 추측된다.

▶「박형」의 맏이가 장가가던 날 이야기

「박형」의 맏이가 단양에서 장가가는 날, 내가 결혼식 피로연식당으로 막 올라설 때였다. 어디서 나타났는지 네 모서리에 회전의자의 바퀴를 달아서 타고 다닐 수 있게 송판으로 만든 썰매를 타고 앉은, 몸이 불편해 보이는 할아버지가 누구의 도움을 받아 쉽게 피로연장의 계단을 올라오는 것이 보였다. 인구가 겨우 몇천 명 정도 되는 소도시인 단양읍내에서 처음 보는 분이었다.

할아버지는 곧장 식당으로 진입했고, 안내를 맡은 사람은 누가 시킨 것처럼 냉큼 할아버지에게 점심상을 차려드리라고 홀서빙하는 이에게 지시했다.

잘한다고 생각했고, 나중에 궁금증이 생긴 내가 가서 확인을 해보았더니 언제 어디로 가셨는지 어디에도 그분은 보이지 않았다. 그리고 물론 아무도 그분이 누구인지 아는 사람도 없고, 그전에도 그 뒤에도 그런 바퀴가 달린 송판으로 만든 썰매를 탄 할아버지를 본 사람이 없다. 그 할아버지가 「박형」의 현신이라 해도 조금도 이상하지 않다.

선배가 이런 말을 했다.

"단양에서 내가 보니까, 신선이 길을 가다가 길가의 돌을 집어주면서 '이것을 삶아 먹이면 낳는다.'하더라고.

그 신선이 누구냐 하면 여기 「박형」이야. 「박형」은 신선이야.

길에서 어떤 사람을 만났는데, 자꾸 아프다고 하니까, 「박형」께서 길가의 돌을 집어주면서, '이것을 삶아 먹으면 낳는다.'고 하셨어. 그냥 돌이야. 아무 돌, 하나 집어주더라고."

산 위에서 누에를 치신다는 관세음보살님 같은 분, 단양장날 손으로 몸통을 움직여 다니던 분, 중령고개에서 만났던 복분자 아주머니, 종이상자에 담겨 버려졌던 불쌍한 아저씨 같은 분들과 달마대사님의 현신, 보현보살님의 현신, 그리고 「박형」의 변신 등등 모두 '이 세상 이야기책에 나오는 주인공'들의 이야기이며, 이러한 어른들이 팔괘八卦, 여덟 쪽으로 나뉜 우주의 주인공 중에서 우리가 모르고 지나쳤던, 바람 같은 어른, 곧 손巽이다.

(6) 감坎 ☵ 성현聖賢

감은 대인으로, 어머니의 태에 들어 육신을 입고 오셨던 성현이다.

석가모니부처님과 예수 크리스트, 그리고 「박형」 박상신 대도사님 같은 대인께서는 우리들을 구원해주시려고 인간의 몸을 받고 오신 성령이시다. 마침내 성불하시는 모습을 시현하셨고, 마침내 부활하시는 모습, 마침내 우화등선, 교역되셔서 변화된 몸을 나타내시는 모습, 내지는 불사신의 모습을 나타내서 보여주셨다.

이미 모두 다 알고 계시는 바와 같이 대인께서 어머니의 태에 들어 육신을 입고 오실 때는 성인이 되시고, 우화등선하셔서 몸을 바꾸어 현신하셨을 때는 대아라한 · 신선 · 대보살님이다. 그분들이 산 위에서 내려와 앞서가는 호랑이이며, 천상계의 실세인 성령이시다.

▶ 성인聖人의 강건함

🌸

기원전 489년 공자孔子(BC 551~BC 479)님과 그 제자들이 채蔡에 머물러 있을 때, 당시 초楚의 현명한 군주였던 소왕昭王이 공자님 일행을 초청하였다. 그리하여 공자님께서는 그 제자들과 함께 초나라를 향해 희망찬 길을 나섰다. 그러나 공자님과 일행은 진陳과 채의 접경지대에서 채나라 군대에게 포위를 당하였다. 채나라 장수가 전했다.

"초楚로 가지 않겠다고 약속하시면 포위를 풀겠다."

채는 적국인 초에 인재를 빼앗기지 않으려고 그렇게 한 것이지만, 공자님과 제자들에게는 큰일이었다. 얼마 지나지 않자 포위망 속에 갇힌 그들의 양식이 바닥났다.

그때에 제자 자로子路가 마지막 남은 한 줌의 곡식으로 밥을 지어 공자님에게 드리고, 제자들은 야생의 나물로 죽을 쑤어 먹기로 했다. 공자님께서 이 사실을 아시고, 여럿이 모인 가운데 물으셨다.

"나만 밥인가? 누가 이런 짓을 했느냐?"

자로가 앞으로 나섰다. 공자님께서는 자로에게 밥그릇을 내밀면서 말씀하셨다.

"이것을 먹어라."

"먹을 수 없습니다."

공자님께서 다시 말씀하셨다.

"네가 먹을 수 없는 것을 어떻게 내가 먹을 수 있겠느냐? 우리는 일가一家이며, 나는 너희들의 큰형과 같다."

그리고 공자님은 제자들과 함께 나물을 캐셨다. 그날부터 일행은 모두 나물 죽을 먹게 되었다. 이제 이 황야에 남겨진 양식이라고는 야생의 풀밖에 없었기에, 공자님과 제자들은 인적 없는 황량한 들판에서 굶주려야만 했다. 포위망 속에서 날이 지나갈수록 그들의 죽고 사는 갈림길로 다가서는 중이었다.

뿐만이 아니었다. 또 며칠씩 황야의 모래바람은 사정없이 주위를 휩쓸었고, 때때로 변덕스런 날씨가 장대비를 퍼부었고, 밤마다 추위에 떨어야 했다. 제자 중에 어떤 이는 남몰래 달아났고, 하나 둘 땅에 눕게 되었는데….

아무도 말하지는 않았지만, 시간이 지나감에 따라 불안하고 초조해진 제자들의 마음속에는 공자님을 따라다니게 했던 공자님에 대한 존경심과 희망이 점점 회의와 좌절로 바뀌고 있었다.

◦ 그때에 제자들을 대변하듯 자로가 공자님께 질문을 던졌다.

"군자君子가 곤궁困窮에 빠지는 일이 있습니까?"

그의 질문은 '착한 일을 하는 자에게는 하늘이 복을 내린다는데, 왜 어지신 군자께서 지금 곤궁하게 되었는가' 하는 질문 같지만, 상황이 상황인 만큼 '이렇게 급박한 중에 어찌해서 목숨 걸고 반드시 초나라로 가시겠다고 고집하시는가' 하는 질문이었다. 더구나 그 질문 속에는 공자님을 오랜 세월 가까이 모시고 따랐던 자신에 대한 울분마저 들어있었는지도 모른다. 그때 공자님께서 자로에게 반문하셨다.

"네가 말하는 곤궁이란 무엇인가?"

자로는 자신 있게 대답했다.

"지금 같은 상황입니다."

공자님께서 입을 여셨다.

"모두 그렇게 생각하느냐? 역시 확실히 말하는 편이 낫겠구나. 나는 자로가 한 말에 찬성하지 않는다. 군자는 도가 막힘을 궁窮이라 한다. 곤란에 빠져 지향志向을 버리고, 곤혹困惑(곤란한 일을 당해 어찌할 바를 모름)한 중에 생존生存을 구하는 것을 곤困이라 말한다.

우리는 몇 번이고 화禍를 당하였지만, 지향志向과 소원所願을 버리지 않았다. 그래서 이곳에서 식량이 떨어졌지만, 시종 인덕仁德의 길을 지켜나가고 있다. 이것을 곤란困難이라고 말하겠는가?"

⸸

정말 공자님의 정신력에 감탄사가 절로 나온다. 하지만 과연 공자님께서 목숨 걸고 지켜 나아가려던 그의 지향과 (태평성대를 실현하려는) 그 소원은 이 사바 세상에서 받아들여질 수가 있기는 있는 것일까?

부귀영화를 모두 버리고 출가하시고 마침내 성불하신 석가모니부처님이나, 세상사람 아무에게도 보여줄 수마저 없는 천국을 사람들에게 알리려고, 고난의 십자가를 기꺼이 지시기로 결심하셨던 예수님이나. 생존보다 도의 막힘을 걱정하셨던 공자님.

그분들은 그 어떤 것 때문에 그런 믿음과 투철한 사명감과 인류애를 가지고 계시게 된 것일까? 참으로 자신을 죽여서 다시 사신 성인聖人들의 그 정신력(Spiritual strength)이 부럽다. 교역으로 가는 '오직 이것 한 길'에는 대인의 '이렇게 단호한 정신력'이 필요할 것 같다.

공자님은 이렇게 소명召命의 길로 꿋꿋하게 나아가셨고, 「박형」께서는 이렇게 말씀하셨다.

"나는 미역국은 잘 안먹어."

『논어論語』에 있는 내용이다. 공자님을 간명하게 잘 나타낸 것 같아서 옮겼다.

자하子夏가 공자님을 평가하였다.

"군자는 세 가지 변화가 있다.

처음 만났을 때는 사귀기 어려운 느낌을 받는다. (내부에 엄격한 면이 있기 때문이다.)

그러나 사귀어보면 온화하다. (왜냐하면 인정이 있기 때문이다.)

또한 그의 말을 들으면 매우 격렬한 감이 든다. (도를 믿는 의지가 견고하기 때문이다.)

자 하 왈 군 자 유 삼 변 망 지 엄 연 즉 지 야 온 청 기 언 야 려
〔子夏曰, 君子有三變 望之儼然 卽之也溫 聽其言也厲〕."

▶ 예수님의 첫째 제자인 성 베드로

❀

예수님께서 성령으로 제자에게 나타나셨던 매우 감동적인 이야기가 있다.

예수님께서 승천하신 뒤로 수세기 동안, 그리스도교도들은 고난의 길을 걸어야 했다. 그 당시 로마 제국은 난숙한 절정기를 맞아, 황제를 비롯한 귀족들은 광대한 점령지로부터 거두어들이는 공납이며 노예들의 노동으로 해서 오로

지 향락적인 소비 생활에만 탐익하고 있었다.

그런 사람들 사이로 금욕적이고 내성적인 기독교가 즐겨 받아들여질 수는 없었다. 반면에 인간의 대우를 받지 못하는 노예의 비참한 생활이 있었고, 기독교는 이러한 하층 계급에서 그 공명자共鳴者를 얻게 되었다. 그래서 권력자들은 기독교가 민중에 침투해 가는 것을 꺼려 참혹한 탄압을 가하였다.

인내심 깊은 교인들도 더 이상은 견디지 못하고 목숨을 부지하기 위해 속속 로마를 떠나고 있었다.

다른 사도들과 더불어 전도를 하고 많은 사람에게 깊은 감동을 주었던, 예수님의 12제자 중 한 사람인 베드로도 결국에는 로마를 떠나기로 했다.

베드로가 밤중에 로마를 출발해서 새벽녘에 아피안 가도를 걷고 있었는데 때마침 해가 솟아올랐다. 그 황금빛 빛다발 속에 베드로는 그리스도의 모습을 보았다. 그는 저도 모르는 사이에 무릎을 꿇고 여쭈었다.

"쿼바디스 도미네(주여 어디로 가시나이까?)"

그 베드로의 귓전에 분명히 예수님의 대답이 들렸다.

"네가 나의 백성을 버린다니? 나는 한 번 더 로마로 가서 십자가에 못박히겠다."

한참을 그 자리에 쓰러져 있던 베드로는 드디어 일어나 발길을 돌려 다시 로마로 가서….

기원67년(혹은 64년) 6월 28일 로마에서, 폭군 네로의 교회 박해 때 거꾸로 십자가에 매달려 순교하셨다.

8

두말할 필요도 없이 공자님 같은 성인들과, 예수님의 첫째 제자이셨던 베드로 같은 어른들은 전생에 이미 많은 수행이 있으셔서 대인이 되셨던 분들이시며, 사람들을 도울 목적으로 어머니의 태를 빌려 사람의 몸으로 세상에 오신 분들이시다.

1970년대 새마을운동 등을 통하여 크게 경제적인 발전을 이룩하셨던 고 박정희 대통령이 비운으로 서거하셨을 때, 「박형」께서 한마디 하셨다.

"대인은 아니었던 모양이야."

고인에게는 정말 죄송하지만, 대도사께서는 어떤 사람을 대인이라고 하셨는지를 알려주기 위해, 송구한 마음으로 인용하였다.

(7) 간艮 ☶ 인걸人傑, 잘난 사람과 못난 사람

대문호 빅토르 위고(Victor Hugo 1802-1885)의 소설, 『레미제라블』의 쟝발장을 만나보자.

🌸

주인공 쟝발장은 굶주린 누이와 조카들을 위해 빵을 훔치다가, 잡혀서 감옥에 갔다가 계속 탈주하는 바람에 19년 형을 받게 되었다. 그리고 출소 후에 마들렌이라는 이름으로 살면서, 자신의 죄를 감싸준 신부에게 감동 받아 다른 사람처럼 살게 된다. 결국에는 그의 끝없는 선행과 시市의 공헌을 인정받아 시장市長직까지 역임하게 되었다.

(중략) 그러던 어느 날 도적이라는 누명을 쓴 '쟝발장이 잡혔다는 소식'을 듣게 되었다. 죄없는 불쌍한 사람이 억울하게 누명을 쓰고 자기 대신에 재판을 받고 형을 받게 될 재판정에서 그를 위해 자기가 진짜 쟝발장이라는 것을 밝히는 아주 감동적인 장면이 있다.

◎ 〈재판정〉

재판장 – "피고 기립하시오."

〈(쟝발장, 그는 지금 시장이다.) 시장이 들어오고 재판장에게 인사한다.〉

시장　－"판사님."

재판장 － "영광입니다. 시장님."

시장　－"감사합니다."

〈시장이 자리에 앉는다.〉

재판장 ― "심문을 계속하시오."

검사 ― "단순한 척하니 간단히 묻겠소.

〈피고석에 서 있는 정신이 흐리멍덩한 사람에게〉

"쟝발장이오? 아니오? 애당초….

피고 ― "그게 무슨 초지?"

검사 ― "묻는 말에 대답하시오."

피고 ― "나쁜 놈, 이게 내 답이요. 당신 이름을 잊어먹어서…. 내 이름은…, 매일 먹지도 못해요. 그래서 항상 배가 고파요."

〈횡설수설하는 피고〉

재판장 ― "도둑질은 유죄요. 검사의 질문에 대답하시오."

피고 ― "질문이 뭔데요?" (관중석의 웃음소리)

검사 ― "쟝발장인지 아닌지 답하시오."

피고 ― "내 고향이 파브롤이었어요? 내 고향을 다 아시고 똑똑하네요. 난 몰랐다. 떠돌이였거든요."

검사 ― "재판장님, 일부러 딴소리하고 바보인 척하면서 교묘하게 죄를 부정하고 있습니다. 증인을 세우겠습니다."

재판장 ― "인정합니다."

검사 ― "브레베."

〈길에 누워 자다가 온 것 같은 차림의 늙은이가 쇠고랑을 끌면서 심문대로 나온다.〉

검사 ― "한 사람의 인생이 달려 있으니 정직하게 증언하시오."

브레베 ― "전 기억력이 좋죠. 사실대로 말하겠습니다."

검사 ― "피고 일어나시오. 〈검사는 다시 증인 부레베를 향하여〉 이 사람을 기억합니까?"

브레베 ― "네. 형량을 감해 주실 거죠?"

검사 　 － "이 사람이 누구죠?"

브레베 － "쟝발쟝, 같이 19년을 감방에 있었죠. 늙고 멍청해지긴 했지만. 나이 탓이겠죠."

검사 　 － "재판장님, 또 다른 증인을 요청합니다."

재판장 － 〈브레베를 향해서〉"자리에 들어가시오."

검사 　 － "롬바, 나오시오."

〈술주정꾼 같은 자가 나온다. 사진의 뒤에서 앞을 보고 서 있는, 방한모 같은 것을 쓴 키가 큰 사나이, 역시 손발에 쇠고랑을 차고 있다.〉

검사 　 － "피고는 서 있어요." 〈새로 나온 증인, 롬바를 향하여〉"다시 한 번 말합니다. 정직하게 답하시오. 피고를 압니까?"

롬바 　 － "알다마다요. 5년 동안 같은 방을 썼는데요. 〈뒤에 서 있는 피고, 뒷 줄의 오른 쪽에서 두 번째 인물을 처다보면서〉왜 그래? 잘 있었나? 옛친구가 반갑지도 않나?"

피고 　 － 〈얼떨결에 인사한다.〉"안녕."

검사 　 － "베텡을 증인으로 신청합니다."

〈머리에 붉은 띠를 맨, 베텡이 심문대로 나온다.〉

검사 　 － "신중히 대답하시오. 피고를 기억합니까?"

베텡 　 － "네, 쟝발쟝입니다."

〈이렇게 정신이 흐리멍덩하고 불쌍한 사나이가 도적의 누명을 쓴 쟝발쟝으로 만들어지고 있었다. 그때 재판과정을 지켜보던 시장이 일어나서, 떨리는 목소리로 재판장에게 말한다.〉

시장 　 － "재판장님, 내가 한마디 해도 될까요?"

재판장 － "네, 그럼요."

시장 　 － 〈증인들을 향해〉"브레베, 롬바, 베텡! 나를 봐."

　　　　　〈모자를 벗으면서〉"나를 기억하겠나?"

　　　　　〈첫번째 증인을 향해〉"자네 브레베지? 고자질 잘하는 건 여전하군."

브레베 ― "쟝발쟝."

시장 ― "잘 있었나? 브레베."

〈다음 증인을 향해〉

"그리고 룸바. 내 겉모습 말고, 내 눈을 봐. 자넨 무신론자라고 했었지. 왼쪽 어깨에는 흉터가 있고. 날 죽이려 했던 날 밤에 생긴 흉터 기억나?"

시장 ― "화로에다 밀었잖아."

룸바 ― "너로구나." 〈놀란 토끼눈이다.〉

시장 ― "흉터를 보여 줘."

〈앞으로 나와서 불에 덴 흉터를 보인다.〉

시장 ― "베텡! 왼쪽 팔을 들어 1789 문신이 있지. 보여 줘."

〈베텡이 앞으로 나와 왼팔의 1789라는 문신을 확인시킨다. 놀라는 검사, 재판장, 방청객들.〉

시장 ― 저는 이들을 알고 이들도 나를 압니다.

〈검사를 향해〉

당신이 찾는 쟝발쟝은 바로 접니다.

〈그때 베텡이 크게 외친다.〉

베텡 ― "맞아, 쟝발쟝이야!"

여럿이 ― "이럴 수가."

재판장 ― "시장님, 착한 분인 건 알지만…."

시장 ― "착하다구요? 감옥에서는 나도 이들처럼 야비하고 포악했지요. 저 불쌍한 사람이 나 대신 고통 받는 건… 차마….

〈재판장을 향해〉

수사를 계속하면 내가 쟝발쟝이라는 걸 알게 될 겁니다."

8

그렇게 용기 있는 쟝발쟝은 자비심이라는, 천상으로 올라가는 사다리를 타고 한 걸음 더 위로 나아갔다.

▶ "자네는 등산객登山客일세."

간艮~☶을 주역에서 산山이라 하는데, 산을 오르는 등산객登山客의 앞을 막아선 것이고, 산은 수행자가 넘어야 할 과제를 의미한다. 수행자가 이겨내야만 될 유혹(습관)을 의미한다. 분명히 산 넘어 천국이 있으니, 힘써 정진할 수밖에….

태초에 인간은 그 첫 번째 사람들이 교묘한 욕망(사탄)의 유혹에 넘어가서 낙원에서 쫓겨나게 되었고, 실제로 인간의 마음속에 생긴 욕망들 때문에 생사윤회하고 있다.

윤회를 다르게 비유해서 말한 것이 시지프스Sisyphus의 신화*가 아닐까 한다.

인간은 그리스 신화의 시지프스처럼 산꼭대기에서 굴러 내리는 바위를 다시 산 위로 밀어 올리는 것과 같은 벌罰을 반복해서 받는 것과 다름없다. 인간이 욕망의 굴레에서 벗어나기 전까지, 계속해서 그렇게 살고 있다는 것이다.

'모세와 선지자先知者들에게, 듣지 아니하면 비록 죽은 자 가운데서 살아나는 자가 있을지라도 권勸함을 받지 아니하리라' 하셨던 것처럼, 보통사람은 성인의 말씀도 알아듣지 못하고, 믿지 못하여 어둠 속에서 해메고 있다. 어느 날 「박형」께서 나에게 말씀하셨다.

"자네는 등산객登山客일세."

---

* 시지프스의 신화 : 시지프스는 신들을 기만한 죄를 범하고 잡혀 명계冥界로 끌려가서, 명계의 왕인 하데스의 명으로 큰 바위를 산의 정상까지 밀어올리는 벌을 받는다. 그런데 산꼭대기로 바위를 밀어올리면 바위는 굴러 떨어져버린다. 하데스는 바위가 항상 산꼭대기에 있게 하라는 명령을 내렸기에, 시지프스는 바위를 산꼭대기로 밀어올리고, 바위는 다시 굴러 떨어지고, 다시 밀어올리면서 끝없는 고통을 당한다.

먹고 살아야할 장비(능력·재주)를 짊어지고, 정상을 향해서 험한 산길로 힘써서 올라가야할 사람, 등산객! 분명 나 역시 등산객이다.

그렇다면 그리스 신화의 시지프스처럼 산꼭대기에서 굴러 내리는 바위를 다시 산 위로 밀어 올리는 것과 같은 벌罰을 반복해서 받는 것과 다름없는 윤회에서는 언제 벗어날 수가 있을까?

『티벳트 사자의 서』에서는 이렇게 말한다.

* '내 안에 더러움이 없다'고, 있는 그대로 꿰뚫어 아는 사람은

그대 자신의 마음이 곧 참된 의식이며 완전한 선善을 지닌 불타佛陀임을 깨달으라. 그것은 텅 빈 것이지만 아무것도 없는 텅 빔이 아니라, 아무런 걸림이 없고 맑게 빛나고 기쁨과 행복으로 가득한 텅 빔이다.

본래 그것은 스스로 빛나고 더 없는 행복으로 가득한 세계다.

* 그 하나 됨이 완전한 깨달음의 상태다. 그대 자신의 마음이 바로 영원히 변치 않는 빛 아미타불(Amitabha)이다. 그대의 마음은 본래 텅 빈 것이고 스스로 빛나며, 저 큰 빛의 몸으로부터 떨어질 수 없다. 이것을 깨닫는 것으로 충분하다. 본래 텅 빈 그대 마음이 곧 불타임을 깨닫고, 그것이 참된 의식임을 알 때, 그대는 불타의 마음 상태에 머물게 되리라."

(8) 곤坤 ☷ 소인小人과 장군들

오영구스님은 『진리의 문』에서 말씀하셨다.

"만약 인간이 완전한 지성을 갖추어, 나고 죽고 살아가는 것이 모두 욕심 때문이

라는 것을 알고 전생前生의 일을 알게 되면, 생존을 포기하고 번식을 중지하여 인간이 멸종되었을지도 모른다. 그러나 그 욕심이 이성의 눈을 가려, 고苦를 낙樂으로 알고 나쁜 것을 좋게 보기 때문에, 인간이 존속하며 삶이 즐겁다고 예찬하는 것이 아닐까?

그러면 인생이란 즐거운 것일까? 괴로운 것일까?

이에 대한 답은 지능과 연령과 환경에 따라 다르다

인생이란 욕망으로 얼룩진 희비극의 연속이다. 인생무대에서 욕망에게 자리를 빼았기면, 욕망은 인간을 노예로 만들고, 말할 수 없이 가혹하게 부린다. 그런데도 모든 인간들이 욕망 앞에서 불평 한마디 없이 복종한다. 갖은 희생을 치룬 댓가로 그 희생의 천분의 일도 못되는, 단 몇분 동안의 쾌락을 얻기 위하여 엄청난 대가를 치룬다. 참으로 이런 것이 인간들이 원하는 행복이라면, 정말 그 인생은 비극이 아닐 수 없다.

지능이란 지적활동 능력을 말하는 것인데, 지능은 유전법칙을 따르지 않고 양혼陽魂의 질량에 따라 지능의 우열이 나타난다.

양혼은 불교에서 아라야식이라고도 하고, 혜명양기慧命陽氣라고도 하는데 양성자陽性子인 것이다. 이 양혼이 지혜와 기억의 근원이기 때문에, 양혼의 양의 다소와 명암에 따라 육도로 태어난다.

그 실상을 보면, 양혼 50%의 비율을 가진 영혼들은 인간으로 재생되며, 양혼 40% 음혼陰魂 60%의 비율을 가진 영혼들은 축생으로 태어난다. 축생 중에서도 양혼의 비율이 좀더 높으면 조류가 되고, 양혼의 비율이 더 낮은 것은 기는 짐승이 된다.

이 양혼의 비율은 기준을 말한 것으로서, 모든 사람이 다 똑같다는 말은 아니다. 같은 인간이라 하더라도 중생교화를 위하여 태어나는 사람은 100% 양혼이기 때문에 뛰어난 지능을 가지며, 천치 바보는 질량이 짐승보다 낮은 예도 있다.

양혼의 비율이 더 많은 사람은 지능이 높고, 이와 반비례해서 탐욕은 적으며, 음혼의 비율이 더 많은 사람은 지능이 낮고 반대로 본능적 탐욕이 더 많다.

사랑이란 저능한 사람에 있어서는 생명에 대한 애착보다 강하다. 보통 사람에 있어서는 생명과 같으며, 수재에 있어서는 생명 다음으로 강하다. 천재에 있어서는 사랑이 별로 중요한 것이 못되며, 깨친 사람에 있어서는 사랑이란 원수와 같다.

그런데 대체 이 사랑이란게 무엇이기에 인간의 이성을 혼란시키고, 인간의 모든 일을 와해시키며, 인간에게 형언할 수 없는 괴로움을 꿀보다 더 감미롭게 느끼게 하는가?

사랑의 뿌리는 애욕이다. 애욕의 뿌리는 우리의 음혼인데, 음혼은 즉 음전자인 정전기이다. 음혼은 본능과 욕망의 근원으로, 대뇌를 통하여 작용하면 욕망이 되고, 바로 작용하면 무의식적 본능인 것이다. 성욕은 대뇌를 통해서 작용하기도 하고, 대뇌를 통하지 않고 무의식적으로 작용하기도 하는데, 축생은 후자에 속한다.

그러므로 본능적 욕망과 연관이 전혀 없는 것은 사랑이 가지 않는다. 이웃과 국가에 봉사하고, 남을 위한 희생은 사랑이 아닌 자비인 것이다. 자비는 이성에서 발로 된 것이기 때문에 남을 위해 봉사할 수 있으나, 저능한 사람이나 축생은 본능적인 욕망이 강하기 때문에 본능과 연관이 있는 애욕의 대상이나 자식만을 사랑하고, 남을 위한 봉사는 할 줄 모르는 이기주의자들에게서 쉽게 그 실증을 볼 수 있다.

짐승이 사람보다, 바보가 천재보다, 생의 애착이 더 강하고 성적 욕구도 더 강한 이유는 음혼의 비율이 양혼보다 더 많기 때문이며, 그래서 더 본능적이다. 이 본능의 근원인 음혼이 생사의 원인을 만들고, 그 원인 때문에 괴로운 윤회의 결과가 생겨나는 것이므로, 부처님께서 '사랑하는 사람을 갖지 마라. 적게는 사랑하는 사람과의 이별이 생겨서 괴롭고, 크게는 끝없는 생사의 고통을 받는 원인이 된다.'고 말씀하셨다.

▶ 스님께서 깨우쳐주신 것처럼 소인은 이렇고, 「박형」께서 보신 장군들은 또 어떤 존재일까? 석가모니부처님의 말씀을 주제별로 모은 경經인『상윳따니까야』1권 제4주제 '마라 상윳따' 「통치경」에서 만나보자.

이와 같이 나는 들었다. 한때 세존께서는 꼬살라국의 히말라야 산기슭 숲속의 토굴에 머무셨다. 그때 세존께서 한적한 곳에 홀로 앉아 있던 중에 문득 이런 생각이 들었다.

'죽이지 않고 죽이도록 하지 않고 정복하지 않고 정복하도록 하지 않고 슬퍼하지 않고 슬프게 하지 않고 법답게 통치한다는 것이 참으로 가능한 것인가?'

그러자 마라마구니 빠삐만이 마음으로 세존의 마음속 생각을 알고 세존께 다가가서는 이렇게 말씀드렸다.

"세존이시여, 세존께서 죽이지 않고 죽이도록 하지 않고 정복하지 않고 정복하도록 하지 않고 슬퍼하지 않고 슬프게 하지 않고 법답게 통치를 하십시오. 선서께서 통치를 하십시오."

"빠삐만이여, 그런데 그대는 무엇을 보았기에 나에게, '세존이시여, 세존께서 죽이지 않고 죽이도록 하지 않고 정복하지 않고 정복하도록 하지 않고 슬퍼하지 않고 슬프게 하지 않고 법답게 통치를 하십시오. 선서께서 통치를 하십시오.'라고 말하는가?"

"세존이시여, 세존께서는 네가지 성취수단[四如意足]을 개발하고, 닦고, 많이[공부]짓고, 수레로 삼고, 기초로 삼고, 확립하고, 굳건히 하고, 부지런히 닦았습니다. 그러므로 세존께서 원하시면, 산의 왕 히말라야가 황금이 되길 결심만 하시어도 그 산은 바로 황금이 될 것입니다."

세존께서 게송으로 설하셨다.

"황금 산이 있어 온통 황금으로 만들어졌고
나아가 이것의 2배가 있다 하더라도
그것은 한 사람에게도 충분하지 않나니
이렇게 알고서 바르게 살아야 하리.
괴로움과 괴로움의 원인을 본 사람

그가 어찌 욕망으로 기운단 말인가?

이 세상에서 재생의 근거(소유물)가 곧 결박임을 알아

그것을 없애기 위해 공부하여야 하도다."

그러자 마라 빠삐만은 "세존께서는 나를 알아버렸구나. 선서께서는 나를 알아버렸구나." 하면서, 괴로워하고 실망하여 거기서 바로 사라졌다.

☙

마라는 파괴자 유혹하는 자, 마귀이다. 마라는 「박형」께서 아주 쉽게 일러주신 팔괘八卦 중에서, "사람과 사람 이야기, 그리고 장군들의 이야기가 있더라." 하셨던 장군들이다. 음신이다. '산 아래에서 올라오면서 사람의 뒤를 밟는 호랑이이며, 사람을 먹으려는 놈'이다.

그리고 때로는 사람이 죽으면 그 귀신이 다른 사람에게 붙어서 이른바 빙의憑依(다른 의식이 들어와서 주인 노릇하는 것)가 된다. 깨달음이 적은 귀신이 들어온 빙의는 빙의된 귀신이나 빙의를 당한 사람이나 모두에게 이로울 것이 없다.

반대로 가르침을 주기 위해서 좋은 신령이 잠시 사람의 몸에 들어오는 경우도 있다. 「박형」께서 나에게 여러 번 그렇게 하셨다.

【참고】 신목원 지음 『당신에게도 신神이 올 수 있다』에서 10차원

우리 곁에는 또 하나의 공간이 있는 것이다. 우리 육신이 생활하는 공간을 (+)플러스 공간이라고 한다면 이 새로운 공간은 (−)마이너스 공간인 것이다. (형편상 (−)마이너스 공간이라 하지만 절대공간이라는 표현이 어울릴 것 같다.)

− 그런데 이 비공간에서는 지금까지 우리가 사용하고 있는 시간 거리 공간 인식이 전혀 다르게 나타난다고 생각할 수 있다. 나는 이 비공간을 찾아내고 뜻밖에 자연의 근본을 찾을 수 있었다. 우리가 은하계까지의 거리를 빛의 속도로 수억광년, 수백광년, 수천억광년의 시간을 이야기하지만, 비공

간에서는 샌드위치 한조각의 두께라 하여도 심하지 않을 것이다. 또 오대양의 바닷물이 비공간에서는 한방울의 물과 그 크기가 차별성이 없는 것이다.

- 우리의 세계를 3차원이라 한다면 10차원(최근에는 12차원까지) 세계까지 있으므로 3차원에 있는 우리는 4차원의 세계보다 어리석은 것은 사실이다. 마음을 낮추고 노력하면 한 걸음씩 나아갈 수 있다.

- 서로의 원망·시기·질투·저주·미움이 꿈에서 나타나는 이유는 이렇게 공간과 비공간의 법칙이 있기 때문이다. 비물질이 현상이 있는 것처럼 나타나는 까닭은, 비공간에 들어가 다시 공간으로 나올 때는 물질의 형상으로 나타나기 때문이다.

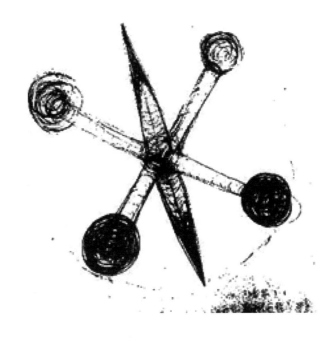

제3장 윤회輪廻
무극이 되지 못한 중생의 삶
지혜와 사랑을 배우는 여행길

*

"일체유심조一切唯心造다."

I
인과응보因果應報

다음생에 가져갈 수 있는 것
공덕功德과 죄악罪惡

차 례

1. 윤회輪廻

☀

한쪽 세계에서 다른 쪽으로 넘어갈 때, 그것이 이승에서 사후세계로 넘어가는 것이든, 아니면 거기서 육신으로 다시 돌아오는 것이든 간에, 그것은 한 영화관에 앉아 있다가 나와서 다른 영화관으로 들어가는 것과도 같다. 다만 이 영화는 세상사람들이 곧 보게 될 '가상현실 영화'와도 같아서 모든 것이 진짜처럼 보이고 만져지기까지 한다.

처음으로 「박형」께서 윤회를 언급하셨다.

「박형」께서 소백산 비로봉에서 동쪽에 태백산, 서쪽에 월악산, 남쪽에 학가산, 북쪽에 백덕산을 나타내 보여주셨던 그날, 하산下山하여 비로사 아래 삼가동에 이르자 「박형」께서는 다른 식구들을 먼저 금계동 「박형」 댁으로 보내고, 나를 데리고 그 동리에 살던 초등학교동창을 만나고자 하셨다.

"이쪽으로 가면 될 거야."

「박형」께서 앞장서서 걸으셨다. 이미 저녁 무렵이라 찬바람이 횡~횡~ 소리를 내며 지나갔고, 찬 기운이 옷 속으로 파고들었다. 그 동창 집은 길에서 100미터쯤 걸어 올라간 곳에 있었다.

"주인 계십니까?"

주인을 찾는 소리에 그때 마침 바람 부는 추운 마당에서 혼자 짚으로 이엉을 엮고 있던 동창의 부인이 깜짝 놀라며 앞으로 나섰다.

"이 친구 집에 있습니까?"

"아, 예. 잠깐만 기다려주세요."

내가 보니 부인의 손은 매우 거칠고 험하게 터서 피가 맺혀있었고, 정말로 측은해 보였다. 그 친구는 술을 먹고 잠을 잤는지 부인이 방안으로 들어가서 한참 지난 뒤에야 방에서 나왔다.

"어, 어서 오게. 웬일인가?"

그 친구는 아직 잠이 덜 깬 듯이 더듬거리는 말투였다.

그때 그 친구의 부인이 부엌으로 들어갔다. 손님에게 대접할 무엇이 없어 미안해하는 부인의 마음을 보셨는지, 「박형」께서는 부인에게 물 한 그릇을 달라고 하더니 벌컥벌컥 마셨다. 그때 부인이 말했다.

"저번에는 정말 고마웠어요. 감사합니다."

「박형」은 아무 말씀이 없으셨지만, 나는 「박형」께서 이 구석진 곳에 사는 친구를 찾아와 특별히 고마운 일을 하셨다는 사실을 어렴풋이 알게 되었고, 「박형」을 더욱 존경하는 마음으로 바라보게 되었다.

그리고 우리들 동창 셋은 그 집을 나와 마을 길가에 있는 구멍가게를 찾았다.

"저 여기 술 한 병만 주시오."

그 친구가 가게 주인에게 술 한 병을 주문했고, 셋은 가게 안 탁자에 자리를 잡고 둘러앉았는데, 「박형」께서는 미리 생각하셨던 듯이 자리에 앉자마자 그 친구에게 술을 끊으라고 간곡하게 권하셨다.

"이 친구, 술을 너무 마시지 말게. 잘 생각해 보게나. 이대로 나가면 큰일 나네."

"너무 걱정 말게. 인생이 다 그런 게 아니겠나."

"자네 부인이 불쌍하지도 않은가?"

"다 자기 운명이지. 그리고 지금이야 별 볼 일 없는 나지만 송이철만 되면 한 밑천 잡는다고. 빨리 송이철이 와야 할 텐데."

"송이밭만 잘 알고 있으면 뭘해."

"농사는 여벌이고, 그걸로 먹고 사는 처지라네."

"그래도 내 생각에는 자네가 술을 너무 많이 먹는 것 같으이…"

"처음에는 한두 잔으로 끝났는데, 집에서 노니까 술이 더 늘어서 이제는 아침마다 소주 한 병은 먹어야 돼."

그때 「박형」께서 분명 그에게 충격이 될 만한 말씀을 던지셨다.

"자네 이대로 나가면 곧 죽게 돼. 한 달도 못 살아."

"죽어도 할 수 없지. 내 인생이 그게 다라면…."

"자네가 이대로 죽으면 자네 부인은 물론이고 가족 모두가 고생을 하게 되네. 그리고 자네는 소가 될 것이야. 소가 되어서 빚을 갚아야 돼."

그 당시에 나는 윤회에 대한 확신도 없으면서, 두 사람의 대화에 불쑥 끼어들었다.

"이 사람아, 불교에서 윤회한다고 하지 않는가. 소가 될지도 모르네. 술을 끊어보게나."

그때 「박형」께서는 내가 끼어들 여지도 없이 진지하게 계속 말씀하셨다.

"내 말은 정말로 그렇게 된다는 것일세. 불교에서 육도윤회한다고 하지 않던가? 정말 그렇게…."

나에게는 「박형」께서 윤회를 언급하며 '자네는 소가 될 것이야. 소가 되어서 빚을 갚아야 돼.'라고 하신 말씀이 충격이었다. '정말 사람이 소로 태어날 수가 있구나!'

그런데 두 친구가 찾아와 술을 끊으라고 사정하는 데도, 그 친구는 이미 술에 중독되었고 의지력이 부족했던지, 마침내 체념한 듯 중얼거렸다.

"나에게 더 이상 기대하지 말게."

하지만 「박형」께서는 계속해서 그에게 술을 끊고 정신 차릴 것을 정말 사랑하는 자식을 타이르듯이 지극하고 간곡하게 권유하셨다. 그리고 문득 그 친구와 헤어지면서 아쉬움을 이렇게 말씀하셨다.

"자네와 나는 다시 못 만나. 이게 마지막 작별일세."

아! 스스로 자신을 포기한다면 성인이 오셔도 어쩔 수 없다는 말인가? 술은 정말 의지력을 그렇게 약하게 만들고 사람을 파멸시키는가? 그 2년 후에 누구에게 들었다.

'그 동창친구는 이미 죽었고, 그 부인이 소를 먹이는 곳에 일하러 다닌다.'

「박형」말씀이 무섭고 놀라웠다. 그 친구는 또 얼마나 비참하게 후회의 눈물을 흘리고 있을까? 부디 인간으로 다시 태어나서 「박형」의 간절한 가르침을 생각해내고 이고득락離苦得樂하는 길로 나아가기를 기원한다.

그리고 「박형」과 나는 어둠이 내린 거기를 떠나 금계동을 향해 걸었다. 금선정錦仙亭이 있는 마을을 지날 때 「박형」께서 말씀하셨다.

"대문이 있는데도 남의 집 담을 넘는 놈들이 있어. 주인이 없는 사이에 부인을 어떻게 해보려고. 가만히 보면 우리 동창 중에도 그런 사람이 있어."

그리고 잠시 후에 「박형」께서 더 강한 어조로 나에게 당부하셨다.

"무엇이든지 한 번 잘못하면 세 번까지 가니까, 뭐든지 처음에 잘해야 돼."

그리고 한참 후의 어느 날, 「박형」께서는 '죽어서 축생의 길[畜生道]로 가지 말 것을 이렇게 당부하셨다.

"자네는 바위에 엉금엉금 기는 거나, 물속을 다니는 것이나, 나무 위에 높이 올라가 앉는 것은 하지 말게."

'바위에 엉금엉금 기는 거나, 물속을 다니는 것이나, 나무 위에 높이 올라가 앉는 것은 하지 말라.'고 하신 말뜻은 인간보다 훨씬 저급한 짐승이나 물고기나 조류 같은 미물微物(변변치 못한 물건)은 되지 말라는 말씀이 분명하다. 축생이나 미물쪽으로 가기는 어렵지 않지만, 거기서는 고생하고 다시 인간으로 태어나기는 매우 어렵기 때문이다.

그런데 이미 그전에 「박형」께서는 '윤회는 어떻게 된다는 것인가?'라는 질문을 받으시고, 정자 아래로 흐르는 시냇물을 가리키시면서 물의 순환과 같은 존재(의식체)의 순환을 나의 친구에게 말씀하셨다.

"모두 물의 흐름과 같다. 땅 아래로 흐르던 물은 산의 흙이나 어느 바위틈

사이에서 나오고, 빗방울이나 눈송이로 내려온 것은 땅속으로 스며들거나 땅 위를 흘러서 시냇물로, 강으로 흐르며 바다로 들어가 합친다. 그러는 중에 햇빛을 받으면 증발되어 하늘로 올라가서, 구름이 되기도 하고, 구름이 모여 비구름으로 되면 빗물이나 눈이 되어 땅으로 다시 내려온다. 이렇게 돌고 돈다. 이 모든 것은 누가 시켜서 그렇게 되는 것이 아니다. 저절로 그렇게 된다.”

「박형」께서는 물의 순환 같은 윤회를 분명하게 말씀하셨는데, 실제로 하늘이나 땅속으로, 그리고 지상으로 흐르면서 시냇물이 되고 강물이 되고 바닷물과 합치는 물의 순환은, 사람이 죽으면 가게 되는 여섯 갈래의 길인 천신과 아수라·인간·축생·아귀·지옥으로 순환하는 불교의 윤회하는 모양과 같다.

'땅 아래로 흐르던 물이 산의 흙이나 어느 바위 틈 사이에서 나오는 물'은 지옥 갔다가 죗값을 치루고 지상으로 나오는 영혼(의식체)의 순환이고, '그러는 중에 햇빛을 받으면 증발되어 하늘로 올라가서 구름이 되는 물'은 따뜻함을 받아들여서 가벼워지면 천상에 태어나는 영혼의 승화와 같으며, '구름이 모여 비구름으로 되면 빗방울이나 눈송이가 되어 땅으로 다시 내려오는 것'은 천상의 복락을 다 누리고 다시 지상으로 내려오는 경우이고, '내려온 것은 땅속으로 스며들거나 땅 위를 흘러서 시냇물로, 강으로 흐르며 바다로 들어가 합친다.'는 것은 '땅속(지옥)으로 스며든' 물은 제외하고, 지상을 흐르고 흘러서 강물처럼 성장하고, 계속 흘러가서 언젠가는 모두 바다와 한 몸이 되는, 물의 순환과 같은 영혼의 순환이다.

윤회는 고생하며 배워서 바다 같은 마음바탕[성령]과 합치는 날까지 계속되는 우리의 여행길 내지는 체험학습과정이다.

2. 몸속에서 무엇이 '끽끽끽…' 웃다

불교에서는 죽었을 때에 번뇌가 있는 사람은 윤회하고, 번뇌가 아주 없는 사람은 윤회하지 않는다고 한다. 사람은 누구나 교역되기 전에는 삼계로 윤회하고 변역생사한다.

그리고 윤회하는 실체는 제8식 아뢰야식阿賴耶識이라고 한다.

사람에게는 보고, 듣고, 냄새 맡고, 맛보고, 감촉하며, 그것들을 인식하고 생각하는 의식을 합하여 6식六識이 있게 되고, 우리가 잠재의식이라고 하는 제7식 말라식末那識이 있으며, 이것저것 욕심으로 얼룩진 존재가 마음 밑바닥에 있으니 곧 제8식 아뢰야식이다.

제8식 아뢰야식은 사람이 몸과 입과 생각으로 지은 모든 것이 자기화自己化되고 체득體得 되고 업력業力이 되어, 자기 운명의 씨앗이 된 습관이고 성향이다. 그 식識은 사람이 살아 있을 때는 몸속에 있으면서 행동을 결정하는 실세로서 작용하고, 죽어서 몸이 무너지면 인연 따라 다른 어디로 가서 새로운 삶을 받으니, 그것이 곧 윤회하는 실체, 자기 운명의 씨앗이라는 것이다. 누구는 '윤회하면 좋지'라고 말했지만, 실제로 자기의 마음을 욕망에게 점령당한 사람에게 있어 윤회는 고달픈 여행길이다.

✽ 2008년 현대의학적인 관점으로는 100% 죽을 수밖에 없는 병에 걸렸고 그래서 완전히 죽었다가, 그 절체절명의 뇌사상태에서 죽음 너머의 세계를 경험하고 돌아와서, 죽음 이후에도 의식이 존재한다는 결정적 증거를 밝힌 이가 있다. 자신의 임사체험을 소재로 한 『나는 천국을 보았다』의 저자 이븐 알렉산더(Eben AlexanderⅢ)(1953년생)이다.

그는 "육체와 뇌는 지구의 필요에 의해 진화한 지구의 생산물이고, 우리는 이러한 유한한 육체와 뇌 속에 거주하는 영적인 존재들이다."라고 확언하고 있다.

하지만 그가 정말로 완전히 죽었다가 다시 깨어나는 경험을 했고, 그 사실을 전문 지식을 가지고 과학적으로 증명했더라도, 사람 몸속에 어떤 존재가 있다는 사실을 우리가 받아들이고 믿기는 참으로 힘든 일이다.

나 역시 그랬는데,

「박형」께서는 번데기가 고치 속에 들어가 있듯이 사람 몸속에 존재하는 의식체·그 존재를 '끽끽끽…' 웃게하셔서, 사람 몸속에 어떤 존재가 있다는 놀라운 사실을 믿지 않을 수 없게 만드셨다.

내가 금계동에서 살던 1980년 어느 날 「박형」께서 말씀하셨다.

"안된다 안된다 하면 더 되더라. 일은 걱정하면 걱정하는 쪽으로 돼. 소변보는 것만 해도 그렇더라고. 안 나온다 안 나온다 하면 더 잘 나오더라."

그 말씀을 듣고 정말 이상하구나. 그럴 리가? 했는데, 나는 곧 토담집으로 와서, 다른 날처럼 참선자세로 앉았다. 그리고 「박형」 말씀이 생각나서 소변이 '안 나온다 안 나온다' 하며 참는데 신경을 집중했다. 5분 후쯤 나의 의지와는 상관없이, '이건 아닌데, 이건 아닌데' 하는데도 「박형」께서 말씀하셨던 것처럼 소변이 시원하게 술술술 다 나오고 말았다. 바지를 몽땅 적셨는데 때마침 밖에 나갔던 집사람이 반갑게 들어왔다.

"저예요."

집사람은 나의 공부를 위해서 낮 동안은 일부러 밖으로만 돌았다. 그날도 늦은 시간에 왔었는데, 그런 사정도 모르고 방금 방안으로 들어서는 이에게 소변에 젖은 바지를 건네주었다.

"이거 좀 어떻게 해봐."

그 순간 내 바지가 왜 젖었는지를 알 리 없었던 집사람은 받은 바지를 비닐에 싸서 방바닥에 집어던지더니, (이렇게 화를 낼 일은 아닌 것 같았는데, 밖에서 어떤 그럴만한 일이 있었던지) 횡 하고 밖으로 나가면서 말했다.

"저 서울 가야겠어요."

그렇게 집사람은 눈물을 머금고 서울 친정으로 향했다.

(지금 되돌아보면 이 모든 것이 「박형」께서 기획하신 것이 확실하므로 서울 친정에 가서 집사람은 여러 가지 유혹, '도사가 되겠다는 결심에 대한 시험'을 받은 것으로 추측된다.)

그런데 일주일이 되어도 소식이 없기에, 서울로 집사람을 찾아가는 게 어떨지 여쭈려고 들에서 일을 하고 있는 「박형」을 찾았다.

"가신지 일주일 되었으면 찾으러 가 볼만하지."

그리고는 나를 「박형」 댁 안방으로 데리고 가셨다.

"서울에 가 보려고? 서울에서 여기까지, 상傷하지 않고 성해서 올 사람은 아마 하나도 없을 걸. 경계선이 여러 곳에 쳐져 있으니까."

나는 깜짝 놀라 「박형」을 쳐다보았다.

"경계선이 여러 곳에 쳐져 있어. 내 아들도 그렇지만 자네 아들이 걱정돼."

그리고 어리둥절해 있는 나에게 무심하게,

"잘 갔다가 와 봐."

라시며 전혀 우습지 않게 말씀하셨는데, 그 순간 무엇이 우스웠는지 나는 방바닥을 쳐다보며 도저히 못 참겠다는 듯이, 심하게 '끽끽끽끽끽끽끽끽'하고 웃었다.

그러다가 잠시 제정신이 들었던지 '내가 정말 마귀처럼 끽끽끽끽끽 웃고 있구나' 하였다. 저절로 그 웃음이 자꾸 터져 나왔다. 정말 나의 의지와는 상관없이 뱃속 깊은 곳에서부터 웃음소리가 터져 나왔다.

"끽끽끽끽끽끽끽끽."

그리고 순간 불길한 웃음소리가 왜 내 입에서 나오는가 하는 무서움까지 생겼다. 머리로는 웃지 않는데 뱃속에서 웃음소리가 터져 나왔고, 웃음소리 역시 끽끽거렸기 때문에 '웃고 있는 실체가 마귀'라는 생각까지 들었다. 「박형」께서 말씀하셨다.

"좀 그럴 일이 있어."

그때 다시 그 불길한 웃음이 복받쳤다.

"끽끽,,, 끽끽끽끽끽끽끽끽……."

분명 「박형」께서는 평상시의 음성으로 말씀하셨는데, 나는 참지 못하겠다는 듯이 방바닥으로 머리를 처박으며 아주 여러 번 '끽끽' 댔다. 아무리 생각해보아도 그 웃음은 평소 나의 생각으로 내가 아닌 내 몸속에 있던 어떤 존재, 마귀(?)의 웃음소리 같았다. 지금 생각해도 나의 의식과는 전혀 상관없는 것 같던, 정말 소름 끼치는 웃음소리였다.

·그런데 그 여름에 다시 한번 「박형」의 그러한 능력을 보게 되었다. 마침 아이들이 여름방학으로 집에 와 있었고, 우리들의 토담집 뒷산에 색깔 예쁘고 목소리 아름다운 새들이 즐겁게 지저귀던 때였다.

「박형」께서 큰따님과 함께 토담집으로 오셨다.

그리고 방에 들어오셔서 따님을 방에 들어오라고 하시더니 나에게 큰절을 하라고 하신 다음 말씀하셨다.

"옳을 의자 의부다. 옳을 의자 의부."

나는 큰절을 받고서도 '옳을 의자 의부'의 말뜻을 몰라서 어리둥절하며 앉아만 있었는데. 그때 「박형」께서는 이미 멀리 앞날을 예비하고 계셨던지, 따님을 옆에 앉힌 다음 말씀하셨다.

"누가 결혼을 해서 어디로 가는 것을 보니까…. 그렇게 되는 거야."

어쩌고저쩌고하시며 이야기를 이어 가셨다.

그런데 다음 순간에 「박형」 큰따님이 갑자기 이상하게 웃었다.

"끽끽끽끽끽끽끽끽."

아니! 저런! 나는 순간 「박형」 따님에게 장차 참고 견뎌내야 될 어떤 일이 일어날 것 같다는 생각과, 내가 「박형」 댁에 갔을 적에 내 자신이 그 따님과 똑같은 웃음소리로 똑같은 자세, 방바닥으로 머리를 처박으며 끽끽댔었다는 것을 깨닫고 놀라지 않을 수 없었다.

그래서 나는 그렇게 되는 내력을 알고 싶어서 정신을 바짝 차리고 「박형」의 말씀을 자세하게 들으려고 했는데, 그 말씀 내용은 실망스럽게도 보통 이야기일 뿐 우스운 이야기가 결코 아니었다. 아무리 들어봐도 「박형」의 이야기는 전혀 우습지 않았는데, 그 따님은 계속해서 그렇게 웃었다.

"끽끽끽끽… 끽끽끽끽끽끽끽끽."

그 따님을 전에도 본 적이 있는데, 아주 정신이 맑고 예절 바른 학생이었다. 부친께서 엄숙하게 말씀하시는 중에, 그것도 남의 집에서 예의 없이 방바닥으로 고개를 처박으며 끽끽댈 수는 없는, 정신이 멀쩡한 학생이었다. 그리고 말씀 끝에 「박형」께서 따님에게 당부하셨다.

"그래서 그렇게 되는 거야."

"끽끽끽… 끽끽끽끽끽"

"꼭 그렇게 해. 알았지."

"끽끽끽끽끽끽끽끽."

대답은 역시 '끽끽끽'거리는 웃음소리뿐이었다.

* 나는 「박형」께서 우리 몸속에 있는 존재(의식체)에게 직접 말씀하셨다는 것을 최근에야 알게 되었다.

"큰 도사님(부처님) 설법은 원음圓音설법이기 때문에 귀신도 알아듣고 나무도 알아듣고 축생도 알아듣고, 사람은 물론 하늘사람들을 포함하여 시방세계 모든 중생들이 전부 듣는다."라고 쓴 책을 최근에 보았기 때문이다.

나는 그런 놀랄만한 일이 있고 몇 년 후에 그 따님을 만났을 때 물었다.

"왜 그렇게 끽끽대며 웃었습니까?"

"저도 모르겠어요. 절로 그런 웃음이 자꾸 나오던데요."

그 따님도 나와 꼭 같이 저절로 끽끽끽 웃었던 것이 분명했다.

　보통사람들 같으면 죽음의 순간에 육체로부터 의식체가 분리되면서 기절과 함께 무의식상태가 찾아오지만, 요가의 달인은 그와 같은 상황을 극복한다. 그는 저 투명한 빛이 선사하는 법열法悅에 젖어 명료한 의식상태에서 단지 육체를 떠날 뿐이다. 그에게 있어서는 육체란 원할 때 입거나 벗는 의복과 같은 것이다.

『티벳 사자의 서』에서

　우리의 실체도 아니면서 우리 몸속에 자리잡고 주인노릇하는 의식체는 바로 이렇게 끽끽끽… 웃었던 그것이라고 생각해 볼 수밖에 없게 되었고, 이제는 이런 엄청난 사실을 수긍하지 않을 수가 없게 되었다. 안타깝지만 그 의식체는 욕망이라는 마귀의 굴레를 벗어나지 못한 나의 제8식 아뢰야식이라고 생각된다.

　그런데 이렇게 끽끽끽끽끽… 하면서 계속 웃었던, 그 몸속에 있는 무의식체가 사람의 행동을 좌지우지하는 실체이기 때문에, 뇌과학자들은 주장한다.

　"모든 행동은 기억에서 나온다."

　분명히 끽끽끽끽끽… 하면서 계속 웃었던 나의 몸속에 있던 그것이 '자기화되고 체득되고 업력이 된 제8식이며', 그것이 나를 끽끽끽끽 웃게 하였다. 분명 그것이 나의 마음바탕(안방)을 점령하고 자기가 주인인 것처럼, 마치 점령군이 하는 짓처럼, 나를 종으로 부리고 지금처럼 윤회하며 살도록 지휘감독했다.

　아! 윤회하는 이여! 극락·열반의 안방을 점령당한 이여! 안방에 값진 보물 있음 모르고 윤회의 길로 빈손으로 정처 없이 가는 이여!

3. 다음생에 가져갈 수 있는 것, 공덕功德과 죄악罪惡

"윤회는 한 마디로 인과응보이며, 공덕과 죄악이 자기 운명의 씨이다."
『상윳따니까야』「사랑하는 자의 경」에 있는 글이다.

꼬살라국의 빠세나디왕이 세존을 찾아가 절을 올리고 한쪽으로 물러나 앉은 다음 이렇게 말했다.

"세존이시여, 한적한 곳에서 홀로 앉아 있는데 제게 문득 이런 생각이 떠올랐습니다.

'자기 자신을 사랑하는 자 누구이며, 자기 자신을 미워하는 자 누구인가?'

그리고는 다시 제게 이런 생각이 일어났습니다.

'누구든지 몸으로 나쁜 행위를 하고, 말로 나쁜 행위를 하고, 마음으로 나쁜 행위를 하는 자는 자기 자신을 미워하는 자이다. 비록 그가 스스로 '나는 내 자신을 아끼고 사랑한다'고 하더라도, 그는 자신을 미워하는 자이다. 왜냐하면 미워하는 자가 미워하는 자들끼리 하는 행동을 자신에게 하기 때문이다.

반면 누구든지 몸으로 좋은 행위를 하고, 말로 좋은 행위를 하고, 마음으로 좋은 행위를 하는 자는 자기 자신을 사랑하는 자이다. 비록 그가 스스로 '나는 내 자신을 미워한다'고 하더라도 그는 자신을 사랑하는 자이다. 왜냐하면 사랑하는 자가 사랑하는 자들끼리 하는 행동을 자신에게 하기 때문이다.'"

왕의 말이 끝나자 세존께서 말씀하셨다.

"대왕이여, 참으로 그렇습니다. 대왕이여, 참으로 그렇습니다."

그런 다음 세존께서는 게송偈頌을 읊으셨다.

"자신을 사랑스럽다 여기는 이는 스스로를 악에 매이게 하지 말라.

나쁜 행위를 거듭하는 자는 행복을 얻기 쉽지 않다네.

모든 것을 파괴해버리는 저 죽음에 붙들려

인간의 몸 버릴 때를 생각하라.

무엇이 자신의 것이며, 무엇을 가지고 갈 것인가?

그림자가 형체를 따르듯 죽음의 순간 무엇이 그를 따를 것인가?

인간은 이 세상에서 공덕과 죄악을 모두 짓나니,

사는 동안 지은 이것이 자신의 것이며,

오직 이 둘을 가지고 떠나네.

그림자가 형체를 따르듯

죽음의 순간 공덕과 죄악이 그를 따르도다.

그러므로 그대 선하고 유익한 법을 지으라.

공덕이야말로 모든 존재들의 미래의 모습이니,

살아있는 모든 생명에게 공덕이 저 세상의 기반基盤이 되리.”

또 부처님께서는 이러한 인과법因果法에 대해 이렇게 말씀하셨다.

“내가 이 세상에 나타나기 전에도 이 법은 있었고, 내가 열반에 든 뒤에도 이 법은 그대로 남아 있다.”

·「박형」께서는 나의 미래를 귀띔해주셨는데, 어느 날 경주 토함산의 석굴암으로 올라가는 길에서 멀리 동해를 건너다보시면서 말씀하셨다.

“자네는 나중에 (어디) 가, (어떻게) 살게. 병원, 감옥살이하는 것과 같이.”

이 말씀은 어떤 존재가 제 몸속에 있다는 사실을 확인해 주신 말씀과 다름없고, 몸 속의 존재는 병원 감옥살이하는 것과 같다는 가르침이다.

몸을 벗어난 성령이신 「박형」께서 사람의 육체는 욕망으로 병든 영혼이 입원하고 있는 병원과 같고, 자유자재로 훨훨 날아다닐 수 있는 자기를 가두고 있는 감옥이라고 생각하신 것이다.

정말로 이 세상이 우리의 실체를 가르치는 체험학습장이라면, 우리로서는 어떻게 하는 것이 최선일까?

극락세계 유람기를 쓰셨던 관정(1924~2007)스님께서는 말씀하셨다.

"우리가 자신의 마음을 깨끗이 정화하여 심량心量을 사바세계를 용납할 수 있도록 늘리고, 우주의 대심령과 빈틈없이 융합한다면, 우리들도 여래처럼 마음으로 물질을 전화轉化시키는 경지까지 도달할 수 있다."

「박형」께서는 이렇게 당부하셨다.

"마음을 크게 먹게, 마음을 크게 먹게, 마음을 크게 먹게."

우주를 다 집어 삼킬 만큼 마음을 크게 크게 크게 먹어야, 중생이 보이고 사랑과 지혜가 깊어지며 큰 소원이 생기리라. 그리고 교역 되고 부처님·하나님의 경지까지 살아서 앞으로 나아갈 수 있으리라.

4. 태몽胎夢, 이 세상으로 오는 첫걸음

부처님께서는 진정한 행복의 길로 가는 진리, 사성제四聖諦(4가지의 성스러운 진리)를 모르는 것이 곧 무명無明(진리를 깨닫지 못하고 집착하는 무지의 상태)이라고 정의하셨고, 그 무명 때문에 윤회한다고 말씀하셨다.

그렇다면 실제로 우리들이 모르는 무명은 어떤 것일까?

리처드 마크의 소설『환상』속의 한 대목이다.

"만일 어떤 사람이 하나님께 맹세하기를, '자신이 진정으로 원하는 것은 그 대가에 상관치 않고, 고통받는 이 세상을 도와주는 것'이라고 말했습니다. 그래서 하나님께서 그 사람의 해야 할 일을 그에게 말해주셨습니다. 여러분, 그 사람은 과연 하나님의 시킨 대로 해야만 합니까?"

"물론입니다. 스승님!"

많은 이들이 외쳤습니다.

"지옥의 고초를 받는다고 하더라도 하나님께서 명하신 일이라면 해야합니다. 그건 분명히 그에게 즐거움이 아니겠습니까!"

"그 고생이 얼마나 극심하든, 그 임무가 얼마나 어렵든 상관 없단 말입니까?"

다시 스승이 군중에게 말했습니다.

"당신들은 어떻게 하겠습니까? 만일 하나님이 당신들의 면전에서 직접 말씀하시기를, '내 너희에게 명령하노니, 목숨이 붙어있는 날까지 이 세상에서 행복하기를 요구한다.'라고 말씀하신다면 어떻게 하겠습니까?"

그러자 군중들은 침묵하였습니다. 사람의 소리도, 자연의 소리도 들리지 않았습니다. 그들이 서 있는 계곡을 타고 산등성이에 이르기까지 아무런 소리도 들리지 않았습니다. 청중은 말할 수가 없었습니다.

왜냐하면 어떻게 해야 진정 행복하게 되는가를 모르기 때문입니다. 하나님이 요구한 진정한 행복의 길을 그들은 모르는 것입니다.

▶여기에서 인생의 출발, 어머니 뱃속에 입태 될 때의 꿈, 태몽에 숨겨진 이치를 만나보자.

「박형」께서는 이심전심의 방법으로 나에게 태몽에 숨겨진 이치를 알려주셨다.「박형」께서 어느 날 말씀하셨다.

"나는 여러 사람에게 태몽을 물어보았어. 이제는 태몽만 물어보면, 남자가 될지 여자가 될지, 거의 백 프로 알아맞힐 수가 있게 되었어. 구멍에서 나와서 움직이는 모양이나, 물거나, 머리를 쳐들고 노려본다던가, 똬리를 틀고 앉는 것, 결국에는 구부러지는 것 등등을 보고서…."

이렇게 말씀을 꺼내시더니,

"거의 천千사람에게 물어보았어. 자네도 한 번 태몽 연구를 해 보게. 내가 어떻게 해줄 테니까."

라며 '태몽연구를 해 보라.'고 하시면서, '내가 어떻게 해주겠다.'라고 약속하셨는데, 분명히 「박형」께서는 약속대로 '태몽을 해석'해주셨다.

「박형」께서 알려주신 태몽의 이치

「박형」께서는 나에게 모두 3가지의 숙제를 주셨다.

그 첫 번째 숙제인 태몽연구는 이미 말씀드렸던, 청량리역 매표소에서 처음 만난, 경북 안동 길안면이 고향인 여학생에게 「박형」이야기를 해주는 장면에서부터 시작되었다.

"「박형」박상신 도사님께서 나에게 세 가지 숙제를 주셨어요. 첫째로 태몽을 연구하라 하셨고, 둘째로는 토정土亭 이지함李之菡 선생이 찾았다는 명당明堂을 찾아보라 하셨지요. 그리고 '자네가 『주역』을 공부하여 이것(교역)을 알게 되거든, 나에게 꼭 좀 알려주게.' 하셨습니다.

그리고 어느 날 「박형」께서 태몽에 대하여,

'나는 여러 사람에게 태몽을 물어보았어. 이제는 태몽만 물어보면, 남자가 될지 여자가 될지, 거의 백 프로 알아맞힐 수가 있게 되었어. 구멍에서 나와서 움직이는 모양이나, 물거나, 머리를 쳐들고 노려본다던가, 똬리를 틀고 앉는 것, 결국에는 구부러지는 것 등등을 보고서….'

라고 말씀을 꺼내시더니,

'거의 천千사람에게 물어보았어. 자네도 한 번 태몽 연구를 해 보게. 내가 어떻게 해줄 테니까.'라고 하셨어요."

나는 그렇게 말하면서 괜히 혼자 신바람이 나서 여학생에게 실례를 범하였다.

"첫째로 태몽을 연구하라고 하셨는데, 혹시 태몽을 꾼게 있는지?"

그렇게 말을 해놓고 나서, 아차! 하였다. 어린 학생에게 태몽을 꾸었느냐고 묻다니! 그래서 얼른 고쳐 말했다.

"혹시 어머님이나 식구 중에서 학생의 태몽을 꾸지 않으셨는가?"

그 여학생은 잠시 당황한 것 같더니 낮은 소리로 대답했다.

"없어요."

"태몽은 보통은 어머니가 꾸지만, 아버지나 친척 중에서 누가 대신 꾸는 수도 있어요."

아버지나 집안의 다른 친척이 대신 꾼 학생의 태몽이 있으면 말하라고 그렇게 말했는데, 여학생은 계속해서 말이 없었다.

나는 용성龍城 진종震鐘 대종사大宗師(1864~1940)께서 설법하신 수태受胎의 이치부터 말하기 시작했다.

"불가에서는 사람이 어머니 몸에 잉태될 때에 아주 재미있는 '수태의 이치'가 있다고 해요.

대종사님께서 설법하시기를 중음신, 이 중음신은 음신이면서 아직 사람으로 태어나기 전의 상태로 떠도는 몸인데, 그 중음신이 공중을 떠돌다가 인연을 만나면 수만리라도 눈 깜짝하는 사이에 와서 어머니 몸에 입태 되는데, 그것이 남자의 중음신이면 부모 중에서 여자인 어머니에게 끌려서 태중에 들게 되고, 또 여자의 중음신이면 부모 중에서 아버지에게 끌려와서 입태 되는데, 모두 욕심이 발동되어서 태장胎藏에 몸을 받게 된다고 하셨어요."

나는 티 없는 여학생에게 대종사님께서 설법하신 애욕 때문에 끌려와서 입태된다는 내용을 모두 설명하기가 민망해서 대강 이야기하였다. 그리고 덧붙였다.

"마치 프로이트(Sigmund Freud 1856~1939)의 오이디푸스콤플렉스(Oedipus complex)를 해설한 것과 같지요?

남자 어린이는 여자인 어머니를 사랑하는 자연스러운 감정을 가지고 있으며, 반대로 여자 어린이는 남자인 아버지를 사랑하는 감정을 가지고 있다는 것 말입니다."

(그때 여학생은 묵묵히 나의 이야기를 듣고만 있었다.)

「박형」께서 '자네도 한 번 태몽 연구를 해 보게. 내가 어떻게 해줄 테니까' 하셨을 적에 윤회하게 되는 이유를 가르쳐주시려는 「박형」의 깊은 뜻을 몰랐기 때문에 나는 '그까짓 태몽으로 남녀 성별을 미리 아는 것이 뭐가 대단하다고 태몽연구를 하라고 하실까' 했어요.

또 「박형」의 '내가 어떻게 해줄 테니까.'라는 말씀도 이상하고 이해할 수가 없었어요.

그런데 몇 년 전에 「박형」을 주인공으로 하는 책을 쓸 적에, 「박형」께서 태몽 이야기하는 장면을 책에 써넣고 싶었는데, 저 자신 태몽에 대해 아는 것이 없어 고민을 하고 있었어요.

그때 마침 한가한 시간에 우리 약국에서 약을 산 아주머니 두 분이 의자에 앉아 계셔서, 용기를 내어 왼쪽에 앉아 있던 아주머니에게 먼저 물었어요.

'혹시 태몽을 꾸신 적이 있으세요?'

'태몽요? 있지요.'

'무슨 태몽이었습니까?'

'우리 첫째 때는 뱀이 땅에서 나와서 엄지발가락을 꽉 물지 뭐예요.'

'그래서요?'

'첫째는 아들이었어요.'

그 순간 책에서 읽은 그 대종사님의 법문처럼 뱀이 아주머니를 문 것은 남자의 중음신인 뱀이 아주머니에게 감응해서 물었다는 생각이 문득 났어요. (나중에 내가 깨닫게 되었지만, 이렇게 「박형」께서 나의 의식에 직접 가르침을 주셨다.)

남자의 중음신이 여자인 어머니에게 끌려왔다는 대종사님의 법문과 일치했지요. 대종사님의 말씀이 옳았어요.

'다른 태몽은 없고요?'

'둘째 때는 부엌에 누런 구렁이가 똬리를 틀고 있어서 겁이 났어요.'

'그래서요?'

'딸이었어요.'

그분의 태몽에 큰 구렁이가 똬리를 틀고 앉아 있기만 했고, 남자의 중음신처럼 물지 않았다는 것에서, '구렁이는 혹시 어머니와 서로 같은 성性인 여자의 중음신이기 때문인가?'라는 생각이 이상하게 번뜩 떠올랐지요. 이렇게 또 「박형」께서 저의 의식에 가르침을 주셨습니다.

여자의 중음신은 남자인 아버지에게 감응하기 때문에 어머니에게 반응이 없었던 것이고. 그렇게 설명하면 대종사님의 말씀과 맞거든요.

결국 자석과 같아요.

S극과 N극은 서로 당기고, 같은 S극과 S극, 같은 N극과 N극은 밀어낸다는 것이지요. 대종님께서 설법하신 '수태의 이치'에 꼭꼭 들어맞는 것이 재미가 있었어요.

다시 다른 아주머니에게 물었죠.

'아주머니도 태몽을 꾸셨어요?'

그랬더니 반갑게도 그분도 태몽을 꾸셨다는 것입니다. 그 아주머니는 말했어요.

'그런데 물고 달아나는 것은 나빴어요. 첫째 때는 독사가 땅에서 나오더니 내 발을 물고 달아났어요. 그 아들이 일찍 죽었어요.'

그 아주머니 태몽 중에는 독사가 나와서 물었다는 것입니다. 그리고 아들을 낳았으니, 뱀이 무는 것은 서로 감응해서 온 것이 확실하지요?

그런데 그 순간에 물고 달아나는 것은 나빴다는 말이 귀에 박혔지요. '아, 그 아주머니의 말처럼 물고 달아나는 것은 나쁜 것이구나. 첫 번째 아주머니를 뱀이 문 것은 감응해서 좋아서 문 것이었고, 두 번째 아주머니를 물고 달아난 것은 전생의 어떤 악한 인연因緣이 있어서 상처를 주기 위해서 문 것이다.'라고 생각되는 것이었어요. 이러한 직감 역시 「박형」의 가르침입니다.

나중 아주머니는 그 아들이 죽은 것을 여간 슬퍼하는 게 아니었지만, 나는 또 물었지요.

'다른 태몽은 없어요?'

'둘째 때는 친정집을 들어서는데, 밤 한 톨이 앞에 톡 떨어지지 뭐유.'

'그래서요?'

'집으로 가지고 왔지. 딸이었어.'

그 태몽은 대종사님의 설법대로 풀 수 없는 경우지요. 그때 한 가지 번쩍 떠오르는 직감이 있었어요. '친정집에 뜻이 있는 것이 아닐까'라고 생각하는 그때에 두 아주머니가 서로 이야기하는 소리가 들렸습니다.

'밤이나 감, 이런 것은 딸이고, 꼭지가 튀어나온 배나 사과 같은 과일은 아들이야.'

마치 『꿈의 해석』에서 프로이트가 주장했음직한 내용을 아주머니들이 말했어요.

그런데 그 순간에 또 그 말은 틀렸다는 생각이 머릿속에 떠올랐어요. 직감 같았지요. 그것은 '그렇지 않다'고 분명하게 누가 속에서 알려주었어요. 아마도 「박형」께서 약속대로 알려준 것 같은 그 직감의 정답은 '그 밤 한 톨을 어머니의 친정집에서 가져왔기 때문에 여자가 태어났다'는 것이었어요.

'여자인 어머니가 친정에서 가지고 왔으니 여자인 딸이다'라는 직감이었어요.

그런데 정말로 그 직감이 틀림없었다는 것이 곧 증명되었습니다.

『유경柳鏡』이라는 사보社報에 내 글이 실린 적이 있었는데, 태몽에 관한 나의 글을 읽고서 어느 여약사가 전화를 했더라고요.

그 어머니께서 태몽을 꿨는데 아들인가 딸인가를 해몽해달라는 부탁을 했어요.

'어머님께서 태몽을 꾸셨는데요, 아주 좋은 밤이 몇 자루 있어서 저에게 가져다주시려고 가지고 나섰는데, 도중에 어떤 아저씨를 만났대요.

그런데 그 아저씨가 하는 말이

'밤은 내가 이미 갖다 주고 오는 길이요.'

하더라는 거예요. 밤도 굵고 좋았대요. 아들일까요? 딸일까요?'

내가 머뭇거리고 있자니까, 다시 말했어요.

'요번에는 꼭 아들을 낳아야 하는데…. 잘 좀 해몽해 주세요.'

나는 생각했지요.

'이미 아저씨가 밤을 갖다 주고 오는 길이라면, 어머니의 집이 아니고 아저씨의 집에서 가져 온 것이다. 그러니 아들이다.'

그래서 다시 물었습니다.

'어머니께서는 밤을 가지고 오시지 않으셨나요?'

'예, 그 아저씨가 이미 갖다 주고 온다고 했었기 때문에요.'

'이번에는 아들 같아요. 그 밤을 남자인 아저씨네 집에서 가지고 왔으니까요. 어머니께서 가지고 오셨으면, 여자네 집에서 가지고 왔으니까 딸이 될 뻔했어요.'

저는 생각난 대로 대답했고, 전화기에서 기뻐하는 목소리가 들렸지요.

'정말이세요? 아들을 낳게 되면 꼭 알려드리겠어요. 감사합니다.'

그리고는 전화를 끊었는데, 몇 달 뒤에 다시전화가 왔는데,

'아시겠어요? 몇 달 전에 태몽을 묻던 사람이에요. 아들을 낳았어요. 고마웠어요.'

하더구먼. 그래서 태몽 중에도 엄연히 남자네 집과 여자네 집이 있다는 직감이 맞았다는 것을 알게 되었지요. 역시 밤이나 감, 꼭지가 있는 사과나 배 같은 모양에서 남녀를 구별하는 것이 아니었어요."

나는 숨을 돌리고 계속 말하였다.

"다시 생각해보아도 그 직감뿐만 아니라 모든 것을 「박형」께서 약속대로 '어떻게 해주신 것'이 틀림없는 것 같아요.

그 며칠 후에 어떤 처음 보는 젊은 내외가 키가 같은 어린 아이 둘을 데리고 우리 약국에 와서 약을 샀어요. 그런데 이상하게도 그들의 태몽을 묻고 싶어지더라고. 그래서 물었지요.

'혹시 두 분 중에서 아이를 가질 때 태몽을 꾸시지 않았습니까? 태몽 연구를 하고 있는데, 꿈 이야기를 부탁합니다.'

했더니, 젊은 내외는 의외라는 듯이 서로 쳐다보다가 남편이 그가 꾼 태몽을

말하더군요. 대뜸

'청사지요.'

'청사요?'

'그래요. 푸를 청靑, 뱀 사蛇, 청사靑蛇요. 정말로 귀엽고 사랑스러운 청사였어요. 형하고 둘이서 한 마리씩 잡았는데, 집에 가지고 올 때는 둘 다 내가 안고 왔습니다.'

그리고 아이들을 나에게 보이는데, 둘은 쌍둥이 여자아이들이었어. 기가 막히지요? 대종사님의 입태의 이치와 같잖아요? 아버지인 남자가 태몽 속에서 '귀엽고 사랑스러워'했던 그 청사들은 두 개의 여자 중음신이었지요.

석가모니부처님께서는 '옷깃만 스쳐도 삼세三世에 인연이 있다.'고 하셨지요. 사람이 죽는다고 해도 영혼이 있는 이상, 어찌 세상에서 '귀여워하고 사랑하던 사람'과 그냥 헤어지고 말 건가요.

'다른 태몽은 없어요?'

그 젊은 내외에게 다시 물었더니, 남편이 또 태몽을 꾸었대요.

'며칠 전에 꾸었어요. 큰 구렁이가 구멍에서 나오더니 나를 노려보더군요. 내가 겁도 나고 해서 가만히 있는데, 나를 넘어가더라고요.'

그러면서 자신의 배를 넘어가는 시늉을 손으로 해 보였어요.

'물거나 그러지는 않고요?'

하고 물었더니, 옆에 서서 구경만 하던 부인이 얼른,

'그냥 지나갔대요.'

라잖아요. 이번에는 남자가 무서워했고, 구렁이가 남자를 넘어갔으니? 여자에게 감응해 온 것이지요. 남자가 무서워했고, 남자를 넘어서 여자에게 간 거죠. 그러니 그 구렁이는 남자의 중음신이었지요. 그래서

'이번에는 틀림없이 아들을 낳게 될 것입니다.'

했더니, 부인이 좋아하더구먼요.

또 다른 그와 흡사한 태몽이야기가 있어요. 이번에는 친정어머니가 대신 꿔

준 태몽인데요, 꿈에 두 마리의 뱀이 친정어머니 치마 속으로 들어왔다는 겁니다. 나중에 그 시집간 딸이 쌍둥이를 낳았는데, 아들 쌍둥이었어요.

틀림없지요? 용성 대종사님의 수태의 이치란 것이.

'남자는 여자에게 감응하고, 여자는 남자에게 감응한다. 애욕 때문에 입태한다. 감정을 가지고 서로 다시 만난다. 좋은 인因에는 좋은 과果를 가져온다.'

나쁜 인因에는 나쁜 과果를 가져온다는 사례도 있어요.

어떤 남자가 태몽 중에 뱀을 죽어라 하고 두들겨 팼다는 겁니다.

그 부인이 전하는 말이,

'그렇게 꿈속에서도 밉더라는 거예요. 그래서 막 죽어라 하고 흠씬 두들겨 팼대요.'

라는 거예요. 나중에 그 사람의 부인이 해산했는데 남자아이를 낳았어요. 결과는 그 아이가 지능이 많이 모자라는 아이로 태어났고, 벌써 열 살 가까이 되었는데 집에서 작대기로 소나 때리고 살림살이를 깨고 장난질뿐이랍니다. 학교도 물론 못 가요. 방금 들은 것도 모르니까요. 아직 말도 제대로 못하더라고요. 부모가 그 아이 때문에 꼭 한 사람은 붙어 있어야 했대요. 오죽했으면, 아이를 집안에 묶어놓은 적도 있다고 하더군요.

당시에 어느 시설에 들어가 있는데, 그 부인은 불쌍한 아이 생각만 하면, 잠이 안 온다는 거야. 눈물을 글썽이면서 말하더군요. 수용소에 계속 두자 해도 그렇고 집에 데려오자 해도 그렇고요.

내가 보니, 둘 다 착한 부모 같았는데 참으로 보기에 딱했어요. 어쩌다가 전생에 그런 일을 저질러 놓았는지….

윤회의 법칙 중에는 '대험對驗하게 된다'는 게 있어요. 자기가 남에게 어떻게 했을 때는 후생에 나와서는 반대로 자기가 그런 꼴을 당하게 된다는 것이지요. 모든 것이 반대로, 물론 남에게 후하게 대했으면, 후생에 후한 대접을 받게 되는 것이지요.

분명 태몽은 단순한 꿈이 아닌 것 같아요. 태몽 중에 사람은 신령과 만나는 것 아닐까요?

신령은 사람들에게 태몽을 통해서 하늘의 소식을 알려주는 것이고. 사실 자신의 의식상태에 따라 운명도 바뀌고, 미래도 바뀌고, 다음 생 또한 바뀌게 되는 것이 모두 다 이와 같은 이치입니다. 자신의 모든 의식이 계속해서 작용하기 때문이지요.

제팔식을 알면 이해가 쉬울 겁니다. 그것은 전생의 녹화테이프입니다. 자신의 말과 모든 행동과 깨달음을 수록한 블랙박스 같은 녹화테이프이지요."(*)

결국 「박형」께서는 '나는 여러 사람에게 태몽을 물어보았어. 이제는 태몽만 물어보면, 남자가 될지 여자가 될지, 거의 백 프로 알아맞힐 수가 있게 되었어. 구멍에서 나와서 움직이는 모양이나, 물거나, 머리를 쳐들고 노려본다던가, 똬리를 틀고 앉는 것, 결국에는 구부러지는 것 등등을 보고서….'라고 말씀을 꺼내시더니, "거의 천사람에게 물어보았어. 자네도 한 번 태몽 연구를 해 보게. 내가 어떻게 해줄 테니까." 하셨던 그 약속을 지키셨다. 여기의 모든 태몽이야기와 그 이치는 「박형」께서 가르쳐주신 것이 분명하다.

* 태몽에서 가장 중요한 것은 자신의 영혼·의식체를 개발하는 것과 윤회하는 실체인 제8식 아뢰야식을 이해하는 것이다. 왜냐하면 제8식은 그 생명체의 백업(Back Up)이며, 다음 생에 명령어로서 작용하므로 백업된 제8식이 곧 운명의 씨앗이며, 윤회하는 실체이기 때문이다.

* 불가에서는 우리가 음욕淫慾에 잡혀 있는 동안에는 계속해서 윤회하는 삶을 살게 되기 때문에, 괴로운 윤회에서 벗어나려면 반드시 음욕·성욕을 뿌리 뽑아야 한다고 가르칩니다. 왜냐하면 이미 우리 몸속에 뿌리를 내리고 있는 음욕·성욕 때문에, 어느 중생의 몸속에 끌려 들어가서 중생으로 태어나기 때문이다.

5. 강림降臨하신 큰 어른들의 태몽

지금부터 '사람을 먹으려는 호랑이'가 아나라, '산 위에서 아래로 내려와 앞서가면서 길을 인도하려는 호랑이'인 큰 어른들의 아래로 내려오시는 모습을 태몽이야기로 만나보자.

무명과 탐애와 업보에 의해 끌려와 어쩔 수 없이 다시 태어나는 중생들과는 달리 석가모니부처님이나 예수님 같은 큰 어른들은 중생제도의 목적을 가지시고 자신이 원해서 스스로 태어나시며, 산 위에서 내려오는 태몽을 보인다. 자연, 부모가 되실 분의 꿈에 직접 나타나시거나 밝은 빛이나 태양이나 별이나 그런 상서로운 모습으로 내려오는 꿈(태몽)이다.

✽ 석가모니불께서 도솔천에서 내려오시는 모습

❀

옛적에 선혜善慧보살(일명;호명護明보살)이 공덕과 수행이 만족하심에, 위로 도솔천궁兜率天宮*에 수생受生하사 삼계 28천에 많은 대중을 거느리시고 법문을 설하시더니, 하루는 하계중생이 고해에 빠져 한량없는 고통에 싸여 있음을 혜안으로 관찰하시고, 그를 크게 근심하사 즉시 석범제천釋梵諸天을 대하여 말씀하시기를,

"내가 하계에 내려가서 정각을 이루어 많은 중생을 제도할 시운이 장차 가까웠으니, 그대들은 인간에 내려가서 입태할 곳을 살펴보라."

---

* 도솔천궁兜率天宮 : 제4천, 지족知足이라 번역. 내원과 외원이 있어, 외원은 하늘 대중이 사는 단순한 욕락처欲樂處이고, 내원은 미륵보살이 계신 정토淨土임.

하시니, 그때에 제석천왕과 사천왕들이 각각 명을 받자와 염부제閻浮提(수미산 남쪽에 있으며, 우리가 살고 있는 이 세계.)에 내려와서 보살이 입태할 곳을 살펴보고 다시 도솔천궁으로 올라가서 각기各其 소경력을 회보할새, 금단천자金團天子가 아뢰었다.

"마갈다국은 그 어미는 비록 정견正見을 가졌으나 그 아버지가 어질지 못하옵고, 구살나국은 부모종족이 모두 악하오며, 화사국은 남의 나라에 절제를 받사옵고, 유야리국은 싸움하기를 좋아하여 선행이 없사오며, 바수라국은 행동이 모두 망령되고, 그 나머지 나라는 다 변방이라 탄생할 곳이 못 되옵니다.

오직 가비라국迦毗羅國은 삼천대천세계三千大千世界에 중앙이 될 뿐 아니라 인민이 풍성하고 모두 덕행이 있사오며, 그 국왕의 이름은 정반왕淨飯王이요 왕비는 마야부인摩耶夫人이라, 부모종족이 모두 어질므로 그 덕화德化가 초목금수에까지 미치사 일국창생一國蒼生의 칭송이 자자하다 하오니, 보살의 수생할 곳은 가비라국이 적당하오이다."

보살이 옳게 여겨 하계수생을 결심하시니, 때는 지나支那 주소왕周昭王 25년 추칠월秋七月 망일望日이라.

이날 마야부인이 월하에 거니시다가 난간을 의지하여 잠깐 졸으시더니 문득 천문天門이 열리며 채운彩雲이 일어나는 곳에 일위一位보살이 위의를 갖추시고 원광중圓光中에 내려오시되 왼손에 연화蓮花를 잡으시고 오른손에 백옥홀白玉笏을 들고 흰 코끼리를 타고 표연히 내려오시며, 좌우전후에 무수한 보살이 각각 채복을 입고 역시 원광圓光을 띄며 시위하였는데, 하늘에 꽃비가 내리며 음악소리 진동하더니 점점 내려와 부인 앞에 이르러 합장배례하고 말씀하시기를,

"소자는 도솔천 내원궁에 있는 호명보살이옵더니, 다생인연으로 하계에 내려올 시기가 이르렀는지라, 부인 복중에 입태하오니 어여삐 여기소서."

하며 부인의 바른편 갈비를 헤치고 들거늘, 놀라 깨어나니 남가일몽南柯一夢이라. 맑은 향기 진동하며 하늘 풍악이 귀에 쟁쟁하고 꽃비가 뜰에 가득하더라. 부인이 즉시 정반왕 침전에 이르러 여쭙기를,

"신첩이 간밤에 한 꿈을 꿨사오니 몽사夢事가 이러이러하오이다. 앞으로 무슨 상서가 있사오리까?"

왕이 들으시고 무한히 기뻐하시며,

"내가 나이 벌써 오십여 세요, 즉위한 지도 30년이 가까웠으되 국사를 전할 곳이 없어 매양 그걸로 근심하였더니 부인의 이번 꿈은 아마 길몽인듯하오이다."

하시며 즉시 상 잘 보는 바라문을 명초하여 부인의 몽사를 이르시고

"무슨 길흉이 있겠는가 그를 판단하라."

분부하시니 바라문이 한참 생각하다가 여쭙기를,

"왕비께옵서 반드시 태자를 품으리이다. 몽사의 좋은 것은 말로 다 여쭐 수 없사오며, 십삭十朔이 차서 탄생하실 날이 되오면 큰광명을 놓으시며 석범제천이 호위할지라. 만일 왕궁에 계시오면 전륜성왕이 되시여 사천하를 통치하심에 일곱가지 보배가 자연히 이를 것이옵고, 출가 곧 하시오면 반드시 정각을 이루어서 삼계중생을 제도할 것이옵니다."

왕이 들으시고 기쁜 빛을 천안에 나타내시며, 바라문에게 상사償賜를 후하게 줘서 돌려보내시다.

마야부인은 그날부터 몸이 편안하고 정신이 상쾌하고 시원하며, 모든 천인들이 좋은 음식과 이름난 과일을 때마다 가지고 구름 속으로 내려와서 드리니, 부인의 전신이 전보다 몇 배나 상쾌하시더라.

보살이 부인 태중에 처하심에 하늘사람들은 커다란 궁전으로 보이는지라, 아침이면 색계 18천을 위하여 설법하시고, 오정이면 욕계육천을 위하여 설법하시고, 저녁이면 귀신들을 위하여 법을 설하시니, 그 신통과 도력道力은 가히 불가사의하더라.

이때에 도솔천에 있는 일회대중이 서로 의논하여 말하기를,

"우리가 여러 백 년을 도솔천에 있어 호명보살을 모시고 무상無上법문을 들어 삼계의 윤회를 면하려 하였더니, 보살이 인간 정반왕궁에 하강하셔서 마야

부인의 복중에 드옵신지라, 세상에 출현하사 불과佛果를 이루시면 반드시 법륜法輪(진리의 수레)을 굴리실지니 우리들도 오락만을 탐착 말고 같이 인간으로 내려가서 부처님을 도와 교화를 드날리며, 그 묘법妙法을 들으리라."

하고 이날로 쫓아 하계에 분분히 내려오되, 혹 모든 나라 왕비의 태중胎中이며 혹 재상의 집이며 혹 바라문 장자 거사부인의 복중으로 일시에 입태하니, 그 수효는 구십구억이라. 이때에 시방세계가 다 진동하고 광명이 대천세계에 비추며 맑은 향기는 공중에 가득하더라.

『팔상록』(일명, 부처님의 응화사적應化事蹟) 안진호 편집 33쪽~(1942년)

✽ 예수님의 수태고지受胎告知

❀

여섯 째 달에 천사 가브리엘이 하나님의 보내심을 받들어 갈릴리 나사렛이란 동리에 가서 다윗의 자손 '요셉'이라 하는 사람과 정혼定婚한 처녀에게 이르니, 그 처녀의 이름은 '마리아'라. 그에게 들어가 가로되, "은혜를 받은 자여, 평안할지어다. 주께서 너와 함께 하시도다."

하니, 처녀가 그 말을 듣고 놀라 이런 인사가 어찌함인고 생각하매, 천사가 일러 가로되,

"마리아여, 무서워 말라. 네가 하나님께 은혜를 얻었느니라. 보라, 네가 수태하여 아들을 낳으리니, 그 이름을 예수라 하라. 저가 큰 자가 되고 지극히 높으신 이의 아들이라 일컬을 것이요, 주 하나님께서 그 조상 다윗의 위를 저에게 주시리니, 영원히 야곱의 집에 왕노릇하실 것이며, 그 나라가 무궁하리라."

마리아가 천사에게 말하되,

"나는 사내를 알지 못하니 어찌 이 일이 있으리이까?"

천사가 대답하여 가로되,

"성령이 네게 임하시고 지극히 높으신 이의 능력이 너를 덮으시리니, 이러므로 나실 바 거룩한 자는 하나님의 아들이라 일컬으리라.

보라. 네 종족 엘리사벳도 늙어서 아들을 배었느니라. 본래 수태하지 못한다 하던 이가 이미 여섯 달이 되었나니, 대저 하나님의 모든 말씀은 능하지 못하심이 없느니라."

마리아가 가로되,

"주의 계집종이오니 말씀대로 내게 이루어지이다."

하매 천사가 떠나가니라.   『성경』「누가 1;26~」

✻ 원효대사元曉大師(617~686)

그분의 어머니 조씨가 꿈에 유성流星이 품속으로 드는 것을 보고 임신하였으며, 만삭滿朔에 불지촌佛地村 율곡栗谷이라는 마을을 지나다가 사라수沙羅樹 나무 아래에 이르러 갑자기 낳았는데, 『삼국유사』에 이르기를 그때 오색구름이 땅을 덮었다 한다.

✻ 육조六祖 혜능대사慧能大師(638~713)

그 어머니의 꿈에 뜰 앞에 백화가 만발하고 백학이 쌍으로 날며, 기이한 향기가 온 집안에 가득함을 보고 임신하였는데, 그 후 6년만인 무술 2월 8일 자시에 아들을 낳으니, 이가 곧 대사이다.

그날 밝을 무렵에 스님 둘이 와서 말하기를

"아기의 이름을 혜능慧能으로 하라"

는 것이었다. 부친이 그 까닭을 물으니, 앞으로 이 애기가 혜慧로써 많은 중생을 건지고, 능能히 크게 불사佛事를 이룩할 분이기 때문이라고 대답한 후 홀연히 사라지고 간 자취를 알 수 없었다 한다.

❋ 자장법사慈藏法師(590~658)

스님의 속성은 김씨이다. 신라 진골출신으로서 소판蘇判 무림茂林의 아들이다. 그의 아버지는 아들이 없자 천부千部관세음보살 앞에 나아가 자식을 낳게 해주면 속가를 버리고 출가하여 법의 바다에 나루가 되게 하겠다고 기도를 하였다.

어머니가 꿈에 별이 품속으로 들어오는 꿈을 꾸고 임신했으며, 석가세존이 오신 날과 같은 4월 초파일에 아이를 낳았다. 이름을 선종善宗이라 했는데, 그는 일찍 부모를 잃고 논밭을 희사하여 영광사寧光寺를 짓고 출가하였다.

『동사열전』에서

❋ 낭공대사朗空大師(832~916)

낭공대사의 법명은 행적行寂이고 성은 최씨이며, 하남河南에서 출생한 사람이다. 아버지는 패상佩常이고 할아버지는 전全이며, 어머니는 설薛씨이다.

어머니의 꿈에 어떤 스님이 나타나 말하였다.

"아가씨[阿孃]의 아들이 되고 싶습니다."

그런 일이 있은 뒤에 어머니가 임신을 하여 흥덕왕 7년 12월 30일에 출생했다. 기이한 골격이 보통 아이와 달랐으며, 책을 대하면 그 근원까지 철저하게 탐구하였고, 일을 맡으면 식음까지 잊고 몰두했다.

『동사열전』에서

✽ 나옹왕사懶翁王師(1320~1376)

나옹선사의 이름은 혜근惠勤이고, 나옹은 그의 호이다. 그에게는 이 밖에도 구명舊名으로 원혜元慧라는 이름도 있고, 아牙씨라고 하는 드문 성姓을 가지고 있었다.

어머니의 꿈에 황금빛 새가 한 마리가 날아와 머리를 쪼며 알을 떨어뜨렸는데, 그 알이 품안으로 들어오는 꿈을 꾸고 회임하여 고려 충숙왕 7년 1320년 정월 15일에 나옹을 낳았다.

나옹은 어려서부터 보통 아이들과는 여러 가지 다른 데가 있었다. 머리가 남달리 뛰어났음은 물론이고….

『기상천외의 스님들』에서

✽ 퇴계退溪 이황李滉선생(1502~1571)

첫째 부인을 잃은 아버지(이식李埴)는 예천 지보면 대죽리(옛 용궁현) 박치朴緇(1440~1499)의 딸 춘천 박씨와 혼인하여 이의, 이해李瀣, 이징李澄, 이황李滉을 낳았다. 퇴계는 7남매 가운데 6형제의 막내다.

춘천 박씨가 퇴계를 낳을 당시 '공자가 대문 안으로 들어오는 꿈'을 꾸었다고 한다. 그래서 그 문을 성림문聖臨門이라 하는데, 지금도 온혜 종가 노송정에 성림문과 퇴계가 태어난 태실胎室이 남아 있다.

『퇴계처럼』에서

6. 나의 의처증과 업(Karma)

윤회는 별다른 것이 아니다. 모든 중생의 삶의 내용, 그 자체이다. 「박형」께서 누구의 산소山所를 지목하시며 그분의 삶을 이렇게 말씀하셨다.

"일빈일소격一嚬一笑格이다."

「박형」께서 지적하신 것처럼, 욕심을 이기고 윤회를 벗어나서 스스로 원력생사를 할 수 있는 어른을 제외하고, 모든 사람들은 '실제로 한 번은 찡그리고 한 번은 웃는 윤회하는 삶'을 살 수밖에 없다.

✱ 윤회를 일러주시려고 그리 하셨는지, 하루는 「박형」께서 우리집에 오셔서 우리 내외에게 옛날 일(전생의 일)만을 말씀하시고 가셨다.

"내가 어제 옛날을 많이 거슬러 올라가, 그 먼 옛날을 거슬러 생각을 해보니, 이조 때인데 역적모의를 하는 자들이 있었어. 금부도사가 나와서 그 일당을 전부 잡아갔는데, 그때 그 집 아버지도 잡혀갔지.

그 아버지가 그 일로 해서 죽었거든. 그렇게 되니까 그 아들이 아버지의 원수를 갚겠다고 그 금부도사를 죽이려고 칼을 품고 골목 담에 붙어 서서 도사가 나타나기만 기다리고 있는 거야.

그 어머니가 곰곰이 생각해보니, 그 금부도사는 잘못이 없으렷다. 나랏일을 한다고 그리 한 것이지 사소한 감정이 있어서 그렇게 한 것이 아니었으니까. 또, 도사의 인품도 훌륭하고 마음에 끌리는 점도 있고 해서 도사를 해치지 말라고 아들을 말렸어.

그 아들은 술만 먹고 못된 짓만 하고 여자 뒤만 따라 다니더니, 그러면서도 아버지 원수를 갚는다고…"

「박형」께서 이렇게 상세하게 나와 집사람과 「박형」과 관계가 있을 것 같은 전생의 일을 말씀하시는 동안, 나는 나의 병인 의처증疑妻症이 먼저 생각났다.

'그 술만 먹고 못된 짓만 하고 여자 뒤만 따라다녔다는 그 아들이 혹시 지금 나는 아닐까?'

왜냐하면 내가 의처증으로 고생한 원인이 혹시 그때 술만 먹고 못된 짓만 하고 여자 뒤만 따라 다닌 잘못된 행동의 결과라고 생각할 수 있었기 때문이다. 그리고 그 옛날 여자 뒤만 따라다닐 적에 당연히 나로서는 여자란 믿을 수 없는 존재라고 확신했을 것 같기 때문이다.

실제로 나는 바람둥이 두어 사람을 만났었는데, 그들도 나처럼 이기적이고 남을 배려하는 의식은 눈곱만큼도 가지고 있지 않았으며 자신의 비행非行을 감추고 변명하는 것에 약삭빨랐는데, 내가 만났던 그들도 부지기수不知其數로 부모 신뢰를 저버리고 지아비와 자식들을 속이며 놀아난 수없이 많은 여자를 상대하면서, 모든 여자들은 그렇고 그런 존재라고 믿게 되었을 것이기 때문이다.

그래서 그가 그런 속된 믿음을 그대로 가지고 죽었다가, 다시 이 세상에 태어나면 결국 자기 배우자 역시 모두 그렇고 그런 여자로 보게 되어, 어느 순간 믿지 못하고 의심하는 의처증이 될 것 같았다.

윤회 법칙에는 신체기관을 혹사·남용하면 그 기관器官이 약해지는 신체기관의 카르마(업보)가 따른다고 했다. 의처증은 그렇게 유전遺傳된 신체기관 때문이기도 하겠지만, 그가 전에 이미 가지고 있던 속물적 의식으로 상대를 바라보기 때문에 그런 병이 생기는 것 같다. 이 모두가 일체유심조이며, 자업자득 인과응보의 실상이다.

또, 어느 날 「박형」께서 나의 의처증이 인과응보라는 사실을 깨우쳐주려고 물으셨다.

"자네는 애처가愛妻家지?"

"아니, 나는 의처증이 있어….."

나는 부끄러웠으나 모두 이미 알고 계신 「박형」께 사실대로 고백할 수밖에 없었는데 그때 「박형」께서 말씀하셨다.

"자네는 방아 찧어 놓은 게 너무 많아 사고야. 평생을 먹고도 오히려 남는다."

내가 전생에 너무 많은 방아를 찧어 놓았기 때문에 현생에서 의처증으로 고생하고, 후회하며, 자숙하며, 되받고, 용서하며, 사랑으로 감싸며 죄의 대가를 지불해도, 오히려 지은 죄가 남아 다음 생에서 나머지 죗값을 갚아야만 된다는 말씀이다.

인과응보에는 그 죗값을 모두 다 갚기 전에는 절대로 벗어날 수 없는, 형량 刑量이 있다. 작용과 반작용의 법칙처럼, 질량에너지 합의 보존법칙처럼 분명하고 정확한 형량이다.

예수께서도 비유로써 되갚기와 (마음속으로 행한 작은 죄를 포함하여) 죄의 엄숙함을 말씀하셨다.

"진실로 네게 이르노니 네가 호리毫理(로마의 화폐단위로 가장 낮은 동전; 극히 적은 분량의 뜻)라도 남김이 없이 다 갚기 전에는 결단決斷코 거기서 나오지 못하리라.

또 간음치 말라 하였다는 것을 너희가 들었으나,

나는 너희에게 이르노니 여자를 보고 음욕을 품는 자마다 마음에 이미 간음하였느니라."

『성경』「마태복음 5;26」

이런 내용을 「박형」께서 어느 날 문득 말씀하셨다.

"자네 질량보존의 법칙을 아는가? 요즘에는 에너지 보존의 법칙을 합해서 「질량 +에너지 합슴의 보존(불변)의 법칙」을 말해."

「질량＋에너지 합슴의 보존(불변)의 법칙」을 예를 들어 설명하면,

양초가 타면 빛과 열과 가스(gas)로 형태가 변하지만, 그 본래 양초가 가지고 있던 질량과 에너지의 합슴은 타기 전이나 타고 난 후에나 변함없이 똑같다는 법칙이다.

의처증은 지은 죄와 잘못 입력된 의식이 원인이기 때문에 그 병을 고치려면 먼저 자신의 의식을 뒤집어 버려야 한다. 의처증의 원인이 집착과 욕정이며, 집착과 욕정 때문에 계속 자신이 괴롭게 된다는 사실을 먼저 자각하고 믿어서, 색정에 대한 화려한 망상을 버리고 (담배 끊기처럼) 마침내 대범하게 '나'마저 버리는 큰 결단이 필요하다.

어쩌다가 나쁜 생각이 들 때가 있을 것인데, 그때마다 무조건 '끈질기게 떠오르는, 그 나쁜 생각'을 '이것은 아니다'라며 단호하게 지워버릴 수가 있어야 한다. 자신을 버리는 것 같은 용기를 가지고!

사실 인과응보의 법칙이나 「질량＋에너지 합슴의 보존(불변)의 법칙」이 실생활에서 엄격하게 시행되고 있지만, 우리는 우리의 일거수일투족이 절대로 허망하지 않다는 사실을 거의 모른채, 자기 마음대로 생각하고 생활하기 때문에 윤회의 고통을 계속 받는다.

7. 윤회에 과학적 접근.「전생前生을 기억하는 아이들」

최근 인간으로 태어나 자기의 전생을 기억하고 있는 아이들이 상당수 발견되었는데, 전생을 기억하는 아이들에게는 다시 인간으로 태어났다는 증거가 될 만한 몇 가지 특징이 있다.

나는 지금 죽은 나의 집사람의 환생인 것처럼, 마음 따뜻한 집사람의 특징을 가진 그 어린아이의 출생자국(Birthmarks; 태어날 때부터 가지고 있는 반점이나 특별한 생김새) 등을 확인하고, 환생한 집사람을 다시 만났을 적에는 나도 모르게 눈물 나게 슬펐고, 그녀가 환생했다는 사실을 확신하고서 가슴 벅차게 기뻐서 「박형」에게 '감사합니다. 감사합니다.'하며 감사의 기도를 올렸던 상황이 포함된 「전생을 기억하는 아이들」의 이야기를 하고자 한다. 나도 그랬지만, 아마도 전생을 기억하는 아이를 아는 분이 이 글을 읽으면 깜짝 놀라면서 정신이 번쩍 들 것이다.

✽「전생을 기억하는 아이들」Children Who Remember Previous Lives

최근 전생기억의 연구로서 가장 유명한 사람은 미국 버지니아대학교의 이언 스티븐슨(Ian Stevenson, M.D.1918~2007)박사이다. 그가 전생을 기억하고 있는 아이들을 조사하고 연구한 것을 발표하였는데, 전생이 있다고 주장할만한 '특징 8가지'를 제시하고 있다. 그 '특징 8가지'설을 따라가면서 나로 하여금 '환생'을 확실하게 믿게 만든 사실들도 함께 소개한다.

(1) '특징 8가지' 중에서 첫째는 전생기억과 연령과의 관계이다.

「박형」께서는 누구누구의 전생, 현생, 후생을 다 알 수 있으셔서,

"나는 삼세까지는 알 수가 있어."

라고 밝히셨는데, 그 당시에 내가 삼세를 이해하지 못하고 어리둥절하면서 '삼세라고? 혹시 「박형」께서 어릴 적 세살까지를 알 수 있다는 그런 말씀이신가?' 하면서 헤매니까, 「박형」께서 아시고 다시 깨우쳐주시기 위해 말씀하셨다.

"어릴 적 일을 생각해보면, 다섯 살까지는 생각나."

「박형」께서는 석가모니 부처님처럼 누구누구의 과거생, 현재생, 미래생을 다 보실 수가 있으셔서 '나는 삼세까지는 알 수가 있어.'라고 하셨는데, 그 말씀은 윤회를 간접적으로 확인해주신 것이다.

또 보통사람은 자기 어릴 적 일은 다섯 살까지는 거슬러 올라가 생각난다고 하셨는데, 그 말씀은 전생의 기억에 대하여 매우 귀중한 사항을 귀띔해주고 있다.

이언 스티븐슨 박사가 밝혀낸 바에 따르면, 그 전생을 기억하는 아이들은 보통 어린나이 2세~4세 때부터 전생이야기를 시작하며(그때 평균 나이는 35개월), 다섯 살이 지나면서 대체로 전생기억을 잊어버리기 시작하는데, 전생기억 말하기를 멈춘 나이는 평균 72개월(6살)이라 하였다.

이때가 되면 여러 가지를 경험하고 학교에 다니게 되고 새로운 것을 배우기 때문에 전생기억 위에 새로운 기억이 축적되면서 옛날 기억은 점점 없어진다고 했다. 아마도 타국으로 유학이나 이민을 가도 5~6년이 지나면 그렇게 될 것 같다.

누구는 말했다.

"우리 두뇌는 5세 이전에는 아미그달라(Amygdala:소뇌편도체; 감정을 조절하는 기관)를 통해 분노·증오·절망 등의 원시적 감정을 배우고, 5세부터는 대뇌피질을 통해 사회생활에 필요한 개념적 언어를 배운다. 우리가 5세 이전의 일을 기억하지 못하는 것도 그래서이다."

그렇다. 보통 아이는 5살 이전은 기억하지 못한다. 하지만 우리의 감정이나 기억을 가지고 있는 실체가 두뇌가 아닌 영혼이라고 생각하면 5세 이전에 전생 기억을 가지고 있다는 사실이 조금도 이상하지 않다. 성현께서는 태어나면서 세상 이치를 아는 생이지지生而知之이다. 윤회를 벗어난, 항상 깨어있는 어른이 전생을 기억한다는 것은 더더욱 당연할 것이다.

어떻든 「박형」께서는 우리의 기억은 다섯 살까지라고 하셨고, 이언 스티븐슨 박사가 조사한 바에 따르면 전생을 기억하는 아이들은 2세~4세 때부터 전생 이야기를 시작하며, 그 기억을 말하기를 멈춘 나이는 평균 72개월(6살)이었다.

(2) 둘째로 전생을 기억하는 아이들은 어른스러운 태도를 보이거나 위엄과 아주 특별한 지혜가 있으며 일반적인 아이와는 그 행동이 다릅니다. 그런 행동은 본인에게는 당연한 것이며, 집안사람들이나 증언자가 말하는 죽은 사람의 행동과 일치한다고 한다.

참고로 내가 만나본 환생한 아이는, 집사람이 그랬던 것처럼 남을 먼저 배려하는 성격이나 배우면 금방 깨우치는 피아노 연주 능력이나, 빨리 걷기 등의 성향, 무엇인가를 끈질기게 할 수 있는 남다른 인내심이 있었다.

또 다른 남자아이는 전생에 무슨 사유가 있는지는 모르겠으나, 어머니를 제외한 여성을 가까이하려 하지 않는 성향을 가지고 있었으며, 어떤 아이는 인생에 대한 통찰지通察智가 있는 천재와 닮았고, 심지어 불가사의한 어떤 신통한 능력도 (5살까지) 그냥 가지고 있었다.

(3) 셋째로 전생을 기억하는 아이들은 자기 육체의 생소함을 말하곤 한다. 그들은 대게 자신이 작은 육체에 갇혀서 답답하다고 불평을 늘어놓곤 한다. 겨우 말할 수 있게 된 3세 꼬마가 이렇게 말했다.

"저는 아무 힘이 없어요."

그리고 다른 한편 격렬한 죽음의 경우, 전생을 기억하는 아이는 대개 죽음을 가져다 준 물건이나 환경에 대해 강한 공포를 나타낸다.

이런 경우를 소아 공포장애(Phobias of infancy)라고 하는데, 한 보기로서 어떤 아이(삼리니에 프레마)는 전생에 - 근처의 마을 소녀가 다리 위에서 버스를 지나가게 하느라고 비켜서다가 홍수로 인해 물이 불어나 있던 길가의 논에 빠져 익사하였다는 사실을 기억했다.

그래서 그 아이는 젖먹이 때부터 물에 대해서 상당한 두려움을 보였고, 6개월 초에는 버스에 대한 강한 공포를 나타냈다. 그 아이를 목욕시키려면 세 명의 어른이 강제로 붙잡아야 할 정도로 물에 대한 공포에 떨었다고 한다. 그 아이는 세 살이 되어서야 목욕에 대한 두려움을 극복하였고 버스에 대한 두려움은 5살까지 갔다. 그때가 전생에 대해 자발적으로 말하는 것을 멈췄을 때였다고 한다.

(4) 넷째로 사람과 환경의 변화를 안다는 것이다.

'여기에 나무가 한 그루 있었다.'고 말한다든가 가족의 이름을 하나하나 아는 것은 물론이고, 전생에 그가 살던 집에 처음 데리고 갔을 적에, 전생에 인연이 없었다면 거기 사는 사람이 어떻게 변하였는지 관심도 없을 터인데, 세 살짜리 꼬마가 전생 배우자의 눈을 빤히 바라보며 말을 하였다.

"많이 늙으셨네요."

세 살짜리가 이렇게 전생 배우자가 많이 늙었다고 안타까워했다. 정말 놀랍다. 정말 세 살짜리 꼬마가 늙는 것이 무엇인 줄 어떻게 알았을까?

또, 전생에 살던 집의 구조가 어떻게 변경되었다는 등 가족 중에 누가 안 보인다는 등 그 집안의 변화를 말한다.

심지어 어떤 사례에서는, 전생에서 그 사람이 자기를 살해했다며 그 사람의 목을 조르는 아이도 있었다고 한다.

이언 스티븐슨박사의 연구를 이어받은 짐 터커 지음, 『어떤 아이들의 전생기억에 관하여(Life before Life)』에서는 더욱 세밀하게 '전생을 기억하는 아이들'이 주장했던 모든 상황을 여러 가지 각도에서 과학적인 방법으로 분석하고 증명하고 있다.

(5) 다섯째로 환생還生을 알리는 꿈이다. 부처님의 태몽이나 예수님의 수태고지受胎告知처럼, 어느 가정에 태어나기 위해 온다는 것을 꿈에 예고를 한다. 스님이나 훌륭한 분의 이야기에는 환생을 미리 알리는 사례가 무척 많다. 3가지의 예를 제시한다.

* (예1) 불국사를 지은 김대성(700~774)전

❀

대성大城의 성은 김씨이고 경주 모량리牟梁里사람으로 신라 신문왕 때의 인물이다. 어머니는 경조慶祖이다. 나면서부터 머리통이 크고 정수리가 평평한 것이 마치 성城과 같아서 이름을 대성이라고 하였다.

태어날 때부터 집이 가난하여 복안福安의 집에 가서 품을 팔아 얻은 밭 몇이랑으로 의식衣食 등 생계를 꾸려나갔다.

그때 개사開士(고승의 존칭) 점개漸開가 흥륜사興輪寺에서 육륜회六輪會*를 배풀기 위해 복안의 집에 와서 시주하기를 권하자 복안이 삼베 50필을 바쳤다. 그러자 개사가 이렇게 축원하였다.

"단월檀越(시주施主; 물질의 공양을 행하는 이)께서는 널리 보시하기를 좋아하니 하늘 신이시여, 늘 보호하여 지켜 주시고, 하나를 보시하면 그 만 배를 얻게 하시고, 안락은 물론 수명도 길게 누리게 하여 주소서."

어린 대성이 그 말을 듣고 뛰어 들어와서 어머니에게 말하였다.

"제가 스님이 축원하는 게송을 들었는데, 정말로 이치가 있다고 생각됩니다.

---

* 육륜회六輪會 : 고려 시대에 널리 행해졌던 불교 점찰법회의 하나이다. 점찰은 예언의 법으로 지장보살이 나무쪽을 던져 길흉과 선악을 점치는 법과 참회하는 법으로 이루어진 『점찰경占察經』의 근원이다.

우리는 과거 세상에도 좋은 일을 한 것이 없어서 지금 이 모양으로 가난하게 살고 있으니, 금생에 또 보시를 하지 않으면 다음 세상에서 잘 살기를 어떻게 바라겠습니까? 머슴살이를 해서 얻은 토지를 개사에게 시주하여 뒷날의 영화를 도모하는 것이 어떻겠습니까?"

어머니가 말하였다.

"참 훌륭한 생각이구나."

그러면서 곧 개사에게 토지를 희사喜捨하였다.

그런 일이 있은 지 얼마 되지 않아 대성이 죽었다. 그날 밤 재상 김문량金文亮의 집 위쪽 하늘에서 큰소리로 이렇게 외치는 것이었다.

"모량리에 살고 있는 대성이라는 아이를 지금 너희 집에 맡기노라."

문량이 놀라고 괴이하게 여겨, 사람을 보내 문의해 본 결과 대성은 과연 하늘에서 큰소리가 있었던 그날 죽었다. 이는 곧 효소왕孝昭王 9년 경자년(700) 2월 15일의 일이었다.

그날 아내가 아이를 배어 아들을 낳았는데, 아이가 태어나면서부터 오른손 주먹을 꼭 쥐고 펴지 않았다. 그런지 7일만에 주먹을 폈는데 '대성大城'이라는 두 글자가 손바닥에 새겨져 있었다.

그래서 이름을 '대성'이라고 지었다. 그리고는 그의 전생 어머니를 재상의 집으로 맞아들여 함께 부양하였다. (하략)

『동사열전東師列傳』 범해 각안 / 김두재 옮김

* (예2) 청허존자淸虛尊者(1520~1604)

❀

선사先師의 본명은 휴정休靜이고 호는 청허淸虛이며, 또는 서산西山이라고 부르기도 한다. 아버지의 이름은 세창世昌인데, 나이 30세에 어떤 사람의 천거로 기성箕城 영전影殿의 작은 관직을 맡게 되었다.

정덕正德 기묘년(1519년) 여름에 모친 김씨의 신기가 고르지 못하였는데, 하루는 작은 창가에서 한가롭게 잠시 잠이 들었다. 이때 어떤 노파가 와서 예를 올리며 말하였다.

"아무 근심도 하지 말고 아무 염려도 하지 마시오. 한 장부 사내아이를 잉태할 것이기 때문에, 이 늙은 할미가 와서 축하를 드리는 것입니다."

이렇게 말하고는 다시 예를 올리고는 떠나가 버리는 것이었다. 어머니가 놀라 깨어보니 꿈이었다. 혼자 중얼거리며 말했다.

"참 이상도 하여라. 우리 부부는 동갑으로 나이 50이 가까운데 어찌 오늘 꾼 꿈과 같은 일이 있을 수 있겠는가?"

김씨 부인은 의아하기도 하고 한편 민망하고 두려웠다.

이듬해 경진(1520년) 3월 김씨는 과연 아이를 낳았다. 아미의 부모는 서로 희롱하며 말하였다.

"늙은 조개에서 손바닥 안에 진주를 생산하니 이 또한 하늘의 뜻이로다."

아이가 3세 되던 해 임오년(1522) 4월 8일에 아버지가 술에 취해 누각 위에 누워 잠이 들었다. 꿈을 꾸었는데 어떤 한 노인이 와서 아버지에게 말하였다.

"아기 스님을 뵈러 왔습니다."

그리고는 노인이 두 손으로 어린 아기를 번쩍 안아 들고 몇 마디 주문을 외우는데, 그 소리가 마치 범어梵語와 같아 무슨 말인지 알아들을 수가 없었다. 노인은 주문을 외워 마친 뒤에 아기를 내려놓고 이마를 쓰다듬으면서 말했다.

"이 아이의 이름을 운학雲鶴이라 하고 잘 기르기 바랍니다."

아버지가 운학의 의미를 묻자 노인이 대답하였다.

"아 아이는 일생동안 행지行止가 정녕 구름과 학 같을 것이기 때문입니다."

그 말을 마치고는 어디로 갔는지 알 수 없이 사라졌다. 그런 까닭으로 부모는 그때부터 아이를 부를 때에 '아기 스님'이라 하기도 하고 혹은 '운학'이라 부르기도 했다.

* (예3) 지증국사智證國師(824~882)

❀

어머니의 꿈에 거인이 나타나 이렇게 말하였다.

"저는 승견불勝見佛입니다. 말법세계에 중이 되었지만 성냄 때문에 오래도록 용龍의 세계에 떨어져서 과보를 받았는데 이제야 그 과보가 끝났습니다. 다시 법손法孫이 되기 위해 좋은 인연에 의탁하고자 하오니, 바라옵건대 자비로운 교화를 베풀어 주시기 바랍니다."

그런 일이 있은 후에 임신이 되어 거의 400일이나 되어서 부처님 관정하는 날 아침에 태어났다. 태어나서 여러 날 동안 젖을 먹지 않았는데, 젖을 먹이려고 하면 울어 목이 쉴 지경이었다. 그러던 차에 홀연히 어떤 도인이 문 앞을 지나다가 이렇게 말하였다.

"아이가 울지 않게 하려거든 어머니가 오신채五辛菜*와 비린 것을 먹지 않아야 합니다."

어머니가 도인이 일러 준대로 하자 마침내 아무 탈이 없었다.

(6) 여섯째로, 임신 중 비정상적인 식성을 들 수 있다. 그런데 전생을 기억하는 아이의 경우에는 그가 전생에 좋아했던 음식이 바로 어머니가 임신 중에 먹고 싶어 했던 음식이라고 한다.

(7) 일곱째로, 배우지 않은 기술이나, 소질 내지는 천부적 재능을 가지고 있는 경우가 있다. 전생을 기억하는 어린이 중에 배우지도 않은 기술을 가지고 있는 경우는 그가 전생에 가졌던 기술이나 소질 내지는 재능을 그대로 유지하고 있기 때문이며, 이에 부모는 깜짝 놀라게 된다.

배우지도 않은 것이 나타나는 가장 놀라운 사례는 외국어를 말하는 경우이다.

---

* 오신채五辛菜 : 맵고 냄새가 강한 식물, 고기와 같이 불제자가 먹지 않아야 할 매운 채소의 5종, 마늘, 부추, 파, 달래, 홍거興渠(홍거는 중국이나 우리나라에는 없음).

특히 그런 이종異種 언어言語 발화發話 현상을 외국外國을 뜻하는 제노(Xeno)와 언어言語를 뜻하는 글로시(glossy)를 합하여 제노글로시(Xenoglossy)라고 이름 붙였다.

그 어린아이가 한 번도 듣거나 배운 적이 없는 중국어, 일본어, 영어, 불어, 독일어를 거기에 사는 사람처럼 유창하게(아니 더듬거리더라도) 구사한다는 것은 그 어린아이에게는 거의 불가능할 것 같은데 말이다.

국내에 알려진 전생前生을 기억하는 소년, 정OO의 경우를 소개한다.

소년은 자신은 조선시대의 학문이 높은 인물인 정수鄭需가 환생해 태어난 사람이라고 말했고, 중국 당나라때 환관宦官(내시)이었던 이거비李去非가 자기(친구)였다고 말했다고 한다. 그래서 초능력학회와 연결되어 SBS 방송국 프로인 '그것이 알고 싶다' 시간에 소년이 화재의 인물로 등장한 적이 있었다.

그는 부산시 동래구 온천동에서 1977년 5월5일 태어났다. 아버지가 막노동꾼이기 때문에 생활이 매우 어려웠다.

그런데 5살 때의 일이었다. 아이가 엎어져서 신문을 보고 있는 것이었다. 그래서 보통 아이들처럼 글을 모르면서 그림만 보는 것쯤으로 여기고 신문을 치우려고 뺏었더니 신문을 달라고 떼를 쓰는 것이었다.

그래서 신문을 주었더니 보던 그 자리를 다시 찾아서 마치 뭘 읽고 있는 것처럼 보았다. 그때는 그것을 대수롭게 여기지 않고 그렇게 넘겼다.

그 무렵 큰집에 제사를 지내러 갔을 때의 일이었다고 한다. 어머니가 준비된 제사음식을 제삿상 위에 올려놓고 있을 때 마침 누군가 옆에서 지방紙榜(종이로 만든 신주神主)을 쓰고 있었다. 그런데 어머니 뒤에 업힌 다섯 살 배기가 지방紙榜에 쓰인 한자를 읽는 것이 아닌가?

너무 신기해서 옆에 있던 신문을 집어 들고 거기에 나온 한자漢字를 가리키니 정확하게 그것을 읽어 내는 것이었다. 뿐만 아니라 이때부터 말문이 터지면서 한 번도 배운 적이 없는 중국어 · 일본어 · 영어 · 불어 · 독일어를 말하는 것이었다.

우리는 일부러 화교가 운영하는 중국집을 찾아갔다. 그런데 놀라운 것은 화교인 중국집 주인과 중국어로 대화를 하는 것이었다.

나중에 그 화교에게 지금 소년이 하고 있는 중국어 실력이 어느 정도 수준이고 발음은 어디 발음이냐고 물었더니, '상당히 잘 하는 편이고, 발음은 북경 발음'이라고 했다.

이李 여사가 일본말로 계속 물어보면 일본어로 대답했다. 이李 여사는 제2차 세계대전이 일어나기 전前 세대라서 그런지 일본어가 능숙했다. 나도 내가 아는 일어와 영어로 물어보면 그는 정확하게 일어와 영어로 대답했다. (하략)

『내 영혼이 뜨면 어디로 갈꼬』上 국승규 1995

❧

최근 외국TV에 5세 정도인 여아가 러시아어 · 일본어 · 불어 · 독일어 · 영어를 말하는 실제 상황이 방영되는 것을 보았다. 뇌과학자는 그런 아이의 언어중추가 특별히 크게 발달 되어 있었다고 했다.

⑻ 마지막 여덟째로, 출생자국(Birthmarks)이나 신체에 특별한 생김새를 들 수 있다. 아이가 출생할 때부터 모반母斑 · 흉터 · 반점 · 문신처럼 푸르스름한 글자가 있거나, 신체적 기형 내지 불구가 되는 경우가 있다. 그것을 선천적이라고 한다. 물론 그 원인은 대부분 유전이나 임신 중의 약물 복용에 의한 것으로 알려지고는 있지만, 그것이 어떤 경우 전생의 무엇에 의해 생길 수도 있다는 것이다.

이언 스티븐슨 박사의 저서인 『환생과 생물학(Reincarnation and Biology)』에는 고인故人에게 있던 상처자국이 전생을 기억하는 아이들의 모반(출생자국)이나 신체적 결함缺陷과 일치함을 밝힌 225건의 사례가 있다.

어떤 경우에는 총알이 들어가고 나온 자국이 선명하게 나타난 경우도 있었는데, 전생에 그가 죽은 병원에 남아 있던 사망진단서와 진료기록의 내용과 일치했다.

　나 역시 그랬다. 다른 것도 많지만, 내가 충격적으로 바라보았던 두 곳의 출생자국(Birthmarks)이 '저 여기 있어요.'라고 말했고, 나를 보면서 '많이 늙으셨네요.'라며 안타까워했던, 그 세 살짜리 아이가 죽은 나의 집사람의 환생이라는 확실한 증거가 될 수 있었다. *

　환생還生(Reincarnation)한 아이들에게서만 기대할 수 있는 전생기억이나 그 이상의 더 확실한 증거가 나오더라도, 믿을 사람은 믿고, 믿지 않을 사람은 믿지 않을 것이지만, 여기 「전생을 기억하는 아이들의 특징 여덟 가지」는 나의 경험이 아니더라도 과학적으로도 어느 정도 입증된 (아니라고 부정할 수 없는) 사실이다.

8. 「박형」박상신 대도사님의 전생

이미 밝힌 바와 같이, 내가 예불시간에 예불문을 외면서

'영산당시靈山當時 수불부촉受佛咐囑 십대제자十大弟子 16성十六聖….'

그 '16성'이라고 외는 순간, 어느 분께서 나의 마음에 한 줄기 빛을 비춰주어서, 「박형」박상신 도사님께서는 부처님 당시에 '16성자聖者'의 한 분이셨다는 사실을 깨우쳐주셨다. 그래서 「박형」박상신 도사님께서 옛날 석가모니부처님 제자였을 당시에 16성인十六聖人의 한 분이셨다는 것을 자신 있게 말할 수가 있다.

그리고 더 많은 후생이 있었겠지만 내가 느낄 수 있는 범위내의 그 후생에서는 퇴계 이황李滉(1502~1571)선생이라고 말할 수가 있다.

「박형」께서 전생에 퇴계 선생이 아니었을까 감히 내가 말할 수 있는

·첫 번째의 근거

어느 날 「박형」께서 저희 내외에게 특별히 "인연이 있는 곳으로 가보자." 하시고서, 우리들과 함께 단양팔경八景의 옥순봉과 구담봉으로 갔다. 거기는 옛날 퇴계와 관기官妓였던 두향杜香의 인연이 있는 곳이었다.

웃으시겠지만 그 옛날 퇴계와 두향, 그리고 지금의 「박형」과 나의 집사람은 너무나 대비되는 부분이 많다. 그래서 나는 집사람이 전생에 퇴계 선생의 인격을 공경하고 사모했던 관기 두향이었다고 조심스럽게 생각한다.

또 「박형」께서 지적하셨던 것처럼 나의 집사람은 그 옛날부터 공부를 많이 했고, 「박형」을 다시 만났을 적에 옛날에 사모했던 퇴계 선생과 같은 지금의 「박형」을 굳게 믿고 준비된 수행자처럼 금방 따라나섰다.

그래서 어떤 이는 집사람이 「박형」을 연모한 것처럼 느꼈다고 말하지만, 집

사람은 오직 「박형」의 바른 가르침에 대한 존경과 확고한 신뢰가 있었다.

사실 「박형」께서도 '두향이 퇴계를 사모思慕했다'는 말씀을 하실 적에, 분명히 '사모'는 연정이 아니라는 눈치를 나에게 주셨다. 그래서 내가 더욱 확신을 가지고 퇴계 선생과 선생을 사모하던 두향과는 남달리 두터운 사제지간師弟之間의 '인연'이 있었다고 주장할 수가 있다.

분명 인터넷에 유통되는 '퇴계 이황 선생과 관기 두향의 사랑이야기'는 어느 소설가의 통속적인 작품일 뿐이다.

퇴계 선생의 아름다운 성품은 우리가 상상하는 그 이상임은 물론이고, 관기였지만 두향의 인품도 훌륭했기 때문에, 단양군에서는 몇 년 전까지 매년 두향재를 지냈다.

「박형」께서 어느 날 말씀하셨다.

"나는 『시경詩經』을 보고 부부의 법도法度를 배웠다."

마치 『시경』의 '집 나간 남편을 기다리는 아내의 간절한 그리움을 나타낸 노래의 주인공처럼' 믿음과 사랑으로 한 몸이 된 부부의 도리와 한 가족으로서 맡게 된 소임에 한결같이 충실하며, 진실하고 넓은 마음으로 서로 보듬는 부부의 법도를 배우셨다고 그렇게 말씀하셨겠는데, 「박형」처럼 그 옛날에 퇴계 이황 선생도 그런 분이셨다.

· 「박형」께서 전생에 퇴계 선생이라고 말할 수 있는 두 번째 근거는

"모든 것은 이理다."라고 「박형」께서 퇴계 선생과 똑같이 주장하셨기 때문이다.

그 '모든 것은 이다'라는 말씀은 옛날에 퇴계 선생께서 (율곡栗谷 선생과 상반되게) 주창했던 이발기승理發氣乘의 주리론主理論, 즉 이理가 기氣를 주재하고 통제하는 실체라는 주장과 일맥상통한다.

「박형」께서 그 옛날의 퇴계 선생과 똑같이 세상을 이해하고 계신다는 말씀이다. 모든 것을 다 아시는 어른께서는 '모든 것은 이理'라고 말할 수 있으시겠지

만, 퇴계의 주리론을 '모든 것은 이다.'라고 「박형」께서 말씀하신 것이 「박형」
께서 전생에 퇴계 선생이라고 말할 수 있는 두 번째 근거이다.

· 세 번째 근거는 「박형」께서 단양향교鄕校를 말씀하시다가, 「박형」께서 전
생에 퇴계 선생이셨다는 확실한 내용을 언급하셨다.
"퇴계가 향교를 옮기고… 향교에 내가 해둔 것도 있어."
라고 하셨는데, 퇴계가 옛날 단양군수를 지낼 때, 1548년 저지대에 있던 단
양향교를 지금 자리로 옮겼다고 한다. 이것이 「박형」께서 '향교에 내가 해둔 것
도 있어.'의 내용이다.
그 옛날에 퇴계 선생께서 선견지명으로 지금의 자리로 향교를 옮기시지 않으
셨다면, 최근의 충주댐으로 수몰될 처지에 놓였을 것이다.

· 네 번째 근거는 퇴계 선생을 이理에 눈뜨게 한 책, 옛날 퇴계선생께서 보물
처럼 중하게 여기셨던 『성리대전性理大全』에 대하여 「박형」께서,
"거기 OO대代 손손孫이 아무 것도 몰라, 내가 가지고 왔다."
고 밝히셨는데, 그 『성리대전』이 옛날 퇴계 선생, 지금 「박형」 본인의 책이기
에 가지고 오셨다고 생각되기 때문이다. 「박형」께서는 절대로 남의 책을 가지
고 오실 분이 아니시기 때문이다.

여기에 한 가지 덧붙여 말씀드리면, 퇴계 선생의 언행과 삶의 행적을 찾아내
서 자세하게 기록한 김병일 지음 『퇴계처럼』이라는 책을 보면서 나는 정말 놀
랐다.
'그 옛날이나 지금이나 환경이 비슷한 것도 그렇고, 그 책 속에 나온 퇴계 선
생의 행적이 「박형」의 언행과 삶, 그리고 그 마음 씀씀이까지 판박이처럼 어쩌
면 이렇게 닮을 수가 있는가!'
그리고 나는 지금 「박형」께서 그때 그 자리에 계셨더라면 퇴계 선생께서 행

하셨던 것과 똑같이 '퇴계처럼' 행동하셨을 것이라고 분명하게 말할 수 있다. 내 생각에는 지금 그 책을 읽고 있는 분에게 「박형」께서는 전생에 혹시 퇴계 선생이 아니었을까요?'하고 묻는다면, 그가 만약에 「박형」을 조금이라도 아는 분이라면, 누구든지 '퇴계 선생께서 후생에 「박형」 박상신 도사님으로 다시 환생하셨다고 해도 전혀 틀린 말은 아닐 것 같네요.'라고 대답할 것이다.

9. 윤회의 법칙 3가지

· 첫 번째 법칙은 의식의 연속성이고, 인연이다.

환경의 연속성이 아니다.

「박형」께서는 '누구네 집 족보에 받아들여지는 것도 쉬운 일이 아니다.'라고 하셨다. 중요한 것은 인연이고 인격이다. 사람의 의식체가 어머니 몸속에 입태 入胎될 때부터 은원恩怨·애증愛憎·채무債務·친인척親姻戚 등의 인연因緣을 따라 찾아들게 된다. 좋은 인연은 좋은 결과를, 나쁜 인연은 나쁜 결과를 낳게 될 씨앗으로 입태하게 되기 때문이다.

은혜를 베풀었던 인연이나 원수를 맺었던 인연, 사랑했던 인연, 미워했던 인연, 빚을 지고 죽었던 인연, 빚을 받으려고 오는 인연, 부부나 아버지 어머니나 일가친척이었던 인연 등…. 모든 입태에는 이러한 인연의 줄을 타고 이 세상으로 온다.

그래서 한 가족이었던 할머니나 어머니, 할아버지나 아버지가 자식의 딸이나 아들로 태어나기도 하고, 인연 있는 누구누구의 식구나 자손으로 태어날 수 있는데, 그 전후의 사정에 따라서 좋은 인연 나쁜 인연이 있게 된다.

인간의 탄생이나 능력에서 불공평이 나타나는 것은 조물주의 변덕이나 유전의 맹목적인 매카니즘 때문이 아니라, 각 개인의 과거 행위의 옳고 그름이 원인인 것이다.

· 두 번째 법칙은 원인이 있고 결과가 있는 인과응보因果應報이다.

콩을 심으면 콩이 나고, 팥을 심으면 팥이 나는 것처럼, 선인선과善因善果하고 악인악과惡因惡果로써, 어느 행위 하나라도 분명하고 틀림없이 원인에 결과가 있고 결과에는 원인이 있다.

자신의 행동이 어김없이 자신에게 상벌賞罰 · 화복禍福으로 반영되므로, 좋은 사람 좋은 환경 만나는 것은 물론 심지어 복권이나 주식시장에서 돈을 벌거나 잃거나 하는 것까지 (거의 믿어지지 않겠지만) 모두 자기가 이미 만들어 놓았던 결과물이라는 의미이다.

경행록景行錄에 이르기를,
"은혜와 의리를 널리 베풀라. 인생이 어느 곳에서 서로 만나지 않으랴? 원수와 원한을 맺지말라. 길좁은 곳에서 만나면 피하기 어렵다."

이렇게 모든 사항이 현실적인 이야기여서, '인생의 최종목적은 자기의 신성의식 속에서 신과 하나 되는 일이다.'라고 깨우쳐준 『윤회의 비밀』(Many Mantion)의 저자 지나 서미나라(Gina Cerminara,1914-1984) 박사의 전생연구 결과에 따르면, 그가 후생에 다시 태어날 적에 부모나 주위 한경이나 지혜의 정도나 경제적 지위와 사회적 신분, 다른 어떤 특성마저 전생의 업보가 영향을 준다는 사실을 분명하게 알 수 있다. 인간관계에서 우연의 결과로 생기는 것은 하나도 없다는 것이다.

근대 심리학은 개인의 차이가 첫째로는 양친의 유전자에 따르고, 둘째로는 환경의 영향에 따라 결정된다고 보고 있다.

그러나 윤회론자의 견해는 유전자도 환경과 더불어 전생의 카르마(업)가 지닌 결정요소의 결과이고, 영혼이 지니는 모든 성질은 양친에게서 유전되었다기보다는 스스로 만들어낸 것이라고 본다.

모두가 다 자신의 탓인 것이다. 자기 책임이고, 일체유심조이다. 모든 것은 오직 마음이 짓는 것이다.

금생에 귀한 벼슬자리는 무슨 연고인가?

그 전생에 있어 불상을 도금한 공덕이라. 전생에 닦아서 금생에 받는 것이니, 곤룡포와 금관 조복도 불전에 구할지니라. 도금불사鍍金佛事가 바로 자기 몸단장이니, 그러므로 부처님 위하는 것이 제 몸 위하는 것이니라. 높은 벼슬자리가 쉽다고 하지 말라, 전생에 닦지 못한 일이 어디서 오겠는가?

금생에 수명이 길고 이름 떨쳐 태산같이 높은 사람은 무슨 까닭인가?

전생에 많은 생명을 보호하고 방생放生공덕을 베푼 때문이니라.

금생에 의식주가 풍족하여 여러 가솔이 단란하게 사는 사람은 무슨 까닭인가?

전생에 부처님 계신 불전佛殿을 청정히 하였기 때문이며, 또 전생에 가난한 사람에게 차茶와 밥을 베풀어 준 공덕이니라.

금생에 남편을 잃고 혼자 고독하게 사는 여자는 무슨 까닭인가?

전생에 사람들을 괴롭히고 남편을 괄시하여 학대한 탓이니라.

금생에 상처하고 혼자 홀아비로 지내는 사람은 무슨 까닭인가?

전생에 연약한 사람들을 구박하고 자기 아내를 천대하며 괄시한 연고이니라. 또 남의 아내와 간음한 과보이니라.

금생에 종노릇을 하는 사람은 어떤 연고인가?

전생에 은혜를 갚지 않고 의리를 지키지 않은 탓이니라.

금생에 고실광대 높은 집에 사는 사람은 무슨 까닭인가?

전생에 높은 산에 있는 암자나 절에 쌀 시주 많이 한 공덕이니라.

『삼세인과경』에서 발췌

· 세 번째 법칙은 대험對驗이다.

대험이란 인연이나 과보에 따라서는 자신이 남에게 했던 행위 그대로 되받아 똑같이 겪게 된다는 의미이다. 「박형」께서 잠시나마 본마음을 얻어서 근심 없던 나에게 이렇게 말씀하셨다.

"자네는 이제부터 모든 것이 반대로 될 것이네."

아마도 누구의 마음이 영零, 제로(Zero)이면 무극이고, 무극은 자비와 지혜가 충만한 본마음이므로 여의주로써 작용할 수 있을 것이다.

어떻든 실제로 모든 것이 반대로 된다면 남에게 잘하는 것은 곧 자신에게 잘하는 것이고, 남에게 몹쓸 짓 하는 것은 곧 자신에게 몹쓸 짓 하는 것이다. 그러니 아무리 하찮은 미물이라도 산목숨 죽이지 마시기 바란다. 중대한 죄업은 금생에서 곧 되받을 수도 있기 때문이다.

대험은 『불설삼세인과경佛說三世因果經』의 내용과 같다.

"만일 전생前生 일을 묻는다면   欲知前生事 욕지전생사
금생今生에 받고 있는 이것이요.   今生受者是 금생수자시
만일에 후세상後世相 일을 묻는다면   欲知來生事 욕지내생사
금생今生에 짓고 있는 이것이니라."   今生作者是 금생작자시

결국 윤회는 일체유심조이다. 자신(의식체)의 연속성이고, 인연이며, 사주팔자나 운명, 그 모든 것이 자기 행동의 작용과 반작용, 즉 인과응보이다. 삶은 의식의 연속성이므로 자기 스스로 변하기 전에는 자기의 다음 생이 크게 바뀔 수가 없다.

자신의 운명을 스스로 바꿔야 한다. 공덕과 선업을 쌓아야 한다. 「박형」께서 보여주신 것처럼 수행해야 한다. 이것이 '앞으로 나가자'의 바른 뜻이다.

윤회는 일체유심조이므로, 누구든지 보살이 되겠다는 대원을 세웠다면, 그는 당연히 건강해야 되겠고, 행동하는 사람이어야 되겠고, 수행할 수 있는 좋은 환경에 태어나야 되겠고, 좋은 스승을 만나야 되겠고, 지혜가 있어야 될 것이다. 그러므로 누구든지 그런 대원을 확고하게 세우고 힘껏 노력하며 살다가 갔다면, 그는 다음생에 그런 사람으로 그런 환경에 태어날 수 있을 것이다.

"윤회의 이 현상세계에 살면서 겪는 온갖 고통과 번민이나, 지옥 아귀 축

생 세계의 중생들이 겪는 고통에 비하면, 내가 겪은 고생이 그렇게 큰 것이라고 할 수는 없단다. 지혜로운 사람이라면 카르마의 인과응보법을 듣고, 쌓은 죄업을 녹이기 위해 나와 같은 열정으로 살아갈 것이다.

그러나 카르마의 법칙을 듣고 단지 머리로만 이해하는 사람들은 고통과 쾌락, 가난과 부귀, 영예와 치욕, 칭찬과 질책 등의 여덟 가지 생각[八風]을 진심으로 버리지 않을 것이다.

인과응보의 법칙을 잘 이해하는 것이 중요하다. 만들어진 업장은 그 원인이 있다.

수행자는 새로이 업장을 쌓는 대신에 지금까지 쌓아온 업장을 녹여가는 것이다. 이것이 고행의 진정한 의미이다.

카르마의 법칙을 잘 이해하고 지금까지 지은 죄업을 녹여가는 것이 참으로 중요하다. 이 간단한 인과응보의 법칙을 대부분의 사람들은 진정으로 믿지 않는다.

수행하려는 사람들 중 많은 사람들은 그들의 죄업을 녹이는 대신 공空에 많은 관심을 갖고 있다. 여러 경전에서 우주의 본질이 공임을 밝히고 있다. 그러나 공空의 진정한 이해는 죄업이 다 녹아진 뒤에야 가능하다."

– 히말라야의 성자 밀라래빠 –

II
원력생사願力生死

*

위로 올라가며
몸을 바꾸는 변역變易
승화하는 불사조

차 례

1. 급고독 장자가 천신이 되어 나타나다

주제별로 모은 경 『상윳다라니까야』에는 수행자가 천신이 되어 부처님께 나타나는 많은 장면이 있다. 그중에서 수많은 불쌍한 사람들에게 보시를 행하여 많은 사람에게서 존경받았던 급고독장자*가 죽어서 천신이 되어 부처님께 왔던 이야기가 있다.

❀

한 곁에 선 신의 아들 급고독(아나타삔디까)은 세존의 곁에서 게송偈頌들을 읊었다.

"이것이 바로 제따 숲 선인의 승가가 머물고⋯."

신의 아들 급고독은 게송을 읊은 뒤 세존께 절을 올리고 오른쪽으로 세 번 돌아 경의를 표하고 사라졌다.

세존께서는 그 밤이 지나자 비구들을 불러서 말씀하셨다.

"비구들이여, 지난밤에 어떤 신의 아들이 밤이 아주 깊었을 때, 아주 멋진 모습을 하고 온 제따 숲을 환하게 밝히면서 나에게 다가왔다. 다가와서는 나에게 절을 올린 뒤 한 곁에 섰다. 한 곁에 선 그 신의 아들은 나의 곁에서 이 게송들을 읊었다.

"이것이 바로 제따 숲 선인의 승가가 머물고

법왕께서 거주하시니, 내게 희열이 생기는 곳이라.

의도적 행위와 명지가 있고, 법과 계와 최상의 삶 갖춰있으면

---

* 급고독장자 : 당시에 큰재산을 가지고 있었고 대자선가이었던 그가 부처님께 귀의하면서 큰 절; 기수급고독원을 세워 부처님께 바쳤다.

이것으로 사람들은 청정해지지, 가문·재산 때문이 아니라네.

그러므로 여기서 현명한 사람, 자신의 이로움을 꿰뚫어 보아
지혜롭게 법을 깊이 검증할지라. 이와 같이 그곳에서 청정해지리
사리뿟따(사리불 존자)께서는 통찰지와 계, 고요함을 두루 구족했나니
저 언덕에 도달한 비구 있다면, 잘해야 그분과 동등할 정도."

"비구들이여, 그 신의 아들은 이렇게 말했다. 이렇게 말한 뒤 그는 나에게 절을 올리고 오른쪽으로 세 번 돌아 경의를 표한 뒤에 거기서 사라졌다."

이렇게 말씀하시자 아난다 존자가 세존께 이렇게 말씀드렸다.

"세존이시여, 그는 분명히 신의 아들 급고독일 겁니다. 급고독 장자는 사리뿟따 존자에 대한 청정한 믿음이 아주 컸습니다."

"장하고 장하구나, 아난다여, 아난다여, 그대가 추론한 것이 옳다. 그가 바로 신의 아들 급고독이었다."　　　　　　　　　　　　　　　「급고독경」(S2;20)

　　　　　　　　　　　　　　　　§

변역생사는 이와 같이 스스로 원을 세우고 수행하여 신의 아들 천신天神이 되며, 점점 더 높은 경지로 나아가는 생사이다.

2. 원력으로 변역생사하다

출가수행하여 자성自性을 증득證得하고, 대원을 앞세워 세세생생 나고 죽으며 자타일시성불도自他一時成佛道로 나아가는 과정이 곧 변역생사이다. 모든 불보살님께서 힘써 걸어오셨던 생명길이다.

여기 불교신행연구원 김 원장님의 원력과 관련된 '간절한 당부의 말씀'을 옮겨 적는다.

이제 나는 이 불생불멸의 생명력과 관련하여 한 가지 요긴한 당부를 드리고자 합니다. 꼭 새기고 실천했으면 하는 당부를….

우리는 이 불생불멸의 도리를 깨달아 '나'의 색신色身에 대한 헛된 집착을 놓아버릴 줄 알아야 합니다. 색신에 대한 헛된 집착을 놓아버리고 불생불멸의 생명력으로 살아야 합니다. 그리고 죽음의 소식, 색신의 죽음이 다가오고 있음을 느끼게 되면 새 옷에 대한 준비를 서서히 할 줄 알아야 합니다.

무엇이 죽음의 소식인가?

불치의 병에 걸리거나 기력이 고갈되어가는 것만을 죽음의 소식으로 보지 않습니다. 흰머리가 많아지고 온몸의 기능이 서서히 무너지는 것 등도 염라대왕의 소식입니다. 이 소식이 전해지고 있음을 느낀다면 새 옷을 입을 준비를 해야 합니다.

무엇이 새 옷을 입을 준비일까요?

새 생을 받을 때는 어떤 나라 어떤 집안 어떤 환경에 태어나 어떠한 사람들과 연을 맺고 어떠한 일을 하며 살겠다는 등의 원願을 세울 줄 알아야 합니다.

이 원은 사람마다 당연히 다를 수 있습니다. 하지만 그 원을 잘 다듬고 원을 이룰 수 있는 힘은 누구나 다 길러야 합니다. 그래야만 원에 힘이 모이고, 그 원력으로 원을 성취할 수 있습니다.

그럼 원을 이룰 수 있는 힘(願力)을 기르는 방법은 무엇일까요?

살아온 생을 돌아보며 마음에 맺힌 응어리들을 풀고 참회할 것은 참회하고 감사할 것은 감사하는 것, 새로운 원의 성취를 기원하며 염불·보시 등의 공덕을 쌓는 것이 원의 힘(力)을 기르는 방법입니다.

이렇게 새 생에 대한 원을 세우고 힘을 기르는 것을 불교에서는 말년회향末年廻向이라고 합니다. 나는 앞서가신 큰스님들께서 새 생을 바라보며 말년회향에 힘을 기울이는 것을 많이 보았습니다.

왜 큰스님들께서 말년회향에 힘을 기울였을까요?

우리의 다음 생을 받게 하는 업業과 습쩝과 원願의 힘 중에서 가장 앞서가는 것이 강한 원의 힘이기 때문입니다. 원의 힘이 강하면 업業도 뒤로 물러나고 습쩝도 바뀌기 때문입니다. 원을 어떻게 잘 세우고 얼마만 한 힘을 기르느냐? 이에 따라 앞으로 입게 될 '나'의 옷이 바뀌게 되기 때문입니다.

명심하십시오. 이 법계는 불생불멸입니다. 불생불멸이므로 어차피 일법계의 생명력에 의해 우리는 또 다른 옷으로 갈아입습니다. 과연 우리 불자님들은 어떤 옷을 택할 것입니까?

우리의 본질은 생멸이 아닙니다. 원래가 불생불멸인 대법계의 생명력, 그 자체인 존재입니다. 생멸이 아니라 불생불멸의 존재인 우리! 과연 우리는 어떻게 살아야 할까요?

이것을 깨우쳐 주고자 『반야심경』에서는 '불생불멸'을 힘주어 설하고 있는 것입니다. 나무마하반야바라밀   『생활 속의 반야심경』

원력생사는 '세상의 유혹에서 모두 함께 벗어나자는 대원을 세운 분'에게만 가능한 일이다. 먼저 꼭 대원을 세워서 실천하고 좋은 결과를 얻게 되시기를 기원한다.

원력생사하는 길이 변역 → 교역 → 자타일시성불도의 길이다.

「박형」께서는 '모든 것은 일체유심조'라고 하셨다.

"죽을 때에 한 번 써먹으려고 머리를 맑게 하고 산다."

고 하셨던 할아버지가 생각난다,

산에 가서 10년 공부를 하셨다던 그분, 명당이 곧 밝고 따뜻한 마음임을 알려주셨던 인자하신 그 할아버지께서는, 원력생사는 물론 죽을 때 마음가짐(대원)의 중요성 등등을 이미 다 아시고 계셨던 것이다.

3. 해탈로 가는 「구도求道의 길」

❀

경북 영주시 풍기읍 수철리水鐵里에 있는 희방사喜方寺에는 두운杜雲스님의 창건 설화가 전해지고 있다.

신라 말 경북 예천 용문면 두인동에서 출생한 두운스님은 당나라에서 선법禪法을 배워 온 직후에 소백산 줄기의 도솔봉 아래에 초암을 짓고 선정禪定을 닦고 있었다.

하루는 정定에 들어 있노라니, 무엇이 스님의 옷깃을 건드렸다. 돌아보니, 큰 범이 와서 문턱에 걸터앉아 입을 벌리고 고개를 들어 천정을 보고 있었다.

스님은 '네가 배가 고파서 나를 먹으려 하느냐?' 한즉, 고개를 흔들면서 아니라는 표정을 지었다. 그리고 보란 듯이 입만 크게 벌리고 있었다.

'옳지, 네 놈의 목에 뭐가 걸린 모양이구나.' 하고 목구멍 안을 자세히 들여다보니, 여자의 비녀가 걸려 있었다.

그것을 빼주고, '살생을 해서 축생보畜生報를 받게 된 까닭에 네가 지금 고통을 받는다. 살생을 삼가라.'고 엄히 타일러 돌려보냈다.

그런 일이 있은 지 얼마 후에, 또 그 범이 나타났기에 밖으로 나가보니 문밖에 아리따운 처녀가 업혀 와 있었다.

"네 이놈아, 나에게 은혜를 갚는다고 처녀를 업어온 모양인데, 중에게 처녀가 무슨 소용이 있느냐? 너에게 업혀 온 이 처녀가 얼마나 기겁하였겠느냐? 다시는 이런 짓 하지 마라."

하고, 그 처녀를 방으로 데리고 와서 팔다리를 주무르고 몸을 따뜻하게 하였더니, 한참 후에 깨어났다. 스님은 그 회생함을 기뻐하여 미음을 끓여 먹인 다음 물었다.

"어디에 사는 누구인가?"

"저는 경주에 사는 재상의 딸입니다. 어젯밤에 변소에 다녀올 때, 무엇이 휙 하는 바람에 정신을 잃었는데, 깨어보니 여기 와 있습니다."

"허, '고기는 만 리요, 호랑이는 천 리'라더니 하룻밤 사이에 삼사백 리를 왔구나, 그러나 기왕에 여기까지 왔으니 며칠 조리를 잘해서 기운을 차리면 내가 데려다주마."

"스님이 시키시는 대로 하겠습니다."

처녀는 고맙다고 머리를 조아렸다.

한편 딸자식이 갑자기 없어진 재상 댁에서는 호식虎食되었다며, 수많은 장정을 동원하여 사방으로 찾았으나 종적이 묘연하여 슬픔에 잠겨 있는데, 스님께서 처녀를 데리고 당도하였다.

아버지 재상은 버선발로 뛰어나와 스님을 맞아들였고, 전후 사정을 들려준 다음 스님이 떠나려 하자 한사코 말렸다.

"이것도 인연인데 산으로 갈 것 없이 여기서 부귀를 같이 하시오."

"부귀영화는 저에게 필요 없습니다. 굳이 무엇을 주고 싶으시면, 제가 있는 토굴이 협소하니 그것이나 좀 넓혀주시지요."

재상이 쾌히 승낙하고 그 부근의 각 고을 수령에게 통지하여 크게 절을 짓고 이름을 '희방사'라 하였으며, 스님께 바쳤다. 호랑이가 자기를 구해준 은혜에 보답했다는 전설 같은 이야기는 지금까지 전해져오고 있다.

§

▶나는 이 이야기를 중학교 시절 선친께 들었는데, 이야기를 마친 아버지께서는 나에게 질문을 던지셨다.

"영철아, 이 이야기 속에 무슨 교훈이 들어있는지 생각나는 대로 말해봐라."

나는 아무 대답도 할 수가 없었다. 이야기 속에서 아무런 교훈도 발견할 수가 없었기 때문이다. 하여 얼굴이 붉어질 정도로 부끄럽고 또 당황스러워했는데, 내가 왜 모르는지를 이해할 수 없었다.

당시에 나는 우물 안 개구리처럼 자만하고 있었다.

'나는 이미 중학생이다. 초등학교 6년을 배웠고, 이제 중학생이 되었으며, 그동안 세상의 모든 지식을 거의 다 습득하였으니, 내가 모르는 것은 있을 수 없다.'

그런데 선친께서 들려주신 두운스님의 이야기 속에 들어있는 교훈을 한 가지도 알 수 없었다. 그때 선친께서 말씀하셨다.

"어린 네가 알기에는 좀 어려운 교훈이 몇 가지 있어."

그러나 지금 나는 선친께 대답할 수 있게 되었다. 이 이야기 속에는 크게 세 가지의 교훈이 담겨 있다고 생각된다.

첫째는 배고픈 호랑이에게 자신의 몸을 던져줄 수 있는 대장부여야 해탈의 도를 이룰 수 있다는 교훈이다. 신선께서는 호랑이를 부리시기 때문에 그런 시험문제를 내실 수가 있다고 생각한다.

둘째로 수행자의 수행길에 최대의 장애물인 애욕을 제압하여야 윤회로 흐르지 않고 계속 도의 길로 나아갈 수가 있다는 교훈이다.

호랑이가 물어온 처녀는 그야말로 아리따운 처녀이며, 스님의 손안에 든 여인이었다. 그리고 스님이 마음만 먹으면 언제라도 함께 살 수 있는 위치에 있었다. 분명 두운스님은 훌륭했다. 이 세상의 젊은이 중에 어느 누가 함께 한 공간에서 감각적 욕망의 유혹을 제압하고, 이렇게 의연하게 두운스님처럼 슬기롭게 일을 처리할 수 있을까?

셋째는 실제로 세상의 부귀영화마저 뿌리칠 수 있는 지혜 내지는 염원이 자신을 개발하려는 수행자에게는 꼭 필요하다는 교훈이다.

참으로 두운스님은 '희방사'를 창설하실 수 있는 큰 인물, 밝은 빛이셨다.

정말 중요한 것은 애욕을 이기는 것이다. 애욕 때문에 원력생사를 못하고 윤회하기 때문이다. 백용성 대종사께서는 애욕 때문에 입태하게 되는 상황을 이렇게 설하셨다.

　중생이 태胎에 드는 것은 무슨 이유일까?

　이 세상 태를 받아 나오는 이치를 알면, 반드시 목숨을 마치고 다른 곳에 가서 생을 받는 이치를 알 것이다.

　무릇 사람이 태를 받아 출생하는 것은 비록 부정父精과 모혈母血이 엉켜 서로 합할지라도, 그 자식 될 사람의 아는 것(識)이 아버지와 어머니의 아는 것(識)으로 인연이 화합되지 아니하면 잉태하지 못한다.

　『본사경本師經』에 부처님께서 말씀하셨다.

　"무명을 끊지 못하고 탐애를 버리지 못하여 업을 짓는 것을 쉬지 못하기 때문에, 이 세 가지 연으로 말미암아 태장의 몸을 받는 것이니, 업은 밭이 되고, 아는 것은 종자가 되며, 연애는 빗물이 되어 이 몸을 성취하는 것이다."

　『유가론瑜伽論』에서도 이르셨다.

　"부모의 연애정이 가장 극한 최후에 각각 농후한 정과 혈을 내어 세 가지 연이 화합하므로 어머니의 태중에 잉태하게 된다. 마치 젖을 달일 때 엉기는 것과 같아서, 아뢰야식을 의지하여 태를 받는 것이다."

한편 『티베트 사자의 서』에는 깨달음을 얻어 윤회에서 벗어나기 위해 죽은 자의 의식체가 「자궁 안으로 못 들어가도록 방해하는 방법」과 「자궁입구를 봉쇄하는 방법」이 나오는데, 「자궁입구를 봉쇄하는 셋째 방법」 중에서… 위에 용성 진종 대종사께서 설명하신 '입태 되는 원리' 내지는 윤회의 양상과 거의 같은 부분이 있다.

　그러나 아직까지 이 같은 천도遷度(죽은 사람의 넋이 극락으로 가도록 기원함)로서도 자궁이 봉쇄되지 못하고, 그대가 자궁 속으로 들어가려는 찰나에 처해 있는 그대

자신을 발견하게 되었다면, 미혹(욕망)과 반발을 내떨어버리는 3번째 방법이 그대에게 제시될 것이오.

탄생에는 4가지 종류가 있소. 알로 태어나는 탄생〔卵生〕, 자궁으로 태어나는 탄생〔胎生〕, 비범한 탄생〔化生〕, 열과 물기에 의한 탄생〔濕生〕이오.

이 4가지 중에서 알로 태어나는 탄생과 자궁으로 태어나는 탄생과는 성질이 일치하오.

앞에서 말했듯이 교합중인 남녀 영상(비전;vision)이 아마 나타나 올 것이오. 이때 만약 혹 어떤 사람이 미혹(욕망)과 반발의 감정 때문에 자궁속으로 들어가게 된다면, 그 사람은 아마 염소나 닭이나 개 또는 인간의 어느 한 가지로 태어나게 될 것이오.

혹 남자로서 태어나려 하고 있다면 남자인 그 자신의 감정이 식심에 차츰 징후가 보이기 시작하오. 그리고 아버지 쪽에는 격렬한 증오를, 어머니 쪽에는 질투와 매혹의 감정이 우러나게 되오.

누가 만약 여자로서 태어나려 하고 있다면 여자인 그 자신의 감정이 식심에 차츰 징후가 보이기 시작하오. 그리고 어머니 쪽에는 격렬한 증오를, 아버지 쪽에는 격렬한 매혹과 짙은 사랑의 감정이 우러나게 되오.

이 제이第二의 원인 때문에 식심은 일제히 태어난 상태의 최고 행복감을 경험하게 되오. 이러한 최고 행복감에 젖어지는 순간은 바로 에테르의 길로 들어가려고 할 때, 정자와 난자가 결합하려고 하는 마침 그 찰나적 순간이오.

이 순간 이후에는 그는 바로 무의식상태로 기절해버리오. 그 뒤 그 식심(영혼의 핵심부분이라고 생각하면 이해가 쉬울 것이다.)은 알모양 속으로, 또는 태아상태 속으로 들어가서야 자신을 알아차리게 되오.

그리고 자궁으로부터 나와 눈을 뜨고 그는 아마도 강아지로 변형된 자기 자신의 몸을 발견하게 될지 모르오.

이전까지 그는 사람이었소. 한데 지금에 와서 만약 그가 개가 됐다면, 그는 개집에 묶여 있어 고통받고 있는 자기 자신을 발견하기에 이를 것이오. 또는 돼지우리

속의 새끼 돼지로, 개미구멍 속의 개미로, 송아지로서, 망아지로서 또는 양새끼로서의 자기 자신을 발견하기에 이를 것이오. 하지만 그가 이 모습으로부터 곧바로 탈피하고 되돌아올 수는 없소. (하략)

결국 윤회를 하지 않으려면 누구를 좋아하여 집착하거나 싫어하여 배척하기를 모두 버리고, 깨끗한 참마음으로 돌아가야 한다. 애욕의 유혹과 심술에서 벗어나는 오직 이것 한 길, 즉 수행자의 길만이 본래 깨끗한 마음을 되찾고 향상하는 길·원력생사의 길로 나아갈 수 있다.

4. 보리심菩提心으로 환생하시다

> 보여줄 수 있는 사랑은 아주 작습니다.
> 그 뒤에 숨어 있는 보이지 않는 위대함에 견주어보면.　　　 - 칼릴 지브란 -

"보살도의 첫걸음은 보리심을 일으키는 것으로부터 시작된다고 할 수 있다. 일상적인 욕계·욕망의 세계에서 진리를 그리워하고, 내 마음에 도 닦는 걸 사랑하고, 부처의 세계를 향하여 그리운 마음을 내는 마음…. 여기서 진리의 세계에 눈이 뜬다고 이름하나니, 이것이 발보리심發菩提心이다.

발보리심한 보살은 다시 큰 다짐 큰 맹세인 대원大願에 의해서 수행자가 되어 마음농사 짓는 생활로 들어가게 된다. 따라서 대원이 없는 보리심은 진정한 보리심이 아니며, 보리심 없는 대원은 대원이 아니다.

그러므로 이른 바 보살의 원선결정願船決定(중생을 피안彼岸·열반의 세계에 데리고 가려는 원을 세움)은 보리심을 일으키는 것이며, 발보리심에 의해 대원이 일어나면, 그것이 십지十地(흔들림 없는 보살의 열 가지 지위)의 첫 번째인 초지初地 환희지歡喜地에 이르게 된다."　　　　　　　　　　　　　　　　큰스님의 법문 중에서

✱ 인도의 큰 성자 샨티데바(Śāntidave)의 『입보리행론入菩提行論』, 이 길고 긴 기도에는 모든 존재들을 위한 불보살의 자비심이 넘쳐나고 있다.

내가 계속 남아서 세상의 고통을 위로할 수 있을까.
내가 버림받은 이들의 보호자가 될 수 있기를
길 가는 이들의 길잡이가 되고
물을 건너는 사람의 배가 되고, 뗏목이나 다리가 될 수 있기를

섬이 필요한 이들의 섬이 될 수 있기를

등불을 구하는 이에게는 등불이 되며

침구를 원하는 자에게 침구가 될 수 있기를

여의주나, 행운의 보병寶瓶이 되며, 진언이나, 효험 있는 약이 되고,

종〔奴婢〕을 구하는 모든 이의 종이 되고자 합니다.

모든 이의 여의수如意樹가 되며,

몸을 가진 모든 이가 원하는 것을 주겠나이다.

풍요로운 암소가 될 수 있기를

우주가 존재하는 한, 중생들이 존재하는 한

나 역시 여기 남아

세상의 고통을 위로할 수 있기를!

1989년 이 기도문 마지막 몇 구절을 인용하여, 금세기의 최고의 승려 14대 달라이라마(Dalai-Lama)*는 노벨평화상 수상연설을 끝맺었다.

그로부터 20년이 흐른 뒤 한 법회에서 그분은 토로하였다.

"나중에 이 구절을 기억하며 연민 가득한 마음으로 세상을 떠나고 싶다."

세상의 모든 이들로부터 추앙받는 달라이라마(Dalai-Lama) 텐진 갸초(Tenzin-Gyatso)는 '관세음보살의 화신化身으로 이 세상에 여러 번 환생하였다.'고 하는 바, 그분의 전생기억이야기는 『달라이라마 나는 미소를 전합니다』(소피아 스트릴르베Sofia Stril-Rever 엮음, 임희근 역)에서 생생한 기록으로 만나볼 수가 있다. 이야기는 그분께서 달라이라마(14대)로 뽑히게 된 사연을 언급하면서, 전생기억 테스트를 이야기하셨다.

---

* 14대 달라이 라마 : 1935년 7월 6일생. 두 살 때 달라이 라마의 현신으로 발견되어, 제춘 잠펠 가 왕 놉상 예서 텐진 이라는 법명法名을 받고 1940년 14대 달라이 라마로 공식 취임했다. 환생자 수 색대가 마을에 왔을 때, 그는 선대 달라이 라마가 아니면 도저히 대답할 수 없는 질문에 답함으로써 주위를 납득시켰다.

※

그로부터 3주 후, 라마들과 고위 승려들로 좀 더 완벽하게 구성된 방문단이 다시 우리 집을 찾아왔습니다. 이번에는 13대 달라이라마가 소장했던 유품들을 갖고 왔는데, 일부러 그분과 무관한 물건들도 섞어서 가져왔답니다.

만약 제가 달라이라마의 환생인 어린이라면, 돌아가신 분의 물건이며 전생에 알았던 사람들을 기억해야 하는 것이었습니다. 아니면 아직 글을 못 깨친 어린 나이라도 불교경전을 좔좔 외워야 하는 것이었지요.

사람들이 저에게 지팡이 두 개를 건네주니, 저는 머뭇거리며 그중 하나를 잡아 잠시 들여다보고는 도로 놓고 다른 지팡이를 잡았답니다. 바로 그 지팡이가 13대 달라이라마가 쓰던 지팡이였습니다.

저는 뚫어지게 쳐다보는 라마의 한 팔을 가볍게 톡 치면서 말했답니다.

"이 지팡이는 내 거예요. 왜 내 물건을 갖고 가셨어요?"

그리고 여러 개의 검정색 염주와 노란 염주 중에서 13대 달라이라마가 쓰시던 염주를 골라냈답니다.

라마는 또 선대 달라이 라마가 시자들을 부를 때 쓰시던 단순한 모양의 작은 북과 좀 더 크고 금빛 리본을 둘러 장식한 북을 제 앞에 내밀며 둘 중에 골라보라고 했습니다. 저는 둘 중에 작은 북을 골라 의식儀式에 맞는 박자로 두드리기 시작했다고 합니다.

(이 부분은 영화 '쿤둔Kundun'의 한 장면을 생각나게 한다.)

이 시험을 무사히 통과하자, 방문단 사람들은 힘들게 찾아다니던 환생자를 드디어 발견했다고 확신했습니다.

⚥

그런데 실제로 전생에 사람이었다가 환생한 분은 지혜가 뛰어나다. 그리고 그런 분은 생이지지하셔서,아무도 생각하지도 못했던 것을 아는 능력 있는 신동, 천재가 된다.

모든 세상 이치를 훤히 아는 지능, 통찰지通察智는 부모에게 물려받은 지능이 아니고, 전생기억이나 환생 이외 달리 설명할 수 없을 만큼 특별해서, 그가 어떻게 그런 것을 아는지 부모도 모른다.

❀

멀리 한국에서 찾아간 전〇〇 박사는 살아 계신 보살님 14대 달라이라마님께 여쭈었다.

"불교에 의하면 생이 계속 연결되어 있다고 하는데, 그것을 어떻게 분명히 알 수가 있습니까?"

전〇〇 박사의 질문을 받으시고 달라이라마님은 '그것은 3가지로 알 수 있다' 고 대답하셨다.

"전생이 있다는 것은 3가지를 통해서 알 수 있다.
· 첫 번째는 선정禪定수행을 통해서다. 마음을 하나로 모으고 모아서 사선四禪에 머물면, 부처님처럼 삼명三明(숙명명 · 천안명 · 누진명)을 얻는다. 즉 자기가 과거생에 무엇이었는가를 알려고 하면 (숙명통으로) 전생을 알 수가 있고, 천안통이 열려 중생이 업에 따라 죽어 어디로 가는가? 그 후생을 볼 수 있으며, 세상 모든 번뇌를 다 떼어내고 무엇에게도 홀리지 않는 누진통을 얻는다.
· 두 번째는 경험적으로 알 수가 있다. 그냥 전생기억이 난다. 확인이 가능한 기억이 난다. 지금도 잠에서 깨어나고 있을 적에 가끔 과거생이 떠오를 때가 있다. 그리고 과거생을 기억하는 아이들을 직접 만나본 경험으로 알 수 있다.
· 세 번째는 윤회의 원인을 밝히는 논리라는 의미에서 인명因明, 혹은 인론因論, 여기 인명학파因明學派의 연구의 결과로서는 윤회가 없을 수가 없다."

▶ 우리 몸속에 있는 존재, 죽으면 육체를 벗어나는 존재에 대한 증언도 있다. 언제나 귀속에 쏙쏙 들어오는 알찬 법문을 해주시는, 존경하는 혜국큰스님께서 당신의 경험을 말씀하셨다.

오래전에 산에서 수행을 하던 중, 봄에 새로 돋아난 독초를 나물인줄로 잘못 알고 먹어 죽었지. 나는 바로 고향집에 어머니를 찾아갔었는데, 어머니께서는 전혀 몰라요. 아무리 불러도 말소리도 알아듣지 못하고 돌아보시지도 않아.

나는 다시 은사스님을 찾아갔는데, 은사스님은 마루에 계셨어. 꾸벅꾸벅 조는 듯 앉아계셔서 한참을 옆에 서 있다가

"저, 혜국입니다. 저, 혜국입니다."

하고 두어 번 여쭈니까, 은사스님께서 버럭 소리를 지르셨지.

"웬 잡귀로 돌아다니고 있어. 어서 집에 가!"

깜짝 놀란 나는 순식간에 수행처로 되돌아와서 깨어났다네.

§

육체를 떠난 멀쩡한 의식체로 이렇게 순식간에 돌아다닐 수 있는 것은 정말로 수행한 힘 때문이라고 할 수 있겠다. 두 분 스님은 정말 대단하시다. 만약에 이렇게 큰 두 분 스님께서 돌아가신다면 본인이 원하는 환경에 원하는 부모를 선택하여 환생할 수 있을 것이다.

5. 응민應敏스님의 삼생三生과 원력생사

☀

> 굶주림에는 두 가지가 있다. 하나는 저차원의 굶주림이고, 다른 하나는 고차원의 굶주림이다. 저차원의 굶주림이란 돈에 대한 것이고, 고차원의 굶주림이란 삶의 목적에 대한 것이다.
>   — 찰스 핸디, 영국 경영컨설턴트 —

우리는 과연 어떤 굶주림을 가지고 있을까?

원력생사하는 어른들처럼, 생을 다 바쳐 중생을 사랑하는 연민의 마음으로 살고 죽을 수 있을까?

원력생사란 몸을 버린 후에 자신이 원하여 태어나고 싶은 곳으로 가서

태어나는 그런 환생을 말하는데, 정말로 나는 '원력생사가 사실인지'를 확인하고 싶었다.

그런데 아주 적절한 내용의 이야기를 발견했다. 기쁜 마음으로 동곡東谷 일타日陀큰스님*의 중생 사랑하시는 서원의 힘을 빌려 여기에 인용한다. 이 이야기는 정말로 특별하고 나에게 큰 감동을 주었는데, 그 이유는 일타 큰스님께서 쓰신 응민스님 이야기의 끝부분에, "말이 끝나기가 무섭게 응민스님은 그냥 선 채 뒷쪽으로 쭉 물러가더라는 것입니다." 라고 하셨는데, (내가 응민스님의 이야기를 읽기 전이었다.) 도사님으로 승화했다고 믿는 나의 집사람, 고 백화자님 역시 내가 집사람 산소에 있을 적에 와서 (눈에 보이는 모습은 아니었지만 내가 확실하게 느낄 수 있었다.) '어디로 가면 좋을까?' 상담하기에, 내가 '○○네로 가면 좋겠네.' 그랬더니, 응민스님처럼 '그냥 선 채 내가 그리로 가면 좋겠다고 했던

---

* 일타日陀큰스님(1929~1999) : 충남 공주 출생. 1942년 친가 외가 40여 명이 모두 출가함에 따라 통도사로 출가. 1946년 송광사 삼일암의 수선안거修禪安居를 시작으로 일평생을 수행과 중생교화에만 몰두하였다. 저서 ;『범망경보살계』『초심』『발심』『자경문』『부드러운 말 한 마디 미묘한 향이로다』『기도』『생활속의 기도법』등이 있다.

쪽으로 쭉 물러갔기' 때문이다. 그리고 거기 태어났기 때문이다.*

응민스님처럼 '그냥 선 채 내가 그리로 가면 좋겠다고 했던 쪽으로 쭉 물러갔던 집사람'이 환생한 사실을 확인할 수가 있었다.

그쪽에서 태어난 겨우 3살짜리의 아이가 나에게 던진 '저 여기 있어요.'라는 한마디 말 때문이다. 그 말을 듣고 내가 충격적으로 바라보았던 두 곳의 출생자국(Birthmarks)이 '저는 아무 힘이 없어요.'라고 말했고, 나를 보면서 '많이 늙으셨네요.'라며 안타까워했던, 그 세 살짜리 아이가 죽은 집사람의 환생이라는 확실한 증거가 될 수 있었다.

이제는 누가 뭐라고 해도 나는 그 아이가 집사람의 환생임을 굳게 믿는다. 그리고 '도사가 되겠어요.'라고 「박형」께 당차게 대답했던 그녀의 환생 덕분으로, 나는 환생·원력생사를 확신하게 되었다.*

어떻든 나는 승화한 나의 집사람이 그날 다시 와서 내가 '그리로 가면 좋겠다'고 했던 쪽으로 그냥 선 채 쭉 물러갔기 때문에 정신이 번쩍 들며 감격했던 경험이 있어서, 응민스님 이야기의 이 부분을 읽으면서 '수행이 된 사람은 그 보살정신을 그대로 가지고 있어서 죽는다고 말할 수가 없겠구나. 거기에 가서 분명히 자신의 소임을 열심히 하겠구나.' 하였다.

이렇게 나는 영가靈駕(죽은 사람의 혼령)이 인연을 따라서 가고 온다는 사실과 누구는 자신의 소원대로 나고 죽는다는 사실을 확인하고 눈물 나게 기뻤고, 환생한 집사람과 이 하늘 아래에 함께 살 수 있다는 감격으로 "집사람을 대인으로 승화시켜주신 「박형」 박상신 부처님! 감사합니다! 감사합니다! 정말 감사합니다!"라고 하늘을 우러르며 외쳤다.

✽ 여기에 일타 큰스님께서 밝히신, 응민스님의 원력생사하는 이야기가 포함된 응민스님의 삼생三生(3번의 생애)이야기를 그대로 옮겨놓는다.

우리 형제는 2남 2녀입니다. 내 위로 누나와 형님, 아래로 누이동생이 있습니다. 우리 가족 6명 중 가장 먼저 출가하여 중이 된 사람은 누나 응민스님입니다.

나보다 6세 위인 누나는 아버님이 열심히 불공을 드린 끝에 1923년 6월 28일에 태어났습니다. 당시 아버지는 근대 선종의 중흥조로 추앙받고 있는 경허鏡虛대선사의 형님인 태허太虛스님이 말년에 머무셨던 공주 마곡사의 한 암자로 불공을 드리러 자주 다녔습니다.

태허스님은 기골이 장대하고 호기가 빼어났으나, 곡차를 즐겨 마시는 흠이 있었습니다. 그러던 어느 날 아우인 경허鏡虛선사가 찾아왔습니다.

"형님도 이제 나이 50이 넘었으니 술 그만하시고 마무리를 잘 지으셔야지요. 중노릇도 잘하지 못하고 부모님도 잘 모시지 않았으니 양가득죄兩家得罪가 아니고 무엇이겠습니까? 이제부터라도 열심히 참선정진하십시오."

"양가득죄라…, 불가에도 속가에 대해서도 모두 죄를 지은 꼴이라? 아, 그렇구먼, 자네 말을 듣고 보니 정말 그러하네."

그때부터 태허스님은 그토록 좋아하던 술을 끊고 산문山門 밖 출입을 금한 채 열심히 참선수행을 하였습니다.

어느 날 아버님이 생남불공生男佛供을 위해 마곡사로 찾아갔을 때 태허스님은 근근히 불공 축원을 끝내고 내쫓듯이 말씀하셨습니다.

"처사야."

"예."

"내가 지금 많이 아프다. 기운이 하나도 없다. 불공드리러 왔다가 송장 보면 재수 없다는 말이 있네. 빨리 가게, 빨리 가."

아버지는 태허노스님이 방으로 들어가 눕는 것을 보고 절을 떠났는데, 절 일주문을 벗어나자마자 태허노스님이 돌아가셨음을 알리는 열반 종소리가 '쿠왕

쿠왕' 울리는 것이었습니다.

그런데 이상하게도 그 열반 종소리가 아버지의 목덜미를 잡아끄는 듯했습니다. 집에까지 80리 길을 오면서 그 종소리는 계속 아버지를 쫓아오는 것 같았다고 합니다.

그 일이 있은 뒤 어머니는 바로 임신을 하여 누나를 낳았고, 부모님들은 누나를 태허스님의 후신으로 믿고 있었습니다.

그 뒤 누나는 당시 여성으로서는 수재가 아니면 입학하기 어렵다는 공주여자사범학교를 졸업하고, 우리 가족 중 가장 먼저 출가하여 금강산으로 갔다가, 이듬해인 1941년부터 수덕사 만공滿空대선사 밑에서 수행하셨다. 태허노스님은 만공스님의 출가시 스승인 은사恩師였으니, 전생의 스승과 제자는 금생의 제자와 스승이 된 것입니다.

응민스님은 수덕사 견성암에서 용맹정진하여 만공스님으로부터 '한소식한 비구니'라는 인가를 받았고, 그 뒤에도 평생을 참선정진과 후학들의 지도에 몰두하였습니다.

한국 비구니 중 그만한 분이 드물다고 할 정도로 공부를 잘하시다가 1984년 12월 15일에 응민스님은 입적한 것입니다.

응민스님은 불가의 상례에 따라 49재齋를 지냈습니다. 21일째 되는 날 지내는 3재三齋는 대구에서 지냈는데, 재는 내가 집전을 했습니다. 일반적으로 재를 지내면 염불·독경에 범패까지 곁들이기가 일쑤이지만, 그날은 모든 절차를 생략하고 선법禪法에 의해 천도를 했습니다.

나는 조용히 죽비를 치고 입정入定하여 누님 영가(죽은 사람의 혼령)에게 일렀습니다.

"만법이 하나로 돌아가니 하나는 어디로 가는가?〔萬法歸一一歸何處〕"

그런데 불현듯 한 생각이 떠올라 영가에게 마음속으로 일렀습니다.

"응민스님, 미국 구경 한번 안할라요? 미국 한번 가보시오.

미국 펜실베니아에 가면 소영이가 있는데 그 집에 태어나면 참 좋을거요. 부자집이니까 공부도 많이 하고 미국 구경도 많이 할 수 있을거고, 참 좋을거구면."

이렇게 잠시 한 생각을 했었는데, 영검이 통했던지 그날 밤 내 여동생 쾌성快性스님 꿈에 응민스님이 나타나 묻는 것이었습니다.

"쾌성아. 일타스님이 나보고 미국 가라고 그러는구나. 그렇지만 서울도 혼자 못가는 내가 미국을 어떻게 혼자 갈 수 있겠니."

"언니, 일타스님이 좋으니까 가라는 것 아닙니까. 걱정 말고 가세요. 미국은 비행기만 타면 금방 갈 수 있는데 뭐! 비행기 타고 가면 자동차로 마중 나와서 싣고 가니 조금도 걱정 없소. 3살 먹은 어린애도 비행기만 타면 가는데 언니가 못 갈 리 있겠어요? 가소, 가소."

"아, 그건 그렇겠네. 그런데 소영이가 누군가? 소영이가 누군데 소영이 집에 가라고 하지?"

"그 전에 언니한테 아주 좋은 두루막 장삼을 해준 사람 있잖아요. 언니가 너무 좋은 것이라 중이 입을 것이 아니라고 한 그 두루막!"

"아, 그 사람."

말이 끝나기가 무섭게 응민스님은 그냥 선 채 뒷쪽으로 쭉 물러가더라는 것입니다.*

그런데 미국에 있는 소영이도 같은 꿈을 꾸고 아기를 잉태하여 아들을 낳았는데, 지금 여덟 살 된 아이의 눈도 얼굴도 행동거지도 영락없이 응민스님 살아생전의 모습을 닮았습니다.

이렇듯 누나 응민스님은 과거·현재·미래 삼생三生의 모습을 우리들 가까이에서 보여주었습니다.

$$\S$$

어떻든 잡념과 욕망, 그 마귀의 손에서 벗어나는 오직 한 길은 여기 이야기 속의 응민스님처럼, 도사의 길로 승화한 집사람처럼, 항상 깨어 있어서 생사를 자기 마음대로하는 것으로부터 시작된다고 할 수 있다.

그 생사가 없는 자리에 항상 머무는 보살은 죽어도 잠들지 않고 깨어 있다가 태어나고 싶은 곳에 가서 출생하며, 그렇게 거듭거듭 원력생사하며 보살도를 행하며 온전한 열반·니르바나(Nirvâna)의 경지, 그 생사에 자유자재한 해탈·열반에 항상 머물 수가 있기 때문이다.

어느 큰스님께서는 보살의 이와 같은 능력을 이렇게 찬탄하셨다.

"보살은 상서로운 시간을 택하여 의식적으로 재탄생再誕生의 길에 든다. 붓다께서 가르쳤듯이 '의식하면서 모태母胎에 들고, 의식하면서 거기 머물고, 의식하면서 출생한다.' 윤회계의 모든 상태를 자유로이 유랑하는 이 막강한 능력이 불법佛法의 목표다."

원력생사하신 귀종선歸宗宣 선사禪師

퇴옹 성철性徹(1912~1993)큰스님께서 하신 법문이다.

"그러면 생사해탈의 근본은 어디에 있는 것일까요?

불교의 근본진리, 최고의 경지를 바로 깨치면 그 깨친 경계는 영겁불망永劫不忘! 영원토록 잊어 버리지 않고, 없어지지 않는다는 것입니다.

보통 일상 생활에서 학문을 익힌다든지, 기술을 배운다든지 하는 것은 시간이 좀 지나면 희미해져 버리지만, 도를 깨쳐 도를 성취하면 이 깨친 경계는 영원토록 잊어 버리지 않습니다. 금생, 내생은 물론 여러 억천만생을 내려가더라도 어두워지지 않는다는 것입니다. 이렇게 되면 그것에 따르는 신비하고 자유자재한 신통묘력神通妙力은 말로 다 할 수 없습니다.

이제 그 실례를 들어 보겠습니다."

중국 송宋나라 때 곽공보郭功甫라는 시인이며 대문장가가 있었습니다. 그는 역사적으로도 유명한 시인인데, 그의 어머니가 그를 잉태할 때 이태백의 꿈을 꾸었다고 합니다. 그래서 그런지 세상 사람들은 모두 그를 이태백의 후신後身이라고 하였는데, 그는 천재적인 인물이었습니다.

그런 곽공보의 불교 스승이 누구냐 하면, 귀종선歸宗宣 선사라는 임제종臨濟宗의 스님입니다.

한번은 귀종선 선사께서 곽공보에게 이런 내용의 편지를 보냈습니다.

〔내가 앞으로 6년 동안을 네 집에 가서 지냈으면 좋겠다.〕

'이상하다, 스님께서 연세도 많은데 어째서 우리 집에 와서 6년을 지내시려고 할까?'

그날 밤이었습니다. 안방에서 잠을 자는데 문득 자기 부인이 크게 소리를 지르는 것입니다.

"아이구, 여기는 스님께서 들어오실 곳이 아닙니다."

"자다가 왜 이러시오.?"

"이상합니다. 꿈에 큰스님께서 우리가 자는 이 방에 들어오시지 않았습니까?"

"그래? 불을 켜서 내가 보여 줄게 있어."

그리고서 낮에 온 편지를 부인에게 보여주었습니다. 그 이튿날 새벽에 절에 가보니 어젯밤에 스님께서 가셨다고 합니다. 가만히 앉아서 입적入寂하셨다는 것입니다.

그리고 나서 열 달이 지나 부인은 사내아이를 낳았습니다. 모든 것으로 볼 때 귀종선 선사가 곽공보의 집에 온 것이 분명합니다. 그래서 아들 이름을 선로宣老라고 지었습니다. '선 노스님'이라는 뜻입니다.

생후 일 년이 지나 아이가 말을 할 수 있게 되었습니다. 말을 하면서부터 누구든지 '너'라고 하는 것입니다. 누구나 제자 취급입니다. 그리고 법문을 하는데 생전과 조금도 다름이 없었습니다. 자기 어머니 아버지도 큰절을 하고 큰스님 대접을 하였다. 이것이 소문이 났습니다.

그 당시 임제종의 유명한 백운단白雲端 선사가 이 소문을 듣고 한번 찾아왔습니다. 백운단 선사를 보고 세살 된 아이가

"아하, 우리 조카 오네."

하였습니다. 전생의 항렬을 치면 백운단 선사는 귀종선 선사의 조카 상좌가 되는 셈이었습니다. 이렇게 되니,

"사숙님"

하고 어린애에게 절을 안 할 수가 있겠습니까? 백운단 선사 같은 큰스님이 넙적 절을 하였습니다. 그리고 말했습니다.

"스님과 헤어진지 몇 해가 되었습니까?"

"한 4년 되지. 이 집에 와서 3년, 이 집에 오기 일 년 전에 서운암에서 만나 이야기하지 않았던가?"

조금도 틀림없는 사실입니다. 그 장소도 틀림없습니다. 백운단 선사가 보통의 이론적인 것이 아니고, 아주 깊은 법담法談을 걸어 보았습니다. 세 살 아이가 척척 받아넘기는데, 생전과 조금도 다름이 없었습니다.

그 법담은 장황하여 다 이야기 못하지만 이에 대해서는 『전등록傳燈錄』 등의 불교 역사에 자세히 나옵니다.

이것이 유명한 귀종선 선사의 재생再生입니다. 그 후 약속대로 한 6년이 지나자 식구들을 불러 놓고,

"본시 네 집에 6년 동안 지낸다고 하지 않았던가. 이제 난 간다."

그러고는 그대로 죽어 버렸습니다.

8

윤회는 지혜와 사랑을 배우는 교육과정이다. 그리고 상급반 학생이 졸업하기 위해서는 몸은 죽어도 정신은 깨어 있어야 하며, 자기의 원력으로 환생할 수 있어야 한다. 살아서 성인이 죽어서 성령이 된다.

6. 삶과 죽음의 갈림길, "도사가 될래요? 박사가 될래요?"

> "시간은 인간이 쓸 수 있는 것들 가운데 가장 소중한 것이다."
>
> - 그리스의 철학자 디오게네스 -

소중한 시간! 그렇다면 수행자로서는 어떻게 수행을 마무리해야 하며, 또 죽는 그 순간에 깨어 있어서 변역되고 환생하려면 어떻게 해야 할까?

입산수도하셨던 「박형」께서는 수행의 마지막 순간에 천신天神이 되기보다는, '부처가 되는 오직 한 길' 보살행을 택하셨고, 고故 백화자님 역시 삶의 마지막 순간까지 목숨 걸고 보살의 길·도사가 되는 길로 나아갔다.

「박형」께서는 입산수도의 마지막 순간을 이렇게 말씀하셨다.

"공부를 하다 보니, 산이 흔들흔들 앞으로 왔다 뒤로 갔다 하는데, 한 번 뛰면 앞산에 갈 수 있겠어. 건너뛰니 실제로 가. 이래서는 안 되겠다하고 하산下山했어. 더 공부했으면, 무엇이 되어도 되었을 것인데…."

그리고 이어서 말씀하셨다.

"처음 산에서 내려왔을 적에는 아침에 일어나면 오늘은 무슨 일이 있겠구나, 누가 언제 오겠구나, 이런 것들이 다 떠올랐었는데, 차츰 그런 것들은 사라지고, 지금은 산에서 얻어가지고 온 것 그것 하나 가지고 살고 있어."

「박형」께서는 그때 모든 것이 가능한 단계였다고 생각된다. 한 번 뛰면 앞산에 도착할 수도 있고, 또 '건너뛰니 실제로 갔다.'고 하셨다. 마치 히말라야의 성자 밀라래빠님이 온전하게 되신 직후에 맨몸으로 하늘을 날아다닌 것처럼.

그런데 왜 「박형」께서는 이래서는 안 되겠다고 하산下山하셨을까?

중생을 한 사람도 남김없이 전부 구제하기 전에는 성불하지 않겠다는 지장보살의 큰 서원이나, 아미타불이 되신 법장비구의 48대원을 생각해보면, 「박형」께서도 처음부터 중생을 구제하겠다는 대원을 가지고 입산수도하셨기 때문에 '이래서는 안 되겠다.'고 판단하신 것이다.

천신이 되어서는 중생제도의 보살행을 할 수가 없겠다고 생각하신 것은 아닐까?

깨달음을 성취하신 지혜와 자비심으로 중생을 바른길로 인도하시겠다는 「박형」 박상신 도사님의 마음! 그 염원! 그 대원! 그 자비심!

도사가 되려는 자비심

어떤 사람이 주께 와서 이르되, '선생님이여, 내가 무슨 선한 일을 하여야 영생永生을 얻으리이까?'

예수께서 이르시되 '어찌하여 선한 일을 내게 묻느냐. 선한 이는 오직 한 분이시니라. 네가 생명에 들어가려면 계명들을 지키라.'

이르되, '어느 계명이오니까?'

예수께서 이르시되, '살인하지 말라. 간음하지 말라, 도둑질하지 말라, 거짓 증언하지 말라, 네 부모를 공경하라, 네 이웃을 네 자신과 같이 사랑하라 하신 것이니라.'

그 청년이 이르되, '이 모든 것을 내가 지키었사온대 아직도 무엇이 부족하니이까?'

예수께서 이르시되, '네가 온전하고자 할진대 가서 네 소유를 팔아 가난한 자에게 주라. 그리하면 하늘에서 보화가 네게 있으리라. 그리고 와서 나를 따르라.' 하시니, 그 청년이 재물이 많으므로 이 말씀을 듣고 근심하며 가니라.   『성경』「마태복음 19:16~24」

기독교의 십계十誡를 잘 지키는 자, 불교의 10선十善*을 행하는 자는 천상으로 갈 수 있다. 하지만 '네가 온전하고자 할진대….'

죽어 대광명이 되기에는 십계나 10선이 부족하다.

목숨 걸고 자신을 유혹하는 세상 어떤 욕심에도 끌려가지 않는 삶, 외유내강한 삶을 살아야 된다는 의미이며, 너와 내가 없는 지혜롭고 큰 사랑의 마음을 쓰는 바 없이 써야 된다는 의미이다.

죽음을 두려워하지 않은 수행자 같았던 고故 백화자님의 행적, 생사를 포함 세상 모든 것을 뛰어넘은 것과 같은 집사람의 행적을 소개한다.

✱ 사주팔자에 있는 '훌륭한 죽음'

1968년에 집사람과 함께 맏이의 이름을 잘 지어보려고 당시 서울에서 제일 신통했고 유명했던 역술대가 고故 백운학白雲鶴(1921-1979)님을 찾았다.

그분은 역술대가로 잘 알려졌던 어른이고, 내가 대학교에 다닐 적에 친구와 함께 찾아갔던 분이다. 좀 별난 경험이기 때문에 그때 이야기를 먼저 하겠다.

그날 마침 강의가 결강되어 시간이 남았는데, 친구의 권유로 친구 따라 강남 간다고, 그 친구와 함께 당시 함춘원 자리에 있던 저희 학교와 가까운 종로5가 쪽에 있던 그 역술대가의 점집을 찾아 들어갔는데, 그때 어떤 청년이 와서 세 사람이 함께 그 역술대가의 앞에 앉았다. 그분께서는 나중에 합석合席한 청년에게 먼저 한 마디 던지셨다.

"고시考試? 자네는 이번에도 안되네."

낙심한 청년이 간절하게 애원했다.

"두 번째입니다. 이번에는 꼭 되어야 하는데요…, 합격할 수 있는 좋은 방법

---

* 십선十善 : 십악十惡의 반대. 십선도十善道라고도 함. 10악을 범하지 않는 제계制戒; 불살생不殺生, 불투도不偸盜, 불사음不邪婬, 불망어不妄語, 불양설不兩舌, 불악구不惡口, 불기어不綺語, 불탐욕不貪欲, 불진에不瞋恚, 불사견不邪見.『불교사전』

이 없습니까?"

"안돼. 다음에도 안돼. 고시를 포기하게."

라고 잘라 말씀하셨다. 그렇게 벼랑끝까지 청년을 몰아붙이시더니, 무엇이 생각났는지, 절망하고 있던 그가 불쌍했는지, 그를 향하여

"참, 자네 부친 함자銜字는 어떻게 되시는가? 생년월일은?"

하고 물으시더니, 잠시 후에 알겠다는 듯이 말씀하셨다.

"자네는 운은 없는데, 부친 덕분으로 되겠네. 이번에 되면 부친께 크게 감사드리고 계속 잘 모셔야 되네. 그렇게 해야 계속 일이 잘 풀리네. 꼭. 그렇게 하게."

그리고 청년의 옆자리에 앉아 있던 내 친구를 향하여 단호하게 일갈하셨다.

"자네, 감옥 간다. 6개월 내로. 나쁜짓하면 안돼."

나는 물론 그 친구도 어리둥절 아무 할 말이 없었다. 그리고 나를 향해서 대인다운 온화한 모습으로 말씀하셨다.

"자네는 늦게 공부하게 될 걸세. 그리고 64세가 되면 살이 찔 거야."

지금 생각해보니, 그분의 예언대로 그 친구는 두 달도 안되어 학교에서 볼 수가 없었는데, 그때 감옥에 갔고, 나는 그때보다 살이 쪘으며, 「박형」의 도움으로 늦어 『주역』을 공부하게 되었다.

일설에 따르면 당시에 그분께서는 고 박정희 대통령에게 직접 20년 간 대통령 자리를 지킨다고 말했고, 그날 수행한 분에게 귀뜸했다고 한다.

"차마 본인한테 직접 말씀드릴 수 없었는데, 각하께서 마지막은 퍽 험하게 돌아가실 명운命運입니다."

▶집사람의 '훌륭한 죽음' 이야기로 다시 넘어가자. 사실 그분은 나의 장인어른과 같은 수원水原 백씨白氏로서, 집사람에게 종친회에서 만났던 부친(나의 장인어른)의 안부를 물어볼 만큼 아는 사이였다. 그분께서 저희 첫째 아이의 이름을 지어주고서 말씀하셨다.

"요즘 사주가 좋은 아이들이 많이 태어나는 것을 보니, 앞으로 나라가 좋아질 것 같아."

라고 하시더니, 나에게

"자네는 처복妻福이 많네. 재혼하게 되거든 나를 먼저 찾아오게."

라고 하셨다. 그리고 덧붙이셨다.

"40넘어서 운이 좋아지고, 훌륭한 분을 만나고, 노력하면 새로운 것을 발견하게 될 거야."

지금 보니 정말 그분은 대단한 역술대가셨다. 그분의 점괘가 그렇게 여합부절如合符節 잘 맞기도 했지만, 나의 집사람을 앞에 두고 나의 재혼을 언급할 정도로 점괘에 확신을 가지고 있었으니까.

그런데 그때 그분이 집사람에게

"40전에 죽는다."

고 충격적인 이야기를 태연하게 말씀하셨다. 하여 집사람은 순간 크게 놀랐는데, 내가 옆에서 느낄 정도였다. 그때 그분은 다시 집사람에게 조용히

"자네는 훌륭한 죽음을 할 것이네. 훌륭한 죽음은 보통의 죽음과 달라."

그분은 '훌륭한 죽음'을 집사람에게 설명하셨다. 그분이 뭐라고 무어라고 설명하셨는데, 당시에 나는 그 내용을 전혀 알아듣지 못했는데, 집사람은 납득이 되었는지 그날 종일 좀 생각이 많았었다. 그리고 곧 알았다는 듯이 그 뒤로는 의연했다.

역술대가께서 이미 깨우치고 있던 사주팔자에 있는 '훌륭한 죽음'은? 과연 그것이 무엇일까?

▶ '훌륭한 죽음' 이야기이다.

1980년 여름 어느 날에 「박형」께서 저희 토담집에 오셔서,

"아이들도 방학을 했으니, 우리 인연因緣이 있는 곳으로 가보자."

라고 한마디 말씀을 남기시고 가셨다. 언제나 쉬운 말로 가르치시는 「박형」

께서 불교에서 쓰는 '인연'이라는 낱말을 쓰신 것은 보통 때와 다른 특이한 경우였다. 거기에는 틀림없이 큰 뜻이 있을 것이란 느낌이었는데, 지금 생각해보니 「박형」께서 때가 된 것을 아시고 정말 중요한 계획을 세워가지고 '인연이 있는 곳으로' 갔던 것이 확실하다.

약속한 날, 식구들은 옥수수랑 김밥 등등 먹을 것을 준비하여, 그전에 비로봉에 갔을 때처럼 「박형」 댁 다섯 식구와 우리 네 식구가 함께 떠났는데, 우리가 탄 버스는 죽령을 넘어 단양으로 향하였다.

그런데 그 버스 안에서 「박형」이 좀 이상한 말씀을 하셨다. 나에게는 논을 급하게 팔 생각도 그럴만한 이유나 까닭도 없었는데…

"자네 논을 급하게 팔면 7백, 아니 8백은 받을 수가 있어."

그리고 일행은 단양버스정류장에 내려서, 어디를 향하는지도 모르는 채로 「박형」을 따라 시골길을 걸었다.

아이들이 앞장서고, 다음으로 집사람과 「박형」 부인이 나란히 걷고, 나는 「박형」과 함께 맨 뒤에서 걷고 있을 때였다. 「박형」께서 앞에 가고 있는 두 여인을 쳐다보시면서 말씀하셨다.

"하나는 바로 묻고 하나는 옆에 두고 가끔 생각나면 찾아와 보게."*

그때 나는 좀 엉뚱한 그 말씀을 잘 듣지 못하여, 잠시 머뭇거리다가 청하였다.

"뭐라 그랬는지…, 다시 한번 말해주게."

"하나는 바로 묻고 하나는 옆에 두고 가끔 생각나면 찾아와 보게."

「박형」께서 더 큰 소리로 말씀하셨다.

---

* '하나는 바로 묻고'의 그 하나는 집사람이며, 바로 묻는다는 뜻은 바르게 이해하라는 말씀으로 집사람의 모든 행동을 바르게 이해하고, 사후에 갈 곳도 바르게 이해하라는 뜻이다. '하나는 옆에 두고'는 그냥 옆에 두라는 뜻이며, '가끔 생각나면 찾아와 보게'라고 하신 말씀은 지금 다시 생각해보니 가끔 「박형」의 큰마음을 찾아와 보라는 말씀이었던 것 같다.

사실 나는 그 말씀을 전혀 이해할 수 없었다, 아마도 '바로 묻는다.'는 것은 묘를 쓰다는 의미인 듯한데, 마음속에? 아니면 명당에 묻는 것이 바로 묻는다는 뜻인가? '하나는 옆에 두고'란 말씀은 또 무엇인가? 누가 옆에 묻힌다는 뜻인가? 또 누가 가끔 생각이 나면 누구를 찾아와 본다는 말인가?

「박형」께서는 집사람의 죽음을 이렇게 미리 말씀하셨지만, 나는 혼자 생각이 많았다.

우리들은 구미龜尾라는 곳에 이르러 강가로 내려가서 점심 요기를 하기로 했는데, 공기 좋고 경치 좋고 물 맑고 주변 산세도 아름다웠다. 그늘이 없어 덥기는 했지만…. 지금은 수몰되었지만 충주호가 만들어지기 전이라, 일행은 강가 아무 돌 위에 모여 앉았다. 식구들이 가져온 점심을 차리는 동안 「박형」께서 말씀하셨다.

❀

"옛날 어떤 사람이 있었어. 힘써 노력해준 덕으로 십 정승 십 판서가 날 좋은 명당을 얻게 되었는데, 그 명당을 잡아준 풍수가 두 가지 조건을 말하는 거야.

'여기는 십 정승 십 판서가 날 명당인데, 두 가지 지켜야 할 일이 있습니다. 첫째는 이 앞으로 흐르는 시내에 다리를 놓지 말 것이며,

둘째는 이 묏자리가 보이는 곳에 지붕이 있는 집을 지어서는 안 됩니다.'

조심하면 되겠다 싶어서 '꼭 지키겠다.'고 약속했어. 명당에 묘를 써서 그런지 그 집에서 정승이 나왔어.

그리고 그 정승에게 아들이 있었는데, 그 또한 정승이 되었어. 2대째 정승 집안이 되니, 넉넉하고 남부럽지 않게 되었지. 그리고 손자가 또 정승이 되었다네. 3대째….

하루는 그 3대째 정승이 성묘省墓를 갔는데, 마침 비가 와서 시내를 건너기도 어렵고, 성묘 후에 편히 쉴 곳도 마땅치 않아서, 시내에 다리를 놓고 산 위에 쉴 집을 짓게 했어. 어른들이 그러면 안 된다고 말렸지만, 그 말을 무시하고

그렇게 했어.

그 후에 왕실에서 큰일이 생겨서 명당자리를 찾게 되었어. 임금 명을 받아서 지관地官들이 전국을 뒤지며 나라에서 쓸 명당을 찾았지. 때마침 지관이 그 명당 근처를 지나는데 갑자기 큰 소나기가 쏟아졌어. 허허 벌판에서 소나기를 피할 수 없어서 큰일 났는데, 멀리 지붕, 그 정승네 정자 지붕이 보여. 지관이 비도 피할 겸 그쪽으로 가다보니 마침 시내에 다리가 놓여 있지 뭔가. (이 이야기는 세종대왕 영릉英陵과 관련이 있음.)

결국 그 명당자리가 들키게 되어 임금 명으로 명당을 내놓게 되었는데, 그런 뒤부터 정승은 물론 판서마저도 할 수 없게 되었지.”

이 이야기를 들려 준 「박형」께서는 나에게 ‘토정 이지함 선생의 최고의 명당’을 찾아보라는 숙제를 주셨다.

“옛날에 토정 이지함 선생이 최고의 명당을 찾으려고 전국 각지를 누비고 다녔어. 그런데 막상 좋다는 데는 안 가본 데 없이 다 가보았지만, 마음에 흡족한 곳은 찾지 못했어. 한 가지가 좋으면 한 가지가 나쁘고, 이게 좋으면 저게 나쁘고, 흠 없는 곳을 찾지 못했어.

2, 3년 동안 그렇게 애를 쓰다가, 지성이면 감천이라고 ‘흠 없는 명당’을 찾게 되었어. 토정이 보고 또 보아도 흠이 없어. 이제는 내가 할 일을 다 했구나 뛸 듯이 좋아했는데, 그날 밤 꿈에 산신령이 나타나서,

“토정아, 토정아, 거기는 네가 쓸 자리가 아니다. 너는 다른 데 쓰도록 해라.”

하는 것이야. 토정이 생각해보니 너무 아깝거든, 그래서 민적민적(민망스럽게 꾸물댐)했는데…, 그 얼마 후에 다시 꿈에 산신령이 나타나서,

“토정아, 토정아, 거기는 네가 쓸 자리가 아니다. 너는 다른 데 쓰도록 해라.”

하는 게 아닌가. 결국 토정은 거기에 쓰지 못하고 다른 데다 쓰고 말았지. 거기에 쓰지 못하고 다른 데에 썼다는데, 그곳을 아는 사람이 아무도 없어. 나중에 자네가 한번 그곳을 찾아보게. 자네가 꼭 거기가 어딘지 연구해 보게.”

&

일행은 다시 「박형」께서 말씀하셨던 '인연이 있는 곳'을 향해 걸었다. 그렇게 한 참 걷다가 「박형」께서 강 건너를 가리키시며 (거기에 두향杜香 묘가 있었다.) 옛날 관기官妓 두향과 퇴계 이황선생의 아름답고 슬픈 인연을 말씀하셨다.

"옛날에 퇴계 이황이 단양 고을에 부임해 왔을 때야. 그때 두향이란 관기가 퇴계를 모셨는데, 그분의 인품에 반하여 마음속 깊이 사모思慕(우러러 받들며 마음속 깊이 따름)하고 있었거든…. 그런데 퇴계가 버슬을 그만두고 고향으로 가게 되어 헤어지게 되었지.

어느 날 두향에게 퇴계선생이 돌아가셨다는 슬픈 소식이 날아들었어. 두향은 울면서 버선발로 퇴계 고향인 안동을 찾아갔지. 그렇지만 양반 집안에서, 그런 사람을 집대문 안에 들여놓을 리가 없잖은가. 두향은 집안에도 한번 못 들어가고 저 멀리 대문 밖에서 쳐다보며 울고 또 울다가 단양 땅으로 되돌아왔지. 저기에 두향 묘가 있고, 거기가 퇴계와 두향이가 자주 찾았다는 곳이야…."

그때 집사람은 소리 없이 울면서 눈물을 닦고 있었다. 그녀에게 퇴계를 애타게 사모하던 관기 두향과 같은 사연, 멀리 대문 밖에서 쳐다보며 울고 또 울다가 되돌아왔던 일이 있었는가? 아니면 정말 집사람이 그 옛날 퇴계의 인품에 반하여 마음 속 깊이 사모하던 두향이었을까?

그리고 마침내 우리가 당도한 곳은 단양 팔경八景 중에 가장 경치가 좋다고 하는 구담봉龜潭峰과 옥순봉玉筍峰이었다. 맑은 물과 높은 바위절벽은 볼수록 상쾌함을 느끼게 했으며, 인연이 있어선지 조금도 낯설지 않았다.

그날 우리일행은 유람선을 타고 옥순봉과 구담봉을 구경했는데, 우리가 탄 배가 옥순봉을 향해서 나아갈 적에 무엇이 배에 '쿵'하고 부딪쳤는데, 나중에 보니 어떤 여자가 강물 아래에서 나타났다가 다시 물속으로 헤엄쳐 들어가는 것이었다. 「박형」께서 보시고 말씀하셨다.

"오랜 동안 연습이 되어있구나."

그리고 배가 옥순봉 밑에 정박했을 때 우리는 잠시 쉬면서 사진도 함께 찍었다. 다시 구담봉으로 되돌아오는 중에 산신각山神閣 쪽 모래가 있는 강변에 배가 닿았는데, 몇 사람이 배에서 내렸다. 그때 「박형」께서 장차 그 강변에서 일어날 사건을 아시고 당부하셨다.

"자네는 여기로 올라가지 말게."

어떻든 그날은 참으로 즐겁고 정말 뜻깊은 하루였다. 이상하게도 물속에 있어야 할 자라들이 물 위로 나와 있는 바윗돌 위에 몇 마리씩 올라앉아 있었다. 그것을 보시고 「박형」께서 말씀하셨다.

"사랑어魚들이 물 위에 나와 있구나."

마침내 유람선이 출발했던 곳으로 돌아와서 정박하였고, 우리 일행은 남아있던 음식으로 요기를 했다.

그리고 배에서 내릴 참이었는데, 작살로 물고기를 잡으려는 어떤 젊은이가 물 속으로 헤엄을 치며 다니는 것이 보였다.

흥미로운 광경이여서 모두 넋을 잃고 한동안 강물 속을 헤엄치며 고기 잡는 사람을 바라보는데, 그가 물속에서 작살로 물고기 한 마리를 콱 찍어 피가 뚝뚝 떨어지는 고기를 물 위로 높이 쳐들었다.

그 순간 이상하게도 나의 머릿속이 갑자기 정말 시원하고 맑아졌다.

'아마 이 강은 우리 머릿속이고 저 사람이 지금 잡아 낸 것은 고기가 아니라 내 머릿속에 들어있던 마귀가 아닐까'

그런 생각을 할만큼 머릿속 시원한 느낌이 강렬했다. 그렇게 머리가 맑고 깨끗한 중에 「박형」께서 집사람에게 물으셨다.

"도사가 될래요? 박사가 될래요?"

곧 집사람 대답이 들려왔다.

"도사가 되겠어요."

순간 초지일관했던 집사람의 당찬 대답에 나는 놀랐다. 다음 순간 나는 속으로 '왜 나에게는 묻지 않는가?' 했다.

그때 「박형」께서 나에게 질문하셨다.

"자네는 도사가 될래? 박사가 될래?"

나는 움찔했다. 「박형」이 하나님 같았다. 그 순간 「박형」께서 일러주셨는지, '도사가 되려면 죽어야 된다.'라는 소리가 마음속에 들렸다. 나는 '죽어야 된다.'에 겁이 났고, 죽을 자신이 없어 망설이다가, 작은 소리로 중얼거렸다.

"나는 아무 것도 몰라, 알아야 무엇이 되어도 될 텐데…."

「박형」께서는 더 이상 아무 말씀도 하지 않으셨다.

잠시 후 물속에서 고기를 잡던 사람이 물가로 나오더니 초청이라도 받은 것처럼 우리가 타고 있던 유람선으로 찾아왔다. 우리 일행은 그 사람에게 남아 있던 김밥 도시락 하나를 건네고, 행장을 수습하여 강변으로 올라섰다. 거기서 「박형」께서 낮은 산 어디쯤을 가리키시며 예언하셨다.

"여기까지 물이 올라 와."

나중에 보니 충주호 수몰한계선이 거기였다. 그때였다.

집사람이 무엇을 두리번거리며 찾는 것 같았는데, 상당히 긴장된 모습이었다. 「박형」께서 무엇인지 알고 계셨는지, 내 느낌에 그 무엇을 말리시려는지, 스쳐지나가던 집사람에게 의외의 말씀을 던지셨다.

"면도칼은 나에게도 있는데."

집사람이 무엇인가 손에 감추고? 화장실로 급히 들어갔다가 얼굴이 하얗게 질린 표정으로 잠시 후에 거기를 걸어 나왔다.

'오. 저런' 순간 분명한 직감이 나에게 왔다.

'어떤 스님께서 수행하는 중에 자신의 음심淫心을 다스리기 위해서 자신의 신체 일부분을 제거한 것처럼, 오늘 「박형」에게 도사가 되겠다고 분명하게 선언한 집사람도 자신의 신체 어느 부분을 도려내려고 칼을 찾았던 것은 아닐까?'

'도사가 되겠어요.'라고 「박형」께 약속했던 그날, 자신의 괴로웠던 현생의 원인을 직시하게 된 집사람은 죽음도 불사하고, 그 잘못된 과거, 그 인연 뿌리를 당장 그렇게라도 잘라 버리려고 결심했었다.

▶구담봉에서 「박형」에게 '도사가 되겠다.'라고 약속한 며칠 뒤에, 집사람이 처갓집에 가자고 제안했다.

사실 나로서는 그동안에 우리가 우리만 생각하고 계속 피해 다녀서 미안하기도 하고, 항상 우리를 걱정하셨던 그분들께 특별히 집사람이 하고 싶은 말이 있을 것 같아 그렇게 하자고 했는데, 사실 집사람은 무엇보다 첫째로 「박형」의 가르침을 식구들에게 전하기 위해서 서울행 기차에 올랐던 것이다.

그리고 도사가 되려면 세상의 모든 것, 자기를 길러주었으며 지금도 애쓰는 모든 정든 식구들과 이별해야만 하겠기에, 특히 어미 잃은 딸을 큰언니에게 아주 부탁해두어야 하겠기에 서울로 가는 길이었다.

서울행 열차 안에서 눈치가 없었던 나는 무슨 까닭인지를 몰라서 당황스러웠다. 처음에는 밝은 얼굴로 앉아 있던 집사람이 손수건으로 눈물을 닦으며 계속 울고 있는 것 같았기 때문이다.

그때 우리 앞자리를 차지하고 앉으셨던 어떤 할아버지께서 이미 무엇을 아시는 듯이 집사람을 보고 말씀하셨다.

"애기 엄마는 애기와 사별死別(죽어서 서로 이별함)할 모양이구만."

그리고 집사람에게 여러 가지 가르침과 위로의 말씀을 해주셨다. 잠시 후 그분께 잡수실 것을 드렸더니, 보답을 하겠다며 주머니에서 인삼 한 뿌리를 꺼내어 집사람에게 주시며 말씀하셨다.

"내가 줄 것은 이것밖에 없는데."

나의 느낌에 몸통뿐인 그 인삼에는 잔뿌리가 한 개도 없고 노두蘆頭(줄기가 붙었던 자국)도 없어서, 산삼인지 그냥 인삼인지를 구별할 수가 없었지만, 소중하게 다루시는 것으로 봐서 그게 산삼일 것 같았다.

집사람이 망설이면서 그것을 받지 않자, 할아버지께서 다시 말씀하셨다.

"내 성의니까 받아줘요. 몸에 좋은 거야."

더 이상 거절하지 못하고 집사람이 그것을 받아서, 끝내 그것을 나에게 주며 적극적으로 권하였다.

"저는 필요 없어요. 당신이 드세요."

집사람은 구담봉에서 「박형」에게 '도사가 되겠다.'라고 약속한 뒤로는 분명하게 '이승의 삶을 떠나겠다'고, 그렇게 철저하게 실천하고 있었다.

그런데 서울에서 집사람에게 또 시련이 기다리고 있었다. 서울에서 처갓집식구를 만났을 때, 그분들은 나와 집사람에게 정신과의사를 만나보아야 한다고, 우리가 거절할까 봐 달래며 거의 애원하듯 권유했다.

"그냥 만나서 상담만하는 거야. 의사하고 이야기하는 거야. 필요하면 몇 번 만나봐야겠지만."

그렇게 쉬운 일은 못 해 줄 것이 없었기에, 집사람의 작은 언니가 잘 안다던 정신과의사를 집사람과 내가 차례차례로 만나 상담했다.

그 정신과의사는 계속 자신이 이해할 수 없는 것들을 물었다. 그리고 우리가 무엇을 잘못 생각하고 있는지를 알고 싶어했다.

· "왜 산골에 가서 사는가?"

· "무엇을 믿는 것이 있는가? 어떤 종교를 가지고 있는가?"

· "윤회? 영혼? 그것을 증명할 수 있는가?"

· "「박형」이란 분은 보통사람과 무엇이 다른가?"

· "어떤 신통력?"

· "도사란 어떤 분인가?"

· "자네는 앞으로 어떻게 할 것인가?"

그밖에 다양한 것을 물었는데, 집사람의 대답은 나의 대답과 달랐을 것이다. 특히 앞으로 어떻게 할 것인가를 물었을 적에, 집사람은 분명하게 '도사가 되겠다.'고 대답했을 것이다. 나 역시 그분에게 「박형」과 믿음에 대해 한 마디도

거짓말을 할 수 없었기에, 집사람은

"저는 이제 죽더라도 도사가 되겠다고 약속했다."

라고 대답했을 것이다. 상담을 마친 (도사도 모르고, '여기서 벗어나는 오직 이것 한 길'을 모르는) 그 정신과의사 소견은 '부인에게 무슨 조처를 취해야 될 것 같다.'고 했던 모양이다.

집사람의 결심을 나는 물론이고 거기의 누구도 감히 상상조차 할 수 없었다. '도사가 되겠다.'는 그렇게 훌륭하고 큰 서원을 아무도 이해할 수 없었기 때문이다. 결국 집사람은 이렇게 하여 내가 상담 받고 있던 시간에 그 당시 중곡동에 있던 국립정신요양원에 완전히 강제로 입원을 하게 되었다.

그리고 한 달 뒤쯤에 나는 초등5학년이었던 여식과 함께 그 병원을 찾았다. 면회는 입원한지 두 달이 지나야 가능하다고 했기 때문에, 우리들은 병동으로 직접 집사람을 찾아 나섰는데, 마침 3층 병동에서 몇 사람의 여자입원환자가 창밖을 내다보고 서 있었다.

내가 소리쳤다.

"상희엄마를 좀 불러줘요."

몇 번 그렇게 소리를 친 후에 집사람이 창가에 나타났다. 기뻐서 또 소리쳤다.

"여보! 나 왔어요. 상희도 왔어요."

반가워서 손을 흔들면서 집사람이 소리쳤다.

"나는 건강하게 잘 지내고 있으니 염려 마세요!"

보나마나 그녀는 이미 울고 있었겠지.

"뭐 필요한 것 없어요?"

"어서 여기서 나가게 해줘요!"

그때 병실에 누가 들어왔는지, 그녀는 혼신의 힘을 모아 딸에게 당부했다.

"상희야, 아빠 말 잘 듣고 몸 건강히 잘 지내야 돼!"

정신이 멀쩡한, 아니 남들보다 더 아름다운 정신을 가진 그녀는 그렇게 몇 달 동안 정신병동에 감금되어 있다가, 통원치료라는 명목으로 풀려나 친정집으로 오게 되었는데, 그 사연을 식구들이 들려주었다.

'어느 날 깊은 밤중에 같은 병실 환자 한 사람이 침대에 토하고 옷에 그대로 싸서, 몸과 온 침대에 냄새나는 오물을 묻히고, 어찌하지 못하고 앓는 것을 보고, 집사람은 혼자서 그 환자의 몸을 씻기고, 자기 침대에 눕히고 밤새도록 뜬 눈으로 간호했는데, 아침에는 그 침대보(寢臺褓:Bed sheet)를 가지고 세탁실로 빨래하러 갔다.'

고 했다.

처음부터 집사람은 정신병원에 입원해야 할 사람이 아니었다. 이렇게 자신의 안위마저 위태롭고 몸서리가 쳐지는 최악의 상황에서, 집사람은 도사될 상당한 자질資質(굳은 믿음과 자비심)이 있음을 그렇게 증명하였다.

지구를 떠나는 날까지 시험은 계속되다

집사람은 통원치료를 허락받고 흑석동 친정집으로 나오게 되었다. 그런데 언제나 막내딸의 병을 근심하셨던 장인어른이 심각하게 걱정을 했기 때문에 집사람은 계속 처갓집에 남게 되었다. 하지만 집사람은 당장 「박형」을 만나서 더 공부하기를 병원에 강제입원을 당했을 때부터 갈망하였다. 나 역시 집사람과 함께 귀향하고 싶었지만, 어쩔 수 없이 집사람을 설득하여 달래놓고 혼자서 풍기집으로 향했는데, 청량리역 앞에 이르자 어찌된 까닭인지 그녀의 안부가 자꾸만 궁금해져서 처갓집으로 전화를 했다.

그랬더니 이 웬일인가? 장인어른이 다시 흑석동으로 와서 집사람을 데리고 가라는 것이었다.

'옳다! 잘 되었다.'

나는 얼른 흑석동으로 갔다. 그리고 기절초풍할 이야기를 들었다.

내가 떠난 후에 집사람이 갑자기 온데간데 없이 사라졌다는 것이었다. 화들짝 놀라서 한 시간 동안 찾아 헤매다가, 집 뒷뜰에 있던 우물 물 속에 들어가 있던 집사람을 발견했다고 했다.

당장 금계동으로 가고 싶은 집사람은, 부친의 막내딸을 눈앞에 잡아두려는 마음을 이길 수 있는 방법은 그 수밖에 없다고 생각했던 것이다. 정말로 목숨 걸고 도의 길을 가야겠다는 그녀의 의지를 꺾을 수 있는 것은 아무것도 없었다. 집사람은 「박형」만이 자신의 길잡이라고 철석같이 믿고 있었기 때문이다.

결국에 우리는 풍기 토담집으로 왔다. 그렇게 했지만 쉬운 것은 없다. 「박형」께서는 집사람에게 홀로서기를 바라셨기 때문에 오히려 더 혹독한 시험을 주셨다.

예수께서 무리에게 말씀하실 때에 그의 어머니와 동생들이 예수께 말하려고 밖에 섰더니, 한 사람이 예수께 여짜오되,

"보소서, 당신의 어머니와 동생들이 당신께 말하려고 밖에 서 있나이다."

하니, 말하던 사람에게 대답하여 이르시되,

"누가 내 어머니이며 내 동생들이냐?"

하시고, 손을 내밀어 제자들을 가리켜 이르시되,

"나의 어머니와 나의 동생들을 보라. 누구든지 하늘에 계신 내 아버지의 뜻대로 하는 자가 내 형제요 자매요 어머니이니라."

하시더라.   「마태복음」(12;46)

▶ 허울뿐인 삶에서 '나와 사람들'을 구하리라

남자라면 누구도 아름다운 집사람을 미워할 수가 없었다.

그렇지만 아마도 집사람에게 닥친 끔찍한 불행은, 전생에 내가 지은 죄에 대한 보답(대험)일 수도 있고, 그것이 아니라면 집사람에게 닥친 가혹한 시험문제일 수도 있고, 인생길은 괴로움이라는 것을 분명히 깨우치라는 가르침일 수도 있는, 상상도 할 수 없던 일이 벌어졌다.

분명히 성행위는 어떤 경우에도 도움이 되지 않는다는 것을 잊지 말고 꼭 기억하라는 '따끔한 사랑의 회초리'일 수도 있는 일이 벌어졌다.

금계동으로 찾아 올라갔던 다음 해의 첫 봄 어느 날, 아침에 집사람이 작은 손칼을 찾아 들고 쑥을 캐겠다고 집을 나섰다.

그렇게 집사람이 집을 나선 잠시 후에 「박형」께서 오셨다가 동리 어디로 가신다기에 나도 따라나섰다. 그 집에는 누구의 생일이었는지 동리사람들이 여럿이 모여 음식을 먹으며 이야기를 나누고 있었다.

점심때가 되어 나는 집으로 돌아왔는데, 나물 캐러 간 집사람이 아직 오지 않았는지 집에 없었다. 그때 나의 집안사람이 와서 잠깐 이야기를 하는 중에, '아주머니가 저쪽으로 가는 것을 보았다'고 말하면서, '두 사람의 남자가 팔짱을 끼고 데리고 가더라.'고 남의 일처럼 말하였다.

오 마이갓! 아침에 나도 잠깐 사람 몇이서 멀리 산쪽으로 가는 것을 보기는 했지만, 누구를 데려 가고 있다고는 생각하지 못했었다.

당장 그쪽으로 달려가 찾았지만, 당연히 거기에 집사람은 물론 아무도 없었다. 그리고 얼마의 시간이 지나서 집사람이 바구니도 없이 빈손으로 힘없이 집으로 돌아왔다.

나는 집사람의 출현이 참으로 반가웠다. 다친 데 없이 건강한 것이 정말 고마웠다. 이미 지나간 일, 나로서는 무엇이 어떻게 되었건, 무슨 말이나 어떤 내색도 할 수 없었다.

그리고 그 다음 날 「박형」께서 저희 토담집으로 오셨다. 그리고 문득 옛날이야기를 하셨다.

"6.25 한국전쟁 당시에 중학교에 외국군인들이 주둔하고 있었는데, 밤에 그 앞을 지나가다가 강제로 당한 여자가 많이 있었어. 우리 동리에서도…. 지금은 그 여자들 아무 일 없이 다들 잘 살고 있어."

나는 그때 「박형」께서 그런 말씀을 하는 의도를 조금 알아차렸는데, 다음 순간 집사람이 작게 감탄하며 혼자 말하는 소리가 들려왔다.

"모두 다 알고 계시는구나!"

그렇게 「박형」의 말씀에 위안받고, 놀란 가슴을 쓸어내렸을 집사람은, 아마도 대학생이었을 적에 아이를 가지게 된 사건에서부터, 몇 권의 소설이 될 것 같은 많은 사연. 그리고 의처증의 남편, 보잘것없던 신혼 살림살이, 그리고 이제 공부하겠다고 찾아든 이곳에서 당한 고통, 그 가장 심각한 치욕적인 사건에 이르게 되기까지, 그녀는 고상한 상류사회의 삶을 꿈꾸던 젊은 시절의 자신과 함께 지나간 자신의 삶을 다시 되짚어보았을 것이다. 그리고 고진감래苦盡甘來! 괴롭고 어두운 밤이 지나서 아침의 밝은 태양이 뜬다는 것도 생각했을 것이다.

어떻든 집사람은 「박형」께서 말씀하신 그 여자들처럼, 자신도 (그 사람들에게 복수하거나 스스로 자결하고 싶은 그런) 잡념을 모두 정리하고, 평안한 마음을 되찾게 되었다.

그리고 언제나 남을 먼저 배려하는 천사같이 착한 집사람은 자기가 전생의 잘못한 행동 때문에 이런 일이 벌어졌고, 어느 순간 욕망이 폭력이 되고 사람을 망치게 할 수도 있다는 사실을 직시하면서, 꼭 인과응보의 윤회에서, 그리고 허울뿐인 삶에서 자신을 구해야겠다고 결심했을 것이다.

아울러 미워하기보다 오히려 그런 사람을 불쌍하게 생각하기 시작했고, 모든 것을 수용하는 더욱 당찬 결심을 했을 것이다.

"괴로움을 참을 수 있어야 하지만, 즐거움도 참을 줄 알아야 한다."

는 큰스님의 말씀을 뼈저리게 이해하게 되었을 것이다.

하여 연민의 마음으로, 측은한 마음으로, 감각적 욕망을 추구하는 사람들을 바라보게 되었을 것이다.

그리고 그녀는 항상 입버릇처럼 말했던 맹구우목盲龜遇木*의 확률보다 더 적은 '인간으로 태어나서' 백천만겁난조우百千萬劫難遭遇로 '부처님 같으신 『박형』을 만난 지금', 자신이 가고자 하는 그 길이 아무리 험하고 힘들더라도, 항상 인자하시고 모든 것을 아시고 고통받는 자신을 따뜻하고 포근하게 감싸주시고 보듬어주시고 이끌어주시고 깨우쳐 주신, 고맙고도 거룩하신 「박형」 박상신 도사님처럼, 자신도 반드시 그렇게 고통받는 다른 이를 따뜻하고 포근하게 감싸주고 보듬어주고 이끌어주고 깨우쳐 줄 수 있는 그런 사람이 되는 길로 가겠다고, '비가 온 후에 땅이 더 굳어진다'는 속담처럼, 다시 한번 굳게 다짐했을 것이다.

▶황홀한 순간은 마지막 질문

그리고 몇 달이라는 세월이 흘러갔고, 집사람에게는 남은 시간이 거의 없었다. 괴로운 시련도 끝나가고 있던 어느 날, 나에게 무엇이 씌워진 것처럼 갑자기 집사람과 부부관계를 하고 싶어졌다.

부부관계에 대하여 어떤 생각도 없이 잘 지냈는데, 무슨 작용이 있었는지는 지금도 잘 모르지만, 이상하게 집사람도 아무 말 없이 순순히 응하였다.

그리고 그날 잊을 수 없는 쾌락의 극치? 황홀한 기쁨. 희열을 맛보았다. 그것은 예상할 수 없었던 일이었다.

그 느낌을 말로는 도저히 설명할 수 없다. 그날 1,000 사람 중에 한사람이나 가능하다는 '성행위의 극치감인 이른바 오르가즘(Orgasm)이라는 것보다 훨씬

---

* 맹구우목盲龜遇木 : 눈먼 거북이가 바다 밑을 헤엄치다가 숨을 쉬기 위해 100년에 한 번씩 물 위로 올라왔는데, 우연히 그곳을 떠다니던 나무판자의 뚫린 구멍에 목이 낄 확률確率과 같은, 지극히 어려운 '인간의 몸을 받아 태어날 가능성'.

강력한 황홀함, 자궁이 마중 나와 남성을 받아들인다는 자궁子宮 오르가즘'이라는 것(최근에야 알게 되었다)인가를 경험했다. 너무 황홀하고 좋고 잊을 수 없어서 다음날 또 한 번 요구했다.

그날도 전날과 마찬가지였다. 다만 나에게 한 가지 걱정스러웠던 것이 있었는데, 내 느낌에 밥을 잘 먹지 않던 집사람이 차츰 탈진되는 것 같았다. 그러나 나에게 그 황홀한 순간은 그 뒤로도 몇 달간이나 잊을 수 없는 극적인 것이었다. 나에게는 거의 기적이었다. 전혀 기대하지 않았던 때에 그런 황홀한 순간을 만났기 때문이다.

그렇게 황홀한 느낌에 파묻혀 있을 때 「박형」께서 오셔서 집사람에게 무엇인가를 조용히 이르셨다. 아마도 결혼 후 언제나 남편인 나에게 미안했던 마음을 포함하여 자신의 마음속에 남아 있던 앙금 같은 잡념을 비우려는 집사람을 격려하셨을 것 같고, 그녀의 마지막 소원이 이루어졌음을 (아마도 따뜻한 한마디 말씀으로) 알려주셨을 것 같다.

그래서인지 「박형」께서 오셨다 가신 뒤로 집사람은 언제 그랬느냐는 듯이 황홀한 그 느낌을 싹 잊었다. 나와는 다르게 두 번 다시 아무 미련이 없었고, 마치 무거운 짐을 내려놓은 듯 홀가분한 것 같았다.

집사람의 깊은 속을 모르는 나는 집사람의 그러한 결단력에 그저 그렇게 하는 것이 옳은 것인가 했지만, 집사람은 마지막 순간까지 결혼생활 내내 내가 바라던 따뜻한 애정을 진심으로 (그 순간 자기 목숨이 끊어지는 한이 있더라도) 나에게 나눠주고 싶었던, 그 소원을 이루었던 것은 아닐까 싶다. 분명 집사람의 바람대로 나는 그 황홀한 느낌에 계속 취해 있었다.

그리고 최근까지 가끔 그때가 기억나면 생각해본다.

'이 세상 모든 것이 실제주역이며, 모든 상황에서 바르게 답해야 하는 시험문제구나! 부부간의 애정도 마찬가지 큰 시험문제일 수 있다. 서로 크게 사랑하는 것. 그리고 서로 진심으로 사랑하면 아무 준비가 없어도 저절로 육체적 행복도 맛보게 되겠구나. 정말로 내가 목숨 내놓고 사랑하고 나를 목숨 내놓고 사랑하는 사람과 결혼하라고 말하고 싶다.'

'참으로 집사람은 「박형」께서 이미 말씀하셨던 것과 같이 대단하구나. 결심도 대단하고 결단력도 대단하구나. 육신보살이 따로 없구나. 그 정도로 황홀함을 느꼈다면 그냥 그 감정을 포기할 보통사람은 없지 않을까?'

'정말로 집사람은 나를 진심으로 사랑했구나. 나로서는 이 세상에서 더 바랄 것이 없다.'

그랬다.

그런데 보조국사普照國師 지눌知訥(1158~1210)스님의 『수심결修心訣』에 있다는 간곡하고 훌륭하신 말씀을 만났다.

"원컨대 도를 닦는 사람들은 게으르지 않고, 탐욕과 음욕에 집착하지 않기를 머리에 타는 불을 끄듯이 하여, 살피고 돌아보는 것을 잊지 말라."

머리에 불이 붙었다면 얼마나 다급한 상황인가? 진실로 남녀간의 애정이 세상에서 가장 지독한, 마약처럼 중독될 수 있는 황홀한 유혹이며, 그러한 탐욕과 음욕에 집착하는 것은 머리에 불이 붙은 것과 같이 중대하고 위급한 상황이라는 것이다.

분명히 그것은 「박형」께서 집사람에게 던진 엄격한 시험문제였으며, 그 거부할 수 없는 극치의 황홀함마저 버릴 수 있느냐 버릴 수 없느냐가 도사가 되려는 수행자에게 오는 거의 마지막 질문이었고, 통과해야 할 관문이었다.

극치의 황홀함에 빠지느냐? 빠지지 않을 지혜가 있느냐?

「박형」께서는 집사람에게 실제상황에서 그렇게 물으신 것이다.

분명히 나는 그 함정에 빠졌지만 집사람은 아니었다. 「박형」의 한 마디에 완전히 생각이 없어졌기 때문이다. 내가 두 번 다시 요구할 수도 없게, 집사람에게 그 어떤 감정도 없다는 것을 분명하게 느낄 수 있었다.

그리고 얼마 후, 이제는 집사람이 승화할 때가 되었던지, 우리가 「박형」 댁을 방문했을 때, 마침 「박형」께서 조금 지친 모습으로 대문을 들어서시며 집사람을 보시고서
"아직도 가지 않았어."
하셨다. 그리고 집안으로 드시면서 조용히
"하늘만큼 먼 곳에 다녀왔어. 3일 동안 굶으면서…."
라고 하셨다. 실제 「박형」 박상신 도사님 경지는 이러하였다.

그날 집사람은 우리 토담집에 돌아와서 매우 심각하게 말했다.
"그분께서 아직도 가지 않았느냐고 하셨어요."
당시에 윤회의 실상을 깊이 믿었던 집사람은 도사의 길로 나와 함께 가고 싶어 했고, 집사람의 수준 높은 경지를 이해하지 못하고 있던 나는 얼마 전에 갔었던 구담봉의 침 잘 놓는다는 할아버지를 찾아가서 집사람의 병(?)을 치료해 보려고 하였다.

그리고 며칠 뒤, 부산에서 동창이 찾아왔다. 우리는 「박형」을 찾아가서 사랑방에 모여 앉았다. 「박형」과 그 친구는 대화를 주고받았는데, 나는 그 대화에는 관심이 없고 집사람을 어떻게 이승에 잡아두느냐? 그것이 문제였다.
그때 「박형」께서 이미 집사람이 가야할 때가 되었다는 것과 나의 속마음을 아시고, 친구와 대화하면서, 나에게 '마지막 비밀스러운 방법'을 지나가는 말처럼 슬쩍 한 마디 던지셨다.
"자네는 쇠간 두 근만 먹으면 되네."
하시더니, 잠시 후에 다시

"나는 날것은 잘 안 먹는데, 꼭 먹어야 할 때는 쇠고기를 두 근도 먹은 적이 있어."

라고 하셨다. 「박형」께서 내가 집사람을 떠나보내지 않을 수 있는 비책秘策을 그렇게 나에게 귀띔해주셨다.

사실 집사람은 그동안에 여러 가지 시험을 견뎌냈고, 이제 마지막으로 도사의 길, 원력생사의 길로 가는, '죽음'이라는 시험만 남겨두고 있었다.

그리고 다음 날 집사람이 떠나던 날, 그날 아침은 평상시와 다름이 없었다.

나는 구담봉에 있다는 침 잘 놓는다는 할아버지를 찾아 집사람에게 침을 맞히려고 지푸라기라도 잡는 심정으로 가는 길이었고, 다시 생각해보니 집사람은 나와 함께 떠날 수 없는 바에야 혼자서라도 도사의 길로 떠날 결심을 굳히고 길을 나선 참이었다.

그 당시에 「박형」께서는 나도 함께 떠나기를 원하셨는지,

"자네 아이들은 걱정 말게. 나에게 맡기면 돼."

라고 하셨고, 또 몇 번이나 이렇게 말씀하셨다.

"자네 부인은 대단하네. 대단해."

그런데 안타깝게도 나는 「박형」의 이 말씀을 사실과 다르게 '병이 대단하다. 병이 위독하다.'는 뜻으로 더 많이 해석했다. 그녀는 한 번도 「박형」의 실제상황 시험에 틀린 답(틀린 행동)을 하지 않았기 때문에 「박형」께서 '대단하다.'고 하신 것이었다. 집사람이 모든 세상 유혹을 뿌리치고 도사시험을 통과하고 있다는 의미였다.

사실 집사람은 새끼손가락 자르며 맹서의 재를 올릴 때부터, 지금까지 보통 사람으로서는 도저히 해낼 수 없는, 상상 그 이상의 시련들을 이겨냈고, 정말 인간이라면 뿌리칠 수 없을 것 같은 황홀한 유혹에도 단 한번 흔들리지 않았으며, 세상사 어떤 달콤한 유혹이나 당장 눈앞에 닥친 죽음의 공포에도 넘어가지 않고, 다른 사람이 보기에는 미친 사람처럼, 목숨 걸고 도사가 되겠다는 처음 약속을 지켜나가고 있었던 것이다. 마치 예수님께서 진리를 위하여 그 육신의

죽음을 받아들이신 것처럼.

우리가 동네를 떠날 때부터 「박형」께서 풍기역까지 몸소 배웅하시면서 집사람에게 당부하셨다. 나는 조금 뒤쳐져서 그분들을 따라갔는데, 「박형」께서 이상하게 집사람을 친구처럼 '자네'라고 불렀다.

"자네, 그렇게 하는 것이 좋겠는가? 그렇다면 자네…."

그때까지는 집사람을 자네라고 부르신 적이 한 번도 없었기 때문에 나는 조금 어리둥절했다. 이미 세상 모든 것에서 벗어날 경지였던 당시의 집사람 몸에서 천사의 밝은 빛이 나오는 듯 했었지만….

집사람은 풍기역에서 통근차로 학교에 가는 아들에게 눈물로 마지막 작별인사를 했다. 아마 아들에게 이런 마지막 이별의 말을 했을 것 같다.

"꼭 착한 사람이 되어야 해. 엄마가 없어도 공부 열심히 하고…,"

우리 내외는 상행선, 아들은 학교로 가기 위해 하행선 기차를 탔다. 그때에 언제나 인정 많고 생각이 깊은 집사람은, 그 뜨거운 이별의 눈물을 나에게 애써 감추었다.

우리는 「박형」과도 헤어져서 기차를 타고 드디어 단양에 도착했다. 그리고 구담봉을 가기 위해서 버스정류장으로 갔다. 거기서 내가 말하였다.

"왠지 가고 싶지 않으니 돌아갑시다."

그때 풍기 집으로 되돌아갈 수 있는 버스가 우리들 앞에 와서 멈췄고, 나는 얼른 가서 버스표 두 장을 사왔다. 그리고 우리는 풍기행 버스에 올라가 앉았다. 되돌아갈 참이었다.

그때 집사람이 갑자기 좌석에서 일어섰다 앉았다 안절부절, 어찌할 바를 몰라 일어났다 앉았다를 반복했다. 그녀는 이 세상을 혼자 떠나겠다는 생각과 떠나고 싶지 않다는 생각으로 마지막 싸움을 그때 다시 하고 있었던 것이다.

풍기행 버스가 떠날 시간이 되어 운전기사가 차에 '부르릉'하고 시동을 걸었다. 차만 떠나면 되돌아갈 순간, 집사람이 버스 밖으로 황급히 비집고 뛰쳐나가면서 외쳤다.

"우리 구담봉으로 가요! 어서요."

나도 집사람을 따라 차에서 뛰어내렸다. 그리고 나는 구담봉행 버스를 기다리는 동안 정육점에서 쇠간 두 근을 샀다.

그것은 '자네는 쇠간 두 근만 먹으면 되네.'라고 귀띔하셨던 「박형」의 지시대로 할 준비였다.

우리는 구담봉 앞, 남한강을 건너가서 산신각의 할아버지와 마주 앉았다.

"병을 고치려고 온 거야? 잘 왔어. 나는 틀림없이 고칠 수가 있지. 일제강점기 때에 후생국에도 근무를 했고, 신침도 잘 놓는다는 소문도 났고, 꼽추(척추장애인)도 고친 적이 있지."

꼽추마저 고쳤다고 자랑을 늘어놓고서, 어느 책에서 본 것 같은 신선처럼 생긴 산신각할아버지가 집사람에게 침을 놓았다.

여기저기에 침을 놓던 할아버지가 마지막으로 집사람 정수리에 침을 꽂았다. 그때 나는 혹시 저기에 침을 놓으면 죽게 되는 것은 아닐까 걱정이 되었지만, 침에 대해 아는 것이 없던 나는 아무 말도 하지 못하고 시종 침놓는 장면만을 지켜 볼 수밖에 없었다. 침을 놓고 나서,

"자, 피곤하면 여기 원앙금침이 있으니 쉬고 있게. 그리고 기름소금이 필요하면 이것을 써."

라고 말하면서 산신각할아버지는 나의 짐 속을 들여다보기라도 한 것처럼 쇠간을 먹을 때에 찍어 먹는 기름소금 한 접시를 내놓았다.

그리고 말씀하셨다.

"나는 시내에 나가서 산신제에 쓸 물건을 좀 사올게. 뭐 필요한 것이 있으면 부탁하지 그래."

그 말을 듣고 집사람이 문득 손수건 두 장을 부탁했다.

"할아버지, 돌아오실 때에 손수건 두 장만 사다 주세요."

나는 손수건 두 장이 왜 필요한지를 몰랐다. 더욱이 그것을 나와 헤어지는 징표로 주려는 것이라고는 꿈에도 생각하지 못했다.

할아버지가 떠난 얼마 후에, 나는 집사람을 살리기 위해서는 쇠간 두 근을 먹어야 된다는 것을 생각해내었고, 준비했던 쇠간 두 근을 짐 속에서 꺼냈다.

그런데 다시 생각하니, 간을 날것으로 먹다가는, 걸리면 약도 없다는 무서운 간디스토마에 걸릴 것 같았다.

그래서 나는 그 산신각 부엌에 가서 쇠간을 삶았다. 마침 부엌에 솔가비와 장작이 잘 준비되어 있었기 때문에 푹 삶을 수가 있었다. 나는 드디어 그 푹 삶은 쇠간을 가지고 방으로 들어왔다.

이때 아무 것도 없을 것 같은 허공虛空에서 사람을 잡아먹는다는 악귀인 야차夜叉인지 우리를 겁주는 귀신의 말소리가 또렷하게 들려왔다.

"이게 얼마만이야! 오늘 오랜만에 사람 하나 먹겠구나."

그런 음산한 분위기 속에서 어떻든 나는 삶은 간을 칼로 썰어서 입에 넣고 우물우물 씹었다. 겨우 두 점을 입에 넣고 씹는 순간, 나는 도저히 삶은 쇠간 두 근을 다 먹을 수 없다는 사실을 깨달았다.

간을 삶았기 때문에 목이 메었고, 도저히 다 먹을 수 없다고 절망했기에 집사람을 잃어버릴 수 있다는 슬픔으로 목이 아주 꼭 메었다. 아! 어떡하나! 어떡하나!

이 일을 어떡하나!

정말 큰일이었다. 「박형」께서 분명 나에게

"자네는 쇠간 두 근만 먹으면 되네. 나는 날것은 잘 안 먹는데, 꼭 먹어야 할 때는 쇠고기를 두 근도 먹은 적이 있어."

라고 미리 귀띔하셨는데. 그냥 날것으로 먹었으면 될 걸, 간디스토마가 겁이 나서 쇠간을 삶았기 때문에, 「박형」께서 일껏 고생하며 하늘만큼 먼 곳에 갔다가 와서 귀띔해주셨던 비방秘方으로 집사람을 살릴 수 있는 마지막 기회를 놓쳤다.

생각 끝에 도움을 받으려고 나는 쇠간을 집사람에게 먹으라고 하였더니, 놀랍게도 집사람은

"이 사람이 미쳐서 나를 죽이려고 한다."

라며 크게 외쳤다. 그 외침 소리가 나를 놀라게도 했지만, 그녀 얼굴은 순간 집사람 모습이 아니었다. 처음 보는 낯선 여자 모습이었다. 그리고 다음 순간 집사람은 문밖으로 뛰쳐나갔다.

그때 마침 웬 꼽추 아주머니가 혼자서 나룻배를 저어 강을 건너 우리가 있는 쪽으로 왔다. 집사람이 꼽추 아주머니에게 물었다.

"어디에 사세요?"

"이 동리에 살아요."

그 아주머니 말에 따르면, 할아버지가 꼽추도 고친 적이 있다는 말은 새빨간 거짓말이 된다. 그때에 집사람이 얼른 꼽추아주머니가 타고 온 배에 올라타더니, 나를 불렀다.

"여보, 우리 가요."

그런데 아! 당시에 나는 왜 그랬을까? 나는 아직도 그 산신각할아버지에게 의지하여 집사람의 병을 고친 다음에 가고 싶다는 생각이 들었다.

"어디에 가려는 거요? 이리 와요. 어서."

나는 배를 타고 있던 집사람을 불렀다. 집사람은 나의 지적을 받고 배에서 내려섰다. 그때 이 상황을 보면서 제 머리에 언뜻 떠오르는 직감이 있었다.

'내가 지금 집사람을 왜 부르는가? 내가 쇠간 두 근 중에서 내가 먹은 쇠간 무게만큼 집사람이 배를 타고 있구나.'

하는 그런 직감이 있었다.

돌이켜 보니, 「박형」께서 날고기 두 근을 드셨던 것처럼 저도 거기서 만약 쇠간 두 근을 그냥 기름소금을 찍어서 날것 그대로 우적우적 씹어 삼켰다면, 그녀는 미친 나를 고쳐주기 위해서라도 그곳을 빠져나왔을 것이고, 아마도 나를 위해 도사가 되어 떠나기보다는, 여기 이승에 남으려고 했을 것이다.

이것이 하늘과의 약속은 아닐까! 자신을 희생하는 큰사랑이 이기게 되어 있는 것이 하늘 법칙이 아닐까!

그런데 나는 쇠간을 날로 먹으면 약도 없던 간디스토마에 걸릴까봐 겁이 나서 쇠간을 삶았고, 결국에는 먹지 못했다. 나의 사랑의 크기를 보여주고 그녀를 살릴 최후의 기회를 그렇게 놓쳤던 것이다.

(나는 그 2년 후에 쇠간을 날것으로 먹어보았는데, 날것으로 먹어야 많이 먹을 수가 있다는 것을 알았다. 또 간디스토마가 단방單方에 낫는 특효약도 그 다음 해쯤에 나왔다.)

당시에 내가 그녀를 살리겠다는 한 생각으로 피가 뚝뚝 떨어지는 쇠간 두 근을 기름소금을 찍어서 우적우적 씹어 먹는 장면을 상상해 본다. 이렇게만 했다면 사랑하는 사람을 떠나보내지 않을 수가 있었겠는데….

아, 정녕 그녀에게도 꼭 그렇게 되는 것이 더 좋을지는 몰라도….

그랬다면 분명 지금쯤 저 역시 당시 집사람처럼 남을 위해서 자신의 목숨마저 내놓는 진정한 사랑을 성취할 수 있었을 것이다.

시내에 나갔던 산신각할아버지가 집사람이 부탁했던 손수건 대신 시내에서 무지개처럼 아름다운 수건 두 장을 사왔다.

집사람이 수건 한 장을 나에게 주면서 말했다.

"이것 한 장은 당신이 쓰세요."

나는 그게 이별을 암시하는 물건인지도, 왜 수건을 주는지도 모르고, 무지개처럼 여러 가지 색으로 아름답게 물든 수건을 받았다.

그럭저럭 날이 어두워졌다.

산신각할아버지는 시내에서 사 온 것들로 산신제를 준비했고, 그리고 우리는 그 할아버지가 이끄는 대로 제수와 촛불을 들고 어둑어둑한 산신각으로 따라갔다.

그 산신각에서 할아버지가 말했다.

"여기에 집사람 이름과 주소를 쓰라구."

그 산신각할아버지가 10년? 정도 된 낡은, 서너 사람 이름이 적힌 노트를 내밀면서 나에게 말했다. 왜 집사람 이름을 적는지 알 수 없었지만, 낡은 노트를 받아서 집사람 이름을 거기에 적었다.

그런데 한문으로 白和子라고 쓴다는 것이 귀신에게 홀린 것처럼 흰백白자가 아닌 맏백伯자를 써서 伯和子라고 썼다.

그때 산신각할아버지가 말했다.

"사람인人을 지우게. 사람인."

사람인人을 지우라는 산신각할아버지 말을 듣는 순간 나에게 직감이 또 왔다.

'사람에서 지우면, 오늘 집사람이 사람이 아닌 신神이 되려나.'

그리고 맏백伯자의 사람인人변을 지웠다.

"이제 되었어."

할아버지가 그 낡은 노트를 거두고, 우리들은 재齊를 지냈다.

그날 나는 깨달은 삶을 살게 해달라고 빌었고, 아마도 집사람은 꼭 여기서 죽어 목숨을 내놓을 테니 삼계도사 되게 해달라고 빌었을 것이다. 여기 구담봉에서 그 몇 달 전 뱃놀이하던 날, 「박형」께 당당하게 말씀드렸던 '도사가 되겠어요.'라는 약속의 성취를⋯.

재를 끝내고 나니, 벌써 산골 저녁은 깊어 가고 있었다. 우리 내외는 큰 바위에 나란히 앉아 저무는 구담봉을 건너다보았다. 왠지 쓸쓸하고 슬펐는데, 집사람이 깊은 생각에 잠겼다가 조심스레 말하였다.

"우리 한 가지 약속을 해요."

"무슨 약속?"

"이 약속을 어떠한 일이 있더라도 꼭 지키겠다고 약속해 주세요."

"무슨 약속이기에 그래?"

"약속을 꼭 지키겠다고 하셔야 말하겠어요."

"그래. 약속을 꼭 지킬 테니까, 말해 봐."

"내일 풍기로 가요."

"그래. 가자."

"약속하신 거에요. 어떤 일이 있더라도 꼭 풍기로 가는 것. 잊지 마세요."

"그래, 어떤 일이 있더라도 가기로 하자."

우리는 새끼손가락을 걸며 약속했다. 그녀는 나와 아이들을 그렇게 끝까지 걱정하고 있었다. 눈치 없는 나는 '당연히 가야 될 집에 왜 꼭 가자고 약속해야 하나' 하였고…. 그녀는 이미 「박형」께 죽음을 무릅쓰고 '도사가 되겠어요.' 약속했는데, 나는 그녀의 강한 뜻을 대수롭지 않게 생각했기 때문에, 혹시 자살하려고? 그럴 필요가 없잖나 하였다.

잠시 후 산신각 할아버지가 방에서 나에게 말했다.

"자네 돈 100만원, 아니 50만원만 가져오면 부인병을 깨끗이 고쳐줄게."

"예, 꼭 고쳐주십시오. 가져오겠습니다."

그때 내 뒤에 앉아있던 그녀가 (그런 약속하지 말라고) 내 등을 꼬집었다. 그 순간 나는 그녀가 왜 꼬집는지 몰랐는데, 할아버지가 나에게 외쳤다.

"자네는 왜 그렇게 눈치가 없는가!"

누구는 집사람이 우울증 내지는 정신병이 들어서 죽으려했다고 생각하는데, 그게 절대로 아니다.

그녀는 자신을 위해서가 아니고 모든 다른 사람을 위해서 지금이 바로 떠날 때라는 것을 알았던 것이다. 분명 그렇게 '도사가 되겠어요.'라고 했던 「박형」과의 약속을 목숨 걸고 잘 지켜나가고 있었던 것이다.

· 보살의 소망! 그녀가 이 세상 사람들과 달랐다면 그것은 마음이 너무나 깨 끗했고, 꼭 「박형」 같은 도사가 되어 중생제도하겠다는 결심이 확고했으 며,

· 연민의 마음! 백척간두진일보百尺竿頭進一步하는 용기를 가지고, 고통받는

이들을 구하려는 연민의 일념一念으로, 효녀 심청沈淸처럼 자신을 희생하는 그 정성으로 양심의 지시指示에 온전히 따랐으며,

· 참다운 지혜! 그녀에게는 진짜 붓다를 알아보는 안목이 있었고, '거기서 벗어나는 오직 한 길로 가는 밝은 지혜'가 있었다.

누구든지 진짜 도사님을 알아보고, 그 가르침 받아 실천하면서 도사가 될 수 있는 수준 높은 온갖 시련을 당해본다면, 이런 상황에서 얼마나 대단한 지혜와 진실함이 필요한지 잘 알 수 있을 것이다.

진정 그 누가 죽음을 두려워하지 않고 이런 대답을 할 수 있을까?

"도사가 되겠어요."

있느냐, 이 세상에 이런 사람이
자신의 모습을 보고 부끄러움을 알아
스스로 경책하여 나아가는 사람이!
채찍질이 필요 없는 명마名馬와 같은…

있느냐, 채찍의 그림자만 보고도 질주하는 명마와 같이
생사윤회의 고통을 보자마자,
신심信心과 계행戒行과 정진력精進力이 돈발頓發하고
정념正念(바른 마음챙김)과 택법擇法의 지혜를 견지堅持하여
단숨에 생사의 고통을 떨치고 나가
다시는 퇴타退墮하지 않을 목적지를 밟는 장부丈夫가!   『법구경』

죽음을 넘어 달려가는 불사조不死鳥

재齋를 끝내고 나니, 벌써 산골짜기 밤은 깊어 있었다.

우리는 자리를 폈다. 산신각 할아버지는 위쪽에, 우리 내외는 칸막이 아래쪽에 자리를 펴고 누웠다.

그런데 집사람이 자꾸만 깜깜한 밖으로 나가려고 했다. 나는 집사람이 밖으로 나가는 것을 말렸다.

서울에 계신 장인丈人과의 약속을 지키자면 깜깜한 밤에 혼자 밖으로 내보내는 일이 없어야 되겠다는 생각이었다. (마을과 상당히 떨어진 곳이었으므로 이 밤 중에 밖에 아무도 없다고 생각했다.)

집사람이 밖에 나가려고 문고리를 잡으면 나는 즉시 일어나서 말렸고, 잠시 후에 집사람은 다시 살며시 일어나서 문고리를 잡곤 했다. 나는 그때마다 일어나서 집사람을 제지하곤 했다.

어느덧 12시가 지나(?) 1시쯤이었을까? 나는 점점 더 졸렸다.

드디어 나는 정말로 쏟아지는 졸음을 이겨낼 수가 없게 되고 말았다. 집사람은 끈질기게 열 번도 더 일어났다 누웠다 반복하면서 밖으로 나갈 틈을 노렸다. 시간이 되었던지, 말리다가 지친 나는 끈으로 묶었던 문고리를 벗기면서 집사람에게 다짐을 했다.

"정 나가고 싶다면 나가도 좋지만, 찾으러 나가지 않을 테니까, 곧 찾아 들어와. 알았지?"

집사람은 묵묵히 깜깜한 밖으로 나섰다. 그때 밖에는 스산한 바람이 불고 비가 한두 방울씩 떨어지기 시작했다. 집사람의 산 모습을 그렇게 마지막으로 보게 될 줄은 미처 몰랐다.

집사람이 밖으로 나간 후에 나는 이불 속으로 들어갔다. 그때 비몽사몽간에 바람소리에 섞여 멀리서 '여보' 하고 나를 부르는 소리가 작게 들리는 듯도 했다. 나는 그 소리를 묵살했다.

그런데 잠시 후에, 잠을 청하던 내가 나도 모르게 '후우-' 하고 이상한 한숨을 내쉬는 것이었다. 순간 그것이 보통 한숨이 아니라는 불길한 무엇이 있었다.

벌떡 일어났다. 윗방으로 가서 할아버지 머리맡에 있는 손전등을 집어 들고 허둥지둥 밖으로 집사람을 찾으러 나섰다.

그날은 11월 22일, 음력으로 10월 보름이었지만, 잔뜩 흐려 있었다. 나는 손전등으로 여기저기 비추며 집사람을 찾았다.

그리고 「박형」께서 뱃놀이하던 그 날 나에게

"자네는 여기로 올라가지 말게."

라고 미리 경고하셨던 그 강변 모래밭으로 갔다.

그리고 집사람 대답이 들리기를 간절히 바라며 크게 외쳤다.

"여보~! 여보~!"

깜깜한 어둠뿐 아무것도 없었다. 그때 소나무 숲에서 작게 '읍' 하고 입을 틀어 막히는 소리가 한 번 들리는 듯했다. 나는 거기에서 어떤 나쁜 사람이 내 아내의 입을 막고 목을 조르고 있는지도 모른다는 생각을 했다. 그런데도 나는 그쪽으로 가기가 겁이 났다.

"거기 누가 있어?"

나는 돌을 주워 그쪽으로 던졌는데 조용했다. 나는 조용한 것을 천만다행으로 여겼다. 만약에 거기서 인기척 소리가 났다 하더라도 집사람을 위해 소나무 숲 어둠 속으로 뛰어들지 못했을 것이다.

"여보~! 여보~!"

그 대신 제 목소리가 멀리 마을까지, 더 멀리 하늘까지 들리도록 힘껏 소리쳐 부르면서 강줄기를 따라 내려갔다. 마을 어귀까지 가는 동안에 아무 대답도 없더니, 내가 왔던 뒤쪽에서 '첨벙' 물소리가 나는 듯했다. 혹시 저 소리는? 나는 다시 강줄기를 따라 올라오면서 강물을 향하여 손전등을 연신 비추었다.

그때 저만치 물위에 희끄무레한 물체… 둥둥 떠 있는… 그것은 집사람이었다. 집사람은 등을 하늘로 향한 채 물에 둥둥 떠 있었다.

"여보!"

나는 물로 뛰어들어 집사람을 물 밖으로 건져 냈다. 인공호흡을 시켜야겠다는 생각에 그녀를 나의 무릎에 거꾸로 엎드리게 했다. 먹은 물을 토하게 할 참이었다. 그런데 이상하게도 입으로 물이 한 방울도 나오질 않았다.

나는 그녀를 모래 위에 눕혔다. 그리고 입으로 나의 숨을 불어넣으려 했지만, 한 숨도 들어가지 않았다. 꽉 막힌 상태였다. 위급한 상황에서 심장을 박동시킨다는… 가슴을 몇 번 눌러 보기도 했지만 그녀는 아무 반응이 없었다.

그녀는 이미 죽어 있었던 것이다. 아직 따뜻한 체온을 가진 채로….

'아, 일이 이렇게 되다니!' 불행은 언제나 다른 사람 것이며, 나는 오직 행복하고 왕처럼 살 것이라 믿고 살았었는데….

그 순간 그전에 '죽을 때에 함께 죽자'던 약속이 생각났다. 나도 죽겠다고 생각했다. 나는 호주머니에 돌들을 넣고 곧장 강으로 뛰어들었다.

그런데 어찌된 일인가? 무엇이 나를 위로 미는 듯이 무의식중에 몸이 떠올라 물에 빠질 수가 없었다. 물속에서 허우적거리고 있을 그때 문득, '어떤 일이 있더라도 풍기로 가자던 그 약속'과 함께 아이들이 생각났다.

나는 염치없게 개구리처럼 헤엄쳐 나왔다. 그리고 시신 옆에 무릎을 꿇고 강산에 다 들리도록 온 힘을 다해서 크게 외쳤다.

"사람 살려주세요~, 사람 살려주세요~, 사람 살려주세요~."

날이 밝자마자 금계동에 있는 「박형」에게 구원을 청하러 갔다.

「박형」께서 방문을 여시고 내다보셨다. 그때 집사람이 내 속에서 그렇게 외쳤는지, 나는 내가 생각했던 것보다 더 강한 어조로 외쳤다.

"좀 도와주게!"

「박형」께서는 우리 장조카에게 연락하고, 잠시 어디를 다녀와서는 나와 함께 구담봉으로 향하였다. 구담봉에 도착하자 제 딸, 초등 5학년이 슬픈 목소리로 정신 나간 사람처럼 중얼거렸다.

"여기서 어머니가 돌아가셨다. 여기서 어머니가 돌아가셨다."

그때 언제 왔는지, 사르비아Salvia(깨꽃)가 필 때쯤 무슨 일이 있을 것이라고 예언했던 선배가 와서, 무엇을 알겠다는 듯이 말했다.

"아! 어느 때든지 그곳에 갈 수가 있구나."

뒷수습을 동리사람에게 맡기고, 우리 일행이 다시 강을 건너가려고 돌아서서 걷는 순간, 어렴풋이 뒤쪽에서 은은한 감각과 함께 밝은 빛이 집사람의 시신이 있는 쪽에서 우리들이 있는 쪽으로 비추는 것 같았다.

그때 「박형」께서 집사람의 시신 쪽을 가리키시며 말씀하셨다.

"저기 지금 가고 있구나. 꼭 가시겠다더니 가셨구나."

나는 「박형」께서 가리키신 뒤를 돌아보았지만, 거기에서 산과 강, 그리고 하늘 이외에 아무것도 보이지 않았다. 그때 「박형」께서 독백으로 정말 의미심장한 말씀을 하셨다.

"나는 그분을 영원히, 영원히 잊지 못할 거야."

'영원히, 영원히 잊지 못한다'는 「박형」의 말씀은, 집사람이 세상의 모든 유혹에 초탈超脫해서 생사에 떨어지지 않는… 삶과 죽음이 간섭하지 못하는 해탈의 경지에 이르렀다는 의미인 것 같다.

그리고 「박형」께서 얼마쯤 더 걸어가시다가, 오른손을 쳐들어 손바닥이 보이고 다시 손등이 보이도록 오른쪽으로 왼쪽으로 넘기시며 말씀하셨다.

"여기와 거기가 그렇게 다른가?"

그렇게 선녀는 하늘로 올라가고 나무꾼만 남았다. 나중에 나는 그 '죄짓고 도망갔다가 온' 청년의 집에 가서 점심을 얻어먹었다. 왜냐하면 집사람이라면 이미 그 청년의 악행을 용서했을 것이므로. 또 가장 큰 죄인은 쇠간 두 근도 먹지 못한 바로 나였으므로….

그리고 나는 여기서 한 가지 기이한 현상을 밝힌다. 그날 그 강가에 이미 준비된 물웅덩이를 보았다. 어떤 중장비도 올 수 없는 그 강가의 모래가 개미귀신이 만들어놓은 모래 함정처럼 예쁘고 동그랗게 패여 있었고, 그 안에는 깨끗한 강물이 고여 있었다.

놀랍게도 나중에 집사람의 시신이 그 동그라미 속에 떠 있었기 때문에 강물에 휩쓸려 떠내려가지 않았다.

누가 이 웅덩이를 거기에 미리 만들어 두었을까?

그래서 나는 집사람의 죽음이 평범한 죽음이 아니라, 이미 하늘이 알고 땅이 아는, 준비된 이륙離陸이고 승화昇華였다고 분명하고 확실하게 말할 수 있다.

그리고 이미 집사람의 환생을 말씀드린 것처럼, 불사조는 그렇게 죽음을 넘어 새롭게 다시 태어나게 되었다. 마치 용궁에서 눈을 뜬 효녀 심청이 연꽃을 타고 세상으로 다시 온 것처럼. (※)

"내가 진실로 너희에게 이르노니, 한 알의 밀이 땅에 떨어져 죽지 아니하면 한 알 그대로 있고, 죽으면 많은 열매를 맺느니라."　　　　　　「요한 12:24」

있느냐! 이렇게 아름다운 사람이!
배가 고프지 않아서 먹지 않고
잠이 없어져서 잠을 자지 않으면서
분명히 그 몸과 마음은 세상에 시달려 지치고 탈진 되었을 터인데
죽을 날까지 남을 위하여 나아가는 성자聖者와 같은 사람이!

있느냐! 이렇게 뛰어난 사람이!

훌륭한 가문에 귀여운 딸로 태어나,

훌륭한 아내가 되고 훌륭한 어머니가 되었고

바른길을 찾아 참다운 제자, 훌륭한 수행자가 되었던 사람!

단 한번의 생에서 변역되어 생사에 자유롭게 되었고

머지않아 교역되어 세상의 큰 빛이 될

온 세상 모든 것을 다 보듬고 간 사람!

인간의 가치는 출가出家나 재가在家, 혹은 사회적인 신분이나 명예 등 외형적인 구별에 있지 않고, 다만 보리심菩提心이 있느냐 없느냐에 달린 것이라고 화엄사상華嚴思想은 말하고 있다.

선재동자善財童子가 51번째로 미륵보살(석가세존 다음에 성불할 대승보살)을 찾아가, 보살행에 필수적으로 갖추어야 할 마음의 준비가 무어냐고 물었을 때, 때 묻지 않은 진심과 지혜가 가장 중요하다고 하면서, 보리심에 대해서 다음과 같이 이야기한다.

"보리심은 모든 부처님의 종자種子다. 모든 부처님의 법을 낳게 하므로.

보리심은 대지大地다. 이 세상을 받쳐주므로.

보리심은 맑은 물이다. 온갖 번뇌의 고통을 씻어주므로.

보리심은 큰바람이다. 그 어떤 것에도 거리낌이 없으므로.

보리심은 타오르는 불이다. 온갖 삿된 소견과 애욕을 태워버리므로.

보리심은 맑은 햇살이다. 모든 중생을 남김없이 비추므로.

보리심은 맑은 눈이다. 바르고 그릇된 길을 낱낱이 가려보므로.

보리심은 문이다. 모든 보살의 행에 들어가게 하므로.

보리심은 인자한 어머니다. 보살들을 기르고 감싸주므로.

보리심은 큰 바다다. 온갖 공덕을 다 받아들이므로…

보리심은 이와 같이 한량없는 공덕을 성취하고,

그것은 또 불보살의 공덕과 같다.

왜냐하면 보리심에 의해 보살의 행이 열리고

삼제三世의 부처님들이 깨달음을 이루기 때문이다."

『신역新譯 화엄경華嚴經』 법정 옮김. 해제중에서

제4장 건괘乾卦

*

무극의 참마음 · 열반에 이르는 사다리
우화등선의 계단

건괘는
살아서 성인, 죽어서 성령 되는
'오직 이것 한 길'을 밝혀놓은 괘이다

I
건乾 원형이정元亨利貞

1. 건乾과 원형이정元亨利貞

　　　　　건괘☰는 건☰이 위와 아래에 놓인 중천重天 건괘☰로, 건괘
에는 건☰이 위와 아래 두 개가 놓여있다.

　　　　　그런데 두 개의 건☰ 중에서 위에 있는 건은 신령계의 양陽이
고, 아래에 놓인 건은 현상계의 양陽이다. 모두 3개의 양효陽爻
로 성립된다. (효는 괘를 나타내는 하나하나의 가로 그은 획; ━은 양
효陽爻이고, 일양一陽이며, 상대적으로 강건함을 나타낸다. 두 개의 선
으로 나타낸 ╍은 음효陰爻이고, 상대적으로 유약함을 나타낸다.)

　　물론 「박형」의 역易에서는 위에 있는 건☰은 모두 상대적으로 밝고 강건한
신령계의 양, 즉 천상계의 내용이다.

　　그래서 천상계 건☰의 제일 아래의 일양一陽은 천상계의 양陽이므로 강하고
밝은 양신陽神이신 신령·천신天神을 의미한다.

　　다음 이 건☰의 가운데의 일양一陽은 천상계 중에서 더 밝고 강한 천상계의
어른이신 성령들을 의미한다.

마지막으로 여기에서 제일 위에 있는 일양一陽은 양신陽神이고, 성령 중에서도 가장 강건하고 밝은 천상계의 최고 어른들이다.

이미 말씀드린 바와 같이 건괘☰는 건☰이 위와 아래에 놓인 중천重天 건괘☰로, 건☰이 위와 아래 두 개가 놓여있다.

그런데 두 개의 건乾 중에서 아래의 건은 현상계이므로 여기 현상계 건☰의 3개의 양효는 현상계의 양陽이고, 현상계의 내용이다.

여기 현상계의 제일 밑의 일양一陽은 「박형」께서 '모든 것은 이理다.'라고 하셨던 세상의 모든 이치이며, 강하고 밝은 우리 모두의 성품 성性이다.

그리고 여기 현상계 건☰의 가운데에 있는 일양一陽은 성인聖人을 의미한다. 성품 성을 쓰시며 세상 이치대로 사시는 강하고 강건한 어른이신 성인이다.

여기 현상계 건에서 제일 위에 있는 일양一陽은 현상계에 현신하신 성령으로 신선·대보살님이다. 항상 세상 사람을 바른길로만 인도하시는 성스러운 령이시다.

그러므로 건괘는 '한 치의 오차도 없이 돌아가는 성천지도上天之道'로서 하늘의 뜻이며 현상계에 오신 성인과 같고, 성인께서는 항상 청정한 마음을 쓰시니 성誠이고 인仁이며 여의주를 씀이다.

그래서 건괘를 원형이정元亨利貞이라 했다. 광대원만廣大圓滿하며 무애대비無碍大悲하며, 무소부재無所不在하고 전지전능하니 원형元亨이고, 항상 저절로 이정利貞이다. 하늘의 뜻은 좋고, 좋고, 아주 좋아서 더할 나위 없이 좋은 극락·열반이 여기 있으며, 크게 크게 두루두루 어디 한 사람 한 곳도 빠짐없이 큰 지혜와 자비를 베풀 수 있고, 베풀고 있다.

건괘에서 참으로 감격스러운 사실은 건☰이 전지전능한 성령의 성품이며, 우리 모두의 참마음·마음바탕이라는 것이다.

그러므로 누가 건☰을 그 무엇이라고 말하더라도, 우리로서는 건을 성령의 성품 성이고, 건괘☰는 우리가 성품 성을 되찾는 것을 시작으로, 점점 위로 올라가서 온전한 무극의 참마음·열반에 이르는 사다리로 읽어야 할 것이다.

그리고 분명히 건괘에는 강림하신 성령께서 사람농사하는 실제상황이 잘 나타나 있다.

건괘의 초구初九는 우리 모두의 성품 성·마음·본성이다. 물에 잠겨 있는 용
〔潛^잠龍^룡〕이며, 구이九二는 모두 함께 마음 찾아 성인의 길로 나아가며, 구삼九三은 성령·신선과 보살님처럼 상구보리 하화중생하는 모습을 시현하고, 구사九四는 원력으로 변역하며 상승하는 내용을 보여주며, 구오九五에 이르러서는 하늘을 나는 비룡(성령)으로 우화등선한다. 그리고 상구上九는 마침내 신토불이身土不二의 천국과 극락·광명천지의 실현이다.

분명히 건괘는 살아서 성인이 되고 죽어서 교역이 되기까지, 차츰차츰 더 높은 천상으로 올라가는 계단이고, 비상飛上의 사다리이다.

건괘는 초구부터 우리가 성인이 될 수 있는 길이 준비되어 있으며, 구사부터는 우리 잠용으로 하여금 비룡으로 날아오르게 하시려고, 가지가지 몸을 나타내시며 온갖 방책으로 밤낮없이 애쓰시는 성령의 모습이 잘 나타나 있다.

2. 여기는 건좌乾座다. 내가 이렇게 나타나곤 하니까

「박형」께서 저희 토담집에 오셔서 말씀하셨다.

"여기는 건좌다. 내가 이렇게 나타나곤 하니까."

그리고 이어서 말씀하셨다.

"부석사도 건좌다."

건좌乾坐는 풍수지리에서 쓰는 무덤의 좌향坐向과 관계가 있는 말로, 한 문으로 보통 건좌乾坐라고 쓴다.

『주역』에서 북서北西쪽을 건乾으로 보기 때문에 시신의 머리를 북서쪽에 안치했다면 발이 자연 남동南東쪽을 향하게 되는데, 그런 무덤을 건좌乾坐라고 한다.

그런데 내가 여기 건좌乾座라고 그것과 조금 다르게 표기한 것은, 그 뜻이 다르기 때문이다. 스카라좌座라고 하면 그 좌座가 무대라는 의미인 것처럼, 건乾은 성스러운 령이므로 건좌乾座라고 하면 성스러운 령의 활동무대라는 뜻으로, '여기는 건좌乾座'의 뜻은 '여기는 성스러운 령께서 배우처럼 변신하여 현신現身하는 무대舞臺'라는 의미이다.

「박형」께서는 왜 '부석사도 건좌다.'라고 미리 귀띔하셨을까?

「박형」께서 저희에게, 성령께서 현상계에 오셔서 사람농사하고 계신다는 엄청난 사실을 부석사에서 보여주려는 분명한 의도가 있으셨기 때문이다.

실제로 (분명히 「박형」의 도움으로) 부석사에서 우리 일행은 건의 실체·성령을 만났었다. 그래서 우리는 삼차원과 고차원을 넘나드는 '성령께서 우리와 함께 실재하심'을 더 확실하게 믿을 수 있게 되었다. 보살님이나 성령께서 우리와 함께 우리와 같은 모습으로 이승에 계신다는 중대한 사실을 지금 만나보자.

🏵

· 1993년 어느 날, 처음 보는 어떤 사람이 나의 약국 손님들 뒤에 서서 잠시 얼굴을 보이더니 불쑥 지나가는 말처럼

"부석사 조사당祖師堂, 그렇게 안 되겠던데."

라는 한마디를 던지고 힐끔 나를 보면서 나가고 말았다. 다른 사람이 들으면 무슨 소리인지 알 수 없는 평범한 그 한마디에 나는 충격을 받았다. 왜냐하면 내가 그전에 「박형」의 말씀을 풀어서 책을 썼었는데, 그의 한마디 말은 그 책의 부석사 조사당 이야기가 잘못되었다는 지적이기 때문이다.

사실은 그전에 「박형」께서 나에게,

"내가 부석사에 가보니, 아무도 못 들어오게 막아 놓은 곳이 있었어. 그런데 내가 거기를 그냥 넘어 들어갔었어. 그랬더니 지키고 있던 젊은이, 젊은 중이 잡인은 이런데 들어오면 안 된다고….

나가라고 나를 막 밀어내는 거야. 그런데 역시 나이 많은 사람이 사람 보는 눈이 달라. 나이 많은 스님, 조사祖師가 나를 턱 알아보고 나에게 공손하게 절을 하고…. 그래서 그렇게 하고 왔지."

라고 말씀하시더니, 다시 덧붙여서,

"거기는 아무도 못 들어오게 막아 놓았더라. 창문에 대못까지 쳐서 막아 놓은 데를 그냥 넘어 들어갔었어."

라고 하셨다, 그런데 나는 「박형」의 이 말씀을 졸저拙著에 풀어 쓰면서, 왜 그랬는지 현장답사를 하지 않고 추측으로 글을 썼다.

「박형」께서는

"내가 부석사에 가보니, 아무도 못 들어오게 막아 놓은 곳이 있었어…."

하셨는데, 나는 아무도 못 들어오게 막아 놓은 이유부터 틀렸다. 내가 책을 쓸 적에, 전에 부석사에 천일구국기도도량千日救國祈禱道場을 차려놓고 있었던 기억이 떠올라서, 「박형」께서 거기에 가셨을 때에도 기도 도량을 열었기 때문

에 거기를 '아무도 못 들어오게 막아 놓았다.'고 틀리게 추측했던 것이다.

사실은 시공時空을 초월한 도인이셨던 「박형」의 그 말씀 속에는 나로서는 감히 상상할 수조차 없는 엄청난 비밀이 숨어 있었다.

여하튼 나는 부석사로 현장답사를 하지 않고 글을 썼었기 때문에 계속 마음이 찜찜했었는데, '부석사 조사당, 그렇게 안 되겠던데.'라고 말한 사람이 다녀간 그해 7월 25일에 모든 것을 바로 깨닫게 만든 상황이 발생했다.

당시에 내가 금계동집 지붕 물받이를 달기 위해, 사다리를 놓고 오르락내리락하였는데, 혼자 하기에 힘이 부칠 것 같아서 대구에서 학교에 다니던 여식女息을 불러올렸더니 친구들과 함께 들이닥쳤다. 여자 친구가 두 사람이었고 남자 친구가 한 사람이었다.

전부 외출복 차림이었는데, 생각해보니 여식에게 일을 시키면 같이 온 친구들은 거취가 난처해질 것이었다. 그때 나에게 '이런 기회에 부석사에 가서 마음속의 꺼림칙한 앙금을 털어내자'는 생각이 불현듯 떠올라서 물었다.

"자네들, 부석사 가본 적이 있는가?"

"가본 적이 없어요."

주위를 둘러보며 청년이 대답했다.

"그렇다면, 일은 나중에 나 혼자서 하기로 하고, 오늘은 부석사에 한 번 가보세. 전부 가본 적이 없지? 어떤가?"

제안해놓고 눈치를 보니, 그들도 싫지 않은 것 같았다.

"부석사 기둥이 아래위로 가늘고 중간이 더 굵지요."

"아는구먼, 그럼 그리로 가세. 가다가 시원한 곳에 있는 소수서원紹修書院도 구경할 수 있으니."

"그 옛날 풍기 군수 주세붕周世鵬이 창건하셨다는 소수서원요?"

"그래. 가세."

우리는 길을 떠났다. 도중에 물가의 소나무 그늘이 좋은 소수서원에도 잠깐 들렀다. 그리고 마침내 목적지인 부석사浮石寺에 도착했다.

그 부석사의 정문 옆에 안내판이 있었다. 살펴보니 내가 가서 확인해보고 싶은 조사당은 정문에서 곧바로 올라가다가 무량수전을 지나 오른쪽으로 위로 올라가면 있었다.

나는 혼자 부지런히 걸어 무량수전에 들렀다가 조사당에 도착해 보니, 옛날 중학교 3학년이었던가? 수학여행 왔을 적에 보았던 조사당과 처마 밑에 살아 있는 의상대사님의 지팡이 - 땅에 꽂아 둔 것이 움터 자라나서 지금까지 살고 있다는 신비한 나무가 거기 그대로 있었다. - 반가웠고 한편은 걱정이 되었다.

여기가 「박형」께서 말씀하셨던 그 조사당이라면 기도도량으로 쓰기에는 너무 비좁았다. 정말로 '부석사 조사당 그렇게 안 되겠던데…'라고 했던 그 사람의 지적 그대로였다.

두서너 평이나 될까? 한 개의 출입문이 정 중앙에 있었고, 양쪽에 한 개씩 두 개의 창문이 있었는데, 두 창문은 「박형」의 말씀처럼 모두 대못을 쳐 밀폐시켜 놓았다. 벽은 아주 두터웠고, 「박형」의 말씀처럼 정면의 문만 잠그면 조사당으로 들어가는 길은 없었다.

나는 열려 있는 문을 통하여 안을 유심히 살펴보니, 정면에는 단정하게 어떤 분이 정좌하고 계셨는데, 그 좌상 뒤에는 탱화 한 폭이 있었다. 탱화에는 키가 작달막하신 의상대사가 가사를 입고 지팡이를 짚고 서 계셨는데, 그 위쪽에 「조사의상대사진영祖師義湘大師眞影」이라는 설명문이 있었다.

그러고 보니 조사당 정면에 앉아 계신 분이 부석사를 창건하신 조사 의상대사님이셨다. 세세히 살펴보니 의상대사님의 상像은 나무를 깎아서 만든 상 같았다.

그리고 잠시 뒤에 확실하게 나무로 깎아 만들었다고 믿게 되었는데, 이유인 즉 그분의 얼굴에는 소나무가 오래 되어 패인 주름 같은 나뭇결이 두 줄로 오른쪽 이마 주위에서부터 볼을 타고 아래턱까지 나 있었기 때문이다.

이 모든 것을 종합해 볼 때, 의상대사님은 두상이 크고 약간 모가 진듯하면서 둥굴둥굴하셨으며, 표정은 환하고 어지시며 정신이 번쩍 들게 생동하는 듯했고, 키가 작달막하시며 밝은 어른이셨다.

그렇게 다 관찰하고 나서, 나는 고민에 빠졌다.

「박형」께서 말씀하신,

"내가 부석사에 가보니, 아무도 못 들어오게 막아 놓은 곳이 있었어. 그런데 내가 거기를 그냥 넘어 들어갔었어."

까지는 충분히 이해되었다. 막아 놓은 조사당 벽을 통해서 들어가셨다는 뜻이다. 그것은 말이 된다. 예수님께서 십자가에 못 박혀 죽은지 사흘만에 부활하셔서 제자들이 모여 떨고 있던 다락방, 아마도 문마저 잠가둔 그곳에 돌연 현신하셨던 것처럼, 교역 되신 「박형」께서도 거기에 현신하셨다는 말씀이다. 그렇다면,

"그랬더니 지키고 있던 젊은이, 젊은 중이 잡인은 이런데 들어오면 안 된다고… 나가라고 나를 막 밀어내는 거야."

라고 하신 말씀 중에 '지키고 있던 젊은이, 젊은 중'은 누구이며, 무엇 때문에 여기를 지키고 있었을까?

내가 잘못 추측했던 것처럼 기도 도량이나 차렸으면 몰라도 저기 무량수전과도 많이 떨어져 있는 한적한 이곳에서 그들은 무엇을 지키려고?

그리고

"그런데 역시 나이 많은 사람이 사람 보는 눈이 달라. 나이 많은 스님, 조사가 나를 턱 알아보고 나에게 공손하게 절을 하고…."

라는 말씀은 또 어떻게 된 것인가?

'나이 많은 사람… 조사스님'이라면? 혹시 여기에 목각으로 계신 의상대사님이 조사? 또 「박형」께 공손하게 절을? 공손하게 절을 하셨다면 이유는?

"그래서 그렇게 하고 왔지."

는 또 어떻게 하셨다는 말씀인가?

나는 무엇이 어떻게 되었다는 것인지 종잡을 수 없었다. 풀 수 없는 문제에 봉착했다.

그리고 도대체 '지키고 있던 젊은이, 젊은 중은' 누구이며, 무엇 때문에 여기를 지키고 있었을까?

또 부석사 경내에 조사님이 계셨다가, 젊은 스님이 「박형」을 밀어내려 했을 그때 이리로 부리나케 올라오셨다는 추리도 마땅치 않아 보였다. 산 아래 절집과 여기는 소리를 쳐도 들리지 않을 만큼 먼데, 어떻게 '나가라고 밀어내는' 상황을 알며, 그게 뭐가 대단한 일이라고 조사님께서 잽싸게 오신다는 말인가?

고민 중에 무엇에 이끌린 듯이 나로서는 아주 우연히 발길이 조사당 앞에 있는 큰 느티나무 옆으로 갔다. 반갑게도 거기에 조사당 안내판이 서 있었는데, 그 안내문에는 그 전에 조사당 벽에는 국보 벽화인 사천왕四天王*과 제석천帝釋天의 상이 있었는데, 지금은 다른 곳에 모셔두었다는 내용의 글이 쓰여 있었다.

(사천왕은 절을 들어설 때 만나는 무서운 얼굴로 절을 지키는 네 분의 천신이며, 제석천은 도리천의 임금으로 사천왕을 통솔하는 분이다.)

그렇다면 '지키고 있던 젊은이와 젊은 중'은 바로 그 사천왕과 제석천이 아닐까? 「박형」께서 여기에 현신하여 들어오셨을 때, 지키고 있던 사천왕과 제석천이 '아무나 이런데 들어오면 안된다고, 나가라고 막 밀어낸' 것은 아닐까?

그러고 보니, 「박형」께서 여기에 현신하셨을 적에 지키고 있던 사천왕들과 제석천이 잡인은 이런데 들어오면 안 된다고 나가라고 막 밀어낼 적에, 목각으로 계셨던 의상대사님이 「박형」께서는 귀한 분이라는 것을 아시고 공손하게 절을 했고, 그래서 그렇게 하고 왔다는 것이다.

---

* 사천왕四天王 : 욕계欲界제1천第一天인 사왕천四王天의 천주天主로서, 동주東洲를 수호하는 지국천왕持國天王, 남주南洲를 수호하는 증장천왕增長天王, 서주西洲를 수호하는 광목천왕廣目天王, 북주北洲를 수호하는 다문천왕多聞天王, 이 사천왕은 도리천의 제석천帝釋天의 통솔을 받는다고 한다.

그렇게 생각하면 모든 것이 「박형」의 말씀과 일치한다.

그러나 이런 전설 같은 ─ 살아 있는 사람이 흙벽 속으로 넘나들고, 벽화 속의 인물이 나서서 사람을 밀어내고, 목각이 절을 하는 ─ 나의 이야기를 어느 누가 믿어주며, 이게 또한 실제상황일 수가 있는가? 정녕 알 수 없는 일이었다. 나 역시 이렇게 믿어지지 않고 불가사의하며 기상천외한 이야기가 실제로 있었던 상황이라고 다른 이에게 말할 수는 없다고 생각했다.

나는 정말로 당황하면서도 알고 싶었다. 「박형」께서 하신 그 말씀의 진실을! 정말 간절히 알고 싶었다. 그리고 혼자서 결론을 내렸다. 남이 믿거나 말거나, 나로서는 이렇게 이해할 수밖에 없다고.

'「박형」께서 조사당에 현신하셨을 적에 벽화의 사천왕과 제석천이 나와서 「박형」을 나가라고 민다. 그때 이를 보고 계시던 의상대사님께서 「박형」을 알아보시고, 그들을 제지하고 공손하게 절을 한다. 「박형」께서는 그 의상대사님과 어떤 이야기를 나눈다.'

모두 의심스럽지만 나는 「박형」의 말씀을 그렇게 풀 수밖에 없다는 생각으로, 아무도 믿지 않을 결론을 가지고 조사당 아래로 내려오던 중에, 조사당으로 올라오는 여식과 그 친구들을 만났다. 나는 다시 그들과 함께 조사당 앞으로 올라가서 한쪽 구석에 조각가 '로뎅의 생각하는 사람'처럼 앉았다.

그리고 결국에는 하나로 통일된 기도하는 마음이 되어서 하늘을 우러러 갈구했다.

'누구든지 좋으니 저에게 이것을 바르게 알려주십시오. 하나님, 부처님, 관세음보살님. 의상대사님, 「박형」 박상신 도사님. 누구든지 좋으니, 이 문제를 바로 풀어 저로 하여금 바로 알게 하여 주십시오.

이것은 어떻게 된 것입니까? 제가 생각했던 그대로 입니까? 아닙니까? 아니라면 어떤 것이 바른 답입니까? 알려주십시오. 알려주십시오. 지금 이것을 저에게 꼭, 꼭 좀 알려주십시오.'

절체절명! 나에게는 이것을 꼭 바로 알아서 책에 잘못 썼던 것을 바로 잡아야 될 사명 같은 것이 있었기에… 나는 세 번만 부르면 달려오셔서, 모든 중생의 어려움을 구제하시겠다고 큰 서원을 세우신 관세음보살님을 불렀다.

"관세음보살님, 관세음보살님, 관세음보살님, 꼭 알게 해 주십시오."

그날 나는 지극한 정성으로 한 가지 소원을 빌었다. 나의 마음은 한 가지의 소원뿐…. 마냥 기도하면서 앉아 있었다.

결국 나의 마음은 점점 더 헌신하셨던 「박형」과 사천왕과 제석천왕과 의상 대사님의 존재를 믿는 쪽으로 굳어갔다. 그러나 기다려도 아무도 나에게 그 당시의 상황에 대하여 바르게 알려주실 분은 나타나지 않았는데…

나와 여식과 친구들, 우리 일행은 큰 법당 쪽으로 내려왔고, 유명한 부석사 무량수전 앞에서 함께 사진도 찍었다. 그때는 한여름, 구름도 별로 없는 좋은 날씨였다. 산사山寺지만 햇볕은 몸에 땀이 날 정도로 따가웠다.

그리고 우리 일행은 부석사 정문을 나섰다.

주차장 가는 길로 내려오는 길옆에는 시골 아주머니들이 관광객을 상대로 옥수수도 쪄서 팔고 자두도 팔고 부침개도 구워 팔고 있었는데, 한 편에는 나무로 만든 마루가 놓여 있었다.

쉬어서 갈 겸, 젊은이들이 배가 고플 것 같아 먹을 것을 찾아서 그리로 갔다. 먼저 김이 무럭무럭 나는 솥이 보였다.

"여기 옥수수 다섯 개만 주세요."

나까지 다섯 사람이 먹을 참이었다.

그런데 주인이 연 솥 안을 들여다보니, 그 안에는 몇 개 안되는 옥수수가 남아 있었다.

"자, 옥수수나 한 개씩 먹고 가자고."

나는 작은 옥수수 한 자루에 천원이면 좀 비싸지만, 까다롭게 굴고 싶지 않아서 5천원을 주고, 주인이 골라 담은 옥수수봉지를 받았다.

* 그리고 언뜻 다른 데로 눈이 돌아갔는데, 부석사 쪽에서 키가 작달막한 스님 한 분이 내려오고 계셨다. 스님인지 여승인지 분간할 수 없었지만, 어디서 많이 뵌 분 같이 낯설지 않은 분이었다.

그분이 나를 향해서 발길을 돌렸다. 나에게 다가오시면서 혼자 이렇게 말했다.

"어, 여기 마음 착하게 생긴 사람이 하나 있네."

순간 나는 참으로 기뻤다. 내가 마음 착하게 생겼다고? 언뜻 보기에도 마음이 착하게 생겼다니, 그냥 기뻤다. 스님의 말에 감격하며 옥수수 파는 아주머니에게 부탁을 했다.

"여기 이 스님께도 옥수수 하나 드리세요."

그렇게 말하고 보니 아차! 싶었다. 스님께 공양 올리려면 좀 그럴듯한 것을 드렸으면 좋겠는데, 옥수수 솥 안에는 이제 옥수수 잔챙이만 있을 것이었다. '이를 어쩌나' 하는 안타까움이 '좀 더 크고 좋은 옥수수가 있으면 좋겠다'는 강한 욕구로 변하였다.

그런데 아주머니가 솥을 열고 뒤적이다가 잔챙이 옥수수 속에서 한 개를 골라내는데, 놀랍게도 집게로 집어 올린 옥수수가 점점 커지는 것이었다. 만화에서나 만날 것 같은 신통한 일이 코앞에서 벌어지고 있었다.

바로 그때 누가 나에게 명령조로

"옥수수 하나 먹어라."

라고 말했다. 누구인가 나에게 '먹어라.' 하고 명령했다.

그런데 깨닫고 보니 그 소리는 놀랍게도 하늘에서 들려왔다. 옛날에 나의 선친 산소에서 '천기를 누설하지 마라. 천기를 누설하지 마라. 천기를 누설하지 마라.'고 「박형」께서 들려주셨던 그때 그 소리와 같이 분명히 하늘에서 '옥수수

하나 먹어라.'라고 명령했다.

　그 하늘에서 들려온 말씀을 듣는 순간 나의 마음속에서는 '옥수수'라는 단어 때문에 다시 범상치 않은 감동의 파문이 일어났다.

　'아하, 오늘 양신陽神(사람을 바른 길로 인도하시려고 애쓰시는 성령; 부활하신 예수님이나 불보살님)께서 『주역』의 건乾에 관한 가르침을 나에게 주시려는구나.' 하는 생각이 번개처럼 나의 뇌리를 스쳐갔기 때문이다. 왜냐하면 내가 『주역』을 배울 때에, 「박형」께서 옥수수 이야기를 하는 날에는 반드시 『주역』의 양陽, 특히 건乾에 대한 어떤 가르침이 있었기 때문이다.

　두어 번 그런 경험이 있어서 '투명한 옥을 수수 즉 주고받는다는 의미로 풀이할 수 있는 옥수수'라는 낱말에는 『주역』의 양陽, 특히 건乾에 관한 가르침을 주고받는다는 뜻이 있구나 했는데, 누구인가 하늘에서 들린 소리로 '옥수수 하나 먹어라.' 하셨기 때문이다.

　그래서 여기 이 스님이 혹시 그런 분이 아닐까 하며 새삼스레 쳐다보았는데, 그분이 먼저 다정하게 물었다.

　"어디서 오셨어요?"

　'불가에서는 꼭 어디서 오셨는가를 묻는다더라' 생각하며 대답했다.

　"단양丹陽에서 왔어요."

　그런데 그 단양이라는 말은, 『주역』에서는 양陽을 붉은색으로 음陰을 검은색으로 나타내기 때문에 '붉을 단丹 볕양陽 곧 단양'에서 왔다 하면 천국이나 극락 같은 밝은 곳에서 왔다는 의미가 함께 내포되기 때문에 자랑스러웠다.

　그런데 그 스님이,

　"나도 그 전에 고향이 단양丹陽인데."

　라고 했다.

　"지금은 어디 계셔요."

　그리고 그분의 대답을 긴장하며 기다렸다. 그때에 그 스님께서

　"상주에 있어요. 막막사."

라고 했다. 과연! 나는 또 놀랐다.

'상주에 계신다고? 막막사莫莫寺라고?'

물론 상주尙州는 경상북도에 있는 도시 이름일 수도 있지만, 불교인이

'상주'라고 하셨다면, 항상 상常 머무를 주住. 상주常住 곧 항상 변함없이 거기에 머문다는 의미이며, 고차원의 세상, 깨달은 분의 마음자리, 내지 성품聖品 성性, 옥봉玉峰에 항상 머문다는 뜻이 될 수 있다. 따라서 그런 분을 큰보살님 내지는 현신하신 성령이라고 말할 수 있으므로, 나는 그 스님의 얼굴을 찬찬히 살폈다.

그런데 이게 또 어찌된 일인가? 그분의 얼굴은 나무로 깎아서 만든 얼굴 같았다. 분명 나무로 깎아서 둥글둥글하면서도 모가 있는 나무 얼굴이었다.

와우! 헐! 놀랍게도 나무로 깎아서 만든 것 같은 그분의 얼굴에는, 오른쪽의 이마 주위에서부터 볼을 타고 아래턱까지 두 개의 주름이 확연하게 패어 있었다. 보통사람은 그런 모양으로 주름살이 생길 수가 없다. 그런데 그분의 얼굴에는 내가 조사당에서 조금 전에 보았던 의상대사님의 목각상木刻像과 꼭 같은 곳에 꼭 같이 두 개의 패인 줄이 있었다.

오! 이게 어찌된 일인가!

그분의 얼굴은 분명히 의상대사님의 목각상木刻像과 같았다. 이분이 의상대사님인가!

놀라서 나의 심장이 쿵쾅쿵쾅 뛰는 것 같았다. 바로 그때 맞은 편 길가에서 자두를 팔던 아주머니가 외쳤다.

"거기만 팔아주지 말고 이쪽에도 좀 팔아줘요."

그 의상대사의 목각상스님이 그리로 가셨다. 그리고 내가 보니, 이미 철 지난 팔다가 남는 자두는 어떻게 처분을 해야 한다는 것을 아주머니들에게 친절하게 일러주고 계셨다.

우리 일행은 음식을 파는 평상 위로 올라갔다. 그리고 묵과 부침개를 주문했

다. 빙 둘러앉아 그것을 먹으면서 나도 모르게 감격한 나는 힘을 주면서 이렇게 말하고 있었다.

"참으로 한마디의 말이 이렇게 중요할 수가 없구나. 어떤 분은 신통력이 있어서 신통력으로 무엇이든 가르쳐줄 수가 있지만, 나와 같은 사람은 그렇게 할 수가 없기 때문에, 아무리 중요하고 '신령神靈이 사람의 모습으로 나타나 우리를 인도하고 있다'는 정말 엄청난 사실이라도 겨우 한 마디의 말로 밖에 전해줄 수가 없구나. 그러니 이 한마디의 말은 참으로 중요하다."

그리고 잠시 후에, 길 저쪽에 있던 자두 장수가 벌떡 일어서서 소리쳤다.

"스님께서 가신데요. 옥수수를 주셔서 고맙다고 하세요."

나도 따라서 일어섰다. 그리고 스님께 공손히 인사를 드렸다.

그때 의상대사의 목각상 같은 스님께서 내가 공양 올린 옥수수를 담은 검은 비닐봉지를 쳐드시면서 혼자 어이없다는 듯이 말씀하셨다.

"이걸 나보고 들고 가라고?"

스님께서는 우리와 작별하고 정류장 쪽으로 걸어서 내려가셨다.

이렇게 성스러운 령이신 의상대사님(?)「박형」(?) 관세음보살님(?)께서 시공을 초월하여 항상 여기 우리와 함께 계신다는 엄청난 사실을 보여주셨다.

「박형」께서 조사실에 현신하셨을 때에 지키고 있던 벽화 속의 사천왕들과 제석천이 「박형」을 나가라고 막 밀어낼 적에 목각의 의상대사님께서는 「박형」을 알아보고 공손하게 절을 했고 「박형」께서 '그렇게 하고' 왔다는 그 사실을 나의 기도에 응답해 실제로 나타나셔서 깨닫게 해주셨다.

위대하신 성령께서는 전지전능하시지만 그날 우리에게 직접 나타나셔서 보여주셨던 것 이상, 어떻게 성령의 세계와 이미 이 세상에 와 계신 성령의 존재를 우리가 믿을 수 있게 알려주실 수가 있었겠는가!

우리는 이제, 누가 나에게 하늘에서 들린 소리로 '옥수수 하나 먹어라.'고 명령하셨던 것처럼, 분명 '옥수수' 하나 먹었다.

'옥수수'의 옥玉은 투명하고 맑고 귀중한 구슬로, 청정하고 맑아서 보이지 않는 양陽의 실체 내지 건乾를 의미하며, '수수'는 수수授受 즉 주고받는 것, 가르침과 깨달음을 의미한다.

그러므로 '옥수수 하나 먹어라'는 말씀은 『주역』에서 가장 중요한 건乾, 가장 성스러운 신령의 실체를 보여주니, 깨달아라.'는 뜻이다. 그날 우리는 실제 상황에서 건乾, 그냥은 알 수도 없고 보이지도 않은 그 건의 실체인 성령을 부석사에서 확실하게 만났던 것이다. 우리는 그렇게 옥수수 하나 먹었다. 건 즉 양의 실체인 성령의 실상과 존재를 알게 되었다.

또 우리는 「박형」께서 말씀하신 건좌의 의미를 알게 되었다.

"여기는 건좌乾座다. 내가 이렇게 나타나곤 하니까."

그리고 이어서 「박형」께서 말씀하셨다.

"부석사도 건좌다."

II

초구初九

잠룡물용潛龍勿用

물속에 잠겨 있는 용이다. 쓰지 않는다.

*

잠룡은 사람의 성품聖品 성性

차 례

1. 잠룡은 사람의 성품 성

* 초구初九… 양효陽爻인 ━은 구九라는 숫자로 표시하고, 음효陰爻인 ▪▪는 육六이라는 숫자로 표시한다.

초구初九는 중천 건괘☰의 6개의 양효陽爻 중에서 밑으로 첫 번째 일양一陽을 일컫는 말이다. 괘를 그을 때는 밑에서부터 위로 그어 올라가기 때문에 맨 밑의 획이 첫 번째가 되므로 초初이고, 양효이기 때문에 구九이다. 합치면 초구가 된다. 하여 차례대로 구이九二, 구삼九三, 구사九四, 구오九五가 되고, 제일 위의 효는 九六이 아니고 상구上九로 표시한다.

잠룡물용은 초구의 효사爻辭(괘를 이루는 각각의 효爻에 대하여 설명하는 말)이다.*

「박형」께서는 나에게 특별히 많은 가르침을 주셨는데, 그중에서 가장 중요한 가르침은 '어떤 존재는 윤회한다는 사실과 어떤 존재는 윤회에서 벗어나 변역·교역 된다'는 가르침이다.

그리고 가장 기본이 되는 또 다른 귀중한 가르침은 나의 가슴 한가운데에 있는, 황금빛의 따뜻함·성품(자성·마음바탕·참마음·옥봉·불성)을 바로 가리켜 깨닫게 해주신, 그 신통하고 놀라운 가르침이다.

그런데 그 성품이 곧 건괘 초구 잠룡물용潛龍勿用의 잠룡(물에 잠겨 있는 용)이다.

어느 겨울날 내가 『금강경』 첫머리에 있는 '여시아문如是我聞' 때문에 「박형」을 찾아갔을 적에, 「박형」께서 직지인심하여 나에게 깨우쳐주신 그 황금빛의 따뜻함·성품 성이 잠용이다.

그리고 잠용 즉 우리 모두의 성품 성은 광대원만廣大圓滿한 지혜와 무애대비無碍大悲 자비심이며, 불보살님·하나님의 성령이다.

너희는 너희가 하나님의 성전聖殿인 것과 하나님의 성령이 너희 안에 계시는 것을 알지 못하느냐.

2. 물용은 동체대비同體大悲의 실천

건괘 초구 '잠룡'은 분명 우리의 본래의 청정하고 따뜻한 마음, 본심이며 - 불심이며, 공자님의 인이고, 우리의 마음밭이다. 직지인심 견성성불이라고 말할 때의 성품 성性이다. 사람마다 누구든지 가지고 있는 '최고의 명당'이며, 쓰면 그것이 여의주이다.

그 잠룡, 우리의 마음바탕은 광대원만 무애대비하다. 그러므로 충忠·서恕·인忍·성誠, 인의예지仁義禮智, 사랑도 희생도 자비심慈悲心도 거기서 나오고, 극락·천국 역시 거기 있으며, 하나님·부처님·성인聖人들·예수님도 모두 거기에서 오셨고, 그 마음이다.

그리고 그 마음을 쓰는 성인께서는 저절로 '씀이 없는 씀'이다. 그래서 잠룡 물용이다. 쓰는 바가 없이 쓰므로 쓰지 않는다고 한 것이다.

* 여기 물용, '쓰지 않는다'의 의미는 오른손이 하는 것을 왼손도 모르고 오른손도 모르는 '행함이 없는 행, 주는 바가 없이 줌'이라는 뜻이다. 행함이 없는 행을 하였으니 하였다고 말해도 틀리고, 하지 않았다고 주장해도 틀린다.

금강경의 부처님 가르침처럼 '머무르는 바 없이 마음을 내라.'이다.

그리고 역설적이기는 하지만 물용은 본심쓰기이다. 그 본심은 언제나 동체대비의 사랑이며 지혜이다. 그리고 성인의 마음을 쓰는 사람은 광대원만하고 무애대비한 그 마음을 쓰기 때문에, '너'와 '나'가 없고 무엇을 해도 모두가 자신의 일처럼 하므로 '함이 없는 함'이다.

이것이 잠룡 물용의 뜻이다.

마치 석가모니부처님께서 성불하신 후 45년 동안 8만4천 법문을 설하시어 세상에 큰 등불을 밝혀주시고는 나중에 이렇게 말씀하신 것처럼.

"나는 한 마디도 하지 않았다."

이것이 성품 성의 씀이요, 물용의 바른 의미 '쓰지 않는다.'이다.

3. 최고의 명당明堂

나중에 「박형」께서는 나에게 직지인심하셔서 최고의 명당을 바로 지적하여 주셨지만, 내가 잠룡이 사람의 본성품이고, 어떤 것이 최고의 명당·성품 성性인지 몰랐던 당시의 이야기이다.

내가 명당에 대해서 처음 「박형」께 여쭈었을 때는 「박형」께서 공부를 마치시고 막 하산하셨을 당시로, 1960년경이다. 「박형」을 찾아가서 방에 들어가 앉자마자,

"명당은 정말로 있는 것인가?"

하고 질문을 던졌다. 명당에 묘를 쓰면 부귀영화를 누릴 수 있다는 속설이 사실인가를 물은 것이다. 명당이라고 하는 묏자리에 무엇이 있기에 거기에 묘를 쓰면 복을 받는다고 하는 것인가? 그것이 제일 궁금했다. 만약 「박형」께서 명당을 긍정하는 이야기를 한다면, 다시 어떤 곳이 명당이 될 수가 있는가, 또 발복하면 어떤 복들을 받을 수가 있는가를 계속 묻고 싶었었다.

「박형」께서는 어떻게 명당을 설명할까 잠시 생각하셨다.

"그런 이치가 있어. 마치 남향집을 지으면 햇볕을 많이 받고 북쪽 창을 열면 시원한 바람이 들어오는 것 같은 이치가."

라고 하시더니, 그 말이 무엇을 뜻하는 것인지 몰라서 어리둥절하고 있는 나에게 반문하셨다.

"가정假定해서 묻는 것인데, 잘 생각해보고 대답해 보게. 자네, 첫날 밤에 신부가 아기를 낳았다면, 어떻게 하겠나?"

"첫날 밤에 신부가 아기를?"

순간 나는 이상하게도, 무조건 착하게만 대답하면 될 것 같은 생각이 들어 이렇게 대답했다.

"그냥 데리고 살아야지."

사실 그렇게 둘러대기는 했지만, 솔직히 말하면 나 자신 그렇게 할 수 있을지, 나 자신도 믿을 수 없는 대답이었다. 「박형」께서 한참 동안 허허롭게, '허허허허….'하고 웃으시더니,

"자네처럼 대답하는 사람은 처음일세. 누구는 당장 내쫓아야 된다 하고, 잘 따져 알아보고서 처리해야 된다고 하기도 하던데."

라고 하셨다.

그날 「박형」께서 그런 질문을 하신 것은 내가 질문한 명당의 이치를 가르쳐 주시려는 의도였다. 그 후에 어떤 책에 보니, 정말로 그런 이야기가 있었다.

❀

이조 때 어떤 사람이 장가를 갔는데, 신혼 첫날밤에 신부가 아기를 낳았다. 신랑이 생각해보니, 이 사실을 다른 사람이 알게 되면 신부는 당장 쫓겨날 것은 물론이고, 쫓겨서 친정으로 간다면 색시와 아이의 장래를 아주 망치게 될 것 같았다. 그는 고민을 하다가, 자기는 남자라, 한번 참고 희생하면 두 사람을 살릴 수가 있다는 생각을 하게 되었다. 참 대단한 사람이었다.

그래서 산모와 아기를 나름대로 대강 수습한 다음, 갓난아기를 자기집 대문 밖에 얼른 내다 놓고 시침을 뚝 떼고 있었다.

한밤중에 아기가 밖에서 크게 우니, 집안사람들이 나가보았다. 웬 금방 낳은 핏덩이가 대문 밖에서 우는 것이 아닌가? 모두 당황하는데, 신랑이 모르는 척 나왔다가, '아기를 새색시에게 맡기자'면서 자기 방으로 데리고 들어갔다.

결국 새색시가 자기의 갓난이를 받아 키우게 되었는데, 새색시는 자기의 목숨을 구한 것과 같은 신랑의 큰 도량度量에 감동되어, 지난 잘못을 크게 뉘우치고 개과천선改過遷善하여 평생 남편에 순종하고 잘 섬겼다.

그리고 문밖에서 주워 들여온 핏덩이가 자라서 나중에 출가하여 스님이 되었고, 그렁저렁 세월이 흘러서 그 마음 넓은 신랑도 할아버지가 되어 늙어 죽었다. 그 사람의 장사를 지내는 날, 어떻게 알았는지 마침 아들 스님이 찾아왔다.

"아버지의 시신은 내가 명당에 잘 모시겠으니, 배를 준비하시오."

그러더니, 시신을 배에 싣고 일진광풍과 함께 쏜살같이 어디론가 가고 말았다. 사람들은 닭 쫓던 개 지붕 쳐다보기였다.

그런데 그 이후는 역시 명당에 묘를 써서 그런지, 고관대작이 그 집안에서 줄줄이 나왔다고 한다.

§

정말 명당이 있는 것인가?

「박형」께서는 '명당은 정말로 있는 것인가?'를 물었던 나에게 '첫날밤에 신부가 아기를 낳았다면, 어떻게 하겠나?' 하는 반문으로, 나에게 명당에 대하여 생각하게 했던 것이다.

어떤 사람은 이런 이야기를 말쟁이들의 말장난이라고 해버리지만, 우리가 그 이야기에서 찾아내야 될 이치는 '큰 도량 가진 분의 후손에 큰 인물이 줄줄이 나왔다'는 사실관계이다. 부귀공명하고 자손들마저 잘되려면, 먼저 자기 스스로 큰 그릇이 되어야 마땅하기 때문이니까.

「박형」께서 알려주신 '명당'

「박형」께서 우리 집안의 선산에 오셨다가, 나의 증조할아버지의 묘를 가리키시면서

"여기가 제일 낫다. 나는 여기를 보고 삼대발복할 줄 알았어."

라고 살짝 귀띔하셨다.

당시에 나는 삼대발복이라 했을 때, 도대체 삼대三代는 무엇이며, 또 누가 복을 받는다는 말인지 몰랐었는데, 나중에 보니 삼대발복은 삼대에 발복이라는 뜻으로, 어떤 이가 돌아가신 그의 아버지의 묘를 명당에 쓰고 보면, 그 자식대에 크게 복을 받는다는 뜻이었다.

정말로 나의 할아버지께서 그의 아버지인 나의 증조할아버지를 명당에 모셔서 그런지, 분명 당신의 자식대에 인물이 났다. 나의 삼촌들은 모두 훌륭했는데, 특히 두 분은 전국적으로 명성을 날리셨다. 성명 삼자를 대면, 많은 사람이 '아, 그분.' 하고 기억할만한 어른들이다.

한 분은 유명한 음악평론가이시며 한국 방송분야에 장長이셨고, 다른 한 분은 민주화운동에 앞장섰던 4선四選국회의원이셨고, 일등보국훈장 무궁화장을 받으셨다. 그만하면 삼대발복했다고 말할만할 것이다.

사실 「박형」께서 삼대발복할 것이라고 하셨던, 나의 증조부의 묘는 아늑하고 조용한 곳에 자리 잡고 있고, 누가 보아도 작고 평범한 묘에 지나지 않다. 그런데 「박형」께서는 무엇을 보시고 '삼대발복할 줄 알았어.'라고 하신 것일까?

증조부를 명당에 모신 나의 할아버지께서는 한의원을 하셨었는데, 효자이셨다. 형제간에 우애 있고, 친척을 잘 돕고, 모르는 사람에게도 인정스럽고 착하셨다. 그 할아버지가 많은 적선積善을 하셨기 때문에 노환으로 돌아가셨을 때, 마치 국장國葬이라도 난 것처럼 만장의 물결이 수 십 미터(m)에 이르고 큰길을 꽉 메운 문상객의 행렬이 집에서 장지 2키로(Km)까지 이어졌다고 한다. (그때 찍은 사진이 증거이다.)

지금 누가 돌아가셨다고 가정하고, 큰길에 장례행렬이 2키로나 뻗치게 많은 문상객이 올 만큼 인심을 얻고 사셨다고 한다면, 그 아들이 출세하게 되는 것이 당연할 것 같다.

또 증조부께서 돌아가셨을 때 할아버지께서는 진정 애통하셨으며, 정성으로 장사 지내시고, 곰이 넘어온다 하여 곰넘이라고 불리던 곳에 있는 산소에 거의 매일 찾아오셔서, 묏등의 잔디를 살피고 축대의 돌들이 무너지지 않도록 돌보셨다.

그래서 「박형」께서는 그 묏자리에서 나의 할아버지의 마음을 보셨다는 것을 나는 나중에 깨닫게 되었다.

돈은 있지만 겸손하게 작게 만든 봉분과, 정성 들여 잘 다듬은 축대의 돌과, 부지런히 살펴 잘 자란 잔디를 보시고서, 할아버지께서는 효자孝子셨고 정성스럽고 겸손하며 가슴이 따뜻한 어른이셨다는 것을 보신 것이다.

「박형」께서는 이런 말씀도 하셨다.

"나는 가족 묏자리를 보면 그 집안의 흥망성쇠와 내력을 다 알 수가 있어."

"큰 묘역에 돈만 많이 들여서 치장한 것을 보면 좋게 생각되지 않더군."

「박형」께서는 묏자리의 지형이나, 물이나 바람의 통행 등 풍수들이 즐기는 그런 것을 보셨다기보다, 그것을 통하여 거기에 묘를 썼던 사람의 마음을 보셨던 것이다.

크게 재물을 탐내는 사람, 죽자 살자 권력에 욕심을 부리는 사람, 색에 집착하고 시기 질투하는 사람, 그 많은 사람의 마음 중에서 가장 중요한 마음, 부모에게 효도하고 형제간에 우애 있고, 이웃이나 모르는 사람에게까지 인정을 베푸는 능력과 착한 마음을 「박형」께서는 보셨던 것이다.

10정승 10판서가 날 명당

앞에서 이미 인용을 하였지만 다시 한 번 「박형」께서 들려주신 이야기를 싣는다.

🏵

"옛날 어떤 곳에 마음씨가 착하고 어진 할아버지 한 분이 있었어. 그 사람이 인심을 얻고 살다가 돌아가셨는데, 착하게 산 덕으로 십 정승 십 판서가 날 좋은 명당을 얻게 되었어.

그런데 그 명당을 잡아준 풍수가 두 가지 조건을 말하는 거야.

'여기는 십 정승 십 판서가 날 명당인데, 두 가지 지켜야 할 일이 있다. 첫째는 이 앞으로 흐르는 시내에 다리를 놓지 말 것이며, 둘째는 이 묏자리가 보이

는 곳에 지붕이 있는 집을 지어서는 안 됩니다.'

듣고 보니 별로 어려운 조건도 아니고 대대로 그것만 조심하면 되겠다 싶어서 '꼭 지키겠다.'고 약속하고 거기에 묘를 썼어.

그 후에 거기에 묘를 써서 그런지 몰라도 그 아들이 장원급제하여 차츰 벼슬이 높아지더니 드디어 정승이 되었지. 그리고 그 정승에게 아들이 있었는데, 그 또한 자질이 뛰어나고 총명하여 벼슬길에 나서서 이름을 날리더니, 또 정승이 되었어.

2대째 정승 집안이 되니, 살림도 넉넉하고 남부럽지 않게 되었지.

그런데 그 아들이 또 출세하여 정승이 되었다네. 그 3대째 정승이 하루는 그 명당으로 성묘를 갔는데, 마침 비가 와서 시내를 건너기도 어렵고, 성묘 후에 편히 쉴 자리도 마땅치가 않아서 시내에 다리를 놓고 산 위에 쉴 집을 짓게 했어. 어른들이 그러면 안된다고 말렸지만 그 말을 무시하고 그렇게 했어.

그런데 어느 날 나라에서 쓸 묏자리를 찾게 되었어. 임금의 명을 받은 지관地官들이 전국을 뒤지며 나라에서 쓸 명당을 찾는데, 이 명당 부근을 지나다가 갑자기 큰 소나기를 만나게 되었지. 사방을 휘휘 둘러보아도 허허 벌판이라 큰일이 났는데…, 마침 멀리에 그 정승네 묘 옆에 세워둔 가옥의 지붕이 보이는 것이야.

지관이 비도 피할 겸 그쪽으로 가고 싶었는데, 가다 보니 마침 시내에 다리가 놓여 있지 뭔가.

결국 그 지붕과 다리 때문에 명당 묏자리가 들키게 되어 임금의 명을 받고, 명당을 내 놓게 되었는데, 그 후부터는 정승은 고사하고 판서도 나오지 않게 되었다네."

§

명당의 이치가 여기에 있다. 착하게 살아서 좋은 자손을 얻고, 그 자손들이 출세하게 되는 이치 말이다. 또 낮은 지위에서는 물론, 지위가 높고 부귀해도 웃어른을 섬기고, 낮은 백성의 말을 무서워할 줄 알아야 하며, 게으르지 아니하여야 한다. 특히 언제나 청렴결백하며, 변함없는 마음으로 바르게 살아야 된다. 이것이 명당의 이치이다. 적어도 십 정승 십 판서가 나도록 오래 발복하려면, 대대로 한결같이 바르게 살아야 된다는 이치이다.

이 세상이 복잡해도 착한 일을 하는 자(항상 바르게 사는 자)에게는 하늘이 복으로써 이에 보답하고, 악한 일을 하는 자(세상 이치를 무시하는 자)에게는 하늘이 재앙으로써 보답한다.

이것이 「박형」께서 명당은 '마치 남향집을 지으면 햇볕을 많이 받고, 복창을 열면 시원한 바람이 들어오는 것 같은 이치가 있다'고 하신 뜻인가 싶다.

* 그런데 나는 그 명당 때문에 더 공부하게 된 일이 일어났다.

내가 책에 쓰기를, 명당은 우리의 성품 성이고 산山속에 있는 '몇 평의 땅'을 가리키는 것이 아니라는 주장을 했더니, 어떤 사람이, 아마 명당을 연구했던 사람인 것 같았는데, 전화를 통해 말하였다.

"나는 이제 연구를 다해서 명당에 묘를 쓰면 누구든지 출세도 하게 할 수 있고, 또 금방 망하게도 할 수 있는데, 당신이 무엇을 안다고 그러시오? 언제 나하고 꼭 좀 만나서 명당 얘기를 좀 해봅시다."

그러더니 다시 연락을 하겠다고 하고서 전화를 끊었다.

그래서 덜컥 겁이 나서, 명당에 통달하신 분에게 '명당은 어디에 있는가? 마음인가? 땅인가?'를 배우기로 했다.

마침 내가 잘 아는 할아버지께서 소개해 주실 분이 계시다고 해서 그분을 만났다. 주선해 주신 분이 말씀하시기를,

"그분은 죽을 때에 한 번 써먹으려고 머리를 맑게 하고 산다는 분이셔. 누가 '명당이 어디에 있는가?' 하고 물으면 분명히 알기는 아는데, 무조건 '나는 아무것도 모릅니다.'라고 하네. 그래도 한 번 만나보려는가?"

"예, 그래도 만나 주시겠다면, 한번 뵙고 싶어요."

하여 어느 날 다방에서 만나 뵙게 되었다. 가슴이 따뜻하신 할아버지께서 나

오셨는데, 겉모습도 정정하고 정신도 한없이 맑으셨다. 그분의 연세는 아마 여든 정도 되신 듯했다.

그 할아버지께서 몇 마디 말씀을 하시다가 나를 주시하셨는데, 나는 그분의 위엄 있는 안광眼光이 나의 가슴 속에 감춘 죄를 쏘아보는 것 같아서 나도 모르게 고개를 숙였다. 이제까지 그렇게 심장 속을 꿰뚫는 것 같은 눈을 본 적이 없었기 때문에 당황하게 되었다. 참으로 대단하신 분이셨다. 그 할아버지께서 말씀하셨다.

"해방되기 전에 한 십 년 명당 공부를 한다고 산에 들어갔던 적이 있어. 결혼하자마자 집사람도 팽개치고 십 년 가까이 산 공부를 했어. 우리 선생님은 아주 대단하신 분이셔. 얼굴에 빛이 환하고 흰 수염이 이렇게 난 하나님 같으셨어. 바람결에 흰 수염을 날리면서 오시는 것을 보면…, 대단하신 분이셨어.

어느 날 선생님께서 나에게 '이제 자네도 갈려면 함께 가자.'고 하셨어, 그때 집사람이 노모를 잘 모시고 있었지만, 그렇잖은가? 이제 어머님 연세도 많으시고 언제 어떻게 되실지 모르는 거야. 어쩔 수 없이 하산했어. 다른 두 사람은 선생님을 따라갔지, 그 사람들 지금 나보다 나이가 젊게 어디 와 있을 거야."

그렇게 놀랄만한 이야기를 하셨다. 그리고 또,

"산에 들어가 있을 때는 마음이 맑아서, 가만히 앉아 있다가, 누구를 생각하면 눈앞에 그 사람이 어떻게 하고 있는 것이 다 보여. 다른 사람은 무엇을 하나 하고 보면, 그 사람도 어떻게 하고 있는 것이 활동사진처럼 환히 보이는 게야. 나중에 몇 번 확인해 보았더니, 정말 그때 그렇게 하고 있었다고 말하더라고."

하시더니, 계속해서 말씀하셨다.

"공부하려면 먹는 것을 조절해야 돼. 내가 산에 있을 때는 하루에 밥 몇 숟갈 정도를 먹었어. 반찬은 물론 없이 소금을 조금 먹고, 맨밥을 그것도 물에 말아서 먹었는데, 나중에는 기운이 없어서, 비유하자면 작은 계단도 못 올라갈 정도였어. 그런데 그렇게 계속했더니 차츰 기운이 다시 나서 괜찮게 되었지."

그 할아버지께서는 내가 도저히 따라 할 수 없는 것을 말씀하셔서 내심 무척

놀랐다. 그리고 신선 같은 할아버지께서는 내가 의심하고 있던 것에 대하여,

"지기地氣가 하늘로 올라가는 것이 다 보인다."

하셨고,

"어제도 서울에서 사람이 와서 하는 말이 '이제는 명당에 대해서는 모르는 것이 없이 공부를 다 했다. 출세를 시키거나 망하게 하거나, 마음대로 다할 수도 있다.'라고 하는데, 내가 보니 아직 공부가 덜 되었더라."

하시며, 나를 찾아올 것으로 짐작되는 전화의 그 서울 사람을 언급하셨다. 그리고 『주역』에 대해서 몇 마디 가르침을 주셨다.

나는 말씀이 끝나기를 기다렸다가 내가 알고 싶었던 것을 여쭈었다.

"명당자리에 대해서 알려주십시오."

그분께서는 탁자 위의 보리 찻잔을 들고서, 손가락으로 짚어 가며 길게 말씀하셨다.

"산의 능선을 따라서 이렇게 내려오고… 하다가, 그렇게… 그렇게 되는 것이다."

말씀은 길게 하셨지만, 그분의 도력道力때문인지 도저히 알아들을 수가 없다. 혼자 아무리 궁리해도 모르겠기에 재차 부탁드렸다.

"다시 한 번 명당에 대해서 말씀해 주세요."

그랬더니 그분께서 다시 앞에 있던 보리 찻잔을 들고서, 손가락으로 짚어 가며 꼭 같은 말씀을 길게 하셨다.

"산의 능선을 따라서 이렇게 내려오고… 하다가, 그렇게… 그렇게 되는 것이다."

이번에도 역시 전혀 알아듣지 못했다. 그랬지만 그분을 뵙고 나서, 모든 것은 다 이치니까 명당에도 마음으로 찾아가는 합당한 이치가 있을 것이라고만 짐작했다. 아마도 산의 어디가 아니라 마음에 명당이 있다는 의미이리라.

어느 날 「박형」께서 말씀하셨다.

"어떤 사람은 명당자리라고 400만원이나 받아. 나는 한 번도 그렇게 한 적이

없어.”

토정 이지함 선생의 명당

십 정승 십 판서가 날 명당이야기를 하셨던 날, 「박형」께서는 말씀을 계속하셨다.

❀

“옛날에 토정 이지함 선생이 최고의 명당을 찾아 묘를 쓰려고 전국 각지를 누비고 다녔어. 그런데 막상 좋다는 데는 안 가본 데 없이 다 가보았지만, 마음에 흡족한 곳은 찾지를 못했지. 한 가지가 좋으면 한 가지가 나쁘고, 이게 좋으면 저게 나쁘고, 흠 없는 곳을 찾지 못했어.

2~3년 동안 그렇게 애를 쓰다가 지성이면 감천이라고, 어느 날 정말 흠 없는 좋은 명당을 찾게 되었어. 이제는 내가 할 일을 다 했구나 하고 뛸 듯이 좋아했는데, 그날 밤 꿈에 산신령님이 나타나서,

“토정아, 거기는 네가 쓸 자리가 아니다. 너는 다른 데 쓰도록 해라.”

하는 것이야. 토정이 생각해보니 너무 아깝거든, 그래서 민적민적했는데 얼마 후에 다시 꿈에 산신령님이 나타나서,

“토정아, 토정아, 거기는 네가 쓸 자리가 아니다. 너는 다른 데 쓰도록 해라.”

하시는 게 아닌가. 결국 토정은 거기에 쓰지 못하고 다른 데다 쓰고 말았지. 그런데 왜 산신령님이 두 번씩이나 나타나서, 흠 없이 좋은 데에 쓰지 말라고 했을까?”

☙

그리고 이어서 「박형」께서 나에게 두 번째의 숙제를 주셨는데,

“거기에 쓰지 못하고 다른 데에 썼다는데, 그곳을 아는 사람이 아무도 없어. 나중에 자네가 한번 그곳을 찾아보게.”

하시고서 다짐하듯이,

"자네가 꼭 거기가 어딘지 연구해 보게."

라고 하셨다.

당시에 나는 이 문제를 어떻게 풀어야 될지 막막했다. 그저 짐작에 모든 것은 공덕을 쌓은 만큼 오는 법이니, 산신령님이 토정에게 거기에 쓰지 말라고 한 이유는 토정보다 공덕이 많은 사람에게 돌아갈 자리여서 그랬나? 하는 정도였다.

그런데 사실 명당에 대해서 깊게 생각해보니, 토정 이지함 선생이 전국 각지를 누비며 애써서 찾았던 명당에는 전부 흠이 있었다는 말이 이해가 되었다.

아무리 왕후장상이 되고 부귀영화를 모두 누리더라도, 사람의 삶이 완전무결하게 좋을 수만은 없다. 친하를 손안에서 주물렀던 진시황의 권력이라도 죽음이 따르고, 중국 제일의 갑부였던 석숭의 재산을 가졌더라도, 또 다른 근심이 있는 법이니까.

「박형」께서 '옛날에 토정 이지함 선생이 최고의 명당을 찾아 묘를 쓰려고 전국 각지를 누비고 다녔는데 막상 좋다는 데는 안 가본 데 없이 다 가보았지만, 마음에 흡족한 곳은 찾지 못했어. 한 가지가 좋으면 한 가지가 나쁘고, 이게 좋으면 저게 나쁘고, 흠 없는 곳을 찾지 못했어.'라고 하셨던 그 내용에는, 결국 토정 이지함 선생이 본 것처럼, 세상에 어디에 있던지 어떤 환경에 태어나든지 '하나가 좋으면 하나가 나쁘고, 하나가 마음에 들면 다른 게 흠이 있다.'는 뜻이 담겨 있다.

그런데 '토정은 2~3년 동안 애를 쓰다가 지성이면 감천이라고, 어느 날 정말 흠 없는 좋은 명당을 찾게 되었어. 주위의 산은 물론 바람도 물 흐름도 전부 마음에 흡족했어. 최고의 명당이었어. 토정이 보고 또 보아도 흠이 없어. 이제는 내가 할 일을 다 했구나 하고 뛸 듯이 좋아했는데' 과연 거기는 어디가 될까? 어디에 그런 좋은 명당이 있었을까?

물론 거기는 토정이 만족할 만큼 충분히 좋은 곳이며, '흠 없는' 극락, 천국과 같은 곳이며, 삶과 죽음도 없는 곳이다.

거기는 깨달은 마음자리, 성품 성이 아닐까?

욕심 없어 만족함을 아는 지족知足의 자리가 아닐까?

너와 나를 다 버리고 평안할 수 있는 자리가 아닐까?

토정 선생은 '나물 먹고 물 마시고, 팔을 베고 누웠으니, 대장부 살림살이 이만하면 족하다.'는 그런 마음에 도달한 것이 아닐까?

결국 토정 이지함 선생은 이 세상 부질없는 세상에 연연하여 번뇌 망상 속에 살지 않고 언제나 자족하며, 가난하나 행복하고 즐겁게 사는 무극을 터득하신 것이다.

토정의 이야기에도 나온다. 구차한 살림살이였지만 그런 가운데도 바람처럼 구애됨이 없고 도도하게 흐르는 물처럼 사셨던 이야기가.

그래서 토정 이지함 선생은 '이제 내가 할 일을 다 했구나.' 하고 뛸 듯이 좋아할 수 있었다. 그런 청정하고 밝은 마음으로 주위를 둘러보면 아름다운 좌청룡 우백호가 있고, 앞 시야가 닿는 곳마다 삼천리금수강산이 펼쳐져 있고, 지나가는 바람마저 향기로운 극락 천당에 살고 있는 행복한 자신을 볼 수 있지 않을까?

그런데 '꿈에 산신령님이 나타나서,

"토정아, 토정아, 거기는 네가 쓸 자리가 아니다. 너는 다른 데 쓰도록 해라."

한 것이다. 두 번씩이나 나타나셔서. 왜 산신령님이 그리 하셨을까?

신선. 도사님들은 알곡 추수하는 어른이시기 때문이다. 「박형」이나 산신령님 역시 성령이고, 추수하시는 분이다. 그러니 산신령이 토정에게 '다른데 쓰도록 하라.'고 말한 뜻은, 토정에게 무극에 안주하지 말고 '추수하는 일꾼, 중생을 제도하는 보살의 길로 가라'는 뜻이다.

그러나 토정 이지함 선생으로서는 '나물 먹고 물 마시고' 구애됨이 없는 그러한 행복을 버리기가 '너무 아까웠다'. 또 도사가 되려면 힘도 들겠고, 목숨마저 내놔야 하겠기에 '민적민적' 민망하게 꾸물거렸다.

그러다가 마침내 토정은 남을 위해서 살기로 마음을 고쳐먹었다. 결국 다른 데다 쓰고 말았던 것이다. 마침내 토정 선생께서는 살신성인하는 도사의 길로 나섰다는 뜻이다.

'토정비결'을 쓰셨던 토정 선생을 이제 알게 되었다. 그리고 왜 산신령님이 두 번씩이나 나타나서,

"다른 데에 쓰라."

고 하셨는지를 분명히 알 수 있게 되었다.

* 그러면 과연 토정이 '거기에 쓰지 못하고 다른 데 썼다는' 다른 데는 어디일까? 아무도 모른다는 그곳은 어디일까?

가정해서 토정이 결심한 것처럼 '다른 사람을 위해서 살며 목숨까지 내놓는 것'이 곧 대승의 길이며, 보살행이요, 자리이타행이며, 성인께서 가르쳐 주신 골수 법문이며, 변역 교역되어서 '벗어나는 길은 오직 이것 한 길'이다. 그러니 '남을 위해 목숨까지 내놓는 것'이 최고의 명당·우리의 성품 성을 쓰는 것이다.

그 진실한 마음이 광대원만하고 무애대비한, '그곳을 아는 사람이 아무도 없는', 자기 자신도 모르는 토정의 황홀한 황금빛 명당이다. 우리의 성품 성이다.

이 땅 어디에서 죽든지, 부처님처럼 무아無我 무념無念인 큰마음으로 오른손이 하는 일을 왼손이 모르게 살다가 가면, 그 영혼은 틀림없이 죽자마자 다시 살아나는 불사신의 성령, 영원한 스승, 삼계 도사가 될 수 있을 것이다.

깨어 있는 영혼은 그렇게 도사가 된다. 영생한다. 사후 중음에서의 49일간의 체험을 기술한 티베트의 『사자死者의 서書』에도 그렇게 나와 있다. 깨어 있는

투철한 정신으로 살면, 숨이 넘어가는 순간에 마중 나온 '눈부신 생명 빛' 따라 간다고….

그러니 죽을 때까지 맑은 정신으로 살면 그 맑은 정신이 곧 자신을 영원한 낙원, 극락으로 보낼 '최고의 명당'인 것이다.

결국 우리는 토정이 썼다는 이 세상사람 아무도 모르는 명당을 찾았다. 「박 형」께서

"다른 데에 썼다는데, 그곳을 아는 사람이 아무도 없어."

라시며, 그곳을 아는 사람이 아무도 없다고 강조하신 것은, 그 사람의 마음 이 무극이고 청정하기 때문에 자신의 선행을 자신도 모른다는 뜻이며, 육조 혜 능대사님께서 지적하신 것처럼 성품은 본래무일물本來無一物이기에 집착심 내 지 아무것도 없고, 다른 이는 물론 자신마저도 몰라서 '아무도 모르는 명당'이 다.

어떤 경우를 당하더라도 한없이 넓은 마음으로 항상 바르게 살 수 있기 때문 에, 한없이 큰마음이 곧 최고의 명당이며 '하늘의 땅'이다.

명당은 넓어서 용서하며, 불쌍한 이에게 베푸는 바 없이 자비를 베푸는 마 음 그 자체이며, 불가에서 말하는 불성이다. 그렇게 큰마음 가진 사람은 어디 에 죽어서 땅에 묻히든지 천당 극락으로 물론 가겠지만, 천당 극락에 갈 생각 이 없다.

오직 스스로 자신의 삶을 남을 위해 버린지 오래이기 때문이다. 죽음도 두려 워하지 않는다. 십자가 위에서 죽거나, 강가 모래밭에서 죽거나, 아무도 도와 줄 수 없는 시골 어느 집 헛간에서 죽거나, 상관하지도 두려워하지도 않는다.

사람이 죽을 때에 그의 영혼이 하나님·부처님 같이 밝게 되어 있으면 그는 하나님·부처님 되는 것이고, 예수님 같으면 예수님처럼 될 것이요, 보살님 같 으면 보살님이 될 것이며, 극락에서 불사不死의 성스러운 령이 되는 것이다.

「박형」께서는 분명히 밝히셨다.

"명당은 마을 뒷산 그런 데가 아니라고 말했는데도⋯."

사람이 죽어서 육체를 묻는 이 땅 그 어디가 명당이 아니다. 본마음이 당대 발복할 최고의 명당이요, 성품 성이고, 잠룡이다. 그러므로 성품(잠룡)은 누구나 똑같이 가지고 있는 성인의 씨이며, 삼계도사의 싹이다. 하여 사람은 참으로 부처님처럼 하나님처럼 귀중한 존재이다.

"한 생각 깨끗한 마음이 바로 도량道場이라. 수없이 많은 칠보탑을 조성하는 것보다 더 뛰어나니라. 보탑은 마침내 무너져 먼지가 되지만, 한 생각 깨끗한 마음은 정각正覺을 이룬다.

그대는 지금 보배 있는 곳에 이르렀다. 빈손으로 돌아가지 말라. 한번 사람 몸을 잃으면 만 겁劫에 돌이키기 어렵나니, 청컨대 부디 삼가라. 어찌 지혜로운 이가 보배 있는 곳을 알고도 구하지 않고서, 길이 외롭고 가난하다며 원망을 하랴?

보배를 얻고자 하면 모름지기 이 가죽 주머니(몸에 대한 애착)를 놓아버릴지니라."

III
구이九二
현룡재전見龍在田
이견대인利見大人

나타난 용이 밭에 있으니,
대인을 보는 것이 이로우니라

*

수행은 신분상승의 지름

차 례

1. 상승하는 사다리

구이九二(밑에서 두 번째의 양효) 현룡재전見龍在田의 현룡見龍은 잠룡潛龍의 나타남이며, 재전在田은 마음밭에서 농사하는 모습이다. 이견대인利見大人은 '대인이 된 자신을 만나보는 것이 이롭다.'이기도 하겠지만, '다른 이를 대인으로 만들어서 그 대인을 보는 것이 이롭다.'는 의미도 있다.

실제로 자신의 본성을 되찾고 (잠룡이 깨어나면 성인이고 대인) 마음밭에서 사람 농사하며, 성인 만드는 것이 성인에게도 그 사람에게도 가장 이로울 것이다. 그가 누구든지 '살아서는 성인이 되고 죽어서는 성령이 되게 하는 것' 이상 그분들에게 더 이로운 것은 없을 것이기 때문이다.

한편 공자님께서는 구이 현용재전 이견대인을 이렇게 정의하셨다.

용의 덕이 바르고 알맞는 것이다. 일상으로 하는 말에는 믿음이 있고, 일상으로 하는 행위는 삼가며, 사악한 것을 막고 참된 것을 간직하며, 세상 사람을 선善하게 만들어도 자랑하지 아니하고, 덕을 널리 펴서 사람을 감화시키니, 〔龍德而正中者也, 庸言之信, 庸行之謹, 閑邪存其誠, 善世而不伐, 德博而化〕

군자의 덕이다. 한 마디로 현용재전 이견대인은 청정한 무극·참마음을 실천하는 성인·대인의 삶이라고 하셨다.

범상하지 않은 분들이 찾아내서 펴낸 경전 풀이 책이 있다. 『유가심인정본수능엄경환해산보기瑜伽心印正本首楞嚴經環解刪補紀』(이하 『수능엄산보기』라 함)가 그것이다.

·이 『수능엄산보기』에는 성문聲聞 4과四果 중 제1과 수다원에 들어가는 이

가 처음 징험(수행이 깊어가면서 경험하는 수행증표)하는 것을 다음과 같이 설하고 있다.

"처음 입단하여 공부해서 정애가 다 끊어지고 계율이 정결해지면 삼경에 금화가 발생하고, 춘기가 화창해지면서 황홀하게 아득하여, 마음과 대상들이 모두 적막하게 될 것이니, 이는 첫 간혜지의 징험이니라."

내가 처음 공부하면서 「박형」의 덕분으로 이것을 경험했을 때, 나는 자신의 상태를 잘 알 수 없어서 '이런 상태는 무엇인가?' 했었다. 그 상태에서는 분명 아무 생각도 일어나지 않았다.

경전에서 말한 것처럼 그냥 '황홀하게 아득하여, 마음과 대상들이 모두 적막하게 되었기' 때문인데, 『금강경』에서 설해진 것처럼, 아상我相·인상人相·중생상衆生相도 없고, 마치 '무엇을 짊어진 것 같았을 뿐'이었다. 모두 한마음으로 모든 사람이 다 부처님이었다.

그래서 혼자 생각하기를, '사람이 다 부처님인데 「박형」께서는 어떻게 그들의 상태를 분별하여 아시며, 사람들을 바른길로 인도하실 수가 있을까? 나는 아무것도 모르겠는데.' 그랬던 경험이 있다.

나의 이런 경험은 첫 간혜지의 징험이다.

그리고 수다원과의 열 번째 징험으로 '습기習氣가 저절로 사라져서 탐욕이 움직이지 않는 것'이라고 했는데, 저 역시 당시에는 감각적인 욕망이 손톱만큼도 생기지 않았다. 항상 한 가지 마음으로 그냥 에덴동산에 온 것처럼 청정한 행복뿐이었다. 여기가 성문사과의 제1과 수다원과의 누진통이다.

· 제2과 사다함의 징험에서는 첫 번째로
'옥천의 진액이 팽연되어서 우유처럼 엉기는 것'이라고 했는데, 실제로 나에게 그런 일이 있었다. 나는 나중에 여기 이 부분 '옥천의 진액이 팽연되어서 우유처럼 엉기는 것이고'를 읽으면서 깜짝 놀랐다.

남에게 탕약을 얻어먹지 않았다면 몰랐을 것인데, 탕약을 먹고 나서 얼마 후에 나에게서 흡사 소변줄기처럼, 희게 우유처럼 엉긴 길고 긴 미끈미끈한 당면 같은 것이 놀랍게도 1미터가 훨씬 넘게 줄줄 당겨져 나왔었다. (그것이 어디 틀어박혀 있었는지 지금도 정말 궁금하다.)

혹시나 그것이 19세기부터 영적에너지의 물질화物質化라고 가끔 언급되던 엑토플라즘(Ectoplasm)이라는 물질이 아닐까 생각했다. 내 욕심에 이것이 범상치 않은 물건이라 생각되어 보존하고 싶었는데, 그것이 공기에 노출되어서인지 물에 닿아서인지 순식간에 나의 손가락 사이로 사라지고 말았다.

또 사다함과의 네 번째 징험으로 '근골이 가볍고 건장해져서 그 몸이 나는 듯함이고' 했는데, 당시에 나의 몸이 가볍게 날아다닐 수가 있을 것 같아서 남이 안 볼 때에 비행기 날개처럼 팔을 벌리고 실성한 사람처럼 날자! 날자! 외치며 뛰어다닌 적도 있었다. (앞에서 그 당시에 자면서 내 몸이 떠 있었다고 내 아이가 학교 가는 길에서 말했었다.)

여기까지가 금계동에서 「박형」의 가르침을 받을 때 「박형」의 도움으로 내가 경험한 것이다. 아쉽게도 내 수행의 징험은 여기까지이다. 그런데 내가 재혼하는 등 한심하게 행동하니까 「박형」께서

"내가 해주었던 것을 도둑처럼 조금 조금씩 다 가져가겠네."

라고 말씀하셨고, 그 후에 실제로 나에게서 모두 회수해 가셨다.

· 제3과 아나함과의 징험 중 세 번째는

'다음은 빠진 이가 다시 나는 것'인데, 「박형」께서는

"나는 어금니가 새로 났어." 라고 하셨고,

일곱번째 징험에 '다음은 손으로 반석에 그리면 글자가 새겨지는' 징험이 있다고 했는데, 분명하게 「박형」께서는 말씀하셨다.

"금석학金石學은 내가 우리나라에서 가장 조예造詣가 깊을 거야. 특히 전자鐫字는 내가 제일第一."

「박형」께서 그렇게 손으로 그으면 돌에 그냥 새겨지는 전자를 말씀하실 당시에, 나는 전서篆書라는 고대 한자 서체書體만을 알고 있었기에 「박형」께서 전자鐫字를 언급하실 적에 금방 이해하지 못하고 어리둥절했었다. 전자가 완성되는 징험은 십행의 아나함의 징험이다.

* 『불교의 수행법과 나의 체험』이라는 저서를 통하여 우룡큰스님께서 이러한 체험담으로 적으셨다.

또 한번은 마애불 근처로 가서 집채만한 바위를 밀어보았더니 바위가 그냥 밀려갔고, 주먹을 불끈 쥐고 바위를 쳤더니 마치 물속으로 들어가듯 팔이 바위 속으로 쑥 들어가는 것이었습니다.   51쪽에서

그리고 또 『기도이야기』라는 책에서
주력呪力수행 중에 '내관內觀이 밝아져서 장부臟腑를 환하게 보는 것'과 같은 아나함의 네 번째 징험을 말씀하셨다.

❀

나도 100일을 목표로 이 능엄주 기도를 하기로 했습니다. 열악한 환경에서의 백일기도였으므로 신체적으로 무리를 주는 것은 좋지 않겠다고 판단하여 법당에서 기도하는 시간을 하루 8시간으로 정하였습니다. 그리고 나머지 시간은 주로 보행을 하면서 능엄주를 마음에서 놓치지 않으려고 꾸준히 노력했습니다.

60일을 넘기고 70일쯤 되었을 적에 새벽에 눈을 뜨면 '오늘 몇시에 어디에 사는 누가 온다.'라는 생각이 드는데, 정말 그때가 되면 그 사람이 나타나는 것이었습니다.

생각만 일으키면 내 눈앞에 텔레비전을 보듯이 동네의 모든 집이 보이고, 사

람들의 이야기 소리가 들리는 것이었습니다. 밥상 위에 반찬이 무엇이며, 어떻게 하루를 보내고 있는지가 낱낱이 보였습니다. 예를 들면,

"엄마, 오늘 월사금을 가져가지 않으면 선생님이 혼낸댔어. 빨리 줘."

"오늘 구해 놓을 테니 내일 가지고 가거라."

"오늘 가져가지 않으면 혼나. 학교가지 않을 거야."

"그러지 말고 가거라."

"싫어."

"이놈의 자식이!"

더 이상한 것은 어떤 사람이 내 앞에 서면 그 사람의 몸이 마치 투명체처럼 다 들여다보이고, 뼈마디마디까지 그대로 보였습니다. 그 사람은 아직 아무것도 못 느끼고 있건만, 병이 어디에서 시작되어 어디까지 진행되었으며, 얼마 후면 어느 자리에서 어떻게 아픈 상태가 벌어진다는 것이 내 눈에는 다 읽혀졌습니다.

더욱 신기한 것은, 아픈 사람에게 내 생각대로 앞에 있는 나뭇가지를 하나 꺾어주면서 '이것을 씹어서 잡수시라'든지, 이파리를 따서 '이걸 달여 먹으면 낫는다'고 하면, 약도 아닌데 분명히 그 사람의 병이 낫는 것이었습니다.

δ

＊ 아나함과의 징험으로 "추위와 더위가 침입하지 못하고 죽고 삶이 간섭하지 못하고, 천상에 나며, 더 이상 이 세상의 모든 유혹에 끌려다니지 않게 된다."고 하였는데, 이 부분을 보고서 나는 고故 백화자님이 도사가 되려는 단 한가지의 염원에만 충실하였기 때문에 세상의 모든 유혹에 끌려다니지 않는 아나함과를 성취했고, 자신의 원력으로 다시 세상에 환생하였다고 말할 수 있게 되었다.

아나함과를 성취하면 욕계에 떨어지지 않는다는 불래不來가 된다.

'원력으로 환생하여 와도 욕계에 떨어지지 않으므로 욕계에 오지 않은 것이다.'

·성문의 최고경지인 제4과 아라한을 무생無生이라고 하는데, 만 가지 번뇌가 다 끊어진 경지이다.

경에 이르기를, "아라한은 능히 날아다니고 변화할 수도 있으며 무한 겁의 수명을 누릴 수가 있어서 천지도 움직인다" 하였다.

「박형」께서는 진정한 대아라한이 되셨기 때문에 엄청난 여러 가지 능력이 생기셨다.

대보살의 길로 들어서다

그런데 한 걸음 더 나아가 「박형」께서는 모든 욕심을 초월하여 큰 거울에 만물이 비치듯이 원만하게 통한 지혜의 빛으로 '보살승에 들어간 회심한 대아라한'이 되셨으며 그 보살의 도를 완성하고 마침내 도사님이 되셨다.

내가 「박형」께서 '보살승에 들어간 회심한 대아라한'이 되셨다고 감히 말씀드리는 까닭은 「박형」께서는 입산수도의 마지막을 이렇게 '중생을 사랑하시는 대자대비의 보살님'처럼 행동하셨기 때문이다.

"공부를 하다 보니, 산이 흔들흔들 앞으로 왔다 뒤로 갔다 하는데, 한 번 뛰면 앞산에 갈 수 있겠어. 건너뛰니 실제로 가. 이래서는 안 되겠다하고 하산下山했어. 더 공부했으면 무엇이 되어도 되었을 것인데."

✽향상하는 사다리인 성문 사과四果의 징험이야기부터 '보살승에 들어간 회심한 대아라한'이 되는 것까지를 「박형」께서는 실제로 성취하셨다. 그리고 그 길이 우리들에게 간절하게 알려준 '벗어나는 길은 오직 이것 한 길'이며, 해탈을 성취하여 마침내 우주의 큰 스승인 삼계도사로 나아가는 참다운 영생의 생명길이다. ✽

2.「박형」박상신 대도사님의 수행이야기

내가 대학교에 다닐 적에 「박형」과 딱 한 번 편지왕래가 있었는데, 「박형」께서 엽서에 한 마디로 이렇게 적으셨다.

> 한 송이 모란꽃을 피우기 위하여, 몇 년간 노력하고 있다네.

참으로 바르게 수행하려면 가장 먼저 부처님처럼, 예수님처럼, 「박형」께서 하셨던 것처럼, 모든 잡다한 세상사를 뒤로하고 출가하여 상서롭고 조용한 곳에 가서 수행해야 된다.

「박형」께서 한 송이 모란꽃을 피우는 것은 그 온전하고 청정한 본심을 되찾는 일이며, 완전한 해탈·열반의 성취일 것이며, 심장차크라(Heart Chakra)처럼 황금색의 밝은 꽃술이 찬란하게 빛나는 모란꽃 한 송이 처럼 스스로 빛나며, 모든 이와 다 함께 이 땅에 이상향·천국·불국토를 만드는 보살행의 실천일 것이다.

물론 「박형」의 입산수행은 목숨을 내놓을 만큼 치열하였다. 나의 경험과 「박형」께서 직접 말씀해주신 '입산수행 일화' 몇 가지를 삼가 적어둔다.

문수보살 같은 분에게 사서四書와 삼경三經을 배우시다

중학교를 졸업한 다음 박상신과 나는 헤어졌다. 나는 서울로 유학을 떠났고 박상신은 고향의 풍기에 있는 고등학교에 진학했기 때문이었다. 우리가 다시 대면한 것은 고등학교 2학년 여름방학 때였다.

나는 세칭 일류 K고등학교에 진학하였기 때문에 크게 출세라도 한 것처럼 생각했다. 그 날도 자랑이라도 하듯이 교복에다 교모를 쓰고 나름대로 한껏 멋을 낸 다음, 『바람과 함께 사라지다』라는 소설 한권을 옆에 끼고 놀러 나서던 참이었다.

길을 걷다가 문득 이상한 느낌이 들어 저 멀리 앞을 응시했다. 자세히 보니 사뿐사뿐 걸어오는 누군가가 있었는데 바로 박상신이었다.

그는 조용히 걷고 있었는데, 땅을 밟고 걷는지? 공중에 떠서 걷는 것인지? 아니면 그것마저 잊은 건 아닌지? 내가 앞을 막아서는 줄도 모른 채 깊은 사색에 잠긴 채 걸어왔다. 나는 속으로 은근히 뭔가 켕기는 느낌을 받았지만 내색하지 않고 먼저 말을 건넸다.

"상신아, 너 어디 가니?"

박상신은 내 앞에 와서야 비로소 멈췄다. 참으로 대조적인 두 사람이 마주 서는 순간이었다. 나는 교복에다 교모를 자랑스레 쓰고 소설책도 한 권 옆에 끼고…. 얼핏 보아도 겉멋이 잔뜩 든 그런 차림이었다.

반면에 박상신은 농사꾼 같은 허름한 차림으로 서 있었지만 밤을 새워가며 공부한…. 그리고 지금도 깊은 삼매三昧라도 든 듯, 마치 넋이 나간 사람처럼 뭔가에 골똘히 빠져서 걷다가 나와 마주 섰던 것이다. 그가 조용하고 다정하게 나에게 말했다.

"반갑네. 시내에 볼일이 있어서 나온 길이야. 자네는 어디 가나?"

무언가를 열심히 사색한 듯했던 박상신을 보면서 나는 내심 놀라기도 했지만, 한편으로는 그가 나의 자랑스런 교복과 흰 줄이 두 개나 쳐져 있는 교모에 눈길 한 번 주지 않는 것이 안타까웠다.

시종 조용한 박상신은 나의 차림새 따위는 흥미가 없다는 듯이 서서는 무심한 눈빛으로 나를 꿰뚫어보고 있었다. 나는 무엇인지 정확히 알 수는 없었지만 그의 몸에서 뿜어져 나오는 기운에 그만 압도되었고, 차마 놀러 나왔다는 말을 할 수 없었다. 주저주저하며 망설이다가

"나? 볼일이 좀 있어서…."

"우리 집에 한번 놀러 와!"

그는 아주 짤막하게 말했다.

나는 이미 나의 모든 것을 상신에게 하나도 남김없이 탈탈 털린 것 같아서 더이상 버티고 있을 수가 없었다. 부모님의 일은 거들지도 않고 놀러 다니면서도 고향 친구들조차 외면한 것, 서울 일류고등학교에 다닌다는 별 것 아닌 자부심이나 갖고 있는 좁은 소견, 귀한 시간을 허송세월로 보내는 것 등등. 그 순간 거기에서 도망치고 싶었는데,

"놀러 올 거지?"

하는 것이었다.

"응, 또 만나세! 잘 가게."

하면서 속으로 가슴을 쓸어내렸다.

그날 「박형」께서는 나의 모든 것을 알고 경고하려고 왔던 것 같았다. 고생하시는 부모님을 도와줄 생각도 하지 못하고, 인생에서 가장 귀중한, 황금 같은 청년기를 놀면서 허송하지 말라고….

어쩌면 청년 박상신을 대도사님으로 완성시킨 것은 '그의 남다른 능력과 불타는 학구열 그리고 빼어난 스승이 만들어낸 기막힌 합작품이 아닐까?'하고 생각해 본다.

그는 중학교 다닐 때부터 이미 힘겹게 집안일과 농사일을 해야만 했다. 부친은 먼 곳으로 장기 출타 중인 데다가 자당慈堂 또한 초등학교 5학년 때 돌아가셨고, 형님은 공부하러 외지로 가 있었기 때문이었다. 방과 후 집에 돌아오면 지게지고 산에 가서 땔감을 준비하는 등등, 집안일과 농사일을 하느라 손톱이 다 닳았지만 자라날 틈조차 없었다. 일감이라도 밀리면 밤을 새워가며 새벽까지 김매기를 해야 했는데, 그런 날들이 허다했다고 훗날 「박형」께서 말씀하셨다.

학교공부에 대해서는

"내가 마음만 먹었으면 1등이지. 그런 공부에는 관심이 없어서…."

고등학교에 진학하고 나서야 비록 주경야독이기는 했지만 그래도 공부할 시간을 어느 정도 낼 수 있었다. 하루도 쉬지 않고 저녁밥 숟가락을 놓자마자 곧장 한문선생이라고만 알려졌던 그 할아버지에게 달려갔고, 거기서 밤늦도록 사서와 삼경*을 배웠고 모두 통달하여 마쳤다.

어느 날 「박형」께서 말끝을 흐리면서 비밀을 밝히셨다.

"그 분은 문수보살 같은… 문수보살**."

그 후 노력하는 천재였던 청년 박상신은 연이어 동양철학과 서양철학을 공부해서 모두 한 줄로 꿰었다. 밤기차를 타고 상경上京하여 아침부터 대학교의 유명한 교수님의 강의를 찾아다니며 들었다. 그가 납득할 수 있을 때까지….

후에 그때의 일을 이렇게 말씀하셨다.

"밤기차를 타고 다니며 여러 대학교에서 유명하다는 강의를 모두 찾아가 들었지. 그중에 '박종홍***'교수가 제일 공부를 많이 했어.

서철西哲, 동철東哲을 통틀어……. 내 생각과 같았어."

그는 고등학교 3학년 때 학생 대대장(지금의 학생회장)이었는데, 학교를 졸업할 즈음에 이미 논문 한 편을 쓴 적이 있었다. 그 논문을 보았던 고등학교 선생님께서 덜컥 겁을 내면서 말하였다.

"자네! 이런 것은 어느 누구에게도 절대로 보이지 말게. 큰일 나네. 큰일 나!"

그때는 6·25한국전쟁 직후였으며, 자기와 다른 사상을 절대 용납하지 못하

---

* 사서와 삼경 : 유교 교육의 가장 핵심적인 책. 사서四書는 『논어論語』, 『맹자孟子』, 『대학大學』, 『중용中庸』을 말하고, 삼경三經은 『시경詩經』, 『서경書經』, 『역경易經』(『주역』을 역경이라 칭함)을 말함.

** 문수보살文殊菩薩 : 대지혜 문수사리보살. 보현보살과 짝하여 석가모니불의 왼쪽에 있으면서 지혜를 맡음. 장차 부처가 될 사람에게 나타나서 가르침을 준다 함.

*** 박종홍朴鐘鴻(1903-1976) : 전 서울대 철학과 교수. 호는 열암. '한국철학 연구의 개척자'로 평가된다. 서양의 철학사상을 우리나라에 올바로 소개했고, 한국사상연구를 본격적으로 체계화했으며 퇴계 이황李滉선생과 율곡 이이李珥선생의 학문에 정통했고, 실학實學을 깊이 수용했던 학자이다.

는 그런 시절이었다.

논문을 직접 보진 못했지만 아마도 그 논문에서 공산주의와 자본주의가 지구상에서 서로 평화적으로 조화롭게 살 수 있는 새로운 방법을 거기에 제시하지 않았을까? 인간이 사상이라는 것을 만들어 낸 이후 계속되어 온 분쟁을 뛰어넘어, 인류가 서로 공존할 수 있는 지혜를 제시한 엄청난 내용은 아니었을까?

설산수도雪山修道하시다

내가 대학교에 다니던 어느 겨울날이었다. 그해 겨울 어느 날, 4선 국회의원을 지내신, 나의 숙부 故 박용만(朴容萬;1924-1996)님께서 국회의원 재선거를 치를 때, 마침 나는 고향집에 내려와 있었다. 선거에 도움이라도 될까 싶어서 친구를 찾아 선거판 이야기나 들어보려는 속셈도 있고, 오랜만에 금계동의 「박형」을 만나봐야겠다는 생각도 했다.

그해 겨울은 유난히도 매섭게 추웠는데, 내가 「박형」의 집을 찾아갔던 그날은 더욱 혹독하게 추웠다. 죽령을 넘어온 겨울바람이 사정없이 휘몰아쳐서 몸이 날려갈 것만 같았다. 그 동리(금계동)에 들어서긴 했으나 개미 한 마리 얼씬하지 않았고, 찬바람에 흰 눈가루가 휘날리며 지나가는 나를 맞을 뿐, 염량세태의 인심처럼 세상의 모든 것이 혹독한 겨울 한파로 뒤덮인 듯하였다.

「박형」네 집 대문에 서서,

"계세요? 계세요?"

여러 번 집안을 향해 소리쳤는데, 집안은 고요했다. 몇 번이고 주인을 찾았으나 아무런 인기척이 없었다. 막 뒤돌아서려는 순간, 작은 방문이 열리면서 안에서 「박형」의 할머님께서 나오셨다.

"안녕하세요! 저는 상신이 친구인데, 상신이 지금 집에 있습니까?"

"지금 없는데……."

할머님의 대답은 간결했다.

"어디 갔나요?"

"저 쪽에……."

낮은 음성으로 대답하셨다. 할머니께서는 이렇게 추운 날 산속에서 지내고 있을 상신이를 걱정하고 계셨던지, 천천히 손을 들어서 소백산 쪽을 가리켰다. 나는 친구가 그쪽 방향의 동네 어디엔가 있다는 줄로만 알아들었다. 추운 날 여기까지 왔는데 그냥 돌아서기엔 너무나도 아쉬웠기에 다시금 여쭈었다.

"누구네 집에 갔나요?"

"산에 갔어."

내가 잠시 생각했다.

"그럼 나무하러 갔군요?"

"아냐."

"그러면 이 추운 겨울에 뭘 하러 산에?"

"공부하러 갔어."

할머님께서는 이런 대답만을 남기시고 문 안으로 들어가셨다.

밖에 나서기만 해도 얼어 죽을 것 같이 추운 날, 소백산으로 공부하러 갔다는 말을 듣는 순간, 머릿속에도 겨울 찬바람이 뚫고 지나간 듯, 한 방망이 맞은 사람처럼 그 어떤 생각도 할 수가 없었다. 상신이네 집 대문 밖으로 멍멍히 걸어 나왔을 뿐…….

그리고 수많은 시간이 지나간 후의 어느 날, 「박형」께서 우리 내외에게 산에서 공부할 때의 이야기를 들려주셨다.

"처음 산에 갔을 때, 낮에는 괜찮았는데 밤에는 무서웠어……. 그래서 책을 큰소리로 열심히 읽으니까 조금 덜 무서워지더군! 밤새 책을 큰 소리로 계속 읽었지. 그렇게 하루, 이틀, 차츰 차츰 괜찮아지더니, 한 사흘쯤 그러고 나니까 무섭지 않게 되더라고……."

그리고는 놀라운 내용을 말씀하셨다.

"한 겨울엔 추워서…… 어떤 때는 아침에 일어나 보면, 이불이 땅에 얼어붙어 있었어. 나중에 몸이 가벼워져서 뜨니까 괜찮아졌지만.

어떤 달은 한 달에 쌀 두 되로 끼니를 때운 적도 있었어. 할머님이 한 달에 한 번씩 일용할 양식을 날라다 주셨어. 몸이 아파서 한 번 거른 것을 제외하고는 단 한 번도 거르지 않으셨어."

청년 박상신이 하필 이 살벌한 겨울, 눈 덮인 산으로 공부하러 간 것은 그 부친의 완강한 반대가 있었기 때문이기도 하지만, 꼭 성취하고야 말겠다는 불타는 열망이 있었기 때문이었다. 속 깊은 부친의 거듭된 반대로 말미암아 오히려 공부의 열의를 타오르게 했을지도 모른다. 마치 부처님의 부친인 정반왕이 그 아들 싯다르타 태자의 출가를 적극적으로 막았지만, 싯다르타 태자께서 기어코 성을 넘어 출가하셨던 것처럼.

「박형」의 부친께서 반대를 했던 첫 번째 이유는

"농사 때문에 집을 비울 수 없다."

는 것이었다. 허락해주실 것을 거듭거듭 청했지만 부친에게서 돌아온 대답은 '안 된다.'였다.

공부에 대한 불타는 열망은 문수보살이었던 할아버지 한문선생! 그 분에게서 연유된 엄청난 서원 때문에 더욱 뚜렷하고 확고했다. 상신의 내공이 쌓여가면 갈수록 온 누리를 다 집어 삼킬 도道의 대완성大完成을 향한 그의 입산수도에 대한 열망도 또한 더욱 힘차게 타올랐다.

상신은 세 번째로 부친에게 나아갔다. 정말 이번에도 반대를 하시면 집을 나갈 기세였다. 하지만 돌아온 대답은 마찬가지, '안 된다!'였다. 상신은 굴하지 않고 급기야 마지막 카드를 꺼냈다.

"농사 없는 겨울에 가겠습니다. 허락해주십시오!"

이미 상신의 불굴의 의지를 다 꿰고 있던 부친은 말했다.

"농사에 관계없다면……."

그렇게 추위와 눈뿐인 겨울 설산에서의 시련은 시작되었지만, 이미 단련된 체력과 그 정신력精神力 앞에서는 그 어떤 유혹이나 괴로움, 죽음의 공포마저도 그의 적수敵手가 되지 못했다. 많은 시험에 직면했지만 모든 시험을 거뜬히 통과했다.

"나는 미역국은 잘 안 먹어!"

이것이 「박형」의 말씀이었다.

최상근기면서 거의 도사의 경지에 도달했던 그 원력이 힘을 발휘하여 많은 기적이 연달아 일어났다. 나중에 소백산 등산길에서 나에게 참으로 믿기 힘든 놀라운 사실을 말씀하셨다.

"저기 저 바위굴에서 공부했어. 물도 그 아래로 흘렀어.

지금은 없지만……. 처음 얼마 동안은 날마다 쌀이 바위 사이에서 먹을 만큼 나왔었어."

호랑이도 두렵지 않은 담력으로

"산에 있을 때인데, 공부를 하노라니까 '크르릉 크르릉' 하고 호랑이 우는 소리가 나는 거야. '이놈, 나한테 한번 당해 봐라.' 하고 밖으로 썩 나섰더니, 호랑이 소리가 점점 작아졌어. 그래서 안으로 들어갔더니 잠시 후 이번에는 반대편 산에서 '크르릉 크르릉' 울어 대는 거야. 다시 밖으로 나섰지. 그랬더니 호랑이 우는 소리가 차츰 작아지더니 사라져 버렸어."

나는 「박형」께서 '이놈 나한테 한번 당해 봐라' 하고 밖으로 나섰다고 하셨기 때문에 그 담력에 놀랐다. 「박형」께서 말을 이으셨다.

"호랑이 우는 소리가 '크르릉 크르릉' 하더라."

그리고 몇 년 전에 TV에 나온 한국호랑이 울음소리를 듣게 되었는데, 과연 한국호랑이 우는 소리는 '어흥' 이 아니고, '크르릉 크르릉' 이었다.

두려움을 항복 받으시다

어느 날 상신이 어둠이 내리기 시작한 산길을 걷고 있었는데, 검은 구름이 몰려오더니 날이 갑자기 깜깜해졌다.

상신은 풀로 뒤덮인 오솔길을 겨우 찾아 걷던 판에 날까지 어두워지니 생각보다 더딘 걸음으로, 주위를 살피며 능선을 따라 조심조심 걸으며 앞으로 나아갔다.

달이 떴는지 말았는지 구름에 가려서 알 수 없고, 가끔 '끙끙' 하는 소리와 '끼득끼득' 하는 짐승 소리가 들렸다. 그때 '푸드득' 인기척에 놀란 산새가 나뭇가지를 박차고 푸르스름하게 윤곽만 보이는 하늘로 내달렸다.

'새처럼 포르르 날아가면 좋으련만.'

상신이 혼자 그런 생각하며 날이 저문 외진 산길을 가는데, 바로 그때에 어디선가 귀신 우는소리 같은 게 들려왔다.

'으흐흐흐… 으흐흐흐…'

갑자기 상신의 머리가 쭈뼛 서고, 전신에 소름이 쫙 끼쳤다. 생전에 이렇게 놀라기는 처음이어서 순간 발이 떨어지지 않았다.

저 소리는 여자가 우는 소리…, 혹시 여자귀신? 저 깜깜한 숲속에서 스르르 나타나서 확 달려들 것 같은 여자귀신!

상신은 그 자리에 우뚝 섰다. 그러나 만에 하나 그게 사람이라면, 그 사람은 왜 이런 곳에 있는 것인가? 상신은 정신을 가다듬고 가만 가만 소리나는 쪽으로 발길을 옮겼다.

"으흐흐… 흑흑…, 으흐흐… 흑흑…"

귀신 우는 소리 같고 여자 우는 소리 같은 묘한 소리가 가끔씩 끊겼다가 이

어지곤 했다.

'만약에 귀신이라면? 귀신을 만나자.'

상신은 눈을 부릅뜨고 숲을 헤치며 발소리를 죽이고 살금살금 소리 나는 곳으로 한 발 두 발 다가가기 시작했다. 숲속에서 들리는 그 소리가 점점 사람 울음소리로 변해서 들려왔다.

'으흐흐흐… 흑흑, 으흐흐흐… 흑흑.'

멀지 않은 숲에서 웬 검은 물체가 약간씩 보이기 시작하는데, 공포심으로 온몸 털이 곤두섰다. 이때 누구인가 말을 하는 듯했다.

'지금도 늦지 않았다. 도망쳐라.'

그때 상신은 두려움은 본래 없는 것인데, 자신 생각으로 자기 스스로 만들어낸 망상妄想이란 사실을 새삼 떠올렸다.

"거기 누구요?"

"……."

"거기 있는 이는 누구요?"

순간 움찔 놀란 검은 물체가 일어서면서 절박하게 외쳤다.

"살려주세요. 여기요, 여기요, 살려주세요."

젊은 여자가 상신에게로 향하면서 쓰러지며 애원하였다. 그제야 상신은 그게 사람이란 것을 확인하고, 부드럽게 물었다.

"어쩌다가 이런 곳에…?"

"길, 잃었어요. 길을…. 친구들이 없어졌어요. 으흑흑."

상황을 파악한 상신이 그녀 손을 잡고 길로 나가려하자, 여인은 놓쳐서는 안 된다는 듯이 상신의 옷을 움켜잡고 죽을 힘을 다해 따라 나서다가 기진맥진 몇 발짝도 못 걷고 소리를 내며 다시 땅에 쓰러졌다.

"아, 아!"

'이미 지쳤는데, 어쩐다?'

어떻든 이런 깜깜하고 깊은 산속에서 탈진상태 여인과 단 둘이 있게 된 상신은 잠시 정신이 아뜩해졌다. 그러나 산중에 이대로 머물 수는 없다고 생각한 상신은 그녀를 업기로 했다.

지게질은 많이 해보았지만 젊은 여인을 업기는 처음이었다. 그녀의 몸무게와 함께 여인 젖가슴, 그 감촉이 상신 등으로 전해졌다. 상신 어깨 넘어 여인 머리카락이 흘러내리고 향긋한 여인의 향기가 풍겼다.

여인은 어머니 등처럼 넓은 상신의 등에 지친 몸을 맡기며 머리를 기대었다.

상신은 여인을 업고 깜깜한 산길을 내려오기 시작했다. 여인은 점점 무거워지고 상신은 젖먹던 힘까지 다해서 걸었다.

10분? 아니 20분쯤 지나서 순간, 눈이 밝아져서 오솔길이 대낮처럼 훤하게 보이고, 턱밑까지 차올랐던 숨마저 평안하다는 것을 알아채게 되었다. 그리고 생명의 열기熱氣로 상신 몸이 흠뻑 젖을 때 쯤 되어서, 그들은 옛날이야기처럼 깊은 산 저 멀리 반짝반짝 반가운 불빛을 발견하게 되었다.

「박형」께서 이런 이야기를 하실 때 ─ 아무도 없는 깜깜한 밤에 젊은 남녀가 함께 했던 상황에서 그 남자가 나였다면 어떻게 행동했을까? 하는 나의 속을 훤히 들여다보면서 한 번 더 말씀하셨다.

"거기로 가서 그렇게 하고…."

그때 상신은 거기로 가서 친동생처럼 그녀를 보살피고 발을 씻기고 밥을 먹이고, 다독여 안심시키고 그 집에 맡겨두고 집으로 내려왔다가 다음날 다시 가서, 어느 정도 원기를 회복한 그녀를 안내하여 서울로 보내주었다.

"서울 모 대학교 여학생이었어. 친구들과 등산 왔다가 혼자 길을 잃고 헤매다가, 기진하여 울고 있었어."

라고 하시고서 단언하셨다.

"이 세상에서 제일 무서운 것은 밤에 산에서 여자 우는 소리야."

내가 이 이야기를 졸저 『대웅전주인』에 썼는데, 후에 서울의 한 여인이 전화로 간청을 했다.

"그분이 지금 어디 계신가요? 주소를 알려주세요. 그분을 꼭 좀 만나게 해주세요."

그녀가 찾던 생명의 은인은 「박형」이었다.

정신통일精神統一 하사불성何事不成

상신은 꼭 가야할 일이 생겨 급히 비 오는 길을 나섰다. 그런데 이미 날은 어두웠다. 비가 한두 방울로 시작하더니, 점점 빗줄기가 커지더니 마침내 장대비가 되어 퍼부었다.

산과 산 사이 깊은 골짜기마다 흙탕물이 순식간에 큰 물줄기를 이루었고, 우르릉 쾅쾅 천둥 같은 소리를 내며 그야말로 무서운 기세로 내달렸다. 삽시간에 실개천의 물이 장대비와 어울려서 강물만큼 크게 불어나 골짜기를 가득 메우고 넘쳤다.

그러나 상신에게는 꼭 가야될 일, 그게 있었다. 부모님 같이 존경하는 분이셨는데, 상신이 가지 않으면 안 되겠기 때문이었다.

상신은 넘쳐나는 개천으로 뛰어들었다.

그에게는 아무것도 아무 생각도 없고, 오로지 가야 된다는 그 생각뿐이었다. 개울물이 앞을 막으면 그 물을 건넜으며, 또다시 물길이 앞을 막으면 또 그냥 앞으로 갈 뿐이었다. 그는 그렇게 한밤중에 앞길을 막던 수많은 개천을 건넜고, 산을 두 개나 넘어 목적지에 도착했다.

나중에 헤아려보니, 모두 열두 개천을 건넜는데, 어떤 개천은 한 길이 넘어서 상신은 물속을 가야만 했다.

「박형」께서 나와 집사람에게 알려주셨다.

"산에서 공부를 하고 있을 때, 어디에 꼭 갈 일이 생겼어. 아버지와 같은 분이셨는데, 내가 가지 않으면 안 되겠기에….

깜깜하고 비는 줄기차게 퍼붓고, 골짜기마다 물이 넘쳤어. 산을 두 개쯤 넘어갔는데, 나중에 헤아려보니까 골짜기 물길을 열두 개나 건넜더라고."

그리고 이어서 말씀하셨다.

"어떤 곳은 한 길이 넘어."

이 말씀은 어쩌면 나의 집사람에게 굳은 믿음이 있으면 물속으로 걸어갈 수 있다는 것을 귀띔해주신 것 같았다. 실제로 그 몇 달 뒤에 수영도 못하는 집사람은 거제도 양덕암에 들렀다가, 문수동자를 업고(?) 마침 밤사이에 비가 와서 한 길이 넘게 불어난 개울물을 건넜다.

우리가 양덕암을 떠나올 때 집사람이 거기 그 개울물을 보고 깜짝 놀랐다. 이미 한 길이 넘게 불어났던, 그 당시에 자기가 죽음을 무릅쓰고 건넜던 그 개울물이 어느 틈에 벌써 봇도랑물로 변해 있었기 때문이다. *

사실 「박형」께서 당하셨던 이러저런 벅찬 시련들은 지혜롭고 어질며 능력 있는 대인을 가려내는 대인들끼리 치루는 실제상황 시험이다.

「박형」께서 비바람 뚫고 산을 두 개나 넘었던 이야기는 중국의 이상적인 성군聖君인 순舜임금의 전설과 많이 비슷하다.

중국 고대전설에는 삼황오제三皇五帝(복희伏羲·신농神農 헌원軒轅 등 3명의 황皇과 요堯·순舜을 포함하여 5명의 제帝)가 있고, 그 오제 중에서, 촌부가 격양가擊壤歌(땅을 파고 흙덩이를 두들기고 고르면서 태평세월을 즐기는 노래)를 부르며 농사할 적에 임금의 은덕도 모른다고 했던 가히 태평성대太平聖代라고 할 만한 '요순堯舜시대'가 있다.

그리고 오랜 중국 역사상 오직 그 한번 있었다는 선양禪讓 ― 임금 자리를 자기 자식이나 혈통이 아닌 다른 이에게 넘겼다는 ― 그 요순시대인데, 그때 요임금에게서 임금 자리를 선양받게 된 순舜도 「박형」과 똑같이 깊은 산에 혼자 남겨졌었으나, 비바람을 뚫고 길을 찾아 늠름하게 걸어 나왔다. 그래서 결국 임금의 자리를 물려받게 되었다.

수행의 완성, 「강을 건너고 뗏목을 버리시다.」

상신이 산속에 있는 외진 암자에서 홀로 공부하고 있던 어느 날, 어떤 할머니 한 분이 찾아오셨다. 그리고 방 안을 횡 둘러보더니 상신이 혼자 공부하고 있는가를 물어보더니,

"부탁이 좀 있는데, 꼭 좀 들어주시구려. 공부하는 데 방해가 되어 대단히 죄송하지만, 오늘 하룻밤 여기서 묵어가면 안 되겠는가요?"

하고 그 할머니가 부탁했다. 상신이 생각하니 산골에 날이 이미 어둑어둑한데 거절할 수가 없어서

"그렇게 하십시오."

하고 허락했다. 할머니는 잠시 후에 일행을 데리고 오겠다고 말하고 어둠 속으로 사라지셨다가, 얼마 지난 후에 웬 사람을 데리고 방으로 들어왔다. 이미 밖은 깜깜하였고 그 사람이 고개를 숙이고 들어와서 어떤 사람인지 알 수가 없었는데, 촛불에 비친 얼굴을 보니 할머니가 데리고 온 사람은 젊은 여인이었다.

그런데 이상하게도 그 젊은 여인을 홀로 상신의 공부방에 남겨두고, 할머니가 슬그머니 자리를 떠서 밖으로 나가더니, 밤이 점점 깊어 가는데도 돌아오지 않았다. 상신은 속으로 곧 오시겠지 생각하고 있는데, 아주 돌아오지 않았다. 그렇거나 말거나 개의치 않고 상신은 벽을 향해 앉아서 열심히 책을 읽고 있었다.

그리고 한참 시간이 지났는데 문득 상신 뒤에서 옷 벗는 소리가 '부시럭 부시럭'하고 들렸다. 그 젊은 여인은 옷을 홀랑 벗고 상신을 불렀다.

상신이 무심코 뒤를 돌아보니, 젊은 여인의 흰 살결이 보였다. 상신이 '이상

한 일도 다 있구나' 하고 계속 책을 읽으려니까, 알몸 여인이 끝내는 아주 상신의 품에 안겨 왔다.

사정을 들어보니, 그 할머니는 그녀의 시어머니이고 그녀는 며느리인데, 대代를 이을 자식을 얻기 위해서 두 여인은 짜고 그렇게 했다는 것이었다.

"뒤에서 '부시럭 부시럭' 옷 벗는 소리가 나. 알고 보니, 그 할머니는 시어머니이고 새댁은 며느리인데 대를 이을 아들을 얻으려고 둘이서 짜고 그렇게 한 것이었어."

「박형」께서는 그 이야기를 여기서 끝내셨는데, 한 노파가 암자를 불태운 파자소암婆子燒庵이라는 화두와 닮은 화두를 그날 나와 집사람에게 그렇게 던지셨다.

🏵

파자소암 화두이야기이다.

옛날 어떤 노파가 한 암주庵主를 공양하였는데, 20년을 한결같이 여자에게 밥을 보내어 시봉侍奉하게 하였다. 그러던 어느 날 노파는 여자를 시켜 암주를 끌어안고,

'바로 이러한 때에 어떠합니까?'

라고 묻게 하였다. 그렇게 하자 암주가 말하였다.

"마른 나무가 찬 바위를 의지하니 삼동三冬에 따뜻한 기운이 없구나."

여자가 돌아와 노파에게 그대로 전하니,

"내가 20년 동안 속인俗人놈을 공양하였구나!"

하면서 암주를 쫓아내고 암자를 불태워버렸다.

노파가 무슨 수단과 안목眼目을 갖추었기에 갑자기 암자를 불사르고 암주를 쫓아냈는가?

어떻든, 그때 상신은 알몸 여인을 어떻게 하였을까?

석가모니부처님께서 많은 비구(수행자)들에게 말씀하셨다.

"차라리 남근男根을 독사 입속에 넣을지언정 여자 몸에 대지 말라. 이와 같은 인연은 악도에 떨어져 헤어날 수 없게 하기 때문이다.

애욕愛欲은 착한 법을 태워버리는 불꽃과 같아서 모든 공덕을 없애버린다.

애욕은 얽어 묶는 밧줄과 같고, 시퍼런 칼날을 밟는 것과 같고, 험한 가시덤불에 들어가는 것과 같고, 성난 독사를 건드리는 것과 같고, 더러운 시궁창 같은 것이다.

모든 부처님들은 애욕을 떠나 도道를 깨닫고 열반의 경지에 들어간 것이니라."

스님께서 말씀하셨다.

"활활 타는 불과 날카로운 칼은 이 육신을 한번 죽이지만, 음욕은 지혜와 영혼을 만겁도 더 육도六道(윤회하는 6가지 길)에 침전시켜 무수히 죽게 만드니, 계戒를 파하고 선녀보다 더 아름다운 미인과 사랑을 즐기며 왕위에서 영화를 누리기보다, 차라리 계를 가지고 범에게 뜯어 먹히는 편이 훨씬 낫다."

상신이 이런 이치理致를 모를 리가 없다. 그러나 상신은 불쌍한 시어머니와 며느리의 간절한 소원을 들어드리기 위해서, 살신성인殺身成仁, 원하는 자에게 자신 목숨까지도 내놓겠다는 그….

누가 이것을 대자비심大慈悲心이라 했는가. 자기희생犧牲이라 했는가. 이미 광대원만廣大圓滿 무애대비無碍大悲하였던 상신은 애욕을 가진 적도 없고, 대자비심을 낸 적도 없으며, 더욱이 자기 희생한 적도 없다. *

「박형」께서 이런 이야기를 하셨을 적에, 착하고 지혜로운 집사람은 그날 해가 지기 전에 정답을 알아냈고 나는 아무것도 알지 못했는데, 그 다음 날 일찍 「박형」께서 다시 토담집에 오셔서 집사람에게 몇 가지 일러주고 계시다가, 문득 하늘을 쳐다보면서 말씀하셨다.

"내 아들이 지금 서울 어디쯤에 있을 거야."

『성경』「창세기 2;7」에 "여호와 하나님이 흙으로 사람을 지으시고 생기生氣를 그 코에 불어넣으시니 사람이 생령生靈이 된지라."하셨는데, 혹시 상신이 그 며느리에게 입으로 생기生氣를 불어넣어서 아들을 두게 된 것은 아닐까?(「박형」께서는 이것이 가능하리라.)

그때로부터 양면해탈兩面解脫, 강을 건너고 뗏목을 버려, 모두 쓸어 담아 자타가 없는 「박형」의 대자비심이 세상을 밝히기 시작했다.

신해행증信解行證하시다

「박형」께서 말씀하셨다.

"산에 있을 때인데 어떤 할아버지가 약초인가를 보여주시면서

'이 까만 열매를 먹으면 절대 안 돼, 죽는다!'

고 하셨어.

무엇이 궁금해서, 내가 그 중에서 제일 큰 것으로 골라 따 먹었더니, 정말 아무 것도 안 보여, 깜깜해졌어."

그러고 나서 그 얼마 지난 후에 「박형」께서 한 마디를 던지셨다.

"그 후에 한 3일 구경 잘하고 왔다."

이것은 「박형」께서 수행하실 적에 겪은 수많은 경험 중의 한 가지 실례이지만, 이렇게 「박형」께서는 죽음을 무릅쓰고 '먹으면 절대 안 돼, 죽는다.'고 했던 까만 열매를 제일 큰 것으로 골라 따서 드시고, 죽은 뒤의 상황을 한 3일간 구경하고 올만큼 몸소 신해행증하셨다.

그리고 또 말씀하셨다.

"최고의 명당을 찾으려고, 어디 가서 좋은 명당을 찾았는데, 집에 와서 생각해보니 다른 이치가 보여. 아닌 것 같아, 다시 가보고. 다시 집에 와서 연구해

보면 아닌 것 같아서, 다시 가서 보고, 그렇게 열두 번 산을 오르내렸어. 겨울 산을, 눈에 푹푹 빠지면서."

그리고 이미 말한 바와 같이, 분명 「박형」께서는 무엇이 되어도 되었으면 대단한 능력자 천신이 되었을 것이지만, 중생구제에 도움이 안 되겠다 생각하시고 '대단한 천신을 포기하고 「회심回心한 대아라한」으로' 오셔서, 갈 길을 모르고 방황하는 우리를 '벗어나는 오직 이것 한 길'로 인도하시기 위해서 하산하셨다. 그리고 말씀하셨다.

"처음 산에서 내려왔을 적에는 아침에 일어나면 오늘은 무슨 일이 있겠구나, 누가 언제 오겠구나, 이런 것들이 다 떠올랐었는데, 차츰 그런 것들은 사라지고, 지금은 산에서 얻어가지고 온 것, 그것 하나 가지고 살고 있어."

과연 「박형」께서 산에서 얻어 가지고 오신 것, 그 하나는 무엇일까?

변하지 않는 성품을 얻어가지고 오셨다.

태양太陽처럼 밝은 심성, 어둠이 감히 접근할 수 없는 성스러운 빛을 얻어가지고 오셨다.

광대원만한 지혜와 태양같은 무애대비한 자비심을 얻어가지고 오셨다.

자신의 본마음을 온전히 개발하시고 오셨다.

꽃피고 새가 우는 아름다운 금수강산·불국토와 여의주를 얻어가지고 오셨다.

▶ 보통 수행자가 견성見性, 곧 자신의 본성本性을 보면 '깨달음을 얻었다'고 하는데 신통력은 생기지 않는다. 그런데 왜 「박형」께서는 수행 후에 신통력이 생겼을까? 정말 왜 그럴까?

종범큰스님께서는 목우자 지눌(知訥,1158~1210)스님의 수심결修心訣 구절을 해설하시면서 그 문제의 정답을 말씀하셨다.

"견성을 말씀하시니 묻겠습니다.

진정한 견성이라면 즉시 성인聖人이 되고, 응당 신통변화를 나타낼 것인데, 요즈음 수많은 수행자 중에서 신통변화를 발현하는 이가 하나도 없는 것은 어찌된 까닭입니까?"

"견성한 사람들이 왜 신통이 없는가? 이것은 참으로 심각한 질문입니다.

석가모니부처님께서는 보리수 하에서 견성하셨고, 신통이 있었습니다. 자신의 과거생 과거생을 다 돌아 보는 신통. 그리고 일체중생의 미혹(어리석음)을 다 돌아 보는 신통.

그리고 중생을 어떻게 교화해야 할 것인가를 몇 며칠씩 깊이 생각하셨어요.

부처님의 견성·성도는 항마降魔(마군을 항복받음)입니다. 항마는 『금강경』의 발심수행發心修行·항복기심降伏其心·불취어상不取於相·여여부동如如不動(발심수행하여 그 마음을 항복 받고, 상을 취함이 없이 한결같이 움직이지 않는 경지), 구하는 마음이 없으므로 더 수행이 필요 없는 경지입니다.

부처님이나 최상근기最上根機는 여여견성如如見性, 항마견성降魔見性입니다. 여여부동한 견성이 되면 신통은 절로 나오는 것입니다. 부처님이나 최상근기는 항마견성이고 여여부동이기 때문에 돈오돈수頓悟頓修(깨달음 이후 수행이 불필요)하며 신통이 생깁니다.

중하근기中下根機의 수행자는 견성, 즉 심성心性은 보았는데, 구하던 습기習氣가 남아 있습니다. 그래서 돈오점수頓悟漸修, 곧 깨달음 이후에도 수행이 필요합니다. 돈오돈수·돈오점수에 법이 따로 있는 것이 아니고, 인유돈점人有頓漸, 사람에게 돈점頓漸이 있습니다."

* 결국 구이九二 현룡재전 이견대인을 「박형」같은 대도사의 입장에서 풀이한다면, '나타난 용이 밭에 있으니, 대인을 보는 것이 이로우니라.'는 자기가 먼저 '대인이 되어 다른 이를 대인으로 승화시키는 보살행의 실천만이 가장 이롭다.'

이다.

 그러므로 그 내용은, 먼저 자신이 '지극한 정성으로 도사가 되고' 자신의 대원을 따라 상구보리上求菩提(위로는 스스로 수행하여 보리심을 증장시키면서 대보살의 경지로 나아가고) 하화중생下化衆生(아래로는 중생을 제도하여), 자리이타自利利他(자신과 다른 이를 동시에 이롭게)하는 '오직 이것 한길'로 나아가며, '모든 사람과 함께 이 땅에 극락정토를 만든다'는 것일 수밖에 없다.

Ⅳ

구삼九三

군자종일건건君子終日乾乾
석척약려무구夕惕若厲無咎

군자는 종일토록 부지런히 노력하고,
저녁에 두려워한다면,
위태로운 지위에 있어도 허물이 없을 것이다.

*

군자(보살)의 자리이타행自利利他行

차 례

1. 군자(보살)의 자리이타행

건괘 구삼은 군자(보살)가 계속해서 자리이타를 실천하는 방법(방편)이다. 즉 위로는 보리심을 증장하면서 성인의 길로 나아가며, 아래로는 중생을 교화하는 상구보리上求菩提 하화중생下化衆生하는 군자의 행·보살도의 실천을 촉구하는 구삼이다.

건괘 초구 잠룡물용은 자신의 성품을 되찾아 '함이 없이 행함'이며, 건괘 구이 현룡대인 이견대인은 스스로 수행하여 대인이 되었으면, 다른 이를 대인으로 만드는 사람농사하는 것이다.

여기 건괘의 밑에서 세 번째의 일양·구삼은 군자종일건건 석척약려무구 즉 군자는 종일토록 부지런히 노력하고, 저녁까지 스스로 삼가고 두려워한다면, 어떤 위태로운 경우에서라도 허물이 없다는 내용이다.

군자는 유교儒敎가 지향하는 최고의 이상적인 인간상(불교의 보살님 같은 어른)이다. 성현의 가르침을 따라 배우고 수신하여 격물치지格物致知(모든 사물을 있는 그대로 알고 보는 경지에 이르고) 성의정심誠意正心(한결같은 바른 마음)으로 나아가서 충서忠恕*로 일이관지一以貫之(충서로 모든 가르침에 일관)된 공자님의 가르침 그대로 수신제가修身齊家 치국평천하治國平天下를 지향하는 삶을 사는 대인이다.

공자님께서는 제자를 가르치거나 『주역』을 풀이하는 중에 여러 번 군자를 언급하셨다. (건괘를 제외한) 『주역』에 나타나 있는 군자를 만나보자.

---

* 충서忠恕 : 증자曾子가 말했다. '스승님의 도는 충忠과 서恕일 따름이다.' 여기서 충忠(충성 충)은 곧 남이 나에게 해주기를 바라는 바 그대로 내가 남에게 해주는 것이고, 서恕(용서할 서)는 남이 나에게 해주기를 바라는 바 그대로 내가 남에게 해주는 것이다.

곤괘 『문언전』에서

· 군자는 공경함으로써 마음을 바르게 하고, 옳음으로써 행동을 방정하게 한다
〔君子 敬以直內 義以方外〕.
군 자 경 이 직 내 의 이 방 외

· 둔괘 상象에 이르기를, 구름과 우레가 둔이다. 군자는 이것으로써 일을 경륜한
다〔屯卦 象曰 雲靁屯 君子以經綸〕.
둔 괘 상 왈 운 뢰 둔 군 자 이 경 륜

운뢰雲雷가 어지럽게 일어나고 있음을 뜻하니, 천하가 어둡고 어렵다는 의
미. 군자는 이런 세상이야말로 마땅히 뜻을 펴서 다스려야 한다는 뜻이다.

· 송괘 상에 이르기를, 하늘과 물이 서로 어긋나는 것이 송이다. 군자는 이 괘의
이치를 살펴 일을 시작할 때 처음 시작을 신중하게 헤아린다〔訟卦 象曰 天與水違行
송 괘 상 왈 천 여 수 위 행
訟 君子以作事謀始〕.
송 군 자 이 작 사 모 시

· 문명하고 강건하며 중정中正의 덕으로 응하는 것이 군자의 바른길이니, 오직 군
자라야 능히 천하의 뜻에 통할 수 있다〔同人卦 文明以健 中正而應 君子正也 唯君子爲能
동 인 괘 문 명 이 건 중 정 이 응 군 자 정 야 유 군 자 위 능
通天下之志〕.
통 천 하 지 지

하늘과 맞닿은 성품 · 무극 곧 너와 내가 없는 동체대비同體大悲의 큰마음을
쓰는 군자이다.

· 겸괘에서, 겸손함은 모든 일에 형통하니, 군자는 끝이 있을 것이다〔謙 亨 君子有終〕.
겸 형 군 자 유 종

· 『논어』에서 공자님께서 말씀하시기를, '배워서 그것을 제때에 익히니 또한 기쁘
지 않겠는가. 친구가 먼 곳에서 찾아오니 또한 즐겁지 않겠는가. 남이 알아주지 않
더라도 화내지 않으니 또한 군자답지 않겠는가〔子曰 學而時習之 不亦說乎 有朋自遠方
자 왈 학 이 시 습 지 불 역 열 호 유 붕 자 원 방
來 不亦樂乎 人不知而不慍 不亦君子乎〕.'
래 불 역 락 호 인 부 지 이 불 온 불 역 군 자 호

· 군자가 인을 떠난다면 어찌 이름을 이루겠는가〔君子去仁 惡乎成名〕.
군 자 거 인 오 호 성 명

· 군자는 의리에 밝고 소인은 이익에 밝다〔君子喩於義 小人喩於利〕.
군 자 유 어 의 소 인 유 어 리

· 〈군자〉 말은 느리고 더듬거리더라도 행동은 민첩하기를 바란다〔欲訥於言而敏於行〕.
욕 눌 어 언 이 민 어 행

· 〈군자〉 절박한 사람은 도와주고 여유 있는 사람은 보태주지 않는다〔周急不繼富〕.
주 급 불 계 부

· 군자다운 학자가 되라〔爲君子儒〕.
위 군 자 유

· 외관과 본바탕이 겸비되어 빛을 발해야만 군자이다〔文質彬彬 然後君子〕.
문 질 빈 빈 연 후 군 자

· 군자는 마음이 평탄하고 여유가 있으며, 소인은 항상 근심 걱정에 차 있다〔君子_{군 자}
坦蕩蕩 小人長戚戚_{탄 탕 탕 소 인 장 척 척}〕. (이하 생략)

군자는 불교의 보살과 같다. 왜냐하면 군자의 행은 보살도의 실천과 같기 때문이다.

석가모니부처님의 말씀에 따르면, 실제로 부처님께서는 긴 세월 동안 계속해서 보살의 6바라밀六波羅蜜인 보시布施 · 지계持戒 · 인욕忍辱 · 정진精進 · 선정禪定 · 반야지혜바라밀을 실천하셨다. 그리고 성불하신 후에 「박형」께서 보여주셨던 것과 같은 전지전능한 능력을 성취할 수 있는 10바라밀(육바라밀에 방편方便 · 원願 · 력力 · 지바라밀智波羅蜜을 합한 열 가지의 바라밀)을 시현하셨다.

2. 보살도菩薩道의 시작, 육바라밀六波羅蜜

육바라밀은 생사의 고해를 건너 이상경理想境인 열반에 이르는 6가지 방편이며, 바라밀이란 산스크리트의 파라미타(Pàramita)인데, '최고의 경지, 즉 생사의 고해를 건너 열반의 저 언덕에 이르는 것'을 뜻한다.

여기에 먼저 보시 · 지계 · 인욕 · 정진 · 선정 · 지혜의 여섯 가지의 바라밀이 있는데, 이 6바라밀은 곧 보살이 이것을 행함으로써 열반에 이르는 방법이며 수행이다.

그렇다면 열반에 이른다는 것은 무엇을 말하는 것일까?

부처님의 초전법륜初轉法輪 즉 부처님께서 성불하신 후에 최초로 다섯 비구에게 법을 설하신 '불사不死는 성취되었다.'는 가르침 중에 '열반에 이르는 것'의 내용이 있다.

부처님께서 말씀하셨다.

"비구들이여, 여래는 호사스러운 생활을 하지도 용맹정진을 포기하지도 사치스러운 생활에 젖지도 않았다.

비구들이여, 여래는 아라한이고, 바르게 완전한 깨달음을 성취한 사람이다.

비구들이여, 귀를 기울여라. 불사는 성취되었다. 내 이제 그대들에게 가르쳐주리라. 그대들에게 법을 설하리라.

내가 가르친 대로 따라 실천하면, 그대들은 오래지 않아 좋은 가문의 아들들이 바르게 집을 떠나 출가하는 목적인 그 위없는 청정범행淸淨梵行의 완성을 지금 · 여기에서 최상의 지혜로 알고 실현하고 구족하여 머물 것이다."

이 말씀 속의 '그 위없는 청정범행의 완성을 지금 · 여기에서 최상의 지혜로 알고 실현하고 구족하여 머무는 것'이 곧 열반에 이르는 것이며, 해탈이고, 불사不死이며, 성불도成佛道이다. 그리고 그것이 보살이 육바라밀을 실천하며 차츰 계단을 올라가서 도달하려는 목적지이다. 분명 육바라밀의 실천은 살아서는 성인되고 죽어서는 성령이 되는 길(계단)이요 방편이다.

이제 이 육바라밀을 하나하나 살펴보자.

〈1〉 보시바라밀布施波羅蜜

자비로 널리 사랑하는 행위, 아낌없이 몸·목숨·재물을 주고 갚음을 바라지 않음 (『화엄경』 십지품의 제1 환희지)

> 「박형」께서 보살의 길을 깨닫기 쉽게 알려주셨다.
> "남이 나에게 무엇을 해줄 것인가를 기대하지 말고, 내가 남을 위해서 무엇을 할 수 있는가를 생각하고 실행하라."

육바라밀의 첫 번째 보시布施의 길도 여기에서부터 출발한다.

보시의 공덕에 대해 『앙굿따라니까야』 「씨하장군將軍의 경經」에서 세존께서 게송으로 설하셨다.

"인색하지 않고 베푸는 자는 누구에게나 사랑받고 많은 사람들이 다가가고 칭송받는다네.

그의 명성 나날이 높아가니 어느 모임에서도 기죽지 않고 담대하여라.

그러므로 행복을 구하는 지혜로운 이들은 보시를 행하여 인색함을 제거하고 오랜 세월 33천天을 떠나지 않으며 천신의 동료가 되어 즐거워하네.

선한 행을 한 이들 모두 스스로 빛나는 천신天神으로 태어나 환희의 숲을 거닐며 다섯 가닥의 감각적 욕망을 갖추고 기뻐하고 즐거워하고 행복해 하느니라.

집착이 없는 여여한 분의 말씀을 실천한 뒤에 선서善逝(잘 가신 분, 부처님)의 제자들은 그렇게 천상에서 즐거워하리라."

보시의 종류에는
① 자비심으로써 다른 이에게 조건없이 물건을 주는 재물보시財物布施,
② 다른 이에게 교법을 말해주어 선근을 자라게 하는 법보시法布施,
③ 계를 지키어 남을 침해하지 아니하며, 또 두려워하는 마음이 없게 하는 것, 밝고 부드러운 얼굴로 대하는 무외시無畏施, 곧 주는 바 없이 주는 무주상보시無住相布施가 있다.

먼저 바르게 보시하는 방법인 무주상보시와 관련된 이야기 한 편부터 소개한다.

❀

때는 1920년대, 경상남도 양산 미타암에서 장 보러 떠나는 혜월선사1861~1937)의 주머니에는 신도가 주고 간 돈 백 원이 들어 있었다. 부자 신도가 재齋를 부탁하면서 주고 간 돈이다. 쌀 한 가마에 7, 8원 할 때니까 백 원이면 큰 돈이다.

한참 가다가 스님은 길거리에서 아주 슬피 울고 있는 한 여인을 보았다. 그 여인의 모습이 하도 처량하게 보였으므로 까닭을 물었다.

"빚쟁이에게 쪼들리다 못해서, 여기에 나와 울고 있습니다."

빚은 많고 빚쟁이는 찾아오고 갚을 길은 없으니, 그 여인으로서는 울 도리밖에 없다.

"얼마냐? 그 빚은⋯."

여인은 80원이라고 대답했다. 스님은 아무 거리낌도 없이 호주머니에서 80원을 내더니 여인에게 준다. 여인의 놀라움은 더 말할 것도 없다. 그런데 스님은 또 묻는다.

"빚을 갚고 나면 먹을 것이 있느냐?"

"아무것도 없습니다."

스님은 나머지 20원마저 다 내주고는 툭툭 털고 오던 길을 되돌아갔다. 장볼 돈이 다 떨어졌기 때문이다. 뒤에 남은 여인은 이것이 꿈인지 생시인지 분간 못한 채 그저 멍하니 서 있었다.

며칠이 지났다. 이제 재齋날이 내일로 다가왔다. 재날이 오면 재를 올려야 한다. 그런데 돈은 한 푼도 없다. 혜월스님은 궁리를 하느라 땅에 쭈구리고 앉았다. 그때 마침 재주齋主가 왔다. 영문을 모르는 재주는 생각에 잠기고 있는 스님에게 물었다.

"무엇을 그다지 골똘히 생각하십니까?"

"돈이 다 떨어졌네."

하면서 자초지종을 이야기해 주었다. 조용히 듣고 있던 재주는 선선히 말했다.

"진짜 재를 지내셨군요. 다시 백 원을 드리지요."

그 스님에 그 신도라고나 할까. 그러나 그 재주의 이름은 알 길이 없다. 퍽 유감스러운 일이다.   『기상천외의 스님들』에서

이런 보시가 오른손이 하는 것을 왼손이 모르게 한다는, 아니지 오른손이 하는 것을 오른손도 모르게 한다는 무주상보시이며, 통 큰 사람의 아름다운 보시가 아닐까 싶다.

▶ 수행의 시작

우리 가족이 경북 영주에 살고 있을 때의 일이다. 어느 날 집사람이 속이 불편하다면서 병원에 다녀오더니, 급히 방으로 들어가서 무엇인가를 주섬주섬 챙

겨 다시 밖으로 나가면서 말했다.

"거기 병원비가 없어서 퇴원 못한 사람이 있어요."

나중에 그 병원장이 나에게 귀띔을 했다.

"그 사람 누가 금반지랑 패물을 이불 밑에 두고 가서, 퇴원했어요."

그 후 집사람에게는 어떤 귀중품도 남아 있지 않았다.

▶ 그 당시 국회의원선거법에는 각각 면마다 후보자의 합동연설회를 열도록 되어 있었다. 후보자가 나와서 차례로 자기의 소신과 정견을 밝히고 유권자에게 자기에게 투표해달라고 호소하는 장이다.

「박형」께서 어느 날 말씀하셨다.

"금계동에 자칭 금부처라고 하는 사람이 있었어. 그 사람이 정견발표장으로 밀고 들어갔지. 순경이 막았지만 원래 그런 사람은 보통 힘이 쎈게 아니야. 연설하고 내려오는 출마자에게 돈을 달라고 했어. 내가 보니, 누구는 돈 만원을 주는데 자네 삼촌은 2만원을 주더구만. 이번에는 누가 당선될지 알 수 있더라."

▶ 보시 공덕의 크기

『맛지마니까야』 「보시의 분석의 경」에서 (M142)

"아난다여, 이 가운데서 축생에게 보시하면 백배의 보답이 기대된다. 행실이 나쁜 범부에게 보시를 하면 천배의 보답이 기대된다. 행실이 바른 범부에게 보시를 하면 10만배의 보답이 기대된다. 감각적 욕망들에 대해 탐욕을 여읜 이교도들에게 보시를 하면 천억배의 보답이 기대된다. 예류과(預流果; 성문사과 중에 첫단계; 수다원과)를 실현한 자에게 보시를 하면 헤아릴 수 없고 잴 수 없는 보답이 기대된다.

그러니 일래자一來者(성문사과 중에 둘째 단계; 사다함과)를 실현한 자, 불환과不還果(성문사과의 3번째 단계; 아나함과)를 실현한 자, 아라한과를 실현한 자, 벽지불에게, 또 여래, 정등각자에게 보시를 하면 무슨 말이 필요하겠는가?"

그리고 '으뜸 가는 보시'를 설하신 세존의 말씀을 번역하신 대림스님은 마지막 부분에서 무주상보시無住相布施의 각주를 이렇게 달았다.

그러나 번뇌를 다한 자가 지은 행위는 이미 탐욕을 끊었기 때문에 선善이나 불선不善이 아니며, 더 이상 과보를 가져오지 않고 오직 작용만 할 뿐이다. 그러므로 그의 보시가 으뜸이라고 했다.

보살의 보시 역시 동체대비의 자비심이다. 자취가 없다. 그리고 보시를 하면 마음이 기쁘다. 이런 보시가 보살의 행이고, 『화엄경』 십지품의 첫 번째 환희지歡喜地이고, 해탈·열반으로 가는 출발점이라고 한다.

〈2〉 지계바라밀持戒波羅蜜

도덕에 계합하는 행위, 계율을 지키고 수행을 하되, 마음에 집착하지 아니함(십지품 중 제2 이구지離垢地).

『진리의 문』「수도修道」(239쪽 ~)에 수록된 오영구 스님의 말씀부터 함께 살펴보자.

모든 일이 다 그렇겠지만 특히 수도하는 데에는 공부하는 방법을 알아야 한다.
· 첫째; 수도하기 위해서는 출가부터 해야 한다. 최상의 근기는 집에서도

수도가 안 되는 것은 아니지만, 출가하는 것이 훨씬 유리하다. 속가는 번뇌의 불이 타는 곳이며, 출가는 번뇌의 불을 끄는 것이다. 항간의 승려들이 10년 또는 20년 진전 없이 수행을 겪은 나머지, 집에서도 수행할 수 있는데 출가할 필요가 없다고 말하여, 구도인의 출가를 방해하는 사례를 빚는데 그것은 크게 잘못된 생각이다.

· 둘째; 스승을 만나야 하는데 바른 스승을 만난다는 것이 참으로 중요한 문제이다.

그러나 초입자가 바른 선지식과 가짜 선지식을 구별하기란 거의 불가능하다. 그래서 옛날 조사님들께서 '노화상老和尙의 혀끝에 떨어지지 말라.'고 하셨는데, 그것은 무슨 말인고 하니, 구름덮듯 비나리듯 하는 법문에 넘어가지 말고 그 스님의 행을 보라는 말씀이다.

그리고 부처님께서 말법에는 마땅히 지계持戒가 청정한 사문을 스승으로 선택하라고 하신 것은, 계행이 청정한 스님 중에 바른 선지식이 있다는 말씀이시다. 해탈법이 아무리 언어도단言語道斷이라고 하더라도 역시 이치에 어그러지지 않는다.

장서방이 마시고 이서방이 취한다는 식의 동문서답이 있는데, 어리석은 자는 모래로 밥 짓는 것과 같다고 하신 말씀이 어떤 경우를 가리키신 말씀일까? 그것은 독자의 판단에 맡긴다.

중국의 한산 습득 두 도인이 어느 날 대본산으로 곡식을 실어 올릴 때, '어느 때 아무 큰스님이 공부 잘해서 성불했다더니 죽어서 말이 됐네, 아무 큰스님은 소가 됐네.'하고 마소의 등을 치자, 소와 말의 눈에서 눈물이 쏟아졌다는 이야기는 대부분 다 알고 있는 이야기겠지만, 소위 그따위 가짜 큰스님들이 있어서 많은 사람들의 신세를 망치고, 자기 자신도 악도에 굴러 떨어지는 것은 이치를 무시한데 원인이 있지 않을는지 독자의 판단에 맡긴다.

부처님께서, '말세 중생이 병病을 가지고 불법佛法이라고 이르니 참으로 가련한 자들이니라. 비록 부지런히 정진하더라도 여러 가지 병만 더할 따름이며 청정한 깨달음에는 들어가지 못한다.'고 하셨는데, 모래로 밥 짓는 가짜 공부를 하기 때문에 해탈을 못하고 병만 난다고 하신 말씀이다.

·셋째; 벗의 선택…『초발심자경문初發心自警文』에, 많은 좋은 말씀 다 제쳐놓고 '나쁜 벗을 멀리하고 좋은 벗은 가까이 하라'는 말씀이 첫머리에 나오는 것은 벗의 선택이 그만큼 중요함을 의미한다.

옛날 맹자의 어머니가 맹자를 위하여 세 번이나 이사하여 마침내 서당 있는 곳으로 이사했다는 고사古事가 있듯이, 사람은 환경의 지배를 받기 마련이므로 벗을 가려야 될 것은 수도자 뿐 아니라 속인도 마찬가지이다.

나쁜 친구와 어울려 신세를 망친 예는 한없이 많다. 따부쑥도 삼밭 가운데 나면 저절로 곧아지고, 깨끗한 흰모래도 진흙에 섞이면 같이 검어지는 것이다. 아무쪼록 나쁜 벗을 멀리 해야 한다. 나쁜 벗을 멀리하지 않으면 물이 든다. 누구도 단번에 몹쓸 악인이 되는 일은 없다. 자기도 모르게 점차 나빠지는 것이다.

·넷째; 부처님 말씀은 계행에서부터 공부에 이르기까지 무조건 다 지켜야 한다. 그러나 다른 스님의 말은 밝은 태양빛 아래에서 방광을 하는 선지식이 아닌 이상(진짜 도인은 태양빛 아래서도 방광함), 스승이라 할지라도 그 분의 계행戒行과 설법을 냉철한 이성으로 판단해 보고 이성원리에 따라야 한다.

만약 그렇지 않고 여러 사람이 큰스님이라고 한다고 무조건 따라가거나, 또 이름 높은 스님이라 해서 잘못 맹종하면 일생을 망치는 수도 있다.

여러 사람들이 평생을 애써도 조금도 진전이 없는 것을 확인하고도 그 길을 따라간다면, 물에 빠져 죽는 것을 보고도 따라 빠지는 격이 아닐까?

아무튼 도인이 아주 희귀한 것은 사실이며, 현재 큰스님 중에 견성한 분이 한 분이라도 있는지 궁금하기 짝이 없다. 말법이라고 하더라도 승려 전체가 다 하근기는 아닐 것이다. 그중에는 상근기도 있고 중근기도 있을 텐데 어째서 그렇게 도인이 나지 않는가? 거기에는 필연코 무엇인가 잘못된 원인이 있지 않을까?

필자의 추리로는 솔직하지 못한 스님들이 자기도 모르면서 후배를 지도하는 무책임 때문에 피 끓는 많은 젊은이의 신세를 망쳐 놓는 것이 아닐까 싶기도 하나, 이것은 독자의 판단에 맡긴다.

·끝으로 필자가 구도자 여러분에게 꼭 부탁하고 싶은 것은 부처님께서 시키신대로 간절한 구도 자세로 하심하고, 오신채五辛菜는 물론 우유까지 엄금하고 계행을 청정하게 가져 천일만 기도하면 반드시 진짜 도인이 나타나시어 해탈법을 일러주신다고 확신하므로 구도자 여러분께 권유하는 바이다. 필자가 듣기로는 바른 해탈법만 들으면 깨치는 것은 즉석이며 근기의 차이는 있지만 몇 년 내로 견성하고 13년이면 완전히 해탈한다고 들었다.

이 수도편에서부터는 구도자를 위해서 쓰는 것이니 인연 있는 독자는 부디 계행을 실천하여 아무쪼록 해탈을 얻기 바란다.

금욕禁欲은 수도자에게 해당하는 말이다. 재가 신도들은 완전히 금욕하기란 하늘의 별 따기만큼이나 어려울 것이며, 또 그렇게 할 필요도 없고 지나치게 강제로 억제하면 정신면에서나 위생면에서나 오히려 좋지 않을 것이니, 금욕보다는 절제가 필요할 것이다.

그러나 수도자에게 한해서는 불사음不邪婬·음계淫戒가 생명보다 더 귀중한 것이다. 그래서 부처님께서 수도자에게 음계를 첫째로 엄금하신 이유는 성불과 지옥이 음계에서 판가름 나기 때문이다.

수도자의 음계 중에는 공음共淫·동음同淫·수음手淫·사음思淫·견음見

淫·몽음夢淫 등 여섯 가지가 있는데, 이중 한가지만 법해도 해탈과는 십만 팔천리로 어그러지며, 이 여섯가지 계가 비록 경중의 차이는 있으나 한가지만 못 지켜도 누진漏盡을 못하기는 마찬가지이므로 이 음계야말로 도법의 근본이다.

그러나 음욕을 승화하는 방법을 모르면 아무리 큰스님인체해도 이 여섯 가지 음계는 절대로 지켜지지 않는다. 바른 스승이 필요한 이유도 여기에 있으며, 도인이 드문 이유도 바로 여기에 있으며, 이 여섯 가지 음계가 성불의 열쇠이다.

혹자는 '부처님도 아들이 있고, 원효대사도 아들을 낳았으며, 부설거사도 환속해서 성불했는데, 음계가 무슨 상관이 있느냐? 배를 타고도 깨치기만 하면 그만'이라고 하는 사람도 더러 있지만, 그것은 모르고 하는 말이다.

모르고 보면 누구나 음행을 지상의 낙으로 알고 있으며, 그 낙이 없는 삶이란 쓸쓸하고 삭막한 사막과 같다고 생각한다. 그리고 지능이 모자랄수록 그와 비례해서 음욕이 더 많은 게 통례이다.

그 예로서 십여 년 전 산판 노동자들이 스님들에게 '스님들은 무슨 재미로 삽니까?'하고 묻자, 그중에 한 노동자가 '이 사람아, 그것도 몰라? 극락 가는 재미지.' 하고 스님보다 앞질러 대답했다.

그때 처음에 말을 꺼낸 사람이 '여자 치마밑보다 더 좋은 극락이 또 있을라구?' 하고 자문자답을 하자 어이없이 모두 웃고 말았지만, 그들의 생활을 보면 뼈가 부서지도록 원목을 져 내려서 그 노임을 받으면 한달씩이나 피땀 흘려 번 돈을 며칠이 못 가서 술집 작부에게 다 처넣고도 또 뼈가 부서져라 하고 무거운 짐을 지는 것은 두터운 애욕에 눈이 가리운 노예가 되어 있기 때문이다.

쉬파리는 사람이 제일 싫어하는 냄새나는 오물만 찾아다니며, 올빼미는 넓은 세상에 널려 있는 오곡백과는 다 마다하고 유독 썩은 쥐를 좋아하는 것은 미혹해서 모르기 때문이다. 그러므로 세상에 모르는 죄가 제일 큰 이유가 여기 있는 것이다.

부처님께서

"음심을 끊지 못하면 도저히 해탈할 수 없다. 만약 선정과 지혜를 얻었다 할지라도 반드시 마도魔道에 떨어지리니, 상품은 마왕이 되고 중품은 마신이 되고 하품은 마인이 되는데, 이 같은 마魔들도 무리가 있어서 각각 저들이 바른 성불도라고 하리라.

내가 열반한 후에 말법에는 이와 같은 악마가 불 일어나듯 해서 음행을 마구 하면서도 선지식이라 칭하며 어리석은 중생들을 지옥으로 떨어지게 하리라. 그러므로 만약에 음심을 끊지 못하고 선정을 닦는 자는 모래로 밥 짓기와 같아서 백천겁을 지나도 해탈이 되지 않으리라. 어째서 그런가 하면 쌀이 아닌 모래가 밥이 될 리가 없느니라."

고 사중금계四重禁戒의 첫머리에 말씀하셨다.

그리고 또,

"너희들이 음신으로 부처의 묘과妙果를 구하려고 하면, 마침내 묘한 깨달음을 얻었더라도 다 음한 뿌리로서 근본이 음淫에서 이루어진 것이므로 삼악도를 돌며 반드시 해탈하지 못하리니, 여래의 열반을 어찌 얻겠느냐?

아난아, 반드시 음란한 기틀을 몸과 마음에서 다 끊되 끊는다는 생각 없이도 저절로 음심이 일어나지 않아야 한다."

이와 같이 말씀하셨는데 누진법을 모르면 아무리 큰스님인 체해도 의지적으로 억제할 따름이지, 근본적으로 음심이 일어나지 않게 할 수는 없다. 그 예로서, 국사國師시험에 올랐던 당시의 고승 OO대사는 젊고 아름다운 궁녀가 목욕을 시킬 때 국부를 문지르고 남근을 주무르니 남근이 벌떡 일어나서 가짜 도인이라는 것이 들어나고 말았던 것이다.

이와 같이 방법을 모르고 의식적으로 억제해도 음심이 줄기는 하나 그런 껍데기 방법을 가지고는 앞의 예와 같이 경지에 다다르면 어쩔 수 없다.

모든 성인의 가르침을 요약할 적에 빠질 수 없는 내용이 있다면, 그것은 아마도 '제악막작諸惡莫作 중선봉행衆善奉行 어떤 악도 짓지 말고, 모든 선을 받들어 행하라'일 것이다. 한 걸음 더 나아가서 계戒·정定·혜慧(불교의 진수; 삼학三學)를 닦는 수행자는 말할 것도 없다.

태전선사太顚禪師이야기가 수행자의 좋은 실례가 되겠다.

✾

당나라의 유명한 당송唐宋 팔대八大 문장가인 한퇴지韓退之(본명은 한유韓愈)가 조주潮州자사로 부임했을 때의 이야기이다.

한퇴지는 당 헌종 때 한림학사라는 벼슬을 했는데, 부처님의 사리舍利를 인도에서 중국으로 모셔와 봉안하는 일에 반대하는 상소문을 올렸다가 노여움을 사서 장안의 변방인 조주의 자사로 좌천되었다.

그래서 불교에 대하여 가뜩이나 심기가 사나운 판에 조주에 부임해보니, 태전선사라는 고승이 있었고, 사람들이 모두 '살아 있는 부처, 생불生佛'이라며 우러러보고 있었다.

하여 한퇴지는 미인계를 써서 선사를 시험하고 불교를 깎아내리고자, 기생들 중에 조주에서 으뜸간다는 미인 홍련紅蓮에게 명했다.

"100일 안에 태전선사를 파계시키면 후한 상을 내리겠다. 만약 그렇게 하지 못하면 너의 목을 칠 것이다."

홍련은 자신이 있었기에 흔쾌히 그러겠노라 했는데, 막상 태전선사를 찾아가 여러 시중을 들면서 가지가지 방법으로 선사를 유혹하였지만 뜻대로 되지 않았다.

심지어 나중에는 잠자리로 파고들면서 몸을 주무르고 알몸을 들이대면서 파계시키려 하였지만, 이미 누진통이 되었던 선사를 어찌하지 못하고 시간이 지날수록 오히려 선사에게 감화되어갔다.

결국 한퇴지와 약속한 100일이 다 되어서 홍련은 울면서 그간의 사정을 고

백했다.

"스님, 저는 사실 조주 자사 한퇴지의 명을 받고 스님을 파계시키기 위해서 이곳에 왔습니다. 그러나 이제야 그 일이 얼마나 어리석은 일인지를 깨달았습니다. 오늘이 바로 약속했던 100일째 되는 날입니다. 이대로 내려가면 큰 벌을 받게 됩니다. 이 일을 어찌하면 좋겠습니까?"

태전선사는 홍련에게,

"그대는 아무 걱정하지 말고, 치마폭을 여기 펴 보시오."

선사는 그녀의 치마폭에 깨달음을 그대로 담았다.

십년을 축융봉에 단정히 앉아서	十年不下祝融峰	십년불하축융봉
색도 보고 공도 보니 색이 곧 공이네.	觀色觀空卽色空	관색관공즉색공
어떠한 한 방울의 조계수曹溪水라고	如何一滴曹溪水	여하일적조계수
홍련의 한 잎에 떨구려고 하겠는가.	肯墮紅蓮一葉中	긍타홍련일엽중

홍련이 산을 내려가 치맛자락의 글을 한퇴지에게 보여주자, 한퇴지가 말하였다.

"태전선사는 네가 어찌할 수 있는 사람이 아니다."

그리고는 직접 선사를 찾아갔고, 태전선사에게 감화되어 불자가 되었다. 그리고 앞장서서 적극적으로 선사를 후원하고, 지원하게 되었다고 한다.

ꝯ

* 수행자에게 최고의 적敵은 음욕이다. 부처님께서도 '이렇게 강력한 욕망이 둘만 되었더라면 수행하여 도를 이루는 자가 없었을 것이다'라고까지 말씀하셨다. 그런데 실제로 누진통이 되면 음욕이 일어나지 않고, 남근이 발동하지 않는다.

스스로 자신을 통제할 수 있는 사람은 정말로 큰 어른이다. 그리고 한발 더 나아가 이런 경지의 사람이 되면 어떨까?

의식이 없으면 몸도 움직일 수 없다. 인도의 고행자들은 서양의 문명인들이 상상도 할 수 없는 일을 해내는데, 정신이 육체를 완전히 지배하여 생각한대로 조종할 수 있음을 보여주는 좋은 예이다. 신체에 생명을 부여하고 있는 것은 영靈이다. 물질 그 자체는 생명이 없다. 영을 지니고 있으므로 해서 의식이 있는 것이고 신체 그 자체는 의식이 없다.

십계十誡와 오계五戒, 그리고 수행자의 계를 철저하게 지키는 것, 즉 참된 해탈을 보장하는 지계바라밀은 언제나 자기가 자신의 주인이 된다는 큰 의미가 있다. 지계는 자신도 모르게 욕망에게 빼앗겼던 안방의 주인자리·명당·여의주를 되찾은 사람이 된다는 뜻이다.

예수님께서는 이렇게 말씀하셨다.

"너희가 나를 사랑하면 나의 계명을 지키라. 내가 아버지께 구하겠으니 그가 또 다른 보혜사保惠師를 너희에게 주사 영원토록 너희와 함께 있게 하시리니… 저는 진리의 영이라 세상은 능히 저를 받지 못하나니, 이는 저를 보지도 못하고 알지도 못함이라. 그러나 너희는 저를 아나니, 저는 너희와 함께 거하심이요 또 너희 속에 계시겠음이라. 내가 너희를 고아와 같이 버려두지 아니하고 너희에게로 오리라."

(요한 14:15~18)

〈3〉 인욕바라밀忍辱波羅蜜

여러가지로 참는 것, 어떤 괴로움이라도 달게 받음 (십지품 중 제3 발광지發光地)
성불도로 가는 길에 마귀의 시험이 있으므로 인욕이 필요하다.
▸부처님의 인욕진에忍辱瞋恚 ― 인욕으로 분노를 다스려라는 가르침이 있다.

"너희 비구들이여, 만일 어떤 사람이 와서 사지를 마디마디 찢을지라도 마땅히 마음을 거두어 잡아 성내거나 한을 품지 말며, 또한 입을 잘 지켜서 나쁜 말을 내뱉지 말지니라.

성내는 마음을 내버려 두면 스스로의 도를 방해하여 공덕과 이익을 잃게 되느니라.

참음의 공덕에는 능히 지계持戒와 고행苦行의 공덕이 능히 미치지 못하나니, 인욕을 잘 하는 사람이라야 힘 있는 대인이라 할 수 있느니라.

견디기 힘든 모욕의 독을 감로수 마시듯이 환희롭게 받아들이지 못하는 이는 도에 들어간 지혜로운 사람이라 할 수가 없느니라.

그 까닭이 무엇인가?

성을 내게 되면 모든 선한 법을 부수고, 좋은 명예를 헐어버리며 금생에서나 내생에서나 사람들이 보기 싫어하느니라.

마땅히 알아라. 성내는 마음은 사나운 불꽃보다 더하나니 언제나 잘 막고 잘 지켜서 마음속으로 들어오지 못하게 하라. 공덕을 빼앗는 도둑들 중에 성냄보다 더한 것이 없느니라.

욕심이 많은 재가인在家人은 도를 행하는 사람이 아니요. 제어하는 법을 모르기 때문에 성냄도 오히려 용서받을 수 있지만, 출가하여 도를 닦는 욕심없는 사람이 분노를 품는 것은 있을 수 없는 일이다.

마치 맑게 갠 날에 천둥 벼락이 치는 것과 같이 맞지가 않느니라."

「박형」께서 어느 날 나에게 당부하셨다.

"참을 수 있는 한 참아라."

그리고 수행자에게 권유하시는 것처럼, 홀아비가 된 나에게 애욕愛欲을 참으라고 미리 이렇게 경고하셨다.

"잡고 늘어지기 전에 허용해서는 안 된다."

어느 날 「박형」께서 무심한 듯이, 한편 안타깝다는 듯 말씀하셨다.

"나를 개자식이라고 욕하는 사람도 있어."

사실 이 말씀을 듣고 나는 '성인도 이런 욕을 먹는데, 나 같은 놈이야' 하면서 다른 이가 나를 나쁘게 말하더라도 잘 참아야겠다고 생각했다. 인욕바라밀은 욕됨을 참고 또 참는 수행이다.

가장 훌륭하게 인욕을 수행하신 분은 부처님이시며, 부처님의 전생담(Jataka)에 수많은 실례가 있다. 그 중 하나를 소개한다.

❁

부처님께서 말씀하셨다.

"자세히 듣고 잘 기억하라. 오랜 과거 한량없고 가 없으며 헤아릴 수 없는 아승지겁 전에, 이 염부제에 큰 나라가 있어 이름을 바라나波羅奈라 하였고, 당시에 국왕은 이름을 가리迦梨라 하였다.

그때에 그 나라에 큰 선인이 있어 이름은 친제파리라 하였는데, 그는 오백 제자들과 함께 숲속에 살면서 인욕을 수행하고 있었다.

그러던 어느 날 국왕이 신하들과 부인과 궁녀들을 데리고 그 숲에 들어가 놀았다. 그러다가 왕은 피로해 누워 있다가 잠이 들었다. 그 사이 궁녀들은 왕의 곁을 떠나 삼삼오오 무리를 지어 꽃이 가득한 숲을 즐겼다. 그러다가 친제파리 선인이 단정히 앉아 생각에 잠겨 있는 것을 보고 저절로 공경하는 마음이 생겨 온갖 꽃을 따다가 뿌리고 이내 그 앞에 앉아 그의 설법을 듣고 있었다.

왕이 잠에서 깨어 사방을 둘러보았으나 궁녀들이 보이지 않자, 네 명의 신하와 함께 찾아보았다. 그러다 그녀들이 선인 앞에 앉아 있는 것을 보고 곧 선인에게 물었다.

"너는 4가지 공의 선정[四空定]*을 얻었는가?"

---

* 사공정四空定 : 사무색정四無色定. (1)공무변처정空無邊處定; 먼저 색의 속박을 싫어하여 벗어나려고, 색의 상상을 버리고 무한한 허공관을 하는 선정禪定. (2)식무변처정識無邊處定; 다시 더 나아가 내식內識이 광대무변하다고 관하는 선정. (3)무소유처정無所有處定; 식식인 상상을 버리고, 심무소유心無所有라고 관하는 선정. (4)비상비비상처정非想非非想處定; 앞의 식무변처정은 무한한 식의 존재를 관상觀想하므로 유상有想이고, 무소유처정은 마음이 존재하지 않는 것을 관상하므로 비상非想인데, 이것은 유상有想을 버리고, 비상을 버리는 선정이므로 비상비비상정이라고 한다.

선인이 대답하였다.

"얻지 못하였습니다."

"네가지 무량심四無量心(한없는 중생을 어여삐 여기는 마음의 4가지, 자慈무량심, 비悲무량심, 희喜무량심, 사捨무량심)을 얻었는가?"

"얻지 못하였습니다."

"네 가지 선정[四禪定](사정려四靜慮 · 색계정色界定으로 초선初禪, 이선二禪, 삼선三禪, 사선四禪)은 얻었는가?"

"얻지 못하였습니다."

왕은 화를 내어 말하였다.

"너는 그런 공덕을 모두 얻지 못하였으니 한낱 범부일 뿐이다. 그러면서 혼자 여인들과 은밀한 곳에 있으니 어떻게 믿을 수 있겠는가."

왕은 다시 물었다.

"너는 항상 여기 있으니 어떤 사람인가? 또 무엇을 수행하는가?"

"수행자로서 인욕忍辱을 닦고 있습니다."

왕은 곧 칼을 빼어 들더니 말하였다.

"욕됨을 참는다 했으니, 너를 시험해 능히 참는가를 알아보아야겠다."

그리고는 그의 두 팔과 두 다리를 차례로 자르고, 이어 귀와 코까지 베며 물었다.

"이래도 욕됨을 참는다 말할 수 있겠는가?"

그(선인)는 얼굴빛도 변하지 않았다. 그때 천지가 여섯 가지로 진동하고, 선인의 오백 제자가 허공으로 날아올라 와서 스승에게 여쭈었다.

"그런 고통을 당하고도 인욕하는 마음을 잃지 않습니까?"

스승은 대답하였다.

"내 마음은 변함이 없느니라."

왕은 깜짝 놀라면서 다시 물었다.

"너는 욕을 참는다고 말하지만 무엇으로 증명하겠는가?"

선인은 대답하였다.

"만일 내가 욕을 참음이 진실이요 거짓이 아니라면, 피는 곧 젖이 되고 몸은 전처럼 회복될 것입니다."

그 말이 끝나자 피는 곧 젖이 되고 몸은 전처럼 회복되었다. 왕은 그 인욕의 증명을 보고 매우 두려워하며 말하였다.

"아, 내 잘못으로 위대한 선인을 비방하고 욕보였습니다. 원컨대 가엾이 여겨 내 참회를 받아주소서."

선인은 말하였다.

"왕은 여자로 말미암아 진심嗔心의 칼로 내 몸을 해쳤지만, 내 참음은 땅과 같습니다. 내가 뒤에 부처가 되면 먼저 지혜의 칼로 당신의 3가지 독을 끊을 것입니다."

그때에 산중에 있던 여러 용과 신들은 가리왕이 인욕선인을 해친 것을 보고 모두 걱정하여, 큰 구름과 안개를 일으키고 뇌성벽력을 치면서 왕과 그 권속을 해치려 하였다. 그러자 선인은 하늘을 우러러 말하였다.

"만일 나를 위하여 그런다면 저 왕을 해치지 말라."

가리왕은 참회하였고, 그런 뒤에는 늘 선인을 궁중으로 청하여 공양하였다. (중략) 부처님께서 비구들에게 말씀하셨다.

"그때의 찬제파리가 누구인지 알고 싶은가. 그가 바로 나요, 가리왕과 네명의 신하는 지금의 교진여 등 다섯 비구며…" (하략)

〈4〉 정진바라밀精進波羅蜜

항상 수양에 힘쓰고 게으르지 않는 것, 몸과 마음을 굳게 먹어 용맹심을 일으키고 게으르지 아니함 (십지품 중 제4 염혜지焰慧地)

이 정진바라밀에 대해서는 『불교신행의 주춧돌』에 수록된 우룡스님의 「오온

공의 체험」이라는 법문으로 대신하고자 한다.

"수행해야합니다. 염불·참선·경전공부·기도 등을 통하여 오온 따라 흘러가는 '나'를 완전히 잊을 때까지 수행해야 합니다."

❀

나이 20세 무렵 나는 해인사 강원에 있었습니다. 당시 해인사의 큰스님들은 강원공부 외의 다른 수행을 할 것을 권하였고, 나는 여섯 글자로 된 육자주 '옴마니반메훔' 주력呪力을 스스로 택했습니다.

나는 부지런히 '옴마니반메훔'을 외웠습니다. 그냥 열심히 외웠습니다. 사람들이 없으면 소리 내어 외웠고, 사람들이 있으면 속으로 외웠습니다. 절마당을 거닐든 밭에 가든, 예불을 하러 가든 밥을 먹든, 틈틈이 육자주를 놓지 않고 계속했습니다.

얼마를 계속했는지 정확히는 기억나지 않지만, 초겨울에 접어들 무렵이었습니다. 속으로 육자주를 외우며 예불을 하기 위해 대적광전 축대 위에 올라서서 극락전 쪽을 바라보는 순간이었습니다.

시간이 멈춘 듯하였고, 눈앞의 모든 것이 사라졌습니다. 앞에 있던 산, 옆의 대적광전, 밑의 마당, 뒤쪽의 건물 모두가 없어지고, 약간 엷은 황금색을 띤 누루스름한 대지가 수천만리 펼쳐져 있었으며, 그 대지의 끝에 범자梵字로 된 '옴마니반메훔' 여섯 글자가 해돋이처럼 빨갛게 땅에서 솟아나 공중에 똑바로 서 있는 것이었습니다.

나는 서 있다는 생각도 없이 그 자리에 서서 해처럼 빨갛게 솟아 있는 여섯 글자를 바라보고 있었는데, 그 시간이 굉장히 긴 것처럼 느껴졌습니다. 그때 밑에서 올라온 도반이 내 등을 두드렸습니다.

"여기서 뭐하고 서 있노? 빨리 예불하러 가자."

순간 나는 번쩍 정신이 돌아왔고, 산과 건물과 마당도 원래처럼 보였습니다. 한없이 긴 것처럼 느껴졌던 시간을 불과 5분도 지나지 않았습니다.

이 일이 있고 난 다음부터는 일상생활에서 이상한 일이 종종 일어났습니다.

그 무렵 절에서는 향로에 숯불을 담아 사용했습니다. 하루 세 차례, 곧 아침 예불 때와 사시마지 때와 저녁 예불 때 향로에 숯불을 담아 사용하였는데, 한 번은 부엌에 가서 숯불을 담고 난 다음, 느닷없이 숯불을 손으로 만져 보았습니다. 벌건 숯불을 손으로 만지고 손으로 집었지만 조금도 뜨겁지 않았습니다. 손도 전혀 데지 않았습니다.

그와 같은 일이 벌어진 다음, 나에게 어떤 다른 기운이 온 것 같은 이상한 무엇이 느껴졌습니다. 그리고 그 기운의 충동 때문에 가만히 있지를 못했습니다. 해인사 대적광전 지붕 위를 수시로 올라갔습니다.

한국전쟁 직전인 그때는 경제 사정이 어려워 타이어 찌꺼기로 만든 발가락만 끼우는 게다짝을 신고 다녔는데, 그 게다를 신고 시도 때도 없이 스르르 방을 빠져나가, 발로 땅을 한 번 툭 치면 나의 몸은 이미 대적광전 지붕 위에 올라서 있었습니다. 지붕 위를 평지처럼 왔다갔다 하고 막 뛰어다녔습니다.

또 시도 때도 없이 가야산을 누비고 다녔습니다. '가고 싶다'는 생각이 일어나면 가야산 중허리의 마애불까지 순식간에 다녀왔고, 가야산 꼭대기와 매화산과 미륵봉 등을 한 바퀴 도는데 불과 10분 내지 15분도 채 걸리지 않았습니다.

한 번은 마애불 근처로 가서 집채만한 바위를 밀어보았더니 바위가 그냥 밀려갔고, 주먹을 불끈 쥐고 바위를 쳤더니 마치 물속으로 들어가듯 팔이 바위 속으로 쑥 들어가는 것이었습니다.

8

"이 이야기를 듣는 사람 중에는 믿지 않는 이들도 많을 것입니다. 하지만 누구든지 '나'를 완전히 잊는 삼매를 이루게 되면, 지금 이 몸을 가지고 특별한 능력을 체험할 수 있습니다.

'관세음보살'을 하든, 육자주를 하든, '신묘장구대다라니'를 하든, '이 무엇고'를 하든, 지극히 몰아붙여 모든 분별심과 망상이 딱 떨어진, 의식이 정지된 세계를 체험하게 되면 그 사람의 몸은 칼날로도 상처를 낼 수가 없습니다.

그리고 이러한 체험이 있고 나면 눈앞에 있는 사람의 전생이 보이고 앞으로의 길 흉화복도 보입니다. 집터나 묘를 보면 그 좋고 나쁜 점이 환히 비칩니다.

하지만 이 경지는 아직 깨달음의 경지가 아닙니다. 물질에 대한 집착이 잠시 떨어진 색불이공色不異空 공불이색空不異色의 경계에 들어선 것일 뿐, 색즉시공色卽是空 공즉시색空卽是色의 차원을 이룬 것은 아닙니다.

그러므로 염불 등의 수행을 하다가 이러한 경지에 이르렀다 해도 절대로 입으로 허튼소리를 하지 말고 더욱 부지런히 공부해야 합니다. 왜냐하면 이때 눈앞에 보이는 새로운 것에 맛을 들이면 완전히 옆길로 빠져들어 다시는 참된 깨달음을 얻기가 어렵게 되기 때문입니다. 꼭 조심하시기 바랍니다.

정녕 우리가 일체의 고액을 벗어나고자 한다면, 마하반야바라밀을 생활화하고자 한다면, 오온五蘊이 공하다는 것을 철두철미하게 체험을 해야 합니다.

만일 지금의 내가 오온 곧 '나'가 공하다는 것을 확신할 수 없다면, 기도·참선· 염불·경전공부 등을 부지런히 하여 분별심과 망상을 완전히 넘어서야 합니다."

〈5〉 선정바라밀禪定波羅蜜

마음을 고요하게 통일하는 것, 온갖 번뇌와 번뇌로부터 생기는 5욕을 여의고, 날카로운 뜻으로 해탈하는 법을 수습함 (십지품 중 제5 난승지難勝地)

「박형」께서 문득 말씀하셨다.

"불교가 더 깊다."

그때에 나의 좁은 소견으로 부처님의 가르침에는 온전한 여러 가지의 수행법이 잘 설해졌기 때문에, 특히 견성·해탈에 이르는 선정수행법이 있기 때문에 불교가 더 깊다고 하신 것 같았다. (성품을 보고 머무는 것이 가장 중요한 첫 관문이므로.)

이 선정과 관련된 몇 가지 글부터 살펴보자.

"불교의 계戒, 정定, 혜慧는 '계율, 삼매, 반야'이다.

삼매를 조건으로 반야가 드러난다. 반야는 깨달음(깨어 있음)이다. 그러므로 깨닫기 위해서는 삼매가 필수이다. 삼매는 그 자체로도 지복至福이다."

"흔히 삼매라고 하면 초월의식超越意識이라는 뜻으로 쓰인다. 여기에 의식意識 중 의意는 '의식마음'을 말하며, 식識은 '무의식마음'을 뜻한다. 즉 '초월의식'이란 '의식마음과 무의식마음' 둘 다를 초월하였다는 뜻이다.

둘 다를 초월한 마음이 바로 '참마음(깨어 있음)'이다. 그러므로 일심삼매라는 단어를 쓸 때에는 '의식마음'을 초월했다는 의미이고, '무심삼매'라는 말을 쓸 때에는 '무의식마음'마저 초월하여 '참마음'이라는 뜻으로 이해하면 된다.

의식마음이 일단 무의식마음의 층차를 뚫고, 이어서 무의식마음의 층차를 밑바닥까지 뚫고(녹이고) 들어가면 '참마음'이 드러난다. 이것이 '일원상의 여정旅程(대학교가 끝이라면 초등학교, 중학교, 고등학교, 대학교의 순차적인 여정)'이다.

비워야 비로소 보이는 것들 『깨달음』에서

부처님께서는 (『유교경遺敎經』에서) 섭심선정攝心禪定을 당부하셨다.

"너희 비구들이여, 만약 마음을 거두어 잡으면 마음이 선정 속에 있게 되고, 마음이 선정 속에 있게 되면 능히 세간 생멸법生滅法의 모습을 알 수 있게 되느니라.

그러므로 너희가 언제나 부지런히 선정을 닦아 익혀 정정定을 얻게 되면 마음이 흩어지지 않느니라. 마치 물을 아끼는 사람이 둑을 쌓고 못을 잘 돌보는 것과 같이 수행자 또한 지혜수智慧水를 위해 선정을 잘 닦아 지혜수가 새어나가지 않게 해야 하느니라.

이 가르침을 선정이라 하노라."

『선문정로』 속에 있는 퇴옹 성철 큰스님 말씀이다.

"선문禪門은 견성見性이 근본이니, 견성은 진여자성眞如自性을 철견徹見함이다.
자성은 그를 엄폐한 근본무명, 즉 제8아뢰야의 미세망념이 영절永絶하지 않으면
철견하지 못한다. 그러므로 선문정전禪門正傳의 견성은 아뢰야의 미세가 멸진滅盡한
구경묘각究竟妙覺 원증불과圓證佛果이며, 무여열반無餘涅槃 대원경지大圓境智이다."

『맛지마니까야』 「왓차곳따의 긴 경經」에 선정禪定 삼매三昧에 대한 글이 있다.

그렇게 왓차곳따는 세존의 곁으로 출가했고, 마침내 구족계를 받았다.
비구 왓차곳따는 구족계를 받고 보름이 지난 다음 세존이 계신 곳을 찾았다. 그
는 세존께 인사를 올리고 한쪽으로 물러나 앉은 다음 이렇게 청했다.
"세존이시여, 나는 지금까지 학인學人의 앎과 지혜로 닦을 것은 모두 증득했습니
다. 그러니 부디 그 위에 더 높은 법을 설하여 주십시오."
세존께서 답하셨다.
"왓차여, 그렇다면 그대는 두 가지 법을 더 닦아야 하니 사마타*와 위빠사나**이
다. 그대가 이 두 가지 법을 닦으면 여러 가지 요소들을 두루 꿰뚫어보게 될 것이다.
왓차여, 그대가 만일 하나인 채 여럿이 되기도 하고, 나타났다 사라지기도 하고,
아무런 장애 없이 담이나 성벽 산을 통과하기도 하고, 물속처럼 땅 속으로 들어가
고, 땅 위에서처럼 물 위를 걷고, 날개달린 새처럼 하늘을 날고, 손으로 달과 해를
만지고, 저 멀리 범천의 세상까지도 자유자재하게 몸을 움직이는 등, 여러 가지 신
통의 종류를 체험하고자 한다면, 그대에게는 적합한 기초가 있으므로 원하는 능력

---

* 사마타奢摩他(Samatha) : 우리의 마음 가운데 일어나는 망념(妄念,욕망)을 쉬고, 마음을 한곳에 머
무는 것. 지止, 지식止息, 적정寂靜, 능멸能滅이라 번역, 삼매三昧,정정을 개발하는 수행修行이다.
** 위빠사나(Vipassana) : 관觀, 지혜智慧. 통찰지洞察智. 자신의 몸과 마음의 현상, 즉 몸身, 느낌受,
마음心, 여러 가지 현상法을 일어나고 사라지는 바로 그 순간에 알아차리고, 마음 챙겨서, 바르게
머문다. 무명을 극복하는 수행.

을 얻을 수 있다.

나아가, 그대가 인간의 능력을 넘어선 청정하고 신성한 귀로 천상이나 인간의 소리를 모두 듣고자 한다면, 또는 다른 이들의 마음을 꿰뚫어 알고자 한다면, 또는 한량없는 전생의 갖가지 삶들을 전부 기억해내길 원한다면, 또는 인간의 능력을 넘어선 청정하고 신성한 눈으로 중생들이 장차 그들의 업業에 따라 가게 될 길을 보고자 한다면, 또는 모든 번뇌가 다하여 번뇌가 없는 마음의 해탈과 지혜의 해탈을 지금 여기에서 스스로 깨닫고 성취하고자 한다면, 그대에게는 적합한 기초가 있으므로 원하는 능력을 얻을 것이니라."

세존께서 말씀을 마치시자 왓차곳따존자는 만족하고 기뻐하면서 자리에서 일어나 세존께 인사를 올리고, 오른쪽으로 돌아 경의를 표한 뒤 자리에서 물러갔다.

그 후 왓차곳따존자는 홀로 은둔하며 게으르지 않게 열심히 정진하였고, 오래지 않아 훌륭한 가문의 제자들이 집에서 집 없는 곳으로 출가해 이루고자 하는 최고의 목적인 위없는 청정淸淨 범행梵行을 지금 여기에서 스스로 알고 깨달아 성취했다.*

〈6〉 반야(지혜)바라밀智慧波羅蜜

삿된 지혜와 나쁜 소견을 버리고 참지혜를 얻는 것, 우치愚癡의 번뇌를 여의고, 온갖 공덕을 쌓아 참다운 지혜의 개발에 노력함 (십지품 중 제6 현전지現前地)

어떤 분이 풍기에서 경운기를 몰고서 우리가 살던 영주시내로 왔다. 그때 「박형」께서는 마침 나와 함께 계셨었는데, 언제나 겸손한 그 사람이 「박형」께 자신의 잘못을 생각하면서 아주 공손하게 말했다.

"저는 아직 수양이 덜 된 것 같아요. 앞만 보고 운전해서, 저기 비행장 빠져나오는 좁은 길에서 자동차와 만나야 했으니까요. 좀 더 주의를 했어야 했는데요."

「박형」께서는 묵묵히 그의 말을 듣고만 계셨는데, 그 사람이 가고 나서 말씀하셨다.

"그는 군자다."

그런데 어느 날 「박형」께서 '그는 군자다.'라고 말씀하셨던 그분께서 나에게 깜짝 놀랄 이치를 귀띔해주었다.

"때가 되면, 성인께서 마음의 문을 조금씩 열어준다."

반야바라밀(지혜바라밀), 즉 지혜는 그렇게 수행하여 수행이 익어 사람이 되면 성인께서 그때그때 마음의 문을 열어주신다는 의미 있는 말씀이다.

깨달음도 지혜도 '때가 되면, 성인께서 마음의 문을 조금씩 열어준다'는 말씀이다. 마음이 활짝 열리면 지혜가 절로 생긴다는 의미이다.

「박형」의 말씀이 생각난다.

"나는 이 세상에서 안 해본 일이 없어 전부 다 해보았을 거야."

그리고 왜 「박형」께서 전지전능한 척척박사가 되셨는지도 한 번 더 생각해본다.

어느 날 「박형」께서

"나는 책을 읽어서 모르는 것이 없었다. 꼭 한 가지를 제외하고는….

어떤 부인이 들에 나갔다가 거인의 큰 발자국을 발견하여 그것을 밟으며 몇 걸음 따라갔더니 잉태하여 아이를 낳았다니, 그것은 모르겠더라."

라고 말씀하셨다.

그때 나는 이렇게 중얼거렸다.

"그렇게 표현한 것뿐이겠지."

사실 「박형」께서는 묵묵히 말씀이 없으셨는데, 「박형」은 언제나 거짓이 없고, 또 꾸미는 말을 하지 않는 분이라는 것을 나는 익히 알고 있었기 때문에 그렇게 중얼거려 놓고 심히 민망했다.

이 이야기는 중국 주周나라의 전설적 시조인 후직后稷이라는 사람의 탄생설화이다.

후직의 어머니 되시는 분이 하루는 들에 나갔다가, 땅에 난 아주 큰 거인의 발자국을 발견하고, 놀랍고 신기하여 자기발로 거인의 큰 발자취를 디뎌 크기가 얼마나 다른가 맞춰보았다.

그런데 마침 그 엄지발가락 자국을 밟았을 때, 그녀는 갑자기 마음에 이상한 감동을 받았는데, 그날부터 몸이 이상해지더니 달이 차자 아들을 낳았는데, 그가 주나라 희姬씨의 조상 후직后稷이라는 것이다.

「박형」께서는 그런 이치에 맞지 않는 이야기를 읽고서 '모르겠더라.'고 하신 것인데., 실제로 「박형」께서는 전지전능하셔서 아라한의 삼명三明, 세 가지의 밝은 지혜, 숙명명, 천안명, 누진명하셨기 때문에 삼세三世(과거세·현재세·미래세)를 다 아셨다.

또 말씀이 언제나 진실하셨기 때문에 누가 말했다.
"나는 「박형」의 말은 믿어. 팥으로 메주를 쑨다고 해도 믿어."

V

구사九四

혹약재연或躍在淵 무구無咎

혹 뛰거나 못속에 있으면
허물이 없을 것이다.

*

보살마하살의 십바라밀

차 례

1. 성령께서 그 능력을 가끔 나타내시므로 혹약재연 무구이다

혹 뛰거나 못 속에 있으면 허물이 없을 것이다.

'혹 뛰거나'의 혹 뛰다는 말뜻은 보살께서 '중생제도하려고 세상에 나타나서서 신통을 나타내심'을 의미한다.

예를 들자면 「박형」께서 내가 오랜만에 금계동을 찾아갔을 적에 박형댁의 대문이 없고, 돌담만 있었던 일이나, 그 집이 정미소로 보였던 일, 또 내가 주역 책 하나를 짊어지고 공부하려고 「박형」께서 소백산에 지어놓은 집을 찾아갔을 때 분명 양철지붕집이었던 그 집이 순간 큰 바위로 보이게 된 사실, 또 「박형」께서 비로봉 정상의 동쪽에 태백산, 서쪽에 월악산, 남쪽에 학가산, 북쪽에 백덕산을 구름바다 위에 나타내 보여주신 일, 그리고 헐렁한 흰 바지 저고리차림으로 고무신을 머리에 이고서 뒷짐을 진 채로 허심하게 휘적휘적 걸으셨던 것과 같은, 「박형」께서 여러 가지 몸으로 변신하시고 현신하신 사건들, 이 모든 신통방통한 내용을 「박형」(성령)께서는 꼭 필요한 경우에만 나타내셨다. 그래서 혹약재연이다.

참으로 성령께서는 신통한 일을 가끔 나타내시기는 하셨지만, 사람들은 알 수도 없고 말할 수가 없다. 나도 역시 수도 없이 직접 당해보았지만, 성령의 능력을 몰랐었기 때문에 아무것도 몰랐고, 아무에게도 말할 수 없었다. 그 사실이 이상하여 말한다 하더라도 그 사람 역시 아는 것이 없기 때문에 그냥 없던 사실이 되고 만다. 사실 나는 10년, 아니 20년, 아니다. 이제 40년 동안 그 신통한 내용을 참구하였지만, 여전히 아는 게 별로 없다.

오직 한 가지 「박형」께서 나에게 알려주시려고 일부러 '자네가 주역을 공부하여 이것(교역)을 알게 되거던 나에게 꼭 좀 알려주게'라고 미리 말씀하셨고, 그 말씀을 빌미로 나에게 깨우쳐주신 교역에 대하여 말할 수 있게 되었을 뿐이다.

2. 계속되는 지극한 보살수행

'아나함阿那含은 삼계三界에 초탈超脫해서 욕계欲界에 떨어지지 않음'이라고 하였는데, 죽은 뒤에 이 세상에 오지 않고 천상에서 성불한다는 과위이므로 불래不來라고 하고, 불환과不還果라고도 한다.

구사九四 혹약재연 무구는, 그렇게 삼계에 초탈해서 욕계에 떨어지지 않는 분이 현상계에 와서 중생을 제도하고 계시더라도 '허물이 없다'. 그런 분은 세상사에 물들지 않기 때문이다.

불래나 불환과의 어른은 욕망의 굴레에서 벗어났으므로 세상으로 왕래하나 세상사에 결단코 물들지 않는다. 삼계의 세상사를 꿰뚫어 아는 지혜 있는 어른이기 때문이다.

어떻든 구사九四는 중천重天 건괘의 상천上天에 해당한다. 그러므로 당연히 여기 구사부터는 제대로 신통을 사용하시는 도사님, 내지는 보살도를 수행하는 보살마하살(대보살님)들의 십바라밀의 이야기가 된다.

건괘의 구사九四는 연못의 여기저기에서 솟는 용龍처럼, 성령께서 중생구제하고 교화教化하기 위하여 (마치 관세음보살님처럼) 동에 번쩍 서에 번쩍하시면서 여러 가지 방책을 쓰시는 이야기이다.

부처님께서 관세음보살님이 동에 번쩍 서에 번쩍 변신, 현신하시면서 중생을 제도하신다는 내용을 말씀하셨다.

무진의보살이 부처님께 아뢰었다.
"세존이시여, 관세음보살은 어떠한 모습으로 이 사바세계에서 노니시고,

어떠한 방법으로 중생을 위해 법을 설하시며, 그 방편의 힘은 어떠하옵니까?"

부처님께서 무진의보살에게 이르셨다.

"선남자야, 관세음보살은 모든 국토의 중생들 중에서, 부처의 모습으로 응하여 제도해야 할 이에게는 부처의 모습을 나타내어 법을 설하고, 벽지불의 모습으로 제도해야 할 이에게는 벽지불의 모습을 나타내어 법을 설하며, 성문의 모습으로 제도해야 할 이에게는 성문의 모습을 나타내어 법을 설하느니라.

범천왕의 모습으로 제도해야 할 이에게는 범천왕의 모습을 나타내어 법을 설하고, 제석천의 모습으로 제도해야 할 이에게는 제석천의 모습을 나타내어 법을 설하며, 자재천의 모습으로 제도해야 할 이에게는 자재천의 모습을 나타내어 법을 설하며, 대자재천의 모습으로 제도해야 할 이에게는 대자재천의 모습을 나타내어 법을 설하며, 천대장군의 모습으로 제도해야 할 이에게는 천대장군의 모습을 나타내어 법을 설하며, 비사문천왕의 모습으로 제도해야 할 이에게는 비사문천왕의 모습을 나타내어 법을 설하느니라.

인간세계의 왕의 모습으로 제도해야 할 이에게는 인간세계의 왕의 모습을 나타내어 법을 설하며, 장자長者(좋은 집에 태어나서 재물과 덕을 갖춘 이)의 모습으로 제도해야 할 이에게는 장자의 모습을 나타내어 법을 설하며, 거사의 모습으로 제도해야 할 이에게는 거사의 모습을 나타내어 법을 설하며, 재상과 같은 관리의 모습으로 제도해야 할 이에게는 제관宰官(재상)의 모습을 나타내어 법을 설하며, 바라문의 모습으로 제도해야 할 이에게는 바라문의 모습을 나타내어 법을 설하며, 비구·비구니·우바새(남자신도)·우바이(여자신도)의 모습으로 제도해야 할 이에게는 비구·비구니·우바새·우바이의 모습을 나타내어 법을 설하며, 장자 거사 재관 바라문의 부인 모습으로 제도해야 할 이에게는 그 부인들의 모습을 나타내어 법을 설하며, 동남·동녀의 모습으로 제도해야 할 이에게는 동남·동녀의 모습을 나타내어 법을 설하느니라.

또 천·용·야차·건달바·아수라·가루라·긴나라·마후라가·인비인 등의 모습으로 제도해야 할 이에게는 천·용·야차·건달바·아수라·가루라·긴나라·마후라가·인비인 등의 모습을 나타내어 법을 설하고, 집금강신의 모습으로 제도해야 할 이에게는 집금강신의 모습을 나타내어 법을 설하느니라.

무진의야, 공덕을 성취한 관세음보살은 이와 같이 다양한 모습으로 모든 국토를 다니면서 중생을 제도하고 해탈케 하느니라. 그러므로 너희는 마땅히 일심으로 관세음보살을 공양해야 하느니라.

이 관세음보살마하살은 두렵고 급한 환란에 처했을 때 능히 두려움을 없애주나니, 그래서 사바세계에서는 그를 일러 '두려움을 없게 하여주는 이 시무외자施無畏者'라고 하느니라."

『묘법연화경(법화경)』의 「관세음보살보문품」에서

〈7〉 십바라밀의 방편바라밀方便波羅蜜

보살이 방편으로 여러 형상을 나타내어 중생을 제도하는 일(십지품의 제7 원행지遠行地)

지금까지는 앞의 6바라밀의 행에 의하여 모은 선근善根을 중생들에게 돌려주어 저들과 함께 위없는 보리를 구하였으며, 여기 〈7〉방편바라밀에서부터는 한 단계 업그레이드(upgrade) 되어서 '6바라밀을 행하여 얻게 된 자재한 신통·능력으로써 일체중생을 제도하는 모습'을 나타낸다.

자타일시성불도의 보살도는 대승大乘*이다. 여기서부터는 정말 그러한 대승 수행자(보살)의 나아갈 길과 능력(방편)을 보여준다.

---

* 대승大乘 : 이상경에 도달하려는 수행과 그 이상·목적이 크고 깊은 것이므로, 이것을 받는 근기도 또한 큰 그릇인 것을 대승이라 함, 보살의 큰 근기가 불과佛果의 대열반을 얻는 법문

▸ "나는 잔머리의 대가大家다."

어느 날 「박형」께서는 다른 사람의 입을 통해 문득 이렇게 말씀하셨다.

"나는 잔머리의 대가大家다. 잔머리로는 아무도 나를 따라오지 못할 것이다."

잔머리는 방편과 같은 말이다. 분명 「박형」께서 본인의 죽음을 연출하시면서, 다시 분명하게 '윤회계의 모든 상태를 자유로이 유랑하는 이 막강한 능력'과 최고의 경지를 성취하신 도사의 실체를 깨닫게 해주셨다. 수많은 방편으로 중생을 가르쳐서 향상의 길로 인도하셨다.

「박형」께서 가신 날은 1981년 4월 19일(음력 3월 15일)인데, 「박형」의 죽음이 고차원세계에서의 부활이기 때문인지, 그것이 천상의 큰 사건이라는 것을 알려주려고 그랬는지, 모르는 사람이 나에게 이렇게 말했다.

"오늘 저녁, 풍기 오거리에서 아주 지상地上 최고로 성대한 부활절復活節행사가 있다고 하더라."

그날 「박형」께서 '다른 곳으로 떠나신 것'을 제외하고는 별다른 일이 없었기에, 나는 풍기 오거리에서 얼마나 대단한 부활절 행사가 있었는지를 알 수가 없었지만, 여기 「박형」의 죽음이 거기에서 지상 최고로 성대한 부활절 행사로 된 것은 아니었을까 싶다.

내가 분명히 경험한 것은 그 하루 전날에 있었던 사건이다. 그날은 풍기장날이어서 지나다니는 사람들이 다른 날보다 더 바삐 움직였다. 나는 창유리를 통해서 지나는 사람들을 바라보고 있었는데, 처음 보는 시골 아주머니 한 분이 우리 약국의 문을 빼끔히 열고, 바깥에 선체로 안에 대고 큰 소리로 물었다.

"여기가 새한약국 맞아요?"

그때에 약국 문 바로 옆 의자에 앉아 있던 금계동 사람이 대답했다.

"예, 맞아요."

그런데 그 아주머니는 그의 말을 듣지 못한 듯이 다시 물었다.

"여기가 새한약국이 맞아요?"

나는 느닷없이 큰 소리를 내는 낯선 아주머니와 출입문 옆 의자에 앉아 말대꾸하는 금계동 사람을 쳐다보았다. (그는 얼마 전에 「박형」께서 '모든 것을 말로만 한다.'고 지적하셨던 바로 그 사람이다.)

"예, 맞아요. 맞다니까요."

"새한약국이지요?"

그 아주머니가 세 번씩이나 묻자, 그 사람이 버럭 크게 외쳤다.

"맞다니까 그러시네. 어서 들어와서 문 닫고 얘기를 해봐요. 찬바람이 들어오니까."

그 아주머니가 약국 안에 들어서는 것을 기다렸다는 듯이 문 옆 의자에 앉았던 사람이 말했다.

"이제 무슨 이야기인지 말해 봐요. 여기가 새한약국이 틀림없으니까, 저기 약사한테…."

그제야 그 아주머니가 나를 보면서 말했다.

"금계동 「박형」박상신씨가 저기 산 쪽으로 혼자 걸어가던데요."

"예? 뭐라고요?"

나는 그 아주머니의 말을 잘 알아듣지 못하고 반문反問하지 않을 수 없었다. 의심스러웠다. 그 낯선 시골 아주머니는 금계동 사람도 아니고 내가 처음 보는 사람인데, 우리의 「박형」을 '「박형」박상신씨'라고 말할 수 없을 것 같기 때문이다. 도무지 이해할 수 없었다.

"금계동 「박형」박상신요. 혼자 흰 고무신 신고 저쪽으로 가더라구요."

그 아주머니가 다시 그렇게 말하면서 소백산 쪽을 가리켰다.

나는 처음 보는 허름한 시골 아주머니가 어떻게 「박형」이름을 잘 아는지 의심스럽고 약간 황당하다고 생각하면서도, 이야기에 끌려 들어가서 물었다.

"그래요? 저쪽 어디요?"

"저쪽으로요. 흰 고무신 신고 혼자 큰 산 쪽으로 가면서, 저에게 '꼭 새한약국에 가서, 내가 혼자 흰 고무신 신고, 큰 산 쪽으로 가더라고 이르라.'고 해서 전하러 왔어요."

"아, 그래요."

"금계동「박형」박상신씨가 저에게 '꼭 새한약국에 가서….

저는 분명히 금계동「박형」박상신씨가 산으로 혼자 흰 고무신 신고 가더라고 전해드렸습니다."

라고 확인하는 말까지 했다.

"아, 예. 고마워요."

그때 약국 문 바로 옆 의자에 앉아 있던 금계동 사람이 벌떡 일어나 쏜살같이 밖으로 뛰어나가더니 냅다 금계동쪽으로 내달렸다.

지금 생각해보니「박형」께서 '모든 것을 말로만 한다.'던 그 사람에게도 '죽음이 없는 삼계도사'의 실체를 알려주시려고 그렇게 하셨는가 싶다.

어떻든「박형」께서 혼자 흰 고무신을 신고 큰 산 쪽으로 가더라는 말을 전해 들었을 적에, 나에게는 분명하게 두 가지 생각이 났다.

그 하나는「박형」께서 '병이 완쾌하셔서 동네를 건강하게 걸어 다니신다는 전갈傳喝을 보냈다, 고맙다'는 것이었고, 다른 하나는 방금 돌아가셔서 그 실체實體, 신령스러운 의식체가 육체를 떠나서 큰 산 쪽으로 가신 것은 아닐까 하는 것이었다.

「박형」께서는 항상 흰 고무신을 즐겨 신으시기는 하지만, 아주머니가 강조해서 '흰 고무신' '흰 고무신'했는데, 흰 고무신이란 혹시 신선이 타는 흰 구름을 의미하는 말은 아닐까라는 생각이 자꾸만 들었다.

그 시골 아주머니는「박형」께서 돌아가시기 하루 전에 분명히 나에게「박형」께서 흰 고무신을 신고 큰 산 쪽으로 걸어가셨다고… 꼭 새한약국에 가서 그 사실을 전하라고 하셨다는 것을 알려주었다.「박형」께서 그렇게 하신 것은 우리에게 죽어도 죽지 않는 불사不死의 모습을 보여주시려는 의도가 있으셨던 것이다.

> "삼포蔘圃에서 삼蔘을 지키다가 자네 생각을 해보니 도저히 안 되겠기에, 인삼 한 뿌리를 뽑아서, 씻지 않고 흙 묻은 채로 그냥 씹어 먹어 병이 났었어. 병이 나라고 일부러 그냥 씹어 먹었어."

「박형」의 사랑과 방편을 말씀드리고, 부끄러운 나의 불효不孝와 정말 수치스러운 나의 의처증을 고백한다.

나는 군복무 후에 학업을 마치고 J약품에 5년간 근무하다가, 1971년 퇴사하고 고향으로 내려와 약국을 개업하게 되었는데, 그때부터 「박형」께서 나와 내 집사람을 향상의 길로 인도하기 시작하셨다.

사실 귀향하고 보니 남의 회사에서 일한다는 것은 쉽지 않다는 것을 알았다. 특히 영업성적을 내려면 자의반타의반 거짓말도 했을 것이기에… 어떻든 나는 나의 일을 시작했고 차츰 살림살이도 나아졌다.

그러던 어느 여름날 아침 10시가 조금 넘은 시각이었다. 무심코 밖을 보니 열 명도 넘는 많은 사람들이 우리 약국으로 다가왔다.

"안녕하세요?"

그 일행 중 누가 인사하면서 걷기에도 힘들어 보이는 「박형」을 부축하며 약국으로 들어섰는데, 모두 「박형」 집안식구들 같았다.

"자, 이쪽으로….".

의자에 앉는 「박형」 이마에 땀방울이 맺혀있었고, 「박형」은 기진하여 숨을 쉬기도 벅찬듯하였다. 나는 「박형」과의 재회에 기뻐하면서도 많이 괴로워 보이는 「박형」이 측은하다는 생각이 들었다. 한편 내 실력이 걱정되어 일행에게 말했다.

"병원에 먼저 가보시는 게 어떨까요?"

"지금 병원에서 오는 중이에요. 이틀이나 다녔는데도 별로 차도가 없고, 본인이 친구가 여기 있다고 꼭 가보자고 해서, 이리로 왔어요. 잘 좀 낫게 해주세요."

누군가가 근심스런 말투로 그렇게 말했다.

나는 사람들이 아픈 사람을 호위하고 이렇게 많이 온 것을 처음 보았기 때문에, 우애 있는 모습에 모두 존경스러웠다. 그리고 일부러 나를 찾아왔다니 정말 꼭 낫게 해주고 싶어졌다.

"지금 상태는 어때요?"

"열도 심하게 나고 계속 설사를 했어요. 아직도 변소에 자주 가요. 명치 아래가 아프고 음식을 먹을 수가 없대요. 며칠이나 굶었답니다."

여러 가지 증상을 물어보니 대장염 같았는데, 당시는 의약분업이 안되었기 때문에 약사가 임의로 조제할 수 있었다. 나는 대장염약을 조제했고, 그때 「박형」께서 가슴을 만지며 '쓰리고 답답하다.'고 하셨다. 나 때문에 '쓰리고 답답하다.'고 하신 것도 같아서 양심에 뜨끔하면서도, 속이 쓰리지 않을 위장약을 곁들였다.

"대금은 얼맙니까?"

"아니요. 그냥 가세요."

나는 개업 후 처음으로 돈을 받지 않고 약을 건넸다. 그리고 「박형」이 꼭 완쾌하시기를 속으로 간절하게 비는 심정이 되었고, 「박형」과 같이 왔던 사람들이 돌아간 후에 돈을 받지 않기를 잘했다는 생각이 들었다.

그 후 잊고 있던 동창들을 잠시 생각해보았는데, 나는 중학교를 졸업하고 상경上京하였고, 고등학교를 거쳐 대학교 졸업, 군대·취직·결혼·출장가기 등등. 그때까지 동창 친구들과 왕래도 않고 솔직히 아주 잊고 지냈는데, 「박형」이 내가 영주에 와 있다는 것을 알고 찾아준 것이 정말 고마웠다.

「박형」은 그 며칠 후에 조금 나아진 상태로 다시 한번 우리약국에 들르셨다.

「박형」은 별로 말이 없으셨고 나 역시 다행히 친구 병이 좀 나은 것 같아서 안심이 되기는 했지만, 서로 대화를 나눌 주제가 별로 없었다.

그랬지만 「박형」의 방문 덕분에 '언제 한번 풍기에 있는 고향친구들에게 가봐야겠다'는 생각을 하기도 했지만, 나는 그날 이후에도 계속 약국에만 매여서 지냈다. 그러다 문득 내가 창살 없는 감옥에 갇힌 죄수 같다는 분명한 자각이 있었다. 아마도 누가 '저 사람은 오직 약국일에 열심이어서 집밖으로 나다닐 생각조차 하지 않는다.'고 변명해준다면 별것 아닌 일이기는 하지만….

사실 당시에 나는 집사람과 언제나 함께 있고 싶었고, 집사람이 잠시도 보이지 않거나, 어디에 나갔다 오면 어디에 가서 누구와 무엇을 했는지 모든 것을 추궁하고 따지고 들었는데, 그 대답이 믿어지지 않아서 끝내 확인하고야 말겠다는 그런 상태였다.

나중에는 집사람이 이런 나를 알고 일체 의심될만한 상황을 만들지 않았다. 심지어 시장 갈 때는 아이와 꼭 함께 갔고, 미장원에 가는 것을 피하려고 생머리를 길러 묶었다. 처음에는 그 상황에 내가 이렇게 하는 것이 의처증疑妻症이라는 것을 몰랐다.

사실 나는 의처증이었을 뿐만 아니라 천하에 불효막심한 인간이었다. 선친께서는 치아齒牙가 약하고 옳지 못해서 고생하셨는데, 어느 날 선친께서 참고 참다가 상한 치아를 나에게 보여주시며 치과에 갈 돈 10만원(?) 정도를 요구하셨는데, 나는 돈이 아까워서 냉정하게 그 부탁을 거절했었다. 그때 어지신 아버님께서 실망하고 속상하셨다.

"너도 한번 이가 아파봐라."

뿐만 아니라, 나는 '일을 해야 몸에 이롭다.'는 생각을 자꾸 떠올리면서 나이 많은 선친께 자존심 상하게 우리약국에서 나온 파지破紙를 정리하시라고 말했었다.

나는 나의 판단이 항상 옳다고 여기면서 이 정도까지 심했는데, 사실 왜 어

른들을 잘 배려해야 마땅한지 모르는 벽창호였고, '나밖에 모르는 나뿐인 놈'
이기주의자였다.

「박형」의 그 우리약국 방문 10년쯤 뒤에 「박형」께서 깨우쳐주셨다.

"삼포蔘圃에서 삼蔘을 지키다가 자네 생각을 해보니 도저히 안 되겠기에, 인
삼 한 뿌리를 뽑아서, 씻지 않고 흙 묻은 채로 그냥 씹어 먹어 병이 났었어. 병
이 나라고 일부러 그냥 씹어 먹었어."

「박형」의 '자네 생각을 해보니 도저히 안 되겠기에'라는 말씀은 아마도 '나를
그냥 두었다가는 모든 것이 파탄되고 세상을 떠돌 것 같았거나, 나와 집사람이
불행한 죽음을 맞게 되었을지도 모를' 그러한 최악의 무엇을 훤히 보고 하신
말씀이 아닐까 싶은데, 지금 생각해도 (나의 됨됨이를 보아서) 그런 가정은 틀림
없을 것 같다. 지금 조목조목 밝혀 둘 수는 없지만….

절대 이런 생각은 나의 착각 내지는 망상은 아니라고 생각될 뿐만 아니라,
「박형」께서 실제로 우리 목숨을 구해주셨다고 말할 수밖에 없다. (지금 새롭게
「박형」께서 배풀어주신 불가사의한 은혜에 한없는 감사한 마음을 바친다. 정말 감사하
고 또 감사 감사합니다.)

 * 한편 그날 「박형」께서 배탈이 나고 장염이 생긴 이유를 설명하셨을 적에,
나는 이기주의자이고 베푸는 것에는 완전히 무능無能했기에 그저 멍청했을 뿐
이었다.

'장차 고생하게 될 친구를 위하여 자신의 안위安危를 돌보지 않고, 병病나라
고 삼을 뽑아 일부러 흙 묻은 채로 그냥 씹어 먹는' 그런 안목眼目과 우정友情
을 나는 그 백 천억만 분의 1도 가지고 있지 않았다. 「박형」의 말씀처럼 그냥
두면 '도저히 안 될' 정도였다. 나는 자비심慈悲心이나 자기희생自己犧牲같은 것
을 생각조차 한적 없는 저급한 의식상태였다. 그러면서도 오히려 나의 판단이
항상 옳다고 여겼기 때문에 나는 정말로 구제불능일 것 같은 사람이었다.

사실 나의 선친께서는 법 없이도 사실 어진 분이셨다. 그런데 고모님의 소개로 늦게 새로 어머님을 맞아들이셨는데, 내가 두 분을 정성껏 모시겠다고 하지 않았기 때문에(?) 서울로 떠나가셨다.

그 후에 나는 소식 한번 전하지 않았고, 약국 본다는 핑계로 단 한번도 찾아가 뵙지 않았다. 외롭게 사시게 버려두었으므로 양심에 가책을 느끼고 있었는데, 어느 날 숙모님이 불쑥 '네 아버지가 간암으로 위독하다.'는 도저히 믿을 수 없는 소식을 가지고 오셨다. 서울로 가신지 2년도 되지 않았는데….

나는 그날 즉시 숙모님과 함께 서울로 올라갔다. 나는 서울 신설동에 있던 둘째 동서네 병원에서 기다리고 있다가, 아버지가 자동차에서 부축을 받으며 내려오는 모습을 보았다. 나는 뛰어나가서 손을 잡았다.

"아버지!"

지난날 나에게 그토록 따뜻하게 대해주시던 내 아버지의 손, 안타깝게도 이제 그 손은 노랗게 변한 병자의 손이었다.

"어, 영철이 왔니?"

"예, 저에요. 아버지!"

몸은 수척했고, 얼굴은 완전히 오랜지색이었다. 그렇게 노란 사람은 지금까지 한번도 본적이 없다. 진찰대에 누운 아버지의 오랜지색 가슴, 명치 밑이 송판처럼 딱딱했다. 간암인지 뭔지는 몰라도 아버지의 병은 정말 심한 것 같았지만, 나는 이 돌발적인 모든 사실을 그냥 받아들일 수가 없었다.

외과의사인 착한 동서도 뭐라고 단정해서 말하기 쉽지 않았던지 그의 친구 내과의사를 불렀다. 내과의사가 와서 진찰하더니 말했다.

"입원을 하고 치료를 한다고 해도 몇 달쯤 더 생명을 연장할 수 있다고 장담

할 수 없어. 입원은 어디까지나 보호자가 결정할 문제야."

그리고 두 의사는 '입원시킬 것인가?' 나의 의견을 물었다.

그때 제 주머니에 돈이 있었는데, 돈을 쓰는 게 아깝기도 했겠지만, 아버지를 입원시키고 나면 누가 병간호를 할 것인가, 그것이 제일 큰 문제였다. 솔직히 나는 약국을 닫고서 병간호할 생각을 못했다.

'나는 약국을 하니까 할 수 없고, 집사람은 절대로 안 된다. 내가 안심이 되지 않으니까.'

나에게는 아버지가 아프지도 않고 입원도 할 필요가 없으면 제일 좋을 것 같았지만, '입원시킬 것인가? 말 것인가?'

이것이 나에게 닥친 양심의 첫 시험이라고 분명하게 느꼈는데, 나는 병든 아버지를 진찰대 위에 눕혀두고 입을 열었다.

"우선 고모네 집으로 가요."

불효막심한 나는 나를 위해서 병든 아버지를 나의 의처증 때문에 그렇게 버렸다.

고모네로 달리는 택시에는 아버지와 나, 그리고 새어머니와 고모가 타고 있었다. 그때 아버지께서 힘이 드시는 듯 등받이에 머리를 뒤로 떨군 체 노랗게 변한 얼굴을 돌리시더니, 있는 힘을 다해서 작게 겨우 말씀하셨다.

"영철아, 지금 집에 가면 내일 다시 오지?"

나를 믿고 그렇게 물으셨는데, 나는 작은 목소리를 듣고서, '아버지가 정말 많이 쇠약하구나. 불쌍하다.'고 새삼스레 생각했다. 그리고 속으로 '올라오지 않는다고, 못 올라온다고 말하면 더욱 실망하실 것 아닌가. 거짓말이라도 온다고 말하면 어떨까? 아버지를 속이면 안 되는데, 내일은 어찌 되든 잠시라도 마음 편하시게 거짓말을 하자.'

나는 다시 올 생각이 없었기에 거짓말로 대답했다.

"예, 꼭 다시 올라오겠어요."

아! 바로 그때,

"예, 꼭 다시 올라오겠어요."

누군가 천둥소리같이 쾅쾅 울리는, 온 세상이 다 들릴만큼 큰소리로 나를 따라 외쳤다. 그 순간 나의 거짓말이 온 세상에 울려 퍼져, 장차 나의 불효와 거짓을 온 세상이 다 알게 될 것 같았다. 한편 그 천둥소리는 병든 부모를 외면하는 불효자식을 잡아오라는 염라대왕의 지옥문을 여는 소리라고 생각되었다.

그 뒤에 독실한 기독교 신자이며, 마음씨 고운 나의 누나가 아버님을 큰 병원에 입원시켰는데, 입원하신지 사흘 만에 '영철이가 보고 싶다.'는 말씀을 남기고 운명하셨다.

▶장례식날 「박형」께서 금계동 사람들과 먼저 선산에 오셔서 묏자리를 보아주셨다. 아쉬움과 슬픔 속에 하관下棺(파놓은 구덩이에 관을 내림)을 끝내고 마지막으로 봉분封墳 다듬는 일을 시작했을 무렵에, 「박형」께서 금계동 사람들과 잠시 풀 위에 이상한 모습으로 앉아계셨다. 마치 몸통에서 떼어낸 두 다리를 임시로 몸통 앞에 가져다놓은 것처럼, 두 다리가 헐렁하게 몸통 앞에 놓여 있었다.

집사람도 「박형」의 이상한 모습을 보았는지, 나에게 속삭였다.

"저기 이상하게 앉아계신 모습을 보셨어요?"

그리고 나는 지옥이나 천당이란 것이 정말로 있는가를 「박형」께 물어보고 싶어서 「박형」앞으로 천천히 다가갔다. 그때 어디에서 소리가 들렸다.

"천기를 누설하지 마라. 천기를 누설하지 마라. 천기를 누설하지 마라."

제 귀에 분명하게 하늘에서 그 소리가 들렸다. 나는 「박형」께 아무것도 묻지 못했다. 속으로 '정말 「박형」은 보통사람이 아니구나.'했다.

그 소리는 마치 "예수께서 세례를 받으시고 곧 물에서 올라오실 새, 하늘에서 소리가 있어 말씀하시되, '이는 내 사랑하는 아들이요, 내 기뻐하는 자라.'하시더라."했던 『성경』의 한 장면처럼 공중에서(이때는 분명 「박형」께서 그렇게 하셨을 것이고, 물론 나에게만) 들려온 소리였다.

나는 선친을 그렇게 장사지내고 집에 와서야, 내가 부모님께 되돌릴 수 없는 불효를 저질렀다는 것을 깨닫게 되었다. 그리고 알고 싶었다.

정말 사람의 몸속에 영혼이라는 게 존재하는가? 사후세계는? 그런 것들이 절실하게 알고 싶어졌다. 그래서 책을 읽기 시작했다. 대구나 서울까지 가서 구해다 읽었다. 유체이탈, 전생이야기, 전생을 기억하는 아이들, 그리고 윤회에 관한 불교서적들을 읽었다. 당시에『금강경』을 만났고,『금강경』테이프를 사서 밤낮없이 거듭거듭 절박한 심정으로 들었다.

(「박형」의 전지전능한 능력과 방편의 한 예를 들기 위하여 부끄러운 나의 불효막심한 이야기를 올렸다. 모든 분께 정말 죄송합니다. 용서하여 주시기를 빕니다.)

▶ 혜숙惠宿화상께서 방편으로 생사자재生死自在함을 보이심

『삼국유사』속의 이야기이다.

신라 26대 진평왕眞平王(579-632)은 혜숙화상의 법력이 장하시다는 소문을 듣고 그를 흠모하여 사신을 보내 왕궁으로 모셔오도록 하였다. 사신이 임금의 명령을 받들어 혜숙화상을 모시러 갔더니, 뜻밖에도 도덕이 높고 법력이 장하다던 혜숙화상이 여자와 함께 침실에서 누워 있었다.

이것을 본 사신은 몹시 불쾌한 생각이 났다. 법력이 장하고 존귀하기는커녕 도리어 더럽게 생각되어 그냥 혼자 돌아와 임금께 그 사실을 주달하기로 작정하고 돌아오는 길인데, 도중에서 혜숙화상을 만났다. 이상한 일이다.

'방금 여자와 같이 누워 있는 것을 보고 왔는데, 이것이 웬일인가?'

그는 물었다.

"스님, 어디 가셨다가 오십니까?"

"저 성중의 어느 시주집에 가서 7일재를 마쳐주고 오는 길일세."

한다. 사신은 그냥 작별하고 그 시주집을 찾아가서 그런 일이 있었는가를 알아보았더니 과연 그것이 사실이었다.

그리고 얼마 후에 혜숙화상이 돌아가셨다. 그래서 근방 사람들이 모여서 이현耳峴이란 곳 동쪽산에 장사를 지내버렸다.

그때 마침 마을사람 하나가 서쪽 이웃마을에 갔다가 돌아오는 도중에 혜숙화상을 만나 인사를 드렸다.

"어디를 가십니까?"

"여기서 오래 살았으니 이제는 다른 데로 가서 유람코저 한다."

그렇게 답하면서 작별하였다. 그 사람은 동쪽을 향하여 돌아오다가 보니, 혜숙화상이 죽어서 장사를 지낸 사람들이 아직도 헤어지지 않고 있었다.

"아니! 내가 방금 오다가 다른 데로 유람간다는 말을 듣고 작별하고 왔는데, 죽다니 그게 무슨 소리인가?"

하고 무덤을 파헤치고 본즉 아무것도 없고 오직 집신 한짝만 있을 뿐이었다.

이것이 불생불멸의 이치를 깨달은 성인의 경지에 이르면 생사를 자유자재할 수 있는 부사의법력不思議法力을 마음대로 수용受用하기 때문에 좌탈입망坐脫立亡하는, 곧 이 육신을 헌 옷 벗어버리듯이 벗어 내던지는 것이 조사열반祖師涅槃이라고 하는 것이다.

───── 🔔 ─────

┌─────────────────────────────────────┐
"저 사람은 모든 것을 말로만 해."
└─────────────────────────────────────┘

「박형」께서 방편바라밀의 중요성을 이렇게 말씀하셨다.

어느 날 「박형」께서 우리의 앞을 지나간 사람을 두고 귀뜀하셨다.

"저 사람은 모든 것을 말로만 해."

이상했다. 남의 흉을 보실 「박형」이 아닌데, 어째서 저 사람을 두고 '말로만 해.'라고 하신 것일까?

그 후 「박형」의 말씀을 확인하고 싶어서 그를 만나보았는데, 정말로 그는 말로써 모든 것을 다 할 수 있다고 했다.

그는 박사博士이고, 많은 것을 아는 현인賢人이다. 그렇지만 말로만 하는 사람은 성인의 가르침도 말로만 가르칠 수밖에 없지 않을까? 말로만 가르치면 한쪽 귀로 들은 것이 다른 쪽 귀로 나간다는 말처럼, 가르침이 행동으로 옮겨지기는 어려운 것이 현실이다.

그래서 중생을 제도하기 위해서는 신통한 능력(방편)이 필요하다.

「박형」께서 나에게 말씀하셨다.

"자네는 앞으로 술을 많이 먹게 될 것이다. 내가 자네에게 술을 많이 먹도록 할 것이네. 분명히 자네는 앞으로 술을 많이 먹게 될 것일세."

솔직히 나는 술을 잘 먹지 못한다. 소주를 작은 잔으로 반의 반잔만 먹어도 얼굴이 홍당무가 되고 정신을 차리지 못하기 때문이다. 나의 몸속에 알콜을 분해하는 효소가 없기 때문이라는데, 체질을 그렇게 타고 났다.

그런 나에게 「박형」께서 갑자기 '자네는 앞으로 술을 많이 먹게 될 것일세.'라고 확언을 하셨기 때문에 당황스럽고 좀 의아했다.

지금은 그 말씀의 바른 의미를 깨닫게 되었다. 그 의미는 「박형」께서 나에게 방편을 많이 쓰시겠다는 뜻이었다.

이미 알고 있는 바와 같이, 실제로 「박형」께서는 나에게 수많은 가르침을 주면서 신통을 나타내셨고, 수많은 방편을 쓰셨다. 「박형」께서 나에게 '술을 많이 먹게 될 것'이라고 하신 말씀의 뜻이 「박형」께서 나에게 신통과 방편으로 가르침을 주시겠다는 의미였던 것이 분명하다.

도인은 이렇게 여러 가지의 신통으로 가르침을 실제상황에서 주시기 때문에, '저 사람은 모든 것을 말로만 해'라고 ('자네는 그렇게 하지 말라'는 의미로) 말씀하여 깨우쳐주신 것이다. 「박형」께서 나에게 수행 공부를 더욱 열심히 하여 신통자재한「박형」같은 사람이 되라고 주의를 환기시켜 주신 것이다.

불보살님이나 삼계도사님이신「박형」의 신통력은 이른바 육신통보다 한 차원 더 높은 경지에서 나오는 신통력이다. 그것은 아마도 부처님처럼 전지전능한 (마귀를 항복 받고 중생衆生을 길들이는) 능력일 것이다.

도사님 보살님이 갖가지 신통을 행사하면서 방책(방편)으로 중생과 함께 성불의 길을 밟아 가는 방편바라밀이다.

이미「박형」께서는 우리와 계룡산 등산을 하던 때 만났던 '공주'에 산다는 할아버지, 서울 동작동에 있던 파출소 앞길에서 2만원을 빌려달라고 하고서 나에게 돈 만원을 빌려간 50대의 사람, 실성한 듯이 역 대합실에서 '데려간 사람과 데려가려하는 사람들'의 이름을 중얼대면서 나의 주위를 빙빙 돌던 그 사람 등등, 그런 분들처럼 지금도 어디에선가 나와 같은 미천한 사람을 바른길로 인도하시려고 별별 수단과 방법을 다 쓰시고 계실 것이다.

〈8〉 십바라밀의 원바라밀願波羅蜜

피안인 이상경에 도달하려는 보살 수행의 총칭. 이러한 수행을 완성하려고 원하는 희망
(십지품의 제8 부동지不動地)

보살의 대표적인 서원 중에는 사홍서원四弘誓願이 있다.
중생무변서원도衆生無邊誓願度   가없는 중생을 다 제도하기 서원합니다.
번뇌무진서원단煩惱無盡誓願斷   끝없는 번뇌를 모두 끊기를 서원합니다.
법문무량서원학法門無量誓願學   한없는 법문을 다 배우기를 서원합니다.
불도무상서원성佛道無上誓願成   위없는 불도를 모두 이루기를 서원합니다.

『불교수행법과 나의 체험』 43쪽에서 수월스님의 이야기이다.

❀

"오늘부터 너에게 이 방을 줄 터이니, 마음껏 대다라니陀羅尼*를 외워 보아라. 배가 고프면 나와서 밥을 먹고 잠이 오면 마음대로 자거라. 나무하고 밥 짓는 일은 내가 알아서 처리할 테니…."

수월스님은 감사하다는 말 한마디를 남기고, 가마니 하나를 들고 방으로 들어가서 문짝에 달았다. 빛이 안으로 들어오지 못하도록 한 것이다.

그리고 신묘장구대다라니를 외우기 시작했다. 방 밖으로는 밤낮없이 대다라니를 외우는 소리가 울려나왔을 뿐, 물 한모금 마시러 나오는 일도 없고 화장실 가는 일도 없었다. 그리고는 8일째 새벽, 성원스님이 예불을 마치고 방에 들어가려는데 그 소리가 딱 그쳤다. 그때 수월스님이 방을 뛰쳐나오며 소리쳤다.

"스님, 스님! 이겼어요, 이겼어요."

"뭐라고 했느냐?"

"스님, 내가 이겼어요. 잠 귀신이 '너한테 붙어 있다가는 본전 못 찾겠다'고 하면서 멀리 가버렸어요. 잠귀신이 도망갔어요. 스님, 내가 이겼어요."

은사스님은 수월스님이 기도를 하다가 미친 것이라 생각하고 호된 꾸중을 하였다. 그러자 수월스님이 질문을 던졌다.

"관세음보살께서 합장하고 서 있는 뜻이 무엇입니까?"

"나는 그걸 모른다."

"어딜 가야 답을 들을 수 있습니까?"

"동학사에 가면 경허鏡虛 사숙님이 계신다. 그 스님께 여쭈어 보아라."

"가도 됩니까?"

"도시락은 내가 싸줄 테니 짚신은 네가 삼아라."

그 길로 경허스님에게 가서 수월스님은 깨달음을 인가받았다.

이렇게 수월스님은 천수삼매를 증득하여 무명을 깨뜨리고 깨달음을 얻었을 뿐만 아니라, 불망념지不忘念智를 증득하게 되었다.

---

* 다라니陀羅尼 : 진언·삼매의 다른 뜻으로 쓰임, 총지總持라 번역하며 모든 악한 법을 다 버리고 한량없이 좋은 법을 이루는 뜻이 있음

이전까지는 글을 몰라서 경전을 읽지도 못하고 신도들의 축원을 쓰지 못하였지만, 불망념지를 이룬 후부터는 어떤 경전을 놓고 뜻을 물어도 막힘이 없게 되었으며, 수백명의 축원자 이름도 귀로 한번 들으면 불공을 드릴 때 하나도 빠짐없이 외웠다.

그리고 천수삼매를 얻은 뒤에도 참선정진을 꾸준히 계속하였는데, '잠을 쫓았다'는 그 말씀대로 일평생 잠을 자지 않았다고 한다.

✎보현보살의 열 가지 대원

『대방광불화엄경』입부사의해탈경계入不思議解脫境界「보현행원품」에서 보현보살의 10종대원을 만나보자.

> 보현보살이 부처님의 거룩한 공덕을 찬탄하고 나서 보살들과 선재동자에게 말했다.
> "부처님의 공덕은 시방세계 부처님들이 무량겁無量劫(한량없는 아득한 세월)을 두고 계속해서 말씀할지라도 다할 수 없습니다. 그러한 공덕을 이루려면 열 가지 큰 행원行願을 닦아야 합니다. 열 가지란 무엇인가?
> ① 예경제불원禮敬諸佛願 모든 부처님을 예배·공양하고,
> ② 칭찬여래원稱讚如來願 모든 부처님을 우러러 찬탄하고,
> ③ 광수공양원廣修供養願 모든 부처님을 널리 공양하며,
> ④ 참회업장원懺悔業障願 스스로 업장을 참회하고,
> ⑤ 수희공덕원隨喜功德願 남의 공덕을 따라서 기뻐하며,
> ⑥ 청전법륜원請轉法輪願 부처님께서 설법해 주시기를 청하고,
> ⑦ 청불주세원請佛住世願 부처님이 이 세상에 오래 머물기를 청하고,
> ⑧ 상수불학원常隨佛學願 항상 부처님을 따라서 배우며,

⑨ 항순중생원恒順衆生願 항상 중생에게 순응하며,

⑩ 보개회향원普皆廻向願 두루 모든 것을 회향하기를 서원한다.

크게 되려면 큰 꿈을 가져야 한다. 마찬가지로 대원을 발하는 것에는 큰 공덕이 따른다. 부처님과 「박형」은 물론, 보살님들과 집사람까지 모두 대원을 발하였기 때문에 소원대로 큰 공덕을 성취하셨다.

보현보살님은 '부처님이 이 세상에 오래 머물기를 청하는' 원을 세우셨기 때문에 본인도 이 세상에 오래 계시게 되셨을 것이며, 관세음보살님은 모든 중생의 고통을 해결해주시겠다는 대원을 세우셨으므로 천개의 손(千手)과 천개의 눈(千眼)을 가지게 되셨을 것이며, 아미타불이 되신 법장비구께서는 모든 중생이 다 함께 극락왕생하기를 소원하셨기 때문에 극락정토의 주인이 되셨으며, 지장보살님은 지옥중생을 전부 제도하기 전에는 성불하지 않겠다는 대원을 세우셨으므로 지장보살님께서는 엄청난 신통과 능력을 얻으셨다.

◥지장보살의 3대원력

"바라옵나니, 나는 미래 겁이 다 하도록 죄고罪苦(죄업과 고통)에 허덕이는 중생에게 널리 방편을 설하여 해탈시키겠나이다."

라고 부처님 앞에서 그분께서는 서원을 발하셨다.

『지장보살본원경』을 설하신 OO스님의 말씀 중에 있는 위대하신 지장보살님의 3대원력이다.

"중생도진衆生度盡 방증보리方證菩提

지옥미공地獄未空 서불성불誓不成佛

아불입지옥我不入地獄 수입지옥誰入地獄

중생들을 모두 제도하고 난 후 깨달음을 이루겠습니다.

지옥이 다 비지 않으면 결코 성불하지 않겠습니다.

내가 지옥에 들어가지 않으면 누가 지옥에 들어가겠습니까?"

지옥에 따라 들어가서 중생을 구제하겠다는, 그리고 지옥에 있는 모든 중생을 전부 제도하시겠다는, 그리고 전부 제도한 뒤에 마지막으로 자신의 깨달음을 성취하시겠다는 아름다운 보살님의 뜨거운 사랑!

우리는 지장보살님을 위시한 모든 보살님들의 뜨겁고 아름다운 자비심에 머리 숙여 예경禮敬드리며, 거듭 감사드릴 수밖에 없을 것 같다.

지장보살의 멸정업진언滅定業眞言(이미 정해진 업장을 소멸하는 진언)

"옴 바라 마니다니 사바하"

〈9〉 십바라밀의 역바라밀力波羅蜜

일체 이론異論과 마군의 저희(沮戱,방해하고 희롱하기)가 없는 것. 사택력思擇力과 수습력修習力을 수행하는 것(십지품의 제9 선혜지善慧地)

죽은 사람을 한 마디의 말로 살려내는 예수님의 능력이나, 불보살님의 불가사의한 육신통은 더 말씀드릴 필요도 없고, 수행자는 어떤 방법으로 스스로 강해지는가?

나름대로 경험해본 역바라밀을 생각해보지만, 수행자의 정진력, 인내력, 원력 등. 수행의 목적을 성취하기 위해서는 많은 힘[力]이 필요하다. 모든 것이 정신력의 싸움이기 때문이다. 그래서 수행에는 그 굳은 믿음과 처절한 정진과 인내심과 백척간두진일보하는 정신력이 필요하다. 그 수행자의 정신력이 역바라밀의 원천이다.

「박형」께서 말씀하셨다.

"그때가 제일 좋았다."

여기서 그때는 내가 추운 겨울밤에 배낭 하나 짊어진 채 「박형」께서 공부한 소백산 바위굴을 찾아가서 공부하겠다고 과감히 집을 떠났던 때, 그 지극한 마음으로 설산을 헤매다가 양철지붕집을 찾아냈을 때를 말씀하신 것이다.

그날 내가 산으로 떠나고 나면 토담집에 혼자 남아 아이들을 돌보아야 될 집사람은 어떤 충격에도 홀로 감당하겠다고 결심이라도 한 듯이 자신의 안위安危는 생각하지 않고 눈물을 감추며,

"몸조심하시고 꼭 성공하셔요."

그 한 마디로 나를 보내주었다.

나는 쌀 두되와 『주역전의대전』24권을 배낭 속에 챙겨 넣고서 그냥 집을 나섰다. 까맣다 못해 파란 겨울 밤하늘이었다. 삼라만상이 모두 잠에 곯아떨어진 그 시각, 달도 없는 깜깜한 밤길을 눈빛과 별빛에 의지하여 「박형」이 공부했다던 바위굴을 찾아가 거기서 공부할 작정이었다. 산길에는 눈이 하얗게 쌓여 있었고, 매서운 겨울바람은 사정없이 몰아쳤고. 소백산 아래 비로사도 그냥 고요했다. 나는 거기를 지나 비로봉 정상을 향해 나아갔다.

그런데 참으로 이상하고 기적 같은 일이 일어났다. 경사진 눈밭 산길을 가려니 처음에는 숨이 턱에 차올랐는데, 내가 '에잇, 숨차 죽어도 좋다' 라며 더욱 힘을 내서 걸었더니, 한순간에 전혀 숨이 차지 않게 되었을 뿐만 아니라 숨을 쉬는지 쉬지 않고 있는지 모를 지경이 되었다. 힘도 안 들고 숨도 안 차고 정말 신기했다.

나는 속으로 '이런 것이 정신통일이라는 것인가' '내가 죽었나? 아니면 산신령? 「박형」께서? 내 속에 들어오신 것인가?' 했는데, 전혀 호흡을 느낄 수 없

어서 지금 내가 죽었나? 문득 놀라고 덜컥 겁이 났다. 그래서 바보처럼 일부러 숨 쉬는 움직임을 느끼려고 애썼더니 평소처럼 숨을 쉬고 있다는 것을 느끼게 되었고 약간 숨차게도 되었다.

산山을 오르면서 숨도 차지 않고 힘도 들지 않았던 것은 지금도 이해할 수 없는 참 신비한 체험이다. 지금도 그렇게만 된다면 어디든지 얼마든지 오래 걸어갈 수 있을 것이다.

큰 소나무 아래에서는 바람이 한결 '쌩-쌩-' 세차게 불었다.

'딱!' 나뭇가지 부러지는 소리가 들렸다. 연이어서 하얀 눈가루가 사방으로 흩날렸고, 어떤 짐승이 지나간 작은 발자국을 따라가다가 나는 비로봉 정상으로 올라갔다. 거기서 국망봉으로 건너갔다가 산 아래로 내려가며 「박형」께서 말씀하셨던 바위굴을 찾아다녔다.

그때 발밑에 넓은 바위가 희미한 밤 어둠 속에 보였다. 쌓인 눈이 한 길이 넘는 듯 나뭇가지로 찔러보니 막대기 끝이 땅에 닿지 않았다. 바위굴을 찾아야 되겠는데, 나는 겁이 덜컹 나서 큰 바위 주위를 한 바퀴 돌아볼 엄두도 내지 못했다. 또 이렇게 추운 겨울에 저런 바위굴 속에 들어가 있으면 공부는 고사하고 얼어 죽지나 않을까 하는 두려움마저 생겼다. 어쩔 수 없이 「박형」께서 말씀하셨던 바위굴 찾기를 포기하고, 「박형」께서 어느 날 말씀하셨던 움막집을 찾아서 산비탈 아래로 다시 내려가기 시작했다.

그리고 두 번째 난관에 봉착했다. 발아래로 바위절벽이 있었는데, 그 아래로 내려가려면 바위를 타고 내려가는 수밖에 다른 길은 없어보였다. 그런데 그 바위절벽 아래에 물웅덩이가 있었다. 그 아래로 내려갈 적에 배낭을 지고 가다가는 어쩐지 방해가 될 것 같았다. 그러나 배낭을 벗어던져 물에 떨어지면 『주역전의대전』이 젖을 것 같아서, 나는 한참동안 망설이다가, 공부하려고 가져온 책 『주역전의대전』이 든 배낭을 먼저 아래로 던졌다. 천만다행 배낭은 웅덩이

옆 땅에 떨어졌다.

조심조심 바위 아래로 내려가 다시 눈길을 헤매기 시작했다. 움막집을 찾는 일은 그렇게 만만한 일이 아니었다. 아래로 내려왔던 능선을 뒤지고 다른 능선을 타고 되올라가면서 움막집을 찾아야 될 참이었는데, 눈과 나무뿐 집은 어디에도 보이지 않았고 나는 이미 지쳐있었다.

어떻게 해야 하나? 나는 정말 당황했다. 집을 떠나올 때 공부를 해보겠다고 다짐했던 계획이 첫걸음부터 어긋나고 있었다.

눈 속을 헤매고 다닌지 제법 많은 시간이 흘렀다고 생각되는 그 순간, 다리가 무거워지며 그냥 걷기도 버거웠다. 마치 눈밭이 나의 발목을 잡아당기는 듯했다.

바로 그때 내 눈앞에 양철지붕 집 한 채가 보였다. 오! 하나님. 나는 드디어 집을 찾았다. 정말 반가웠다. 그 집으로 다가가면서 나는 새삼 양철집 올록볼록한 양철지붕 처마끝 굴곡을 확인했다. 올록볼록한 양철지붕 처마끝 굴곡이 분명했다. 눈에 덮혀 있기는 했지만 그 집은 틀림없이 양철지붕 집이었다.

그런데 내가 그 집으로 접근하는 동안 번개같이 머릿속을 스친 것은 정말 내가 여기서 공부할 수가 있을까 하는 걱정이었다.

불현듯 무섭고 외롭다는 생각이 들었고 집에 남겨두고 온 집사람도 생각났다. 그리고 다시 세상으로 살아나갈 수 있을까 하는 걱정과 함께…. 나는 속으로 '어렵겠어.' 했다.

내가 어렵겠다고 생각하며 다시 보니, 거기 있던 양철집이 감쪽같이 사라지고, 대신에 크고 시커먼 바위가 눈 속에 눈을 이고 서 있었다. 조금 전에 올록볼록한 양철지붕 처마 끝을 확인까지 했었는데, 다시 보니 그게 눈 속에 바위였다.

그 옛날 원효대사께서 당唐나라로 유학가던 중, 밤이 되어 동굴에 들어가 잠을 자다가 목이 말라 찾아 마신 물이 그렇게 시원한 감로수였는데, 다음날 아침에 그것이 해골에 썩은 물이었다는 사실을 알고 '일체유심조'임을 깨달았다는 이야기가 순간 떠올랐다.

그러나 당나라에 공부하러 가던 원효대사께서는 그 순간 '일체유심조'의 그 심체心體, 여의주를 얻었지만, 정말 분하게도 나는 계속 범부 서생에 불과했다.

그 당시에 나는 의지가 부족했고 준비되지 못한 사람이었다. 하지만 내가 모자라서 내가 분명히 양철지붕으로 보고 재차 올록볼록한 양철지붕의 처마끝 굴곡까지 확인했던 그 양철지붕집이 사라졌다면, 그 양철지붕집이 실제가 아니라면 무엇이었을까?

어떻든 그날에 있었던 일을 생각해보면, 만약 그 당시 나에게 투철한 사명감(서원)이 있었다면 「박형」께서 지어놓으신 그 양철지붕집에서 공부할 수도 있었을 것 같다. 지친 나는 어찌지 못하고 눈밭에 쭈그리고 앉아 동산에서 떠오른 달이 서산으로 질 때까지 기다렸다. 날이 밝아서 길을 찾아 하산했는데, 아침에 집에 도착했더니, 금계동 집에 남아 있던 집사람이 순간 이상한 표정으로 나를 맞았다. 그리고 나의 행색을 살피더니 말했다.

"그분께서 어젯밤 내내 당신 걱정하시느라고 한잠도 못 주무셨다고 그러시더군요."

나는 어젯밤에 겪었던 나의 남부끄러운 상황을 집사람에게 이해시키자면 시간이 걸릴 수밖에 없다고 생각했다.

한편 집사람은 「박형」께서 정말 나를 위해서 애쓰셨다는 사실을 알게 되었고, 언제나 큰 자비慈悲를 실천하는 붓다임을 재차 확인했다. 집사람은 내가 「박형」께 감사인사를 드려야 된다고 생각했는지, 불현듯 신념을 갖고 강하게 말했다.

"그분은 부처님이에요!"

그리고 집사람은 벌떡 일어나면서 나에게 다시 말했다.

"우리 그분께 가요. 저를 따라 오세요."

집사람이 왜 「박형」께 가자는지 알지 못한 채, 나는 집사람에게 이끌려 「박형」댁으로 갔다. 그녀는 나를 「박형」 앞에 서게 하더니,

"자, 인사 올리세요."

라고 했다. 집사람은 「박형」께서 정말로 나를 위해서 밤을 새며 애썼다는 것을 믿었고, 어쩌면 생명을 살려주셨을 지도 모른다고 생각했던 것이 분명하다. 그리고 또 어떤 확실한 믿음이 있던 집사람은 살아계신 부처님이신 「박형」께 예불을 드릴 작정이었다. 집사람 행동을 보고 방청소하던 「박형」 큰따님이 '어머머' 놀라면서 옆으로 비켜났다.

집사람은 「박형」에게 큰절을 올렸다. 나는 마음속으로 「박형」이 나의 스승이라고 믿으면서도, 그리고 보통 사람이 아니라고 생각하면서도, 친구 모습으로 앉아 있는 그에게 큰절을 할 수 없어서 엉거주춤 서서 두 사람이 서로 큰절과 맞절로 공경의 예를 다하는 모습을 어쩌면 부러운 눈으로 쳐다보았다. 집사람에게 당시에 어떤 확실한 깨달음이 있었는지 궁금해하면서….

집사람은 삼배했고, 「박형」께서 집사람을 격려하셨다.

"참, 어려운 일을 잘 참고 이겨 나가는 것 같아요. 어렵겠지만 꾹 참고 힘을 내십시오."

"아무것도 몰라요. 잘 좀 이끌어주세요."

두 사람 대화는 스승과 제자의 대화처럼 진지했다. 나는 엉거주춤 서 있다가 밖으로 나가시는 「박형」을 따라서 대문을 나섰다.

그때 「박형」께서 나에게 『금강경』 한 구절처럼 말씀하셨다.

"마음을 크게 먹게. 마음을 크게 먹게. 마음을 크게 먹게."

죽음을 두려워하여 붓다가 되겠다는 의지도 없고, 집안 걱정이나 하며 사는 나에게 대장부처럼 큰마음 쓰라고 그렇게 당부하셨다.

그때 문득 산에서 보았던 양철지붕집이 생각나서 내가,

"결국 움막집도 찾지 못하고 말았네."

하고 한탄하는 말을 했더니, 「박형」께서 재확인하시듯이 말씀하셨다.

"거기에 내가 지어놓은 집이 하나 있지."

* 진실로 사람농사하신 「박형」께서는 전지전능하셨고, 조물주造物主가 따로 없다. 「박형」께서 그 밤 내내 나를 여러 가지로 보살펴주셨던 상황을 생각해보면 더욱 놀랍다.

산을 오르면서 숨차지 않게 하셨던 것부터, 달 없는 밤길을 환하게 밝혀주셨던 능력, 배낭이 땅위로 떨어지게 하신 일, 그 양철지붕집을 만들어 보이신 능력, 바람으로 성냥불을 계속 껐던 것과, 얇은 옷을 입고 큰 산 눈밭에서 밤을 지새웠는데도 전혀 춥지 않게 해주신 것, 등등.

이런 모든 것을 가능하게 하는 것은 「박형」께서 수행하시면서 얻게 된 정신력이고, 전지전능한 그 힘과 능력이 있었기 때문이다. 아마도 보살의 역바라밀이라면 「박형」께서 보여주셨던 것과 같은, 불보살님이나 삼계도사님의 '불가사의한 힘'일 것 같다.

〈10〉 십바라밀의 지바라밀智波羅蜜

지는 지혜, 바라밀은 도度, 도피안到彼岸이라 번역. 만법의 실상을 여실하게 아는 지혜는 생사하는 이쪽 언덕을 지나서 열반의 저 언덕에 이르는 배가 되므로 지바라밀(십지품의 제10 법운지法雲地)

〈대오大悟의 경지에 들어가면 진리를 통달하여 생사일여生死一如하고 그 경계에서 보면 부처와 중생이 따로 없고, 생사열반이 둘이 아니며, 보리와 번뇌가 본래 없고, 원근遠近과 거래去來와 명암明暗과 염정染淨이 끊어진 원융도리 안에서는 기적일 것도 없을 것이다.〉

▶ 지혜명등智慧明燈 – 지혜는 무명을 없애는 밝은 등불

부처님께서 이르셨다.

"너희 비구들이여, 지혜가 있으면 곧 탐착이 없어지나니, 항상 스스로를 자세히 살펴 지혜를 잃지 않도록 하라.

이것이 바로 나의 법〔佛法〕중에서 능히 해탈을 얻는 방법이니, 만약 이렇게 하지 않는 이는 이미 도를 닦는 이도 아니요, 속인도 아니며, 무엇이라 이름할 것도 없느니라.

진실한 지혜는 생노병사의 바다를 건너는 굳건한 배요, 깜깜한 무명을 없애는 큰 등불이요, 모든 병자의 약이요, 번뇌의 나무를 찍어내는 날카로운 도끼이니라. 그러므로 너희는 마땅히 문혜聞慧(들어서 얻는 지혜) · 사혜思慧(생각하여 얻는 지혜) · 수혜修慧(닦아 얻는 지혜)로써 스스로를 더욱 이익되게 해야 하느니라.

만일 어떤 이가 지혜로 비추어 볼 수 있으면, 비록 육안肉眼 밖에 없을지라도 그는 밝게 보는 사람이니라. 이 가르침을 지혜라 하노라.   『유교경』

번뇌의 영원한 소멸, 곧 누진漏盡에 대해 부처님께서 설하셨다.

"대왕이여, 예를 들면 깊은 산에 호수가 있어 맑고 고요하고 깨끗한데, 그곳에서 시력이 좋은 사람이 둑에 서서 조개껍질 · 자갈 · 조약돌과 멈춰있거나 움직이는 고기 떼를 보는 것과 같다. 그에게는 이런 생각이 들 것이다. '이 호수는 참 맑고 고요하고 깨끗하구나. 여기 이런 조개껍질 · 자갈 · 조약돌이 있고 고기떼는 멈춰있거나 움직이는구나' 라고.

대왕이여, 그와 마찬가지로 그는 마음이 삼매에 들고, 청정하고, 깨끗하고, 흠이 없고, 오염원이 사라지고, 부드럽고, 활발하고, 안정되고, 흔들림이 없는 상태에 이르렀을 때, 모든 번뇌를 소멸하는 지혜〔漏盡通〕로 마음을 향하게 하고 기울게 합니다.*

그는

'이것이 괴로움이다.'라고 있는 그대로 꿰뚫어 압니다.

'이것이 괴로움의 일어남이다.'라고 있는 그대로 꿰뚫어 압니다.

'이것이 괴로움의 소멸이다.'라고 있는 그대로 꿰뚫어 압니다.

'이것이 괴로움의 소멸로 인도하는 도닦음이다.'라고 있는 그대로 꿰뚫어 압니다.

'이것이 번뇌다.'라고 있는 그대로 꿰뚫어 압니다.

'이것이 번뇌의 일어남이다.'라고 있는 그대로 꿰뚫어 압니다.

'이것이 번뇌의 소멸이다.'라고 있는 그대로 꿰뚫어 압니다.

'이것이 번뇌의 소멸로 인도하는 도닦음이다.'라고 있는 그대로 꿰뚫어 압니다.

이와 같이 알고, 이와 같이 보는 그는 감각적 욕망의 번뇌〔慾漏〕로부터 마음이 해탈합니다.

존재의 번뇌〔有漏〕로부터 마음이 해탈합니다.

무명의 번뇌〔無明漏〕로부터 마음이 해탈합니다." (하략)

부처님께서 이렇게 명확하고 분명하게 중요한 해탈의 길, 깨달음의 길, 누진을 밝혀주셨는데, 누진은 청정이며, 꿰뚫어 알고 해탈이다.

한편 「박형」께서

"공부를 하면 할수록 아무 것도 모르게 돼. 점점 깜깜해져. 나중에는 공부를 더 해야겠다는 생각마저 없어져야 돼."

라고 귀띔하셨다. 해탈·깨달음의 근본은 『반야심경般若心經』의 첫머리의 말씀, 관자재보살이 행심반야반라밀다시行深般若波羅蜜多時 조견오온개공照見五蘊皆空이다.

'구도자이신 거룩한 관세음보살이 깊은 지혜의 완성을 위한 행을 실천하고 있을 때, 존재하는 다섯 가지 구성요소가 있음을 간파하셨고, 이러한 구성요소들이 그 본성에서 보면 실체가 없다는 것을 깨달았다. 이로써 지혜로운 완성의 마음을 끝낸다.'이다.

'결국 공부를 더 해야겠다는 생각마저 없어진' 상태가, 꿰뚫어 알고 해탈이다. 그리고 「박형」께서 다시 확언하셨다.

"내가 지금 다시 불가佛家에 들어간다 해도 지금하고 똑같아.

손톱만큼도 다르지 않아. 손톱만큼도….."

VI

구오九五

비룡재천飛龍在天 이견대인利見大人

비룡이 하늘에 있으니,
대인을 만나보는 것이 이로우니라.

*

삼계도사님의 사람농사

차 례

1. 교역交易

건의 구오의 비룡은 부활하신 예수님처럼, 「박형」처럼, 불보살님처럼, 몸을 벗어났으나 깨어 있는 정신으로 생생하게 살아 있는 성령을 의미한다고 생각된다. 이 세상에서 이것보다 더 비룡을 합당하게 비유할 수 있는 것은 없다.

초구의 잠룡물용의 잠룡이 우리의 성품聖品 성性이라면, 구오의 비룡재천의 비룡은 당연히 육체의 구속에서 벗어나서 대자유를 성취하신 성령이다.

그래서 구오의 비룡재천 이견대인은 교역에 대한 설명이라고 말할 수 있다. 불보살님·예수님·「박형」처럼, 살아서는 성인이고 죽어서는 성령이 되는 것, 해탈하고, 그 위대한 부활·영생[不死^{불 사}]의 성취가 교역이기 때문이다.

'구이의 현용재전 이견대인'은 앞에서 이미 '스스로 대인이 되는 것이 이롭다.'로 풀었지만, '구오의 비룡재천 이견대인'은 자기 자신이 비룡이 되어, 당연히 비룡의 전지전능한 능력으로 우리 중생의 성품 성性·잠룡을 자기와 같은 비룡, 즉 성령이 되게 한다는 의미이다.

교역되신 성령께서 도모하시는 일은 사람농사뿐이다. 무지한 중생심을 밝고 따뜻한 성령의 광명으로 변화시키는 사람농사뿐이다.

어느 날 「박형」께서 "나는 대강대강 추수한다."고 하셨고, "다른 농사하러 가겠다."고 선언하셨는데, 삼계도사의 사람농사는 비룡재천 이견대인이다. 정말 드물지만 '군자 내지는 보살을 성령으로 승화시키는 추수'이다. 우리들의 성품 성, 그 밝고 따뜻한 마음을 되찾게 하여 광명으로 빛나게 하는 추수이다.

그것이 곧 삼계도사께서 이 땅에 오신 목적이며, 이 세상에서 그것보다 보람 있고 아름다운 일은 없다.

태양 같은 밝은 마음을 뒤덮고 있는 감각적 욕망, 악의·분노, 해태와 혼침, 불안과 후회, 의심들을 벗겨내고, 광명을 발하게 하는 것으로써, 마침내 온 세상을 불국토(천국)로 만드는 농사일이 얼마나 보람되겠는가!

'지옥중생을 남김없이 다 제도한 다음에 나는 성불하리라.' '한 중생이라도 성불하지 않는 이가 있다면 나 또한 성불하지 않으리라.' 하신 지장보살地藏菩薩님의 대원과 대자비를 생각해 본다.

그리고 부활하신 예수님과 석가모니부처님의 가르침을 생각한다.

그리고 나를 위하여 3일간 잠을 자지 않고 고민하시다가 결국에는 '나중에는 자네가 다 맡게, 우리집 사람까지도….' 하고 떠나가셨던 「박형」 박상신 도사님의 따뜻한 마음을 생각한다.

오직 중생의 안락과 행복을 위하여….

그리고 중생에게 영원한 행복을 주기 위하여 끊임없이 가르침을 펴고 계실 수많은 성령의 깊고 무궁한 사랑의 실천을 생각한다.

분명 이것이 성령이신 「박형」의 비룡재천 이견대인이고, 사람농사·추수이다.

【참고】 중음천도밀법中陰薦度密法의 책인 『티베트 사자死者의 서書(The Tibetan book of Death』는 죽어 가는 사람의 영혼을 천도시키기 위해서, 티베트의 라마승이 곧 숨지려는 사람의 옆에 앉아서 숨지려는 사람에게 직접 읽어주는 비밀스런 경전經典이다.

그 경전을 보면, 죽음의 첫 단계에서 의식의 변혁이 가능하다.

생전에 명상을 계속하여 실상實相을 깨닫고 있던 사람(깨달은 이)이나, '나는 저 하늘의 허공처럼 끝없으면서 모든 사람들을 위하여 봉사하련다.' 라는 결심으로 살아 온 사람(보살)들은, 죽음을 당하여 잠들지 않고 깨어 있어서, '마치 등불을 켜고 깨어 있어 신랑을 기다리는 여자처럼' 죽음 순간에 나타난 원초原初의 '눈부시게 밝은 빛(Clear light)'을 보게 된다.

그때 그 깨어 있는 사람은 날숨[呼氣]이 끊긴지 처음 30분 경까지 (육체를

벗어나자마자) 그에게 찾아오는 원초의 투휘광체(눈부시게 밝은 빛Clear light)
쪽으로 합치게 되어, 어떤 중음기간도 거치지 않고 곧바로 무상수직도無上
垂直道를 지나 달마가야법신(비로자나불)으로의 천도가 이루어진다.

한마디로 바르게 살아 죽음의 순간에도 깨어 있는 당신께서는 그때 눈부
시게 빛나는 양신으로 변혁된다는 것이다. 이것이 바로 죽음의 순간에 일어
나는 『사자의 서』에서 만나볼 수 있는 비룡재천 이견대인의 내용이다. 교역
의 실상이 아닐까 싶기도 하다.

2. 죽는 순간 광명光明이 되다

어느 날 「박형」께서 말씀하셨다.

"자네는 3일만 잠을 자지 않으면 되네."

그리고 이미 말한 바와 같이 「사후의 비밀」도 말씀하셨다.

"사람이 죽으면 금세 없어지는 사람, 하루나 이틀 사흘 만에 나가는 사람, 한 달, 50일, 백일, 일 년, 2년, 3년 만에 나가는 사람, 그리고 영원히 가는 사람도 있어요."

그래서 웰비잉Well-being의 윤회이야기가 바야흐로 웰다잉Well-dying 이야기가 되었는데….

우리 생명은 영원히 흐르는 것이기에 죽는 순간 깨어 있으면 대광명이 되거나 극락왕생하거나 천신이 되는 것은 물론, 대인이나 보살이 되어 자신이 원했던 좋은 곳으로 바로 가서 태어날 수가 있을 뿐만 아니라, 교역되어 성령이 될 수가 있다.

실제로 '죽는 순간 광명光明이 된' (분명히 우화등선·교역되신) 선배 이야기이다.

❀

어느 날 「박형」께서는 깨달음의 완성 단계에 있던 선배와 함께 조금 먼 길을 걸어가시면서, 계속 선배에게 무엇인가를 열심히 말씀해주고 계셨다.

그리고 우리 일행은 어느 집 대문 앞에 당도하였는데, 잠시 대문 안쪽을 살피던 선배가 「박형」에게 말했다.

"「박형」, 내가 한 시간이 지나도… 아니, 30분이 지나도 나오지 않으면 그냥 집으로 돌아가셔요. 모두 건강하시고 성불하세요."

말끝을 흐리면서…, 선배는 무엇인가 의미심장한 작별의 인사 같은 말을 남기고 얼굴을 감싸고 혼자서 그 대문 안으로 들어갔다.

나머지 일행은 추운 대문밖에 그냥 서 있었는데, 얼마 후 「박형」께서 말씀하셨다.

"이 사람이 오늘 여기서 자려고 하는구나."

「박형」의 '자려고 하는구나.'라는 말씀의 '자려는'의 의미가 죽는다는 것 같아서, '그 선배가 거기서 죽을지도 모르겠다.'라는 생각에 일순간 흠칫 놀랐다.

그리고 어찌된 일인지 그 집은 분위기가 의시시하고, 집안에서는 무엇인가 함부로 범접할 수 없는 무거운 긴장감이 느껴졌었는데, '혹시 선배에게 백척간 두진일보百尺竿頭進一步해야 하는 대단히 중대한 마지막 시험이 기다리고 있는 것 아닌가.'라는 느낌이었다.

그런데 「박형」과 나는 그 집 대문밖에 잠시 기다리고 서있었다. 그리고 집안으로 들어간 선배만 남겨두고 「박형」께서는 아무 말 없이 되돌아 나오는 길로 나섰다.

나도 「박형」을 따라 되돌아 나오게 되었는데, 「박형」께서 얼마만큼 걸으시다가 문득 이상한 말씀을 던지셨다.

"그 집에 오늘 초상이 나려나?"

나의 느낌에는 '그 집'이 선배의 집이었다. 초상은 사람이 죽어 첫 번째 장사를 치른다는 의미로서, 그 집안의 누가 죽는다는 뜻이다.

그리고 좀 지루하게 눈길을 걷고 있을 적에, 좀 떨어진 다른 길로 검은 옷을 입은 (아마도) 젊은 세 사람이 급하고 빠르게 걸어가는 것이 보였다.

잠시 후에 「박형」께서 말씀하셨다.

"저들이 우리를 죽이려 하는구나."

그래서 「박형」과 나는 겨울 찬바람에 눈썹을 휘날리며 더욱 부지런히 걸었다. 그때 「박형」께서 다시 말씀하셨다.

"조금만 더 가면 파출소가 있어."

그리고 얼마 후에 그들은 다른 길로 빠져서 어디론가 사라지고,「박형」과 나는 그렇게 금계동으로 되돌아왔다. 나는 그제야 안심하게 되었다. 그때 마을 입구에서 동창의 아들을 만났다.

문득「박형」께서 그 아이에게 물었다.

"교회에 갔다 오는 길이냐?"

"예."

"누가 진짜 너의 아버지냐?"

잠시 후에 그 아이가 대답했다.

"우리 아버지."

진실하게 생긴 그 아이는「박형」에게 깊게 머리 숙여 절하고, 금계동 북어밭에 있는 자기집 쪽으로 걸어갔다.

그리고 다음 날 아침, 나에게 기적적인 사건이 일어났다.

내가 약국에 있는데 놀랍게도 내 가슴으로 밝고 환한 황금빛 따뜻함,「박형」께서 전에 '공자님'이라고 말씀하실 때마다 느끼게 해주셨던 황금빛의 밝고 따뜻한 바로 그 느낌 그 따뜻함이, 어제 선배를 혼자 남겨두고 왔던 그쪽에서 밀려왔다.

그 따뜻한 느낌은 처음에는 약하게 느껴지더니, 새가 날아들듯이 점점 뚜렷하게 느껴졌다.

'와! 이것은? 이렇게 다가오는 따뜻한 느낌, 이것은「박형」께서 공자님이라고 말씀하셨을 때에 느꼈던' 그 느낌이 아닌가!

혹시 누가 이 순간에 살신성인 · 성불했나? 그래서 온 세상을 향해서 방광放光하였는가? 혹시 그 선배가 성령이 되어 죽는 순간 나에게 빛으로 다가왔는가?'

이렇게 생각하고 있던 순간「박형」께서 급하게 나의 약국문을 밀고 들어오셔서 딱 한 마디,

"그에게 무슨 일이 생겼다!"

일러주시고, 뒤돌아 서둘러 나가셨다.

와!「박형」을 신선이라고 말했던 그 선배! 어서 이 세상에서 벗어나기를 바래서 자신을 '제적除籍'이라고 불러주기를 원했던 그 선배! 그 선배가 그렇게 광명이 되었다!

"여기「박형」은 신선이야, 신선."

이라고 말했던 선배, 어떤 일이 일어날지를 먼저 알고 있던 그 선배,「박형」께서 어떤 내용을 나에게 설명해주고 싶어할 때마다, 어디서인가 바로「박형」의 분신처럼 나타나셨던 선배. 그 선배가 그날 거기서 광명이 된 것이다. 우화등선한 것이다.

⚡

모든 것을 이미 알고 계셨던「박형」께서는 '그에게 무슨 일이 생겼다'고 전해주시고서, 아마도 성령이 된 그 선배를 영접하시려고 급히 나가셨으리라. 그 선배는 그렇게 죽어 광명光明·황금빛의 밝고 따뜻함을 되찾았다.

벗어났다. 선배에게 닥친 시험이 무엇이었는지는 알 수 없지만, 선배의 성품聖品 성性이 그날 그렇게 빛이 되었다.

성불의 순간에는 천지가 진동하고 방광한다는데…, 분명 선배는 거기서 살신성인하여 광명이 되면서, 그 순간에 황금빛의 밝고 따뜻한 느낌으로 나에게 다가온 것이다.

나의 경험으로 그분의 부모님도 정말 따뜻하고 훌륭하신 어른이셨다. 내가 처음이고 마지막으로 그분의 부모님을 만나 뵌 날은 어렸을 때의 어느 날로, 나는 나의 선친을 따라서 그 댁을 방문했었다.

잠시 후에 그분의 부모님께서 방을 나와서 마당으로 내려오시는데, 나는 깜짝 놀랄만큼 후광이 빛나는 모습을 보았다. 몸에서 빛이 나오는 듯하였는데, 그분의 용모, 그분의 느낌이 너무나 밝고 환하고 감동적이어서, 어린 나는 그 자리에서 한참 동안 '이것이 무엇인가.' 알 수 없는 느낌 속에 빠져 있었다. 지금까지도 생생한 느낌이다.

그렇게 느낌이 따뜻하고 훌륭한 어른이셨고, 그 훌륭한 부친에 훌륭한 아들이었다.

선배는 「박형」의 가르침을 따라서 바르게 수행했고, 오랫동안 깨어 있는 정신으로 살았으며, 내가 아는 한 「박형」의 수제자라고 말할 수 있는 올바른 수행자였다. 그날 그 집안에서 살신성인하여 숨넘어가는 순간에 곧바로 빛을 발하는 성령으로 승화했다고 믿어도 될 선배였다.

그 얼마 전에 나는 들었다. 「박형」께서 그 선배에게 '자네는 곧 죽게 될 것이라'고 분명하게 말씀하시는 것과, 자기가 죽으면 자기 부인에게는 '오히려 좋을 것이다.'라고 생사에 달관한 듯하면서도 수상쩍게 말한 선배의 말을.

* 큰스님의 말씀이 있다.

"임종에 다다랐을 때 '내생에는 참선 정진하며 살아야지!'하는 원력을 강하게 세우면, 그다음 생까지 그 힘이 그대로 전달되어 일평생 도를 닦는 일에 몰두하게 되고, 죽기 직전에 '나무아미타불'을 일념으로 외우면 그 사람의 마음이 무량한 빛, 무량한 수명의 아미타불과 함께 하여 극락왕생을 이룰 수 있게 됩니다.

반대로 강한 원한을 품고 죽으면 한을 품은 떠돌이 귀신이 되거나, 다음 생 전체를 복수를 위하여 소모해 버리는 허망한 일생을 보내고 맙니다.

그러므로 나이가 들면 자기가 지나온 생애를 되돌아보면서 내생의 행복을 위해 용서할 것은 용서하고, 부족했던 점이나 못다한 것이 있으면 원을 세우고 기도하면서 다음 생을 준비할 줄 알아야 합니다.

윤회를 믿거나 말거나 좋은 원을 세우고 바르게 살면, 죽어서 영혼이 몸을 떠날 때 그 원의 싹이 잘 자랄 수 있는 환경을 택하여 태어나게 되며, 그 원력이 새로운 삶의 기둥이 되어 주는 것입니다."

성령이 되면 삶과 죽음을 벗어난 영원한 생명이 되며, 자신의 소원대로 세상 사람의 모습을 나타내어 (불보살님처럼, 재림하신 예수님처럼) 바른길로 사람들을 인도하실 수 있게 된다. 초능력을 얻어가지고 그는 권세 있는 사람처럼 사람농 사하실 수 있게 된다.

3. 생명에너지의 센터·차크라Chakra와 명당

나의 집사람은 참선하는 법을 「박형」께 여쭈거나, 뒷산에 올라가서 혼자 참선을 하면서 그 정확한 방법을 알려고 애썼던 모양이다.

어느날 「박형」께서 아침 일찍 저희 토담집에 오셔서 마당에서 집사람에게 길고 상세하게 '호흡하는 법과 기氣를 돌려 생명력 기르는 법'을 말씀하셨는데, 안타깝게도 나는 늦잠자다 뒷부분만 듣게 되었다.

"호흡하고…,

숨을 들이마실 때는 척추를 따라 머리 정수리로 올라가면서 들이쉬는데 가슴을 항아리같이 부풀리고 잠시 멈추었다가 한 번 더 조금 들이마신 후에 내쉬면서 아랫배로 내려오면 되고…,

기氣를 돌려보세요…,

(등쪽의 독맥을 따라) 기氣를 돌리며 올라갈 때는 아홉 마디. 왼쪽에서 오른쪽으로 네 번씩 돌려서 한 마디씩, 4곱하기 9는 36이고,

내려올 때는 (앞쪽의 임맥을 따라) 오른쪽에서 왼쪽으로 돌아서 네 번 돌아 한 마디씩 여섯 마디, 4곱하기 6은 24하여 되돌아옵니다."

그때 집사람은 「박형」 말씀을 듣고, 옛날 일을 떠올리며 매우 기뻐하면서 마당으로 내려서던 나에게 말했다.

"참, 신기해요. 그래요. 성악교수님께서 강의 중에 '노래하면서 호흡할 적에 숨을 머리 뒤로 돌려서 소리를 낸다.'고 하셨어요. 같은 말씀을 하시네요."

당시에 집사람은 힘들이지 않고 쉽게 결가부좌結跏趺坐를 할 수 있었다. 이런 능력은 전생에 큰 공덕을 쌓았기 때문이라는데, 때로는 놀랍게도 저녁부터

다음날 새벽까지 밤새도록 그냥 앉아 있었다.

한편 나는 결가부좌를 어떻게 하는 것인지 몰랐었는데, 「박형」께서 시키셨는지 어느 날 갑자기 참선을 하고 싶어졌다.

그래서 먼저 석굴암 부처님 모습을 생각하며 몸을 곧추세우고 앉은 다음, 왼발을 오른쪽 허벅지 위로 끌어 올렸다. 그리고 오른발을 억지로 끌어다가 왼쪽 허벅지 위로 올렸고, 엉덩이 밑에 방석을 한 장 접어 넣었더니 몸은 그런대로 균형을 잡겠는데, 오른발 복사뼈가 왼쪽 정강이 뼈를 내리눌러 뼈가 부러질 것처럼 아픈 것이 실신할 정도였다.

정말 심하게 아팠다. 하지만 하루 빨리 무엇을 이루려면 이 길밖에 없을 것 같아 무조건 꾹 참았다.

〔몸의 자세〕

"붓다 자세로 앉아서 동전을 수직으로 쌓아놓은 것처럼 척추를 똑바로 세운다. 횡격막을 최대로 부풀리고, 목젖을 턱끝으로 눌러 보이지 않게 한다. 혀를 입천장에 댄다. 평형 자세로 앉은 넓적다리에 손목이 닿도록 하여 양손을 배꼽 바로 밑에 놓는다.

이런 자세를 취함으로써 시각視覺이나 사념思念의 흐름을 변화시키지 말고, 사고思考작용을 호흡에 연결하여 마음을 단단히 통제한다."

『티벳밀교요가』 276쪽에서

어떻든 나는 손을 서로 합하여 배꼽 아래 한 치 반, 단전丹田부분에 댄 다음, 손끼리 합친 동그라미(선정인禪定印)의 텅빈 공간에 마음을 내려놓고, 거기에 아무 잡념 없는 텅 빈 무엇을 생각하고 숨결만을 조용히 따라갔다.

처음에는 온갖 잡념이 자꾸만 일어났다. 잡념이 일어나면 나는 대로 그것을 따라가지 않고, 그냥 아픈 것을 무조건 꾹 참으면서 선정인의 텅 빈공간에 잡념을 지우며 앉아 있었다. 혼자 속으로 '이런 것이 무자無字 화두라는 것인가'

했다.

　나로서는 아픔을 이기는 단 한 가지 방법이 마음을 모으고 숨 쉬는 데에 집중하는 것뿐이었기에, 어찌 보면 아픈 것이 오히려 나의 정신집중에 도움을 주었던 것 같다. 매일 낮에 버티고 앉았는데, 나중에는 집사람 덕분에 무덤처럼 조용한 방안에 거의 온종일 앉는 것 외에 아무 것에도 신경 쓸 일이 없게 되었다.

　그러다 보니까 거칠던 숨결이 가라앉아서 깊고 고요하게 숨을 쉬게 되었는데, 그것은 마치 내 속의 그 무엇이 숨을 쉬고 있는 듯했다.

　더욱 신기한 것은 '아파도 좋다. 죽기 아니면 까무러치기다.'하고 막 대드니까, 나중에는 결가부좌하고 무려 한 시간, 나중에는 두 시간을 버틸 수 있게 되었는데, 언제 시간이 흘렀는지 알 수 없었다. 나로는 그저 잠시 앉아 있었을 뿐이었다.

　매번 맑은 침이 고이면 삼켰고, 몸의 탁한 기운이 빠져나가는지 방귀와 트림이 연달아 나왔으며, 몸이 부들부들 부르르 떨렸는데, 나중에는 그런 증세가 점점 줄어들었다.

　　[초월적 생명력]
　변환된 정액의 생명력이 융기부(정수리)부분을 채울 때 마하무드라의 초월적 혜택을 얻고 위대한 바즈라다라持金剛의 경지를 깨닫는다. 이 깨달음과 동시에 회음부로부터 흰 유액이 강하게 분출하여 위로 흘러 머릿속으로 가득 스며든다. 그리고 머리 꼭대기에서 붉은 유액이 강하게 분출하여 아래로 흘러 발가락 끝까지 온몸에 스며든다.

　　　　　　　　　　　　　　　　　　　　　『티벳밀교요가』295쪽에서

　그리고 내가 회음혈에 집중할 때에 힘이 들어가서 가끔 마음馬陰이 벌떡 일어났다. 나로서는 여기가 중요한 부분인 것 같았다.

　이 순간에 욕망을 이기고 바르게 수행하려면 진심으로 음욕을 버리고 참된 지혜의 길로 가겠다고 다짐하면서, 단전의 안쪽에 아무것도 없는 텅 빈 공간을 만들어야 했는데, 이것은 꼭 필요하다. (성적 에너지를 영적인 생명력으로 변환해야 하므로)

그렇게 차츰 잡념이 사라져서, 가끔은 신기하게도 원래 내가 돌부처이었던 것처럼 완전히 평안하고 바르게 미동도 없이 앉아 있게도 되었는데, 그때 마치 영원과 순간이 하나인 것처럼 되었다. 그렇게 앉아 있는 순간순간은 항상 평안하고 기쁘고 즐거웠으며 행복했다.

그러다가 가끔 밖에 나가 봄의 따뜻한 햇살과 초여름 뜨거운 햇볕을 온몸으로 받았다.

그 뒤로는 앉기만 하면 2시간이 넘게 흘렀었다.

작고 텅 빈 공간만 내 의식의 밑바닥에 있는 듯이 없는 듯이 되었을 때에는, 어느 수행자가

"저 개에게도 불성이 있습니까?"

하고 질문했을 때, 왜? 조주趙州 스님께서

"무無"

라고 대답하셨는지를 짐작하게 되었고, 유有가 무無가 되고 다시 그 무無마저 없는 제행무상諸行無常 시생멸법是生滅法, 생멸멸이生滅滅已 적멸위락寂滅爲樂하여, 일순간一瞬間이 영원永遠인 자리에 있게 되었었는데, 그때 마침 「박형」께서 오셔서 '호흡하고… 기氣를 돌려보세요.'라는 가르침을 주셨다.

그래서 그 뒤로는 가르침대로 의식[氣]을 데리고 회음혈會陰穴에서 출발하여 척추를 따라 올라갔다가, 정수리를 넘어 몸의 앞쪽을 따라 내려와서 다시 회음혈로 내려오기를 시작했다. 언제나 의식[氣]의 흐름이 끊어지지 않게 조심하면서, 독맥督脈* 즉 꼬리뼈 부근에서 척추를 따라 위로 올라갈 때는 왼쪽에서 오

---

* 독맥督脈 : 회음혈會陰穴에서 시작하여 척추를 따라 올라가는 길. 머리 정중선을 넘어 윗잇몸에 이른다. 단학에서는 이마에서 임맥과 만난다고 본다. 여기서 한 단계씩 올라가는 것은 성불成佛의

른쪽으로 돌리면서 한 마디에 네 번씩 아홉 마디니까 36번을 돌리면서 머리 정수리로 갔다.

그리고 내려올 적에는 몸의 앞쪽 임맥任脈*을 따라, 반대로 오른쪽에서 왼쪽으로 돌리면서 한 마디에 네 번씩 여섯 마디니까 24번을 돌려 회음혈 부근까지 내려왔다.

기의 순환을 따라 거의 몸통으로 원을 그리며 힘들여 그렇게 반복했다. 그리고 데리고 다니던 기氣를 회음혈부터 머리의 백회혈까지 한 일자一字로 뻗은 고속도로 같은 가운데 길로 달렸다. 그랬더니 훤하게 시원한 고속도로 같은 큰 길이 아래에서 위로 온몸을 뻥 뚫었다.

◢그러던 중에 어느 날 생명에너지의 센터·차크라(Chakra)가 보이기 시작했다. 티벳밀교 명상의 차크라는 생명에너지 중추센터이다. 그 위치가 한방의 혈穴자리와 거의 일치하고, 현대의학에서 밝혀낸 여러 호르몬을 분비하는 내분비선이 있는 부분과 가깝게 위치하고 있고, 그 작용이 호르몬의 작용과 비슷하다.

내가 돌리던 기가 차크라가 있다는 곳으로 다가가면 차츰 밝아지면서 황홀하게 둥근 바퀴 같은 무늬가 시야에 나타났는데, 이 차크라들은 뭐라고 표현할 수 없을 만큼 아름다웠다. 그 차크라는 시간이 지날수록 차츰 더 밝고 진하고 확실한 모습을 나타냈다.

내가 먼저 「박형」 박상신 도사님께서 가르쳐 주신대로 호흡하고, 이어서 참선하여 축기築基가 된 후에 그 기를 순환시킬 때 차크라가 찬란하게 그곳에 나타났다. 분별이 끊어져 무심한 중에 그 차크라는 날이 갈수록 점점 찬란하게 빛났다.

길과 같으므로 양陽이고, 양陽은 9이므로 아홉 마디이다.

* 임맥任脈 : 단학에서는 목구멍을 지나고 콧구멍을 건너서 이마에서 독맥과 만나며, 복부腹部의 정중선正中線을 따라 아래로 내려가는 길. 내려가는 것은 수행의 초기에 수행자가 욕심을 비우는 과정과 같으므로 음陰이고, 음陰은 숫자로 6이기 때문에 여섯 마디이다.

특히 3곳 차크라가 점점 더 아름답게 빛났는데, 정수리에 도달했을 적에는 놀랄 정도로 밝게 빛나는 광체들로 마치 불꽃놀이할 때 큰 불꽃을 터트린 것 같았다. 온 세상이 눈부셨고, 밝게 빛나며 수많은 불빛이 반짝이는 광경은 정말 무어라고 표현할 수도 없이 황홀했다.

정수리의 백회혈百會穴 부근에 있는 크라운 차크라(Crown Chakra)는 천지에 가득 찬 천개千個의 흰 연꽃잎처럼 반짝이며 여기저기서 찬란한 광채를 터뜨리고 있어서 나를 감동케 했다.

단중혈檀中穴(the physical heart) 부근의 심장 차크라(Heart Chakra)는 파인애플 조각처럼 동그란 황금색으로 밝게 빛나는 황홀한 빛의 꽃다발이었고, 단전丹田 부근에서는 우유처럼 빛나는 순백의 단전 차크라(Sacrum Chakra)가 아름다웠고 정말 황홀하고 행복했다.

무엇보다도 가슴 부분에 왔을 때에 나타난, 황금색으로 아름답게 빛나는 동그라미, 통조림 속에 들어있는 파인애플 조각처럼 가운데가 비고 동그랗고 눈부시게 빛나는 황금색 차크라는 정말 밝고 황홀했다.

나는 그들 차크라 속으로 온전히 빠져 있었고, 그 속에 계속 머물고 싶은 충동이 생길 정도로 차크라들을 바라보는 동안 지극한 행복에 파묻혔다.

그러다가 다시 대주천大周天이라는 것이 생각나서, 의식을 모아 가운데 통로로 달렸다. 그랬더니 회음혈에서부터 시작해서 단전 그리고 가슴 중앙·목·정수리까지 일직선으로 이어지는, 환하고 청정한 고속도로 같은 통로가 만들어졌으며, 모든 것이 그대로 무아지경이었다.

하늘에서 하얀 네모난 조각들이 커튼처럼 내려오다

그러던 어느 날 오전이었다. 결가부좌하고 단전에 모였던 무엇을 아래쪽으로 내리밀었다. 그때 실제로 어느 정도 축기築基가 되었던지, 무엇이 아래로 끝까지 밀려 내려가서 회음혈로 들어갔는데, 저것이 무엇일까 했을 정도로 확실한 무엇을 느꼈다.

그리고 얼마 후 나는 계속 고요한 것을 지키고만 앉아 있었는데, 갑자기 왼쪽 하늘에서 하얗게 반짝이는 조각들이 아주 촘촘히 위에서 내려오는 것이 보였다. 작고 하얗게 반짝이는, 네모난 조각들이 쉬지 않고 줄줄이 반짝반짝하면서 까만 뒷배경을 지우며 아래로 내려오고 있었다.

놀란 나는 오른쪽으로 눈을 돌렸다. 이번에는 오른쪽 벽 역시 똑같은 모양으로 온통 흰 반짝이는 조각들이 눈처럼 내려오기 시작했다. 나는 눈을 가운데로 돌렸다. 오, 이런! 나의 정면에서도 그 반짝이는 조각들이 내려오기 시작했다.

그렇게 삼면; 앞쪽, 오른쪽, 왼쪽에서 빛처럼 반짝이는 조각들이 극장에서 영화가 끝났을 때 내려오는 커튼처럼 일정한 속도로 내려와 땅에 닿을 것 같았다.

그게 무엇인지도 모르고, 어리둥절하여 나는 정신을 가다듬고 결가부좌를 풀었다. 그것은 충격이었다. 그 당시에 나는 나의 청정한 본마음에 가까웠던 모양이다.

> 우주의 모든 현상이 지니고 있는 참되고 변함없는 본성法性이 머물 때에는 눈꽃이 어지럽게 날린다. 공부방에 조용히 앉아 있을 때에 눈꽃이 어지럽게 날라서 흩어지는 광경을 만나게 되는데, 이는 태아胎兒가 원만해지는 때이다. 『혜명경慧命經』152쪽에서

차츰 몸이 사라지다

그리고 또 그 2~3일 후에 결가부좌하고 앉아 있는데, 찌릿찌릿한 기운이 몸에서 움직이는 것 같더니, 발끝에서 마치 발이 저릴 때처럼 스물스물 찌릿찌릿한 느낌이 계속되었다.

오! 그런데 이상하게도 이것은 또 어찌된 일인지, 잠깐사이에 양쪽 발가락 끝부분이 사라지기 시작했다. 꼭 수많은 개미가 달라붙어 순식간에 나의 발가락을 먹어치우는 것 같았다.

또, 그 찌릿찌릿한 기운이 발끝에서 점점 위로 옮기면서, 발가락 다음에는 두 발이 없어지더니 이번에는 순식간에 두 종아리가 없어졌다.

그 기운은 계속 위로 올라오면서 놀랍게도 나의 다리를 먹었다. 찌릿찌릿하면서 얼떨결에 다리가 없어졌다. 다리가 잘려나가서 나의 의식에 원래부터 거기에 다리가 없었다고 말하고 있는 것 같았다.

아! 순식간에 머리로 향하고 있었다. 몸통마저 없어지면서 위로 치솟아 올랐고, 가슴이 없어지려는 찰나, '이제 죽는 것은 아닌가.' 하고 생각했다. 나의 오해였지만 나는 죽는 게 무서웠다.

놀란 나는 그만 몸을 뒤로 젖히다가 결가부좌를 한 채로 뒤로 벌렁 넘어가고 말았다. 나중에 마치 수많은 개미가 제 몸통의 가슴까지 먹었던 상황을 어떤 분이 말했다.

"그때 힘을 더 주었으면 아주 벗어날 수가 있었을 것인데…."

참으로 아쉽다. 그분의 말대로 힘을 더 주는 것이 아니라, 그대로 그냥 무심하게 처음처럼 앉아 있기만 했었으면….

그전 어느 날 「박형」과 함께 있던 자리에서 선배가 무엇인가를 알려주려고 이미 말했었다.

"영혼은 손가락 끝 발가락 끝, 몸의 모든 곳에 있어."

사람 실체인 영혼이 손가락 끝 발가락 끝, 몸 모든 곳에 있다는 선배 말은 육체를 벗어난 영혼, 곧 의식체가 실제 인간모습과 같다는 의미는 아닐까 싶었다.

나도 육체와 의식체는 따로따로라는 소견이다. 그래서 의식체가 벗어날 적에 몸의 그 부분이 실제로 완전히 없어져서 거기가 사라진 것처럼, 그래서 허공인 것처럼 느꼈던 것이 아닐까 싶다.

그렇다면 많은 개미가 제 몸통의 가슴까지 먹었던 그 상황은 의식체이탈意識體離脫(유체이탈)의 시작이었을지도 모르겠다.

의식체가 몸을 벗어나는 이것을 유체이탈이라고도 하는데, 내가 좀 더 그 자세로 앉아 있었더라면 정말 나의 의식체가 내 몸에서 이탈했을 것 같다.

그리고 누가 말했다. 정말 그렇게 벗어났을 적에는 언제나 마찬가지로 청정한 무념무상에 머물러야 한다고. 그때는 아상我相(육신이 나라는 생각, 또는 어떤 관렴적인 나를 내세우는 고집)·인상人相·중생상衆生相이 없는 해탈이 필요하다고 한다.

유체이탈한 의식체가 본성품이고 참나라면, 그것은 기독교에서 말하는 성령일 것이고, 불교에서 말하는 불성일 것이며, 유교에서 말하는 하늘과 맞닿은 그 무엇일 것이다.

이렇게 되는 것이 곧 우화등선이다. 성령 되기이다. 대보살의 완성이며, 구오 비룡재천飛龍在天의 비룡飛龍 되는 것이다.

이것이 생사일여生死一如이며, 언제나 그러하면 살아서는 성인, 죽거나 벗어나서는 성령이 되겠다. 정신과 육체가 분리된 의식체가 성령이 되는, 이렇게 우화등선하는 것이다. 지금도 아마 우화등선하는 수행자가 어디엔가 있을 것이다.

「박형」께서 말씀하셨다.

"세 사람이서 공부한다고 산으로 갔어. 얼마 후에 궁금하여 찾아 가보았더니, 아무도 없어. 모두 어디로 갔는지 알 수가 없더라. 집 기둥에는 호랑이 발톱자국 세 개가 나 있더라."

과거·현재·미래를 다 보시는 「박형」께서 어디로 갔는지 모르시겠다고 하셨다면, 내 소견으로 그분들은 우화등선하셨을 것 같다.

육체를 벗어난 비룡이 되어서, 전지전능하고, 여러 가지 중생의 몸을 나타내기도 하면서 넓은 세상을 집으로 하고 「박형」처럼 따뜻한 황금빛을 모든 이에게 전해줄 수 있는 대자유인이 되면 얼마나 좋을까.

✱ 가끔 사람들은 「박형」을 두고 말한다.
"「박형」은 『주역』에 통달通達했다."

이 말은 '그 『주역』에 통달한 「박형」이 성인과 같다.'는 의미이다. 왜냐하면, 통달은 일이관지一以貫之(한 이치로써 모든 것을 일관함)했다는 의미인데, 그 한 이치란 '바로 무극의 마음으로 세상의 모든 이치를 보셨다는 뜻이기 때문'이다. 무극·본성품에 도달하지 않고 세상사의 길흉화복을 점치는 정도로는 통달할 수가 없다고 생각된다.

청정한 본심本心으로 세상을 바라보면, 그 청정한 본심에 모든 것이 '산은 산이요, 물은 물이다.'가 될 것이며, 성령의 사랑, 부모님의 사랑, 인류의 사랑 속에 살고 있는 자신과 똑같은 세상사람들을 (어떤 경우에도) 항상 만나볼 수 있을 것이기 때문이다.

그래서 『주역』에 통달하면 그 사람은 곧 성인이 된다. 혹 사람에 따라서는 성인은 못 되더라도 '성인의 가르침'을 따르는 사람은 될 것이다. 그에게 『주역』은 스스로 변화하라는 지침서일 것이기 때문이다. '스스로 욕망을 절제하고 스스로 만족할 줄 아는 소욕지족少欲知足을 하면서, 거선출앒去善出惡; 신선처럼 살다가 죽어서는 성령으로 변혁變革 되라'는 것이 『주역』의 골수 가르침이기 때문이다.

Ⅶ

상구上九
항룡유회亢龍有悔

높게 나는 용이니, 뉘우침이 있을 것이다.

*

언제나 태평성대太平聖代

차 례

1. 상구上九 높게 나는 용이니, 뉘우침이 있을 것이다

"원광圓光이 보조普照하니, 적寂과 멸滅이 둘이 아니라.

보이는 것은 관음觀音이요, 들리는 것은 묘음妙音이로다.

보고 듣는 것밖에 진리가 따로 없으니,

여기 모인 대중은 알겠는가.

산은 산이요, 물은 물이로다."

건괘는 초구부터 잠룡물용이니, 우리는 자신의 성품을 되찾았고, 함이 없이 행하며, 구이 현용재전 이견대인이니, 스스로 수행하여 대인이 되었으면, 다른 이를 대인으로 만드는 사람농사하면서, 구삼 군자종일건건 석척약려무구이니, 죽기살기로 상구보리 하화중생의 보살도를 실천하였다.

그리고 마침내는 삼계에 초탈해서 욕계에 떨어지지 않는 대인이 되었고, 초지일관初志一貫, 그 원력으로 현상계에 오셔서 중생을 제도한다. 그래서 구사九四 혹약재연 무구이니, 그렇게 삼계에 초탈해서 욕계에 떨어지지 않는 분이 현상계에 오셔서 중생을 제도하고 계시더라도 '허물이 없다'이다.

마침내는 구오 비룡재천 이견대인이다. 자신이 마침내 비룡이 되어, 비룡의 전지전능한 능력으로 잠룡을 비룡·광명·성령이 되게 하였다. 온 세상을 극락으로 만들었다. 이 땅에 태평성대를 이루었다.

더 구할 것도 없고 더 해야할 것이 없다. 보이는 것은 관음觀音이요, 들리는 것은 묘음妙音일뿐이다.

생노병사가 없고 고저장단이 없으며, 시간과 공간(時空)도 없어서 과거가 현재이고 미래이다. 설사 생노병사와 고저장단이 있고 차별이 있어도, 혹은 거기에 생노병사와 고저장단이 없거나 차별이 없어도 상관없다. 그냥 산은 산이요, 물은 물인 채로 태평성대이고, 불국토이다.

眞空妙有個個自 진공묘유개개자
一念不生本來我 일념불생본래아
終日奔走平床臥 종일분주평상와
風雲自在木舞歌 풍운자재목무가

참으로 묘하게 있는 도리를, 낱낱이 스스로 갖추어져 있으니
한 생각도 일어나지 않는 자리를 '본래 나'라고 하는도다
종일토록 바쁘게 일하다가 평상에 드러누으니
바람과 구름은 자유로운데 나무는 춤을 추고 노래하는구나

이것이 태평성대이다.

태극에는 음양이 있지만, 무극에는 음양이 없다. 기뻐할 것도 이루었다고 할 것도 후회할 것도 없다.

그래서 「박형」 박상신 대도사님의 역에는 상구 항용유회도 무극 안에 있을 뿐이다. 자타일시성불도의 성취가 있었을 뿐이다. 그러므로 '상구上九 높게 나는 용이니, 뉘우침이 있을 것이다.'도 태평성대의 모습이다.

그런데도 다른 한편은 '높게 나는 용이니, 뉘우침이 있을 것이다.'이다. 왜냐 하면 '높게 나는 용' 즉, 태평성대를 이룩하지 못한 사람에게는 스스로 뉘우침 이 있기 때문이다.

뉘우친다는 말을 불교에서는 참회라 하고, 기독교에서는 회개라고 한다.

너와 내가 둘이 되면 다른 이와 비교하게 되고, 비교하게 되면 없던 욕심도 생긴다. 우리는 삼천리 금수강산에서 수많은 성령의 축복 속에 살면서, 자유롭

고 충만한 행복이어야 마땅하다.

그런데 어떤 이는 그런 욕심 때문에 자신의 본마음을 쓰지 못한다. 다시 온전한 열반과 환희를 되찾기 위해서, 본마음을 되찾기 위해서는 참회하고 회개해야 한다. 그런 의미로 상구 항용유회(높게 나는 용이니, 뉘우침이 있다)이다.

▶ 「박형」께서 부처님의 극락정토이고, 우리 모두의 아름다운 금수강산인 화엄법계를 드러낸『화엄경華嚴經』을 두 번 읽었다고 하셨다.

"『화엄경』의 원이름은『대방광불화엄경大方廣佛華嚴經』인데, 크고〔大〕 방정方正하고 넓은〔廣〕, '세상 모든 이치를 깨달은 부처님'을 장엄한 경전이라는 의미야.

나는 한문으로 된『화엄경』을 두 번 읽었어. 한문으로 된『화엄경』은 60권본 80권본이 있는데, 주로 80권본이 통용돼. 더 많이.

60권본을 「60화엄」이라 하고, 80권본을 「80화엄」이라고도 하는데, 「60화엄」은 동진東晉의 불타발타라 번역본이고, 「80화엄」은 당나라 실차난타의 번역본이다.

또 당나라 반야삼장의 「40화엄」도 있는데, 그것은 선재善財동자의 입법계품入法界品만 번역한 것이다."

『화엄경』에는 보현보살의 십종대원十種大願과 만나는 십행十行과 그 모든 공덕을 세상 이치理致로 모두 되돌리는 '끝·끝·끝.'하는 십회향十廻向, 거기서 향상하는 단계를 설명한 십지十地. 그리고 불보살님의 등각等覺과 묘각妙覺까지 있고. 온전히 깨닫기만 해도 부처님과 하나가 될 수 있는 '오직 이것 한 길'을 펼쳐서 보여주고 있다.

그리고 물론 모든 마음에 펼쳐진 꽃 피고 새 우는 아름다운 금수강산, 세상의 모든 것, 부처님을 펼쳐서 보여주고 있다.

그래서 「박형」께서 화엄경을 두 번 읽었다는 말씀은 한번은 책으로 읽고 실제로 화엄법계에 부처님을 실현했다는 의미이다.

그러므로 대승경전大乘經典『화엄경』을 읽는다는 것은 '너와 나'가 둘이 아니라는 것, 모두 하나로 보듬었다는 말씀이다. 청정한 마음속에서 '미운 놈도 없고 고운 놈도 없으며, 햇볕이 모든 것에 두루 비추듯이 「박형」께서는 본마음으로 그냥 환하고 깨끗한 광명 속에 머무를 뿐'이기 때문이다.

　* 어느 날 「박형」께서 말씀하셨다.
　"내가 지금 불가에 들어간다 해도 지금하고 조금도 다르지 않아. 손톱만큼도 다르지 않아. 손톱만큼도."
　그리고 또 말씀하셨다.
　"부석사의 축대는 돌의 크고 작고를 가리지 않고 써서 만들었더라."

　그 말씀을 듣고 우리 부부는 「박형」께서 말씀하셨던 그 부석사 축대를 찾아갔었다. 과연 돌담에는 돌이 크고 작고 모나고 둥글고를 막론하고 한 가지로 사용하여 참으로 튼튼하고도 조화로운 축대가 잘 만들어져 있었다. 마치 세상 사람 각자는 생김새나 그의 능력에는 고저와 장단이 있지만, 세상을 전체적으로 보면 그것으로써 아무 탈 없이 잘 돌아가고 있는 것처럼.
　또, 어느 날 「박형」께서 말씀하셨다.
　"우리나라 사람 모두 박가朴家와 인연이 있다."
　우리나라 사람은 모두 한 가족과 다름없다는 가르침이다. 다섯 사람만 건너가면 세상 사람 모두가 실제로 서로 인연이 있는 사람이라고 했던가?

　여기 '상구上九 높게 나는 용이니, 뉘우침이 있을 것이다.'는 「박형」께서 가르쳐주시려고 하셨던 것, 크고 작은 돌이 어울려서 축대를 이룬 것처럼, 부처님께서 성불하신 후에 처음 설하신 화엄설법, '욕망을 없애고, 지나친 고행도 하지 말라'고 하시며, 지금 여기에서 지극한 행복 속에 살고 있다는 것을 문득 깨우치라고 설하셨던 부처님의 초전법륜처럼, 상구 '높게 나는 용이니, 뉘우침이 있을 것이다'는 동체대비의 성품 성으로 살라는 말씀일 뿐이다.

그리고 또 '용구用九 견군용무수見群龍無首 길吉'이라고 한 것이다. 아홉 구 九를 씀이니, 뭇 용의 머리 없음을 보면 길할 것이다, 즉 열 십十자가 아닌 아 홉 구九를 쓰는 것은 겸손의 뜻이기도 하지만, 성품 성을 쓰는 바 없이 쓰는 것 이 옳다는 뜻이다.

처음 수행할 적에는 불보살님만 큰 어른으로 보이지만, 차츰 선지식을 우러 르게 되고, 스님이 존경스러운 어른으로 보이며, 나중에는 모든 신도가 어른스 럽고 지나가는 세상의 모든 이가 다 훌륭한 사람이 된다. 이것이 '용구 견군용 무수길' '뭇 용의 머리 없음을 보면 길할 것이다.'의 참뜻이다. 벼가 익으면 고 개를 숙인다는 '뭇 용의 머리 없음을 보면 길할 것이다.'이기도 하다.

그것은 높은 곳에서 내려다보시는 성령의 눈으로 보는 것이며, 다른 사람과 다 함께 가는 동체대비의 성품을 쓰는 것이며, 함께 어울려 살아가고 있는 지 구별 지금 여기에서, 원수도 사랑할 수 있는 성인聖人의 마음가짐이다.

▶그래서 부처님께서는 수행·정진하라고 하셨다. '반드시 꼭 어떤 존재로 태 어나는 윤회에서 벗어나라.'고 이렇게 말씀하셨다.

"비구들이여, 법과 율이 잘 설해졌을 때 정진을 시작한 자는 행복하게 산다. 그것 은 무슨 까닭인가? 법이 잘 설해졌기 때문이다.

비구들이여, 아무리 적은 양의 똥일지라도 그것은 악취를 풍긴다. 나는 아무리 짧 은 기간일지라도 존재(유, bhava)로 태어나는 것을 칭송하지 않나니, 하다못해 손가 락을 튀기는 기간만큼이라도 (존재로 태어나는 것)을 칭송하지 않는다."

▶어느 날 「박형」께서도 해탈·성자의 경지에서 바라본 세상을 생각하시며 말씀하셨는지? 이렇게 말씀하셨다.

"어릴 때 좋게 보이던 것도 커서 보니 별것 아니더라."

제5장 기제既濟 · 무망无妄 · 서합噬嗑

『주역』 64괘 중에서

「박형」 박상신 대도사님께서 짚어주신

3가지 괘卦~각론各論

I
기제旣濟

「박형」께서 첫 번째로 깨우쳐주신 괘

"이미 물을 건넜다는 뜻이다."

차 례

1. 「박형」께서 깨우쳐주신 3가지 진리

'살아서는 성인 되고 죽어서는 성령이 되는 건괘'가 『주역』 64괘 중에서 가장 중요하다는 것은 그 이상 말이 필요 없겠다. 이제까지 우리는 건괘를 보았다.

지금부터는 「박형」께서 『주역』 공부하던 나를 위해서 특별히 맥을 짚어 풀어주신 3가지의 괘를 만나보자.

우화등선의 길을 밝혀둔 건괘가 『주역』을 지으신 어른의 골수법문이다. 건괘는 『주역』의 존재이유이며, 『주역』의 기둥이고 핵심이다.

그런데 다른 한편으로 건괘가 『주역』의 총론에 해당된다면, 「박형」께서 짚어주신 3가지 괘는 『주역』 64괘의 각론 중에 일부분이다. 그래서 이 3가지 괘를 잘 이해할 수 있게 되면 다른 괘들도 이해하고 바로 풀어갈 수가 있을 것이다. 이제부터 64괘 중에서 「박형」께서 짚어주신 3가지 괘, 기제既濟, 무망无妄, 서합噬嗑괘를 전해드린다.

첫 번째 괘는 이미 물을 건넜다는 뜻의 기제이다. 두 번째 괘는 사주팔자四柱八字의 이치라는 무망이고, 마지막 세 번째 괘는 사랑의 회초리인 서합이다.

전지전능하신 「박형」 박상신 도사님의 큰 가르침에 거듭 감사드리면서, 지금부터 「박형」께서 특별히 짚어주신 기제既濟・무망无妄・서합噬嗑괘의 뜻을 깊이 있게 따라가 보겠다.

2. 첫 번째 괘인 기제는 이미 물을 건넜다는 뜻이다

어느 날 「박형」께서 『주역』 64괘 중에서 가장 먼저 기제괘旣濟卦를 간단하게 한마디로 깨우쳐주셨다.

"기제旣濟는 이미 기旣 건널 제濟, '이미 물을 건넜다.'는 뜻이다. 이는 사람을 살리고 건강을 되찾는다는 뜻으로, 의학醫學의 이치다."

여기서 먼저 서암대선사* 법어法語에서, 기제 즉 이미 물을 건넜다는 어떤 상태에 도달했다는 것인가를 알아보고, 기제가 사람을 살리고 건강을 되찾는 의학의 이치인 까닭을 알아보겠다.

🏵

"그 일체유심조一切唯心造라는 것이 그것이죠.

한 예를 든다면, 동산스님이 건봉사 주지를 할 때인데, 총무 보는 사람이 골골하고 아픈기라. 한번은 죽겠다고 느닷없이 헤매거든.

그래서 두 사람이 급히 서울 대학병원에 가서 진찰을 하니까, 위암이라는 거야. 너무 늦어져서 도저히 현대의학으로는 손을 댈 수 없다는 거라. 25년 전 이야기니까.

그 소리를 들으니 청천벽력靑天霹靂이라, 믿어지지 않거든? 다른 병원에 또 가보자. 또 다른 유명한 병원에 가보니 역시 그 소리거든. 세 곳에 가도 똑같은 소리였지. 그래서 확실히 그 병인가해서, 여관집으로 돌아와 대성통곡을 한다 이거야.

---

* 서암대선사西庵大禪師 : 송홍근宋鴻根(1917-2003) 안동출생. 1975년 조계종 총무원장, 1993년 제8대 조계종 종정. 열반송涅槃頌--"나는 그런 거 없다. 정 물으면 '그 노장 그렇게 살다가 그렇게 갔다.'고 해라. 그게 내 열반송이다."

"내가 중노릇을 해서 모지락스럽고(모질고 억센 데가 있음) 고약한 짓을 한 적이 없는데, 왜 이런 모진 병이 들어서 죽게 되었나?."

엉엉 우니까 친구가 부조 울음으로 같이 얼싸안고 엉엉 우는 기라.

"내가 이제 며칠 안 가서 죽으니, 주지스님, 나에게 먹을 것을 실컷 좀 사 달라."

"아, 그래. 어렵잖다. 내가 지금 듣자하니 그대가 얼마나 먹을는지 모르지만, 내가 실컷 사줄 돈은 있으니, 가자."

매일 절에서 나무뿌리만 먹다가 뭐 별미도 먹고 싶고 그랬던 모양이지?

여러 해를 참아오고 수양은 잘 안되고… 죽을 바에야 고기나 한번 실컷 먹자. 그랬던 모양이지. 그래 요릿집으로 갔단 말이야. 가서 못먹던 것 실컷 청했단 말이야.

그런데 정작 먹으려고 한 젓가락 입에 집어넣으니까 송기 껍데기 씹는 것처럼 맛이 없다 이거야. 생각해보면 그럴 것 아니야? 이것도 뭐 마음이 편해야 시래기죽도 맛이 있지, 그 모양 되어가지고 뭐가 맛이 있겠느냐 이 말이여.

안 먹고 집어던지고, 같이 설악산 가는 그때 버스를 타고 인제를 가다가, 중간에 관음암이라는 조그만 암자로 갔어. 거기 노老 비구니가 사는데, 그 스님과 성이 같은 종씨야. 그래 좀 쉬어간다고 올라간 기라.

그리고 동산스님보고,

"스님은 주지住持니까 한가하게 있을 수 없고, 절로 가시오. 나는 여기서 어차피 죽을 테니까 관세음보살님한테 매달릴라오. 죽어도 지옥에는 안 떨어져야 될 게 아니야."

"좋은 생각을 했다. 기도 잘 해라. 일주일 후에 회향廻向한다니, 기도 회향날 내가 올 테니 열심히 기도를 해라."

라며 가버렸지.

이 이는 주지 책임을 보다가 보니, 일주일이 휙 넘어가고 열흘이 딱 되어버린 기라.

'아이쿠, 회향날 간다 해놓고 정신이 없구나.'

그리고 부랴부랴 쫓아갔다 이거야. 그 언덕에 올라서서 1분이라도 왔다는 기별을 먼저 하려고.

"어—."

하고 소리를 지르니까, 문을 열고 내다보더니 부리나케 막 뛰어내려오는 기라. 와서, 어깨를 탁 치며 '이제는 살았다.'고 좋아서 죽는 기라. 그래 참 희한하지. 꿈같지. 며칠 전에 죽겠다고 통곡하던 사람이 이렇게 어린아이처럼 천진난만하게 좋아하니….

"어떻게 되었든 올라가자."

올라가니 노 비구니가 이야기를 하는데, 그때 며칠 먹지도 못하고 아픈 사람이 관세음보살 기도한다고 목탁을 들고 기도를 밤새도록 하더라 그거야.

진지하게 하므로 말을 거들 수도 없고…, 그렇게 하더라 이거야. 종일 서서 목탁을 두드리며 하더라 이거야.

그는 목탁 삼매에 들었지.

우리가 보니 하루 이틀이지 자기는 일념一念이야. 한 생각으로 했으니까. 생각이 움직여야 피로하지, 생각에 아프다 하니, 생각이 두 동강 났기 때문에 피로하지, 아무리 아프더라도 한 생각으로 집중하면 아픈 게 없잖아?

한 생각 일념一念이면 시간과 공간을 초월해. 남이 보면 사흘을 한 것이지, 자기는 한 생각으로 잠시 한 것인데.

그렇게 염불을 하니까 남 진지한 기도를 깨뜨릴 수 없고 그냥 가만 내버려둔 기라. 사흘째 하다가 쿵 넘어졌다 이거야.

마루로 된 조그만 법당인데, 피로해서 쿵 넘어졌는데…, 넘어진 것만 아는데, 그 다음에 관세음보살님이 내려오시더라 이거야. 오시더니만….

"이 사람아, 어디가 그리 아픈고?"

"하이고, 내가 이 배가 아파서 죽겠습니다."

"어디 보자."

그래 만지는데 시원하더라 이거야. 그때 어깨를 만져 가며 죽 내려오는데, 그렇게 시원할 수가 없는 기라. 그래서 무르팍까지 만져 내려오는데, 시원하거든. 그러다 퍼뜩 서서 올라가,

"아이쿠, 여기마저 만져 주시오."

그러는 찰나에 깜짝 놀라 깼거든.

그러고 나서는 이상하게 아픈 데가 없고 몸이 가볍고 참 희한하고 그렇거든. 아플 긴데 아무리 해도 안 아프고…. 그래 갈증이 나서 물 한 그릇 청해 먹고. 사흘 기도하다가 그랬고, 열흘 만에 그 주지가 왔으니 일주일이 지나서 그만 살았다 그거지요.

그 스님이 믿어지지도 않고 이상스러우니까, 또 병원에 데리고 간 거야. 진찰을 하더니 의사가 하는 말이,

"도대체 무슨 약을 자셨소? 응? 무슨 약을 자셨소?"

자꾸 묻더라 이거야. 무슨 약을 먹었느냐고 자꾸 묻더라 이거지. 무슨 약을 먹었다고 하겠소?

내가 관세음보살을 만들어가지고 내 관세음보살이 나와서 내 병을 고치는 거야. 그것이 바깥에서 꼭 온 것이 아니야. 만법萬法이 전부 이 마음속에서 일어나는 것입니다. 그래서 사람은 조물주요 위대한 존재라는 겁니다. 너와 나를 불문하고 누구나 이런 여의주如意珠를 똑같이 가지고 있는 것입니다."

§

일심一心 청정한 마음, 여의주로써 병이 나았다. 겉으로 육체의 병이 나았지만, 실은 진실한 마음, 기도하는 마음을 따라서 육체의 병이 나았던 것이다.

어느 분의 말씀처럼 수레가 가지 않으면 수레를 때려야 할까? 소를 때려야 할까? 당연히 소를 때려야 수레가 간다. 이와같이 병이 들면 먼저 몸을 돌봐야 하겠지만, 그중에 진짜는 마음이 먼저 치료되어야 육체의 병이 낫는다.

내가 보니, 어떤 이가 병이 있어서 가족이 아무리 병원에 가자고 해도 막무가내로 버티고 가지 않는다. 주위사람들의 어떤 충고도 듣지 않는다. 심지어

약을 사다 주어도 먹지 않는다. 그런데 나을 때가 되면 약도 먹고 병원에 간다.

　그렇게 되는 이유는 자기 속에서 주인노릇하는 의식체가 그렇게 하라고 시키기 때문이다. 결정을 그 의식체가 하기 때문이다. 사람의 마음을 점령하고 있는 의식체가 곧 그 사람이다. 병을 들게도 하고 낫게도 하는 것이다. 자기가 자기의 주인이 되면 이렇게 모든 것이 자유자재가 된다. 정말 놀랍다.

　한편 어느 날 「박형」께서는 "나는 의술은 공부하지 않았다."고 하셨다.

　그런데 「박형」께서 아픈 이에게 돌을 집어주면서, 이것을 삶아 먹으면 낫는다고 길에 아무 돌이나 하나 집어주었다'는 선배의 증언이 있다.

　「박형」께서 의술을 공부하지 않으셨지만, 수행의 공덕으로 환자의 병을 다 보셨고 마음만 먹으면 낫게 할 수가 있으셨다.

　참, 의술은 의학과 다르다. 기제는 '사람을 살리고 건강을 되찾는다는 뜻으로, 의학醫學의 이치'라고 하셨을 때의 의학은 (그의 의식체를 포함해서) 사람을 살리는 의학이다. 의술은 몸의 병을 치료하는 기술技術의 술術이다.

　죽은 자도 살리신 예수님께서도 그분의 청정한 마음, 하나님과 통하는 마음 (능력)으로 병자들, 눈먼 이, 귀신 들린 이, 중풍병자 등등을 고치셨다. 이런 것이 기제가 병을 낫게하는 이치이며, 여기 '의학醫學의 이치'이다.

　수일 후에 예수께서 다시 가버나움에 들어가시니, 집에 계신 소문이 들린지라, 많은 사람이 모여서 문 앞에라도 용신容身할 수 없게 되었는데, 예수께서 저희에게 도를 말씀하시더니,

　사람들이 한 중풍병자를 네 사람에게 메워가지고 예수께로 올새 무리로 인하여 예수께 데려갈 수 없으므로, 그 계신 곳의 지붕을 뜯어 구멍을 내고 중풍병자의 누운 상床을 달아내리니, 예수께서 저희의 믿음을 보시고 중풍병자에게 이르시기를,

"소자小子야, 네 죄 사함을 받았느니라."

하시니, 어떤 서기관들이 거기 앉아서 마음에 의논하기를

'이 사람이 어찌 이렇게 말하는가. 참람僭濫(분수에 넘치게 함부로 함, 입에 담지 못할 행동이나 말)하도다. 오직 하나님 한 분 외에는 누가 능히 죄를 사하겠느냐'

저희가 속으로 이렇게 의논하는 줄을 예수께서 곧 중심中心에 아시고, 이르시기를,

"어찌하여 이것을 마음에 의논하느냐. 중풍병자에게 네 죄 사함을 받았느니라 하는 말과 일어나 네 상을 가지고 걸어가라 하는 말이 어느 것이 쉽겠느냐? 그러나 인자人子가 땅에서 죄를 사하는 권세가 있는 줄을 너희로 알게 하려 하노라."

하시고, 중풍병자에게 말씀하시되,

"내가 네게 이르노니, 일어나 네 상을 가지고 집으로 가라"

하시니, 그가 일어나 곧 상을 가지고 모든 사람 앞에서 나가거늘, 저희가 다 놀라 영광을 하나님께 돌리며 가로되,

"우리가 이런 일을 도무지 보지 못하였다."

하더라.

「마가복음」(2;1~12)

많은 사례에서 보면, 우리의 잘못(죄) 때문에 병이 되며, 불보살님이나 예수님 같은 분들은 능력으로 병을 낫게 하실 수가 있다. 그리고 병자가 자신의 깊은 삼매로써 자기 마음(자비심)에 들어가면 마음의 잘못(죄)도 없어지고 육체의 병도 모두 나을 수가 있다.

그럼 왜 불보살님은 그러한 능력으로 수 많은 이들의 괴로운 병을 모두 낫게 하시지 않는 것일까? 그리고 사람의 마음을 점령하고 있는 의식체는 왜 자기가 깃들고 있는 육체의 병을 낫게 하지 않는 것일까?

나도 한때 이렇게 생각했지만, 육체를 치료하는 것은 그 사람에게 잠시의 고통을 면하게 해줄지는 몰라도 넓은 안목으로 보면 그 사람에게 도움이 되지 않을 수도 있기 때문이다. 어찌보면 그 사람에게 그 병이라는 것이 오히려 그의 생각이나 사상에 좋은 변화를 가져다줄 수 있는 '사랑의 회초리'일 수도 있기 때문이다. 사람이 병이 들면 그의 생각의 수준이 한 단계 상승한다고도 하니까.

어떻든 「박형」께서

"기제는 이미 기 건널 제, '이미 물을 건넜다.'는 뜻이다. 이는 사람을 살리고 건강을 되찾는다는 뜻으로, 의학醫學의 이치다."

라고 깨우쳐주신 말씀의 깊은 뜻은 '요단강 건너가 만나리'라는 찬송가의 내용과 같다.

분명 기제는 부처님께서 말씀하신 도피안, 곧 물을 건너가서 저쪽 언덕에 도달했다는 기제이며, 건너간 그곳은 성령과 하나인 청정한 마음자리이며, 해탈·니르바나(Nirvâna)이다.

도피안, 기제는 우리의 몸만 온전하게 되는 정도가 아니라, 마음이 원래의 생령生靈으로 되돌아가는 것이다. 온전히 교역되는 베이스캠프로 나아가는 것이다.

「박형」께서 주역의 64괘 중에서 가장 먼저 기제를 말씀하신 이유가 여기에 있다. 몸의 병도 마음의 병도 다 함께 나아서 열반·적정의 아름다운 세상의 주인이 되라는 (정말 중요한 의미가 있는) 기제이다.

이쪽 언덕은 '욕망이 주인노릇하는 현상계'이고, 욕망의 노예로서 윤회하는 삶만 있는 괴로운 곳이라면, 저쪽 언덕은 모든 괴로움과 번뇌에서 벗어난 사람의 청정하고 밝고 아름답고 즐거운 삶이 있는 곳이기 때문이다.

그러므로 무극에 이르기, 옥봉에 도달하기, 명당의 주인 되기, 해탈하고 열반에 이르기, 성인 되기, 욕망에서 벗어나기, 변역·교역되기, 극락·천당가기 등등을 생각해보면, 누가 뭐라고 해도 흠이 없고, 청정한 본마음을 되찾아야 기제이고 '물을 건넜다.'고 할 수 있다.

자신의 감각적 욕망을 따라 살지 않고, 모두의 안녕과 행복을 위하여 사는, 고귀한 삶을 사는 사람만이 진정한 '물을 건넌' 사람이라고 말할 수도 있겠다.

눈에, 귀에, 코에, 맛에, 몸에, 생각에 좋은 것을 추구하던 이제까지의 삶을 온전히 바꾸는 것이 기제이다. 그것이 곧 '물을 건넜다.'이다.

그러므로 우리가 '병원, 감옥살이하는 것 같이 갇힌' 육체에서 벗어나는 것 또한 기제에서 시작된다. '욕심의 강물을 건너서' 본마음을 되찾으면 '병원, 감옥살이에서 벗어나게 되고, 보살의 길로 들어서서 보살행을 실천하며 마침내 대자유를 성취한 보살마하살 내지는 삼계도사가 될 수 있기 때문이다.

물론 그렇게 되려면 수행자 싯다르타 태자처럼 '집착을 버림으로써 나의 마음이 번뇌에서 벗어나 해탈을 이룰 때까지 이 가부좌를 풀지 않으리라.' 하거나, 공자님처럼 '아침에 도를 들으면 저녁에 죽어도 좋다〔朝聞道夕死可矣〕'의 강력한 의지력이 필요하겠지만.

가장 확실하고 제일 빠른 길은 수행하여 욕심을 하나씩 항복 받는 방법이 가장 확실하고 빠른 길이고, '거기서 벗어나는 길은 오직 이것 한 길뿐'이다.

▶『주역』에서는 '기제는 이미 기 건널 제, 이미 물을 건넜다는 뜻이다. 이는 사람을 살리고 건강을 되찾는다는 뜻으로, 의학의 이치다.'를 이렇게 나타내고 있다.

기제既濟의 위는 감坎☵성인(물)이고, 아래는 이離☲범부(불)이다. 성인(물)이 범부(불) 위에 올라가 있는 모양으로, 감坎☵성인(물)은 물처럼 흐르는 성품性品을 나타내고, 이離☲범부(불)는 불처럼 타오르는 욕심을 나타낸다.

그래서 우리의 마음속에 욕심이 없으면 (욕심의 불을 끄면) 바로 성인이 되어 성품을 쓰게 되는데, 이것이 죽을 사람을 살렸다는 뜻, 괴로움의 바다를 건넜다는 뜻이고, 「박형」께서 깨우쳐주신 기제이다. 간단하지 않은가?

이른바 도피안이고, 열반·적정, 그 해탈·하나님의 성전에 이른 것이다. '인생길을 괴로움의 바다'라고 하는 이유는 인생길이 곧 윤회하는 삶이기 때문이다. 그래서 윤회를 벗어나는 것이 우리에게 제일 중요한 일대사一大事이며, '자기를 되찾는 것, 그리고 자기가 자기의 주인 노릇을 하는 것'이 자기를 살리고 건강을 되찾는 것이다.

모든 성현의 간절한 가르침의 첫 번째 목표가 바로 자기 욕심을 이기는 것이며, 본마음으로 돌아가는 것이다. 욕망으로 소용돌이치는 저 강을 건너는 것, 이것이 해탈·열반으로 가는 길이며, 무극에 이르는 길이며, 천국으로 향상하는 길이고, 「박형」께서 '거기서 벗어나는 길은 오직 이것 한 길뿐'이라고 하셨던, '오직 이것 한 길'인 기제이다.

▶부처님께서 깨우쳐주신 벗어나는 길, 사성제四聖諦와 팔정도八正道

4가지 성스러운 진리(사성제)

"비구들이여, 괴로움이란 무엇인가?

태어남도 늙음도 병듦도 죽음도 모두 괴로움이며, 근심과 탄식, 육체적 고통과 정신적 고통, 절망도 모두 괴로움이며, 사랑하지 않는 이와 만나고 사랑하는 이와 헤어지고, 원하는 것을 얻지 못하는 것도 모두 괴로움이니, 이른바 다섯 가지 집착다발이 모두 괴로움이니라.

비구들이여, 괴로움의 일어남이란 무엇인가?

이는 다시 태어남을 가져오고 향락과 탐욕이 함께하며 여기저기서 즐거움을 추구하고자 하는 갈애渴愛*를 말하는 것이니, 곧 감각적 욕망에 대한 갈애이며 존재에 대한 갈애이며 존재하지 않는 것에 대한 갈애이니라.

---

* 갈애渴愛 : 번뇌에 얽매인 사람이 목마르게 오욕五欲(다섯가지 욕심, 재물욕·색욕·음식욕·명예욕·수면욕의 5가지 본능을 일컬음

그렇다면 이러한 갈애는 어디에서 일어나 어디에서 안주安住하는가? 세상에서 사랑스럽고 즐겁고 기분 좋은 것이 있는 자리, 그곳이 바로 갈애가 안주하는 곳이니라.

비구들이여, 괴로움의 소멸이란 무엇인가?

모든 갈애가 남김없이 끊어지고 사라져 모든 갈애에서 벗어나 집착하지 않음이니, 이를 일러 괴로움의 소멸이라 하느니라.

그렇다면 이러한 갈애는 어디에서 끊어지고 어디에서 사라지는가?

세상에서 사랑스럽고 즐겁고 기분 좋은 것만 있는 자리, 그곳이 바로 갈애가 사라지는 곳이니라."

부처님께서 사성제를 이어서 팔정도八正道를 말씀하셨다.

"비구들이여, 괴로움의 소멸로 이끄는 길이란 무엇인가?

이는 여덟 가지 구성요소를 가진 성스러운 길〔八正道〕이니, 곧 바른 견해〔正見〕, 바른 사유〔正思惟〕, 바른 말〔正語〕, 바른 행위〔正業〕, 바른 생계〔正命〕, 바른 정진〔正精進〕, 바른 마음챙김〔正念〕, 바른 삼매〔正定〕이니라.

비구들이여, 참된 수행자는 이처럼 안으로 또는 밖으로 또는 안팎으로 법에서 법을 관찰하며 머문다. 법에서 일어나거나 사라지거나 법에서 일어나기도 하고 사라지기도 하는 현상을 관찰하며 머문다.

또한 그는 '법이 있구나'라고 마음챙김을 잘 확립하니, 그에게는 순수한 지혜와 순수한 마음챙김만이 남을 뿐, 세상의 어느 것에도 의존하거나 집착하지 않느니라.

비구들이여, 지금까지 내가 설한 4가지 마음챙김의 확립을 7년 동안 닦는 이는 누구든지 두 가지 결과 가운데 하나를 기대할 수 있으니, 지금 여기에서 구경究竟·궁극窮極의 지혜를 얻거나 만약 그에게 취착取着의 자취가 남아 있다면 다시 돌아오지 않는 경지인 불환과不還果*를 얻으리라.

비구들이여, 7년에는 미치지 못하더라도 네 가지 마음챙김의 확립을 6년, 5년, 4년, 3년, 2년, 1년이라도 닦거나, 혹은 단 7개월이라도 닦는 이는 누구든지 두 가지 결과 가운데 하나를 기대할 수 있으니, 지금 여기에서 구경의 지혜를 얻거나 만약 그에게 취착의 자취가 남아 있다면 다시 돌아오지 않는 경지인 불환과를 얻으리라.

비구들이여, 7개월에는 미치지 못하더라도 네 가지 마음챙김의 확립을 6개월, 5개월, 4개월, 3개월, 2개월, 1개월, 보름이라도 닦거나 혹은 단 7일이라도 닦는 이는 누구든지….'' (하략)

훌륭한 수행자는 7일에도 된다니!! 실제로 마하가섭존자**는 부처님을 만난 지 8일째 되는 날에 최상의 깨달음을 성취하셨다.

"어떻게 해야 성자가 되고, 깨달은 이가 되는 것입니까?"

라는 바라문의 질문을 받으시고 세존께서는 공덕을 찬미하는 노래로 답하셨다.

"전생의 삶을 알고, 천상과 악도를 두루 보며, 태어남을 부수었고, 최상의 지혜로 알아 목적을 이룬 성자,

청정한 마음을 알고, 탐욕에서 완전히 벗어났으며, 태어남과 죽음을 모두 여의고, 청정한 범행梵行(맑고 깨끗한 행실)을 완성해, 모든 법을 통달한 이,

---

* 불환과不還果 : 아나함과阿那含果, 성문사과聲聞四果 가운데 세 번째 지위. 욕계欲界의 아홉가지 번뇌를 모두 끊었으므로, 죽은 뒤에 이 세상에 오지 않고 천상에서 성불한다는 과위果位이다.
** 마하가섭존자 : 대가섭이라 하며, 우루빈나 가섭 등 3가섭과는 구별된다. 대음광大飮光·대구씨大龜氏라 번역하며, 부처님의 십대제자 가운데 제일 우두머리, 본래 바라문 명문가의 출신이며 대부大富장자였으나 항상 도와 학문을 즐기었으며, 스스로 출가수행하여 깊은 경지를 얻고 부처님을 만나 귀의했다. 두타제일頭陀第一의 제자로 부처님이 열반하신 뒤에는 상수上首제자로써 교단을 이끄셨다.

바라문이여, 이러한 사람을 깨달은 이라 합니다."

▶이미 인간을 뛰어넘는 지혜로 모든 것을 다 보신 성인께서는 몇 천년전 그 옛날에 무극과 음양과 사상과 팔괘를 지으시고, 『주역』에 기제를 만드셨고, 지상 최고 최상의 진리인, '벗어나는 오직 한 길'을 구구절절하게 말씀하셨다. 그러므로 『주역』을 『역경易經』이라 하여 『시경詩經』『서경書經』과 함께 삼경三經에 포함시킬 수 있는 것이다.

죽은 자를 보내는 노래인 '요단강 건너가 만나기'가 기제라고 하는 까닭은 요단강을 건넜을 때, 즉 모든 시련과 유혹을 이기고 천당 가려는 욕심마저 온전히 놓아버리고 깨어있을 때, 그 성전聖殿에서 예수님도 만나고, 하나님도 만나고, 먼저 천국으로 간 어른들도 만날 수 있게 될 것이기 때문이다.

* 어느 날 「박형」께서 '기제 즉 강을 건너고 배에서 내려선 홀가분한 상태'를 쉽게 깨우쳐주셨다.

"공부를 하면 할수록 점점 깜깜해져, 아무것도 모르게 돼.

나중에는 공부하려는 생각마저 없어져야 돼."

실제로 「박형」께서는 입산, 수행하셔서 마침내 도를 성취하시고 온전한 무극을 실현하셨다. 「박형」께서 '도를 성취하고 온전한 무극을 실현하셨다'고 내가 감히 말할 수 있는 까닭은 「박형」께서 입산, 수행의 마지막 순간을 이렇게 말씀하셨기 때문이다.

"공부하다 보니, 산이 흔들흔들 앞으로 왔다 뒤로 갔다 하는데, 한 번 뛰면 앞산에 갈 수 있겠어. 건너뛰니 실제로 가. '이래서는 안 되겠다'하고 하산下山했어. 더 공부했으면, 무엇이 되어도 되었을 것인데…."

분명히 이 말씀은 「박형」께서 삶도 없고 죽음도 없고, 얻을 게 아무것도 없는, 깨달은 어른의 마음·실상實相의 도리인 지혜와 자비심을 잘 설명해주신 중요한 말씀이다.

* 색色과 공空, 유有와 무無가 없는 청정한 본심으로 되돌아가는 것, 이것이 수행의 처음이고 마지막 목적지이며, 열반·니르바나(Nirvâna)의 실현, 연화장 세계蓮華藏世界를 이룩하는 것, 상락아정常樂我淨의 올바른 피안彼岸(이상향인 열반의 세계)에 도달하는 것이다.

보통사람들은 이利하다는 것에 끌리고, 망한다는 것에 흔들리며, 훼손하는 것에 지고, 명예 때문에 잘못하며, 칭찬에 마음이 끌려가고, 나무라는 것에 약해지며, 괴로움을 참지 못하고, 즐거움에 빠진다.

이 8가지는 능히 사람의 마음을 흔들어 놓으므로 8가지의 바람 곧 팔풍八風 이라고 한다. 이利·쇠衰·훼毁·예譽·칭稱·기譏·고苦·락樂의 여덟 가지 실제 상황이다.

그러므로 이런 실제상황에서 흔들림 없는 성자들은 참으로 벗어난 분이며, 모든 병이 완치된 분이며, 우리가 본받아야 할 대단한 어른들이다. 그러므로 수행은 곧 자기와의 싸움에서 이기는 것이다.

사람들은 그런 어른을 일러 물을 건넌 사람, 세상의 모든 욕심에서 벗어난 사람, 성자라 하고, 각자(깨친 이), 아라한이라 이릅니다. 번뇌 망상이라는 병, 생로병사의 윤회라는 병이 깨끗이 치료된 어른이다. 장차 보살님이 되고 죽어 서는 성령이 되실 대인이다.

II

무망无妄

「박형」께서 깨우쳐주신

사주팔자四柱八字의 이치

차 례

1. "무망은 사주팔자의 이치"

어느 날 「박형」 박상신 도사님께서 영혼의 존재를 말씀하셨다.

"옛날 어디에 아주 힘이 세고 기가 센 여자가 있었어. 아무리 날랜 장수가 따라가도 잡을 수가 없었지. 동에 번쩍 서에 번쩍하는 거야. 군대를 동원하고 장수가 나서서 얼마 후에 잡게 되었는데, 가두어두었더니 몸만 남겨두고 영혼으로 날아가 버렸어."

「박형」께서 손을 하늘로 치켜드시면서 '날아가 버렸어'라고 하셨다.

그리고 「박형」 집 앞길에 나서서 논산훈련소에서 있었던 일을 언급하면서

"사람이 죽으면 마지막으로 나가는 곳을 뚫고 나갔다가 얼마 후에 다시 그리로 뚫고 들어왔더니…."

라고 말씀하셔서,

'죽어서 그 무엇이 어디를 뚫고 나갔다'는 내용을 말씀하셨고, 계속해서

"사람이 죽으면 마지막으로 나가는 곳, 깜깜한 데로 뚫고 나갔다가 얼마 후에 다시 깜깜한 데로 뚫고 들어왔어."

라고 하셨다.

이렇게 '다시 깜깜한 데로 뚫고 들어왔다.'고 하셔서, 사람이 죽으면 그 의식체가 몸을 나갔다가 다시 들어올 수 있다는 사실을 담담하게 밝히셨다.

영혼(정신)이라고 할까? 몸속의 존재? 의식체라고 할까? 이름은 무엇이라고 하든지 그 무엇이 '사람이 죽으면' 어디로 뚫고 나갔다가 다시 어디로 뚫고 들어올 수 있다는 내용을 밝혀주셨다. 불교에서 말하는 것처럼 사람은 살았을 적에는 육체라는 옷을 입은 것과 같고, 죽음은 육체라는 옷을 벗는 것과 같다는 내용을 밝혀주셨다.

그리고 「박형」께서는 분명하게 정신과 육체의 분리分離를 말씀하여 이미 육체와 분리된 것이 신령神靈이라는 사실을 밝히셨고, 우리들에게는 영혼(정신)과 육체가 따로따로 존재한다는 의미심장한 내용을 깨우쳐주셨다.

"나는 정신분리精身分離야. 정신과 육체의 분리. 정신분리야.

그것도 일종의 정신분열이라면, 나는 정신분열증精身分裂症이지."

놀랍지 않은가? 나만 놀라운 것인가? 「박형」께서 세상 아무도 함부로 말할 수 없었던 영혼의 존재를 이렇게 쉽게 풀어서 알려주셨다.

정신은 육체의 구속을 받지 않는 의식체라는 의미이며, 「박형」 자신이 '육체와 분리된 정신·신령'이라는 사실을 이렇게 말씀하신 것이다. 우리의 실체가 곧 정신이라는 말씀이다.

그리고 「박형」께서 어느 날 『주역』의 무망과 서합의 뜻을 간결하게 풀어서 알려주실 적에도, 『주역』에 '영혼도 나오고 업(Karma)도 나온다'고 하셨고, 무망괘는 '사주팔자의 이치'라고 하셨다.

"『주역』에는 영혼도 나오고, 업도 나온다. 무망은 사주팔자의 이치고, 서합噬嗑은 시장施杖이야."

사주팔자는 그 사람의 생년월일의 4기둥의 간지干支가 모두 8글자이기 때문에 사주팔자라고 한다. 그 뜻은 사람의 일생의 길흉화복이 이렇게 타고난 생년월일의 4기둥 8글자로서 해석될 수 있다는 의미이다.

그렇다면 왜 무망괘가 사주팔자의 이치일까?

무망괘의 위에 있는 건乾☰은 바른길을 가르치는 성령이신 건乾이고, 아래에 있는 진震☳은 선악을 심판하는 염라대왕 같은 진震이므로, 그 괘상卦象이 마치 위의 성령과 아래의 염라대왕이 마주 서서 바라보는 것 같은 모양새이다.

위의 건乾은 한 치의 오차도 없이 돌아가는 상천지도上天之道로서, 하늘의 이치이며, 하늘의 육법전서라고 말할 수 있고, 아래의 진震은 업경대로 사람의 선악을 훤히 보면서 죄를 심판하는 슬기롭고 공명정대한 염라대왕이다.

진震의 제일 아래의 효, 일양一陽인 초구初九가 염라대왕이라고 하는 이유는 진의 초구는 사람이 속일 수도 없고 돈으로 매수할 수도 없는 우리의 행동을 좌지우지 지휘하고 있는 그 의식체(정신·영혼)이기 때문이다. 무의식? 아니면 그 보다 더 깊은 의식? 불교에서 말하는 업業(제8 아뢰야식)이기 때문이다.

이러한 내용을 『주역』에서는 육이六二와 육삼六三은 음효陰爻이므로 양효陽 爻인 초구의 지배를 받고, 초구의 지시대로 움직일 수밖에 없다고 설명한다.

이것은 마치 우리가 의식하든 의식하지 못하든 어떤 결정을 내릴 적에 무의 식이나 더 깊이 숨어 있는 의식체의 지배를 받아서 결정하고 행동하는 것과 같 다.

그래서 진의 초구初九가 사람의 인생행로를 좌지우지하는 의식체이며, 운명 을 쥐고 있는 사자使者라고 말하는 것이다. 불가에서 이르는바 업보(카르마)이 고, 고삐와 재갈로 말을 다스리듯이 사람 몸속에서 사람을 다스리며 주인행세 하는 의식체(정신·영혼·제8 아뢰야식)이다. 그전에 나의 몸속에서 나의 의지와 는 상관없이 끽끽끽 웃었던 그 의식체처럼 존재하는 그것이다.

그런데 그것이 때로는 어느 교관敎官처럼 엄하게 사람을 대하기도 하고, 가 끔은 우리의 양심처럼 자상하고 조용하게 올바른 길로 우리를 안내하기도 한 다. 분명한 것은 정신이 곧 그 사람이고, 그 사람의 운명이다. 정신은 연속성이 므로, 윤회하는 이치를 배제하고 운명과 사주팔자를 말할 수가 없다.

윤회설에는 제팔식第八識이 무망괘 제일 아래에 있는 효爻, 일양一陽에 해당 된다. 이 제팔식第八識이 우리의 운명을 좌지우지하는 사주팔자四柱八字, 벌주 고 칭찬하면서 훈련시키는, 비유하자면 인생의 업보業報이며, 연출자(PD)라는 것이다.

사주팔자는 전생에서부터 가지고 오는 의식 그대로이므로, 윤회에는 연속성連續性이 있게 된다. 그러므로 자신의 의식을 밝게, 크게 바꾸는 것이 신분상승하고, 미래생에서 좀 더 나은 삶을 살 수 있는 밑거름이 된다. 그래서 수행하여 마음을 닦는 것이 자신에게 가장 큰 유산遺産이 되는 것이다.

그리고 실세인 그 의식체는 연속적으로 흐르는 존재이기 때문에, 우리의 모든 행위, 일거수일투족, 크고 작은 움직임, 그 하나하나의 결과는 우리가 죽는다고 해서 그냥 사라지지 않는다. 그래서 무망无妄, 곧 '허망하지 않다'이다.

없을 무无 허망할 망妄, 즉 윤회하는 우리의 모든 행위가 허망하지 않기 때문에 무망이다. 그리고 그것은 윤회의 법칙대로 자업자득이다.

정말로 우리가 스스로 자신을 개발하고 바로잡아 일깨우지 않으면 아무도 우리를 도와줄 수가 없다. 스스로 자신의 잘못을 깨닫고 고치기 전에는, 그냥 그대로의 의식체가 다음생 그 다음생에도 변함없이 우리의 모든 행위에 그대로 작용할 것이다. 그래서 그 사람이 타고난 운명, 그 사람의 사주팔자는 무망이고, 무망은 「윤회의 법칙」과 아주 같다.

진정 태어날 때부터 금수저 흙수저, 곧 현생의 좋고 나쁨 내지는 행복과 불행의 모든 상황도 자기가 만든 것 그 이상도 그 이하도 아니니, 모두가 자기 자신의 '말과 행동탓'이라고 말하는 것이다.

꼭 기억해야 할 것은 우리의 의식이 개발되지 않고 그대로면, 다음 생에도 역시 지금과 같은 그런 삶을 살 수밖에 없게 된다는 사실이다. 분명 이렇게 우리가 윤회하며 나고 또 죽고 나고 죽어도 소멸됨이 없이 연속적으로 흐르는 의식체가 우리의 실세實勢이기 때문에, 전생에서 했던 것 이상 더 나아진 깨우침 같은 것이 없다면, 이번 생에서도 그런 상황에서 그런 정도의 행동을 할 것이 명약관화明若觀火(불을 보는 것처럼 분명)하다.

누구누구의 운명, 누구누구의 사주팔자는 그 원인에 그 결과가 따른다는 인과응보이다. 그래서 사주팔자는 타고난 운명이라고 하는 것이다.

이렇게 「박형」께서 그 하늘과 땅의 이치인 윤회의 엄중함 내지는 인과응보의 이치를 '무망은 사주팔자의 이치'라고 바로 짚어 깨우쳐주셨던 것이다.

▶어느 날 내가 「박형」 집에 있을 적에 「박형」의 형님이 「박형」을 찾아왔다. 그리고 아주 이상하게도 형님이 동생인 「박형」께 공손하게 물었다.

"집사람 병이 언제 나을까요?"

나는 속으로 깜짝 놀라면서 이 상황을 지켜보고 있었다. 「박형」께서 말씀하셨다.

"이제 곧 나아. 며칠 내로."

"꼭 나았으면 좋겠어요. 너무 오래 아팠어요."

그런데 이게 어떻게 된 일인가. 형님은 아래에서 무릎 꿇고 앉아 있고, 「박형」은 조금 높은 단상 같은 곳에서 그 형님을 내려다보고 있는 것 같은 영상이 보였다. 그 순간 나 역시 높은 곳에서 그 상황을 보고 있는 것 같았다. '내가 잠시 눈을 뜬 것인가? 「박형」께서 그렇게 보여주신 것인가?'

사실은 그전에 그 형님의 부인인 「박형」의 형수님은 나에게서 약을 가져다 드셨었는데, 최근 거의 2년 간 한 번도 오시지 않았기 때문에 나는 속으로 '다 나았구나' 하면서 좋아하고 있었는데, 그때까지 관절통이 낫지 않았다니? 나로서는 무척 미안하고 당황스러웠다.

어떻든 거기서 나는 생각해 보았다. 오래된 병도 그 병 낫는 시간이 정해져 있는데, 「박형」께서 낫는 시간을 아시고 말씀해주신 것인가? 그런 게 아니면 「박형」께서 자신의 능력으로 '며칠 내로' 낫게 해주시겠다고 약속하신 것인가?

그리고 나중에 「박형」께서 나에게 말씀하셨다.

"자네는 오운육기五運六氣만 공부하면 돼. 오운육기를 보면 어떤 때에 어떤 벌레가 유행하고, 하는 게 다 나와 있어."

오운육기는 사람이 어머니 뱃속에 입태될 순간부터 받게 되는 우주의 순환과 기운을 따져서, 그 사람에게 있을 병을 예단하고 맞는 약을 투약하여 병을 예방하고 치료하는 방법이다. (태어난 생년월일시를 가지고 풀어나가는 사주를 보는 법과 입태된 순간의 오운육기를 가지고 병을 보는 것과는 조금 다르지만, 병에 대해서는 같은 게 아닌가 추측된다.)

지금 생각해보면 사람의 병을 낫게 하는 것도 중요하지만 오운육기의 원리가 사주팔자의 원리와 서로 부합符合 되고, 사람의 병이 들고 낫는 오운육기의 이치나 사주팔자의 이치가 윤회하는 이치와 서로 맞아 떨어지는 것을 깨우치는 것이 훨씬 더 인생길에 중요하기 때문에, 「박형」께서 '자네는 오운육기만 공부하면 된다.'고 하셨던 것 같다.

사주四柱와 점괘占卦

「박형」께서 『주역전의대전』 책에 있는 점占치는 방법에 대해서 말씀하시면서 참으로 중요한 내용을 이렇게 알려주셨다.

"산算가지 50개 중에서 제일 처음의 한 개를 먼저 제외하고, 나머지 49개를 가지고 한다. 한 개를 제외하는 것을 잘 연구해 보면, 알게 되는 바가 있을 것이다. 한 개를 제외하는 것은 나와 같은 사람을 제외하는 것이다."

그 50개의 산算가지 중에서 한 개를 먼저 제외하고 시작하는 것은 세상을 주재하시는 「박형」같은 삼계도사 내지는 성스러운 령들은 점치는 것과 아무 상관 없기 때문에 제외하는 것이다.

세상이 이러한데 어리석게도 나는 「박형」 박상신 도사님께, 점占보는 사람 중에서 누구의 점술이 가장 훌륭한가를 여쭤보려고 했었다. 나는 추〇〇, 백〇〇

등등 당시에 유명한 점술가占術家의 이름을 생각하고 있었는데, 그때 「박형」께서 단 한 마디로 깨우쳐주셨다.

"모두 다 그쪽으로 흘렀어."

「박형」께서 말씀하신 그쪽은 인생의 길흉화복을 점치는 쪽이며, 흘렀다는 뜻은 성령의 가르침인 '거기서 벗어나는 길은 오직 이것 한 길뿐'에서 어긋났다는 뜻으로, 감각적 욕망과 돈 명예 등등, 욕망들을 따라 계속 윤회하는 길로 흘러갔다는 말씀이다.

그런데 어느 날, 또 「박형」께서 말씀하셨다.

"점치는 사람 중에도 여합부절如合符節, 부절이 서로 딱딱 맞는 것처럼 아주 신통하게 잘 맞추는 사람이 있더라고. 동리어귀에서 자리를 펴고 앉아 할머니가, 소문이 나서 나도 한번 뒤에서 넘겨다보았는데, 잘 맞추더라고. 누가 언제 죽는다 누구는 어떻게 된다더니, 그 사람이 그렇게 되었어."

그리고 실제로 '집사람에게 훌륭한 죽음'할 것이라고 했던 역술대가 고故 백운학 님께서 예언했던 그대로, 집사람은 40전에 「박형」의 도움으로 승화하였다. 이것을 사람들은 운명의 장난이라 하겠지만, 그렇게 되는 이치를 무시하고 그렇게 간단히 생각하면 안 된다.

어떻게 고 백운학 님은 집사람이 '40전에 죽으며, 그 죽음이 훌륭한 죽음'이라는 것을 알았을까? 정말 이렇게 사주팔자에 모든 운명이 분명하게 새겨져 있는 것일까? 깊은 수행이 성취되어 삼명三明(숙명명, 천안명, 누진명)·육신통이 되면 사람의 운명은 물론 과거세와 미래세를 훤히 보는 것이 가능하다고 한다.

그 까닭은 아마 윤회하는 사람의 연속성 때문일 것이다. 의식체의 연속성이다. 부처님께서 일러주신 것처럼, 사람은 영원히 흐르는 그 어떤 존재이며, 이승에서의 모든 행위가 그냥 허망하게 없어지는 것이 아니고, 반드시 그 결과물과 그런 의식을 그냥 가지고 태어난다는 사실 때문이리라.

* 이승에서 살아 있을 때의 행위가 곧 죽어서 저승에 가지고 갈 수 있는 결과물(공덕과 죄업)이며, 그것이 곧 그 사람의 사주·선천운이 되고, 그 사람의 자산이고 다른 말로 사주팔자이고·업(Karma)이다.

사실 현대의 휴먼게놈프로젝트(Human Genome Project), 2005년까지 인간의 유전자 염기쌍의 배열을 밝히는 연구계획의 완성으로 밝혀낸 것을 보면, 인간의 유전자에 이미 그 사람의 병들, 당뇨병·고혈압·암·신경통·정신병 등의 많은 정보가 들어가 있다고 한다.

또, 2016년 7월 19일 뉴스에, 네덜란드 연구팀이 우표 크기의 기억장치에 전 세계 모든 서적을 기록할 수 있다고 했는데, 이러한 반도체 저장능력의 발전을 보면, 행동할 때 생긴 모든 미세한 파동이 전부 자신의 깊은 의식(제8식)이나 정신계에 저장되고, 그 잘못된 행동(파동) 때문에 그 육신이 병든다는 인과응보가 과학적으로 입증되는 날이 오리라고 생각된다.

그러니 당장은 아니지만 모든 행위가 자신의 깊은 의식(제8식)에 어떤 방법으로든 녹화된다는 주장도 곧 과학적으로 증명될 날이 오지 않을까 싶다. 인과응보, 그 원인이 그 결과로 나아가는 것은 변함없는 우주의 영원한 진리이므로, 향상하려는 사람들은 그것을 절대로 잊어서는 안 될 것이다.

2. 향상하게 되는 과학적 원리

「뇌신경가소성腦神經可塑性 Neuro-Plasticity」

어느 날 「박형」께서 말씀하셨다.

"금은화金銀花〔忍冬(인동)〕를 연구해보면 무엇인가 깨닫는 바가 있을 것이다."

겨울의 혹독한 추위를 이겨내면서 봄을 맞는다는 인동덩굴, 처음에는 은의 흰색 꽃으로 피었다가 차츰 황금색 노랑꽃으로 변하는 꽃, 그래서 이름이 금은화!

마치 윤회하는 우리의 고달픈 삶과 같은 겨울을 꿋꿋하게 이겨내고, 드디어 천상의 향기를 품은 흰 꽃으로 피었다가, 차츰 잘 익은 노랑 꽃으로 변화하는 금은화이다. (「박형」께서 특별히 금은화를 언급하실 때의 느낌은, 실제로 인후통이나 기침에 효험이 있는 금은화가 코로나19의 치료약제로 쓰일 수 있다고 말씀하신 것 같았다. 그 유효성분을 연구해보면 어떨까?)

▶인간(중생)은 습관(업) 때문에 윤회를 계속한다. 달리 말하면 끝없는 욕망 때문에 윤회한다. 그렇다면 우리들은 윤회하는 삶, 그 사주팔자라는 수업과제물 내지는 업(Karma)을 벗어날 방법이 없다는 말인가?

물론 자신의 사주팔자를 고치고 괴로운 윤회에서 벗어날 방법이 있다. 자기 운명을 자기가 변화시킬 방법이 있기 때문이다. 자기의 나쁜 습관을 좋은 습관으로 바꾸는 방법이 자기 운명을 좋게 바꾸는 방법이다.

「박형」께서 선언하셨다.

"(누구)는 후천운後天運이다."

이 말씀은 타고난 사주팔자인 선천운先天運과 다른, 수행하여 스스로 자신의 운명을 바꾼 후천운, 내지는 눈부신 빛으로 화생하는 천지개벽된 후생이 있다는, 참으로 반가운 메시지이다. 자기가 태어날 때 짊어진 운명을 자기 소원대로 마구마구 바꿀 수 있다는 희망의 메시지이다.

▶과학으로 증명된 뇌신경가소성腦神經可塑性(Neuro-Plasticity)은 뇌의 신경회로가 외부의 자극, 경험, 학습에 의해 구조 기능적으로 변화하고 재조직화 되는 현상으로, 이것이 후천운을 여는 원리이다.

뇌신경가소성은 한 마디로 '우리의 뇌는 경험에 대한 반응으로 자기 스스로를(한계 내에서) 재설계再設計할 수 있는 능력이 있다.'는 원리로서, 꾸준히 노력하면 자기가 자기를 변화시킬 수 있다는 뜻이다.

부처님께서 '쌓인 습관(習) 때문에 지옥에 간다.'고 언급하신 것처럼, 계속되는 경험에 대한 반응으로 우리 뇌가 새로운 습관을 기록하고 그 습관에 의하여 인생이 (좋게도 나쁘게도) 바뀌는 것이 뇌신경가소성이라는 원리이다.

그래서 누구나 큰 서원을 세우고 열심히 수행정진하면 마음과 인생이 바뀐다. 마음 밑바닥부터 철저하게 바뀌기 위해서, 그리고 또 빠르게 바뀌기 위해서는 수행이 필요하다.

기도나 독경, 염불, 주력呪力수행이나, 선禪수행이나 명상수행도 좋고, 그리고 보살의 육바라밀을 실천해야 될 것이다. 분명한 서원을 세우고 꾸준히 처음 시작할 때의 열정과 정성을 가지고 노력하면, 그의 마음속에서 변화가 일어나고 그렇게 자기가 자기를 변화시킬 수 있다.

인생은 영원히 흐르는 것이므로 소홀히 할 수 없다. 「박형」께서 문득 깨우쳐 주신 것처럼 '지금이 계절로는 가을'이기 때문이다.

그러므로 우리는 마땅히 지금 이 순간의 중요성을 명심하고, 그 '벗어나는 오직 이것 한 길'을 따라서 수행하고 정진하여 지혜를 얻고, 그 지혜에 의지하여 마침내 대장부가 되고, 윤회하는 삶에서 벗어나고, 더욱 향상하여 살아서 성인 되고 죽어서 성령이 되어야 할 것이다.

▶뇌신경가소성! 반복되는 행동이 만드는 극적인 변화가 주제主題인, 찰스 두히그(Charles Duhigg)의 『습관의 힘The Power of Habit』이라는 책에는, 실제로 습관을 바꾸니 생활도 바뀌고 운명까지 바뀐 '리자'라는 여인의 실례가 있는데, 뇌신경가소성의 원리와 똑같은 내용이다.

옛 습관을 담당하던 신경계 패턴이 새로운 패턴으로 덮혀 있었다. 그녀의 옛 행동과 관련된 신경활동이 여전히 남아 있었지만, 그 충동은 새로운 충동에 의해 밀려나고 있었다. 습관이 바뀌자 뇌까지 바뀌었던 것이다.

조사가 끝나 갈 때쯤에 한 연구자가 리자에게, "가장 최근에 찍은 사진 하나를 보여 드리고 싶습니다."라고 말하며, 그녀의 뇌를 찍은 영상을 모니터에 띄웠다. 그리고 뇌의 중앙 근처를 가리키며 말했다.

"당신이 먹을 것을 보면, 욕망과 시장기와 관련된 이 부분이 활발해집니다. 당신을 과식하게 만들었던 충동적 욕망이 아직 당신 뇌에서 사라지지 않았다는 뜻입니다."

그리고 이번에는 리자의 이마 바로 옆을 가리키며 덧붙여 말했다.

"하지만 이 부분이 예전과 달리 활발해졌습니다. 우리 생각에 행동억제와 자제력이 시작되는 곳입니다. 당신이 검사를 받으러 올 때마다 이 지역의 활동성이 눈에 띄게 향상된 걸 확인할 수 있었습니다."

▶수행은 운명을 좋은 방향으로 바꾸는 가장 확실하고 빠른 방법이다. 분명 큰 자비심과 큰 지혜가 좋은 후천운을 여는 황금열쇠이기 때문에 대원과 수행이 정답이다. 처음부터 바르고 큰 원[大願]을 세우고 계戒를 지키며, 정定으로 욕심을 내려놓고, 혜慧로 마음을 크게 쓰면서, 기도하는 삶을 살아야 한다. 실제로 수행을 해보면 '오!' 하고 놀랄 일이 생긴다. 확실히 자신이 변하면 세상도 변한다.

그러므로 스스로 변하여 마침내 교역이 되면, 이것이 이른바 진정한 후천개벽後天開闢이며 신명개벽神明開闢이다. 자신은 그대로이면서 후천선경後天仙境, 대명천지大明天地, 불국토佛國土 내지는 하나님의 낙원 등의 밝은 문명천지에서 살기를 바란다면 이치에 맞지 않다.

문득 '그것은 바람의 움직임도 아니며, 깃폭의 움직임도 아니다. 당신네 마음이 움직이는 것일세.'라는 말로 큰 가르침을 펴기 시작하셨던 중국 선종禪宗의 육대조 혜능慧能대사의 법문이 생각난다. 분명히 자신의 본마음에서 자신의 참다운 세상을 창조할 수 있다.

최근 서양에서도 운명을 바꾸는 마음의 힘을 (과학적인 방법으로) 말하기 시작했다. '마음과 환경이 몸과 운명을 바꾼다'고 선언한 브루스 립턴(Bruce H. Lipton, Ph.D)의 『당신의 주인은 DNA가 아니다(The Biology of Belief)』를 보면, 이미 타고난 염색체(DNA)의 염기배열이 그 사람의 운명을 모두 다 결정하는 것이 아니고, 무의식적 정신의 힘이 자신의 몸과 마음까지 변화시킬 수가 있다는 사실을 강조하고 있다.

또 다른 이, 『기적을 부르는 뇌(The Brain That Changes Itself)』의 저자 노먼도이지(Norman Doidge) 교수는 말한다.

뇌는 우리가 채워넣는 생명 없는 그릇이 아니라, 생리적 욕구가 있고 적절한 영양공급과 운동을 통해 스스로를 성장시키고 변화시킬 수 있는 하나의 생명체에 더 가깝다. 머제니치의 연구 이전에, 우리는 뇌의 기억력, 처리 속도, 지능에 움직일 수 없는 한계가 있는 복잡한 하나의 기계로 보았다. 머제니치는 이 가정들 하나하나가 틀린다는 것을 보여주었다.

- 그리고 노력하면 -바짝 주의를 기울임으로써- 우리의 뇌를 재배선할 수 있다는 것을 보여주었다.
- 머제니치의 뇌는 세상과 끊임없이 협력하며 만들어진다. 경험을 형성하는 것은 세상에, 곧 감각에 가장 많이 노출되는 뇌의 부위들만이 아니다. 우리가 겪은

경험의 결과로 일어나는 가소성 변화는 뇌 안으로 깊숙이, 궁극적으로 우리의 유전자 속으로까지 침투해 들어가 유전자의 틀까지도 바꾸어 놓는다.

▶부처님께서는 사성제·팔정도의 가르침을 시작으로, 팔만사천 가지의 법문을 설하셨고, 수없이 많은 경전을 통하여 그 가르침이 전해지고 있다. 그런데 그 모든 가르침을 한마디로 정리하면 이렇다.

제악막작諸惡莫作 어떤 악도 짓지 말고
중선봉행衆善奉行 모든 선을 받들어 행하며
자정기의自淨其意 스스로 뜻을 깨끗하게 하라.
시제불교是諸佛教 이것이 부처님들의 공통된 가르침이다.

사주와 팔자는 그 사람의 언행, 그 자체라는 것을 생각해 본다. 그러하니 어찌 향상하는 법을 아는 우리가 스스로를 그냥 방치할 수 있는가?

불법은 이 세간 가운데 있는 것
세간을 떠나서는 깨닫지 못하나니
세간을 떠나서 보리菩提를 찾음은
토끼의 뿔을 구함과 같으니라

Ⅲ
서합噬嗑

「박형」께서 깨우쳐주신
사랑의 회초리

차 례

1. 서합噬嗑은 '사랑의 회초리'

「박형」께서 처음 '서합噬嗑은 시장이야.'라고 하셨을 때 나는 시장이 물건을 거래하는 시장市場이라 하신 줄로 알았다. 나중에 깨닫고 보니 그 시장市場이 아니고, 시장施杖- 배풀 시施, 지팡이 장杖의 뜻으로, 지팡이로 양떼를 몰 듯 성령께서 우리에게 '사랑의 회초리'를 쓴다는 의미였다.

의역하면 괴로움과 어려움으로써 사람을 세상의 이치에 눈 뜨게 한다는 의미이다. 마치 목동이 지팡이로 양들을 물가로 몰아가듯이 '극락, 내지는 꿀과 젖이 흐르는 낙원으로 우리를 인도하시려고 성령께서 '사랑의 회초리'를 쓴다는 의미이다.

정말 괴로움을 당할 적에 우리는 자비가 무엇인지 알고 배려와 도움이 왜 필요한가를 분명하게 깨닫게 된다.

도사님께서는 심지어 그 사람을 위해서 그 사람을 죽게 할 수도 있다고 말하는 분도 있었지만, 그런 경우는 흔하지 않을 것이고, 여기에 「박형」께서 직접 보여주셨던 '사랑의 회초리' 이야기 두 가지를 말씀드린다.

첫 번째 이야기

내가 아주 오랜만에 「박형」 댁을 찾아갔던 날, 「박형」께서 당시에 풍기고등학교(지금은 경북항공고등학교)의 뒤쪽을 흐르는 시냇물(일명, 뒷창락)을 내려다보면서 나에게 물으셨다.

"저기 저 벼락바위 이야기를 아는가?"

그리고 「박형」께서는 커다란 바위가 시냇물 가운데를 덮고 있는 것 같은 곳을 가리키시면서 계속 말씀하셨다.

"텔레비전 드라마 '전설의 고향'에도 나왔어. 저기 보이는 저 바위가 벼락바위라는 거야. 저기에 방앗간이 있었는데, 그 방앗간 주인은 사람들이 쌀을 찧어 갈 때마다 조금씩 쌀을 떠내고는 대신 모래를 집어넣었다는군. 그렇게 고약하게 굴다가 결국 벼락을 맞아 죽었다는 거야. 저기가 방앗간 자리지."

그 욕심 많은 방앗간 주인처럼 약사인 내가 약을 지을 적에 정성을 다하지 않고 나쁜 것을 섞어 넣으면 안 된다는 가르침이라고 생각했다.

『불설삼세인과경』에서도 "이 세상에 벼락 맞고 불타 죽는 자는 무슨 연고인고? 그 전생에 되질 말질 저울질 속이던 과보이니라."라고 했다.

두 번째 이야기

내 고향인 경북 영주시 풍기豐基는 개성開城·금산錦山과 함께 우리나라 인삼人蔘의 삼대三大 주산지主産地의 하나로서, 옛날부터 풍기인삼은 약효가 좋기로 유명하다.

인삼을 캐면 보통은 대나무 칼로 껍질을 벗겨 양지바른 마당에서 하얗고 딱딱하게 마를 때까지 햇볕을 쬔다. 그리고 삼업조합에 가져가서 등급을 매겨, 팔거나 아니면 값이 올라갈 때를 대비해서 저장한다.

땅에서 캐서 아직 말리지 않은 인삼을 수삼水蔘이라고 하는데, 생산지에서는 수삼으로도 많이 팔린다. 외지인들이 선물膳物로 사가기도 하고, 병자의 원기 회복용 건강식품으로 인기가 많다.

그런데 다른 작물도 그렇지만, 인삼 재배는 농사꾼들이 하게 되고, 보통 3년씩 키워서 캘 때가 되면 상인들이 달려와서는 밭떼기로 흥정하고 매매하게 되는 경우가 많은데, 인삼은 땅속에 묻혀 있는 물건이라 수확량이 얼마나 될지 어림짐작하기가 쉽지 않다.

그래서 처음 인삼밭에서 흥정을 시작할 때에는, 수확량을 가늠하기 위해서 한두 포기 인삼뿌리를 먼저 뽑아보게 되는데, 이상한 것은 줄기나 잎이 무성하다고 인삼뿌리가 굵은 것도 아니고, 또 몇 개가 나쁜 게 뽑혔다고 해서 전체 수확량이 나쁜 것도 아니다.

경험이 많은 사람이면 주위환경과 잎과 줄기상태, 내지는 주인의 됨됨 등을 보고서 비슷하게 수확량을 맞히기도 하는데, 그 예상보다 소출이 많이 나오면 이익이 그만큼 커지지만, 소출이 예상보다 적게 나와도 처음 계약한 그대로 값을 치루기 때문에 손해를 보게 되니, 인삼 캘 때가 되면 읍내가 왁자지껄하고 시장바닥 같다. 보통은 캐어 보면 예상과 엇비슷해서 판 경작자나 산 상인이 서로 만족한 마음으로 한잔하고 헤어지게 된다.

사실 인삼은 비싼 물건이고 살 때는 밭떼기로 사지만, 팔 때는 인삼의 무게로 팔기 때문에 캔 인삼의 크기(무게)에 따라서 매출에 엄청난 차이가 생긴다. 계산했던 것보다 굵고 큰 것만 많이 나오면 산 사람이 정말로 큰돈을 벌게 된다.

그런데 어쩌다가 다른 사람보다 소출량을 잘 알아맞히고, 그런 까닭으로 돈을 번, 운 좋은 어떤 사람이 있었는데, 그 사람이 나중에는 의기양양하여 자기 자랑을 하면서, '땅속 한 자까지는 훤히 보인다.'고 큰소리를 치면서 잘난 체했던 모양이다. 하루는 「박형」께서 불쑥

"땅속 한 자까지 훤히 보인다니, 나한테 한번 당해 봐라."

라시며, 의미 있는 말씀을 남기셨다.

그리고 며칠 뒤 저녁 무렵에 우리 집안 종손宗孫(우리와 초등학교 동기)이 「박형」에게 이렇게 말했다.

"그 사람, 어디에 가서 정말 족집게처럼 잘 안다고 하며, 왕창 샀다가 쫄딱

망했어.”

「박형」께서는 연민의 마음으로 묵묵히 그의 이야기를 듣고만 계셨는데, 그가 계속 말했다.

“날이 다 저물어 깜깜한데, 혼자서 그 넓은 인삼밭을 뒤지고 있더라고… 뒤지기만 하면 뭘해. 인삼이 없는데.”

분명히 「박형」께서 방자하게 큰소리치던 사람을 이렇게 혼내주고 가르치셨다. 사랑의 회초리를 드신 것이다. 이것이 곧 도사님께서 그의 거짓말과 오만함을 고쳐 주시려는 사랑의 회초리(서합)의 한 예이다.

또 다른 이야기와 「박형」의 경고 외침

🔔

> “이치가 그러하다. 이치가 그러하다. 이치가 그러하다. 이치가 그러하다.”

누가 지은 잘못에 대하여 금방 그대로 되받는 경우도 보았다.

어떤 사람이 자기 집에 전화를 빌려쓰려고 찾아온 이웃 여인을 겁탈하려다가 반항하는 여인을 세게 밀쳤다. 그 불쌍한 여인은 힘에 밀려 머리를 벽에 ‘꽝’하고 부딪혔다. 놀란 주인이 여인을 집으로 돌려보냈다. 그리고 얼마 후에 그 여인은 다른 이유로 죽고 말았다.

나는 어느 날 그 죄를 지었던 남자가 나의 약국 바닥에서 이유 없이 넘어지는 것을 보았다. 그는 넘어지면서 (이상하게도 누가 뒤에서 밀기라도 한 것처럼) 몸이 붕~ 뜨더니, 멀리 있던 긴 의자로 날아가서 머리를 ‘꽝’하고 의자에 부딪혔다.

그리고 자기도 모르게 넘어졌던 그가 일어서면서 중얼거렸다.

“내가 왜 이럴까?”

나는 그 사람이 넘어지는 모양이 너무 괴상망측하여 나의 약국에 오신 「박형」에게 (그때도 친구로 알고 외람되게) 말했다.

"참, 이상한 것을 보았어. 여기에서 넘어지는 것을 보았는데 순간적으로 몸이 붕 떠서 저기에 있는 의자에 머리를 부딪치더라고."

"그리고 뭐라고 말하던가?"

"내가 왜 이럴까? 그렇게 말하던데."

그때 「박형」께서 말씀하셨다.

"그런 걸 그 사람이 알 수가 없지."

그리고 「박형」께서 갑자기 무대 위에서 열변을 토하는 배우처럼 서북쪽으로 반듯하게 돌아서시더니 크고 엄숙하게 소리치셨다.

"이치가 그러하다. 이치가 그러하다. 이치가 그러하다. 이치가 그러하다. 이치가 그러하다. 이치가 그러하다."

지금도 분명하게 기억나는 것은 그 서북쪽은 평양과 서울이 있으며, 거기서 누군가가 '큰 죄를 짓고 있구나' 하는 느낌이 확실하게 느껴졌다.

그런데 바로 그때 내가 무엇을 생각하고 있는지 알고 계시기나 한 것처럼 「박형」께서는 다시 그쪽으로 돌아서시더니 더욱 크게 더 여러 번 외치셨다.

"이치가 그러하다. 이치가 그러하다. 이치가 그러하다. 이치가 그러하다. 이치가 그러하다. 이치가 그러하다. 이치가 그러하다. 이치가 그러하다."

물론 나 역시 죄짓는 자이니, 「박형」의 경고에서 제외되지 못한다는 생각이 나의 머리를 스쳐갔다. 그리고 「박형」의 강한 경고는 분명 정치하는 위정자들에게 해당하는 경고라고 생각되었다.

세상의 모든 상황이 이치대로 된다는 것을 아시고 믿는 분이 곧 「박형」 박상신 도사님이셨다. "모든 것은 이理다." 라고 하셨던 「박형」이다.

　모든 것을 다 아시는 「박형」의 경고를 미리 피할 수 있는 사람은 과연 누구일까?

『명심보감』「천명편」에 이런 말이 있다.

　만일 사람이 착하지 못한 일을 하고서 이름을 세상에 나타낸 자는, 사람이 비록 해하지 못하나 하늘이 반드시 벨 것이다.　　　　　　　　　　　　　장자莊子

　▶ 서합噬嗑은 '음식을 입에 넣고 윗니와 아랫니로 씹는다'는 의미이다. 누구나 음식을 입에서 씹어 잘게 부수어야 목구멍으로 넘길 수 있고, 위장관에서 소화시킬 수 있고, 영양분을 흡수할 수가 있다. 물론 자기 스스로 자신의 잘못

된 습관 때문에 고생하는 것을 이해하고 스스로 고치는 것도 서합이다. 어떻든 죄를 고치는 상황은 모두 다 '씹어서 목으로 넘기는 서합'이다.

　한편 씹히는 쪽에서 보면, 서합은 고통을 감당한다, 죄에 대한 형벌을 받고 형기를 마쳐야 풀려난다는 뜻이 된다.

　서합괘의 위에 있는 이離☲는 연옥煉獄이다. 연옥은 사후에 완전히 정화되지 못한 영혼들이 (일시적으로) 단련 받는 곳이며, 아래에 있는 진震☳은 많은 죄를 지은 자가 죽은 후에 벌을 받는 지옥이다. 그러므로 서합은 연옥과 지옥이고, 「사랑의 회초리」이다.

　전체적으로 서합은 연옥이나 지옥에서 형벌을 가하고 받는 형국이며, 당하는 사람에게는 괴로운 세상살이에서 업業(Karma)의 시련 내지는 회초리로 종아리를 맞고 있는 형국이다. 실제로 서합은 깨달음이 생겨 본래의 겸손한 삶으로 되돌아오는 날까지 계속되는 (윤회하는) 괴로운 삶을 산다는 뜻이기도 하다.

그 과오를 바로잡는 것으로 인해 혼魂이 성장하는 것이다. 고난이나 장애에 맞선 자가 마음 편한 인생만을 보내고 있는 사람보다도 한층 더 크게, 힘 있게 성장해 간다는 것, 그것이야말로 진정한 의미로서의 이익이라고 말하지 않을 수 없다.

그래서 다시 보면 서합은 하늘의 의지이며, 우리들을 고요한 물가로 인도하려는 목자牧者들의 「사랑의 회초리」이다.

하지만 보통사람들은 그 괴로움이 「사랑의 회초리」라고 깨닫지 못한다. 철이 들기 전에는 그렇다.

「박형」께서 이런 내용을 비유로 말씀하셨다.

"나이가 들면 부모님께서 엄하게 하셨던 것들을 이해하게 되네."

실제로 「박형」의 부친께서는 「박형」이 중학교에 다닐 때부터 집안일, 농사일을 전담시켰고, 입산수도를 적극적으로 반대하였으며, 결혼 후 달랑 쌀 두 가마니를 들려서 남의 밭 한가운데에 쓰러져 가는 허름한 집으로 살림을 나게 했었다.

그렇게 언뜻 보기에는 유독 「박형」에게만 서럽도록 엄하셨던 부친의 깊은 뜻을 「박형」께서 모두 이해하셨다는 의미이다.

그리고 살림을 난 후에 「박형」께서 열심히 농사일하시고 돈을 벌어, 마을 입구에 있던 집을 장만하여, 새로 장만한 집으로 이사하던 날, 그 부친께서 시내에서 술을 드시고 (자랑스러운 마음으로) 금계동의 마을입구에서부터 동리사람에게 다 들리게 크게 소리쳐 외쳤단다.

"새집으로 이사를 한다고! 사람이, 그 동안 고기 한칼 안 사오더니…."

「박형」께서도 부친의 깊은 사랑을 이미 이해하고 계셨지만, 나 또한 그 부친의 속이 깊은 사랑을 만나보았다.

「박형」께서 다른 사람농사하시러 돌아가시고 몇 달 뒤 내가 부친을 방문했다. 어느 나라의 임금님처럼 건장하신 부친께서는 나를 보시더니 문득「박형」이 생각나서 방안으로 들어가서는 한참 동안 혼자 흐느껴 우시고 나오셨다.

그 부친은 남다른 사랑을! 그 부친께서는 이렇게 깊고 깊어 보이지 않는 사랑을 주고 계셨고,「박형」께서는 그 마음을 아시고 계셨다.

▸서합이「사랑의 회초리」라는 뜻을「박형」께서 다음과 같은 비유로 알려주셨다.

"내가 아주 어릴 적에 외갓집에 갔었는데, 엉금엉금 기는 나를 보고 귀엽다고 궁둥이를 살살 때리는 것을 '밉다고 때리는 줄 알고' 화가 나서 밥상의 밥그릇을 마당으로 막 집어 던졌던 기억이 나."

어릴 때는 정신적으로 성숙하지 못한 단계를 뜻하는데, 그때는 생활에 사소한 어려움이 생기거나 공부하다가 힘이 들면, 그것이 자신을 단련시키려는 어른들의「사랑」이라는 것을 모르고, 오히려 화를 내며 자기 몫의 복福그릇마저 뒤집어엎는다는 비유이다.

마치 세상의 모든 고통이 우리를 잘 기르려는 하늘의 뜻임을 모르고, 심통 부리며 화를 내고 하늘을 원망하며 괴로워하는 것과 같다.

한편 서합은 업장소멸하는 내용이라고나 해야 할까?

남의 잘못이 눈에 밟히거든 자신은 절대로 그러한 행동을 하지 않겠다고 다짐할 일이며, 스스로 자신을 돌아보는 안목이 있어야 할 것 같다. 서합은 하늘의 뜻이 이렇게 확실하므로 절대로 자신을 위하여 죄를 짓지 말고, 이미 지어 놓은 죄, 업장을 뉘우치고 참회하라는 가르침인지도 모른다.

진참회眞懺悔(진정한 참회)

부처님께서 말씀하셨다.

"자신에게 더러움이 있으면 '내 안에 더러움이 있다'고, 있는 그대로 꿰뚫어 아는 사람은 자기 자신의 잘못을 깊이 철저하게 뼈에 사무치게 참회하고 또 참회하라.

분명히 열반의 세계가 있고, 거기에 이르는 길도 있으며, 또 나는 자세히 가르쳐 주고 있다. 하지만 누구는 거기에 도달하고, 누구는 도달하지 못한다. 왜냐하면 여래如來는 다만 길을 가르쳐줄 뿐이기 때문이다.

『하나님이 고치지 못할 사람은 없다』에서 보니, 사형수들이 마지막 죽는 순간, 그 마지막 참회는 정말 눈물 나게 처절하고도 감동적이었다.

한편 예수님께서는 끝내 (모두 다 이루기 위하여) 십자가 위에서 죽음을 맞게까지 되셨는데, 그 당시 십자가 위에서의 '어느 강도의 참회'는 세상사람, 그 누구의 참회보다 놀랍고 숭고하다.

（십자가에) 달린 두 행악자行惡者 중 하나는 비방하여 가로되,

"네가 그리스도가 아니냐. 너와 우리를 구원하라."

하되, 하나는 그 사람을 꾸짖어 가로되,

"네가 동일한 정죄를 받고서도 하나님을 두려워 아니하느냐. 우리는 우리의 행한 일에 상당한 보응을 받는 것이니, 이에 당연하거니와 이 사람의 행한 것은 옳지 않은 것이 없느니라."

하고 가로되,

"예수여, 당신의 나라에 임하실 때에 나를 생각하소서."

하니, 예수께서 이르시되,

"내가 진실로 네게 이르노니, 오늘 네가 나와 함께 낙원에 있으리라."

하시니라.　　　　　　　　　　　　　　　　　　　　「누가복음 23:39~」

십자가에 달려서 죽음에 임박하였으면서 예수님을 변호한 그는 사실 행악자가 아니라 참으로 성자와 다름없는 사람이다. 그는 자기의 죄를 인정하고 바

르게 참회했을 뿐만 아니라 큰 믿음이 있었다. 그에게 확실한 믿음과 깨달음이 없었다면 죽음이 임박한 순간에 이렇게 대단한 한 마디, '예수여, 당신의 나라에 임하실 때에 나를 생각하소서.'라고 말할 수 없었을 것이다.

그리고 회개한 행악자가 일시에 '낙원에 있으리라.'고 예수님께서 말씀하신 것은, 광명이 비추면 일시에 어둠은 사라진다는 이치가 있기 때문이다.

인생길에는 비가 오거나 눈이 오는 궂은 날도 있고, 바람이 부는 험한 날도 있지만, 진심으로 참회하면 마치 한 전등불이 방안의 어둠을 일시에 모두 없애는 것처럼, 쨍하고 어둡던 마음에 해가 뜰 수가 있다.

그리고 어둡던 마음에 쨍하고 해가 뜨기만 하면, 그것이 진참회(진정한 참회)라고 말한다.

『천수경』에서 진정한 참회를 다음과 같이 말했다.

百劫積集罪 백겁적집죄   一念頓蕩盡 일념돈탕진
如火焚枯草 여화분고초   滅盡無有餘 멸진무유여
백겁동안 쌓이고 모인 죄, 한 생각에서 모두 없애버리면,
불이 마른 풀 아주 태워 없앤 듯이, 남을 것이 없으리니.

罪無自性從心起 죄무자성종심기   心若滅時罪亦亡 심약멸시죄역망
罪亡心滅兩具空 죄망심멸양구공   是卽名爲眞懺悔 시즉명위진참회
죄는 본래 없는 데 마음 따라 생기니, 마음 비우면 죄 역시 없어지리.
죄도 마음도 모두 다 사라지면, 이게 이름하여 진정한 참회라네.

「박형」께서 불효막심한 나의 참회를 이렇게 받으셨다

"매일 풍기에는 무엇 때문에 다니세요?"

그동안 여러 번 보아 나의 낯을 익혔던 단양역 역무원이 물었다.

"볼 일이 있어서요."

"풍기에 부모님이 계세요?"

"아니요. 할아버지 한 분이 계셔서…."

나는 밤 10시 쯤 단양역을 출발하는 기차에 올랐다. 그리고 지나간 아픈 기억을 떠올렸다.

'차라리 그 할아버지가 나의 선친先親이라면 얼마나 좋을까!'

나는 지금 아무리 후회해도 너무 늦어버린 옛날 일을 생각한다. 참으로 나는 선친先親께 큰 죄를 지었다. 의처증 때문에, 병든 아버지를 병원에 입원시키지 않고 죽게 내버려둔다는 결론을 내렸었다.

한편 「박형」께서는 미래지사未來之事에 대하여 여러 가지 예언을 하셨는데, 시간이 지나면서 나는 「박형」의 말씀 중에서 아직까지 실현되지 않고 있는 예언에 대하여 고민하기 시작했다. 「박형」께서 이렇게 말씀하셨기 때문이다.

1980년 어느 날 우리 토담집에 오셔서 마당에 서서 나에게 질문을 던지셨다.

"자네, 생일이 언제지?"

나의 생일은 양력으로 6월 26일이기 때문에, 내가 무심코

"6월 26일."

이라고 말씀드렸는데, 「박형」께서

"6.25 재침再侵"

이라고 하셨다. 나는 그때 「박형」의 말씀을 듣고서 마음에 충격을 받아서인지 아무 생각이 없었는데, 다시 「박형」께서 저보다 먼저 우리 토담집 방 안으로 들어가시면서 아주 작은 목소리로 혼자 중얼거리셨다.

"9월과 10월 사이."

▶ 그렇게 하셨는데 또 1980년 저와 「박형」과 우리집 아이들이 다 함께 단양에 있는 고수동굴에 갔을 때이다.

"고수동굴, 노동동굴, 천동동굴…. 그 중에 어디가 제일 좋아요?"

누가 「박형」께 여쭈었다. 「박형」께서 그 아이에게,

"고수동굴이 제일 나아."

라고 답하셨다. 그때 옆에 섰던 내가 얼른 그 말씀을 받아서,

"전쟁이 터지면 피난도 하고…."

라고 했는데, 「박형」께서 기다렸다는 듯이 길게 말씀하셨다.

"그래. 피난도 해야지. 앞으로 전쟁이 나면 핵전쟁Nuclear War이 될 것이다. 핵전쟁이 일어나면 많이 상해. 그리고…."

그 순간 나는 '핵전쟁'이라는 말에 충격을 받으며 '핵전쟁'의 처참한 결과를 연상하고 있었던지, 「박형」께서 길게 하신 그 다음 말씀을 지금 전혀 기억해낼 수가 없다.

그러나 그 후 「박형」의 말씀이 하나하나 실제로 틀림없다는 것을 내가 깨닫게 되면서, 나는 점점 '핵전쟁'과 '6.25 재침, 9월과 10월 사이'를 걱정하게 되었다. 한반도의 모든 상황이 한때 긴장상태로 진입하는 것 같기도 했고….

사실은 그 얼마 후에 「박형」께서

"내가 진陣치는 것 다 해두었다."

라고 분명하게, 실로 하늘이 놀라고 땅이 놀랄만한, 엄청난 내용을 말씀하셨지만, 겁이 많고 성령의 능력을 모르는 나는 재침이 더 걱정되었다.

그래서 피난의 한 방법으로 우선 풍기에 있는 집을 수리했다.

그러던 11월 어느 날, 집수리가 잘 되고 있는가를 보려고 풍기역을 내려서 막 역전광장을 빠져나오려는 찰나에, 어떤 할아버지가 나무로 된 긴 의자에 앉아 있는 것이 눈에 띄었다. 그 할아버지가 가진 것이라고는 배낭 하나와 우산

한 자루뿐. 그는 역광장 긴 나무의자에서 컵라면으로 아침을 때우고 있었다. 나는 불쌍한 생각이 들어서

"이 돈으로 밥이라도 사서 드세요."

라면서 만 원짜리 한 장을 건넸다.

그리고 3일 뒤에 다시 내가 거기를 지나는데, 할아버지가 찬바람이 부는 역광장 긴 의자에 그대로 앉아 있었다.

"할아버지, 왜 여기 앉아 계세요?"

그때에 할아버지가 말했다.

"나는 이제 죽을 수밖에 없어요."

그 말을 듣는 순간 그냥 죽게 내버려 두어서는 안 된다는 생각이 머리를 때렸다. 죽을 수밖에 없는 사람은 나의 선친 이후 그가 처음이었다. 나에게 그 옛날 죽을 수밖에 없던 선친을 죽게 내버린 아픔이 되살아났다. 그리고 '꼭 올라오겠어요.' 라고 거짓말할 때, 나의 머릿속과 온 세상에 울려 퍼졌던 천둥소리가 생각났다. 그래서 생각했다. 이 할아버지를 새로 고치는 풍기집에 모시면 어떨까? 그냥 내버려두면 어느 날 역전광장 긴 의자에서 얼어 죽은 그의 시체를 보게 될 것 같고, 다른 한편으로는 할아버지가 풍기집에 와 계시면 겨울에 보일러를 돌릴 수가 있게 되어 새로 설치한 보일러가 얼어 터질 염려도 없겠구나 하는 심산이었다.

"할아버지 며칠만 더 참아요. 내가 방을 꾸미고 있으니까 일이 다 되면 그때에 다시 봐요."

그리고 며칠 후에 보일러 시설이 다 되고, 나는 약속대로 풍기역으로 갔다. 하지만 그 할아버지가 집에 들어오시면 우선 먹고 사는 것을 해결해야 되기 때문에, 혹시 할아버지가 다른 곳으로 살 곳을 찾아갔으면 좋겠다는 은근히 바라는 마음도 함께 있었는데….

풍기역에서 내려 역전광장으로 나왔을 적에 나는 할아버지를 그 자리에서 다시 보았다. 그리고 약속대로 하자고 다짐했다.

"할아버지, 저예요. 자! 일어서요. 저와 같이 가요."

할아버지는 망설였다. 나는 그를 도와 자리에서 일으켰다. 그런데 일어서던 할아버지가 곧 그 자리에 넘어지려했다. 그때 보니 할아버지는 손뿐만이 아니라 다리마저 한쪽을 쓰지 못했다. 순간 예상하지 못했던 두려움으로 가슴이 섬뜩했는데….

"자, 택시를 타고 가요."

그가 어떻든지 나는 용기를 내서 할아버지를 끌며 부축해서, 넘어지려는 할아버지를 껴안고 택시에 태웠다.

그리고 수리를 끝낸 집에 도착해서 내가 말했다.

"여기는 아주 할아버지 집과 다름없으니, 잘 지내봐요."

할아버지는 만족한 듯이 보였다. 그리고 그 후부터 나는 닷새나 열흘에 한번 꼴로 풍기집을 드나들면서, 할아버지가 먹을 쌀과 라면·반찬·김치 등을 챙겨드렸는데, 참 신기하게도 할아버지께서는 몸이 많이 불편했지만 혼자 식사를 해결했다.

자동차가 없던 나는 기차를 이용해서 풍기집으로 갔었는데, 처음에는 보름 정도에 한 번씩 갔고 차츰 더 자주 왕래하게 되었다.

기차는 죽령역을 지나 4키로가 넘는 긴 죽령터널을 빠져 나와 희방사역을 거쳐 가기 때문에 한 번도 서지 않고 직행하는 무궁화호를 타고 가면 기차로 30분이 걸리고, 역에서 집으로 걸어가는 시간을 모두 합치면, 단양 집에서 출발해서 거의 1시간 30분 정도 걸렸다.

그리고 할아버지 덕분에 나는 운전면허증을 따게 되었고, 나중에는 군대에 들어가면서 아들이 타던 자동차를 주어서 겨울밤 눈이 내려 위험한 죽령고개를 수 없이 넘나들었다. 당시에 중앙고속도로가 없어 단양에서 풍기까지 5-60리 길에 한 시간 넘게 걸렸다.

그런데 어느 날 나는 할아버지의 얼굴에서 땅에 쓰러져서 생긴 상처자국을 보았다. 그 넘어져서 생긴 자국은 며칠씩 계속 새로 생기곤 했고, 할아버지는 원래 중풍 때문에 행동이 불편했고 발음이 나쁜 터였지만 갑자기 전보다 거동이 더욱 불편하여졌고 더 알아듣지 못하게 혼자 응얼거렸다. 그래서 어쩔 수 없이 나는 더 자주 할아버지를 돌보러 풍기집을 드나들게 되었는데,

"할아버지 저에요."

나는 그 옛날 집사람이 밖에 나갔다가 돌아올 적에 방에다 대고 말했듯이, 이미 잠들었을지도 모르는 할아버지를 향해서, 전등 불빛이 노랗게 새어 나오고 있는 안방에 대고 소리쳤다.

방문이 열리면서 언제나 한 자리만을 지키고 있는 불쌍한 할아버지의 흰 머리카락과 미소가 눈에 들어왔다.

"잘 지내셨어요? 식사는 많이 드셨어요? 국은 맛있었어요?"

방으로 들어서며, 식탁으로 쓰는 칼도마 위에 아침 출근길에 차려드린 밥그릇과 국그릇 뚜껑을 얼른 열어본다.

가끔은 비어 있고, 때로는 수저도 대지 않은 국그릇이 있었다.

"오늘은 이걸 한 번 드셔 보세요."

내가 준비한 밥만으로 요기를 때우고, 온종일 빈집에 혼자 계시다가 심심하거나 배가 고플 것이 걱정되어 겨울 들어서는 빵을 가끔 사왔다. 치아가 부실한 할아버지는 빵을 드시는 데는 어려움이 없어 보였다.

처음에는 잘 들지 않더니 차츰 밥보다 빵으로 즐거움을 대신하는 듯하였고. 음식을 잘 씹지 못하는 것이 안쓰러워서 갖가지 빵을 사다 드렸다. 밤늦게 동네슈퍼에서 사온 라면과 빵, 그리고 국을 끓일 통조림과 무와 배추 또는 감자 파 등을 담은 배낭을 방바닥에 내려놓고 빵봉지를 보면서 빙그레 웃는 할아버지의 얼굴을 잠시 훔쳐본다. 할아버지는 가끔 손을 가로저으면서 뭐라고 말을 하는데,

"안 웅얼 웅얼…."

그 소리는 처음에는 통역 없이 듣지 못하는 소리였다. 차츰 마음으로 짐작하

고 들으니 대강 무슨 말을 하는지 알아듣기도 했다. 자신이 미안해서 빵을 사오지 말라는 몸짓이려니 혼자 생각했다.

빵과 쨈 그리고 복숭아 통조림 깡통 식혜 등을 쉽게 손닿을 곳에 내려놓고, 빈 그릇과 물컵, 그리고 수저 반찬통을 챙겨 들고, 마루에 달랑 하나 달려 있는 60촉 백열전구에 스위치를 넣는다.

그리고 머리로 방문을 열고 마루로 마당으로 나선다. 그때는 이미 밤 11시가 넘었다. 방 밖은 어둡고, 까만 하늘에는 별들만 반짝이고 있다. 시골집이라 우물이 마당에 있기에 나는 우물가에 도마를 내려놓고, 그릇에 남아 있는 밥과 국물을 '다롱이' 개밥그릇에 부어준다.

설거지가 끝나면 부엌으로 들어가서 밥이 남아 있는가를 점검한다. 밥이 없으면 쌀을 씻고 밥을 짓고… 꼭꼭 이틀에 한 번씩 밥을 짓는다. 그리고 밥이 되는 동안에 내일 드실 사과주스를 만든다.

사실 나는 할아버지 시중드는 것이 몸은 고생스러웠지만 마음속은 즐거웠고, 이유를 알 수 없는 보람 같은 것을 느꼈다. 다른 한편 할아버지가 측은하고 안타까웠다고나 할까. 병신의 몸으로 남의 시중을 받으며 산다는 것 자체가 얼마나 자존심 상하고 고통스러울 터인데…. 할아버지는 치아도 시원치 않아서 조금만 딱딱한 것이면 먹지 못했다. 채소나 오이는 물론 토마토나 사과 같은 과일도 먹을 수가 없는데다가 솜씨 없는 내가 만든 국이니 맛이 오죽하랴 싶었다.

내가 끓여 드린 국은 옛날 대학교 1학년 시절 친구들과 함께 소백산 희방사喜方寺 뒷산에 있던 암자에 가서 보름간 지낼 적에 배워두었던 솜씨였다.

그냥 감자 두부 멸치 배춧잎 무 파 등을 있는 대로 썰어서 냄비에 넣고, 간장이나 된장 고추장을 또 적당히 넣어 모든 재료들이 푹 익을 때까지 삶는 것이 전부였다.

할아버지 몸에는 건선이 있어서, 큰 피부병인가 하여 동리사람이 가까이 오려하지 않았기 때문에, 혼자 종일 텔레비전 보면서 시간을 보내다가 밤에 내가 와야 사람과 대화를 나눌 수가 있었다. 그런 상황이었지만 그가 나를 기다려준다는 것이 무척 즐거웠다.

건선은 영양부족 때문에 생긴 것 같아 두 해 겨울동안 부지런히 사과주스를 만들어 드렸는데, 한해에 큰 나무상자로 네 개 정도의 사과를 갈았다.

손으로 갈아 드릴 수가 도저히 없어서 주스 만드는 기계를 하나 장만했는데, 그 기계란 것이 주스를 만들기에는 편리했지만, 주스를 다 만들고 나서 매번 기계를 분해하여 씻어 보관해야 하기 때문에, 한 번 주스를 만들고 나면 씻는데 더 많은 시간이 소요되었다. 성한 치아를 가진 사람으로는 절대로 사용하고 싶지 않은 주스 기계였다.

특히 추운 겨울밤 다 늦은 시간에 찬바람 매섭게 손끝을 도려내는 듯 할 때쯤 20분씩 샘가에 쪼그리고 앉아서, 그 기계를 수세미로 닦고 물로 헹구다 보면 어깨마저 쑤셔왔다.

또 수챗구멍은 얼어붙어 가심물이 빠지지 않아 일일이 행군 물을 함지에 옮겨 담아서 대문을 열고 밖으로 나가 밭에 버려야 했는데, 펌프는 또 무엇이 잘못되었는지 한 번 물을 퍼올리고 나서 계속 펌프질을 하지 않으면 거의 10초도 안되어 물이 '슈욱~' 하며 내려갔다.

그때마다 다시 마중물을 붓고 물을 퍼올려야 했지만 할아버지께서 드실 주스 기계는 깨끗하게 씻어두어야 했다. 나중에는 어깨는 어깨대로 아프고, 몸에는 땀이 나와 찬바람에 식어 식은땀으로 흘렀다. 허리마저 마음대로 움직일 수가 없을 때가 많았다.

그런데 그 놈의 별은 왜 그렇게 신나게 아름다운지! 그 멋진 별 하늘을 천천히 감상할 기회마저 없다는 것이 나를 괴롭게 했다. 물 푸고 헹구고 갖다 버리고….

세네 번씩하고 나면 기운은 탈진되고, 배고프고 졸리고, 큰 농사라도 하는 것처럼 어깨와 허리가 함께 아팠다.

그러나 나로서는 할아버지를 건강하고 행복하게 정성을 다해서 봉양하고 싶은 마음뿐이었다. 참으로 이것이 어찌 된 까닭인지 알다가도 모를 일이었다.

아마도 처음 마음속으로 했던 약속을 지키자는 오기傲氣와 나와 많이 닮아서 더욱 불쌍한 할아버지 때문이었던 것 같다. 비록 오른손은 팔과 함께 오그라들어 가슴 위에 가서 붙고, 두 다리는 말을 듣지 않고, 걸을 때마다 발을 끌어서 땅에 금을 긋는 다리, 듬성듬성 몇 개 안 남은 치아…. 그것이 할아버지였다.

분명히 그 모습은 나의 모습과 닮았다. 멀쩡한 두 손은 있으나 불쌍한 사람을 향해 내밀지 못하는 손이요, 다리는 있으나 약국에 매여서 꼭 가야할 곳으로도 가지 못하는 다리요, 치아는 있으나 달랑 두 개의 치아로 밥을 씹는 나는 할아버지와 아주 많이 비슷했다.

사실 할아버지는 나보다 더 심지가 굳었고 옳고 그른데 대한 확실한 판단 기준을 가지고 있었다.

그렇게 할아버지 모시기가 겨울에는 좀 힘들었지만, 2년 동안 아무 탈이 없었다. 할아버지의 건선을 치료해주려고 병원에도 함께 다녔고….

그러던 어느 날 나는 풍기역에 도착했고, 택시를 타고 집으로 향했다. 집에는 언제나 안방의 불빛이 정답게 나를 반기고 있었다.

대문을 들어섰다.

"할아버지, 저예요."

그런데 안방에서는 아무 기척이 없었다.

"할아버지 주무세요?"

나는 나를 반기는 '다롱이'를 한 번 쓰다듬고 안방으로 들어서는데,

방의 한쪽 문이 많이 부서져 있는 게 보였다. 그리고 할아버지는 언제나 앉아 있던 그 자리에 쓰러져 누워 계셨다.

"왜? 어디가 아프세요?"

"……. "

"문짝은 왜 저렇게 되었어요?"

이마를 만져 보았다. 열은 없고, 그냥 기운이 없고 무엇엔가 놀란 시늉을 했다. 시늉뿐… 말을 제대로 알아듣게 하질 못했다.

'다시 바람을 맞은 것인가? 문짝으로 넘어지면서 저렇게 만들었나?'

말을 하지 못하니, 그 할아버지도 저도 안타깝기는 매일반이었다. 그런데 그날따라 밥그릇에 아침에 해두었던 밥이 그대로 남아 있었다.

"아니! 밥을 왜 안 드셨어요?"

할아버지는 고개를 흔들며 손을 허공에 내 저을 뿐, 그 표정은 피곤함 그 자체였다. 나의 가슴이 철렁했다. 그리고 다음날 아침 매일 변소에 가는 할아버지를 부축하려고 팔짱을 끼고 마루에서 일으켜 세웠는데, 할아버지가 내 팔에 매달리듯이 몸을 쓰러뜨렸다. 잘 걷지 못하고 자꾸 앞으로 넘어졌다.

"할아버지 일부러 넘어지려하지 말고, 바로 걸어 봐요. 자, 천천히….''

그날은 세 번 이상 넘어지면서 겨우 변소에 다녀왔다. 그런데 그 다음날도 그 다음날도 할아버지는 기운을 차리지 못했다.

그러던 어느 날 아침 나는 할아버지께서 전혀 밥을 먹지 않는다는 것을 알게 되었다.

"오늘은 할아버지가 밥 먹는 것을 보고 가겠어요."

그렇게 말하며, 잠시 그릇을 가지러 부엌으로 나가다가 뒤를 돌아보는 순간에, 휴지로 밥을 싸서 호주머니에 넣고 있던 할아버지를 발견했다. 아, 할아버지는 죽기로 작정하고 먹지 않기로 혼자 결심했던 것이다. 놀란 나는 나도 모르게 외쳤다.

"아니, 이제 보니 할아버지는 정말 밥을 드시지 않을 생각이시군요."

나는 얼이 빠졌다. 이럴 수는 없었다.

"왜 그러세요? 정말로 굶어 죽고 싶어서 그러세요?"

감정을 억제하고 태연한 척하며 물었다. 할아버지는 더 이상 숨길 것이 없어 고개를 끄덕였다. 그리고 머리를 절레절레 흔들었다.

시간이 없는 나는 그날 아침은 그렇게 지났지만, 저녁에 다시 잘 말씀드리려고 마음먹고 단양으로 갔다. 약국에 앉아 있어도 점점 더욱 절박한 심정이 되었다.

사실 나는 그 동안에 할아버지가 혼자 계시기 때문에 심심하실 것 같아서, 집에 돌아오면 일부러 이런저런 이야기를 해드렸었다.

"오늘은 한약조제시험 준비하러 청주 갔었어요. 일주일에 한 번 공부하러 가요. 공부해서 좋은 처방 알게 되면 할아버지 약을 해드리겠어요."

하기도 했고, 건선에 대한 이야기를 하기도 했다.

또 건선을 치료해드리고 싶어서 유명하다는 피부과에도 가보고, 값비싼 연고를 발라드리기도 하고, 탕제를 두 제를 다려 드리기도 했다.

"운전면허 시험을 치고, 아들이 자동차 가지고 오면 부석사 구경시켜 드릴게요. 약속해요."

"응."

할아버지는 고개를 끄덕끄덕 약속하고… 웃으며 손을 휘저으며 말했다.

"나중에…."

"우리집에 오래오래 사세요. 큰일이 나서 약국을 못하게 되면 몰라도, 제가 힘껏 도와드릴게요. 안심하고 건강하게 사세요."

어떻든 할아버지께서 밥을 종이에 싸서 주머니에 감추시려다가 나에게 들킨 그날 저녁에 나는 할아버지와 마주 앉았다. 그리고 우선 무엇이고 먹을 것을 권했는데, 할아버지는 아무것도 먹을 생각이 없었다. 빵도 도마 위에 그대로 있었고, 아침에 나갈 때에 차려드린 밥과 참치를 넣어 끓인 라면도 그대로 남아 있었다.

"할아버지, 나는 할아버지의 심정을 잘 알아요. 이렇게 죽으나 저렇게 죽으나 언젠가 죽기는 마찬가지인데, 계속 남의 도움을 받고 길게 살기보다 거동도 불편하고 말조차 제대로 할 수 없어서 답답한 세상을 더이상 살고 싶지 않은 것을… 잘 알아요.

그렇지만 나를 생각해 주세요. 이제까지 2, 3년간 오로지 할아버지 건강하게 계시는 것만 자랑스럽게 생각하고 왔는데, 이제 갑자기 죽기를 결심한다면, 그리고 죽으신다면 나는 무엇이 돼요. 그러지 마시고 밥을 드세요. 언제까지나 돌봐 드리겠어요."

여기 고백하지만 당시에 나는 언제까지 할아버지를 봉양해야할지 몰라 마음속에 약간 부담이 있었지만, 꼭 밥을 드시라고, 계속 돌봐드리겠다고 말할 수밖에 없었으며 할아버지는 묵묵부답이었다. 눈으로 말을 하고 입을 열었지만, 나는 알아들을 수가 없었다. 나는 다시 말했다.

"할아버지만 생각하시면 어떻게 해요. 여기서 굶어 죽으시면 저는 어떻게 해요. 처음 만났을 적에 '이제 죽을 수밖에 없어요.'라고 하셨지요? 그래서 제가 모시고 왔잖아요. 이제까지 잘 지냈고 저는 할아버지 건강하게 잘 지내시는 것만 만족하며, 힘들지만 즐겁게 살아왔잖아요. 그런 나를 생각해서라도 굶어 죽을 수는 없어요."

나는 내가 고생스럽다는 이야기는 하지 않았다. 절대로 굶어 죽어서는 안 된다는 것이 나의 주장이었다. 그렇지만 어떤 말로도 그의 결심을 바꿀 수가 없었다. 그는 끝까지 다시 밥을 먹겠다는 말을 하지 않았다. 그렇게 며칠간씩이나 나는 먹지도 않을 밥을

"이번에는 꼭 잡수세요."

라는 부탁과 함께 상을 차리고 단양으로 가곤 했다. 그리고 점점 더 걱정되

어서 낮에도 며칠씩 풍기집에 들리게 되었다.

그렇게 굶고 지낸 것이 거의 일주일이 되었다. 나는 당황하고 안타까웠다. 할아버지는 그 동안 좋던 얼굴이 점점 말라 들어갔고, 힘이 없어서 아주 자리에 누워 지내게 되고 말았다. 할아버지에 대한 설득작업은 밤마다 계속 되었다. 이제 모든 것은 그날 할아버지와 나의 담판에 달려 있었다.

"할아버지 저는 불효자식입니다. 아버지가 곧 죽게 되었는데, 입원시켜 드리지 못하고 죽어가는 아버지를 버렸습니다."

그때 웬일인지 울음이 복받쳤다. 울먹이며 말했다.

"어떻든 할아버지마저 그냥 죽게 내버려 둘 수는 절대 없어요. 너무 해요. 억울해요. 고집을 부리시면, 손을 묶고 강제로 입을 벌려서라도 밥을 잡수시게 하겠어요."

정말 절박한 심정으로 나는 정말 그렇게라도 하고 싶었다. 내가 그렇게 할 힘도 능력도 없다는 것을 알고 있었지만, 그렇게 말했다.

"참으로 방법이 없어요. 고집부리시는 할아버지를 구해드릴 방법이 없어요. 할아버지, 제발 나를 한 번만 도와주세요. 꼭 한 번만 도와주세요. 밥도 드시고 절대로 굶어 죽지는 말아주세요. 내가 그 동안 도와드린 공을 아신다면, 나의 잘못을 용서해주시고 다시 밥을 잡수세요."

내가 그렇게 말을 하고 있을 때, 그 방의 천장 위에는 나의 아버지 혼령이 「박형」뿐만 아니라 많은 다른 천신天神과 함께 나를 내려다보고 있다는 분명한 느낌이 있었다. 그래서 나는 더욱 진심으로 온 힘을 다하여 할아버지께 간곡하게, 아니, 나의 아버님의 혼령과 신들께 간곡하게 용서를 빌고 부탁했다.

사실 그때 내가 무슨 말을 했는지 지금 전혀 기억나지 않는다.

일념으로 선친과,「박형」과, 함께 계신 많은 신들께 전심전력으로, 정성을 다하여 애원하고 부탁했다는 것만을 기억할 뿐이다. 그런 것이 진심이라는 것인가?

▶그리고 다음 날. 아침 늦게 나는 버스를 타고 단양으로 갈 참에, 우연히 버

스표 파는 나이 많은 아주머니에게 물었다.

"아주머니, 어떤 사람이 밥을 먹지 않겠다고 하는데, 어떻게 하면 좋겠어요?"

아주머니가 기다렸다는 듯이 대뜸 자신 있게 말했다.

"지렁이가 최고야. 지렁이를 먹으면 입에서 막 당겨. 당기면 먹지 별 수 없어."

"정말요?"

"나는 다 죽어가다가 살았어. 심장도 나쁘고 간도 나쁘고 혈압도 높고 당뇨도 있었어. 몸이 이렇게 붓고, 병원에서도 곧 죽는다고 집에 가라고 했어. 그런데 누가 지렁이를 먹으면 된다고 해서, 지렁이를 잘 씻어서 솥에 넣고 고니까 노란 물이 나와. 그걸 먹고 차츰 원기를 회복하고 살아났어."

"지렁이. 이 겨울에 어디 가서 구하지요?"

그때 나는 지렁이로 만든 캡슐 약을 생각해 냈다.

'(지금은 만들지 않는 약) S제약에서 만들었던 그 약의 이름이 명심明心인가? 그거라면 속에 지렁이 가루를 꺼내서 푹 삶아 할아버지에게 드릴 수가 있겠다. 주전자에 넣고 삶아 그 물을 드려야지.'

그리고 그날 저녁 그 캡슐을 빼서 가루를 끓여 드렸더니, 이제까지 물 한 모금도 드시지 않던 할아버지가 그 약물을 잡수시는 것이 아닌가! 순간 쾌재를 부르며 기막힌 하늘의 도움에 감사했다.

그렇게 그날부터 할아버지는 차츰 밥맛을 회복하고 원기가 회복되고 며칠 후에 완전히 살아나셨다.

그해 겨울이 지나고 봄이 오기 시작할 무렵, 나는 할아버지에게 어머니와 동생이 있다는 것을 알게 되었고, 얼마 후 그들과 연락이 되어서 할아버지를 그의 어머니와 동생이 사는 아파트로 모시게 되었다.

그리고 며칠 지나 할아버지가 없는 금계동 집으로 가려고 단양역 승강장에 나섰다.

그때 마치 꿈에서 깨어난 것처럼 갑자기 근심걱정이 없는 홀가분한 행복을 맛보았다.

그 순간 문득 깨달았다.

우리는 언제나 그럴 것이라고 쉽게 생각하지만, 정말 잘못된 게 없는 것이 엄청난 행복이라는 사실을!

그 할아버지처럼 병신 다리가 아닌 행복과, 병신 팔이 아닌 행복, 눈이 먼 장님이나 말 못하는 벙어리나 듣지 못하는 귀머거리가 아닌 행복과, 잘 낫지 않는 피부병이 없는 행복과, 자꾸만 술을 먹고 싶은 마음이 없는, 몸에 큰 병이 없는 행복과, 또 씹을 수 없는 치아가 아닌 행복과, 속 썩이는 자식이 아닌 행복 등등, 끝없이 많은 「아닌 행복과 없는 행복」을 발견했다.

「아닌 행복과 없는 행복」을 사람들은 까맣게 잊고 살고 있구나!

욕심 버린다는 것, 그게 별것이 아니구나!

진리의 깨달음, 그것도 별것이 아니구나!

없어서 또 아니어서 행복하다는 것을 알면, 거기에 극락이 있고, 천당이 있고, 낙원이 있구나. 이게 얼마나 쉬운가!'

진정 사람들은 엄청나게 많은 행복과 축복 속에 살고 있다. 사물을 분별할 수 있는 눈과 소리를 들을 수 있는 귀, 어떤 냄새도 맡을 수 있는 코, 음식을 잘 씹어 삼킬 수 있는 입, 성한 팔다리, 병 없는 신체. 거기에다가 사랑하는 식구들과 친구들과 이웃과 동료들…. 그 모든 것이 얼마나 크고 큰 행복인가?

또, 잠시도 버려두지 않으시고 언제나 우리를 위하여 모든 것을 주시고 돌보아주시는 불보살님과 하나님·성령과 「박형」 박상신 도사님께서는 얼마나 우리를 사랑하시는가.

또 아낌없이 주는 햇빛과 공기와 바람, 물과 대지大地와 나무는…

또 나아서 길러주신 부모님, 그리고 수많은 세상사람들…

혼자서는 살 수 없는 이 세상에서 함께 살면서 서로서로 도움을 주고받는 사람들, 공무원·회사원·군인·경찰·교사·기술자·상인·환경미화원·수도배관수리공 등등, 각종 연예인·운동선수들까지.

그분들은 지금도 순간순간 우리를 위해서 얼마나 애쓰고 있는가. 정말로 고맙고, 감사해야 할 사람뿐이다.

*「박형」께서는 실제상황에서 나에게 그렇게 몸이 불편한 할아버지를 2년간 모시게 하셨고, 마침내 불효했던 나의 참회를 받으셨다. 그리고 그 2년간의 고생의 결과로 '죄 없는 자가 행복할 수 있다.'는 사실을 분명하게 깨닫게 되었다.

참으로 우리들은 모든 성령과 대자연의 품속에서 너무너무 행복하다는 사실, 그 「아닌 행복과 없는 행복」을 보았다.

그리고 「박형」께서 언젠가 나에게 하셨던 말씀이 생각났다.

"잘 살면, 나중에 자네 집에 한 번 가지."

「박형」은 이렇게 실제상황에서 나의 죄를 물으셨고, 나의 참회를 받아가셨다. 지은 죄만큼 되갚는 「질량＋에너지 합슴의 보존불변의 법칙」대로, 효孝라는 사람의 도리를 나에게 뼈저리게 가르치셨다. 분명 모든 인간에게 꼭 있어야할 '은혜를 아는 마음, 효'는 인간의 필수 덕목이기 때문에….

이 세상에	어떤 사람	가장 귀한	부자일까
이 세상에	어떤 사람	가장 궁한	가난일까
부모님이	살아 계심	가장 귀한	부자이고
부모님이	안 계심이	가장 궁한	가난일세.
어머님이	계실 때는	마음 든든	편안터니
어머님이	떠나시니	해가 저문	날과 같아
부모님이	살았을 때	마음 든든	편안터니

부모님이　　떠나시니　　온 세상이　　텅 비었네

아버님의　　높은 은혜　　하늘에다　　비기우며
어머님의　　넓은 공덕　　땅에다가　　비할손가
아버님이　　품어주고　　어머님이　　젖 주시니
그 하늘과　　그 땅에서　　이 내몸은　　자라났네
십 년세월　　흘러가면　　강산마저　　변하건만
평생토록　　변치않는　　부모님의　　깊은 사랑
부모님은　　과연 지금　　어느 곳에　　계시나요

명산대천　　불 밝히고　　두 손 모아　　빌고 빌 때
우리들은　　못 살아도　　불행해도　　괜찮으니
거듭거듭　　우리 아들　　딸 자식들　　잘 되리며
한 평생을　　두 손 모아　　빌고 빌어　　주시다가
북망산천　　황천길로　　떠나가신　　부모님이
왕생극락　　하옵기를　　정성다해　　비옵니다

－부루나존자 설법 중에서

모든 이의 염원을 담아 모든 이의 부모님께 삼가 바칩니다. ^^❤

중학교 한문漢文시간에 배운 글이 먼저 생각납니다.
신체발부身體髮膚 수지부모受之父母
불감훼상不敢毁傷 효지시야孝之始也

　몸은 비록 죽어 허물어지는 허망한 것이지만, 건강하지 않고서는 부모께 효
도할 수 없고, 자리이타를 실천하기도 쉽지 않다. 나이가 들어갈수록 건강의
중요성이 새삼스럽다. 큰 꿈이 있다면 젊었을 적에 꼭 마음과 몸이 건강하도록
미리 챙겨두시기 바란다.

우리는 이제까지 「박형」 박상신 대도사님께서 신통력으로 깨우쳐주신 수많은 가르침을 만나보았다.

깨달아 익히고 실천하는 것은 곧 모두 각자 자신의 문제이다. 자업자득. 인과응보이기 때문이다.

분명 모든 성인의 가르침의 골수는, 이 세상사에서 욕심을 하나하나씩 항복받고, 욕심의 굴레를 벗어나서 깨끗한 자신의 본마음을 쓰라는 것이다.

마음속의 욕망을 이기고 보면 본마음 쓰는 것은 아주 쉬운 일이고, 욕망을 따르면 본마음 쓰기가 아주 어려운 일이다.

하지만 지금 당대발복할 최고 명당의 주인은 자기 자신이며, 자기의 본마음을 쓰면 당대에 발복하여 모든 것이 해결된다는 사실을 우리는 알고 있다.

살아서는 힘과 능력이 생기고 신분 상승도 되고 성인도 되고, 죽어서 광명도 되고 변역도 되고 교역도 되고 우화등선 된다는 것을 우리는 안다. 그리고 우리가 원한다면 마침내 성령이 되고, 대우주의 큰스승, 삼계의 대도사님도 될 수 있다는 사실도 알고 있다.

진정 우리에게 성인의 성품 성이 있다는 것을 깨우치게 된 이상 망설이지 말고 두 주먹 불끈 쥐고 앞으로 힘차게 나아가야 한다. 고속도로처럼 천국·극락까지 환하게 뚫려 있는 오직 이것 한길, 희망의 그 한 길로 신명나고 기쁘게 나아가야 마땅하다.

그분이 항상 물으신다.
"왜 살아?"

〈끝〉

감사합니다.
항상 건강하시고
불보살님과 영원히 함께여서
행복한 삶이 되기를 기원합니다.

초 판 1쇄 펴낸날 2022년 4월 5일

편저자 박영철
펴낸이 김연지
펴낸곳 효림출판사
등록일 1992년 1월 13일 (제 2-1305호)
주 소 서울특별시 서초구 반포대로14길 30, 907호 (서초동, 센츄리I)
전 화 02-582-6612, 587-6612
팩 스 02-586-9078
이메일 hyorim@nate.com

값 35,000원

ⓒ효림출판사 2022
ISBN 979-11-87508-70-0 [03810]